Als junges Mädchen kommt Fatmah nach Dresden. Angstvoll und alleingelassen muss sie die fremden Sitten am sächsischen Hof erlernen. Sie wird Zofe von Augusts mächtigster Mätresse, Constantia von Cosel. Bis Fatmah selbst das Interesse des Königs erregt und für Constantia zur Rivalin wird. Wem kann Fatmah am Hofe trauen? De Villeroy, dem französischen Gesandten, der sich elegant über Augusts mangelndes Kriegsglück lustig macht? Oder dem jungen polnischen Grafen Worowski, der im Geheimen für die Freiheit seines Volkes kämpft? Da gerät Fatmah in eine Intrige um Magie, Mord und Verrat. Kann die Königsdame ihr Schicksal wenden?

»Der Roman gefällt besonders, weil die Autorin sich wie immer um eine exakte Beschreibung der Lebensumstände bemüht.« *3sat/nano*

»Sabine Weigand ist Historikerin. Auch mit ihrem dritten Roman ist ihr ein fesselndes Buch über eine historische Frauengestalt gelungen. ›Die Königsdame‹ zeichnet sich durch fundiertes Fachwissen, Phantasie und packende Erzählkunst aus und zählt damit – wie die beiden anderen Weigand-Werke – zu den Besten seines Genres.« *Flensburger Tageblatt*

Sabeine Weigand stammt aus Franken. Sie ist Historikerin und arbeitet als Ausstellungsplanerin. Dokumente aus der Stadtgeschichte von Nürnberg waren der Ausgangspunkt ihres Romans ›Das Perlenmedaillon‹ (Fischer Taschenbuch Bd. 16359). Schon bei ihrem ersten Erfolgsroman ›Die Markgräfin‹ (Bd. 15935) lieferte die reale Geschichte der Plassenburg bei Kulmbach, einer der größten Festungsanlagen Nordeuropas, die historische Vorlage.

Unsere Adresse im Internet: www.fischerverlage.de

Sabine Weigand

Die Königsdame

Historischer Roman

Fischer Taschenbuch Verlag

Für Kristopher

Veröffentlicht im Fischer Taschenbuch Verlag,
einem Unternehmen der S. Fischer Verlag GmbH,
Frankfurt am Main, September 2008

Lizenzausgabe mit Genehmigung des Krüger Verlags,
einem Unternehmen der S. Fischer Verlag GmbH

Die Abbildung am Ende des Buches stammt von
Bernardo Bellotto, genannt Canaletto:
*Dresden vom rechten Elbufer unterhalb der
Augustusbrücke 1748,* akg-images
Die Vignetten,
die den einzelnen Büchern vorangestellt sind,
stammen aus: Karl-Ludwig von Pöllnitz, *Das galante Sachsen*
Satz: Pinkuin Satz und Datentechnik, Berlin
Druck und Einband: CPI – Clausen & Bosse, Leck
Printed in Germany
ISBN 978-3-596-17163-7

Erstes Buch

August der Starke

Dresden, Oktober 1747

Der Große Garten vor den Toren der Stadt lag im warmen Sonnenlicht. Es war einer dieser goldenen Herbsttage, an denen die Natur noch einmal in aller Schönheit erstrahlt, bevor die tristen, düsteren Nebel und kalten Schauer des Spätherbstes den Winter ankündigen. Rote und gelbe Blätter tanzten im Gras unter den alten Bäumen, ein milder Wind trieb das Laub über die Wiesen, und die Eichhörnchen vergruben geschäftig ihre Vorräte. Selbst die Goldfische in den Teichen überwanden noch einmal ihre einsetzende Winterträgheit und schnappten großmäulig nach den letzten Wasserläufern. Am hellblauen Himmel war kein einziges Wölkchen zu entdecken.

Die schwarze Reisekutsche rollte die von Skulpturen gesäumte Hauptallee entlang, vorbei an den herrlichen Vasenplastiken am Eingang, dem heiter plätschernden Mosaikbrunnen und der wilden Kentaurengruppe. Die wenigen Spaziergänger und Reiter, die sich im Park verlustierten, sahen dem Gefährt neugierig nach. Es trug ein Wappen an der Seite, das zu Dresden unbekannt war, russisch vielleicht, schwedisch oder gar spanisch. Der König hatte wohl wieder ausländischen Besuch, was zwar nicht mehr so oft vorkam wie zu Zeiten seines seligen Vaters, des starken August, aber immerhin war die sächsische Hauptstadt für den europäischen Adel auch jetzt noch eine Fürstenresidenz von Rang.

In Sichtweite des Gartenpalais, das im Zentrum des Parks lag, gabelte sich der Weg, und der alte Kutscher lenkte seine beiden Grauschimmel nach rechts. Beim ersten der beiden Kavaliershäuser, die ganz in der Nähe des Lustschlösschens lagen, hielt er sein Gefährt an, sprang etwas steifbeinig ab und öffnete den Schlag. Der Kalesche entstieg eine vornehme Dame von edler Haltung, ganz in einen nachtblauen Umhang gehüllt, der mit schimmerndem Nerz verbrämt war. Sie war nicht mehr jung; ihr zu einer kunstvollen Frisur hochgestecktes rabenschwarzes Haar wurde von vielen silbergrauen Strähnen durchzogen. Auffälliger noch als die Tatsache, dass sie keine Perücke trug, ja, nicht einmal die Haare gepudert hatte, war der fremdländische Schnitt ihrer Züge: hohe Wangenknochen, mandelförmige Augen, ein schmaler, feiner Mund. Und obwohl sichtbare Fältchen ihr Gesicht durchzogen, trug sie keine Schminke, kein Wangenrot, kein Brauenschwarz.

Die Dame richtete ihren Umhang und blieb dann einen Augenblick auf dem Kiesweg stehen. Langsam ließ sie ihren Blick über die Südwestfassade des Gartenpalais schweifen, schaute dann zum Ententeich hinüber, dessen Wellen sich sanft kräuselten, dann zum muschelförmigen Bau des Parktheaters, über den gerade ein Schwarm Spatzen hinwegflatterte. Sah sie tanzende Gestalten am Ufer, lachende Mädchen, die Arme voller Blumen, Höflinge in Seidenhosen und bunten Überröcken, die ihnen galant zuwinkten, den König gar, wie er auf seinem Lieblingsschimmel verwegen über eine steinerne Bank setzte? Gedankenverloren fuhr sich die Dame mit der behandschuhten Hand über die Augen, dann raffte sie ihre Röcke, und während der Kutscher bei seinen Pferden wartete, schritt sie über den Rasen zum Gartenpalais. Langsam ging sie die kunstvoll gestaltete Mauer entlang, als ob sie etwas suchte, und schließlich blieb sie bei einem Rhododendronbusch stehen, schob ein paar Zweige zur Seite und sank in die Knie. Sie klopfte an einen der Steine im Mauersockel, legte schließlich achtlos die Handschuhe ab, schüttelte und rüttelte so lange, bis sie den Stein aus der Mauer entfernt hatte. Dann griff sie mit der Rechten in den dahinter liegenden Hohlraum, tastete, suchte und zog schließlich die geschlossene Faust wieder heraus. Sie machte ein paar Schritte aus dem Schlagschatten des Schlösschens hinaus in die Sonne, und dann öffnete sie die Finger: Auf ihrer Handfläche lag ein schwerer, dunkel angelaufener, silberner Siegelring. Beinahe andächtig nahm die Dame das alte Schmuckstück zwischen Daumen und Zeigefinger und polierte es mit dem Ärmel ihres Kleides. Sie drehte den Ring so, dass das Motiv der Stempelfläche im Sonnenlicht aufblitzte, ein dräuender Greif mit Krone und Schwert. Ein Lächeln huschte über ihr Gesicht, und für einen kurzen Augenblick sah sie aus wie das junge Mädchen, das sie einst gewesen war. Dann strich sie sich mit einer nachdenklichen Geste eine lose Haarsträhne aus der Stirn, steckte den Ring in die Tasche ihres Umhangs und ging langsam zur Kutsche zurück.

Wie lange war es her? Fünfundzwanzig, dreißig Jahre? Wie die Stadt sich verändert hat, dachte sie, während der Kutscher durch die Gassen fuhr, die ihr einmal so vertraut gewesen waren. Natürlich, das Schloss war noch da, und es sah genauso aus wie früher. So viele Jahre hatte sie darin gelebt, schlimme, einsame Jahre, aber auch glückliche und unbeschwerte. Immer noch wirkte der Renaissancebau von außen etwas finster. Von der Spitze des Hausmannturms schlug es gerade zur Mittagsstunde; der Klang der großen Glocke war ihr vertraut wie ehedem.

Die Augustusbrücke, die vor der Residenz über die Elbe führte, vorher ein schmaler Übergang, hatte man erneuert und verbreitert, nun verband ein modernes Wunderwerk aus massiven Steinbögen die beiden Stadthälften. Und gleich in der Nähe des Schlosses, gegenüber dem Taschenberg-Palais, an das sie so viele Erinnerungen knüpfte, erhob sich etwas Neues, Großartiges, ein jetzt schon weithin berühmtes Meisterwerk der Baukunst, ein Festplatz, wie ihn die Welt noch nicht gesehen hatte: Der Zwinger, dessen Anfänge sie damals noch hatte emporwachsen sehen. Sie ließ die Kutsche durch das Kronentor einfahren. Das ist also aus all seinen Plänen geworden, dachte sie. Hier unter freiem Himmel hat er in den letzten Jahren rauschende Feste gefeiert, verschwenderische Bälle und große Konzerte gegeben. Die Gebäude waren erst halbfertig gewesen, als sie Dresden verlassen hatte – nun bildeten sie einen steingewordenen Traum in ihrem strahlend hellen Weiß mit den sonnenüberfluteten kobaltblauen Dächern. Zusammen mit den vielen Vergoldungen ergab das die drei wettinischen Farben, genau so, wie er es gewollt hatte!

Beim Nymphenbad hielt die Kutsche, und wieder stieg die Dame aus. Sie ließ sich am Rand des Wasserbeckens nieder und tauchte gedankenverloren eine Hand ins Wasser. Die aus dem Wasserfall sprühenden Tropfen netzten ihr Gesicht, es störte sie nicht. Fast schien es ihr, als sei es gestern gewesen, als sie zusammen mit ihm das schattige Grottenwerk bewundert hatte, den tropfsteinartigen

Schmuck, die Wasser speienden Delphine und Tritonen, die Nymphen in den steinernen Nischen. Wie verzaubert waren sie gewesen von der verwunschenen Atmosphäre, und dabei war damals alles erst im Entstehen begriffen. Jetzt waren die steinernen Kaskaden grün vom Moos, und uralte Karpfen schwammen im Wasserbecken. Sie ließ eine Weile das Wasser durch ihre Finger rinnen und betrachtete das Spiel des Sonnenlichts auf seiner Oberfläche. Dann kehrte sie zur Kutsche zurück und ließ weiterfahren.

Die altvertraute Frauenkirche stand nicht mehr. An ihrer Stelle thronte ein monumentaler neuer Kirchenbau aus Elbsandstein, fast hundert Meter hoch, mit einer prächtigen hohen Kuppel, die hell aufglänzte und beinahe ein wenig orientalisch anmutete. Gerüste standen noch an einigen Stellen, und das vereinzelte Klopfen und Hämmern von Handwerkern verriet, dass der kunstvolle Bau trotz seiner Einweihung vor vier Jahren noch immer nicht ganz fertig war. Überwältigt von der Schönheit des grandiosen Kuppelbaus, wies die Dame ihren Kutscher an zu halten und ließ ihren Blick bewundernd über die herrliche Kirche schweifen.

Auch die Neustadt, die damals noch überall im Aufbau gewesen war, hatte sich prächtig entwickelt. So viele herrschaftliche Häuser mit herrlichen Fassaden, neue Straßen, weite Plätze, alles glänzend sauber und ohne stinkenden Abfall auf den Straßen. Und mitten auf dem Neustädter Markt das Standbild des Königs: der Goldene Reiter, wie man ihn von Anfang an genannt hatte. Sie ließ die Kutsche erneut halten, blieb aber sitzen und bewunderte das gleißende Ebenbild Augusts des Starken, wie er in stolzer Haltung auf einem kurbettierenden Ross thronte. Genauso saß er immer zu Pferd, dachte sie, den Rücken durchgedrückt, die Schultern tief, den Kopf leicht geneigt. Die Lebensähnlichkeit des goldenen Abbilds berührte sie mehr, als sie geglaubt hatte, und sie seufzte leise. Wie oft war sie mit ihm geritten, durch blühende Gärten, auf fröhlichen Jagden! Einmal hatte sie ihn sogar im Wettrennen besiegt, drunten auf den Elbwiesen! Abrupt ließ sie den roten Samtvorhang des Kutschfensters fallen und lehnte sich wieder zurück. Nachdem sie den Ring aus seinem Versteck geholt hatte, war es jetzt an der Zeit, das Zweite zu tun, was sie sich vorgenommen hatte. Sie klopfte an die Rückwand zum Kutschbock, und die Kalesche fuhr über die Augustusbrücke zurück bis zum Eingangsportal der Hofkirche.

Die neue Kirche, die der Kurfürst-König August III. und seine Gemahlin, die Kaisertochter Maria Josepha von Habsburg, vor fast zehn Jahren in Auftrag gegeben hatten, war nun beinahe fertig. Bis auf den Turm, der einmal den Eingang auf der Elbseite krönen sollte, stand die dreischiffige Basilika aus Sandstein schon in aller Pracht neben dem Schloss, wunderbar anzusehen mit ihren Balustraden und den unzähligen Heiligenstatuen.

Die Dame in Blau entstieg ihrer Kutsche und betrat den großen dreischiffigen Innenraum durch einen Seiteneingang, weil das Hauptportal noch durch Gerüste versperrt war. Der Eindruck des Kirchenschiffs war umso großzügiger, als es noch keine Bankreihen enthielt; etliche Seitenaltäre und die Kanzel waren schon aufgestellt, und in einigen Kapellen leuchteten bereits herrliche sakrale Gemälde in allen Farben. Die Dame sah sich suchend um, schließlich fragte sie einen der Handwerker, die in der Apsis arbeiteten, nach dem Eingang zur Gruft. Der Mann wies mit stuckbefleckten Fingern in Richtung Haupteingang. »Da vorne, links von der großen Säule, wo das offene Gitter ist.«

Sie lenkte ihre Schritte dorthin, stieg die Treppe hinunter und betrat den ovalen, weiß gekalkten Raum, den der jetzige König als zukünftige Grablege für sich und seine Gemahlin hatte anlegen lassen. Die Dresdener nannten sie jetzt schon die Stiftergruft. In einer Wandnische stand auf halber Höhe eine einfache silberne Kapsel, und die Dame im blauen Umhang ging zögernd darauf zu. Drei junge Mädchen mit leeren Körben steckten vor der Nische flüsternd die Köpfe zusammen, offenbar hatten sie den Arbeitern Essen gebracht und sahen sich nun das hell glänzende Gefäß an, dessen Inhalt jedes Kind in Dresden kannte: das Herz des alten Königs. August der Starke war in Polen gestorben, und dort, im Krakauer Dom, ruhten auch seine Gebeine. Aber sein Herz hatte man auf seinen letzten Wunsch hin in Dresden beigesetzt, der Stadt, die er am meisten geliebt hatte.

Ein grauhaariger Priester in schwarzem Messgewand war lautlos heruntergekommen und wandte sich nun schmunzelnd an die drei

Essenträgerinnen. »Vorsicht, meine jungen Damen, treten Sie nur nicht zu nahe an den König heran. Wissen Sie nicht, dass sein Herz wieder zu klopfen beginnt, wenn ein schönes Mädchen daran vorbeigeht?«

Die drei Jungfern kicherten verlegen, zupften an ihren Häubchen und traten schnell ein paar Schritte zurück, während der Geistliche sich zu der Dame in Blau umdrehte. »Er hat die Frauen sehr geliebt, unser alter König«, erklärte er.

»Ich weiß«, sagte sie einfach. Dann trat sie dicht an die Silberkapsel. Vorsichtig tastend berührten ihre Finger das glatte Metall, glitten die bauchige Wölbung entlang und blieben schließlich auf der Inschrift ruhen.

»Haben Sie ihn gekannt?« Der Priester sah ihr mit forschendem Blick ins Gesicht.

Ein wehmütiges Lächeln spielte um ihre Lippen. »Es ist lange her.«

Etwas wie Erkennen brach sich in den Augen des alten Mannes Bahn. Er sah fast vergessene Bilder vor sich: Ein schwarzhaariges Kind in orientalischer Aufmachung, die meerblauen Augen voller Angst. Ein etwa fünfzehnjähriges Mädchen, gekleidet in eine schwere brombeerfarbene Robe, das sich fügsam vom König vor das Taufbecken der Hofkapelle führen ließ. Eine schöne, selbstbewusste junge Frau in Schleiern und Pluderhosen, die anmutig auf dicken samtenen Kissen thronte und alle mit ihren Geschichten in den Bann zog …

»Fatima«, sagte er mit ungläubiger Miene.

Sie nickte und ließ ihre Hand sinken, die immer noch auf der Urne geruht hatte. Einträchtig standen die beiden eine Weile vor der Nische, bis die Dame in Blau schließlich ihren Umhang fester zog.

»Passen Sie gut auf ihn auf, Herr Pfarrer«, lächelte sie. Dann stieg sie die Stufen der Gruft hinauf und trat wieder hinaus ins helle Sonnenlicht. Der alte Kutscher öffnete den Schlag und half ihr hinein. »Wohin jetzt, Madame?«, fragte er.

Sie holte den Siegelring aus der Manteltasche und steckte ihn an ihren Daumen.

»Nach Hause, Fritz«, sagte sie, und löste mit zwei Griffen ihr hochgestecktes Haar. »Nach Hause.«

Irgendwo bei Asow am Schwarzen Meer, September 1699

Beißender Pulverqualm lag über dem Schlachtfeld. Es war die Stunde nach dem Kampf. Der Geruch nach Rauch, Blut und Exkrementen hing in der Luft. Schrecklich, ja gespenstisch war die Stille nach dem langen, verzweifelten Toben. Nur manchmal drang das Stöhnen eines Verwundeten an die Ohren der Soldaten, die den Leichenacker nach Beute und Überlebenden durchkämmten. Dann folgte nur zu oft ein Todesschrei – Erlösung für die, denen nicht mehr zu helfen war.

Jetzt lagen sie beinahe friedlich nebeneinander, russische und osmanische Tote, die einen in grüner Uniform, die anderen in ihren roten türkischen Pluderhosen und den bunten Turbanen. Tapfer hatten beide Seiten gekämpft, aber schließlich hatte ein unerwarteter Ausfall der russischen Kavallerie alles entschieden. Die türkischen Linien waren auf ganzer Länge eingebrochen, selbst die Janitscharen hatten ihr Heil in blinder Flucht gesucht. Der Versuch der Pforte, mit den gefürchteten Elitetruppen des Beylerbey von Smyrna die Festung Asow zurückzuerobern, war gescheitert.

Alexander Danilowitsch Menschikow, Freund und Vertrauter des Zaren Peter Alexejewitsch, der später einmal der Große heißen sollte, ritt an der Spitze eines Grüppchens von Offizieren über das Schlachtfeld. Er war erschöpft, aber bester Laune, denn das von ihm kommandierte Preobraschenski-Regiment hatte mit einem genial geplanten taktischen Manöver der Schlacht die entscheidende Wendung gegeben. Asow würde russisch bleiben, und der Zar würde es ihm danken. Menschikow hatte es allen gezeigt, die ihn wegen seiner Herkunft aus armen Verhältnissen verächtlich einen Piroggenverkäufer und Schweinehirten schimpften.

»Zum Hauptlager!«

Er trieb seinen Schimmel an, und die Gruppe galoppierte in Richtung Westen, wo sich hinter einem Hügel das türkische Zeltlager befand. Schon von weitem sahen sie die Rauchschwaden, die über dem Lager hingen, und der Brandgeruch biss ihnen in die Nase.

»Oho, deine Leute haben ganze Arbeit geleistet, Alexander Danilowitsch«, grinste einer der Offiziere und wies mit dem Kinn auf die zerstörten, brennenden Zelte.

Menschikow stieß einen Fluch aus. »Verdammt, Simjonow, das war dein verwahrloster Haufen! Das Preobraschenski-Regiment plündert nicht ohne meine Erlaubnis!«

Er gab seinem Pferd die Sporen und setzte über die Schanzen und Gräben hinweg, mit denen die Türken ihr Lager geschützt hatten. Es mussten über dreitausend Zelte und Wagen gewesen sein, der Stärke der Armee nach zu schließen, und viel war von ihnen nicht übrig geblieben, nachdem Teile der russischen Armee gleich nach der Schlacht die Zeltstadt überrannt hatten. Mord, Brand und Plünderung, das galt den Soldaten als Lohn für den Sieg. Jetzt waren sie dabei, alles, was nicht niet- und nagelfest war, davonzuschleppen. Die verzweifelten Schreie von Frauen und Mädchen drangen an Menschikows Ohr. Das ist die widerliche Seite des Krieges, dachte er, und Ekel stieg in ihm auf. Aber wer wollte schon den Soldaten verbieten, ihren Triumph auszukosten? Sie hatten sich die Beute und das bisschen Vergnügen verdient.

Kamele, Ziegen und Schafe rannten in wilder Panik durch die Gassen der Zeltstadt. Ein Mann in blutbefleckter grüner Uniform wich einem bockenden Maultier aus und lief Menschikow dabei fast ins Pferd; er lachte und schwang einen reich verzierten türkischen Krummsäbel in der Hand. Überall lagen Leichen, auch die von Frauen und kleinen Kindern. Menschikow hatte nie verstehen können, warum die hohen Offiziere der Türken stets Kind und Kegel mit auf die Feldzüge nahmen. Wollten sie so ihren Soldaten ihre Siegessicherheit demonstrieren? Jetzt mussten sie für diese Sorglosigkeit büßen – die russischen Soldaten kannten keine Gnade.

»Herr Oberst!«

Einer seiner Adjutanten, ein junger pickelgesichtiger Sibirier, gab ihm ein Zeichen, zu folgen. In leichtem Trab ritten sie auf eine große Zeltburg zu, die in der Mitte des riesigen Lagers aufgebaut war. Bemalte Lederbahnen, bunt gewirkte Teppiche mit goldenen Fransen und Troddeln, seidene Vorhänge und gedrechselte Zeltgestänge fügten sich zu einem großen, fast dorfähnlichen Gebilde aus einzelnen Zelten, Schattendächern und Hütten. Auf den Zeltspitzen flatterten bunte Wimpel, und hoch über allem wehte die grüne Fahne mit dem Halbmond. Das musste das Quartier des Beylerbey Ali Kariman Pascha sein, des obersten Befehlshabers der Türken.

Menschikow und seine Offiziere stiegen ab und betraten das Labyrinth der Zeltburg. Auch hier lagen die Toten übereinander, zumeist kostbar gekleidetes Dienstpersonal und Soldaten der Deli, der Leibgardekavallerie des Beylerbey. In einem Zelt fanden sie die Musikkapelle der Janitscharen, allesamt niedergemetzelt, zwischen den Musikern die zerbrochenen Trommeln, Oboen, Pfeifen und Pauken. Sie stießen auf das Küchenabteil; die Köche lagen mit durchschnittenen Kehlen um das Feuer. Eine Leiche steckte kopfüber in einem riesigen Kessel mit Suppe, die Beine baumelten über den Rand.

In einem der nächsten Zelte lagen auf dem Boden aufgereiht die Prunkwaffen des Beylerbey, wunderbar gravierte Krummsäbel, edelsteinbesetzte Dolche, ein Rossschweif und zwei herrliche Pistolen mit Einlegearbeiten aus Perlmutt. In einer Truhe hatte man sorgsam zusammengefaltet die Ehrengewänder Ali Karimans aufbewahrt: Seidene Umhänge mit Pelzbesatz, weiße Turbane, goldbestickte Hosen und spitze, nach oben gebogene Stoffschuhe. Menschikow nickte grimmig. Niemand hatte gewagt, hier etwas wegzunehmen – diese Beute war für ihn allein bestimmt, Alexander Menschikow, den siegreichen Feldherrn!

Schließlich erreichten sie das Hauptzelt. Menschikow schob den schweren Stoff am Eingang zur Seite und stieß einen Laut der Überraschung aus. Drinnen lag auf kostbaren Teppichen die Leiche des erlauchten Beylerbey Ali Kariman Pascha, reich geschmückt und angetan mit allen Zeichen des hohen Würdenträgers. Die seidene Schnur hing noch um seinen Hals – er hatte einen ehrenvollen Tod gewählt.

»Bringt ihn hinaus und sorgt dafür, dass er seinem Rang gemäß anständig bestattet wird.« Menschikow ließ den Vorhang fallen und trat auf das nächste Zelt zu. Der tote Körper eines unwahrscheinlich fetten alten Mannes von schwarzer Hautfarbe versperrte ihm den Weg, die Finger um einen gebogenen kleinen Dolch gekrallt. Menschikow fiel ein, dass die Osmanen ihre Frauen angeblich von kastrierten schwarzen Sklaven bewachen ließen. Das hier musste also der Harem des großen Beylerbey sein. Er stieg über die Leiche hinweg ins Zelt. Von seinen Stiefeln fiel Schmutz auf die hellen Seidenteppiche, die in mehreren Lagen den Boden bedeckten. Im Luftzug klimperte ein Windspiel aus winzigen goldenen Glöckchen. Der Duft von Ambra und Moschus füllte den Raum; Menschikow sog schnuppernd die Luft ein. Dann sah er das Grauen. Auf Kissen und Polstern lagen wie Puppen mit grotesk verdrehten Gliedmaßen sechs leblose Frauengestalten. Kaum eine hatte noch einen Fetzen am Leib, und man konnte unschwer erkennen, dass ihnen nicht nur einmal Gewalt angetan worden war. Einem jungen Mädchen hatte man die Brüste abgeschnitten, zwei älteren Frauen bestialisch den Unterleib zerfetzt. Blut aus durchschnittenen Kehlen und gespaltenen Schädeln glänzte noch feucht auf den Teppichen – das Gemetzel mochte wohl noch keine Stunde her sein. Menschikow schauderte es, er fluchte leise. Gewalt gegen Frauen fand er eines Mannes unwürdig, barbarisch. Er spuckte aus und wollte sich schon zum Gehen wenden, als sein Blick auf eine Gestalt fiel. Ungläubig kniff er die Augen zusammen. Tatsächlich, er hatte sich nicht getäuscht: Dort hinten im Halbdunkel, in einer Ecke des Zelts stand reglos und stumm – ein Kind. Ein Mädchen, starr wie eine Salzsäule, die Augen vor Angst weit aufgerissen. Sie mochte vielleicht zehn oder zwölf Jahre alt sein, hatte langes, bis auf die Hüften reichendes schwarzes Haar und hellgolden gebräunte Haut. Ihr schlanker Körper steckte in einem bis zum Boden reichenden Gewand aus feinem Seidenstoff, in den goldene Münzen und bunte Halbedelsteine eingenäht waren.

»Heiliges Mütterchen von Kasan«, flüsterte Menschikow und kratzte sich am Kopf. Er machte einen Schritt auf das Kind zu und streckte die Hand aus.

»Hab keine Angst, ich tu dir nichts«, sagte er auf Russisch.

Das Mädchen wich langsam bis an die Zeltwand zurück.

»Hab keine Angst!«, sagte Menschikow noch einmal. Er ging

zu der Kleinen und lächelte sie an. In ihren großen violettblauen Augen stand wilde Panik. Was hatte dieses Kind alles mitansehen müssen! Menschikow nahm das Mädchen sanft beim Handgelenk und schrie im selben Moment überrascht auf – mit einer blitzschnellen Bewegung hatte sie sich gebückt und ihn in die Hand gebissen. Dann flüchtete sie von ihm weg und kauerte sich zitternd an den blutig zerfleischten Körper einer der toten Frauen.

Zwei russische Ordonnanzen waren auf Menschikows Schrei hin in das Zelt gestürmt und blieben nun angesichts der merkwürdigen Szene wie angewurzelt stehen. Menschikow leckte sich kopfschüttelnd das Blut von der Hand und deutete dann auf das Mädchen.

»Nehmt sie mit und seht zu, dass ihr nichts geschieht. Aber passt auf, dass sie euch nicht auch noch beißt.« Er grinste. »Das wird ein nettes kleines Geschenk für den Zaren ...«

Fünf Wochen später erreichte die siegreiche Armee Moskau.

Hunderte von Kerzen erhellten den kleinen Saal mit seinen reich geschnitzten Decken und holzgetäfelten Wänden. Die schweren roten Samtvorhänge waren zugezogen, sonst hätte man von den Fenstern aus die unzähligen Türme und Dächer der Stadt sehen können. Moskau war ganz aus Holz gebaut; trotzdem wirkte es märchenhaft reich, gekrönt von tausenden goldenen Kirchenkuppeln, die in den letzten Strahlen der untergehenden Sonne noch einmal rötlich aufglänzten.

Im Raum war es mollig warm, das Feuer im Kamin wurde von zwei Einheizern ununterbrochen geschürt. Um eine kleine Festtafel saßen ungefähr zwanzig Personen und feierten eines der wüsten Fress- und Saufgelage im kleinen Kreis, die der Zar so liebte. Der lange Tisch bog sich unter seiner Last: Krüge und Flaschen mit rotem Wein standen da, silberne Schüsseln mit Braten aller Art, Rübensuppe, Eierspeisen, gesottener Fisch, Tabletts mit Piroggen und Blini, Spieße mit Täubchen und Hühnern, Platten mit Obst und süßen Kuchen. Es herrschte heilloses Durcheinander; alles war schon halb aufgegessen, die Dekoration zerstört, die fettigen Reste über das Tischtuch verteilt. Weinkaraffen kullerten leer über den Holzdielenboden, was nichts ausmachte, denn man war längst zum Wodka übergegangen. Die Männer soffen den Schnaps aus großen kristallenen Gläsern, und jedesmal, wenn einer einen Trinkspruch ausbrachte, tranken sie sie leer und warfen sie über die Schulter gegen die Wand. Beflissene Diener brachten immer wieder Nachschub. Einer der Gäste war schon sinnlos betrunken vom Stuhl gefallen, etliche andere hingen schräg in ihren Sesseln, mit roten Köpfen, rülpsend und mit den Armen fuchtelnd. Es herrschte Hochstimmung, man riss unanständige Witze, sang Sauflieder, brüllte vor Lachen.

Ganz oben an der Tafel saß Peter Alexejewitsch, der Zar aller Reußen, ein ganzes Brathuhn in der Hand. Er war der Einzige im Raum, der noch einigermaßen nüchtern wirkte, was allerdings nicht daran lag, das er weniger trank, sondern daran, dass er unglaublich viel vertrug. Er hatte sein Oberkleid ausgezogen und trug nur ein einfaches rauleinenes Kamisol, das über der behaarten Brust aufsprang. Jung sah er aus, der kaum Achtundzwanzigjährige, mit seinen kastanienbraunen Locken und dem kleinen Schnurrbart, jung, wild und unbekümmert. An seinem Hals hing eine dralle Blondine und hielt ihm lachend ein Glas an die Lippen, aus dem er gierig trank. Das war Anna Mons, Tochter eines deutschen Wirts und Weinhändlers aus der Moskauer Vorstadt und seit fast zehn Jahren schon die Geliebte des Zaren.

Der Zar nahm Anna Mons den Pokal aus der Hand, stand auf und prostete seinen Gästen zu.

»Trinkt, meine Freunde, auf Russland, auf Moskau und auf die Weiber! Heut Abend soll im Kreml kein Tropfen Wodka mehr übrig sein! Na sdarowje!«

Einer der Männer, ein bärtiger Dickwanst in Generalsuniform, erhob sich schwankend und mühevoll und reckte seinen Becher in die Luft. »Auf Peter Alexejewitsch, den größten Zaren, den Russland je besessen hat!«

Alles grölte vor Lachen – Peter maß stolze zwei Meter und vier Zentimeter. Auch Peter selbst prustete und blies dabei eine sprühende Fontäne roten Weines vor sich auf Teller und Tischtuch.

In diesem Moment flog die zweiflügelige geschnitzte Tür auf, dass im Luftzug alle Kerzen flackerten. Mit weit ausholenden Schritten stürmte ein schmutziger Offizier in der grünen Uniform der Preobraschenski-Garde herein, riss sich die Pelzmütze vom Kopf, warf seinen Reiseumhang auf den Boden und grüßte zackig.

Der Zar sprang auf, stieß einen Freudenschrei aus und stürmte auf den Eindringling zu.

»Aleksascha! Alter Türkenschlächter!«

»Peter Alexejewitsch! Stolz und Freude Russlands!«

Die beiden Männer fielen sich lachend in die Arme und klopften sich gegenseitig heftig den Rücken. Die Gesellschaft brach in Hochrufe aus: »Ein Hoch dem Sieger von Asow! Hoch Menschikow! Es lebe die russische Armee!«

Der Zar nahm Menschikow in den Arm, den er um fast einen ganzen Kopf überragte, und drehte ihn zu den Gästen hin.

»Schaut ihn euch gut an, ihr alle! So sieht ein Sieger aus! Dieser Mann hat unserem Mütterchen Russland die Festung Asow gerettet!« Er packte den Freund bei den Schultern und küsste ihn stürmisch auf beide Wangen. »He, Anna, komm her und begrüße unseren großen Feldherrn, wie sich's gebührt!«

Anna Mons trat hüftenschwingend auf Menschikow zu, umarmte ihn und küsste ihn unter dem Beifall der anderen auf den Mund. Der Oberst hob sie hoch und schwenkte sie einmal um sich herum.

»Dreitausend tote Osmanen! Achtzig Kolumbrinen erbeutet, hundert leichte Feldgeschütze und dreißig schwere! Zwanzig Kisten mit Sprengminen. So viele Musketen und Bajonette, dass wir ein ganzes Regiment damit ausrüsten können! Zweitausend Wagen mit Proviant, vierhundert Pferde und Kamele!«, zählte Menschikow auf. »Jetzt, meine Freunde, können wir endlich auf Seiten Sachsens in den Kampf gegen den Schweden eingreifen!«

»Ja, jetzt haben wir den Rücken frei, beim Heiligen Nikolaus.« Der Zar klatschte in die Hände. »Wodka!«, schrie er, »Wodka für den Helden von Asow! Wir wollen heute Abend feiern, bis wir umfallen!«

»Halt!« Menschikow hob die Hand. »Ich habe noch etwas ganz Besonderes aus Asow mitgebracht, mein Fürst und Freund, etwas, das ich dir als Beweis meiner ewigen Freundschaft zum Geschenk machen will.« Er drehte sich zur Tür und winkte. »Sieh selbst, ob es dir gefällt!«

Ins Zimmer trat, geschoben von einer alten Dienerin, das türkische Mädchen aus dem Zelt. Man hatte sie in die traditionelle russische Frauentracht gesteckt, eine Art hochgeschlossenen, sackartigen roten Kaftan, der bis zum Boden reichte und dessen Ärmel an den Handgelenken gerafft waren. Aufrecht stand das Kind da, das Haar fiel ihr in langen Locken über den Rücken.

»Was ist denn das?« Der Zar wirkte amüsiert.

»Oh, bloß ein Fundstück aus dem Zelt des türkischen Oberfeldherrn«, meinte Menschikow schulterzuckend. »Ist doch hübsch, oder?«

Peter stellte sich in ganzer Größe direkt vor dem Mädchen auf. Er schürzte die Lippen und schaute auf die Kleine herab, bemerkte kopfnickend ihre kindliche Gestalt, die noch kaum sprießenden Brüste, den langen, schlanken Hals. Mit dem Zeigefinger hob er ihr Kinn an und sah ihr ins Gesicht. Fast prallte er zurück. Unter geschwungenen schwarzen Brauen und dichten Wimpern blickte ein tiefblaues Augenpaar starr durch ihn hindurch, als ob es den Zaren von Russland gar nicht gäbe.

»Wie heißt du, Kleine, he?«

Das Mädchen antwortete nicht.

»Sie wird schon wieder sprechen«, fiel Menschikow ein. »Sie hat Schlimmes erlebt. Aber so in ein, zwei Jahren, denke ich, wirst du sie schon zu etwas gebrauchen können!« Er grinste anzüglich, machte eine obszöne Handbewegung und zwinkerte dem Zaren zu. Die ganze Gesellschaft grölte.

»Ja, aber was mache ich bis dahin mir ihr?«, fragte Peter mit gespielter Verzweiflung. »Anna!« Er winkte die Blondine heran. »Bring die Kleine in den Tjerem zu den Frauen. Und zieh ihr dieses hässliche altmodische Zeug aus. Dawai.« Er klatschte ihr seine riesige Pranke aufs üppige Hinterteil. Anna Mons nahm das Mädchen bei der Hand und führte es hinaus.

Keine Stunde später tanzte Menschikow in Unterhosen auf dem Tisch.

Depesche des Zaren von Russland an den Kurfürsten von Sachsen und König von Polen vom 20. Oktober 1699

Peter Alexejewitsch, Herr und Fürst des ganzen Groß-, Klein- und Weißrussland, zu Moskau, Kiew, Wladimir et cetera, Zar zu Kasan, Zar zu Astrachan, Zar zu Sibirien et cetera, Herr zu Pleskau und Großfürst zu Smolensk, Twer, et cetera p.p. an seine hochwohlgeborene Majestät König August II. von Polen.

Meinen allerfreuntlichsten Gruß zuvor, geschetzter Bruder und Freund. Wir können der Freude nicht genuhg ausdrücken, in der Welt einen solchen Bundesgenoßen wie Euer Serenität an unsrer Seite zu wißen. Derohalben ist es uns eine gantz speciale Freude und wir sind überauß glücklich, Ihnen die guthe Nachricht von eigner Handt mitzutheilen: Mit Gottes Hülfe haben wir den Feindt im Süden gravement geschlagen. Bei Asov am Schwartzen Meer hat die glorreiche rußische Armee mit Grandeur die Truppen der Pforthe vernichtet. Der Friede mit dem Sultan steht kurtz bevor und wird im Sommer gemacht sein.

Unserem Plan, en commun gegen den König von Schweden vorzugehen, indem sich das rußische und sechsische Kriegsvolck, auch das von Denemarck, zu guthem Zwecke verbündet, steht alßo nunmehr nichts mehr im Wehge. So Gott will, sind Livland und Estland bald wiederum pohlnisch, die polnische Krohne ist Ihnen endlich unbestriten, und Rußland besitzt dann ein schöhnes Stück Küßte an der Oßtsee, wo man einen magnifiquen Hafen bauen kann. A la bonheur!

Wir lassen bereits in den nechsten Tagen unsre Armee gegen den Schweden marschiren und versehen uns genzlich der Abmachung, daß Ihre sechsischen und polnischen Truppen im Wintter die livlendische Grentze überschreithen. So Gott will, ist dieser Krieg im Sommer vorbey.

Cher Auguste, wir kennen und schetzen Sie als großer Bewunderer und Verehrer alles Schöhnen. Alß Beweiß unserer tiefsten Verbundenheyt und ernstesten Absichten senden wir Ihnen ein Present von besondrer, gantz delicater Art, sofern die Wehge noch schneefrei und ohne Incommodation zu befahren sind. Es ist eine junge türckische Dame von beßonderer Delicatesse. Wir glauben, dass dies Geschenck Ihnen viel Distraction und Annehmlichkeit bereithen wird, und thut es auch besonderß in kalten Nächten gute Dienste. Auch in Sachsen, so hörtt man, sind die Wintter hart …

Für alle weitteren Absprachen erhält unßer Gesandter, Graf Boris Iwanowitsch Bulganin, mit gleicher Post entsprechende Instructions und auch Vollmacht für wichtige Dezisionen und Beschlüße.

Indeßen empfelen wir uns zu bestendiger Freuntschafft, in der wir getreulich verharren alß Ihr

Peter etcetera etcetera.

Dresden, Mai 1700

Dresden, die Hauptstadt des Fürstentums Sachsen, war zwar nicht der Nabel der Welt, aber doch eine Fürstenresidenz von europäischem Rang. Die Stadt bildete das pulsierende Herzstück des wohl reichsten deutschen Staates, in ihren Mauern vereinten sich Geld und Kultur, Kunst und Bildung, Bürgerfleiß und Adelsstolz. Hier im Elbtal lebten beiderseits des träge dahinfließenden Flusses wohl an die zwanzigtausend Menschen, teils dicht gedrängt in winkligen, noch mittelalterlich anmutenden Gassen, aber auch in der weitläufigen, luftigen Neustadt am rechten Elbufer, die Kurfürst August seit dem großen Brand von 1685 nach modernsten Gesichtspunkten Stück für Stück wieder aufbauen ließ. Durch Handel und Gewerbe waren die Dresdner wohlhabend geworden, vor allem aber durch die Tatsache, dass die Stadt seit Jahrhunderten Sitz der sächsischen Herzogs- und Kurfürstenfamilie der Wettiner war und die gesamte Landesverwaltung in ihren Mauern barg.

Dominiert wurde die Stadt seit jeher von den Gebäuden der kirchlichen und weltlichen Herrschaft: der Kreuzkirche und dem Schloss. Erstere, berühmt wegen ihres außergewöhnlichen Turmes, der in seiner Breite fast die ganze Frontfassade einnahm, lag am Altmarkt. Es war ein protestantisches Gotteshaus – Sachsen als

Stammland Luthers war dem Katholizismus spinnefeind und seine Bewohner wohl das am stärksten protestantisch geprägte Volk Deutschlands.

Das Schloss selber beherrschte trutzig und imposant das linke Elbufer. Es war ein kolossaler, vielflügeliger Bau. Durch die dunkle Farbe des Elbsandsteins, aus dem es erbaut war, wirkte es von außen beinahe ein wenig düster, trotz der unzähligen reich verzierten Giebel, der vielen kleinen Türmchen und der blitzenden Fensterfronten. Weil die Landesherren ihre Residenz im Lauf der Zeit immer wieder erweitert und umgebaut hatten, war sie zu einem wahren Labyrinth geworden, in dem man sich nur schwer zurechtfand.

Die privaten Gemächer des Kurfürsten August von Sachsen lagen im ersten Stockwerk des Westflügels. Es handelte sich dabei um eine ganze Flucht von luxuriösen Räumen, vom Teesalon bis hin zum Schlafzimmer, die meisten davon mit Zwischentüren verbunden. Herrliche Stuckdecken, Pilaster und Ziersimse schmückten diesen Bereich des Schlosses, alles in Weiß und Gold gehalten. Die Wände waren mit Seidentapeten bespannt, in jedem Zimmer eine andere Farbe. Kostbarste Möbel aus Silber oder exotischen Hölzern bildeten die Einrichtung, dicke Damastvorhänge schluckten Lärm und Sonnenlicht. Auf dem hellen Parkettboden lagen weiche geknüpfte Teppiche aus dem Orient, die Wände zierten Malereien und kostbare Wirkwaren aus den Niederlanden. Selbst das kleinste Zimmer hatte noch einen zierlichen Kachelofen, um im Winter die Kälte abzuhalten.

In einem dieser prunkvollen Räume, dem gelben Empfangssalon, saß der Kurfürst von Sachsen und König von Polen mit heruntergelassenen Hosen auf dem Kackstuhl. An der Wand hinter ihm schwebte eine halb nackte, blumenumkränzte Aurora auf goldenem Prunkwagen der Morgenröte entgegen. Kleine pausbäckige Cupidos umflirrten die Göttin, einer davon zielte mit seinem winzigen Pfeil geradewegs auf den vor ihm hockenden Fürsten.

August trug gemäßigte Staatsgarderobe, waren doch am Vormittag nur die üblichen Empfänge und Besprechungen zu erledigen. Sein pflaumenfarbener Justeaucorps mit den vierundzwanzig

Achatknöpfen stand offen und ließ die gleichfarbige, mit Silberstickereien verzierte Weste sehen, an deren Kragen die feine weiße Spitze des Hemds hervorlugte. Die Beine steckten in weißen Strümpfen, die unter dem Kniebund der Hose verschwanden, an den Füßen trug August schwarze Atlasschuhe mit hohen roten Absätzen, die oben am Rist mit einer Silberspange dekoriert waren. Auf Orden und Prunkwaffen hatte der Kurfürst heute verzichtet, nicht aber auf die dunkelbraune Allongeperücke, deren üppige Locken ihm bis auf die Schultern fielen. Das Gesicht des Dreißigjährigen verzog sich wie im Schmerz, als sich sein Darm mit lautem Geräusch entlud.

»O Gott, wie ich diese Purgierkuren hasse! Flemming, mein Riechtier.«

Der Minister griff nach dem kleinen Kristallgefäß in Form eines trompetenden Elefanten, das auf dem Beistelltisch stand, und reichte es dem Kurfürsten. Der sog begierig den Duft des darin enthaltenen rosenölgetränkten Stoffbausches ein. Auch Flemming wünschte sich, er hätte sein Riechfläschchen mitgenommen. Er drückte sein feines weißes Taschentuch an die Nase.

Der Minister war untersetzt und dicklich, hatte runde Maulwurfsäuglein, die ständig blinzelten, einen kleinen Mund und ein Paar Hängebacken, die beim Sprechen leicht zitterten. Man sah es ihm nicht an, aber er war der hellste und wachste Geist bei Hof, ein Politiker von höchsten Fähigkeiten und der bedeutendste Ratgeber des Kurfürsten. Sein wichtigstes Talent lag allerdings darin, stets genau zu wissen, was in seinem Herrn vorging, um ihn auch während seiner schlimmsten Launen lenken zu können.

»Halten Sie durch, Majestät«, sprach er in beruhigendem Tonfall, »nur noch morgen ein letztes Bouillon piquant, dann haben Sie es hinter sich und sind wieder gesund und munter.«

August schnaufte. »Wenn ich nur ein Klistier von weitem sehe, bekomme ich Zustände! Gesund, pah! Ich bin gesund! Diese Ärzte sind allesamt Quacksalber! Dass ich zu dick bin und einen empfindlichen Magen habe, weiß ich selber, aber soll ich deshalb von Wasser und Brot leben? Also, was steht in der nächsten Stunde an?«

Flemming machte einen Bückling. »Draußen warten die Gesandten von Preußen, Frankreich und Russland, Majestät. Sie wissen, die monatliche Vormittagsbesprechung …«

»Ah, ist es schon wieder so weit?« Wieder verzog der Kurfürst-König das Gesicht, stöhnte leise und griff sich an den aufgeblähten Bauch. Diese Darmkrämpfe waren wirklich unerträglich! Das nächste Mal würde er auf keinen Fall zusätzlich diesen ekelhaften Aufguss aus Koloquinten und Sennesblättern trinken! Er erhob sich mit einem kleinen Ächzen, zog die Hose hoch und schloss die Knöpfe. »Na denn, ich lasse bitten!«

Flemming trat zur Tür und öffnete schwungvoll die geschnitzten Eichenflügel. »Majestät sind jetzt bereit, die Herren zu empfangen!«

Die drei Gesandten traten nacheinander ein und zelebrierten jeder eine höfische Verbeugung mit Kratzfuß. Sie verbeugten sich so tief, dass die herunterbaumelnden Locken ihrer Allongen fast den Boden berührten.

Der Kurfürst-König, der inzwischen auf seinem Audienzstuhl Platz genommen hatte, machte eine leichte, aufwärts gerichtete Handbewegung. »Bonjour, meine Herren, erheben Sie sich, je vous en prie. Wir sind außerordentlich erfreut, Sie zu sehen. Aber ich vermisse den Grafen Stratmann – er wird doch nicht unpässlich sein?«

Flemming neigte sich zu Augusts Ohr und sagte halblaut: »Der kaiserliche Gesandte weilt derzeit bei Hof in Wien, Sire.«

»Ach ja, ach ja, ich vergaß.« August runzelte die dichten dunklen Augenbrauen, die seinem Blick oft etwas Theatralisches verliehen. Dann blickte er die Botschafter reihum an. »Nun, meine Herren, wer von Ihnen möchte den Anfang machen?«

Graf Bulganin, der russische Gesandte, ein dürrer, schmallippiger älterer Herr in goldbesticktem Samtjabot und schwarzen Hosen, trat einen zierlichen Schritt vor.

»Wenn ich um die außerordentliche Gunst bitten darf …«

August nickte gnädig. Auf einen Wink hin brachte derweil ein Diener für den Preußen und den Franzosen zwei niedrige, quastenbehängte Taburetts, auf denen sich die beiden in größter Zufriedenheit niederließen. Bei der Audienz einen Polsterhocker zu erhalten, um zu Füßen des Königs sitzen zu dürfen, war eine besondere Gunst, die nicht immer gewährt wurde.

»Euer Majestät«, begann der russische Botschafter, »werden sich höchst allergnädigst erinnern, dass Seine Zarische Serenität, Peter Alexejewitsch, in Seiner allerfreundschaftlichsten Korrespondenz mit Euer Hochgeboren geruht hat, ein Präsent zu erwähnen, das auf den Weg nach Dresden gebracht worden ist …«

August sah fragend zu Flemming hoch, der ihm daraufhin wieder etwas ins Ohr flüsterte. Die Züge des Kurfürsten von Sachsen und Königs von Polen erhellten sich.

»Ja, Wir erinnern uns, Graf Bulganin. Fahren Sie fort.«

»Nun, Sire, die Versendung dieses kleinen Geschenks hat sich wegen des strengen Winters in Russland zu des Zaren allergrößtem Leidwesen und Chagrin verzögert und konnte erst im zeitigen Frühjahr vorgenommen werden. Jetzt erst kann ich das große Vergnügen für mich in Anspruch nehmen, Ihnen diese Bezeugung russischer Freundschaft und Treue präsentieren zu dürfen.«

Bulganin klatschte dreimal laut in die Hände. Die Eichentür öffnete sich erneut, und herein kamen zwei in russischer Dienertracht gekleidete Männer, die eine kleine goldene, an den Seiten mit Samtstoffen verhängte Sänfte trugen. Die beiden gingen gemessenen Schrittes mit ihrer, wie es aussah, nicht allzu schweren Last bis in die Mitte des Raumes und setzten das Geträge dort vorsichtig ab. Dann entfernten sie sich rückwärts unter wiederholten Bücklingen.

Einen endlosen Moment lang stand die Sänfte einfach nur da, neugierig beäugt von allen Anwesenden. Durch die Fenster fielen schräg die Sonnenstrahlen auf das glänzende Ding, brachen sich in den großen Wandspiegeln am anderen Ende des Raumes und tauchten alles in ein warmes, schimmerndes Licht. Der König, dem nie etwas schnell genug gehen konnte, wurde schon ungeduldig, doch gerade als er den Mund öffnen wollte, um etwas zu sagen, griffen zwei kleine Hände durch die Vorhänge und drückten den bunten Stoff zur Seite. Ein verschleierter Kopf, von dem nur ein Paar violettblauer Augen sichtbar war, erschien. Und schließlich stieg mit anmutigen Bewegungen eine Gestalt aus der Sänfte, die aussah wie den Märchen aus Tausendundeiner Nacht entsprungen.

Der Russe warf einen triumphierenden Seitenblick auf seine beiden Kollegen, die mit offenem Mund dasaßen. »Darf ich meinem Herrn, dem Zaren, Eurer Majestät Wohlwollen berichten?«

August antwortete nicht; er sah nur verblüfft auf diese exotische Erscheinung, die so gar nicht in einen sächsischen Empfangssalon passte. Das Mädchen trug kirschrote, halb transparente Pluderhosen, eine Art kurzärmelige blaue Bluse, die den Bauch freiließ und einen durchsichtigen, fast bodenlangen Schleier, in den glitzernde Spiegelstückchen eingewebt waren. Überall an ihrem Körper klirrten Ketten mit Goldmünzen; an den Handgelenken und den nackten Knöcheln bimmelten Glöckchen. Das rabenschwarze Haar fiel in unzähligen kleinen Zöpfchen über ihren Rücken. Mit kleinen Schritten ging das feenhafte Wesen auf August in seinem Audienzstuhl zu, ließ sich vor ihm auf die Knie sinken und berührte mit der verschleierten Stirn die Spitze seines linken Schuhs.

Graf Bulganin trat an ihre Seite. »Sie wurde in der Zeltburg des türkischen Oberbefehlshabers vor Asow gefunden, Sire, vor einigen Monaten. Vielleicht eine seiner Sklavinnen. Jetzt«, der Russe breitete lächelnd die Arme aus, »ist sie die Ihre.«

Der Kurfürst-König sah lange auf die kniende Gestalt herunter, die, das Gesicht immer noch am Boden, sich inzwischen ein Stück von ihm zurückgezogen hatte. Dann hob er den Kopf. »Graf Bulganin, richten Sie Ihrer Zarischen Majestät aus, dass Wir besonders erfreut sind und hoffen, Uns dereinst revanchieren zu können.«

Mit einem zufriedenen Lächeln auf den Lippen stand der König auf und zog seine silberbestickte Weste glatt. »Graf, würden Sie die Freundlichkeit haben, die Schüssel hinauszutragen?« Er deutete auf den Leibstuhl hinter sich.

Bulganin platzte fast ob dieser unerhörten Ehre, nahm den Behälter mit den Exkrementen des Königs und trug ihn feierlich durch die Tür hinaus, als sei es der heilige Gral selbst.

August winkte lässig mit der weißgepuderten Hand. »Nun lasst Uns bitte alle allein«, versetzte er in Richtung der anderen beiden Gesandten auf ihren Taburetts.

Flemming sah aus, als wolle er protestieren, hielt sich aber zurück. Der Preuße und der Franzose machten mit verkniffenen

Gesichtern ihre Abschiedsreverenz und zogen sich zurück. Für diesmal hatte ihnen Bulganin die Schau gestohlen.

»Das war nicht sehr diplomatisch, was, Flemming?«

Der Minister schüttelte mit schiefem Lächeln den Kopf. »Nein, Sire.«

»Macht nichts.« August umrundete derweil mit vorsichtigen Schritten das kniende Mädchen. Er hatte sich inzwischen daran erinnert, was der Zar ihm über das »Geschenk« geschrieben hatte. Ein kleiner Bettwärmer für kalte Nächte, so ähnlich hatte es doch geheißen …

»Jetzt will ich erst einmal mein Geschenk näher besehen. Mohren und Zwerge hab ich ja schon, aber eine kleine Muselmanin …« August bückte sich, nahm das Mädchen bei der Hand und zog es mit einer graziösen Bewegung hoch. Groß ist sie ja nicht, dachte er, als sie so vor ihm stand. Dann nahm er den Schleier und hob ihn über ihren Kopf. Ein ernstes Gesicht blickte ihn an, dunkle geschwungene Brauen, leicht schräg stehende Mandelaugen, hohe Backenknochen, ein regelmäßig geschnittener Mund. Es war schön – doch es war nicht das Gesicht einer Frau.

Mit einem Blick erfasste August den schmalen, noch kindlichen Körper, die eckigen Schultern, den noch nicht vorhandenen Busen.

»Das ist ja noch ein Kind«, entfuhr es ihm. Empört wandte er sich an Flemming, seine fleischigen Lippen bebten. »Dieser russische Barbar glaubt wohl, ich vergreife mich an Kindern! Der König von Polen, ein Päderast! Gott im Himmel, wie dégoutant! Kammerdiener!«

Die Tür öffnete sich, und ein Lakai trat ein.

»Bring Er dieses … dieses Mädchen weg!« August wies mit einer fahrigen Geste auf die immer noch reglos dastehende Gestalt. »Am besten zu Madame Hoym, ja genau. Sie soll sich um das arme Ding kümmern. Vite, vite.«

Nachdem der Diener die Kleine hinausgeführt hatte, sah August seinem Minister mit trübseligem Blick in die Augen. »Da können Sie mal sehen, Flemming. Diese Moskowiter sind doch eine Schande für die gesamte moderne Zivilisation. So was müssen wir nun

Bundesgenossen nennen! Und ich lasse diesen Bulganin auch noch die königliche Schüssel tragen, mein Gott, ich könnt mich in den Hintern beißen!«

Königlich polnischer und Churfürstlich Sächsischer Hoff= und Staats=Calender vom 15. Mai 1700

»Am heutigen Tage traf unsere allergnedigste Serenißima, die Kurfürstin=Königin Christiane Eberhardine, von Pretzsch aus bey Hof ein. Ihre königliche Hoheyt hat den kleinen Printzen Friedrich August bey sich, der Seiner Majestät, seinem Vater, noch am Abend anlesslich der großen Masquerade vorgestellt wird. Vivat der kleyne Printz!

Morgen sollen beyde Majestäten sowie der immer noch anwehsende Markgraf von Bayreuth-Kulmbach an der Wildschweinhatz im Schloß=Hof teylnehmen.

Vor dreyen Tagen kam als außer=gewehnliches Geschenk Seiner czaarischen Majestät, des großen Peter von Russland, ein türckisches Mädchen an den Hof. Ist um die zwelf Jahr alt, und vermuthet man, sie sey von hoher Geburt, gar vielleicht die Tochter eines Sulthans, was aber nicht mit Sicherheyt zu sagen ist, denn das Kindt ist stumm. Madame Hoym hat sich ihrer allergütigst angenommen und hat verlauthen laßen, sie würd sie haltten alß sey sie ihr eigen Fleysch und Bluth.

Gestern gieng die alljärliche Faßten=Kur unseres allerhöchsten Kurfürsten und Königs zu Ende. Der Hof=Medicus Doctor Tropanegger vermeldet, Ihre Majestät habe teglich ein Bouillon piquant und einen Purgier=Aufguß erhaltten und zuletzt 29 Töpgen Sauerbrunnen getruncken. Der Serenißimus erfreut sich nunmehro wieder außgetzeichneter Gesundheyt, mißt um den Bauche 103 Centimetres und wieget einhundertundfünff Kilo=Gramms ...«

Sie stinken. Aus allen ihren Poren dringt übler Geruch. Obwohl sie sich mit sämtlichen Wohlgerüchen der Welt parfümieren, riechen sie darunter schlimmer als der alte Ziegenbock, den meine Schwester Zeynep im Innenhof neben ihrem Schlafzimmer halten lässt. Ich glaube, sie waschen sich nicht! Sie meinen, edel und vornehm zu sein, aber ich habe noch nie gesehen, dass einer von ihnen ins Bad geht. Ja, ich habe in dem ganzen großen Palast überhaupt noch kein Bad entdeckt. Erst habe ich gedacht, sie lassen nur mich einfach schmutzig sein, weil ich eine Sklavin bin, aber nun glaube ich, dass sie selber so sind. Allah, manchmal muss ich mir die Nase zuhalten, damit mir nicht von ihrem Gestank übel wird. Aber es ist ja kein Wunder, dass sie riechen, denn sie tragen so enge und dicke Kleider, dass es dem Körper nicht zuträglich ist und sie dauernd schwitzen müssen, obwohl es hier doch so kalt ist. In den Frauenkleidern kann man sich kaum bewegen. Obenherum ist eine Art hartes Gitter aus Leder mit Knochen oder Metall, in das man sich zwängen muss, dann ist man darin wie eingesperrt. Dafür sind untenherum lauter Reifen, die das Gewand weit von den Beinen weghalten, sodass es darunter dauernd kühl und zugig ist. Wenn man das Gitter anhat, kann man kaum atmen und kommt sich vor wie in den Folterkellern des Padischah. Ich kann nicht verstehen, warum sich die Frauen so quälen und wie sie es bloß aushalten können. Vielleicht schreibt ihnen ihr Glaube diese Art Kleidung vor. Als ich so ein Folterkleid das erste Mal anhatte, bin ich nach einer Stunde umgefallen. Ich habe es noch mehrmals versucht, aber es geht nicht, ich bekomme keine Luft, und mir wird schwindelig und schlecht. Jetzt lassen sie mich ein lockeres, langes Kleid anziehen, das aber immer noch an den Hüften einschnürt. Zwar falle ich nun nicht mehr um, aber ich glaube, ich werde mich nie daran gewöhnen. Fast genauso schlimm sind die Schuhe, die man hier trägt. Sie sind unter den Fersen hoch, dass man meint, nach vorne kippen zu müssen, und sie machen Blasen, weil sie an den Zehen so eng sind. Wie wünsche ich mir ein Paar schöne weiche Pantöffelchen von daheim!

Jeden Abend wenn ich zu Bett gehe, weine ich, weil ich hier

fort will. Die Menschen sprechen eine Sprache, die hart und abgehackt klingt. Ich verstehe nichts von dem, was sie sagen, obwohl ich viele von ihren Gesten deuten kann. Ich bin ganz allein. Ach Allah, ich flehe zu Dir, sieh meine Tränen und nimm mich weg aus diesem Land, von diesen fremden Leuten. Bitte, ich will wieder nach Hause. Dauernd frage ich mich: Warum strafst Du mich so, Allmächtiger? Ich habe nichts Schlimmes getan, genau wie Anam, meine Tanten, Zübeyde und Aischegül. Nicht einmal der dicke Mustafa hat jemals etwas Schlimmes getan, er hat immer gut über uns gewacht, wie es die Pflicht der Eunuchen ist! Warum, o Barmherziger, hast Du zugelassen, dass unser Haremlik im Blut ertrunken ist? Jede Nacht träume ich grauenhafte Dinge – Dinge, die ich am Tag gar nicht denken will. Ich schreie dann wohl, glaube ich, weil immer eine Dienerin kommt und mir übers Haar streicht und versucht, mich wieder zu beruhigen. Sie bringt mir auch meistens heiße Milch und ein neues Schlafgewand, weil das alte nass vom Schweiß ist. Und dann singt sie mir Lieder vor, mit merkwürdigen Melodien, die meine Ohren beleidigen. Es hört sich an, wie wenn ein Schaf blökt, weil es sich verlaufen hat und nach der Herde schreien muss, Allah kerim!

Ich kann mich gar nicht genug darüber erstaunen, dass die Frauen hier keinen Schleier tragen. Nicht einmal die Lieblingsfrau des großen Sultans von Sachsen, dem ich jetzt gehöre, verhüllt ihr Gesicht. Jeder kann sie einfach anschauen und sehen, ob sie hübsch oder hässlich ist! Der gnädige, allmächtige, große Allah möge verhüten, dass ich noch hier bin, wenn ich älter bin. Aman! Ich müsste ja mein nacktes Gesicht schamlos jedem Diener, jedem lüsternen Mann zeigen. Eine größere Schande kann ich mir nicht vorstellen.

Seltsam ist auch das Haar der Franken, bei denen ich jetzt lebe. Die Diener sind meist braun- oder hellhaarig, manchmal auch dunkel, aber so schwarze Haare wie wir Osmanlis hat keiner. Und die vornehmen Menschen haben fast alle weißes oder graues Haar, das wie dicke Wolle aussieht. Sie tragen es entweder hoch auf dem Kopf aufgetürmt oder in Locken lang herabhängend, Männer wie Frauen. Und die Männer haben allesamt keinen Bart! Dabei birgt das Gesichtshaar doch heilige Kraft: »Der Bart ist Allahs Licht«, sagt der Imam. Aber vielleicht ist ihr Gott ja auch nackt und bloß im Gesicht, wie sie. Ich weiß es nicht, denn sie haben mich noch nicht mit in ihre Moschee genommen.

Die Frau, in deren Haushalt ich wohne, heißt Hoym Hanimefendi. Die meisten sagen aber Madame zu ihr. Sie ist ein großes und lautes Weib, lacht viel und muss jeden Abend den Sultan besuchen. Zu mir ist sie freundlich und tätschelt mir immer die Wangen, was mir gar nicht gefällt. Aber ich muss ja froh sein, dass sie mich gut behandelt und nicht schlägt, wie sie es bei einer Sklavin leicht könnte. Ich habe ihr meinen Namen aufgeschrieben, und dass ich nach der Lieblingstochter des Propheten benannt bin, aber sie kann unsere Schrift nicht lesen. Wenn die Leute hier schreiben, dann sieht es aus, wie wenn ein Huhn übers Papier gelaufen wäre, nicht so rund und fein geschwungen wie bei uns. Weil sie nun nicht wissen, wie ich wirklich heiße, haben sie mir einen Namen gegeben: Sie nennen mich »Du«, und dabei zeigen sie mit ausgestrecktem Finger auf mich. Das ist so demütigend und beleidigend. Daheim hätte mein Vater jeden dieser Finger zur Strafe abhacken lassen! Inzwischen glaube ich aber, dass sie es gar nicht böse meinen!

Im Selamlik der Hoym Hanim gehen nicht nur Frauen, sondern auch viele Männer ein und aus. Sie haben hier keine Mohren als Eunuchen; ich habe im Palast überhaupt erst einen Mohren getroffen, und das war der Leibdiener für die Schlafkammer des Sultans. Warum aber der Sultan einen Eunuchen für sich braucht, habe ich noch nicht herausgefunden.

Immer bete ich darum, dass mich mein Schicksal wieder heimführen wird. Man muss an das gute Kismet glauben, sagt der Imam. Aber dann denke ich wieder, ich weiß doch gar nicht, wohin ich gehen soll! Alle sind sie tot, alle. Mein Babadjim hat die Seidenschnur gewählt, weil er die Schlacht verloren hat. Das haben sie mir im Haremlik nicht gesagt, aber ich habe gehört, wie sie leise darüber geredet haben. Er ist einen ehrenvollen Tod gestorben und darf jetzt im Garten des Paradieses die süßesten Früchte genießen, Inschallah. Das hat er verdient, denn er ist immer gut zu uns gewesen, auch zu mir, obwohl ich nur ein Mädchen und die zweite Tochter seiner siebten Frau bin. Damals, als ich heimlich aus den Frauengemächern ausgerissen bin, um das Schattenspiel auf dem Meydan zu sehen, hat er dem Eunuchen die Rute aus der

Hand genommen und ihm verboten, mich zu schlagen. Und nun, wo mein armer Vater tot ist, frage ich mich: Wer lebt jetzt wohl in unserem schönen Haus in Adana mit den Wassergärten, den Säulengängen und den schattigen Innenhöfen? Bestimmt gehört alles nun fremden Leuten! Kann ich dort noch hin? Würde man mich aufnehmen? Und wenn, kenne ich zu Hause überhaupt noch jemanden? Ich weiß es nicht, eyvah! Nichts gehört mir mehr, nichts ist mehr, wie es war.

Brief der Anna Constantia Hoym an August II., König von Polen und Kurfürst von Sachsen, nach Warschau, 14. Februar 1701

Mein durchlauchtigster, großhertziger, gelibter Herr und Fürst, allergnedigste Majestät! Meine tiefste Reverentz zuvor! Mit größter Freude habe ich Ihren letzten Brieff aus Pohlen erhaltten, in dem Sie mir mitteylen, dass es Ihnen wohl ergeht. Sie wissen ja, daß mir immer so bangk ums Hertze ist, wenn Sie aus dem Landt gehn. Ich dancke Ihnen unterthänigst für das schene Perlen=Halßband, das Sie mir zuschicken haben laßen. Jede Perle eine Trähne – so heißt es doch? So viele Perlen, so viel Trähnen weine ich aus Kummer darüber, daß Sie, mein Geliebter, so fern von mir sindt!

Allhier zu Dreßden ist nun endtlich der Wintter eingekehrt, mit gar schlimmem Froßt und mehr Schnee, alß die Hof-Kehrer weg schippen können. Ich sitze den gantzen langen Tagk vor dem Ohfen, mit den Füßen in Kaninchen=Fell gewickelt, und habe großen Ennui. Drausen pfeyft der Windt um die Mauern, dass es gantz zum Erbarmen ist. Erst im April, so heisst es, kömmt ein Trupp Schau-Spieler aus dem Braunschweygischen, so fern die Wege es zu laßen. Ach, Ihro Gnaden mögen sich allergütigst erinnern an die lußtige italienische Kommödie, die wir im Herbßt miteynander gesehn haben! Wie der Pultschinello Grimaß geschnitten und drollig Burtzel=Bäum geschlahgen hat! Hintterher haben wir uns im blauen Salon gar herrlich mit der Musik des merveilleusen Lully divertirt, wißen Sie noch? Mon Dieu, wie sehne ich Ihre Rückehr herbey!

Eyniges habe ich zu berichten von der kleinen Türckin, die nun schon seyt fast einem drey=viertel Jahr bei mir lebt. Immer noch ist das arme Dingk stumb wie ein Fisch. Aber intzwischen verstehet sie viel von dem, was man ihr sagt. Manch Mal benimbt sie sich aber gar merckwürdig. Gestern brachte mir ein Küchen=Diener eine Kanne voll heyßem rothem Bourgunder, die der Tolpatsch aufs Parckett fallen ließ. Der Weyn machte eine Lache auf dem Boden wie Blut, da hat die Kleine an gefangen zu schlothern und zu zithern wie Äspen=Laub. Auch des nachts hat sie immer noch Alpp-Träum. Der Doctor Tropanegger sagt, vielleycht kann sie nicht sprechen, weill ihr ein großer Schreck die Stimme genomen hat. Aber wir wissen nunmehro endtlich, wie das Kindt heyßt: Ein Kauffmann, der mit Trocken=Feygen und Meerschaumb auß dem Orient handelt und das Türckische lehsen kann, hat ihre Schrift ent=zyffert. Er sagt, es heißet Fatima oder Fatime. Euer Majestet hetten sehn sollen, wie glücklich das Kindt war, alß wir es zum ersten Mahle beym Nahmen gerufen haben! Ich glaube, da hat sie zum ersten Mahl gelächeltt, seyt sie zu Dreßden ist.

Und nun, Sire, die wichtigste Sache pour finir: Gestern zur Morgen-Choquolade hatte ich eine Unterredungk mit Monsieur Stepney dem Gesantten der englischen Krohne. Er teilthe mir mit, er habe sichere Informacion darüber, daß der König von Schweden den Krieg nach Pohlen hinein tragen wolle.

Nach seinem Siegk über die Rußen bei Narwa vor zweyen Monathen will Karl XII. nunmero Sie, Majestät, der pohlnischen Krohne entsetzen und dortten einen König von seinen Gnahden schaffen, der dann seine Marionett sein wirdt. Der Plahn für den Eynmarsch in Pohlen soll schon gemacht seyn, es sey nur noch eine Frage der Zeyt.

Gnedigste, hochverehrteste, geliebteste Majestät, mein König! Wöllen Sie sich zuletzt doch endtlich, endtlich wieder zu Ihrer Constantzia heim begeben, die nichts sehliger machen würde, alß Ihre Rück=Kehr. Gedencken Sie unßerer schensten Stunden. Meine Brüßt, mein Schoß, mein gantzer Cörper warttet auf Sie, mein Hercules. Mein Leyb verzehrt sich in Sehn=Sucht, und meine Seele dürstet nach Ihrer Gegenwartt. Laßen Sie Ihre schöne Venus nicht lenger leyden und eylen Sie herbey in ihre offnen Arme! Darumb flehet Ihre unterthänigste Dienerin, die Sie liebt und verehrt biß in alle Ewigkeyt,

Constanzia

Fatmah

Es sind gar nicht ihre richtigen Haare! Sie tragen fremdes Haar auf dem Kopf! Allah, wie bin ich erschrocken, als gestern Abend die Dienerin an der Frisur von Madame zog und diese plötzlich in der Hand hielt. Warum tun sie das nur? Frieren sie so sehr auf dem Kopf? Aber warum nehmen sie dann keinen warmen Schleier, eine Mütze oder ein Wolltuch? Beim bloßen Gedanken, mir das Haar von anderen Menschen (oder vielleicht gar Tieren?) überstülpen zu müssen, schüttelt es mich. Die weiße Farbe ist auch nicht echt. Sie kommt davon, dass man das falsche Gewölle – sie nennen es Perücke – mit Mehl oder Kreide bestäubt. Ich glaube, sie wollen überhaupt nicht sie selber sein. Denn auch ihr wahres Gesicht decken sie zu! Seit ich morgens und abends der Madame beim An- und Auskleiden helfe und bei ihrer Toilette zusehe, weiß ich endlich, warum hier alle so blass sind: Sie lassen sich einen weißen Brei ins Gesicht schmieren, der ihre ganze Haut zudeckt! Das nennt man, glaube ich, Schminke. Wenn sie dann so weiß sind wie ein Gespenst, malen sie sich rote Lippen und schwarze Brauen auf. Abends muss dann die ganze Malerei wieder mit einem Tuch abgerubbelt werden. Allah kerim, wer soll das alles verstehen?

Sie wissen jetzt, wie ich heiße! Ein Mann war da, der konnte meinen Namen lesen, und er hat auch in meiner Sprache mit mir gesprochen. Mein Name klang seltsam aus seinem Mund. Er wollte, dass ich etwas sage, aber es geht nicht. Wie hätte ich ihm erklären sollen, dass mein Hals verschlossen ist? Dass es ist, als sei mein Mund voller Steine? Allah hat mir die Stimme genommen, vay! Inschallah, es ist sein Wille.

An das Essen habe ich mich schon gewöhnt; es ist meist fade.

Den Gerichten fehlt es an Schärfe, und sie sind anders gewürzt als bei uns. Aber das Schlimmste ist: Sie essen Schweine! Offenbar kennen die Franken keine unreinen Speisen. Sie trinken auch Wein, oft so viel, dass sie davon ganz dumm im Kopf werden und schwanken wie eine Palme im Wind. Ich trinke nur Wasser, obwohl sie mir dauernd Wein anbieten, und weil ich bei den meisten Fleischgerichten nicht sicher sein kann, ob es Schwein ist, esse ich nur Geflügel oder im Ganzen aufgetragene Tiere, die ich erkennen kann. Die Kuchen und Süßspeisen sind zwar schmackhaft, aber nicht so wie daheim. Wenn ich wieder nach Hause komme, werde ich, glaube ich, so viel essen und trinken, bis ich platze, noch viel mehr als beim Zuckerfest nach dem Ramadan.

Hoym Hanim behandelt mich immer noch gut. Wenn sie Gesellschaften gibt, muss ich immer meine türkischen Kleider anziehen und dabei sein, dann starren mich alle an wie ein seltenes Tier. Neulich hat sie Kaffee auftragen lassen, und auch ich bekam einen kleinen Becher voll. Er hat schon merkwürdig gerochen, und als ich einen Schluck davon probiert habe, schmeckte er so widerlich, dass ich ihn gleich wieder ausspucken musste. Die Damen waren entsetzt, und ich habe mich geschämt. Die Hoym Hanimefendi war drei Tage lang böse mit mir. Könnte ich ihr doch zeigen, wie man richtigen Kaffee kocht! Ich möchte ihr doch so gern meine Dankbarkeit erweisen dafür, dass sie mich bei sich aufgenommen hat. Sie ist überhaupt recht schlecht gelaunt in der letzten Zeit und oft traurig. Marie, die Kammerfrau, die immer noch bei mir im Zimmer schläft, um mich nachts zu trösten, hat mir erklärt, warum. Inzwischen begreife ich gut, was sie mir mit Worten, Gesten und Grimassen sagt. Ich habe sie so verstanden, dass Hoym Hanim den Sultan vermisst, der schon lange Zeit fort ist. Er kämpft mit seinem Heer im Krieg, ich weiß nicht gegen wen. Vielleicht sind es ja die Truppen des Padischah, und wenn sie siegen, kommen sie mich holen! O Allah, wenn das nur wahr wäre! Es macht mir jeden Tag Hoffnung! Bitte, Allgütiger, gib, dass meine Gefangenschaft nicht mehr lange dauert!

Jeden Tag sage ich nun im Kopf die Al Fatiha auf, damit ich die Worte nicht vergesse. Bismillahir – rahmanir – rahim … es wäre schrecklich, wenn ich den Anfang des Korans nicht mehr auswendig könnte! Dann könnte ich am Tag des letzten Gerichts nicht mehr beweisen, dass ich eine gute Muslima bin und müsste zusammen mit den Ungläubigen in die brennende Gehenna. Ich bete fünfmal täglich, ganz gewissenhaft, doch bin ich mir nicht sicher, ob diese Gebete auch im Himmel gehört werden – ich weiß ja nicht genau, wo von hier aus Mekka liegt! Also verbeuge ich mich ungefähr dahin, wo die Sonne aufgeht, und hoffe, dass es so richtig ist.

Ich weine immer noch viel, weil ich so allein bin und so viel Sehnsucht nach meiner Annecigim, den Tanten und Babadjim habe. Manchmal, wenn ich nachts im Bett liege, glaube ich die Stimme meiner Mutter zu hören, wie sie mich ruft: Komm, kizim, meine Seele, lass mich deine Augen küssen ... O Allah, o Mohammed, ich möchte wieder nach Hause! Wenn ich hier bleiben muss, was wird dann aus mir? Werde ich immer die Dienerin von Hoym Hanim sein? Oder schenkt auch sie mich weiter wie mein erster Herr, der Sultan der Moskowiter? Niemand hier mag mich wirklich.

Klissow in Polen, 9. Juli 1702

Der Tag brach an. Über der sumpfigen Ebene schwebte in feinen, hauchdünnen Schwaden der weiße Morgennebel; die Nacht war feucht und kalt gewesen. Aus einem dichten Laubwäldchen im Osten stieg die Morgenröte, und die ersten Strahlen der Sonne tauchten die nassen Wiesen in ein sanftes, rosiges Licht. In Krakau, das sechs Meilen weiter südlich lag, krähten die ersten Hähne; die Bürger der Stadt begannen ihren Tag mit dem Richten des morgendlichen Herdfeuers.

Dreizehntausend Schweden lagerten seit zwei Tagen am Rande der weiten Fläche. Sie waren müde und ausgehungert, viele von ihnen durchfallkrank, ihre Pferde mager und erschöpft. Monate des Kampfes lagen hinter ihnen. Nun hatte Karl XII. seine Armee in Eilmärschen vom besetzten Warschau her vorrücken lassen. Nachdem schon die gesamte Nordhälfte Polens unter schwedischer

Kontrolle war, suchte der junge, wagemutige König hier im Süden die endgültige Entscheidung. Niemand hatte anfangs gedacht, dass sich der unerfahrene Jüngling gegen den vereinten Angriff Russlands und Sachsen-Polens auch nur ein Jahr würde behaupten können – jetzt stand die schwedische Armee, nachdem sie die Russen mit Bravour aus dem Feld geschlagen hatte, vor ihrem nächsten großen Erfolg. Innerhalb von zwei Jahren hatte sich Karl den Ruf eines soldatischen Genies erworben, und seine Männer gingen für ihn durchs Feuer. Ganz Europa sah bewundernd auf diesen jungen Kriegsgott, der für das Schlachtfeld geboren schien.

Während sich die schwedische Armee in den nächsten Stunden formierte, saßen einige Meilen weiter südlich, dort, wo die moorige Ebene von weichen Hügeln begrenzt wurde, die sächsischen Offiziere beim üppigen Morgenmahl. König August und seine Generäle waren bester Laune. Man hatte gerade die Vorspeisen aufgetischt und ein Fässchen Tokaier angezapft. Eine Hand voll Diener wieselte mit Karaffen in der Hand beflissen um die Gesellschaft herum und schenkte ein. Der Leibkammerzwerg des Königs, ein winziges blondlockiges Männlein namens Hans Tramm, marschierte in maßgeschneiderter Kinderuniform um den langen Tisch und blies auf einer imaginären Trompete.

»Auf die polnische Krone, Sire!« General Schulenburg, Kommandeur der sächsischen Infanterie, hob seinen Pokal. Die anderen taten es ihm nach. August, der in rotseidener Paradeuniform an der Stirnseite der Tafel saß, stand auf.

»Auf die sächsische Armee, meine Herren! Nächste Woche um die gleiche Zeit werden wir zu Krakau unseren Sieg feiern können, so Gott will!«

Flemming, dem August als Generaloberst die Befehlsgewalt über die Kavallerie anvertraut hatte, stand auf und ergriff das Wort.

»Gerade ist Nachricht gekommen von der polnischen Kronarmee. Sie dürfte spätestens heute Nachmittag zu uns stoßen. Damit steht einem Erfolg über den Feind wohl endgültig nichts mehr im Wege.«

Hochrufe klangen durch das Zelt. Die jungen adeligen Offiziere klatschten Beifall.

»Also können wir in zwei oder drei Tagen die Schlacht wagen. Auf meine Polen ist Verlass.« August lehnte sich zufrieden zurück und knöpfte dabei seine goldbestickte Uniformjacke auf.

Schulenburg kratzte sich nachdenklich unter dem Rand seiner Perücke. »Erlauben mir Majestät allergnädigst die Bemerkung, dass wir den Kampf nicht länger aufschieben sollen als unbedingt nötig? Noch sind die Schweden von den langen Märschen erschöpft und knapp an Proviant, aber wie man hört, ist der Nachschub bereits von Warschau her unterwegs. Jeder Tag, den wir warten, macht die anderen stärker. Und dieser Karl hat nicht zum ersten Mal einen Kampf gewonnen, der für ihn schon verloren schien.«

August lachte. »Aber, aber, Schulenburg, Sie sehen zu schwarz. Wir sind deutlich in der Übermacht.«

»Und die Erfahrung Seiner Majestät als Feldherr wiegt wohl die des Schweden leicht auf!«, warf Flemming ein.

Schulenburg gab sofort nach. »Bien sûr, mein Lieber, bien sûr. Ihre Majestät wird uns zu einem glorreichen Sieg führen, daran besteht überhaupt kein Zweifel.«

»Darauf trinken wir!« Einer der Offiziere hob sein Glas.

In diesem Augenblick betrat ein junger Meldereiter das Zelt und salutierte vor dem König.

»Erstatte gehorsamst Meldung, dass ein schwedischer Spähtrupp drei Meilen nordwestlich von hier gesichtet wurde.«

August nickte gnädig und wandte sich dann schmunzelnd an seine Generäle: »Wollen wir sie zum Frühstück einladen?« Alles lachte, denn in diesem Moment wurde ein knuspriges Spanferkel am Spieß hereingetragen und in die Mitte der Tafel gestellt. Man griff zu den Servietten und wandte sich dem Essen zu. Doch bevor das Fleisch angeschnitten werden konnte, gab es draußen einen hörbaren Tumult, und ein weiterer Reiter stürzte durch den Zelteingang. Man sah ihm an, dass er scharf geritten war, seine Uniform war schlammbespritzt. Vor Aufregung hielt er sich nicht an die Etikette, sondern platzte einfach mit seiner Nachricht heraus.

»Sie kommen!« Seine Stimme überschlug sich. »Die Schweden kommen!«

»Das wissen wir doch schon, Soldat.« Schulenburg schüttelte

tadelnd den Kopf. »Fass Er sich. Was regt Er sich so auf wegen eines Spähtrupps?«

Der junge Mann sah seinen Kommandeur mit verzweifeltem Blick an.

»Das ist kein Spähtrupp, mon Général! Mit Ihrer Erlaubnis – das ist die gesamte schwedische Armee!«

Alle fuhren von den Sitzen hoch.

»Ist Er auch ganz sicher?« August hob die dichten Augenbrauen.

Da donnerten draußen die ersten Alarmschüsse der sächsischen Kanoniere. Die Offiziere rückten ihre Perücken zurecht und knöpften die Uniformjacken zu.

»Na, dann werden wir den Kerlen mal zeigen, wie man eine Schlacht gewinnt!«, rief einer der adeligen Leutnants gut gelaunt. »He, Küchendiener, halt Er uns den Braten warm! Es wird nicht lange dauern!«

Der junge polnische Reiterleutnant zügelte sein fuchsbraunes Pferd, das nervös unter ihm tänzelte. Das Tier spürte die Aufregung seines Herrn. Es war nicht der erste Kampf in diesem Krieg, den Graf Jan Michal Worowski heute bestreiten würde, aber dennoch konnte der Neunzehnjährige seine innere Unruhe kaum im Zaum halten. Hieronimus Lubomirski, Befehlshaber der polnischen Kronarmee, hatte ihm erstmals das Kommando seines Vaters übertragen, der vor knapp einem Jahr gestorben war. Der Junge brannte darauf, sich dieser Nachfolge würdig zu erweisen. Schneidig sah er aus auf seinem glänzend gestriegelten Kladruberhengst, mit dem Wolfsfell über der Schulter, dem gekrümmten Schwert an der Seite und der blauen Standarte der Worowskis, die hoch über seinem Kopf im Wind flatterte. Er hatte mit seiner Kompanie an der äußersten rechten Flanke Aufstellung genommen; seine Männer waren direkt hinter ihm. Auf den Hügeln im Osten des Schlachtfelds, auf dem längst schon der Kampf tobte, ließen sie ihre Pferde steigen und sahen ungeduldig in Erwartung der Schlacht auf die Ebene hinunter.

Die polnische Kronarmee war in Europa seit den Türkenkriegen Legende: ein prachtvolles Ritterheer nach alter Art, stolz und unüberwindlich. Die Reiter trugen leuchtende Farben über ihren

Panzerhemden, lange blutrote Umhänge, Tierfelle und blitzende Metallhelme mit Adlerflügeln. Sie kämpften mit der Streitaxt, mit wimpelbewehrten Lanzen und mit ziselierten Steinschlossbüchsen. Wie eine Urgewalt kamen sie über ihre Gegner und stießen dabei ein Grauen erregendes Kriegsgeschrei aus. Ihr Ruf verbreitete überall Angst und Schrecken.

An diesem Tag waren es Zehntausend, die sich auf das Signal hin von den Hügeln herab in Bewegung setzten. Knie an Knie, Schenkel an Schenkel ritten sie an, vier Reihen tief. Wie eine Walze rollte die gefürchtete Kronarmee auf das Schlachtfeld zu.

Die Sachsen jubelten bei ihrem Anblick. Seit zwei Stunden schon kämpften sie auf dem Rückzug; fast alle ihre Geschütze waren bereits vom Feind erbeutet. Karl hatte das Moor zu seinem Vorteil genutzt. Große Teile der sächsischen Infanterie waren von seinen Truppen in einen der vielen Sümpfe getrieben worden; die Schweden hatten nur noch in Ruhe zusehen müssen, wie die armen Teufel langsam untergingen. Jetzt aber schien es, als ob das Blatt sich wenden würde. Die Erde vibrierte unter den Hufen der polnischen Pferde, die auf Kommando in Galopp übergegangen waren. Zehntausend bis an die Zähne bewaffnete Reiter prallten auf die schwedische Armee.

Der junge Worowski kämpfte umsichtig und tapfer an der Spitze seines Regiments, wie es ihn sein Vater gelehrt hatte. Klug vermied er das Moor, während seine Reiter gegen die Kavallerieeinheit des Herzogs von Holstein fochten, der mit den Schweden verbündet war. Mit präzisen Kommandos schickte der polnische Leutnant seine Reiter, gab Befehle, behielt gute Übersicht. Seine anfängliche Unsicherheit machte einem Hochgefühl Platz: Er konnte kämpfen, er hatte keine Angst. Sein Vater hätte sich seiner nicht schämen müssen.

Der Feind wich langsam, aber stetig auf der ganzen Linie zurück. Schreie klangen durch den dichten Pulverdampf, Schüsse krachten, Körper fielen. Obwohl ihre Pferde tief im Morast versanken, über Leichen und Verletzte stolperten, im Schlamm ausglitten, behielten die Polen die Oberhand. Worowski zog sein Schwert mit einem Ruck aus der Halsbeuge eines Schweden, der gurgelnd aus dem Sattel kippte. Er ließ sein Pferd steigen, wendete in der Drehung und suchte sich den nächsten Gegner. Da plötzlich ging ein Aufschrei durch die feindlichen Reihen. Der Herzog von Holstein war schwer verwundet von seinem Schimmel geglitten; seine Soldaten versuchten fieberhaft, den blutüberströmten Körper aus der Kampflinie zu bergen. Worowski stieß einen triumphierenden Schrei aus. Mit einem Blick bemerkte er, dass neben ihm der linke Flügel der Schweden einbrach. Er schwenkte seine Streitaxt hoch über den Kopf und gab seiner Einheit Befehl, den Fliehenden nachzusetzen. Auch weiter drüben schien es, als hätten die Polen sich durchgesetzt. Griff die Fluchtbewegung um sich, dann würde auch der Schwedenkönig höchstpersönlich seine Soldaten nicht mehr stoppen können.

In diesem Augenblick kam das Signal zum Rückzug. Worowski traute seinen Ohren nicht. Doch, es war unzweifelhaft, die Trompete blies zum sofortigen Rückzug. Mitten im Galopp zügelte der junge Offizier seinen Hengst. Auch der Kommandeur des Nachbarregiments hatte innegehalten. Wieder dasselbe Signal. Worowski fluchte. Er glaubte, vor Wut und Enttäuschung platzen zu müssen. So nah am Sieg! Wie konnte das Oberkommando, wie konnte der Kronhetman Lubomirski die Lage so falsch einschätzen? Sie mussten doch sehen, dass die Flanke der Schweden fast schon überrollt war! Doch das Signal ertönte ein drittes Mal, und Worowski blieb keine Wahl. Er hob sein Schwert und gab das Zeichen. Die Reiter der Kronarmee ließen vom Kampf ab, wendeten ihre Pferde und preschten mit fliegenden Röcken und wehenden Standarten zu den östlichen Hügeln zurück.

Um vier Uhr nachmittags ließ sich König August widerstrebend von einigen Offizieren nach Krakau in Sicherheit bringen. Eine Stunde später war der Kampf zu Ende. Der Sumpf schloss sich über tausend sächsischen Soldaten, noch einmal so viele lagen tot auf dem Schlachtfeld. Die gesamte Artillerie der Sachsen, die Kriegskasse, der Tross mit fünfhundert Soldatenhuren sowie das silberne Tafelgeschirr samt dem inzwischen erkalteten Spanferkel war in die Hände der Schweden gefallen. Um sechs Uhr erhielt August in einer Schreibstube des Krakauer Wawel die endgültige Nachricht von der vernichtenden Niederlage. Wortlos sah der König den erschöpften Kurier an. Dann nahm er die Perücke ab, lockerte den Kragen und ließ sich auf einen Stuhl sinken. »Ich habe meine Armee sehr wohl besoldet«, murmelte er, »werde aber von selbiger gar übel bedient.«

Mehr hörte niemand mehr an diesem Abend von ihm.

Dresden, September 1702

»Und hören Sie, Maître – kein Leichenhaar! Ich will auf keinen Fall Leichenhaar!« Madame Hoym zupfte nervös an den Rüschen ihres Morgenneligés. »Und auch keines von Zuchthäuslern.«

»Mon Dieu, Madame, niemals! Schließlich habe ich einen Ruf zu verlieren!« Maître Louis Schick, seines Zeichens Perückenmacher, Coiffeur und Hersteller edler Kosmetika, verzog das Gesicht zu einer entsetzten Grimasse. »Ich versichere Ihnen, dass ich auf der Leipziger Haarmesse nur von den zuverlässigsten Haarmaklern kaufe. Ich akzeptiere nur schönstes Frauenhaar aus der Kopfmitte. Blond muss es sein, dicht und nicht zu stark gelockt, und nur von sauberen Bauernmädchen. Die Hausierer, die über Land ziehen, wissen das und auch dass ich die höchsten Preise zahle, wenn die Qualität stimmt.«

Die Empörung des Maître war nicht gespielt. Er war Perückenmacher aus Leidenschaft: Niemand passte die Haube besser an, präparierte das Haar sorgfältiger, knüpfte die Flechten haltbarer und verwendete mehr Hingabe auf eine gut sitzende Frisur – ein gelungenes Stück war Schicks ganzer Stolz. Er rühmte sich, in Deutschland der einzige Meister zu sein, der alle hundertfünfzehn bekannten Perückensorten beherrschte, von der Feldzug- über die Reise- bis hin zur festlichen Galaperücke. Es hieß, er habe sogar zu Paris an der Académie des coiffeurs studiert, die der Leibfriseur der berühmten Pompadour ins Leben gerufen hatte.

Mit einer geschickten Bewegung stülpte der kleine, beleibte Mann der vor ihm sitzenden Madame Hoym eine lederne Kappe über den Kopf und zog sie zurecht. Schick kniff und zupfte an der Lederhaube und griff schließlich zu einer Schere, mit der er den

Ohrenausschnitt und die Stirnkontur korrigierte. »Voilà, Madame. Wie Sie wissen, ist die Perücke nicht nur à la mode, sondern gar ein Gebot der Medizin! Denn geht man mit bloßen Haaren, so bleichen sie aus und werden kraftlos. Und die Kälte der Luft gelangt in Unmaßen an den Schädel, was zu dauerhaften Kopfschmerzen, Denkschwäche, ja zu gefährlichen Hirnkrankheiten führen kann. Sophie, den Kreidestift!«

Ein zartgliedriges Mädchen von vielleicht zwölf Jahren trat hinter einem Paravent hervor, knickste und reichte dem Maître das Gewünschte.

»Darf ich ergebenst vorstellen: Meine Tochter Sophie Amalie.«

Die Hoym nickte dem Kind zu und verzog dann spöttisch den Mund. »Ah, eine kleine Rothaarige! A la bonheur, Maître Schick, sehr pikant. Sie wissen doch, was man sich über Rothaarige erzählt?«

Schick, der schon begonnen hatte, die Stellen für Abnäher zu markieren, ließ die Kreide sinken. Seine Hände zitterten leicht und sein Gesicht überzog sich rosa – wie immer wenn er auf dieses peinliche Thema angesprochen wurde. Natürlich war auch ihm bekannt, was alle Welt glaubte: dass nämlich Rothaarige während der Menstruation ihrer Mutter gezeugt seien, was auf deren erotische Unersättlichkeit schließen ließ. Und weil ein Mädchen die geschlechtlichen Vorlieben der Mutter erbte, hielt man rothaarige Frauen zwangsläufig für leichtlebig, schnell verführbar, ja mannstoll. Ein Vorurteil, dem Schick wenig entgegenzusetzen hatte.

»Ich kann Ihnen versichern, Madame, dass meine lang verstorbene Gattin, Gott hab sie selig, das anständigste, züchtigste und unbescholtenste Weib auf der ganzen Welt war, und in diesem Sinne habe ich meine Tochter seit ihrer Geburt erzogen. Sie ist rein und unschuldig wie jungfräulich gefallener Schnee, und das wird sie auch bleiben, bis ein passender Ehemann gefunden ist.«

»Aber, aber, Maître, seien Sie nicht empfindlich, ich habe ja nur gescherzt.« Constantia Hoym winkte amüsiert ab. »Ihre Tochter ist ausgesprochen apart. Die Sommersprossen allerdings …«

In diesem Augenblick ging die Tapetentür neben dem Schminktischchen auf, und Fatmah trat herein, in den Händen ein Tablett mit großen gelben Trauben.

»Bring sie mir, ma petite.« Die Hoym winkte das Mädchen zu sich. »Sehen Sie nur, Maître Schick, die beiden nebeneinander! Wie unterschiedlich doch die Menschen sein können!« Es war wirklich ein bemerkenswerter Kontrast zwischen den Mädchen – die eine dunkel und exotisch, mit dichten schwarzen Locken, goldgetönter Haut und Mandelaugen, die andere hellhäutig, mit lustig gesprenkeltem Gesicht, runden hellblauen Augen und kupferfarbenem Haarkranz.

»Wahrhaftig, Madame, ein Treffen zwischen Orient und Okzident. Das ist wohl die kleine Türkin, die nun schon seit längerem im Schloss lebt? Wie man hört, spricht sie nicht? Sehr schade. Aber was für ein Haar, quel abondance!«

»Nicht wahr? Stellen Sie sich vor, Maître, sie lässt sich nicht davon abbringen, es alle paar Tage zu waschen!«

»Dieu du ciel! Du liebe Güte! Und sie ist trotzdem gesund, ja? Das ist wohl das barbarische Naturell der Muselmanen! Wer von uns würde so etwas aushalten?« Schick schnalzte entsetzt mit der Zunge, seine dicken Backen zitterten.

Die beiden Kinder beäugten sich zuerst neugierig und standen verschämt Schulter an Schulter, dann plötzlich zwinkerte das sommersprossige Mädchen Fatmah zu und streckte Madame Hoym, die sich schon wieder umgedreht hatte, die Zunge heraus. Fatmah musste lachen, schlug aber sofort die Hand vor den Mund. Schick drohte den beiden mit erhobenem Zeigefinger, worauf Sophie neben ihren Vater trat und ihm die Schneiderkreide abnahm. Fatmah stellte den Obstteller auf das Schminktischchen, setzte sich mit überkreuzten Beinen auf ein Sofa in der Zimmerecke und beobachtete die Szene.

Sophie ging ihrem Vater beim Anpassen der Lederhaube zur Hand. Seit frühester Kindheit schon hatte er sie bei der Arbeit zusehen und mitmachen lassen – wie hätte er sie nach dem Tod ihrer Mutter sonst beaufsichtigen sollen? Er hatte es nicht übers Herz gebracht, die Kleine in den Haushalt seiner Schwester zu geben, ja, er nahm sich nicht einmal eine Kinderfrau, denn das hätte bedeutet, das Mädchen nicht ständig um sich zu haben. Sie war das Ebenbild ihrer Mutter und das einzige Licht in seiner Einsamkeit, er brauchte sie, um nicht völlig in Trauer zu versinken. Sophie war im Atelier glücklich und zufrieden aufgewachsen und hatte ganz nebenbei mehr gelernt als der beste Lehrling. Sie wusste alles über Perückenmacherei: wie man die Strähnen band, mit Mehl und Kleie reinigte, mit Kräuselhölzern aufwickelte. Wie man die Röllchen dann kochte, in der Haartrommel trocknete und anschließend in Mehlteig buk, um die Locken haltbar zu machen. Und wie man sie zu Tressen zusammenknüpfte, an Leinwandstreifen nähte und diese schließlich auf die lederne Unterhaube klebte. Und selbstverständlich konnte Sophie auch natürliches Haar papillotieren und brennen; sie hantierte beinahe so geschickt mit Quetscheisen und Brennzange wie ihr Vater. Schick war so stolz auf seine Tochter, dass er sie seit einiger Zeit bei allen Aufträgen mitnahm, und so kam die Kleine in die besten sächsischen Adelshäuser, ja bis ins kurfürstliche Schloss.

»Wenn ich nun die Haube wieder abnehmen dürfte?« Der Maître setzte das lederne Ding wieder auf den Holzkopf, der nach Madame Hoyms Maßen angefertigt worden war. »In einer Woche werden Ihre Gnaden eine herrliche Perücke nach allerneuester Pariser Mode in Händen halten. Die Vorlage habe ich mit der letzten Post aus Frankreich erhalten!«

Die Hoym nickte gnädig und ließ sich von Sophie ihre alte Perücke wieder aufsetzen. Sie griff nach der tütenähnlichen Papiermaske und hielt sie sich vors Gesicht, während das Mädchen den Puderzerstäuber wie eine Ziehharmonika betätigte und damit feinstes Reismehl auf die künstlichen Locken pustete. Dann verabschiedete sich Maître Schick mit vielen Katzbuckeln, nahm seine Tochter bei der Hand und zog sich rückwärts durch die Flügeltüre in den Flur zurück.

»Komm, Fatima, hilf mir mit dem Ankleiden.« Madame Hoym war aufgestanden und zog nun die Bänder ihres Negligés auf. »Ich denke, ich nehme heute die grüne Contouche.«

Fatima brachte das einfache und bequeme Hauskleid aus dem Nebenzimmer und half ihrer Herrin hinein. Sie knöpfte das Oberteil zu und ordnete die Quetschfalte im Rücken, bis die Robe symmetrisch und kegelförmig fiel. Auch sie selber trug inzwischen täglich die Contouche, denn dazu brauchte man weder ein einengendes Mieder noch das Reifgestänge unter den Röcken.

Sogar an die Schuhe mit den Absätzen hatte sie sich mit der Zeit gewöhnt, auch wenn sie immer noch am liebsten barfuß lief. Gegen eine Perücke hatte sie sich allerdings bisher mit Händen und Füßen gewehrt, und schließlich hatte ihr Madame Hoym ihren Willen gelassen. Man durfte das Kind nicht überfordern.

Die Mätresse des Kurfürst-Königs genoss es, sich wie andere große Damen eine fremdländische Dienerin zu halten, obwohl sie noch immer keinen rechten Zugang zu dem fremden Mädchen gefunden hatte. O ja, Fatima war zwar scheu, aber gelehrig, schaute sich von den Kammerfrauen ab, was zu tun war, benahm sich anständig und verstand inzwischen fast jedes Wort. Das Mädchen hatte sich auch sonst recht gut eingefügt und fand sich im Schloss zurecht. Bei Gesellschaften konnte man mit ihr Aufsehen erregen, alle nannten das Mädchen reizend und beneideten Constantia um ihre »kleine Türkin«.

Fatima nahm alles scheinbar gleichmütig hin und schien sich an ihr neues Leben zu gewöhnen. Schließlich fehlte es ihr auch an nichts. Aber echte Vertraulichkeit zu den Menschen, die sie umgaben, wollte sich nicht einstellen. Sie machte keine Verbeugungen oder Knickse; ihr Gruß war das Führen der rechten Hand vom Herzen über den Mund zur Stirn. Und sie hatte eine Art, sich zu geben, als sollte eigentlich sie von den anderen bedient werden, und nicht umgekehrt. Vermutlich stimmte es wirklich, dass sie aus hohem Hause gebürtig war. Manchmal fühlte Constantia ein merkwürdiges Kribbeln im Rücken, und wenn sie dann von ihrer Beschäftigung aufsah, waren die Blicke der Türkin auf sie gerichtet. Sie konnte einen auf ganz merkwürdige Weise anschauen, mit einem durchdringenden, fast unheimlichen Silberblick. Aber natürlich war das Kind nicht böse. Es war eben nur seltsam und in sich gekehrt, weil ihm die Sprache fehlte. Und das Lachen.

Nun endlich, fand Constantia Hoym, war es an der Zeit, dem Mädchen auch die Bildung und Erziehung zukommen zu lassen, die an einem Fürstenhof nötig war. Auch wenn sie nicht sprechen konnte, so sollte sie doch wenigstens schreiben lernen, Französisch verstehen und erklärt bekommen, was man als Frau auf der Welt wissen musste. Schließlich trug sie, Constantia, auch eine Verantwortung gegenüber dem Kind.

»Heute ist ein wichtiger Tag für dich, Fatima.« Constantia griff nach dem chinesischen Fächer mit den elfenbeinernen Stäben und begann, sich Luft zuzuwedeln.

Fatmah machte eine fragende Geste und hob die Augenbrauen.

»Du bekommst einen Lehrer.«

Das Mädchen legte den Kopf schief.

»Ein Lehrer bringt den Leuten bei, was sie wissen müssen: Lesen, Schreiben, fremde Sprachen, wie man sich richtig benimmt, alles eben.«

Fatmah verstand. Sie wirkte zwar nicht begeistert, folgte aber ihrer Herrin in den roten Salon, der als offizielles Empfangszimmer diente.

In dem sechseckigen Raum stand ein alter Mann mit dem Rücken zur Tür und sah aus dem Fenster. Als die beiden eintraten, drehte er sich um.

Er trug keine Perücke, sondern eigenes Haar, das in schütteren grauen Löckchen seinen Schädel umrahmte. Ein Paar kurzsichtig zusammengekniffene Augen wurde von dichten weißen Brauen überschattet, und Fältchen zogen sich über das ganze Gesicht. Seine Gestalt war gebeugt, und er stützte sich auf einen Stock mit silbernem Knauf. Anders als die Männer bei Hof, die Fatmah kannte, trug er schwarze Kleider und einen schwarzen Umhang.

»Das ist sie nun also, unsere kleine Türkin!« Madame Hoym schob Fatmah auf den Besucher zu. Der alte Mann machte eine angedeutete Verbeugung.

»Selamin aleyküm«, sagte er. »Guten Tag, Mademoiselle Fatima.«

Das Mädchen sah ihn aufmerksam an, dann nickte sie.

»Sie hat mich verstanden.« Gellenius freute sich, dass seine Bemühungen mit einem türkischen Wörterbuch für Händler und Kaufleute nicht umsonst gewesen waren. Nun griff er zu dem Lorgnon, das an einer silbernen Kette vor seiner Brust baumelte, und hielt es an sein linkes Auge, um seine künftige Schülerin eingehend zu mustern.

Fatmah hatte noch nie eine Stielbrille gesehen. Als sich der Professor bückte und sein Gesicht mit dem Lorgnon direkt vor ihres brachte, prallte sie mit vor Entsetzen aufgerissenem Mund zurück.

Durch das dicke Glas hindurch hatte sie ein riesenhaft vergrößertes, unheimliches, wässrig blaues Auge angeglotzt! Das Auge eines Riesen, eines Zauberers! Sie spreizte dem verdutzten alten Mann alle zehn Finger entgegen, raffte die Röcke und flüchtete ins angrenzende Zimmer. Mit einem Knall fiel die Tür hinter ihr ins Schloss.

»Was hat sie denn nun schon wieder, um Himmels willen?« Madame Hoym klappte ärgerlich ihren Fächer zusammen. »Warten Sie einen Augenblick, Professor, ich will sie zurückholen.«

Gellenius schüttelte den Kopf. »Nein, lassen Sie nur, Madame, ich will selbst zu ihr hineingehen. Etwas hat ihr offenbar Angst gemacht.« Er sah nachdenklich auf das Lorgnon herab, das immer noch in seiner Hand lag. »Wir werden uns schon zusammenraufen.«

Constantia zuckte mit den Schultern. »Eh bien, versuchen Sie Ihr Glück.«

Gellenius klopfte und öffnete langsam die Tür zum Nebenzimmer. Er entdeckte Fatmah in einer entfernten Ecke neben dem Vorhang und ging langsam auf sie zu.

»Ich wollte dich nicht erschrecken, meine Kleine«, sagte er mit sanfter Stimme. Als er vor ihr stand, nestelte er die Stielbrille von der Kette los und hielt sie dem Mädchen auf der offenen Hand hin. »War es das, wovor du Angst hattest?«

Fatmahs Körper spannte sich an wie der eines fluchtbereiten Tieres.

»Das ist eine Brille. Das Glas ist geschliffen und vergrößert die Dinge, wenn man durchsieht. Ich brauche das, weil ich ein alter Mann bin und meine Augen schlecht sind. Na, nimm sie doch.«

Das Mädchen blickte dem alten Professor erst argwöhnisch forschend ins Gesicht, dann griff sie nach der Stielbrille, drehte und wendete sie und hielt sie sich schließlich vor die Augen.

»Siehst du? Das Ding tut dir nichts und ich auch nicht.« Gellenius kicherte. »Na komm, wir wollen uns an diesen Tisch dort drüben setzen und uns ein bisschen unterhalten. Wir werden schon noch Freunde werden, was?«

Fatmah setzte sich, immer noch ein wenig verstört, zu dem alten

Mann, der nun ein Stück zusammengerolltes Papier, ein Tintenfässchen und eine Feder aus den Weiten seines Talars zog. Sorgfältig strich er das Papier glatt. Seine Hände waren faltig, voller Flecken und mit einer Haut wie Pergament.

»Wie ich gehört habe, kannst du schreiben, türkische Buchstaben, ja?«

Fatmah nickte, worauf ihr Gellenius den Gänsekiel zwischen die Finger drückte und das Tintenfässchen aufstöpselte.

»Schreib deinen Namen!« Er deutete mit seinem gichtigen Finger auf ihre Brust.

Fatmah tauchte die Federspitze ein und malte einige Schwünge und Kringel, die der Professor interessiert begutachtete. »Und jetzt ich«, sagte er. »F-A-T-I-M-A. So. Das bist du in unserer Schrift.« Er schob das Blatt zu Fatmah hin. »Du kannst zwar nicht mit mir reden, aber wenn du unsere Buchstaben lernst, kannst du dich auf dem Papier mit mir unterhalten. Würde dir das gefallen?«

Fatmah sah auf das Blatt hinunter. Dann begannen ihre Augen zu leuchten. Sie nickte, und ein zaghaftes Lächeln breitete sich auf ihrem Gesicht aus. Sie nahm die Feder, klemmte die Zunge in den Mundwinkel und begann, die Buchstaben ihres Namens nachzumalen.

Gellenius lehnte sich zurück und schmunzelte. Der Unterricht konnte beginnen.

Depesche des schwedischen Königs Karl XII. an seinen Feldmarschall Rehnskjöld, Oktober 1702

Mein lieber Rehnskjöld,

Nunmehr ist es genau ein Jahr, dass Wir uns mit der Armee zu Pohlen befinden, und es war ein siegreiches Jahr, nur daß Wir zu Klißsow einige hundert Mann verlohren haben. August von Saxen-Pohlen hat Uns heymblich um Friedens=Verhandlungen gebehten. Er hat Uns das pohlnische Livland, Kurland und eine hohe Entschedigungk angebohten, solang er nur König in Pohlen bleiben könnte. Wenn das die Pohlen wüßten! Aber Wir haben dem fetten Saxen abgesagt und ihm geschrieben: Wir, die schwehdische Majestet, verhandeln grundtsetzlich nur in den Haupt=Städten unßerer Feinde.

Jetzt hat sich August nach Sandomierz begehben, um dort seine Anhenger umb sich zu schahren und neuen guten Rath zu suchen. Seine tapfre Armee ziehet derweil durchs Landt und weicht Uns fleißig aus.

Von hier ist nichts besonders Wichtiges zu berichten, außer dass Wir Uns ganz brav befinden und jeden Ort nieder brennen lassen, wo sich der Feind sehen läßt. Neulich habe ich eine ganze Stadt eingeäschert und die Bürger aufgehängt.

Es wird nun schon recht kalt, und man wird sich bald ein Winter=Quartir suchen müßen. Sorgen Sie, lieber Feldt=Marschal, für noch einmal sieben tausendt Decken und so viel Peltze wie Sie bekomen können. Die Soldaten werden es brauchen. Auch Trokkenfisch und Speck sind noch not; Korn haben wir den pohlnischen Bauern schon genugs abgenommen. Die Lißte mit allem, was Wir an Gewehren, Kugeln, Kanonen und anderm brauchen, liegt dießem Schreiben bey.

Gehaben Sie sich mit Gott.

Karl

Südpolen, Januar 1703

Die Schweden marschierten kreuz und quer durch Polen, eine blutige Spur hinter sich herziehend. Dorf um Dorf, Stadt um Stadt wurde zerstört, geplündert, niedergemacht. Karl suchte die Schlacht, wo sie sich bot, doch die Sachsen wichen aus, zu schwach, um zu kämpfen. Während Augusts demoralisierte Truppen auf der Flucht immer mehr verzweifelten, versuchten die königstreuen Polen den Partisanenkrieg. Sie versetzten der schwedischen Armee schmerzhafte Nadelstiche, aber nicht den Todesstoß. Und mit dem Winter kam das schlimmste Elend. Das Brüderpaar Frost und Hunger, seit jeher der schlimmste Feind aller Armeen, forderte unerbittlich seinen Tribut. Getrieben vom Feind, zog eine gespenstische sächsische Armee übers Land, Kriegskrüppel mit toten Augen, abgefaulten Gliedmaßen, Verrücktgewordene und Halbverhungerte. Sie nahmen von den Menschen, was die Schweden übrig gelassen hatten, verheerten die Äcker, brandschatzten, brachten die um, die bisher verschont geblieben waren. Die Marschrouten der Truppen waren gesäumt von den Leichen der Bauern, die das Versteck ihrer Vorräte nicht hatten preisgeben wollen, Bäume voller Gehenkter reckten ihre kahlen Äste in den Himmel. Man tötete für ein Paar warme Stiefel, einen Kanten schimmliges Brot. Seuchen und Krankheiten rafften die dahin, die der Krieg verschont hatte. Heimatloses Landvolk irrte umher, verbarg sich in den Wäldern, kämpfte gegen den drohenden Hungertod. Das Land versank in Schrecken und Chaos.

Worowski war auf dem Weg nach Hause. In den letzten Monaten hatte er mit seinem Regiment Dienst in Kalisz getan, die Stadt und ihre umliegenden Dörfer vor marodierender Soldateska geschützt. Oh, ihm war klar, dass dies eine Art Strafversetzung für ihn bedeutete, weil nach der Schlacht von Klissow der Gaul mit ihm durchgegangen war. Wutentbrannt war er nach dem Rückzug der Kronarmee in die Offiziersmesse gestürmt und hatte dem Kronhetman Lubomirski seinen blutigen Säbel vor die Füße geworfen.

»Wir haben den Sieg verschenkt!«, hatte er ihn angeschrien. »Wie ist es möglich, dass der Befehl zum Rückzug kommt, obwohl der Feind weicht! Wie kann eine Generalität ihrer Armee so in den Rücken fallen! Wir waren so dicht davor! Karl von Schweden wird Ihnen ein Dankesschreiben schicken, General!«

Lubomirski hatte sich an seinem riesigen Schnurrbart gezupft und mit bedeutsamen Blicken seine Offiziere angesehen. Dann war er aufgestanden und hatte dem jungen Grafen seine schwere Hand auf die Schulter gelegt.

»Mein Junge, ich habe Ihren Vater gut gekannt – er war vor zwanzig Jahren genau derselbe Heißsporn wie Sie, damals, als es gegen die Türken ging. Sie ähneln ihm sehr. Ich will das, was Sie eben gesagt haben, Ihrem jugendlichen Ungestüm und Ihrer großen Liebe zum Vaterland zurechnen. Sonst müsste ich Sie zur Verantwortung ziehen. Und glauben Sie einem erfahrenen alten Haudegen wie mir: Nur weil die Flanke des Feindes einbricht, ist eine Schlacht noch nicht gewonnen. Der Kampf war an entscheidenden Stellen bereits verloren. Und jetzt nehmen Sie Haltung an, Mann!«

Worowski hatte widerwillig salutiert. Warum nur hatte er das Gefühl, dass etwas nicht stimmte, dass die Worte des Kronhetmans nicht aufrichtig waren? Er wünschte sich, erfahrener, älter zu sein, um die Dinge besser beurteilen zu können. Etwas ging hier vor, wovon er keine Ahnung hatte. Spielte Lubomirski falsch? Dem jungen Grafen wurde schmerzlich bewusst, wie sehr ihm der Rat seines Vaters fehlte.

Tags darauf hatte er den Befehl erhalten, im Gebiet Kalisz für Ordnung zu sorgen – eine Aufgabe, die ein untergeordneter Militär genauso gut hätte erledigen können. Vor einer Woche endlich war die Depesche zur Auflösung der Truppe gekommen, und die Soldaten konnten zu ihren Familien heimkehren. Der harte Winter verhinderte weitere Kämpfe.

Jetzt war der junge Graf mit einem kleinen Rest seiner Männer auf dem Weg nach Südosten. Sie ritten durch ein verheertes Land, durch menschenleere Gegenden, kamen durch Dörfer, in denen niemand mehr lebte. Oft war es ihnen nicht möglich, die Leichen der Bauern zu begraben, weil der Boden zu stark gefroren war. Anfangs schichteten sie noch Steine über die toten Körper, doch irgendwann gaben sie auf. Es waren zu viele. Es blieb nichts anderes übrig, als die armen Kerle zu verbrennen, wenn man sie nicht den Wölfen überlassen wollte.

Noch schlimmer war es, wenn sie Überlebende fanden, Männer und Frauen, die sie mit leerem Blick anstarrten, die Bäuche vom Hunger aufgetrieben. Die Schweden hatten ihnen nichts gelassen, die Vorratslager waren bis auf das letzte Korn geplündert, die Tiere geschlachtet oder weggetrieben.

Worowskis Entsetzen und Verbitterung wuchsen mit jeder Meile, die sie zurücklegten, mit jedem Dorf, das sie passierten. Bisher war der Krieg für den kaum Zwanzigjährigen ein Abenteuer gewesen. Eine Schlacht forderte den ganzen Mann, Soldaten fochten einen ehrlichen Kampf, setzten ihr Leben mutig für eine Sache ein. Der Krieg, den Worowski kannte, war ehrenhaft. Doch was er nun sah, war seine hässliche Seite. Nun traf es Unschuldige und Wehrlose, Alte, Frauen und Kinder. Und Worowski begann zu grübeln, fing an sich zu fragen, ob es das alles wert sei. Was interessiert es diese Menschen, dachte er, unter welchem König sie leben? Für wen lohnt es sich, zu kämpfen, zu sterben? Waren angesichts dieses Elends nicht all seine Ideale leere Gedankengebäude? Dies hier war die Wirklichkeit, und das, wofür er kämpfte, schien plötzlich ohne Sinn zu sein.

Mit der Unsicherheit des jungen Grafen wuchs auch seine Angst vor dem, was ihn daheim erwartete. Denn langsam näherten sie sich dem Städtchen Rzeszow, von wo aus es keinen halben Tagesritt mehr bis zum Landgut seiner Familie war. Dort lebten seine Mutter und seine Schwester Marja, an der er mit abgöttischer Liebe hing. Sie war kaum zwei Jahre jünger als er und die Gefährtin seiner Kindheit. Gemeinsam waren sie über die Wiesen getollt, auf Apfelbäume geklettert, mit ihren Pferdchen um die Wette galoppiert. Dann hatte Marja dieses Fieber bekommen, das ihre Beine lähmte. Mit großer Zähigkeit hatte sie wieder laufen gelernt, doch das linke Bein blieb für immer kraftlos, und sie musste sich mühsam an zwei Krücken voranschleppen. Trotzdem hatte sie ihren Frohsinn nie verloren. Lieber Gott, lass Mutter und Marysienka wohlauf sein, flehte Worowski innerlich, während er sein Pferd immer ungeduldiger vorantrieb.

Rzeszow war ein verschlafenes Nest im Karpatenvorland; hier lebten kaum tausend Menschen, die meisten kleine Handwerker und Ackerbürger. Es hatte eine gotische Pfarrkirche, ein Rathaus, ein paar Wirtschaften und Geschäfte, alles umgeben von einer niedrigen Stadtmauer, die wohl nicht einmal in alter Zeit echten Schutz vor Feinden geboten hatte.

Als das Trüppchen um Worowski sich jetzt der Stadt näherte, sahen sie schon von weitem die zerstörten Tore der Stadtmauer, die wie gähnende Mäuler offen standen. Kaum ein Kamin rauchte, und eine gespenstische Stille lag über den Häusern. Der junge Graf gab seinem Braunen die Sporen und preschte als Erster in die Stadt. Die Gassen waren fast menschenleer, und überall waren Spuren von Zerstörung. Eine alte Frau in abgerissener Kleidung stand gebückt und verloren an einer Ecke, das schwarze Kopftuch tief in die Stirn gezogen. Worowski hielt an und stieg ab.

»Was ist hier passiert, babka?«

Die Alte hob mit einem Seufzer die Hände zum Himmel.

»Ach Herr, die Soldaten waren da. Sie haben uns alles genommen. Wer ihnen nicht freiwillig gab, der wurde erschossen, totgeprügelt, gespießt. Gebetet und gebetet haben wir, zur schwarzen Madonna von Tschenstochau. Immer hat sie uns geholfen, die Gute, Gnädige, aber dieses Mal nicht. Es ist ein Unglück, ein solches Unglück! Der Herr Pfarrer, aufgehängt, die Magisträte, in die Scheune gesperrt und verbrannt! Und unsere Frauen und Mädchen ... o moj boze, moj boze! Mein Enkelkind, mein Sohn, mein guter Mann – alle tot. Sie haben niemand verschont, nicht die Kinder, nicht die Alten. Gehen Sie auf den Kirchhof, Herr: Wir haben so viele begraben, so viele.«

Dem alten Weib liefen die Tränen über die faltigen Wangen. Worowski packte sie bei den Schultern. »Wann war das?«

»Vor drei Wochen, Herr. Am zweiten Weihnachtstag. Ach lieber Gott, was soll bloß aus uns werden ...«

»In welche Richtung sind die Schweden abgezogen?« Worowski betete, dass es nicht Süden war.

»Die Schweden?« Die Alte starrte ihn überrascht an. »Das waren nicht die Schweden, Herr, hier haben wir nie welche gesehen. Das waren die Sachsen, Gott strafe sie!«

Worowski war, als ob er einen Schlag in die Magengrube erhalten hätte. Das konnte nicht sein. Die Sachsen, mit denen er Seite an Seite für Polen gekämpft hatte, fielen dem Land in den Rücken! Die Armee, mit der der polnische König seine Krone verteidigte sie verwüstete ihr eigenes Land für ein paar Vorräte und ein bisschen Plündergut! Und August ließ zu, dass alles zunichte gemacht wurde? Dass die Schweden Polen nicht schonten, konnte man begreifen, es war ja für sie Feindesland. Aber die Sachsen? Unfassbar.

Der junge Graf stand noch mitten auf der Gasse, als die Alte längst murmelnd und kopfschüttelnd weitergegangen war. Dann stieg er wieder in den Sattel und wendete sein Pferd.

»Nach Krazny Wilowa!«

Das Herrenhaus war unzerstört. Die leuchtend gelbe Fassade des dreiflügeligen Landschlösschens hob sich einladend vom Schnee ab, der rundherum alles bedeckte. Trotzdem wusste Worowski gleich, dass etwas geschehen war. Nur einer der fünf Kamine rauchte. Niemand von der Dienerschaft war zu sehen. Aus den Wirtschaftsgebäuden drang kein Laut. Und auf der Winterkoppel, die hinter dem Gärtnerhaus lag, stand keine einzige von den herrlichen Zuchtstuten, auf die sein Vater immer so stolz gewesen war.

Worowski band sein Pferd an einen steinernen Pfosten und nahm drei Treppenstufen auf einmal. Gerade als er die Hand auf den Messingknauf legen wollte, öffnete sich die Tür von drinnen.

»Jesusmariaundjosef, der junge Herr!«

Lenka, die dicke, rotgesichtige Köchin, ergriff seine Hand und küsste sie. Die Tränen strömten ihr aus den Augen.

»Wo sind meine Mutter und Marja?« Worowskis Stimme zitterte leicht. Aber da hörte er schon das vertraute Geräusch der Stöcke. Marja kam ihm mühsam mit ihren beiden Krücken entgegen; sie wirkte noch zerbrechlicher, als er sie in Erinnerung hatte. Er lief zu ihr hin, und mit einem Aufschluchzen fiel sie in seine Arme.

»Du kommst zwei Wochen zu spät«, sagte sie bitter, als sie kurz darauf vor dem einzigen offenen Feuer des Hauses saßen.

»Wie ist es passiert?«

»Mutter hat geglaubt, sie könnte mit ihnen reden. Sie wollte verhindern, dass sie auch noch das Saatgetreide mitnehmen. Sie war davon überzeugt, die Sachsen würden ihr als gebürtiger Freifrau von Sintzingen aus Kurbayern kein Haar krümmen. Du weißt ja, wie stolz sie immer auf ihre deutsche Herkunft war und wie stur sie sein konnte. Ich habe versucht, sie zurückzuhalten, aber sie hat sich mitten in den Hof vor sie hin gestellt.« Marja stockte und strich sich eine dunkle Haarsträhne aus der Stirn. »Der Offizier hat sie einfach umgeritten.« Für einen Moment konnte sie nicht mehr weitersprechen. »Später, als alles vorbei war, hat Lenka sie ins Haus geschleppt. Aber wir konnten ihr nicht mehr helfen. Sie hat Blut gespuckt, und nach zwei Tagen ist sie gestorben. Ach, Jan.«

»Was ist mit der Dienerschaft?«

Sie zog ein Taschentuch aus dem Ärmel und putzte sich die Nase. »Pawel und Jaroslaw sind tot. Zwei von den Mädchen haben sie mitgenommen. Nur Lenka ist noch da, alle anderen sind geflohen und nicht wieder zurückgekommen.«

Eine Zeit lang saßen sie stumm da und hörten auf das leise Ticken der Wanduhr. Dann endlich stellte er die Frage. »Haben sie dir etwas getan?«

Sie versuchte ein verzweifeltes kleines Lächeln, dann senkte sie den Kopf. »Du siehst ja, ich lebe noch.«

»Das ist keine Antwort.«

Marja sah ihn an, und ihre Augen füllten sich mit Tränen. »Ach Jan – ich konnte doch nicht weglaufen …«

Das Glas, das Worowski in der Hand hielt, zersprang in tausend Stücke.

Fatmah

Ich habe einen Lehrer. Er ist ein alter Mann, und er weiß alles, wie daheim unser Hodja Mehmed Effendi, der einmal in der Woche im Garten des Haremlik zu uns sprach, hinter der Wand, die aus Tüchern aufgebaut war, damit er uns nicht sehen konnte.

Er hat mir die Schrift der Franken beigebracht, was sehr schwierig war, denn ihre Zeichen sind völlig anders als unsere, und sie schreiben von links nach rechts! Aber seitdem kann ich auf meine Art mit den anderen Leuten sprechen: Ich trage immer kleine Stückchen Papier und einen Rötelstift bei mir und schreibe auf, was ich sagen will. Die deutsche Sprache verstehe ich inzwischen fast vollständig, und ich habe mich vor kurzem dabei ertappt, dass ich schon nicht mehr auf Türkisch denke. Da war ich traurig, denn ich will mein altes Leben nicht vergessen, auch wenn ich die Hoffnung aufgegeben habe, jemals wieder nach Hause zu kommen. Es sind nun schon mehr als drei Jahre, die ich hier bin. Daheim hat man mich sicher schon vergessen, Allah bilir.

Das Lernen macht mir viel Freude. Der Hodscha, den ich mit Professor anrede, bringt mir nicht nur die deutsche Sprache bei, sondern auch das Französische, das weiter im Westen gesprochen wird, im Land Frankreich. Dort herrscht ein Mann, den sie den Sonnenkönig nennen – das erinnert mich an den Padischah, der ja auch die Sonne seines Reiches ist und seine Gnade über alle Untertanen scheinen lässt.

Der Herrscher von Sachsen, so hat mir der Professor erzählt, nennt sich nicht Sultan, sondern Kurfürst. Er ist gleichzeitig auch König von Polen, einem riesigen Land, das weiter im Osten liegt. Während er Sachsen von seinen Ahnen geerbt hat, ist er in Polen von den Adeligen zum König gewählt worden und hat ihnen viel Geld dafür bezahlt. Aman, bei uns daheim wäre so etwas unvorstellbar – man denke nur, alle Beys, Paschas, Aghas und andere Würdenträger könnten sich einen Padischah aussuchen! Natürlich würden sie denjenigen nehmen, der am meisten bezahlt!

Unser Kurfürst August ist vor kurzem unter dem Jubel seiner Untertanen wieder in Sachsen angekommen. Er war lange im Krieg, weil ihm der König von Schweden die polnische Herrschaft streitig macht. Soviel ich gehört habe, hat er im letzten Jahr eine wichtige Schlacht verloren, aber der Krieg geht immer weiter. Seine Generäle und die Armee sind deshalb noch in Polen.

Zum Empfang des Kurfürsten ist auch seine Hauptfrau nach Dresden geeilt. Sie heißt Christiane Eberhardine Hanim und lebt zusammen mit der Mutter des Kurfürsten auf einem anderen Schloss. Es ist merkwürdig: August hat seine Frauen nicht in einem gemeinsamen Haremlik. Das ist hier nicht üblich, hat mir der Professor erklärt. Überhaupt soll ein Mann hier nur eine Ehefrau haben, das schreibt die Religion vor. Weil der Kurfürst nun die Madame Hoym zur Lieblingsfrau erkoren hat, zürnen ihm seine erste Frau und auch seine Mutter sehr, lassen sich aber dem Hofstaat gegenüber nichts anmerken. Ich habe Eberhardine Hanim gesehen, wie sie ihren Mann allerfreundlichst mit einem Kuss begrüßt hat. An der Hand führte sie einen dicklichen, blondlockigen Knaben von vielleicht sieben Jahren, das ist der Thronfolger. Außer ihm, so munkeln die Hofdamen, habe August noch einen Sohn von einer vornehmen Gräfin aus dem Norden, der zur gleichen Zeit geboren ist. Ich verstehe nicht, warum sie das hinter vorgehaltener Hand sagen. Man muss doch Allah danken für einen starken, gesunden Herrscher, der seine Frauen oft besuchen und viele Kinder zeugen kann.

Hoym Hanim ist aufs Land abgereist, bevor die Kurfürstin Eberhardine Dresden erreicht hat. Die beiden Damen, so heißt es, hassen sich inniglich und gehen sich deshalb aus dem Weg. Wenn die Kurfürstin, die noch zusammen mit ihrem Mann den neuen französischen Gesandten empfangen und die als Willkommen gehaltene Maskerade mitmachen will, nächste Woche wieder auf ihr Schloss zurückgekehrt ist, kommt auch Madame Hoym wieder. Sie hat versprochen, mir vom Land einen Wagen voll Rosenstöcke mitzubringen, die ich hier im Großen Garten einpflanzen kann. Ich vermisse die Rosenfelder von Adana so sehr, die im Sommer mit ihrem Duft das ganze Tal erfüllten. Das Rosenöl, das die Frauen hier benutzen, taugt nichts und ist schnell verflogen.

Hoym Hanim liebt mich nicht wirklich, sie prahlt nur mit mir, als ob ich ein besonderes Schmuckstück oder ein außergewöhnliches Kleid wäre. Ich weiß nicht, ob sie überhaupt jemanden liebt. Sie ist sehr stolz. Jeder muss sie mit der ihr gebührenden Hochachtung und Ehrfurcht behandeln. Aber schließlich hat sie ja auch allen Grund dazu – sie ist der Liebling des Königs, und seine Gunst erhöht auch sie über alle anderen. Neulich hat sie mich gefragt, ob ich bei ihr glücklich sei. Da habe ich genickt, obwohl mir dabei ganz schwer ums Herz geworden ist. Immer noch träume ich fast jede Nacht von daheim. Manchmal glaube ich sogar, das Zirpen der Grillen zu hören oder das Blöken der Schafe, wenn sie auf die Weide getrieben werden. Aber wenn ich dann lausche, war es doch nur das Quietschen einer Tür oder ein bellender Hund auf dem Hof. Doch wenigstens sind die schrecklichen Träume seltener geworden, die, in denen ich ein Meer von Blut sehe, die Schreie meiner Mutter höre und das Geräusch von Säbeln, wie sie in Menschenfleisch dringen. Ich muss auch nicht mehr zittern, wenn sich jemand in den Finger schneidet.

Meine liebste Aufgabe ist das Kaffeekochen. Einmal hat mich

Hoym Hanim gefragt, ob ich das kann. Da habe ich für sie Kaffee zubereitet, genau so, wie ihn die alte Laila immer gemacht hat. Ich habe aufgeschrieben, was ich brauche, und dann vor den Augen meiner Herrin und all ihrer Dienerschaft türkischen Mokka gekocht. Zuerst habe ich die Bohnen in der Eisenpfanne über einem Kohlebecken ganz langsam geröstet, nicht zu dunkel, damit er nicht bitter wird, und am Schluss eine Zimtstange mit hineingeworfen, um die Zunge zu streicheln. Dann habe ich die Bohnen so fein gemahlen wie den Sand der Wüste und in einer kleinen Kanne mit genau der richtigen Menge Wasser und mit viel Zucker vermischt. Und ich habe mitten in der rotglühenden Holzkohle die Asche zu einem Häuflein zusammengeschoben und darauf den Kaffee so langsam wie möglich zweimal aufwallen lassen. Als Hoym Hanim das Ergebnis schließlich probierte, ging ein großes Erstaunen über ihr Gesicht, und sie lobte mich über die Maßen. »Jetzt hast du eine tägliche Aufgabe«, sagte sie zu mir. »Von nun an werden alle Damen des Hofes nur bei mir ihren Kaffee trinken wollen.«

Der Professor erzählt mir sehr viel über die Religion der Christen. Er sagt, dass zwischen meinem Allah und ihrem Gott eigentlich kein Unterschied ist, sie sind ein und derselbe. Unser großer Prophet Isa heißt hier Jesus, und sie glauben von ihm, er sei Gottes Sohn. Sie haben auch eine Hölle und ein Paradies, und gehen regelmäßig in die Moschee, die bei ihnen Kirche heißt. Statt des Gebetsrufes erschallen von ihren Minaretts Töne von riesigen metallenen Instrumenten, die so ähnlich aussehen wie umgekehrte Töpfe und so laut sind, dass einem der ganze Körper davon bebt. Wie schön ist dagegen der Azan, wenn er von einer wohlklingenden Stimme gesungen wird!

Es gibt in der Religion der Sachsen einen wichtigen Propheten mit Namen Martin Luther, der das Heilige Buch der Christen ins Deutsche übersetzt hat, damit es alle lesen können. Das finde ich sehr schön, denn wir Osmanlis kennen ja den Koran nur auf Arabisch und müssen Worte auswendig lernen, die wir gar nicht verstehen. Der Professor hat erzählt, Martin Luther sei ein Mönch gewesen. Mönche, so habe ich verstanden, sind so etwas wie unsere Derwische. Ich habe auf dem Papier gefragt, ob Martin Luther auch so schön tanzen konnte wie unsere Mönche aus Konya, aber da hat der Professor nur den Kopf geschüttelt und gesagt: »Unsere Mönche tanzen nicht.« Das ist schade für sie, denn durch das Tanzen kommt man dem Himmel näher.

Wenn ich in ein paar Jahren genug gelernt habe, werde ich die klügste Dame am Dresdner Hof sein, sagt der Professor. Ich will lieber ein Weib haben, das einen Bart hat, als ein gelehrtes, sagt der Imam. Allah kerim, was soll ich nur machen? Zuerst war ich ganz verzweifelt, aber dann habe ich mir überlegt, dass ich ja nur das Wissen der Franken im Kopf anhäufe. Und das zählt schließlich im Land des Padischah nicht. Wenn ich in meine Heimat zurückkehre, bin ich also nicht klüger als zuvor.

Aus den Memoiren des französischen Gesandten zu Dresden, Alphonse Louis Baptiste de Villeroy

Mesdames et Messieurs, gestatten Sie, daß ich meine gänzlich unmaßgebliche Person vorstelle? Voilà, Alphonse Louis Baptiste Vicomte de Villeroy, das bin ich, Envoyé und Diplomat im Dienste Seiner allergnädigsten und allerhöchsten Majestät Louis XIV., in Dero Gnade und Licht ich lebe und ersterbe. Ich darf wohl behaupten, daß nur wenige Menschen zu Versailles solch unbedingtes Vertrauen des Königs genießen, wie ich. Bin ich doch schon als Junge in die allerpersöhnlichsten Dienste Ihrer Majestät getreten, als dieselbe damals gerade von dieser schrecklichen Krankheit gesundete, die den Verlust ihrer allerköniglichsten Haarpracht nach sich zog – übrigens, wie außer mir kaum jemand weiß, der einzig wahre Grund dafür, dass Ihre Majestät dauerhaft zur Perücke griff und nach ihr ganz Europa. Aber ich schweife ab.

Dieweil der Roi Soleil meine über die Maßen große Loyalité kennt und schätzt, hat er mich vor nicht allzu langer Zeit an einen der bedeutendsten deutschen Höfe gesandt. »Auch wenn Wir tiefen Schmerz darüber empfinden, Sie zu Versailles missen zu müssen – gehen Sie nach Dresden, geliebter Vicomte«, hat er gesagt, »die

Zeiten erfordern es.« Ich habe eine Träne in seinem Auge gesehen, das schwöre ich bei meiner Seele. Es war erschütternd. Und auch wenn es für mich die schlimmste aller Strafen ist, aus der Nähe von Frankreichs Sonne verbannt zu sein, so habe ich mich doch demütigst dem Wunsch seiner Majestät gefügt. Mein König braucht mich hier, auch wenn das Exil bitter schmeckt.

Wie sehr man Frankreich in Saxen schätzt und bewundert, läßt sich schon allein an dem merveilleusen Empfang ablesen, den man mir hier bereitet hat. Der Kurfürst-König, der intzwischen wiederumb im Lande weilt, ließ zu meinen Ehren eine große Masquerade abhalten. Der Umzug bestand aus zwölf Partien oder Nationen: Türken, Persianer, Sinesen, Mohren, Americaner, Spanier, Franzosen, Deutsche, Polen, Ungarn und Moscowiter, jedwede Partie aus zehn Paaren. Der Kurfürst selbst stellte in einem kostbaren Habit von Juwelen den Großmogul Aureng Zeb von Indien dar, seine Gattin dessen Lieblingsfrau. Es gab ein illustres Feuerwerk, in dessen Verlauf von Elbschiffen aus beständig Canonen abgeschossen wurden, auch ließ man Feuerkugeln, Lustkugeln und mindestens ein Dutzend Triumphkugeln aus Mörsern werfen, worunter viele schwere Raqueten in die Höhe stiegen. Alle waren in der Luft mit etlichen hundert Schlägen und Handgranaten zu hören. Der Name August brannte zwischen vier Pyramiden in einem gelben und blauen Feuer, und endlich wurde das Werk mit 50 Canonenschüssen beschlossen. Die Stadt Dresden schien gleichsam ein einziges Lustgebäude zu sein, denn das Volk konnte in den Elbauen zuhauf kommen und des Festes teilhaftig werden. Zur Schlussspeisung wurden hundert Ochsen geschlachtet. Es gab einen Kuchen, der war 30 Ellen lang, ein Drittel so breit und eine Elle hoch. Sein Gewicht betrug 16 Zentner. Vier Pferde mußten diesen Kuchen aus dem Backofen ziehen, und die Klinge des Messers, mit dem er zerteilt wurde, war zwei Arm lang. Man sieht, wie viel Ehre einem Mann entgegengebracht wird, der Frankreichs Interessen selbstlos dient.

Der Kurfürst ist eine imposante Person, groß gewachsen und beleibt, mit dunklen Augen und buschigen Brauen. Er hat ein breites Gesicht, üppige Lippen und ein tiefes Grübchen am Kinn. Natürlich kann er sich niemals mit der Erscheinung Seiner Majestät, des vier-

zehnten Ludwig messen, als dieser noch der Jugend teilhaftig war, aber nach hiesigen Maßstäben ist er ein schöner Mann. Einziges Defect seines Körpers ist ein verstümmelter Finger, den es ihm einst beim Sturm auf Mainz fast abriss, als er im Übermut eine Flinte doppelt lud und diese ihm in der Hand zersprang. August trat zu meiner Wenigkeit herzu mit recht hohen und guten Mienen und empfing mich in meinem neuen Amt auf das Freundlichste. Daraufhin machte ich ihm ohne dem geringsten Ambarass mein Compliment und überbrachte die guten Wünsche des Roi Soleil.

Die Kurfürstin hat eine gewisse Ähnlichkeit mit dem Lieblings=Jagdroß meines Vetters Henri, wiewohl ich mich nicht darauf festlegen möchte, wer von beiden hübscher ist. Das Pferd hat jedenfalls die längeren Wimpern, während Madame die schmalere Nase besitzt. Mon Dieu, sie trug eine Perücke, die zu Paris nicht einmal das Weib eines Straßen=Fegers aufsetzen würde, und sie begrüßte mich ohne Handschuhe! Ihr Französisch ist ganz leidlich, aber sie spricht nicht viel und ist eher in sich gekehrt. Ich habe erfahren, dass man sie die »Betsäule Sachsens« nennt, weil sie sich in die Religion geflüchtet hat, seit ihr Gatte, der Kurfürst, sie nicht mehr zu sich ins Bett nimmt. Eine wichtige Person bei Hofe, deren Name hier keine Rolle spielt, hat zu mir gesagt: »Es ist kein Wunder, daß die Kurfürstin von Sachsen still ist; sie hat Chagrin genug dazu; ihr Herr ist ein doll Hunckel, ich kenne ihn wohl.« Dies bezieht sich darauf, dass der Kurfürst die Weiber sehr liebt. Seine Ausschweifungen sowohl in dieser Hinsicht als auch im Trinken sollen alle Begriffe übersteigen, und man sagt, dass er von seinen Mätressen so viele Kinder haben soll, wie das Jahr Tage hat.

Ich selber kann dies nicht ganz bestätigen. So viel ich weiß, hat der Kurfürst zwar viele kleine Affaires galantes mit jungen Mädchen, wie und wo sie ihm gerade zufallen. Aber eigentlich bewahrt er seiner Maîtresse en Titre, der Madame Hoym, beständig die Liebe.

Wer einmal dieses liebreizende Geschöpf kennengelernt hat, kann nur zu gut verstehen, dass der Kurfürst von Sachsen von seiner Frau gelangweilt ist und sie die liebe lange Zeit auf Schloss Pretzsch sitzen läßt, mitten auf dem platten Land, wo sie sich zum Trost mit einer Handvoll Pfaffen umgibt. Naturalement kann sich die Hoym niemals mit der ehemals göttlichen Erscheinung einer Maintenon oder gar – oh là là – einer Montespan auf eine Stufe stellen, jedoch ist sie wohl die schönste und geistreichste Dame am sächsischen Hof. Sie hat dunkle Augen, eine wohlgeformte Gestalt, ein makellos weißes Decolleté und hübsche kleine Hände. Ihre Haltung ist die einer Königin, und ihr Gang anmutig und weich. Ihr Französisch ist ausgezeichnet, wie überhaupt ihre Bildung, und mit ihrem guten Humor und ihrem geistreichen Witz ist sie trotz ihrer noch recht jungen Jahre der Mittelpunkt jeder Gesellschaft. Im großen und Ganzen also eine würdige Gefährtin des Serenissimus, der ja bekanntermaßen einen erlesenen Geschmack hat, wenn es um die schönen Dinge des Lebens geht. Ihre Kaffeestunden sind weithin berühmt, denn sie besitzt eine türkische Zofe, die das Getränk unvergleichlich zubereiten kann, übrigens ein junges Ding von ganz außergewöhnlicher, exquisiter Schönheit, wie man sie nur in den Seräls des Orient findet. Ihre hohen Wangenknochen und der Schnitt der Augen verraten eine zirkassische Herkunft – wie jedermann weiß, lebt in Zirkassien eine Geschlechtsart von Frauensleuten, die auf der ganzen Welt wegen ihrer großen Anmut bekannt sind, weshalb in die osmanischen Harims fast nur Odalisken aus dieser Gegend Aufnahme finden.

Kürzlich hatte ich eine bedeutsame Unterredung mit dem Kurfürst-König und seinem ersten Minister, Graf Jacob Heinrich Flemming. Letzterer scheint ein kluger Kopf zu sein, jedoch ist er mir als Mensch denkbar zuwider, ich halte ihn für berechnend, auf seinen eigenen Vorteil bedacht und intrigant. Kein anderer als er hat den armen Kurfürsten, der so ganz und gar ohne politischen Weitblick ist, in dieses überaus unglückliche polnische Abenteuer getrieben, das ihm nun beinahe das Genick bricht, quel malheur. Flemmings Ehefrau ist Polin aus vornehmer Familie; ich genoss die zweifelhafte Ehre, sie bei einer Kaffeestunde der Hoym kennenzulernen. Sie hat ein Gesicht wie breitgetretener Teig, und ihr Französisch klingt wie das Quaken einer Kröte.

Dieser Flemming jedenfalls setzt alles in Bewegung, um seinen Souverän in Polen zu halten, auch wenn die Dinge dort denkbar schlecht stehen. Die säxische Armee ist schwer geschlagen, die mit ihr verbündeten Russen tun nicht viel, die polnischen Magnaten sind untereinander uneins. August kann derzeit nicht einmal die eigenen Soldaten unterhalten, geschweige denn bezahlen, weshalb er eben meine Person als Vertreter der französischen Krone zur Audienz gebeten hat. Dummerweise weiß er – dafür hat Flemming gesorgt –, dass Frankreich viel daran liegt, die sächsischen Truppen im Osten zu binden, solange es sich selber im Krieg mit Österreich befindet. Er hat mir auch ganz unverblümt damit gedroht, dass Sachsen, falls Polen endgültig verloren ginge, sich im Konflikt um die spanische Erbfolge gegen Frankreich auf die Seite des Habsburger Kaisers stellen würde. Enfin mußte ich ihm also eine größere Summe Louisdors versprechen. Daraufhin umarmte mich der König von Polen wie einen liebwerten Freund und schenkte mir ein Emaille-Medaillon mit seinem Konterfei.

Alles zusammengenommen, läßt es sich zu Dresden doch recht angenehm leben. Seit August wieder allhier ist, jagt ein Divertissement das andere, was so ganz nach meinem Geschmack kommt. Ich darf gar nicht daran denken, wie mein Leben verliefe, hätte mich mein allerhöchster Souverän statt nach Sachsen nach Preußen geschickt, zu diesem sauertöpfischen Friedrich, der nichts anderes im Kopf hat als seine Armee. Man stelle sich vor: der Mann sammelt anstelle von Juwelen und Curiosités, wie es alle anderen anständigen gekrönten Häupter Europas zu tun pflegen, besonders groß gewachsene Soldaten! Mais c'est ridicule! Mon Dieu, auf der Durchreise durfte ich ihm zu Berlin meine Aufwartung machen, und er hat mich zwei Stunden lang mit einem Vortrag über die Vorzüge seiner neuen Soldatenmäntel gelangweilt!

Hier zu Dresden ist wenigstens ein gewisses savoir de vivre, wenn es mir auch an etlichen liebgewohnten Dingen mangelt. So ist zum Beispiel kein ordentlicher Haarpuder aufzutreiben; man benutzt hier ein merkwürdig riechendes, in der Pfanne fricassiertes Kleiezeug, das ich nicht ohne Bedenken an meine ohnehin nur noch spärlichen Locken lassen möchte. Außerdem haben sie hier keinen brauchbaren Schneider, und ich muss mir nach wie vor mit den wenigen Kleidern behelfen, die ich aus Paris mitgebracht habe. Was sind das für traurige Zustände, wenn ein Mann sich so weit ein-

schränken muss, zwei Tage hintereinander dieselben Spitzenärmel zu tragen!

Nun werde ich diesen Eintrag beenden, dieweil heute Abend – wohl zu meinen Ehren – eine französische (!) Tragödie gegeben wird und ich noch nicht angekleidet bin. Armer Racine, wie werden sie dich verunstalten! Grâce à Dieu mußt du dies nicht mehr miterleben, mon ami. Ich werde schrecklich leiden und danach wohl früh zu Bett gehen ...

Ostpolen, Schloss Sanok, August 1703

Die Waldkarpaten waren schon seit jeher ein abgelegenes, unwirtliches Gebiet, in dessen Einsamkeit sich kaum ein Fremder verirrte. Dicht bewaldete Berghänge führten auf windgepeitschte, steppenartige Hochalmen, das Klima war rau und kalt, die Sommer kurz. Hier lebten nur wenige Menschen, die mit dem täglichen Überleben genug zu tun hatten, die Dörfer waren weit verstreut und ärmlich. Nach altem Sprichwort sagte hier der Teufel den Menschen Gute Nacht, und Jan Michal Worowski mochte das gern glauben, als er durch die dicht bewachsene Wildnis ritt. Tagelang war er nun schon alleine unterwegs, hatte in Schuppen und verlassenen Hütten genächtigt und Bekanntschaft mit Wisenten und Wölfen, Bären und Luchsen gemacht. Seine Spannung wuchs mit jedem Tag, mit jedem Schritt seines Pferdes. Ihm war bewusst: Was er vorhatte, war gefährlich und konnte nicht nur ihm, sondern auch seiner Familie zum Verhängnis werden. Jetzt, nachdem er als einziger Passagier in einer wurmstichigen Floßfähre den San überquert hatte, näherte er sich dem Ziel seiner Reise. Er ließ das Dorf Sanok linker Hand liegen und lenkte sein Pferd auf die steilen Hügel oberhalb des Flusses zu, wo auf einem Felsabsturz eine uralte Burg thronte. Der Bau wirkte im Schatten der aufziehenden Gewitterwolken düster und bedrückend, Raben umflatterten krächzend die schwarzen Schieferdächer und hockten in Scharen auf den buckligen Mauern.

Es blitzte und donnerte schon von fern, doch Worowski wollte ganz sichergehen. Er schlug sich mit seinem Pferd seitlich ins Unterholz, stieg ab und wartete, bis die Dunkelheit einbrach. Zwei einzelne Reiter kamen während dieser Zeit an und wurden in den Schlosshof eingelassen; aber sonst blieb alles ruhig. Kein Hinweis auf einen Hinterhalt war zu entdecken. Als schließlich immer stärkere Böen einsetzten und die ersten dicken Tropfen fielen, zog der junge Graf die Kapuze seines Mantels über den Kopf und ritt auf das Schlosstor zu. Auf sein Klopfen antwortete von drinnen eine heisere Stimme: »Wer da?«

»Bog i Polska«, antwortete Worowski. Gott und Polen. Das war die vereinbarte Parole.

Knarrend schwang das Tor auf.

Im Burghof war es stockfinster, nur die inzwischen schnell aufeinanderfolgenden Blitze tauchten die alte trutzige Wehranlage immer wieder in grelles Licht. Mitten auf dem Vorplatz stand eine riesige Linde, deren Äste sich im Wind bogen. Worowski sah Gestalten huschen und das eine oder andere Schwert aufblitzen. Man war offenbar vorsichtig und für alle Fälle gerüstet. Von etlichen großen Fenstern im Hauptbau des Schlosses fiel ein heller Lichtstrahl schräg über die Mauern, und im flackernden Kerzenschein bewegten sich dunkle Silhouetten. Während der junge Graf abstieg, eilte ein Diener mit einer blakenden Fackel herbei, ein anderer ergriff die Zügel seines Pferdes und führte das Tier weg. Worowski folgte dem Fackelträger durch den strömenden Regen in den Palas, wo er seinen tropfnassen Mantel ablegte.

»Auch die Waffen, Euer Gnaden.« Der Diener deutete auf den Säbel und den langen Dolch an Worowskis Seite. »Man wird sie gut verwahren.«

Worowski gehorchte. Er ließ sich über Treppen und Gänge bis zu einer geschnitzten Doppeltür führen, hinter der gedämpfte Stimmen zu hören waren. Der junge Graf klopfte und trat ein.

Im Saal saßen und standen um einen großen altmodisch geschnitzten Tisch vielleicht zwanzig Männer aller Altersgruppen. Worowski kannte einige von ihnen: Da war der altgediente Kommandant des Warschauer Wawels, den der Kampf gegen die Schweden ein Auge gekostet hatte; neben ihm saß der rotbärtige Jozef Poniatowski, selbstbewusstes Oberhaupt einer der mächtigsten Adelssippen Polens. Vor dem riesigen Kamin, in dem ein Wärme spendendes Feuer loderte, standen die Bischöfe von Sandomierz und Kujawien und unterhielten sich leise; Worowski hätte sie beinahe nicht erkannt, trugen sie doch keine Amtstracht. Am Fenster lehnte ein reich in Zobelpelz gekleideter, kleiner ältlicher Mann, dessen Haar unter einer gelben Samtkappe verborgen war: Das war der Magnat Adam Sienawski, den viele für den reichsten Mann Polens hielten. Zu ihm gesellten sich gerade Stanislaw Ledochowsky und Aleksander Jablonowski, zwei bedeutende Exponenten des polnischen Adels. Außerdem erkannte Worowski noch den alten Haudegen General Rybinski, mit dem er bei Klissow gekämpft hatte. Etliche von den Anwesenden waren bekannte Parteigänger des Schwedenkönigs, die anderen galten als Anhänger König Augusts.

Am Kopfende des Tisches saß breit und behäbig der Kronhetman Lubomirski, der nun laut und vernehmlich in die Hände klatschte.

»Dzien dobry panstwo!«, dröhnte sein rauer Bass durch den Saal. »Guten Tag, meine Herren. Bitte sich zu setzen. Ich meine, wir sollten anfangen.«

Jeder suchte sich einen Platz an dem großen Tisch, wobei Worowski sich als einer der Jüngsten und Rangniedrigsten am unteren Ende bei der Tür niederließ. Die Spannung im Raum war deutlich spürbar, als der Bischof von Sandomierz mit einer fließenden Bewegung das Kreuz über der Runde schlug.

»Ich denke, es wird gut sein, wenn wir zu Anfang den Segen Gottes für unsere Zusammenkunft erbitten«, sagte er. Feierlich und mit geschlossenen Augen begann er, das Vaterunser zu beten. Die Männer, ausnahmslos tief gläubige Katholiken, falteten die Hände und fielen murmelnd mit ein. Alle setzten sie Hoffnungen auf diesen Abend. Es ging um ihr Land, um die Rzespospolita – die Adelsrepublik Polen.

»Wir sind heute zusammengekommen, weil Not und Elend unserer Heimat dies erfordern«, begann Lubomirski. »Ich weiß sehr wohl, dass nicht alle unter uns auf derselben Seite stehen. Einige hier gelten als treue Parteigänger Schwedens, andere stehen fest auf Seiten unseres gewählten Königs August. General Rybinski ist allein dem Militär verpflichtet, Pan Sienawski geht es um Handel und Gewerbe. Und unsere geistlichen Herren dienen niemand anders als Gott. Doch was uns alle eint, ist die Liebe zu Polen. Wir alle entstammen derselben Erde, sprechen dieselbe Sprache. Und wir alle haben ein gemeinsames Ziel: Das Leiden des Landes und seiner Menschen zu beenden.«

Die Männer nickten ernst und murmelten ihre Zustimmung, und der alte General fuhr fort.

»Wir befinden uns in einem Krieg, den die meisten von uns nicht gewollt haben. Unser König und der Zar glaubten, sie hätten mit dem jungen Schwedenkönig leichtes Spiel, und mancher polnische Patriot wünschte sich dabei die Rückeroberung Livlands von Schweden. Nun müssen wir erleben, dass drei Länder ihren Krieg auf polnischem Boden austragen. Polen blutet. Das muss ein Ende finden, sonst geht das Land vor die Hunde.«

Ledochowski, der als Einziger seine Pelzmütze aufbehalten hatte, zuckte ärgerlich mit den Schultern. »Was wollen Sie, General Lubomirski, Sie haben doch den Sachsen gewählt, vor sechs Jahren! Sie und all die anderen! Jetzt sehen wir, wohin das geführt hat.«

»Ja, Hergott nochmal, wir haben ihn gewählt!« Sienawski hieb mit der Faust auf den Tisch. »Weil er versprochen hat, das Land aus der Armut herauszuführen, uns Handel und Wohlstand zu bringen. Polen sollte endlich mit Europa auf einer Stufe stehen. ›Ich gelobe, Polen in Flor und Ansehung zu setzen‹, hat er gesagt. Neue Gewerbe hat er versprochen einzuführen, Straßen wollte er bauen, die Verwaltung ordnen. Das war mehr, als der französische Kandidat zu bieten hatte, damals auf dem Wahlfeld vor Warschau …«

»Tak dobrze, und was davon ist seitdem geschehen?«, fiel ihm einer der Bischöfe ins Wort. »Hat der Sachse auch nur eine einzige seiner Versprechungen eingelöst? Pah! Ein paar Schlösser hat er umbauen lassen, um bequemer residieren zu können! Ach ja, und Steuern hat er kassiert, natürlich! Und so ganz nebenbei einen Krieg vom Zaun gebrochen, der Hunderttausenden das Leben kosten und Polen ruinieren wird!«

»Und soll ich Ihnen sagen, warum das so ist, meine Herren?«

Lubomirski meldete sich wieder zu Wort. »Weil August kein Pole ist, darum! Für ihn war die polnische Königswürde ein gefundenes Fressen, weil er damit in den Rang der gekrönten Häupter Europas aufgestiegen ist. Land und Leute gelten ihm nichts. Das ist die Crux unseres geliebten Polen: Wir haben einen Ausländer zum König! Was schert es diesen Sachsen, wenn unsere Dörfer und Städte brennen? Warum soll es ihn schmerzen, wenn polnische Bauern verhungern? Er hat kein Herz für das Land. Meine Herren, ich sage Ihnen allen frei heraus: Nur ein Pole kann ein guter König von Polen sein! Der Sachse muss weg!«

Den jungen Jablonowski hielt es nicht mehr länger auf seinem Stuhl. Sein Gesicht war rot angelaufen, und die Spitzen seines langen Schnurrbarts zitterten. »Das ist Hochverrat, General! Sie haben genau wie wir alle einen Eid auf den König geschworen!«

Der Bischof von Kujawien zog seinen aufgeregten Nachbarn wieder auf den Stuhl zurück. »Wir alle haben uns dem König verpflichtet, mein Lieber. Aber auch er ist eine Verpflichtung gegenüber dem Land eingegangen. Bisher hat er sie nicht eingelöst.«

Worowski hatte bisher unbewegt zugehört, aber bei Lubomirskis letzten Worten war es, als hätte ihm jemand einen Schlag versetzt. Sein Gefühl hatte ihn damals also doch nicht getrogen! Er sah dem Kommandeur der Krontruppen geradewegs in die Augen.

»Sie haben den Rückzug unserer Armee bei Klissow ohne Not angeordnet. Die Schlacht absichtlich verloren!«

Lubomirski hielt seinem Blick stand. »Ja, das habe ich, Graf Worowski, und glauben Sie mir, es war die schwerste Entscheidung meines Lebens. Jawohl, ich habe meinen Eid gebrochen. Ich habe es für Polen getan. Für einen polnischen König Stanislaw Leszinsky, den Schweden im Fall eines endgültigen Sieges einsetzen wird.«

»Leszinsky wäre nichts anderes als eine Marionette Karls XII.«, warf Worowski verächtlich ein. »Wir hätten die sächsische Herrschaft gegen die schwedische eingetauscht.«

Jozef Poniatowski, der bisher stumm geblieben war, zeigte nun mit spitzem, gichtigem Finger auf Worowski. »Mir ist schon verständlich, Graf, dass Ihnen ein Sachse auf dem Thron angenehm ist. Schließlich sind Sie zur Hälfte Deutscher, wie jeder weiß. Sie haben unter August die besten Aussichten auf eine glänzende Karriere.«

Worowski zwang sich, ruhig zu bleiben, nur sein rechtes Auge zuckte unmerklich. Seine Stimme war leise und schneidend, als er antwortete. »Sie haben Recht, Pan Poniatowski, meine Mutter war Deutsche. Sie wurde letzten Winter von marodierenden sächsischen Truppen umgebracht.«

Poniatowski schwieg betreten, während der junge Graf weitersprach. »General Lubomirski hat Recht. August von Sachsen schert sich einen Dreck um Polen. Gerade jetzt feiert er zu Dresden rauschende Feste, während hier seine Armee eine Spur der Verwüstung durchs Land zieht und den Bauern die letzten Vorräte stiehlt. Es ist Zeit, zu handeln. Leszinsky ist einer von uns. Wenn er aufrichtig und guten Willens ist, bin ich sein Mann.«

»Gut gesprochen, Junge.« Der alte Kommandant des Wawel nickte bedächtig und rieb sich sein entzündetes blindes Auge. »Trotzdem ist es für uns eine verdammt gefährliche Sache, hinter Augusts Rücken für seine Absetzung zu arbeiten. Wir alle wissen, was auf Hochverrat steht. Und wir wissen auch, dass August immer noch eine nicht unbeträchtliche Anhängerschaft unter den polnischen Magnaten hat. Selbst die Schlachta als Vertretung des niederen Adels unterstützt großenteils den Sachsen. Wenn die Dinge schief laufen, werden Köpfe rollen, meine Herren, und zwar unsere. Und vor diesem Hintergrund frage ich mich, ob Leszinsky dieses Risiko wert ist – ob er als König von Schwedens Gnaden überhaupt die Kraft und den Willen haben wird, die Interessen Polens zu vertreten und sich von Schweden zu distanzieren.«

»Das kann er Ihnen gleich selbst sagen, Kommandant.« Zur Überraschung aller stand Lubomirski auf und öffnete eine kleine Pforte, die in ein Nebenzimmer führte. »Kommen Sie herein, mein Freund.«

Am nächsten Tag ritten die Verschwörer nacheinander und einzeln von der Burg Sanok ab. Sie wussten, dass ihr großes Ziel noch in weiter Ferne lag, dass es vielleicht noch Jahre dauern mochte, bevor ihrem Streben Erfolg beschieden sein würde. Doch Polen war alle Anstrengung wert. Jeder hatte von nun an eine Aufgabe zu erfüllen, und jeder war bereit, für die gemeinsame Sache sein Leben aufs Spiel zu setzen.

Worowski brauchte drei Tage bis nach Krazny Wilowa, Tage, in denen er ungestört seinen Gedanken nachhängen konnte. Die Begegnung mit Stanislaw Leszinsky hatte ihn tief beeindruckt. Leszynski hatte ein flammendes Plädoyer für die polnischen Freiheiten gehalten, hatte die Rolle des polnischen Königs als die eines Ersten unter Gleichen definiert und alle um ihre Unterstützung gebeten. Keiner war in dieser Nacht aus dem Saal gegangen, ohne den polnischen Thronprätendenten seiner Hilfe zu versichern. Natürlich war Worowski vollkommen klar, dass für ihn und die anderen die logische Konsequenz aus diesem Versprechen der Hochverrat war, Hochverrat an König August, dem sie alle Treue geschworen hatten. Und das war eine Frage der Ehre. Wer seinen heiligen Treueschwur zum König nicht hielt, der war ein Schuft und Schurke.

Der junge Graf hatte sich die Entscheidung nicht leicht gemacht. Aber letztendlich war ihm das Wohlergehen Polens und seiner Menschen wichtiger als dieser Schwur. Seine alten Ideale waren verloren – der Krieg hatte sie zerstört. Nun hatte er ein neues Leitbild, eine Mission gefunden: den Kampf für ein selbständiges Polen, in dem Frieden und Wohlstand herrschten. Und für diese Idee war er bereit, sein Leben einzusetzen.

Dresden, September 1703

»Sehen Sie nur, chère Constance, er hat Flemmings Nase!«

Der König und seine Mätresse steckten die Köpfe zusammen, dass die Locken ihrer kunstvollen Perücken aneinander stupften. Sie beugten sich über eine halbhohe Spiegelkonsole, auf der in der Mitte ein winziges Figürchen stand.

Constantia kicherte. »Wie Recht Sie haben, Sire. Nur dass ich Flemming wohl noch nie so ausgelassen lachen gesehen habe wie diesen kleinen Wicht.«

August nahm das Männlein vorsichtig in die Hand und drehte es hin und her. Die kostbar mit Juwelen, Gold und Emaille gefasste Miniatur stellte einen dicken Koch dar, der mit einem Fleischspieß auf einem Bratrost geigte und dazu übermütig auf einem Bein tanzte. Sein Fettwanst bestand aus einer riesigen birnenförmigen Barockperle, die mit brillantenen Knöpfen besetzt war. Zu kleine Arme und Beine waren daran angesetzt. Der grüne Hut auf dem übergroßen runden Kopf trug eine Agraffe aus Edelsteinen. Die Lippen des Zwergs waren zu einem breiten, seligen Grinsen geöffnet, während die Augen verzückt von der imaginären Melodie nach oben rollten. Es war eine groteske Karikatur.

»Ach, wie lustig!« Der König freute sich wie ein Kind. »Ich habe das Figürchen gerade aus Frankfurt erhalten. So ein fröhlicher Gesell hat in meiner Sammlung lange gefehlt. Wo stelle ich ihn bloß hin?« Er legte den Zeigefinger an die Wange und dachte nach.

»Wie viele solcher Miniaturen besitzen Sie inzwischen, mon ami?« Constantia öffnete ihren chinesischen Fächer und begann, sich Luft zuzuwedeln.

»Oh, mit dieser hier sind es genau zweihundertachtundzwanzig. Ich habe sie erst heute morgen gezählt. Eine große amüsante Puppenstube, n'est-ce pas?«

»Mit der Sie sich oft mehr divertieren als mit Ihrer Constance.« Die Hoym legte eine kleine Prise Vorwurf in ihre Stimme und zog einen Schmollmund. Insgeheim ärgerte es sie, dass der König in den letzten Wochen oft Stunden mit seiner Preziosensammlung in der Geheimen Verwahrung verbracht hatte, in denen sie gelangweilt auf ihn hatte warten müssen.

»Aber, aber, Madame, lassen Sie mir meine kleinen Freuden. Sie kommen schon zu Ihrem Recht.« Galant küsste August seiner Geliebten das weiß gepuderte Dekolleté und ließ seine Hand frech in den Schlitz zwischen ihren üppigen Brüsten wandern. Das brachte ihm einen Klaps mit dem Fächer ein, und Constantia entwand sich ihm lachend.

Während die beiden miteinander kokettierten, fand draußen in den Gängen eine seltsame Prozession statt. Eine Reihe festlich livrierter Tischdiener trug feierlich hintereinander vergoldete Platten, Schüsseln und Terrinen durch das Schloss, den ganzen weiten Weg von der Küche bis hin zu den Privaträumen des Königs. Alle Höflinge, an denen sie vorbeikamen, machten auf den Zuruf »La viande du roi!« einen tiefen Bückling und zogen den Hut: Man erwies dem Essen des Königs die gebührende Ehre. Für diesen Abend hatte August nur einen kleinen Imbiss für zwei Personen bestellt, denn ihm war nach dem schweren Mittagessen etwas unwohl gewesen. So hatte die Küche nur zwölf Gerichte vorbereitet, die die Aufwarter nun im Gänsemarsch mit tänzelnden Schritten in den zweiten Stock des südwestlichen Schlossbereichs trugen. Alle Speisen waren mit runden Servierglocken abgedeckt – eine Maßnahme, mit der nicht nur das Essen warm gehalten wurde, sondern die vor allem verhindern sollte, dass unterwegs ein hinterlistiger Mordbube Gift in die Schüsseln schütten könnte.

Der Kammerherr Georg Spiegel öffnete den Tischdienern die Doppeltür zum königlichen Ecktafelzimmer, wo schon eine kleine, exquisit gedeckte Tafel wartete. Der mit rotem Samt und Goldstickereien ausgekleidete Raum war in helles Kerzenlicht getaucht; die Wandspiegel reflektierten unzählige kleine Flämmchen. Wortlos setzten die Aufträger ihre Last auf dem ovalen Tisch ab und verschwanden wieder durch die offene Tür. Nur Spiegel war noch im Raum, als August und Constantia Arm in Arm eintraten und sich beiderseits des Tisches niederließen. Auf einen Wink des Königs hob der Kammerherr nacheinander alle zwölf Wärmeglocken ab und ließ August die verschiedenen Gerichte in Augenschein nehmen.

»Ah, Austern! Délicieux!«, rief der König erfreut aus. »Und ein Omelette mit Käse aus Parma, mein Leibgericht! Sehr schön. Aber beginnen wir doch mit der Suppe!«

Spiegel schöpfte ein, während August unter dem Tisch aus seinem hochhackigen Schuh schlüpfte und den Fuß an Constantias Bein hochwandern ließ. Dann zog sich der Kammerdiener diskret bis zur Wand zurück, während die beiden zu essen begannen. Nach dem dritten Löffel hob August den Blick, sah Constantia an und runzelte leicht die Stirn.

»Sie haben Ihre Mouche verloren, Madame!«

Die Maitresse griff sich tastend an die Wange. Tatsächlich, das Schönheitspflästerchen war nicht mehr da, wo es sein sollte! Stattdessen, so stellte sie fest, schwamm es wie eine Fliege in der halb ausgelöffelten Erbsensuppe.

»Mon Dieu«, seufzte die Hoym und schob den Teller von sich. »Spiegel, sei Er so gut und schick Er nach einem meiner Mädchen. Sie soll mir die Schatulle mit den Fleckchen bringen, vite.«

Spiegel verschwand, und kurze Zeit später betrat Fatmah den Salon, in der Hand ein muschelförmiges Emaillekästchen. Sie knickste und wartete, bis ihre Herrin sie zu sich winkte. Nach einigem Hin und Her wählte Constantia aus der Vielzahl ihrer Mouches ein herzförmiges Pflästerchen, das Fatmah nun mit der wachsbeschichteten Unterseite kurz vor eine Kerzenflamme hielt. Dann klebte sie die Mouche geschickt auf Constantias Jochbein, dort, wo die weiße Schminkpaste schon einen kleinen Trockenheitsriss hatte und einen Zusammenhalt benötigte. August, der Fatmah seit Jahren nicht mehr gesehen hatte, beobachtete das Mädchen interessiert.

»Ach, Sie ist wohl das kleine türkische Geschenk des Zaren?«

Fatmah senkte zustimmend den Kopf und wurde rot aus lauter Verlegenheit, weil der König das Wort an sie gerichtet hatte.

»So, so. Und ist Sie denn schon ein braver Christenmensch geworden, hm?«

Fatmah wurde noch roter und schüttelte den Kopf.

»Was, Sie ist am Ende noch nicht getauft?« Augusts Stirnfalte vertiefte sich.

Noch ein Kopfschütteln.

»Und was trägt Sie da für Sachen? Das ist doch kein Abendgewand für eine anständige Hofjungfer!« Mit abfälligen Blicken sah August auf Fatmahs langes, fließendes Kleid, das weder Mieder noch Reifrock hatte. Seine Mundwinkel wanderten gefährlich weit in Richtung Kinn.

Zu Fatmahs Erleichterung wedelte nun Constantia mit der Hand und sie durfte sich entfernen. Sie griff nach dem Kästchen mit den Mouches und huschte so schnell es ging zur Tür hinaus, während sich der König missbilligend an seine Mätresse wandte.

»Madame, es geht beim besten Willen nicht an, dass an Unserem Hof eine Heidin heranwächst. Wir sind ein gut christlicher Souverän und dulden keine Abtrünnigen im Glauben.«

Die Hoym wurde verlegen. »Sire, ich lasse das Mädchen bereits im christlichen Glauben unterrichten. Wenn Sie es wünschen, werde ich arrangieren, dass sie so bald wie möglich in den Schoß der Heiligen Kirche aufgenommen wird.«

August sah Constantia mit strengem Blick an. »Sorgen Sie dafür, Madame, und zwar bientôt. Solch ein Versäumnis ist nicht zu entschuldigen!«

»Eh bien, Sire, ich werde mich schon morgen darum kümmern. Darf ich Ihnen nun vielleicht vom Omelette vorlegen?« Constantia wusste, womit der König am besten von seiner schlechten Laune abzulenken war. Sie griff zum Besteck und setzte ihr berückendstes Lächeln auf.

»Ah, nur zu, nur zu meine Liebe, und nicht zu knapp, wenn ich bitten darf.« August strahlte schon wieder und rieb sich in Vorfreude auf den Genuss seines Lieblingsessens die Hände. »Nichts geht doch über eine in Butter gebackene Eierspeise, was meinen Sie, ma chère?

Draußen lehnte sich Fatmah erst einmal gegen den Türstock. Sie hatte den König seit ihrer Ankunft in Dresden vor drei Jahren nicht mehr getroffen, und damals war er von ihrem Anblick ganz offensichtlich nicht gerade begeistert gewesen. Und jetzt hatte er sie getadelt, weil sie eine Muslimin war. Und ihr Kleid hatte ihm nicht gefallen. Der König mochte sie nicht. Bestimmt fand er sie hässlich und dumm. Fatmah schluckte den Kloß hinunter, der sich in ihrem Hals festsetzen wollte. Was, wenn August nun beschloss, sie wegzuschicken? Wohin konnte sie gehen, wenn sie die königliche Gunst verlor? Selten zuvor war ihr so bewusst gewesen, wie unsicher ihr Leben war, wie sehr sie auf Gedeih und Verderb auf das Wohlwollen des Königs angewiesen war. Traurig ordnete sie ihre Rockfalten, zupfte die Spitze an ihrem Ausschnitt zurecht und machte sich auf den Weg zu den Frauengemächern.

»He, seht doch, wer da kommt!« Eine boshafte Stimme schreckte Fatmah aus ihren Gedanken. Sie sah sich fünf halbwüchsigen Pagen in gelb-weißer Staatslivree gegenüber, die gerade um die Ecke gebogen waren. Der größte von ihnen, ein hochaufgeschossener Blondschopf mit abstehenden Ohren, langem Hals und spitz hervortretendem Adamsapfel, kam wie ein Rammbock auf sie zu und rempelte sie an.

»He, Türkenbalg, pass doch auf!« Die anderen grölten vor Lachen.

Fatmah hatte die Schachtel mit den Mouches fallen lassen und bückte sich, um die kleinen schwarzen Dinger aufzulesen. Im selben Augenblick trat einer der Pagen absichtlich auf die Schachtel.

Das war zuviel. Fatmah fuhr ihm mit allen zehn Fingern ins Gesicht. Der Junge schrie vor Schreck; auf seinen Backen zeigten sich rote Striemen, und ein kleiner Blutstropfen lief über seine Wange. Dann entstand ein wütendes Gerangel. Alle gingen gemeinsam auf Fatmah los. Sie begannen sie mit Fäusten zu traktieren und überschütteten sie mit Schimpfworten und Flüchen. Fatmah wehrte sich wie eine Wildkatze; sie kratzte, trat und biss.

»Finissez-en! Zum Donnerwetter! Sapristi!«

Ein dünner silberner Spazierstock sauste auf den Rücken des ersten Pagen nieder. Der Blonde und seine Kumpane ließen überrascht die Fäuste sinken.

»Schämen Sie sich, Messieurs! Was ist das für ein Benehmen, ich bin empört! Fünf von Ihnen gegen eine Dame, mon Dieu! Ich werde meinem König berichten, dass die Herren am Dresdener Hof die veritable Tapferkeit besitzen, in Überzahl gegen eine Demoiselle handgreiflich zu werden. Quel scandale! Entfernen Sie sich, meine Herren servants, allez vite, bevor ich dem Haushofmeister über Ihre Eskapade berichte! Kommen Sie, Mademoiselle.«

Fatmah sah staunend zu, wie die fünf Pagen wie begossene Pudel dastanden, sich schließlich hastig verbeugten und dann das Weite suchten. Vor ihr stand ein kleines, dürres Männlein ganz in Himmelblau mit einem juwelenbesetzten Stock in der Hand. Der alte Herr trug eine hoch aufgetürmte graue Perücke und spitze rote Schuhe; trotzdem war er kaum größer als Fatmah. Unter der dicken weißen Bleiweißpaste zeigten sich unzählige Fältchen, als er lächelte und sich tief vor Fatmah verbeugte.

»Alphonse de Villeroy, der französische Envoyé, stets zu Ihren Diensten, Mademoiselle. Ich hoffe, Sie sind unversehrt?«

Fatmah nickte erleichtert. Sie legte den rechten Zeigefinger an die Lippen und machte mit der linken Hand eine verneinende Geste. Dann kreuzte sie die Arme über der Brust und verneigte sich leicht, um ihren Dank zu zeigen. Der Franzose verstand.

»Es war mir ein Vergnügen, Ihnen behilflich zu sein, meine Liebe. Einer schönen Frau zu dienen ist eines Mannes höchste Berufung! Darf ich Ihnen im Übrigen sagen, dass Ihr türkischer Kaffee mich neulich beim Besuch der Madame Hoym außerordentlich entzückt und belebt hat?«

Fatmah schenkte dem Vicomte ihr schönstes Lächeln. Seine Gegenwart tat ihr gut; schon lange hatte niemand mehr so freundlich mit ihr geredet. Verlegen ordnete sie ihre zerzausten Haare und bückte sich, um die verstreuten Mouches aufzusammeln.

»Oh non, lassen Sie mich das machen!« Der kleine Mann war trotz seines fortgeschrittenen Alters flugs auf den Knien, pickte die schwarzen Fleckchen vom Boden auf und tat sie in ihr Behältnis zurück.

»Voilà, Mademoiselle! Wenn ich Sie nun in Ihre Gemächer begleiten dürfte? Wir wollen doch nicht, dass die bösen Buben Ihnen noch einmal einen Streich spielen, n'est-ce pas?«

Er führte Fatmah, die gar nicht wusste, wie ihr geschah, fröhlich plappernd durch die Gänge. Vor ihrer Zimmertür verabschiedete er sich mit einem vollendeten Kratzfuß, und sie bedankte sich gestenreich.

»Aber nein«, wehrte Villeroy ab, »ich habe zu danken für den Plaisir, das schönste Mädchen des Dresdener Hofs am Arm geführt zu haben. Bonne nuit, Mademoiselle Fatima.«

Drinnen musste sich Fatmah erst einmal setzen. Das schönste Mädchen am Dresdener Hof hatte er sie genannt! Sie, die Türkin, das hässliche Entlein, das niemand leiden konnte und von allen gehänselt wurde! Und er hatte sie behandelt wie eine richtige Dame! Fatmah ließ sich mit ausgebreiteten Atmen nach hinten aufs Bett fallen. Das schönste Mädchen am Dresdner Hof! Und sie hatte an seinem Tonfall gehört, dass er das Kompliment ernst meinte. Vielleicht war sie doch nicht so garstig, wie sie immer geglaubt hatte. Schnell stand sie auf und lief zu dem großen goldgerahmten Spiegel, der über einer Seitenkonsole an der stoffbespannten Wand hing. Im rötlich flackernden Licht der Kerzen sah ihr ein ungeschminktes, ovales Gesicht mit ebenmäßigen Zügen entgegen: große meerblaue Augen, dichte schwarze Brauen, üppige Lippen, die keiner roten

Farbe bedurften, alles umrahmt von einer aufgesteckten Flut rabenschwarzer Haare, die sich aufgrund des vorausgegangenen Gerangels unordentlich und wirr um die Ohren kringelten. Fatmah lächelte sich versuchsweise an – ihre Zähne waren makellos, denn sie putzte sie ja auch täglich mit einem Brei aus Marmorstaub und Rosenöl, wie sie es von ihrer Mutter gelernt hatte. Aber natürlich war dieses Gesicht mit den hohen Wangenknochen und der dunkel getönten Hautfarbe für die Menschen in ihrer Umgebung das Gesicht einer Fremden, eine ungewohnte Komposition aus Farben und Formen. Sie war anders. Sie war nicht blass und blond, hatte keine rosigen Wangen, besaß nicht das helle Haar der Sächsinnen. Natürlich hätte sie sich in ihrem Alter schon schminken können, hätte mit Bleiweiß, Kohle und Cochenille eine Maske zaubern können, so wie sie die meisten Frauen trugen. Aber es war ihr zuwider, sich all diese Dinge auf die Haut zu schmieren, und sie wollte nicht wie all die anderen Entzündungen, Furunkel und Pickel bekommen, die dann erst recht wieder mit noch mehr Pasten und Salben zugedeckt werden mussten. Außerdem wäre sie unter all der Schminke ja doch für die anderen immer noch die Türkin, die Muselmanin, die Fremde. Alle Farbe dieser Welt würde ihre Herkunft, ihre Andersartigkeit nicht zudecken können.

Mit einem stummen Seufzer löste Fatmah die Haarnadeln und begann, langsam und mit langen Strichen ihr Haar zu bürsten.

Königlich polnischer und Churfürstlich Sächsischer Hoff= und Staats=Calender vom 30. Oktober 1703

»Am gestrigen Tag traf sich bey Hofe das General=Akzise=Collegium, um über die Erhebungk einer weiteren Steuer zu berathschlagen. Man war der Meynungk, eine womeglich drohende schwedische Invaßion mache es nothwendig, die Geld=Mittel für die sechsische Armee dadurch zu erhöhen, daß generaliter eine Akzise auf Kaffee, Cacao, Thé und Taback eingefürt würde.

Für den morgigen Tagk wird mit Freuden erwarttet das Eintreffen der Frau Gräfin Maria Aurora von Königsmarck, Pröpstin des Stiffts Quedlinburg. Der Grundt für Deroselben Kommen ist die bevorstehende Tauffe der jungen oßmanischen Hofdame Fatime, die nach nunmehro ettlichen Jaren am Hoffe in den Schos der ewigen christlichen Kirche auf=genomen werden soll. Die allergnedigste Frau Gräfin hat eyngewilligt, höchstselbst die Pathenschafft für das türckische Fräulein zu übernehmen ...«

Dresden, 8. November 1703

Das Ankleiden begann damit, dass man Fatmahs Taille mit Hilfe einer ledernen Schnürbrust so schmal wie möglich zusammenzog. Dann steckte man sie von der Hüfte abwärts in ein Reifgestell aus Fischbein. Zwei Zofen waren anschließend damit beschäftigt, das Mieder der brombeerfarbenen Robe über die Schnürbrust zu ziehen und Fatmah darin einzunähen. Zwei weitere Mädchen hefteten anschließend die Ärmel an und nestelten erst drei Unterröcke aus hellem Taft und dann den weiten Überrock mit Bändern und Schleifen an das Mieder.

Fatmah ließ alles klaglos über sich ergehen, obwohl sie es hasste, in ihre Kleider eingesperrt zu werden wie in einen Käfig. Seit Wochen schon musste sie Hofkleidung tragen, und sie litt darunter fast mehr als unter der schweren Perücke, die nun täglich ihr langes Haar verbarg und unter den dicken Schichten Schminke, mit denen man jeden Morgen ihr Gesicht zuschmierte.

»Demoiselle Fatima, bitte nicht bewegen, sonst werden Sie gepiekst. Ich stecke jetzt den Manteau auf!« Der Schneider, ein pummeliger älterer Herr, der säuerlich nach altem Schweiß roch, ruckelte an Fatmahs Mieder und zog die Nähte zurecht. Er hatte den Manteau bereits mit Papier ausgefüttert und in Falten gelegt, und nun befestigte er den schweren Stoff hinten am Halsausschnitt. Er drapierte den Brokat bauschig um Fatmahs Hüften und steckte ihn nochmals fest, damit der ganze Wust nicht verrutschte. Schließlich ordnete er mit geübten Griffen die lange Schleppe. Derweil hatten die Zofen einen Brustlatz aus teurer Brabanter Spitze in das vorne halb offene Mieder gesteckt und an den Rock goldbestickte Bandeaus, Schärpen und Spitzenbänder genäht.

»Voilà!« Der Schneider tupfte sich den Schweiß von der Stirn. »Fertig, Mademoiselle.« Er klatschte in die Hände. »Den Spiegel, wenn ich bitten darf!«

Zwei kleine Lakaien schleppten einen großen ovalen Standspiegel herein, in dem sich Fatmah von allen Seiten begutachten konnte. Das schwere Kleid in der Farbe dunkler Rosen saß perfekt, und sie nickte dem Schneider zu, der sich nun entfernen konnte. Seine Arbeit war getan.

Was jetzt noch fehlte, war das Schminken. Fatmah nahm vorsichtig, um die Röcke nicht zu stark zu zerdrücken, auf einem Hocker vor dem Toilettentisch Platz. Auf der mit herrlichen Einlegearbeiten aus Ebenholz geschmückten Tischplatte standen kleine silberne Döschen und Töpfchen, Behältnisse für Lippenpomade, Bleiweißpuder, Duftöle, Lackkügelchen für Wangenrot, Gläschen mit Lavendelwasser, Tiegel mit weichem Wachs, schwarze Kohlestäbchen für die Augen. Madame Hoym ließ es sich nicht nehmen, Fatmahs Gesicht höchstselbst für die große Zeremonie herzurichten. Sie war in Hochstimmung.

»Ach, ma petite, es ist eine Freude, deine Haut anzusehen! Keine Pockennarben, keine Mitesser, keine Finnen, keine Sommersprossen! Nur leider dieser dunkle Ton, wie schade! Aber dem werden wir beikommen, tout de suite!«

Mittels einer Hasenpfote puderte sie Fatmahs Gesicht ab, damit die anschließend aufgetragene weiße Paste besser hielt. Jedes Fleckchen Haut wurde damit abgedeckt, vom Haaransatz bis zur Spitzenbordüre des Dekolletés. Dann griff sich die Hoym ein rotes Farbkügelchen, erwärmte die Masse an einer Kerzenflamme und tupfte die Farbe auf Fatmahs Wangen und Lippen. Während die Hoym arbeitete, plapperte sie in einem fort, was sie meistens tat, wenn sie gute Laune hatte.

»Siehst du, Fatima, der Einfluss des weiblichen Geschlechts auf die Herzen der Menschen ist so groß, und die natürliche Vollkommenheit der Frau so wichtig für das Glück der Gesellschaft, dass jede Bemühung zur Vermehrung der Schönheit als eine sehr gemeinnützige Arbeit zu betrachten ist. Dabei ist ein mit Mäßigung geführtes lustiges Leben der Vollkommenheit weniger nachteilig als ein strenges. Denn die angenehmen Dinge beseelen das Gesicht und erhalten eine lebhafte Farbe. Hingegen neigt die Haut dazu, zu welken, wenn man ernsthaften oder tiefsinnigen Dingen zu beharrlich nachhängt ...«

Mit dem schwarzen Stift strichelte Constantia Fatmahs Augenbrauen nach. Dann nahm sie ein dünnes Marderhaarpinselchen, tauchte es in einen Tiegel mit blauem Pulver und zeichnete an beiden Schläfen eine täuschend echte Nachbildung kleiner blauer Äderchen – der Gipfel an Eleganz. Noch eine sternförmige Mouche unter dem linken Auge – einer Stelle, die jedem potenziellen Bewunderer signalisierte, dass das Mädchen anständig und nicht zu einem Abenteuer bereit war –, dann besah sich die Hoym ihr Werk mit kritischen Augen.

»Ja, das geht. Jetzt noch die Perücke, und wir sind so weit!«

Fatmah nickte ergeben. Eine der Zofen brachte die Perücke, ein weiß gepudertes Ungetüm, dessen Locken am Oberkopf aufgetürmt waren und im Nacken und an den Seiten wie lange Korkenzieher herunterhingen. Die ganze Pracht wurde mit langen Nadeln an Fatmahs bereits hochgefassten Haaren festgesteckt. Es ziepte entsetzlich. Am Schluss kamen rote Bänder und eine kleine sternförmige Rubinagraffe über der Stirn, dann war endlich die Prozedur des Ankleidens erledigt. Fatmah stand auf und trat noch einmal vor den Spiegel. Ein fremdes Wesen blickte ihr entgegen. Eine Maske. Das bin nicht ich, dachte sie, das ist jemand, den ich nicht kenne. Sie haben einen anderen Menschen aus mir gemacht. Und doch – Fatmah konnte sich des Eindrucks nicht erwehren, dass sie schön war. Es war nicht die Schönheit der Orientalen, es war die der Europäer, die ihr aus dem Spiegel entgegenblickte. Und trotz aller Fremdheit fühlte sie sich seltsam verzaubert.

Doch sie hatte keine Zeit, weiter über diese Verwandlung nachzudenken, denn schon war die Hoym hinter sie getreten.

»Hier, meine Kleine, das ist für dich!« Die Mätresse legte ihr eine schmale Perlenkette um den Hals. »Mein Geschenk zur Taufe! Gefällt's dir?«

Fatmah strahlte und bedankte sich mit einer vorsichtigen kleinen Verbeugung, um den Sitz der Perücke nicht zu strapazieren. Wie die Perlen auf der Haut glänzten! Noch nie hatte ihr in Dresden jemand ein Schmuckstück geschenkt! Natürlich besaß sie noch den osmanischen Schmuck, mit dem der Zar sie für König August ausgestattet hatte – ein goldenes Stirnband mit Münzen, lange hängende Ohrringe und einen ganzen Satz dünner Armreifen und Fußkettchen –, aber das lag alles gut verpackt in Schachteln und Futteralen unter ihrem Bett. Schließlich konnte sie die Sachen bei Hof schlecht tragen. Das Einzige, was sie niemals ablegte, war die kleine Glasperle, die immer an einer schlichten ledernen Schnur um ihren Hals hing. Das war ihr »Blaues Auge«, der Talisman gegen den bösen Blick, den ihr einst ihre Mutter noch als kleines Kind umgebunden hatte, ihr kostbarster Besitz. Heute allerdings, das hatte ihr der Hofprediger schon am Abend vorher klar gemacht, durfte sie den nazar boncugu nicht tragen, denn er war böser heidnischer Aberglaube. Der Herrgott will solche Dinge nicht in seinem heiligen Hause haben, hatte der Priester mit erhobenem Zeigefinger und bedeutungsschwangerer Stimme gesagt. Fatmah hatte das eingesehen, sich aber insgeheim geschworen, das Amulett nach dem Ende der Feierlichkeiten sofort wieder umzuhängen. Es war das Einzige, was sie noch an daheim erinnerte, und sie hütete es wie ihren Augapfel.

Der Gottesdienst in der Schlosskapelle war für zwölf Uhr mittags angesetzt. August hatte die Türkentaufe, wie er die Zeremonie scherzhaft nannte, als großes Ereignis planen lassen. Nicht nur hatte er die Gräfin Königsmarck, eine seiner früheren Mätressen und Mutter eines gemeinsamen Sohnes, als Patin und Namensgeberin bestimmt, sondern er hatte auch seinen früheren Beichtvater, den greisen Jesuitenpater Karl Moritz Vota, gebeten, persönlich die Kanzelpredigt zu sprechen. Der hochangesehene Gelehrte der Gesellschaft Jesu hatte eine wichtige Rolle bei Augusts Übertritt zum Katholizismus vor sechs Jahren gespielt, und der König wollte ihm nun demonstrieren, wie ernst es ihm mit seinem neuen Glauben war – in katholischen Kreisen wurde nämlich immer noch gemunkelt, August sei nur wegen der polnischen Krone und nicht aus echter Überzeugung Katholik geworden. Heute war eine gute Gelegenheit, aller Welt das Gegenteil zu beweisen.

Schon eine halbe Stunde vor Beginn der Messe war die Schlosskapelle voller Menschen. Die Sänger der Kantorei hatten sich links und rechts neben dem Altar aufgestellt und summten sich leise ein, während sich die Seiten- und Mittelreihen langsam füllten. Auch auf der umlaufenden Empore unter dem herrlichen Netzgewölbe hatten schon etliche Besucher Platz genommen – dieser Teil der Kapelle war für die höher gestellten Persönlichkeiten reserviert. Hier saßen die Mitglieder des höheren Adels, die Minister und ihre Gattinnen sowie die beiden Erzbischöfe von Lemberg und Gnesen, die am Abend vorher angereist waren. Sie sollten später in Polen vom frommen katholischen Wesen des Königs berichten. Der Aufnahme eines Heidenmädchens in den Schoß der Kirche hatten selbst sie als hohe Würdenträger noch nie beigewohnt. So etwas kam schließlich nicht alle Tage vor, und deshalb war die Hofkapelle auch von einer Atmosphäre feierlicher Spannung erfüllt.

Schließlich läuteten die Glocken. Oben auf den Rängen hatten sich die letzten leeren Plätze gefüllt. Der Chor begann, eine festliche Kantate zu intonieren.

Fatmah hatte mit den Ministranten und dem Hofprediger Johann Bartholomäus Freiesleben am Eingang zur Kapelle gewartet, bis der König eingetroffen war. Noch nie hatte sie August als so strahlende Erscheinung gesehen; er trug Staatsgarderobe und hatte zur Feier des Tages seine Saphirgarnitur angelegt. Zum ersten Mal fiel ihr auf, was für eine beeindruckende Erscheinung, ja welch schöner Mann er war. Jetzt erst spürte sie, wie furchtbar aufgeregt sie war, und die Knie wurden ihr weich. Welche Ehre war es, vom König selbst in die Kirche geführt zu werden! Zum ersten Mal, seit sie in Dresden war, hatte Fatmah das Gefühl, jemand von Bedeutung zu sein. Vielleicht würde sie nach dieser Zeremonie endlich dazugehören, sich endlich nicht mehr wertlos und verachtet fühlen müssen.

Langsam öffnete sich die Kirchentür. Die Ministranten gingen voran, ihre Glöckchen schüttelnd und das Weihrauchfässlein schwenkend. Ihnen folgte mit gemessenen Schritten, die Bibel in der Hand, der Hofprediger. August bot Fatmah die Hand, und sie ergriff ungeschickt seine Fingerspitzen. Dann ging sie an seiner Seite durch das Kirchenschiff, setzte mechanisch Fuß vor Fuß, während der Gesang zu donnernder Lautstärke anschwoll und eine großartige Melodie die Kapelle füllte. Das musste ein mächtiger Gott sein, dem solche Musik dargebracht wurde! Fatmah wurden vor lauter Ehrfurcht die Augen feucht. Vielleicht war es doch recht, Allah für den Gott der Christen zu verlassen.

Vor dem Altar wartete die Gräfin Königsmarck mit einem Lächeln auf den Lippen, und August legte mit einer zierlichen Verbeugung Fatmahs Hand in ihre. Dann zog sich der König ein paar Schritte zurück und nahm auf einem thronähnlichen Stuhl neben der Madame Hoym Platz, die ihm stolz zunickte.

Die Königsmarck drückte Fatmah aufmunternd die Hand und bugsierte das Mädchen vor den Taufstein, der seitlich vom Altar stand. Sie selbst stellte sich schräg hinter ihr Patenkind. Die Messe begann.

Später hätte Fatmah nicht mehr sagen können, worüber der Priester gesprochen hatte. Es waren schöne Worte gewesen, die geklungen hatten wie eine Melodie. Von Demut hatten sie gehandelt, von Erlösung und Frohlocken. Dazwischen kamen immer wieder Lieder, Spruchformeln, Glöckchengebimmel. Dann sprach ein uralter Mann mit brüchiger Greisenstimme von der seitlich an der Wand angebrachten Kanzel. Und schließlich nahm der Hofprediger sie am Arm und führte sie zum Wasserbecken.

»Du armes Heidenkind, freue dich recht sehr, denn dir ist das Himmelreich bestimmt. Luzifer wird jetzt von dir weichen, und du wirst eingehen in die Gemeinschaft des einzig wahren Glaubens. Ich taufe dich nun im Namen des Vaters, des Sohnes und des Heiligen Geistes auf den Namen Maria Aurora.«

Obwohl sie wusste, was kommen würde, erschrak Fatmah vor dem kalten Wasserguss. Doch sofort war die Königsmarck bei ihr und tupfte ihr mit einem Spitzentaschentuch die Tropfen von Kleid, Gesicht und Perücke. Die Kantorei hob zu einem jubelnden Triumphgesang an. Und dann geschah das Entsetzliche.

Fatmah folgte dem Priester zu dem kleinen gepolsterten Kniebänkchen. Der Geistliche bedeutete ihr, sich niederzuknien, damit er den Segen aussprechen konnte. Fatmah, ergriffen von der Zeremonie, ließ sich folgsam auf das weiche Polster nieder und hob betend die Hände. Der Chor schwieg still.

Plötzlich hörte man in der Kapelle ein unterdrücktes Glucksen. Unruhe breitete sich aus. Es raschelte, als Taschentücher und Fazenettlein gezogen wurden. Jemand prustete. Der Raum war erfüllt von leisem Kichern, Flüstern und Gelächter. Jeder einzelne Kirchgänger sah gebannt auf die Strümpfe an Fatmahs Füßen, die sich strahlend weiß von den umbauschenden roten Röcken abhoben. Der Täufling hatte keine Schuhe an!

Fatmah wäre am liebsten vor Scham gestorben.

Wie die Messe zu Ende gegangen war, wie sie überhaupt den ganzen Tag mit seinen Diners und Amüsements hinter sich gebracht hatte – Fatmah wusste es nicht. Zum ersten Mal war sie dankbar für die Schminke, die man ihr aufgetragen hatte, denn die Paste hatte ihr Gesicht zu einer Maske erstarren lassen. Wenn sie schon nicht auf der Stelle tot umfallen konnte, so sah ihr zumindest niemand ihre grenzenlose Verlegenheit an.

In dieser Nacht lag sie bis zum Morgen wach.

Fatmah

Ich hasse sie. Ich hasse sie alle. Am liebsten würde ich im Bett bleiben, die Decke über den Kopf ziehen und nie, nie mehr dieses Zimmer verlassen. Alles haben sie mir erzählt, mich bis zur letzten Kleinigkeit auf die Taufe vorbereitet. Ich weiß alles über ihren Glauben, ihre Gebete, ihre Gottesdienste. Nur eines hat man mir nicht gesagt: Dass die Christen die Stirn besitzen, in Schuhen vor ihren Gott zu treten! Niemals würde ein Muslim es wagen, anders als barfuß in die Moschee zu gehen. Es ist doch die selbstverständlichste Sache auf der ganzen Welt, das Haus eines anderen nicht mit schmutzigen Schuhen zu betreten – erst recht das Haus Gottes! Maschallah, wer diese Regel nicht beachtet, dem würde im Land des Padischah die Haut von den Fußsohlen geprügelt!

Man hat mir hinterher die Pantoffeln wieder gebracht, die ich vor der Kapellentür abgestreift hatte, und mein Lehrer, der alte Professor, hat mich zum Trost in den Arm genommen. Madame Hoym hingegen war sehr erbost, weil ich die schöne Feier so verdorben habe. Sie hat gesagt, wenn ich nicht endlich lerne, mich richtig zu benehmen, werde ich niemals einen Mann finden. Ich habe ihr aufgeschrieben, dass ich gar keinen Mann will, da hat sie mich ein dummes Ding gescholten.

Ich will ganz oft zu meinem neuen Christengott darum beten, dass man mich niemals einem Mann zur Frau geben möge! Ich habe gesehen, was Männer mit Frauen machen, damals nach der Schlacht. Es ist schrecklich, und manchmal träume ich nachts immer noch davon und habe große Angst. Ich will niemals so leiden müssen. Aber seit ich Besuch von der Jungfer Kathrine bekomme – so nennen sie hier die weibliche Blutung –, spricht man mir öfters von Männern und Hochzeit. Der Pfarrer Freiesleben hat gesagt, wenn ich erst eine getaufte Christin bin, kann mich ein guter frommer Mann einmal heiraten und ich kann meine Kinder im rechten Glauben erziehen. Eher laufe ich davon!

Doch dann denke ich wieder, welcher Mann sollte mich schon haben wollen? Die Jungen am Hof hänseln und ärgern mich, seit ich hier bin. Sie sagen, ich sei schmutzig, dabei sind sie es doch, die sich nicht waschen und stinken wie die Hammel. Trotzdem, ich bin für sie das dreckige Türkenbalg, die dumme Muslimin, die garstige osmanische Kröte. Ich habe keine Mitgift, keinen Besitz. Und ich bin stumm. Eine wie mich nimmt bestimmt keiner von denen, Gott sei Dank. Schließlich gibt es so viele andere schöne Mädchen im Schloss. Trotzdem muss ich oft darüber nachdenken, was denn wohl aus mir werden soll. Muss ich immer die Zofe von Madame Hoym bleiben? Was ist, wenn sie mich einmal nicht mehr haben will? Ich habe den Professor gefragt. Er ist mein Freund, und ich weiß, er meint es gut mit mir. Er hat gesagt, ich solle mir keine Sorgen machen, das mit den Männern sei gar nicht so schlimm. Schließlich seien die meisten Frauen verheiratet, und es gehe ihnen nicht schlecht dabei. Er hat gesagt, ich soll vergessen, was damals im Frauenzelt war. Und dass man, wenn die Zeit reif sei, schon den richtigen Mann für mich aussuchen würde. Damit ich keine Angst mehr habe, hat er mir ein Büchlein geschenkt, das Tableau d'amour heißt, mit Bildern darin und Erklärungen über die Liebe. Er hat gesagt, so etwas besitzen alle vornehmen Damen. Ich habe es aufgeschlagen und gleich wieder zugeklappt: Da waren lauter Zeichnungen von halbnackten Menschen! Ich habe das Tableau in mein Nachttischlein gelegt, denn ich getraue mich nicht recht, es anzusehen.

Trotz meines Missgeschicks bei der Taufzeremonie darf ich morgen bei der Sonntagsmesse die Kommunion empfangen, das hat mir Madame Hoym gesagt. Gerade war sie bei mir und hat erzählt, dass der König so über meine bloßen Füße gelacht hat, dass ihm ein Knopf seiner Juwelengarnitur über dem Bauch abgesprungen ist. Ich bin so froh, dass er nicht auch noch böse ist. Mit der Taufe habe ich den ersten Schritt getan, nun wird mir wohl nichts anderes übrig bleiben, ein richtiger Christenmensch und eine rechte Fränkin zu werden. So gut es eben geht, Inschallah!

Zweites Buch

Fatmah von Kariman

Aus den Memoiren des französischen Gesandten zu Dresden, Alphonse Louis Baptiste de Villeroy

Gerade komme ich retour von einer bedeutenden Mission secrète. Mein allergnädigster Souverän hat es in seiner Weisheit für dienlich erachtet, meine Wenigkeit an den kaiserlichen Hof nach Wien zu senden, um dort in der spanischen Erbfolgesache Negotions zu führen. Doch der Kaiser, übrigens ein entsetzlich steifer, gänzlich uncharmanter, stets in düsteres Schwarz gekleideter Mann ohne jede Vivacität, bleibt stur wie ein altes Weib: Österreich stimmt dem Compromiss, Spanien zu teilen, nach wie vor nicht zu. Hélas, der Friede scheint weiter entfernt denn je! Das gute alte Europa zerfleischt sich derzeit in zwei Kriegen, und eine bataille jagt die andere. Der eine Krieg findet im Norden statt, zwischen Sachsen-Polen, Russland und Schweden, und Gott allein weiß, wie er ausgehen mag. Der andere, an dem mein geliebtes Frankreich Anteil hat, tobt derzeit in den Niederlanden und auch in Italien. Leider sind die Verwandtschaftsverhältnisse im europäischen Adel so voller Complications, dass sowohl Habsburg als auch Bourbon, ja selbst der Kurfürst von Bayern, Ansprüche auf die verwaiste spanische Krone erheben können. Dabei kann jedermann das Interesse des Roi Soleil an Spanien leichtiglich begreifen, ist Louis XIV. doch Sohn einer spanischen Mutter. Sei es, wie es sei – England und Holland befinden sich auf Seiten Habsburgs, sie wollen keine französische Übermacht in Europa. Louis Quatorze, mein allergnädigster Monarch, hingegen wird selbstverständlich niemals akzeptieren, dass Spanien an Habsburg fällt. Also geht der Kampf weiter, und man fragt sich, wohin das alles noch führen mag.

Wir schreiben nun das Jahr 1704, und ich selber befinde mich schon im sechsundfünfzigsten Lebensjahr. Die Wintermonate brachten mir viel Verdrießlichkeit, weil das Reißen mir in allen Gliedern saß und es in diesem beklagenswerten Schloss zu Dresden keinen Ort gibt, an dem es wirklich warm ist. Besonders im westlichen Flügel pfeift der Zugwind um alle Ecken. Zuzeiten war es so kalt, dass man sich vorsehen mußte, um nicht auf den gefrorenen Lachen Urins in den Gängen auszurutschen. Die Dienerschaft erleichtert sich, wo sie gerade geht und steht, wobei ich zugeben muss, dass es sich zu Versailles nicht anders verhält.

Dieweil ich nach meiner Rückkehr aus Wien Chagrin mit dem Magen litt – dort mußte ich den lieben langen Tag beim Antichambrieren Süßigkeiten und Fettgebackenes essen – rieten mir die hiesigen Docteurs zu einer strengen Diät. Mein Speiseplan besteht aus gedämpftem Grünzeug, rohem Obst und Suppe. Außerdem darf ich nur noch drei Gläser Wein am Tag trinken. Ich weiß beim besten Willen nicht, wie ich dieses Tractament überleben soll! Man will mich wohl crepieren lassen. Zu allem Überfluss muss ich auf meinen geliebten schwarzen Kaffee verzichten, was mir außerordentlich schwer fällt. Denn ich kann als Ersatz weder Thee noch Choquolade trinken, all diese warmen Schlürftränke sind mir zuwider. Den Choquolat finde ich zu süss, der Thee kommt mir vor wie eine halbe Medizin und schmeckt wie schmutziges Gras. In Summa kann ich hier wie in manchem anderen, was Essen und Trinken betrifft, gar nicht à la mode sein. Die Ärzte haben mir zwar zu Thee geraten, weil der große Bontekoe, der Leibarzt des Königs von Preussen, in einem seiner Traktate den täglichen Genuss von zehn bis fünfzig Tassen Thees empfohlen hat. Aber ich weiß auch, dass ihm dies vor einigen Jahren den Vorwurf eingebracht hatte, er sei von der Ostindischen Compagnie bestochen! Und wenn der Landgraf von Hessen-Kassel zehnmal jeden Morgen 40 Tassen trinkt, ich mag das dünne Zeug nicht! Ich goutiere eben nur den Kaffee, auch wenn er vorgeblich die Nieren austrocknet, das Hirn schädigt, das Blut säuert und zur Abmagerung führt.

Am meisten habe ich unter dem Verbot meiner Ärzte gelitten, als neulich zum Empfange des durchreisenden Grafen von Jagsthausen eine Kaffeestunde bei der Madame Hoym stattfand. Die reizende kleine Türkin kredenzte wie immer den besten Mokka, den man sich denken kann, und ich musste zusehen und Sauerbrunnen trinken. Immerhin hatten wir dennoch eine recht ergötzliche Konversation, und der junge Graf, der sich auf seiner Kavalierstour befindet, gab einige fröhliche Anecdoten zum Besten. Allerdings ist er mit der Etiquette noch nicht so recht vertraut. Er würde wohl Kaffee noch heute trinken, wenn ich ihn nicht nach der zwölften Tasse darauf aufmerksam gemacht hätte, dass er seinen Löffel quer über die Tasse legen müsse, um nicht mehr nachgeschenkt zu bekommen. Sein Begleiter und Kammerherr steckte in der Not, weil er nicht mehr trinken konnte, das Näpfchen in die Hosentasche. Trotzdem stehen die beiden Besucher im Ruf, überaus galante junge Cavaliers zu sein.

Aber à propos, was ist galant und ein galanter Mensch? Dieses Wort ist bei den Deutschen so gemein und wird so sehr gemissbraucht, dass es von Hunden und Katzen, von Pantoffeln, Tischen und Bänken und ich weiß endlich nicht, ob nicht auch von Äpfeln und Birnen öfters gesagt wird. Man kennt hierzulande die wahre Bedeutung der Galanterie mitnichten – denn wahrhaft galant und mit allen guten Sitten vertraut kann nur ein Franzose sein!

Der König hat die ersten Monate des neuen Jahres in Polen verbracht, weshalb es hier nachgerade triste zuging. Keine Bälle, keine großen Diners, keine Jagden, es war nicht auszuhalten. Da kam es mir so recht zupass, dass mich der alte Professeur Gellenius, mit dem ich des öfteren Pharao oder Trictrac spiele, gebeten hat, seinen türkischen Schützling in der französischen Sprache weiter zu befördern. Dies tue ich nun täglich eine Stunde am Nachmittag, und es bereitet mir ausserordentlich Plaisir. Das Mädchen ist gelehrig und voller Neugier, und sie lernt schnell die wichtigen Dinge. Leider werde ich niemals das Vergnügen haben, die schönste aller Sprachen aus ihrem Munde zu hören, denn sie ist stumm. Zuzeiten tut sie mir leid, denn viele am Hof behandeln sie mit einer gewissen Arrogance oder reden überhaupt nicht mit ihr. Man hat ihr nicht einmal gesagt, dass im letzten Jahr der alte Sultan Mustapha gestorben ist und die Pforte in seinem Bruder Ahmed einen neuen Herrscher hat. Sie schrieb mir auf, dass ihr Vater einen hohen Rang unter Mustapha bekleidet und dass sie als Kind den Sultan höchselbst gesehen habe.

Enfin noch eine Rezeptur für meine Sammlung – der Monsieur Hofapotheker Rexrath, ein äußerst angenehmer Mensch, ist ein exquisiter Kenner wirksamer Medicin und hat sich überreden lassen, mir bei einem guten Glas Wein hin und wieder etwas von seinen Geheimnissen preiszugeben. Als Gegendienst habe ich ihm versprochen, aus meiner Collection französischer Recepte etliche ihm aus Paris zukommen zu lassen. Vorab gab ich ihm die Zusammensetzung eines an mir selbst wohl erprobten Mittels gegen den Catarrh, welches ich für Notfälle immer bei mir habe und auch gegen Zahnschmerzen hilft.

Hier nun die Mixture für einen guten Zucker gegen die Winde, der mir während meiner Diät gute Dienste geleistet hat: Je 8 Loth frische gewaschene Wermutblätter, süße, entkernte Orangen samt Schale, 3 Vierling Zucker, ½ Mäßlein Wasser, 1 Eiklar. Zucker und Wasser lässt man zuerst spinnen, dann läutert man mit Eiklar. Nach dem Abseihen tut man alles andere hinein und siedet es zu einer geschmeidigen Masse. Morgens nehme man halbnussgroß von diesem Zucker.

Dresden, April 1704

»Wenn ich den Einfall hätte, eine Abhandlung über die Frisierkunst zu schreiben, oh, in welches Erstaunen würde ich die Leser setzen, wenn ich ihnen bewiese, dass es drei- bis vierhunderterlei Arten gibt, einer Dame von Adel das Haar zu richten. Oh, was hat diese Kunst für eine Tiefe, und wer kann sich rühmen, sie bis ins einzelne durchstudiert zu haben!«

Aus Maître Schick sprudelte es hervor wie ein Wasserfall, während er mit einem kleinen ledernen Blasebalg ein parfümiertes Pulver aus Bohnenmehl und gemahlenem Eichenmoos auf Constantias Haar verteilte. Derweil tupfte seine Tochter, die inzwischen fünfzehnjährige Sophie, das Gesicht der Hoym mit dem bei Hof beliebten Schick'schen Spezial-Reinigungswasser ab, einer farblosen Tinktur aus Semmelkrume, Ziegenmilch, Bohnenblüten, Weinstein und destilliertem Lilienwasser. Ihr Vater begann nun, das Pulver mit kreisenden Bewegungen einzumassieren, damit es möglichst viel Schmutz und Fett aufnahm. Dabei dozierte er unaufhörlich weiter, bis er vor lauter Reden ganz rot im Gesicht geworden war. Er hatte heute die nicht ganz einfache Aufgabe, die Mätresse des Königs für die abendliche Redoute zu frisieren, und vor Nervosität plapperte er noch mehr als sonst. August hatte den Maskenball, bei dem auch dem Volk das Schloss offen stand, zur Feier seiner Rückkehr aus Polen angesetzt. Er hatte das Motto »Himmel und Erde« ausgegeben und würde als Sonnengott Helios erscheinen – passend dazu wollte ihn die Hoym als Frau Luna überraschen. Sie trug bereits eine prachtvolle Robe in Silber und Nachtblau, und der Coiffeur sollte in den nächsten zwei Stunden ihr Haar in ein wolkenartiges, ebenfalls blaues Gebilde verwandeln, in das am Ende eine große diamantene Mondsichel gesteckt wurde. Es wäre dem Maître ein Leichtes gewesen, diese Idee mittels einer Perücke zu verwirklichen, aber die Hoym hatte darauf bestanden, kein künstliches Haar zu tragen. Es war ein heißer Tag, und die Hoym wollte nicht unter einer dicken Lederhaube schwitzen.

So unterzog Schick das Haar der Dame zunächst der üblichen wasserfreien Reinigungsprozedur und begann dann mit dem Brennen und Papillotieren. Quetsch- und Schnabeleisen lagen in der Glut eines Kohlebeckens bereit, und der Maître testete jedesmal die Temperatur, indem er in ein Blatt Papier zwickte, das durch die Hitze des Metalls zwar braun, aber nicht schwarz werden durfte. Strähne für Strähne wurde dann gezwirbelt und gelockt. Unter Schicks Perücke rollten Schweißtropfen hervor, zogen ihre Bahn durch das gepuderte Gesicht und verrannen im Halsausschnitt. Dem Hofcoiffeur machte die Hitze des Tages heute besonders zu schaffen. Er blies die Backen auf und lockerte mit einer Hand seinen Kragen.

Während die Frisur der Hoym so ihrer Vollendung entgegenging, saßen Sophie und Fatima auf dem Eckdiwan und schnitten dunkelblauen Seidentaft zu Mouches zurecht. Die Rückseite des Stoffes hatten sie bereits mit einer Mischung aus warmem Wachs, Terpentin, Fett und Kampfer bestrichen, und nun entstanden unter der Schere lauter kleine Monde. Mehrere Zofen waren damit beschäftigt, Juwelen an Constantias Manteau zu nähen. Sie saßen im Kreis auf kleinen

Hockern, den üppigen Samtstoff über den Knien, und unterhielten sich aufgeregt über den bevorstehenden Maskenball.

»Bestimmt fahren wieder Lustgondeln auf der Elbe, wie im letzten Jahr«, meinte eine. »Und die Masken werden eine Pracht sein, eine schöner als die nächste!«

»Und der König gibt am Schluss die Tafel für uns frei«, rief eine andere. »Das wird ein großes Schlemmen! Ich habe gehört, in der Küche stehen schon dreihundert Pasteten und hundert große Schokoladekuchen, herrlich!«

»Mir ist das alles egal«, kicherte eine dritte. »Ich will nur tanzen, den ganzen Abend tanzen!«

Maître Schick drehte sich mit hochrotem Kopf zu den Mädchen um. »Ach, ihr lieben jungen Dinger, wie ich Euch den Spaß gönne! Was bin ich in meiner Jugend zur Musik gehüpft und gesprungen! Ja, der Tanz macht das Gemüt heiter. Er hält die Glieder beugsam und beweglich und stärkt den Kreislauf des Blutes. Es wäre der Gesundheit äußerst zuträglich, wenn man täglich …« Der Coiffeur griff sich an den Hals; seiner Kehle entrang sich ein merkwürdiger kleiner Kiekser. Dann drehte Schick die Augen mit ergebenem Blick zum Himmel, machte mit der linken Hand eine groteske Kreisbewegung durch die Luft und fiel um wie ein Stein.

»Papa!« Sophie war als Erste bei ihrem Vater, ließ sich neben ihm auf die Knie fallen und umarmte ihn. »Papa, was ist dir? Sag doch etwas!« Sie begann, verzweifelt zu schluchzen und an Schicks Schultern zu rütteln. Die Hoym und eine der älteren Zofen zogen das Mädchen mit vereinten Kräften von dem Bewusstlosen weg, während zwei der Näherinnen fieberhaft sein Kamisol aufknöpften und ihm Luft zufächelten. Im Zimmer brach wildes Durcheinander aus.

»Den Doktor, schnell!«, rief jemand, und eine Zofe rannte zur Tür hinaus.

»Macht die Fenster auf für frische Luft!«

»Holt ein Kissen!«

»Das Riechwasser!«

»Das wird auch nichts mehr helfen«, wisperte eines der Mädchen so leise, dass es Sophie nicht hörte, »der ist hin.«

»O du lieber Gott«, sagte die Hoym, »was wird jetzt aus meiner Frisur?«

Dann stürmten die Türsteher in den Ankleideraum, und mit vereinten Kräften trug man den Maître ins angrenzende Schlafzimmer. Die anderen wussten zu verhindern, dass Sophie mit hineinlief, schoben sie auf ein Sofa und versuchten, die Weinende so gut es ging zu beruhigen. Nach einiger Zeit traf der Arzt ein und verschwand eilig im Schlafzimmer. Kurz darauf kam einer der Türsteher heraus und flüsterte Constantia etwas zu.

»Was ist mit ihm, Madame, um Himmels willen?« Sophie erhob sich von ihrem Sofa, und ergriff bittend Constantias Ärmel. Ihre Augen waren tränenumflort.

Die Hoym überlegte keine Sekunde. »Der Doktor Tropanegger ist jetzt bei ihm, Kind. Sicherlich ist er bald wieder wohlauf. Ein kleiner Schwächeanfall, weiter nichts.«

Sophie atmete auf. »Gott sei Dank, Madame. Dann will ich gleich zu ihm gehen.«

Constantia hielt das Mädchen zurück. »Nicht so schnell, Mademoiselle Sophie. Später können Sie hinüber. Jetzt hingegen haben Sie eine wichtige Aufgabe: Sie sind die Einzige, die die Arbeit Ihres Vaters zu Ende bringen kann. Sie müssen mir das Haar fertig richten. Das Fest beginnt bald.«

»Aber – Madame, mein Vater braucht mich jetzt. Und sehen Sie her, wie ich zittere …«

»Papperlapapp, das geht schon.« Die Hoym setzte sich wieder auf den Frisierstuhl. »Soll ich etwa so, wie ich bin, zur Redoute gehen? Maria Aurora, komm und hilf!«

Fatmah war die ganze Zeit über wie angewurzelt mitten im Raum gestanden. Gleich zu Anfang war sie mit den anderen aufgesprungen und zu Maître Schick gelaufen, der ausgestreckt auf dem Boden lag. Und ein Blick in sein Gesicht hatte ihr genügt.

Sie war dem Tod schon einmal begegnet, damals im Frauenzelt. Es war so lange her, und sie hatte so sehr versucht, nicht mehr daran zu denken, dass sie es fast schon vergessen hatte. Doch jetzt brach das alte Grauen wieder mit Wucht über sie herein. Die Schreie und das Gelächter der Männer klangen in ihren Ohren, sie sah das Blut, die blitzenden Klingen, die zerfleischten Körper der Frauen. Ihr schwindelte, und sie hielt sich an einer Stuhllehne fest, unfähig, sich zu bewegen. Wie durch einen Schleier nahm sie wahr, dass man Schick aus dem Raum trug, dass später der Doktor kam. Immer noch konnte sie sich nicht rühren. Und dann hörte sie wie aus weiter Ferne, wie die Hoym die arme Sophie schnöde belog. Ein Schwächeanfall! Dabei hatte jeder, der Augen im Kopf hatte, sehen können, dass der lustige Coiffeur nicht mehr am Leben war. Wie konnte die Hoym dem Mädchen so etwas antun? Hatte sie keinen Respekt vor dem Tod eines Menschen?

Erst als Sophie mit fahrigen Bewegungen begann, Constantias Haar zu toupieren, fiel die Lähmung von Fatmah ab. Sie trat neben Sophie und reichte ihr die Hochstecknadeln zu. Die Tochter des Coiffeurs arbeitete mechanisch, ohne ein Wort. Sie war leichenblass, aber sie wagte nicht, sich dem Willen der Hoym zu widersetzen. Nach einer drei viertel Stunde war die komplizierte Frisur vollendet. Sophie machte einen eiligen Knicks, rannte, so schnell sie konnte, zur Schlafzimmertür und öffnete sie.

Der Raum war leer.

Mit einem leisen Seufzer fiel das Mädchen in Ohnmacht.

Während die anderen Zofen die Hoym noch schminkten und letzte Hand an das Kostüm legten, saß Fatmah bei Sophie auf dem Sofa und hielt die Schluchzende im Arm. Das Mädchen tat ihr unendlich leid. Sie wusste so gut, wie es war, wenn man einen geliebten Menschen verlor, erinnerte sich an ihre eigene Trauer mit einer Intensität, die sie sonst nur in ihren schlimmsten Träumen spürte. Sophies Verzweiflung tat ihr in der Seele weh, so sehr, dass es ihr schier das Herz abdrückte. Mit Tränen in den Augen streichelte sie Sophies Gesicht, wiegte sie hin und her. So gern hätte sie das Mädchen getröstet. Und plötzlich war Fatmah, als löse sich ein großer Knoten in ihrer Brust. Irgendetwas fiel wie eine Fessel von ihr ab, öffnete sich, gab sie frei. Sie bewegte die Lippen, einmal, zweimal. Und dann kam etwas aus ihrem Hals, brach sich Bahn von ganz tief unten, etwas Merkwürdiges, Raues, Krächzendes. Viel zu laut klang es durch den Raum.

»Mein ... Vater ... ist ... auch ... tot.«

Königlich polnischer und Churfürstlich Sächsischer Hoff= und Staats=Calender vom 26. April 1704

»... Anlesslich der gestrigen Redoute ereignete sich in den Räumen der Madame Hoym ein Wunder von biblischem Aus=Maße. Das stumme oßmanische Mädchen, das seyt nunmehro fünff Jahrn alß Geschenck des Czaaren von Moßkau am Hoff weylt, hat plötzlich zu sprechen angehoben. Es gab ein groszes Erstaunen, umso mehr alß die türckische Jungkfer in der deutschen Sprache redet. Man ist allüberall der Meynungk, dass dies mächtige Mirackel der Himmel bewürkt hette, alß ein heyliges Zeichen dafür, daß ein Heyde, der sich tauffen lässet, göttlichen Lohn erhalten wirdt. Darumb soll am nechsten Sonntag in allen Kirchen zu Dreßden ein schener Jubel=Gottesdienst abgehalten werden ...«

Irgendwo im Spreewald, Juni 1704

Langsam schob sich der flache Kahn durch den Morgennebel. Es war kurz nach Sonnenaufgang. Zwei Frauen in dunklen Kapuzenumhängen saßen am hinteren Ende des Bootes, vorne stakte ein Mann das Gefährt mit bedächtigen Bewegungen durch den grünlich schimmernden Kanal. Die Bäume reckten ihre mächtigen, mistelbehangenen Äste in die aufsteigenden weißen Schwaden, Efeu wucherte, es roch nach Moder und Brackwasser. Es plätscherte jedesmal leise, wenn der Bootsmann seine Ruderstange ins Wasser senkte; Vogelgezwitscher begleitete den Kahn auf seinem Weg in die Sümpfe.

Der Spreewald war eine Landschaft zwischen Wasser und Erde, hier kam man mit dem Boot besser vorwärts als mit Pferd oder Wagen. Es war ein von unzähligen Wasserstraßen durchzogener Urwald, in dem sich nur diejenigen auskannten, die hier lebten. Das waren die Wenden und Sorben, vom Ursprung her slawisch, einfache Leute, die eine eigene Sprache hatten und an uralten Bräuchen festhielten. Sie hausten in schmalen, nach Wendenart gebauten Hütten, armseligen Unterkünften aus Holz und Moos, und ernährten sich vom Fischen und dem Wenigen, was das Moor hergab. Doch nicht nur sie allein fristeten in der sumpfigen Gegend ihr kärgliches Dasein. Der Spreewald war wegen seiner Unzugänglichkeit Zufluchtsort für mancherlei Gelichter. Hier wurde man nur gefunden, wenn man gefunden werden wollte. Anständige Menschen mieden deshalb die abgelegenen Winkel; überhaupt war der Spreewald unheimlich, hier gingen seltsame Dinge vor, gaukelten des Nachts grüne Flämmchen über den Wassern, klagten die Geister der Unerlösten, heulten Wesen zwischen Mensch und Tier. Da lauerten der Wassermann und seine Töchter, da schnitt die Mittagsfrau den Kindern mit der Sichel den Kopf ab. Geh nicht ins Moor, sagten die Alten, dort holt dich der Nix!

Mitten im Sumpfwald steuerte der Bootsmann den Kahn ans Ufer und legte neben einem dichten Gebüsch an. Er half den beiden Frauen beim Aussteigen und wies ihnen die Richtung.

»Dorthin müsst ihr gehen, hundert Schritte«, sagte er in gebrochenem Deutsch; seine Sprache war sonst das Wendische. »Dann seht ihr die Hütte. Ich warte.«

Constantia Hoym schlang den Umhang fest um sich und schritt entschlossen voran. Tief sanken ihre Füße im weichen Boden ein. Ein paar Mal stolperte sie, raffte sich aber sofort wieder auf. Lange hatte sie gezaudert, den Weg in den Spreewald zu machen, aber schließlich hatten ihr Streben nach Macht und Einfluss, ihre unbändige Wissbegierde und ihre Verzweiflung sie hergetrieben. Welche Zukunft war ihr bestimmt? Sie wollte nicht enden wie all die anderen Mätressen, o nein, sie wollte an Augusts Seite einmal Kurfürstin und Königin sein. Und sie wünschte sich so sehr einen gemeinsamen Sohn – nach all den Jahren war sie immer noch nicht von August schwanger, doch nur ein Kind würde ihr den Weg ganz nach oben ebnen, und es würde, falls August jemals eine andere bevorzugen sollte, verhindern, dass sie in völlige Bedeutungslosigkeit versank. Sie musste Gewissheit haben. Deshalb wollte Constantia es wagen, zu der Alten im Moor zu gehen, von deren Kräften man im ganzen Land raunte, zu der Hexe, der Schicksalswenderin. Nur Fatmah hatte sie mitgenommen, die verschwiegenste ihrer Hofdamen, die schwören hatte müssen, dass niemals ein Wort über diese Reise über ihre Lippen kommen würde.

Plötzlich öffnete sich der dicht bewachsene Laubwald zu einer Lichtung. Aus den feuchten Wiesen stiegen wie durchsichtige Schleier helle Nebelschwaden. Mitten darin stand eine ärmliche Behausung aus roh zusammengezimmerten Holzbrettern, deren Zwischenräume mit Moos und getrocknetem Lehm augestopft waren. Aus einem Loch im Dach stieg eine dünne Rauchsäule in den Morgenhimmel. Constantia straffte den Rücken, bückte sich und trat durch die niedrige Tür, Fatmah an der Hand mit sich ziehend.

Drinnen war es düster, die Hütte hatte keine Fenster. Als sich die Augen der Frauen an die Dunkelheit gewöhnt hatten, erkannten sie ein Durcheinander an Gefäßen, Töpfen und Fläschchen auf rohen Wandregalen; Kräutersträuße, Beutelchen, Zweige und Trockenfrüchte baumelten von den Deckenbalken. Ein unbeschreiblicher Geruch hing in der Luft; scharf und süßlich, widerlich und gleichzeitig verlockend. Fatmah wurde der Mund trocken. Sie blieb an der Tür stehen, während ihre Herrin tapfer noch einen Schritt vorwärts ging, in Richtung auf die grünlich blau tänzelnden Flämmchen des Herdfeuers, das in einer Ecke des Raumes flackerte. Auf einmal bewegte sich etwas im Schatten neben der Feuerstelle, was die Frauen für einen Haufen Lumpen gehalten hatten. Die Fetzen, Flicken und Fellstücke formten sich zitternd und schüttelnd zu einem winzigen menschlichen Körper, auf dem ein übergroßer Zwergenkopf saß.

Die beiden Frauen prallten zurück. Über einem fast kahlen, nur mit ein paar räudigen Haarbüscheln bewachsenen, seltsam verformten Schädel spannte sich pergamentene Haut. Milchigblaue Augen mit riesigen Pupillen, die tief in den Höhlen lagen. Eine Nase, die schräg und krumm im Gesicht saß und aus der graue Haare wuchsen. Der Mund eine zahnlose Höhle hinter dünnen, schwärzlichen Lippen. Das scheußliche Wesen lachte leise. »Willkommen bei der Alten vom Moor«, singsangte es mit seltsam krächzender Kinderstimme. »Nehmt Platz in meinem bescheidenen Palast, ihr Damen.«

»Bist du Rusalka?« Constantia nahm all ihren Mut zusammen.

Die Zwergin keckerte zustimmend. »Wer sonst?« Sie zeigte mit winzigen, uralt faltigen Kinderhändchen auf ein paar Felle auf dem Boden. »Setzt euch, ich habe schließlich nicht den ganzen Tag Zeit.«

Fatmah blieb stehen, während Constantia sich hinhockte und räusperte. »Ich bin gekommen, weil du im Ruf stehst, in die Zukunft zu sehen und Dinge zu bewirken«, sagte sie. »Ich möchte wissen …«

Die Alte winkte ab. »Das, was sie alle wissen wollen. Gib mir deine Hand.« Blitzschnell stach die Hexe mit einem spitz gefeilten Mäuseknöchelchen in Constantias Daumen und quetschte einen Tropfen Blut heraus. Dann führte sie den Finger zum Mund und leckte ihn mit einem leisen Grunzen ab. Constantia musste die aufsteigende Übelkeit unterdrücken, während die widerliche Alte mit der Zunge schnalzte. »Ich schmecke – ooooh, Hunger nach Macht, soso, du willst also hoch hinaus, nicht wahr? Du willst niemandem untertan sein, alle beherrschen. Ich kenne viele solche wie dich, sie kommen gern zur alten Rusalka, jaja. Aber was ist das? Ich schmecke auch Angst. Du hast Angst, das Ziel nicht zu erreichen, Angst davor, tief zu fallen. Aber du bist auch mutig, du gibst nicht auf. Du bist im Jahr des Kometen geboren, nicht wahr?«

Constantia nickte verblüfft. In ihrem Geburtsjahr, 1680, hatte das Erscheinen eines geschweiften Sterns für große Aufregung gesorgt.

Die Alte gluckste zufrieden und befeuchtete ihre Lippen mit der Zungenspitze. »Ich schmecke Rache, Eifersucht, Liebe, Verrat.« Sie kniff die Augen zusammen. »Und ich schmecke Reichtum und Macht. Eine Krone, wer weiß? Du bist nahe an der Sonne, vielleicht zu nah. Sie könnte dich verbrennen. Ich sehe einen Mann, stiergeboren, in der dritten Dekade, Venus und Jupiter über sich. Wenn du ihn verlierst, wird er dir Verderben bringen, also halt ihn dir gut. Und was deinen Ehrgeiz betrifft: Du hast den höchsten Stand in deinem Leben noch nicht erreicht. Sei unbesorgt, vieles von dem, was du dir wünschst, wird kommen. Geduld. Du hast Feinde, aber sie können dir nicht schaden. Jetzt noch nicht. Später sieh dich vor.«

Constantia schauderte. »Weißt du, wer ich bin, Alte?«

Die Hexe lachte hell auf. »Es spielt keine Rolle, wer du bist. Ich will es gar nicht wissen.« Sie sprang mit einer Behändigkeit auf, die ihr niemand zugetraut hätte, und machte sich am Feuer zu schaffen. Mit flinken Bewegungen goss sie eine helle Flüssigkeit in ein Töpfchen, tat verschiedene Zutaten hinein und stellte es auf einem Dreifuß mitten ins Feuer. Es brodelte und kochte; schnell machte sich ein beißender Geruch in der Hütte breit. Die Hexe seihte das Gebräu durch ein dünnes Leintuch in ein Fläschchen und verstopfte es mit einem Stück Korken.

»Nimm.« Sie hielt Constantia das kleine Behältnis hin. »Die Schwangerschaft, die du dir wünschst, wird kommen. Zwei Tropfen davon auf einen Tropfen Monatsblut, jeden Vollmond.«

Constantia griff hastig nach dem Trank und stand auf. Sie nestelte ein Beutelchen los, das sie im Ausschnitt verborgen gehalten hatte, und legte es neben dem Feuer auf den gemauerten Herd. Dann verließ sie den Raum.

Fatmah wollte sich gerade umwenden und ihr ins Freie folgen, als die Hexe sie am Arm zurückhielt. »Und du, willst du nichts über deine Zukunft erfahren?«

Fatmah zögerte. Ihr war die Alte unheimlich, aber das Angebot war verlockend.

»Spuck!« Die Hexe hielt ihr einen Fetzen helles Pergament hin, und Fatmah tat, wie ihr geheißen. Dann nahm die Alte das spitze Mäuseknöchelchen und rührte damit in dem Speichel, fuhr hierhin und dorthin als ob sie etwas suchte, beschrieb Kreise und Dreiecke. Schließlich ließ sie das Pergament fallen und sah Fatmah mit ihren bleichen Augen lange an.

»Du bist eine Schicksalsbringerin. Im Guten und im Bösen. Solche wie dich gibt es nicht viele. Ich sehe es: Du wirst einem König die Liebe und einem König den Tod bringen. Aber hüte dich vor ihr«, Rusalka wies mit dem Kinn auf die Tür, durch die Constantia Hoym gerade gegangen war, »sie könnte einmal dein Verderben wollen. Jetzt geh.«

Fatmah trat verwirrt ob der mysteriösen Botschaft ins Freie und atmete tief auf. Während des Rückwegs sprach keine der beiden Frauen ein Wort.

Warschau, Juli 1704

Das Warschauer Königsschloss lag nicht weit vom Ufer der Weichsel entfernt. Seit die Stadt unter schwedischer Herrschaft stand, war es von Soldaten besetzt, die auch an diesem denkwürdigen 12. Juli den Zugang zum Palast kontrollierten. Aus dem ganzen Land war der polnische Adel gekommen, um den Sejm, die große gesetzgebende Versammlung, abzuhalten. Da waren die Vertreter der Magnaten, der vornehmsten Familien des Landes, und die der Schlachtschitzen, wie man den mittleren und niederen Adel nannte. Sie alle drängten sich im Innenhof und auf den Gängen, hitzig und gestenreich diskutierend, viele mit vor Aufregung roten Köpfen. Es ging um die Zukunft Polens; man rechnete mit einem Versuch, den König im Sejm zu stürzen. Zwischen den einzelnen Grüppchen patrouillierten schwer bewaffnete schwedische Grenadiere – niemand sollte hier Zweifel daran haben, wem der größte Teil des Landes auf Gedeih und Verderb ausgeliefert war.

Worowski lehnte an einer Säule des quadratischen Innenhofs und beobachtete mit wachsamen Augen die Menschen um ihn herum. Gerade hatte er seine Schwester am kleinen Stadtpalais der Worowskis in der Nähe der Johanniskathedrale abgesetzt und war dann sofort ins Schloss geeilt. Marja hatte unbedingt in die Hauptstadt mitkommen wollen; sie war seit Jahren nicht mehr in Warschau gewesen. Er hatte versucht, sie von dieser Idee abzubringen – wer wusste schon, was in diesen unsicheren Kriegszeiten geschehen würde –, aber sie war stur geblieben wie ein Esel. Und schließlich hatte er nachgegeben. Seine geliebte Schwester hatte ihn schon immer um den Finger wickeln können, sobald sie es wirklich darauf anlegte.

»Graf Worowski, welche Freude.« Jerzy Przebendowski, ein alter Bekannter seines Vaters, stand vor ihm. Jan erwiderte seine Umarmung mit gemischten Gefühlen, wusste er doch, dass Przebendowski mit der Schwester des sächsischen Ministers Flemming verheiratet und einer von Augusts überzeugtesten Anhängern war.

»Gut, Sie hier zu sehen«, sagte der Sechzigjährige, dessen weißes

Haar nach polnischer Art wie ein Helm um seinen Kopf saß, »wir brauchen jede Stimme, um unseren rechtmäßigen König zu unterstützen.«

Worowski nickte kurz. Man hielt ihn immer noch für königstreu, das war gut so. Auch wenn man sich inzwischen offen auf die Seite der Schweden stellen konnte, so waren die Verschwörer übereingekommen, dass wenigstens einige von ihnen nicht aus ihrer Deckung kommen sollten. So konnte man Informationen aus sächsisch gestimmten Kreisen erhalten und wusste stets, was die andere Seite vorhatte.

Worowski entschuldigte sich bei Przebendowski und schlenderte über den Hof, wo er General Lubomirski im Gespräch mit Stanislaw Ledochowski entdeckt hatte.

»Es braut sich was zusammen, Junge«, meinte der General, »kann sein, dass dies ein großer Tag für Polen wird.«

Worowski runzelte die Brauen. »Meinen Sie, dass man tatsächlich versuchen wird, August zu stürzen?«

»Man hört so einiges.« Lubomirski wiegte den Kopf.

»Wenn wir heute die Gelegenheit nicht nutzen, sind wir selber schuld«, meinte Ledochowski. »Ich habe beschlossen, offen gegen August aufzutreten. Es ist Zeit für mich, Farbe zu bekennen. Andere sind der gleichen Meinung.«

Lubomirski sah Worowski an und hob beschwichtigend die knochige Hand. »Mein lieber Graf, Sie allerdings dürfen sich heute auf keinen Fall exponieren. Die meisten von uns sind inzwischen als Gegner des Königs bekannt. Sie hingegen sind, nach allem was wir wissen, noch ein unbeschriebenes Blatt. Wenn die Sache heute schief geht, könnten Sie noch wichtig werden. Sie sind der Einzige von uns, der Deutsch als Muttersprache spricht.«

Worowski nickte. Er wusste, dass es ihm schwer fallen würde, sah aber das Argument des Generals ein. Dann läutete die Glocke, und alle begaben sich in den großen Saal.

Drinnen folgte Rede auf Rede. Der ganze Tag war angefüllt von heißen Auseinandersetzungen, Meinungen prallten aufeinander, Beschimpfungen und Beleidigungen wurden ausgetauscht. Der Sejm war in zwei Parteien geteilt. Die einen hielten August vor, das

Land ausgeblutet und an den Rand des Ruins gebracht zu haben. Er habe den Krieg mit Schweden eigenmächtig vom Zaun gebrochen. Sie fühlten sich deshalb an ihren Eid nicht mehr gebunden. Die anderen forderten den Sejm auf, sich vorbehaltslos hinter August zu stellen, schließlich sei er der gewählte König Polens.

Worowski stand die gesamte Zeit über in der Nähe der sachsentreuen Partei und hielt sich, seinen Anweisungen getreu, zurück. Plötzlich zupfte etwas an seinem Ärmel, und er drehte sich um. Himmel, da stand Marja und sah ihn mit wutentbranntem Blick an!

»Was willst du denn hier?«, flüsterte er. »Wie kommst du hier herein?«

Marja schüttelte unwillig den Kopf. »Das spielt doch jetzt keine Rolle.«

Er packte sie am Arm und zog sie nach draußen vor die Saaltür. »So, und nun sag mir, was du auf dem Herzen hast.«

Auf ihren Wangen brannten rote Flecken, als sie zu reden begann. »Ich kann es nicht glauben! Mein Bruder steht dort drinnen, hört zu, was die anderen zu Gunsten dieses August reden und sagt zu alldem kein Wort! Du hast vor Jahren einen Fremden zum König gewählt im guten Glauben, das dieser Mann unser Land zu Wohlstand und Blüte führen würde! Aber nichts davon ist geschehen! Stattdessen hat dieser König einen Krieg begonnen und so gut wie verloren, und wofür? Etwa zum Wohle Polens? Nein, im Gegenteil, er hat das Land damit an den Rand des Abgrunds gebracht. Polens Städte und Dörfer sind zerstört, die Menschen gehen im Elend zugrunde, das Land liegt brach. Mütter weinen um ihre toten Männer und Kinder, die Ehre polnischer Frauen und Mädchen liegt im Schmutz. Hast du vergessen, was die Sachsen unserer Mutter angetan haben? Und mir? Willst du etwa dafür August die Treue halten? Sieht so deine Vaterlandsliebe aus? Du bist mir ein rechter Patriot!«

Worowski ließ die flammende Rede seiner Schwester stumm über sich ergehen. Herrgott, wie Recht sie doch hatte! Wie gerne hätte er ihr beigepflichtet, ihr erzählt, dass er schon längst für den geheimen Aufstand arbeitete. Er kämpfte einen Augenblick mit sich selbst, doch dann siegte die Vernunft. Er durfte seine Schwester nicht dadurch gefährden, dass er sie zur Mitwisserin machte. Sie war alles, was ihm von seiner Familie geblieben war.

»Du weißt ja nicht, was du da redest, Marja!«, erwiderte er mit barscher Stimme. »Das ist alles viel komplizierter, als du denkst! Ich tue schon das Richtige, glaub mir.« Er wusste, dass alles, was er sagte, flau klang und wenig überzeugend war. Marja ließ sich auch nicht davon umstimmen und sprach weiter auf ihn ein.

»Jan, ich begreife das nicht! Jetzt bietet euch der Schwede die Freiheit an, einen polnischen König zu wählen, und ihr wollt ihn nicht? Was wollt ihr überhaupt? Soll es so weitergehen wie bisher? Stanislaw Leszinsky ist einer von euch! Habt ihr zu euren eigenen Leuten weniger Vertrauen als zu August? Oder liegt es daran, dass er euch nicht so gut bezahlen kann wie der Sachse? Ich bin nur eine Frau, aber bei Gott, wenn ich wählen könnte, wüsste ich, für wen ich mich entscheide. Es ist Zeit, dass ein Pole über Polen herrscht!«

Zwei ältere Abgeordnete, die sich in der Nähe unterhalten hatten, waren aufmerksam geworden und sahen interessiert zu dem streitenden Paar hinüber. Der junge Graf packte seine Schwester an den Schultern und wurde so laut, dass die anderen mithören konnten. »Jetzt hör mir mal gut zu, Marja. Du gehst jetzt nach Hause, wo du hingehörst, und zwar sofort. Und rede nie wieder solchen Unsinn! Wir haben einen gewählten König, dem wir zu Treue verpflichtet sind. Und natürlich werde ich ihn unterstützen, wie es unser seliger Vater auch getan hätte.« Er wandte sich brüsk um und ließ Marja stehen, die ihm ungläubig nachsah. Gott wusste, wie schwer es ihm fiel, sie so zu behandeln. Er tröstete sich mit dem Gedanken, dass es nur zu ihrem Besten war. Geschah ihm etwas, so würde sie glaubhaft versichern können, nichts von seiner Arbeit für den Widerstand zu wissen.

Gerade als Worowski wieder den Saal betrat, erscholl laut und kräftig General Lubomirskis Stimme. »Alle, die für ein freies Polen sind: Gebt das Handzeichen für einen Polen auf dem Thron!« Der junge Graf zwang sich, die Hand unten zu behalten und kam sich zum ersten Mal im Leben feige vor.

Zehn Minuten später hatte Polen zwei Könige.

Spät in der Nacht kam Worowski müde, aber glücklich ins Stadtpalais zurück. Er summte ein altes polnisches Volkslied vor sich hin. Was war das für ein Tag gewesen! Immer noch war er erfüllt von der Feierstimmung des Abends, von dem Triumph, endlich das große Ziel erreicht zu haben. Seit Jahren war er nicht mehr so glücklich gewesen. Auf der Treppe in den ersten Stock nahm er drei Stufen auf einmal. Oben riss er die Tür zum Salon auf. Kerzenlicht erleuchtete den Raum, die schweren blauen Vorhänge waren geschlossen. Marja saß in ihrem alten lindgrünen Hauskleid im Lehnstuhl vor dem flackernden Kamin, einen Stickrahmen in der Hand. Sie hatte auf ihn gewartet.

»Marysienka!« Worowski schloss seine Schwester fest in die Arme und merkte, wie sie sich versteifte. Am liebsten hätte er gesagt: Ich bin stolz auf dich, meine Kleine. Aber er musste sein Spiel weiter spielen.

»Du wirst dich freuen zu hören, dass Leszinsky gewählt worden ist!« Er versuchte, ein möglichst missmutiges Gesicht zu machen.

Marja atmete auf. »Ja, ich freue mich, Jan, auch wenn du meine Meinung nicht billigst. Ich freue mich für Polen.« Sie klang reserviert.

Worowski schenkte sich Rotwein ein. »Wir werden sehen, was dieser Tag Polen bringen wird.«

»Nur Gutes, hoffe ich.« Marja nahm ihr Glas und prostete ihrem Bruder zu, für den sie sich insgeheim schämte. »Lass uns darauf trinken, Jan.«

Die Stimmung zwischen den Geschwistern blieb verkrampft und steif. Marja war enttäuscht von ihrem Bruder, und Worowski wagte nicht, seine Freude über die Königswahl zu zeigen. So gingen beide schließlich verstimmt zu Bett.

Aus den Memoiren des französischen Gesandten zu Dresden, Alphonse Louis Baptiste de Villeroy

Oh, was war das für eine Woche, mon Dieu! Die Polen haben sich einen anderen König gewählt, wer hätte das gedacht! Am Sonntag in aller Frühe kam ein Bote aus der polnischen Hauptstadt, das Pferd völlig zuschanden, und stürmte mit der schlechten Nachricht ins Arbeitszimmer des Königs. Danach hörte man ein lautes Krachen und Splittern – Auguste Roi hatte seinen Schreibtisch umgeworfen. Schade um das schöne Meuble, es war aus diesem merveilleusen neuartigen Holz aus den Ländern der Neuen Welt, Mahogonni. So kommt eine Calamität zur anderen. Es ist Augusts großes Unglück, dass er sich in vielen Dingen nicht im Zaum halten kann.

Der russische Csar, so melden es die Depeschen, hält dennoch immer weiter in Treue fest an August; er will keinesfalls, dass zu Polen ein König von Schwedischen Gnaden sitzt. Wie man hört, hat er, als die Nachricht von Leszinskys Wahl nach Petersburg kam, seinen eigenen Hofnarren zum König von Schweden gekrönt! A la bonheur, der Mensch hat Humor!

Nun rennt der König seit Tagen wie ein wildes Tier im Käfig durch das Schloss, aufgestachelt von seinem bösen Geist, dem Ministre Flemming, der gegen Schweden geifert und ihm den fragwürdigen Conseil erteilt, Polen um keinen Preis aufzugeben. Vorgestern hat Auguste anlässlich eines Diners mit den Envoyés der europäischen Höfe eigenhändig ein Hufeisen zerbrochen, um davon Demonstration zu geben, dass er nichts an Kraft eingebüßt hat (eh bien, ob das den jungen König Charles von Schweden beeindrucken würde?). An diesem Abend hat mir der König in einer Conversation ganz vertraulich mitgeteilt, dass er nicht im Traume daran denkt, der polnischen Krone zu entsagen. Er plane, sich in Bälde zur Campagne zu rüsten und wolle sich nun nicht mehr so defensive aus einem Winkel in den anderen herumjagen lassen. Er habe eine Depesche an den Csar geschickt, worin er denselben um die Vereinigung ihrer beiden Heere gegen Schweden ersucht. Sein Ziel sei nunmehr eine endgültige Entscheidungs-Bataille. Anscheinend ist ihm wirk-

lich ernst damit, denn man hat inzwischen erfahren, dass die Dresdener Schwertfeger 150 Tausend Degen machen sollen, und dass überall mit Trommelschlag Soldaten geworben werden. Niemand mehr darf im Land die Wiesen abmähen, damit genug Fourage für die Pferde vorhanden sei. Weiters haben die sächsischen Bäkker den Auftrag erhalten, etliche zehntausend Stück Zwieback für die Armee zu backen, jedes drei Pfund schwer. Außerdem geht das Gerücht, der König habe aus Italien eine Anzahl dieser neuen Geschwind-Schuss-Kanonen gekauft, die bald zu Dresden eintreffen werden. Angeblich können selbige innerhalb von zwanzig Minuten fünfzig Schüsse abgeben, kaum zu glauben!

Ich muss schon sagen, dass mich die Aussicht auf eine Continuation des Kriegs nicht gerade beglückt, bin ich doch jeglicher primitiven Gewalt seit jeher abhold. Welcher Qualität ist letztendlich eine Civilisation, die ihre Herrschaft auf Blut errichtet? Aber naturalement ist Augusts Entscheidung in Frankreichs Interesse, da Sachsen so nicht auf Seiten der Habsburger in die spanische Erbfolgesache eingreifen wird.

August scheint die Aussicht auf erneute schwere Batailles ebenso wenig zu behagen. Heute ist ein Bulletin seiner Ärzte erschienen, in dem steht, er leide seit einigen Tagen an Magenschmerzen, was an krampfhaft verhärteten und gespannten Fasern dieses Organs läge und am übermäßigen Genuss von »Böckel-Fleisch«, was immer sie damit meinen (in Sachsen findet man so Manches delicat, was in Frankreich nicht einmal ein hungriger Bettelmann anrühren würde. Neulich kam ich nicht umhin, eine Art Wurst zu probieren, die aus Blut und Fett gemacht wird und deren Geschmack mich an faulige Darmwinde erinnerte). Ich habe mir erlaubt, Auguste ob seiner Unpässlichkeit ein Billet zukommen zu lassen, um ihn über den heilsamen Liqueur aus Mistel, Branntwein und Zucker zu informieren, den mein allergnedigster Monarch, der Roi Soleil, bei Verdrießlichkeiten des Magens zu sich zu nehmen pflegt. Als Zeichen seiner Dankbarkeit hat mich der König für morgen früh zur kleinen Levée gebeten. Wie es scheint, habe ich die besondere Ehre, ihm den linken Strumpf reichen zu dürfen.

Dresden, September 1705

Die Schlossküche der Dresdner Residenz lag im Erdgeschoss des Ostflügels, wegen der Feuergefahr so weit wie möglich entfernt von den Privaträumen des Königs. Wer immer hier eintrat, den traf die Hitze von dreißig glühenden Feuerstellen wie eine heiße Dampfwolke. Um die Herde waren Wände und Decke verrußt; ein riesiger Kamin in der Mitte des Raumes zog den Dunst mit starkem Sog nach oben. An der Außenwand entlang befand sich die Bratseite mit ihren Rosten und Spießen, die gegenüberliegende Wand zum Schlosshof hin war ein einziger langer Spülstein. In einem Nebenraum war die Backkammer mit zehn großen Back- und Pastetenöfen untergebracht, dahinter die Konditorei. Überall zogen sich Arbeitstafeln zwischen den Herden entlang, unter denen sich Schüsseln, Schneidbretter und Tücher stapelten. An den Wänden hing eine unglaubliche Anzahl von Töpfen, Kupferpfannen und Kasserolen, dazwischen Rührlöffel, Schneebesen, Spickzangen, Durchschläge und andere Utensilien. In jeder Ecke der Küche stand ein riesiger Hackblock, auf dem gut und gerne ein halber Ochse Platz hatte. Und wie es duftete: Nach Kräutern und Gewürzen, siedender Brühe, saurem Fisch, gebrutzeltem Speck, Kuchen, Braten und heißem Fett. Eine wirklich unbeschreibliche Mischung, die einem da in die Nase stieg.

Ein ganzes Heer von Küchenknechten, Mägden, Spülfrauen, Holzträgern und Schnippelmamsells machte sich überall zu schaffen, stets beaufsichtigt von den Küchenmeistern, den Brat- und Suppenköchen, dem Küchenschreiber und natürlich zuoberst den Mundköchen des Königs. In großen Wannen schnalzten Karpfen und Hechte, an Gestellen hingen frisch gebrühte Würste, und zwischendrin saßen die Rupferinnen und taten ihre Arbeit mit so viel Schwung, dass die Enten- und Gänsefedern durch die Luft flogen. Eine der Frauen warf scheppernd einen Schöpflöffel nach einer vorbeihuschenden Ratte.

»Jula, nimm die Schnecken vom Feuer, oder willst du sie zu Kohle brennen?«

Imre Nadöz war einer der Leibköche des Königs, ein Ungar,

der früher in der Küche der berühmten Esterhazy gestanden hatte. August hatte einmal seine Gans ungarisch gekostet und ihn noch am selben Abend seinem Herrn zu Eisenstadt abgekauft. Seit sieben Jahren stand er nun in sächsischen Diensten. Er war ein lebhafter, stattlicher Mittfünfziger, der stets mit seinen schwarzen Augen rollte. Sein kahler Schädel war riesig und kugelrund – weil die Küchenvorschriften offene Haare bei der Arbeit verboten und er das Tragen einer Kochmütze verabscheute, rasierte er sich lieber die Kopfhaare.

»Sofort, Onkel Imre, bin gleich da!« Jula schnappte sich die überdimensionale Pfanne, in der ein ganzer Sack voller Weinbergschnecken von den Elbhängen schmurgelten, hob sie vom Bratgestell und setzte sie zum Auskühlen vor dem Fenster ab. Jula war schon im Alter von neun Jahren der beste Lehrling gewesen, den Imre je gehabt hatte, und der Koch hatte ihn deshalb mit nach Dresden genommen. Nun wandte sich der schlaksige Siebzehnjährige, dessen dunkle Locken unter einer bauschigen weißen Kochmütze steckten, wieder dem Abwürzen einer Aalpastete zu, als Nadöz ihn zu sich winkte.

»Lass die Pastete stehen, Jula, die kann der Leopold machen. Heute ist Schnepfentag!« Er griff sich einen der kleinen, nackt gerupften Vögel und hielt ihn hoch. »Wird Zeit, dass du was über die Zubereitung von Schnepfen lernst, Junge.«

Jula stellte sich folgsam neben seinen Onkel. Er wusste, dass er jetzt eine ganze Litanei zu hören bekommen würde, und versuchte, sich zu konzentrieren.

»Schnepfen sind eine der beliebtesten Delikatessen an allen Höfen Europas. Sie werden mit dem Gewehr erlegt, aber auch in Netzen gefangen. Die besten kommen aus den Wäldern um Moritzburg, und der König schießt sie gerne selbst. Hörst du überhaupt zu?«

Jula hatte gerade eine der Küchenkatzen mit einem Tritt von der angefangenen Aalpastete verjagt. »Natürlich hör ich zu, Onkel. Der König schießt die Schnepfen selber.«

Nadöz nickte zufrieden. »Gut, dann zeige ich dir jetzt, wie man die Vögel zubereitet. Sieh genau hin!«

Der Koch packte die Schnepfe beim Kragen und schnitt die

Haut rund um den Hals ein. Dann zog er sie mit einer fließenden Bewegung ab. »Die Schnepfe wird nicht ausgenommen, Jula, merk dir das, das ist wichtig. So, und jetzt nimmst du die kleine Knochensäge und sägst den langen, spitzen Schnabel ab.« Jula tat, wie ihm befohlen. Dann spießte er genau nach Anweisung mit dem dünnen, gebogenen Schnabel die Keulchen an der Brust fest.

»Jetzt mit Speckscheiben umwickeln, recht so. Und dann geht's ab an den Spieß.« Nadöz steckte den Vogel auf einen meterlangen Bratspieß und schob ihn ganz nach hinten.

»Das Vögelchen muss nun mindestens eine Viertelstunde braten. Dabei – hörst du jetzt endlich zu? – werden geröstete Semmelschnittchen untergelegt, auf die das Fett tropfen kann. Und nicht nur das. Pass auf, jetzt geht's um die Hauptsache, den Schnepfendreck.«

»Schnepfendreck?«

»Schnepfendreck. Das Beste nämlich an der Schnepfe ist der Inhalt des Darms. Deshalb werden die Vögel ja nicht ausgenommen. Beim Braten fließt nun der Kot ab und tropft zusammen mit dem Fett auf das Brot. Das gibt einen herrlich fruchtig-würzigen Geschmack!«

Jula wirkte interessiert. »Was fressen Schnepfen denn so?«

»Na, Würmer.« Nadöz griff sich die nächste Schnepfe und häutete sie. »Sag mal, willst du mir nicht endlich helfen, du Faulpelz?«

»Sofort, Onkel, sofort.« Jula schnappte sich den fertig dressierten Vogel und steckte ihn auf. »Wie viele Schnepfen haben wir denn für heute Abend?«

»Dreihundertsechsundsechzig.«

»Himmel!« Jula schnaufte einmal ergeben auf und machte sich dann an die Arbeit.

Am späten Nachmittag war der junge Koch mit den Vögeln fertig. Um diese Zeit gab es in der Küche oft eine kleine Ruhepause. Das Mittagessen war vorbei, die wichtigsten Vorbereitungen für das Abendessen gemacht, und man hatte ein wenig Muße, bevor gegen sieben Uhr letzte Hand an die Gerichte gelegt wurde. Jula putzte seinen Arbeitstisch, schwenkte ein paar Töpfe sauber und ließ sich dann müde auf einen Hocker sinken. Mit einem kleinen Seufzer nahm er die Kochmütze ab. Heute Nacht würde er bestimmt von lauter nackten Vögeln träumen.

»Bonjour, Jula.« Eine Stimme riss ihn aus seinen Gedanken, und er fuhr auf. Es war die kleine Hofdame der Madame Hoym, die seit einiger Zeit in seinen schönen Töpfen und Tiegeln ihre Salben und Wässerchen anrühren durfte. Ausgerechnet jetzt! Jula fuhr sich hastig durchs Haar und wurde rot. Er war völlig verschwitzt, voller Fettspritzer und dann auch noch der große rote Pickel am Kinn! Und heute hatte sie auch noch eine Freundin dabei. Aber es half nichts, er hatte Anweisung von ganz oben, ihr zur Hand zu gehen.

»Demoiselle Sophie! Gerade habe ich sauber gemacht!«

»Die Madame Hoym wünscht für morgen früh einen Balsam gegen Leberflecken, den muss ich unbedingt heute noch ansetzen.«

Jula stand auf und versuchte ein schüchternes Grinsen.

»Willst du nicht Mademoiselle Maria Aurora begrüßen? Sie ist die Gesellschafterin der Madame!« Sophie zog etwas ungehalten die Augenbrauen hoch. Es ärgerte sie jedes Mal, wenn Jula sich so stoffelig benahm.

»Bonjour, Monsieur Jula.« Das andere Mädchen lächelte ihn an. »Sie müssen bestimmt viel Arbeit haben in der Küche, und jetzt stören wir Ihre freie Zeit.«

»Halb so schlimm.« Jula wiegelte halbherzig ab. Eigentlich hätte er wirklich gern seine Ruhe gehabt, andererseits bekam er jedesmal Herzklopfen, wenn Sophie die Küche betrat.

»Also, was braucht ihr?«

»Hechtgalle, Mandelöl, Zitronensaft und gemahlene Senfsamen, wenn's genehm ist«, antwortete Sophie. »Und geröstete Brotrinde zum Abschaben von Mitessern.«

Jula riss sich von ihrem Anblick los und ging nach draußen zum Fischbassin, um einen Hecht zu käschern.

»Ist er nicht süß?« Sophie kicherte. »Er sieht immer so aus, als ob er ein bisschen grinst, selbst wenn er ein ernstes Gesicht macht. Das sind die Mundwinkel, die zeigen nach oben. Und er hat so hübsche Locken.«

Fatmah lachte. »Ich glaube, du gefällst ihm auch, so wie er dich ansieht.«

»Meinst du wirklich?«

»Ganz bestimmt.« Fatmah stopfte ihre Spitzenbesätze in die Ärmel, damit sie nicht bekleckert würden. Sie hatte die gute Beobachtungsgabe eines Menschen, der es lange gewohnt war, abseits zu stehen. Doch damit war es seit fast anderthalb Jahren vorbei. Seit sie die Sprache wiedergefunden hatte, war sie aufgenommen in den Kreis der Hofdamen, und die Taufe hatte dafür gesorgt, dass niemand mehr sie als Heidin mied. Ihr Name war jetzt Maria Aurora. Auch äußerlich unterschied sie sich nun kaum mehr von den jungen Damen im Schloss. Sie trug Perücke oder gepudertes Haar, war geschminkt und hatte die modischen Reifkleider an. Und sie sprach so glatt und geschliffen Sächsisch, dass man fast nicht merkte, dass es nicht ihre Muttersprache war. Am meisten zu Fatmahs Glück hatte aber Sophie beigetragen. Die Hoym hatte vor lauter schlechtem Gewissen über ihre Lüge noch in der Todesnacht von Meister Schick beschlossen, seine verwaiste Tochter bei sich aufzunehmen – außerdem konnte sie eine so hervorragende junge Coiffeuse gut brauchen. Sophie und Fatmah wurden bald wie Schwestern. Den lieben langen Tag steckten sie zusammen, plapperten von morgens bis abends und erledigten alle Aufgaben gemeinsam. Bald hatte Sophie sie in die Herstellung von Kosmetika eingeweiht, und sie brauten nach den Rezepten des alten Maître Tinkturen und Duftöle. So auch heute.

»Da ist der Fisch.« Jula hielt Sophie etwas ungeschickt den toten Hecht vor die Nase. »Soll ich die Galle rausholen?«

Sophie strahlte ihn an. »Ach, ja, bitte.«

Jula schnappte sich ein Messer, und während er den Fisch ausnahm, holte Fatmah einen hübschen kupfernen Tiegel von der Wand. Er presste die Hechtgalle hinein und legte den Fisch zur Seite.

Sophie hatte derweil eine Hand voll geschnippelte alte Brotrinde genommen, von der immer etwas zum Dicken der Suppen und Soßen herumstand, und röstete sie in einer Pfanne über der Glut.

»So, jetzt ist das Brot dunkelbraun. Jetzt musst du es nur noch zermörsern, nicht zu fein, sieh her. Und dann ein bisschen feinen Scheuersand vom Spülstein dazu.« Sie zeigte Fatmah, wie es ging.

Inzwischen hatte Jula Zitrone, Mandelöl und Senfsamen aus den Vorratskammern geholt. Sophie vermischte alles in der kleinen Kasserole.

»Woher kennst du die ganzen Rezepte?« Jula war neugierig.

»Die stammen alle von meinem Vater«, erzählte Sophie unter heftigem Rühren. »Er hat jedes Rezept auf einen Zettel geschrieben, davon habe ich eine ganze Schachtel voll. Und alle wirken!«, meinte sie stolz.

»Soso.« Jula grinste spöttisch.

»Das kannst du mir schon glauben«, verteidigte sich Sophie. »Wenn ich dir von dem Balsam hier etwas auf diesen Leberfleck streiche«, sie berührte mit dem Finger einen dunklen Fleck an Julas Hals, »dann ist er morgen schon viel heller.«

Jula zuckte zurück und wurde wieder rot. »Kommt nicht in Frage«, murmelte er, »so ein Zeug ist bloß was für höhere Damen.«

Fatmah schmunzelte. »Oh, aber viele Herren am Hof benutzen Sophies Schönheitsmittel. Auch Männer können dadurch schöner werden.«

Darauf fiel Jula nichts ein. »Braucht ihr sonst noch was?«

»Nein, danke«, sagte Sophie. »Wir sind fertig für heute. Komm, Maria Aurora.«

Fatmah blinzelte dem Koch zu und machte einen komischen kleinen Knicks. »Danke schön, dass Sie uns geholfen haben, Monsieur Jula. Wir wissen es sehr zu schätzen, dass Sie uns Ihre freie Zeit opfern. Wenn wir auch einmal etwas für Sie tun können, dann sagen Sie es nur.«

Der junge Koch deutete eine kleine Verbeugung an, und dann waren die beiden jungen Damen mit ihren Mixturen aus der Küche verschwunden. Jula ließ sich wieder auf seinem Hocker nieder und legte den Finger andächtig an die Stelle, wo Sophie seinen Hals berührt hatte.

Bin ich glücklich? Eigentlich müsste ich es sein. Seit dem Tag, an dem ich wieder anfing, zu sprechen, hat sich so vieles verändert. Die anderen haben mich aufgenommen in ihren Kreis, ich gehöre jetzt zu ihnen. Die Taufe hat auch das Ihre dazu getan, dass ich nicht mehr gemieden oder gehänselt werde. Ich bin eine Fränkin geworden; äußerlich sieht man mir die Türkin kaum noch an, so viel Schminke trage ich im Gesicht. Und an die unbequemen Kleider habe ich mich auch gewöhnt. Also müsste ich zufrieden sein. Warum nur gelingt es mir nicht? Manchmal sitze ich einfach nur da und denke nach, und dann fühle ich eine Schwere im Herzen, von der ich nicht weiß, woher sie kommt. Nein, eigentlich ist es keine Schwere, es ist wie ein Loch in meinem Innern, irgendetwas fehlt. Nichts ist mir wirklich wichtig. Der königliche Leibarzt, den die Madame Hoym mir geschickt hat, meint, ich hätte Melancholia, und diese käme vom vielen Waschen, es sei erwiesen, dass Wasser die Organe schwäche, weil es die Poren öffnet und so das Eindringen von verdorbenen, ungesunden Luftschwaden ermöglicht. Und jedermann wüsste doch, dass heißes Baden letztendlich zu Schwachsinn führe. Deshalb habe ich auf seinen Rat hin beschlossen, mich nicht mehr zu waschen und wie die Franken nur noch mit parfümierten Tüchern abzureiben. Bis jetzt hat sich meine Traurigkeit aber nicht gebessert. Und an den Schmutz und Schweiß auf der Haut kann ich mich nur schlecht gewöhnen.

Sophie ist wie eine jüngere Schwester für mich. Weil sie da ist, bin ich nicht mehr einsam. Wir ersetzen uns gegenseitig die Familie, die wir nicht mehr haben. Das ist schön. Seit wir vor etlichen Monaten in das neue Palais umgezogen sind, das der König neben dem Schloss für Madame Hoym hat bauen lassen, wohnen wir auch im selben Zimmer. Es ist fast wie früher im Haremlik, man ist nie allein, immer ist jemand da zum Reden.

Sophie bringt mir viele Dinge bei, die ich beim Professor nicht gelernt habe. Sie nennt mir die Namen der Blumen im Großen Garten, zeigt mir, wo man in der Stadt die schönsten Haarbänder kaufen kann und erklärt mir, welche Fische in der Elbe schwimmen. Sie lehrt mich Lieder und nimmt mich mit zu den schönsten

Plätzen. Das macht immer großen Spaß, wenn Madame Hoym uns erlaubt, aus dem Haus zu gehen.

Jeden zweiten Abend bekomme ich nun Tanzunterricht. Mein Lehrer ist ein verkniffener, furchtbar dünner Mann, der zum Takt ein Stöckchen schlägt. Seine Haut sieht sogar mit Schminke aus wie verschrumpeltes Papier, und seine Hände sind immer kalt. In der Ecke steht ein hasengesichtiger Knabe mit hervorstehenden Vorderzähnen, der die Geige streicht und dabei vor Langeweile gähnt, wenn ich versuche, meine Schritte richtig zu setzen. Es fällt mir schwer, denn die fränkische Tanzerei ist ein einziges steifes Getrippel, und jeder Schritt genau ausgerechnet. Man hält einander dabei an der Hand, wie wenn man mit spitzen Fingern eine tote Maus anfasst, und dann macht man starre, abgehackte Bewegungen. Das heißt dann Menuett, Courante oder Galliarde. Wenn ich an die türkische Art zu tanzen denke, dieses geschmeidige Wiegen und weiche Schwingen, bei dem man ganz im Schlag der Trommeln aufgeht und die Musik tief im Innern dabei empfindet – welch ein Vergnügen war das! Und wie die Menschen bei osmanischen Tänzen lachen und strahlen, in die Hände klatschen und sich freuen. Hier lächelt man sich steif und künstlich an (miteinander zu reden ist verboten) und macht keinen Hüpfer, damit die Perücke nicht verrutscht. Aber ich will nicht mehr an meine Kinderzeit denken und lieber alles tun, um eine rechte Fränkin zu werden.

Viel besser als das Tanzen gefällt mir der Unterricht im Reiten und Jagen. Mein Freund, der französische Gesandte, hat dafür gesorgt. Er meint, eine Hofdame muss unbedingt an Jagdgesellschaften teilnehmen können, und hat tatsächlich die Madame Hoym davon überzeugt. Jeden Freitag treffe ich mich seitdem im Großen Garten mit einem Offizier der Schweizergarde, so nennt sich das Leibregiment des Königs. Am Anfang wollte er mir beibringen, wie man im Damensattel reitet, das war lächerlich. Ich hing auf einer Seite des armen Pferdes, beide Füße baumelten nebeneinander herunter. Sobald das Ross bockte, lag ich auch schon am Boden. Da habe ich verlangt, nach Art der Männer zu reiten. Der gute Leutnant war entsetzlich verlegen, ließ sich aber erweichen, als ich eines Tages Hosen unter meine Röcke zog. Da holte er einen Herrensattel, und seitdem galoppieren wir durch die Wiesen und Wälder, dass es eine Lust ist! Ich habe ihm erzählt, dass in meiner Heimat die Menschen nicht nur auf Pferden, sondern auch auf Kamelen reiten und ich sogar einmal auf einem gesessen bin. Daraufhin bat er mich, ihn nicht zum Besten zu halten. Er sei zwar nie aus Sachsen herausgekommen, aber deshalb müsse ich ihn nicht wie einen armen Narren behandeln. Ich habe endlich beschlossen, niemandem mehr etwas Derartiges zu erzählen. Man nimmt es mir nur übel.

Seit wir in dem neuen großen Haus wohnen – in Dresden nennen es die Leute inzwischen Taschenberg-Palais –, kommt der König öfters zu Besuch. Er kann dazu einen überdachten Gang benutzen, der über der Straße frei in der Luft schwebt und das Schloss mit unserem Haus verbindet. Der Vicomte de Villeroy nennt das Brücklein scherzhaft »pont d'amour«. Seine Majestät und Madame Hoym speisen abends oft zusammen, und meistens verbringt er dann auch die Nacht bei ihr. Trotzdem ist sie immer noch nicht schwanger. Neulich, als ich ihr den Gürtel und die weichen Stofftücher brachte, die man zum Auffangen der weiblichen Blutung benutzt, hat sie verzweifelt geweint. Ach, Maria Aurora, hat sie gesagt, jetzt habe ich wieder die Rosen bekommen. Monat für Monat warte und hoffe ich, dass sie ausbleiben, aber immer umsonst. Ich bin die unglücklichste Frau auf der Welt.

Die Prophezeiung der Hexe war also falsch. Eigentlich bin ich darüber froh, nicht wegen Madame Hoym, sondern meinetwegen. Was die Alte vom Moor zu mir gesagt hat über Könige, Liebe und Tod war mir schon recht schauerlich. Und dass mir meine Herrin einmal Böses wollen soll, habe ich sowieso nicht glauben wollen. Die lange Fahrt in den Spreewald damals war also ganz umsonst; auch Madame Hoym sagt, es war ein Fehler.

Brief Augusts von Sachsen-Polen an Anna Constantia Hoym, Fraustadt in Polen, 2. Februar 1706

Ma chère Constance,

bevor es morgen zur Bataille kommt und Wir nicht wißen, ob Wir des Abends die Sonne noch untergehen sehn werden, wollen Wir Sie ein letztes Mahl unßerer thiefen Zuneigungk versichern. Wir sind genzlich entschloßen, entwehder zu siegen oder zu sterben. Wir senden Ihnen mit gleicher Post eine Aufmercksamkeyt unsres theuren Bruders, des Czaaren aller Moscowither, alß da ist eine Aigrette aus Saphihr, die Ihnen als Zeichen seiner allerhöchsten Gunßt und Gnahde zugehen soll.

Wir haben Peter (den sie zu Russland schon »den Großen« nennen) vor einiger Zeitt in der Citadelle zu Grodno in Lithauen getroffen. Man hat den Eyndruck, er sey noch größer und dünner und schlaksiker geworden alß er vormals war. Ich kann Ihnen versichern, liebste Freundin, daß der Czahr der eintzige Mensch ist, der mich im Sauffen übertrifft. Wir haben unß gar hertzlich gut vertragen und etliche Feßlein Weins und Wotkas mit eynander geleert. Er hat eine merck=würdige Eigen=Art, nemlich ein sonderbahres Zittern, das ihn zuzeyten befällt wie ein Schüttel=Krampf. Dann muß seine Frau kommen (ühbrigens von Geburt eine gantz eynfache livländische Bauers=Tochter, die sich intzwischen Catharina nennt und säufft wie ein Kerl) und er legt seynen Kopff auf ihren Schohß, damit sie ihm die Stirne streicheln kann. Peter und ich haben Hüte und Degen getauscht, auch im Schertz mit eynander gerungen. Natürlich haben Wir ihm eine Prohbe Unßerer Kraft gelieffert und vor seynen Augen ein Silber=Teller auffgerollt. Der Czahr hat Uns dafür eine Demonstration seyner Fertigkeyt im Zähne=Ziehen gemacht und einem Diener den Backen=Zahn außgerißen, das war ein feynes Vergnügen. Er hat Uns ein Säcklein gezeigt, das er immer bey sich tregt und in dem sich all die Zehne befinden, die er denen von der Dienerschaft je getzogen hat. Dann zum Schluß haben wir beede geschwohren, nicht zu ruhen, biß wir gemeynsam den Schwehden geschlagen haben.

Im Übrigen hat sich Seine czaarische Majestät nach dem kleinen Türcken=Mädchen erkundigt, das er Uns vor Jahrn geschenckt hat. Wir haben unß nicht mehr recht erinnert, nur, daß sie die heylige Taufe erhalten hat. Der Czaar wollte wißen, ob sie wohl nun ein ansehnlichs Weib geworden sey. Wenn alßo der Herrgott Unß wiederum heimb=kehren lässet, so wöllen Wir Uns das Mädchen einmahl neher betrachten. Erinnern Sie Uns daran, chère amie, sobald Wir zurück zu Dreßden sind.

Morgen stehn Wir alßo mit unßern 19 Taußend Saxen und über 6 Taußend Rußen gegen Karl, dem, wie man erfahren hat, nur 10 Tausendt Mann zur Verfühgung stehn. Unßer Feldt=Zeychen ist eine Rose aus weißem Papir, das des Feindes ein Bündel Stroh am Huth. Mit Gottes Hülffe werden Wir den Schwehden morgen das Fürchten lehren.

Wir versichern Sie, liebe Constance, Unßerer gethreuen Zuneygungk. Bethen Sie für Unß.

Auguste Roy

Eildepesche Augusts an Constantia nach Dresden, 5 Tage nach der Schlacht

Alles ist verlohren. Alß die Schwehden los stürmten, ist unßre Armee feig geflohen, ja viele sindt sogahr zum Feindt über=gelauffen. Welch elende Bagage! General Schulenburg meldet an die Vier Taußend Todte. Die meißten Rußen haben sich wie todt auf dem Schlacht=Feldt fallen laßen, sind des nachts auffgestanden und davon geloffen. Wir haben Schulenburg dieß alles gnediglich vertziehen, er ist selbst verlezt. Ich bin gestern auf der Wahlstatt gewesen, welche recht erbermlich aussiehet. Das Champ de Bataille ist auf eine halbe Meile mit todten Leuten bedecket, so gantz nackend ausgezogen, an manchen Orten liegen sie nicht neben, sondern auff eynander. Man hat Anstalt gemacht, daß sie durch die Bauern begrahben werden. Die Erde ist so hart gefrohren daß man sie durch Feuer auffhauen muß. Man wirfft ein paar Hundertt Soldaten übereinander in jehdes Loch.

Derzeit unterscheyden Wir Unß von den Vielen, die in Pohlen umherziehen, nur darin, daß Wir die pohlnische Krohne im Coffer mit Uns führen. Wie langk sie Uns noch bleybt, wißen Wir nicht. Noch haltten viele Schlachtschizen und Magnathen zu Unß, weil sie den Schwehden hassen, doch ist die Lage desperat. Der Czaar wird sich wohl zunechst zurück ziehen, dieweil er daheimb einen Auffstandt zu bekämpfen hat.

Wir werden unß nunmehro inß Kloßter Bielau bei Krakau begehben und Verhandtlungen abwartten. Karl, so hört man, denckt daran, heuer noch nach Saxen marschiren zu laßen, ist aber noch nicht resolvieret. Wir werden alles versuchen, ihn hier zu land zu haltten, was aber in Ermangelung unßres Heeres ein schwiehriges Untterfangen sein wird. Die Lage ist desperat, und Wir haben nicht viel Hoffnung, daß sich noch etwas zum Guten wendet. Sachsen ist wehrlos und liegt dem Schwehden offen! Ma Chère, richten Sie Sich eyn, alles werth-volle auff die Veste Königsteyn bringen zu laßen. Und sorgen Sie daführ, daß man meine Preciosen-Sammlungk gut in Leder-Foutterals verpackt und ebenfallß dorthin schaffet. Ich habe die schlimmsten Befürchtungen! Ich küße Sie. Mit Gott. Auguste.

Dresden, April 1706

»Zigeuner! Es sind Zigeuner in der Stadt!«

Sophie stürmte ganz undamenhaft ins Boudoir, wo Fatmah gerade der Madame Hoym die heiße Morgenschokolade reichte. Der ganze Raum duftete süß nach Zimt und Vanille. Es war später Vormittag, und über Dresden lag strahlendster Sonnenschein. Draußen gurrten die Tauben von den Dächern, eine ferne Flötenmelodie und ein mildes Lüftchen wehten durchs offene Fenster. Die Hoym, die aufrecht im Bett saß und mit dem kleinen Schaumquirl in der dicken braunen Flüssigkeit rührte, hob erfreut die Augenbrauen. Seit der furchtbaren Nachricht von der Niederlage der sächsischen

Armee bei Fraustadt hatte in der Stadt eine düstere Stimmung geherrscht, und im Schloss waren keine Lustbarkeiten mehr abgehalten worden.

»Sind Akrobaten dabei und Spielleute?« Fatmahs Augen begannen zu glänzen. »Wo treten sie auf?«

»Sie lagern auf den Elbwiesen, und zu Mittag, so heißt es, geben sie die ersten Vorführungen auf dem Altmarkt. Zauberer, Feuerschlucker, Wahrsager. Ein Puppenspiel. Die einzige Frau der Welt mit drei Armen! Gleich zwei Tanzbären und Affen und ein sprechender Hund! Zwillinge, die an der Schulter zusammengewachsen sind! Gerade hat's der Trommler vor dem Tor verkündet.«

»Ach, Madame, dürfen wir hingehen?« Fatmah hüpfte fast vor Aufregung. Sie liebte die Schausteller, und angesichts der herrschenden angespannten Stimmung freute sie sich über die Ablenkung.

Die Hoym gähnte und trank ihre Tasse leer. »Meinetwegen. Aber zuerst möchte ich noch ein Schlückchen Schokolade, ich bin heute morgen sehr hungrig.«

»Sehr wohl, Madame. Das ist dann ihre dritte Tasse.« Fatmah tat ein Plättchen getrocknete Schokolade in die Chocolatière, fügte heißes Wasser, Zucker und Gewürze hinzu und betätigte den hölzernen Quirl, um die dickflüssige Masse aufzuschäumen. Sophie sah mit gerunzelten Brauen zu. »Zu viel Kakao soll gar nicht gesund sein«, meinte sie. »Man erzählt sich, die Marquise von Coetlogon habe während ihrer Schwangerschaft im letzten Jahr so viel Schokolade getrunken, dass sie einen kleinen Jungen hervorbrachte, der so schwarz war wie der Tod und starb.«

Die Hoym schüttelte den Kopf. »Papperlapapp, das ist doch blühender Unsinn. Schokolade parfümiert den Atem, bekämpft Gifte im Körper und lindert Magenschmerzen. Sie ist erfrischend und nahrhaft. Und sie regt die geschlechtliche Lust an. Warum sonst nähme alle Welt sie als Frühstück ein? Man hört übrigens von einer Dame aus Martinique, die keinen Unterkiefer mehr hatte und nur noch flüssige Nahrung zu sich nehmen konnte. Sie ernährte sich täglich von drei Schüsseln Schokolade und führte ein langes, gesundes Leben. Also!«

Sophie knickste und erwiderte lieber nichts. Die zwei jungen

Damen standen erwartungsvoll neben dem Himmelbett, bis ihre Herrin auch den dritten Kakao ausgetrunken hatte. »Alors«, seufzte die Hoym schließlich, »geht nur zu den Zigeunern. Schickt mir beim Hinausgehen jemand anderen für die Morgentoilette.«

Kaum war die Tür zum Schlafzimmer hinter ihnen ins Schloss gefallen, rafften die beiden Mädchen ihre Reifröcke und schossen die Treppe hinunter.

Auf der Straße war schon alles unterwegs, was Beine hatte, um rechtzeitig zum Altmarkt zu kommen. Kinder zerrten an ihren Müttern, Ladenkrämer sperrten die Türen ihrer Geschäfte zu, Hausfrauen banden noch im Laufen ihre Schürzen ab. Fatmah und Sophie bahnten sich einen Weg durch die engen Gassen.

Dresden war eine saubere Stadt. Seit eine königliche Verordnung verbot, Blut, Fleischreste, Gemüseabfall und anderen Unflat auf die Straßen zu schütten, und seit totes Geflügel, Hunde und Katzen vor die Stadttore gebracht werden mussten, hielt sich der Gestank in Grenzen, und man trat auch nicht ständig in unappetitliche Dinge. Trotzdem ließen sich viele vornehme Bürger nicht dazu herab, zu Fuß zu gehen, sondern bestellten sich lieber eine edle, gepolsterte Portechaise.

Zum Altmarkt hin wurde das Gedränge dichter. Die beiden Mädchen bogen um die Ecke des Rathauses, das breit und behäbig auf der Nordseite des Platzes lag. Die Brot- und Fleischbänke unter den Rathausarkaden wurden gerade geschlossen. Hinter den verzierten Giebeln der prunkvollen Bürgerhäuser erhob sich in der Südostecke der herrlich anzuschauende Glockenturm der altehrwürdigen Kreuzkirche.

Heute hatte Fatmah keinen Blick für die Schönheit der Stadt. Sie packte Sophie bei der Hand und drängelte sich geschickt durch die Massen, um die einzelnen Attraktionen zu sehen, die auf dem großen Platz dargeboten wurden. Da waren die zusammengewachsenen Zwillinge, zwei junge Männer mit nackten Oberkörpern, an denen jeder die Stelle sehen konnte, an der sie untrennbar miteinander verbunden waren. Sie standen auf einem hölzernen Podest, angepriesen von einer dicken Marktschreierin, die mit einem Hut in der Hand herumging und einen Obolus von den staunenden

Leuten verlangte. Dann kam der Feuerschlucker, ein stämmiger, kahlköpfiger Kerl mit Muskeln wie Seilsträngen. »Treten Sie zurück, meine Herrschaften«, schrie er mit starkem ausländischen Akzent, »denn ich möchte Sie nicht in Gefahr bringen. Wenn ich Feuer speie, dann kann es sein, dass die Flammen so kraftvoll aus meinem Munde dringen, dass jemand getroffen werden könnte! Ich übernehme keine Verantwortung für Ihr Leben!« Die Leute holten erschrocken Luft und bildeten einen großen Kreis um ihn. Ein paar Mutige blieben ganz vorn stehen, sprungbereit; ihren Gesichtern war die Anspannung deutlich anzusehen. Als der Gehilfe des Schaustellers Feuer schlug und eine Fackel anzündete, zupfte Sophie Fatmah am Ärmel. »Du, lass uns woanders hingehen, ich hab Angst!«

Fatmah nickte. Das Feuer war auch ihr unheimlich.

Die nächste Station waren die Tanzbären. Zwei riesige braune Zotteltiere wiegten ihre massigen Körper leicht schwankend hin und her. Ein Mann in bunten Flickenkleidern hielt sie an Ketten mit Nasenringen fest. Aufgeregt brummten die Bären vor sich hin und äugten nach allen Seiten. Da begann ein niedliches schwarzlockiges Mädchen, kaum älter als zehn Jahre, ein Liedchen auf einer kleinen Zigeunergeige zu spielen. Sofort hoben die beiden Bären die Füße zu einem possierlichen Tänzchen, hüpften dabei im Kreis, ja, erhoben sich hin und wieder sogar auf die Hinterbeine und machten lustige Sprünge. Fatmah und Sophie waren entzückt und klatschten begeistert, bis einer der Zuschauer seinem Nachbarn den Trick erklärte. »Sie treiben die Viecher, wenn sie noch jung sind, immer wieder über glühende Kohlen, und dazu spielt einer auf der Fiedel. Irgendwann fangen die Bären schon zu tanzen an, wenn sie nur die Geige hören.«

Fatmah und Sophie gingen weiter, der Spaß an den Bären war ihnen vergangen. Den ganzen Nachmittag über blieben sie auf dem Altmarkt, schlenderten von einer Attraktion zur anderen, sahen hier einem Zauberer zu, dort einem Jongleur. Schließlich kauften sie sich von einem Bauchladner ein Stück süße Eierschecke und einen Becher frische, kuhwarme Milch und sahen dem Puppentheater zu, das den Doktor Faustus gab.

»Lass uns nach Hause gehen«, sagte Sophie irgendwann. »Ich bin müde, und mir tun die Füße weh.«

Aber Fatmah hatte noch nicht genug. Wer wusste schon, wann es wieder einmal so herrliche Dinge in der Stadt zu sehen geben würde. »Geh du nur vor, wenn du willst. Ich komme später nach.«

Sophie zuckte mit den Achseln und machte sich auf den Heimweg, während Fatmah noch Tränen über den sprechenden Hund lachte, die Frau mit den drei Armen bestaunte und einer tanzenden Spanierin zusah, die sich am Schluss zur grenzenlosen Überraschung des Publikums als Mann entpuppte. Danach warf sie die letzte Münze ihres mitgebrachten Vorrats an Groschenstücken in den Lederbeutel einer blinden Bettlerin, die einen kleinen Buben auf dem Schoß wiegte, den dünnen Körper voller nässender Pusteln und Ekzeme. Vom Turm der Kreuzkirche läuteten die Glocken zur fünften Nachmittagsstunde.

»Selamin aleyküm, djanoum.«

Fatmah bog gerade um die Ecke eines Zeltes aus bunten Stoffbahnen, als die brüchige Greisenstimme sie mitten im Lauf erstarren ließ. Suchend sah sie sich um. Da saß ein alter Mann mit untergeschlagenen Beinen auf einem verschlissenen Teppich, und sein Gruß traf sie mitten ins Herz. Friede sei mit dir, meine Seele. Wie lange hatte sie die Sprache ihrer Kindheit nicht mehr gehört, diesen weichen Klang, die vertrauten, melodischen Silben! Sie sah dem Alten beinahe erschrocken ins runzlige Gesicht, und die Antwort auf seine Worte kam wie von selbst aus ihrem Mund, auf Türkisch, das sie seit dem furchtbaren Tag von Asow nicht mehr gesprochen hatte.

»Aleyküm selam, babadjim. Woher weißt du …?«

Der Greis kicherte; es klang wie das leise Meckern einer Ziege. Grüßend führte er die Hand an Herz, Mund und Stirn. Dann tippte er mit einem gichtigen Zeigefinger auf seinen Hals. »Du trägst das Blaue Auge, Tochter. Welcher Franke würde sich wohl das nazar boncugu der Osmanlis umhängen, das den bösen Blick einfängt?«

Fatmah fühlte nach der Glasperle. »Du hast Recht, alter Mann«, sagte sie lächelnd, »es ist ein Andenken an meine Mutter. Und wer bist du?«

»Oh, djanoum, ich bin Afrim, der Zauberer, der Märchenerzähler, der Handleser und Heiler, wenn es dir gefällt. Aber wer bist du? Komm in mein Zelt, damit ich es dir sagen kann, kizim.« Er machte eine einladende Handbewegung.

Fatmah zögerte. Aber allein dem Alten zuzuhören, mit ihm in der Sprache zu reden, die sie glaubte, schon lange vergessen zu haben, ließ ihr das Herz in der Brust flattern wie einen kleinen Vogel. »Ich habe kein Geld mehr«, sagte sie.

»Ah, was bedeutet Geld, meine Tochter?« Afrim erhob sich ächzend aus seinem Schneidersitz und griff sich an den dunklen Turban. Dann streifte seine Hand mit einer geschmeidigen Bewegung Fatmahs Ohr – und hielt plötzlich eine kleine Münze zwischen den Fingerspitzen. »Du hast dich getäuscht, siehst du. Ein Goldstück! Tritt also ein und sei willkommen, hos geldiniz.«

In diesem Augenblick schlug die Turmuhr, und Fatmah zuckte zusammen. Heute Abend war der große Ball mit Assemblée, und sie hatte zum ersten Mal die Erlaubnis von der Hoym erhalten, zum Tanz zu gehen. Sie würde sich sputen müssen, um noch rechtzeitig fertig zu werden.

»Ich habe keine Zeit mehr, Afrim, ich muss zurück ins Palais.« Bedauern lag in ihrer Stimme.

Der Alte sah sie lächelnd an. Seine kohlschwarzen Augen unter dichten, ergrauten Brauen waren von unendlich vielen Fältchen umgeben. »Geh nur, djanoum. Und komm ein andermal wieder, wenn du willst. Mein Zelt steht dir offen.«

Mit schnellen Schritten strebte Fatmah dem Taschenberg-Palais zu. Erst der Jahrmarkt, und dann durfte sie, das hatte sie bei den Fahrenden fast vergessen, heute Abend zu ihrem ersten Tanz! Was war das für ein herrlicher Tag!

Der Abend begann mit einem wunderbaren Diner. Fatmah konnte vor Aufregung kaum einen Bissen hinunterbringen, sie naschte nur etwas von den Süßspeisen, die sie so sehr liebte. Danach begaben sich alle in den Saal, wo sich das Orchester schon einstimmte. Mit verstohlenen Blicken musterten die jungen Mädchen, die alle auf der Fensterseite neben der Tanzfläche standen, ihre möglichen Tanzpartner. Da war der junge Baron von Leiphausen mit seiner verwegenen Narbe auf der Wange, die nicht einmal mit Bleiweißpaste zu verdecken war. Oder der reiche Kaufmannssohn Friedrich Senftleben, der allerdings etwas zu dick und glubschäugig war. Oder gar der erst achtzehnjährige Sohn des Grafen Stein mit seinen schelmisch blitzenden schwarzen Augen und der frechen Locke über der Stirn. Fast alle jungen Höflinge waren gekommen, standen nun etwas unschlüssig in der Nähe der Musiker und äugten genauso verstohlen wie die Damen zum anderen Geschlecht hinüber.

Und schon ging es los, ein einfaches Menuett. Das kann ich gut, dachte Fatmah erleichtert und wedelte kokett mit ihrem Fächer. Einige der jungen Männer kamen nacheinander herüber und forderten die Mädchen auf – aber keiner entschied sich für Fatmah. Sie beschloss, sich ein Glas Wein zu holen, um nicht herumzustehen.

Der zweite Tanz war ebenfalls ein Menuett. Nun bin bestimmt ich auch mit an der Reihe, dachte Fatmah, doch sie hatte sich getäuscht. Wieder blieb sie alleine zurück, während die anderen fröhlich aufs Parkett gingen. Die Zofe der Gräfin Flemming streckte ihr sogar schadenfroh die Zunge heraus, als sie sich von ihrem Galan zum Tanz führen ließ.

Genauso ging es beim dritten und vierten Tanz, beim fünften und sechsten. Fatmahs Wangen brannten unter der dicken weißen Schminkpaste. Warum nur wollte niemand sie auffordern? Sie hatte doch so eifrig geübt, hatte sich so sehr auf diesen Abend gefreut. Noch nie hatte sie sich so viel Mühe mit ihrer Toilette gemacht, hatte ihre schönste Perücke aufgesetzt und das neueste Abendkleid angezogen. Aus lauter Verzweiflung trank sie noch ein Glas Wein. Diese Peinlichkeit! Diese Zurücksetzung! Unsicher ging sie in der Tanzpause im Saal herum und tat so, als ob sie jemanden suchte, das Glas in der Hand. Schließlich blieb sie an eine Säule gelehnt stehen, den Tränen nahe. Hinter der Säule hatten sich ein paar junge Herren versammelt, die gerade besprachen, mit wem sie als nächstes ein Tänzchen wagen wollten.

»Mein Freund«, sagte einer, »lassen Sie mir doch auch einmal die Komtesse Weißensee. Sie belegen die Dame ja ständig, das ist nicht fein!«

Der andere lachte. »Wenn Sie nicht zum Zuge kommen, mein

Lieber, so ist das nicht meine Schuld. Sie tanzt nicht mit Ihnen, weil Sie keinen Takt halten können.«

»Das ist nicht wahr!«, protestierte der Erste.

»Natürlich stimmt es«, erwiderte ein Dritter. »Alle Damen verstecken sich hinter ihren Fächern, wenn Sie auftauchen. Haben Sie das noch nicht bemerkt?«

Eine weitere Stimme mischte sich ein. »Wissen Sie was? Wenn keine mit Ihnen tanzen will, dann nehmen Sie doch einfach die kleine türkische Zofe der Gräfin Cosel. Die steht schon den ganzen Abend herum wie sauer Bier!« Alles lachte.

»Die?«, rief der Angesprochene entsetzt. »Die? Wollen Sie mich beleidigen? Mon Dieu, so weit würde ich mich niemals erniedrigen! Ich und die Tochter eines türkischen Kameltreibers! Lieber tanze ich mit der einbeinigen Großmutter meines Stallburschen!«

Fatmah stand da, wie zur Salzsäule erstarrt. So dachten sie also von ihr. Wer mit ihr tanzte, erniedrigte sich. Die Tochter eines Kameltreibers! Es tat so weh. Sie verachten mich, dachte sie, und Tränen der Wut brannten in ihren Augen. Nein, hier würde sie keinen Augenblick länger bleiben! Mit hastigem Griff raffte sie die Röcke und rannte blindlings durch die Gänge zurück in ihr Zimmer.

»Was ist denn mit dir?« Sophie war schon zu Bett gegangen und kam mit einer Nachtlampe angelaufen. »Ist der Ball schon vorbei?«

Fatmah antwortete nicht. Tränenüberströmt nahm sie Sophie das Licht ab und stellte sich damit vor den Spiegel.

»Ich bin nicht wie ihr«, schluchzte sie. »All die Schminke, das künstliche Haar, die schönen Kleider – trotzdem bin ich immer noch die Türkin, mit der keiner etwas zu tun haben will. Alles, alles habe ich versucht. Ich habe gelernt zu sprechen wie ihr, ich bewege mich wie ihr, ich mache mich zurecht wie ihr! Ich habe sogar euren Glauben angenommen! Ich habe gedacht, seitdem gehöre ich zu euch, aber es stimmt nicht. Niemand will mich haben.«

Sophie nahm Fatmah in den Arm. »Warum sagst du so was? Ich hab dich doch lieb!«

»Ich habe geglaubt, ich könnte eine Fränkin werden, aber sieh mich doch an! Die Wahrheit ist: Ich bin nur eine dekorierte Puppe! Ach Sophie, keiner hat mit mir getanzt!«

Bevor Sophie es verhindern konnte, riss sich Fatmah trotzig die Perücke vom Kopf und warf sie auf das rot glühende Kohlebecken. Hell flackerten die Flammen auf und züngelten an den weiß gepuderten Locken, die wie Glühwürmchen glommen. Fatmah ballte die Fäuste.

»Nie wieder trage ich so ein Ding! Nie mehr werde ich mir diesen ekelhaften weißen Brei ins Gesicht schmieren! Und nie wieder zwänge ich mich in diese Gitterstäbe!« Sie zerrte an Korsett und Reifrock, bis sie in Unterkleidern dastand. »Und als Erstes werde ich mich morgen wieder waschen!« Sie schluchzte immer noch. »Wenn sie mich nicht als Fränkin annehmen, dann will ich auch keine mehr sein. Dann werde ich für sie eben das sein, was ich schon immer bin und was sie in mir sehen wollen! Von mir aus kann der König mich wegschicken, es ist mir gleich! Ich bin die Tochter des Beylerbey Ali Kariman Pascha! Sie sollen mich alle in Ruhe lassen!« Heulend rieb sie sich die Schminke vom Gesicht und warf sich dann aufs Bett. Vom Wein war ihr ganz schwindelig, und so schlief sie trotz all ihrer Verzweiflung schnell ein. Im Traum stand sie immer wieder allein am Rand der Tanzfläche und sah zu, wie die anderen zur Musik anmutige Figuren machten.

Am nächsten Tag stahl sich Fatmah um die Mittagszeit aus dem Palais und rannte zum Altmarkt. Sie hatte tatsächlich am Morgen ausgiebig gebadet und trug nun ein leichtes, kaftanartiges Gewand. Die langen Haare hatte sie zu einem dicken Zopf geflochten. Nach einigem Suchen fand sie das Türkenzelt; es war von einer kleinen Menschenmenge umgeben. Vor dem Eingang saß Afrim und erzählte. Fatmah drängte sich bis nach ganz vorne durch, was ihr ein paar unsanfte Stöße mit dem Ellbogen einbrachte, und kauerte sich neben ein paar Kindern nieder, die mit offenen Mündern dem Alten zuhörten. Er erzählte ein Märchen, das Fatmah noch aus Kindertagen kannte: die Geschichte von Ali, dem Meisterdieb, der dank seiner Klugheit am Ende die liebliche Zahira, jüngste Tochter des Padischahs, zur Frau bekam.

Fatmahs Gedanken schweiften zurück: In Adana war immer

große Freude und Aufregung gewesen, wenn ein mazarlyk-dji, ein Märchenerzähler, seinen Teppich unter dem alten Feigenbaum auf dem Marktplatz ausrollte. Jung und Alt strömten dann zusammen und lauschten den uralten Geschichten. Die Erzähler waren Nomaden, sie zogen mit ihren Familien durch das Land und waren überall beliebt und angesehen. Jede Familie besaß einen ganzen Schatz an Märchen, den sie als ihr Eigentum betrachtete und von einer Generation an die andere weitergab. Es war ein ungeschriebenes Gesetz, dass keiner ein Märchen erzählte, das einer anderen Familie gehörte. Geschah es doch, dann galt dies als Diebstahl und wurde genauso streng bestraft wie der Raub eines Pferdes oder eines Kamels. Fatmah hatte als Kind einmal zugesehen, wie ein solcher Dieb mit Schimpf und Schande, ohne Brot und Wasser, aus der Stadt gejagt wurde.

Der Alte gelangte ans Ende seines Märchens und sprach mit schnarrender Stimme die uralte Schlussformel: »So endet die Geschichte. Allah ismagladyk, Gott sei mit euch.«

Fatmah wartete, bis die Leute sich verlaufen hatten und trat dann in Afrims kleines Zelt. Drinnen roch es wunderbar vertraut nach Ambra, Moschus und Weihrauch. Sie schloss die Augen und sog den Duft des Rauchwerks ein. Dann verneigte sie sich und grüßte mit der Hand an Herz, Mund und Stirn.

»Selam, babadjim«, sagte sie leise.

»Du bist gekommen«, erwiderte er nur.

Sie lächelte. »Meine Seele will in ihre Heimat fliegen.«

Königlich polnischer und Churfürstlich Sächsischer Hoff= und Staats=Calender vom 20. Mai 1706

»... Wir vermelden nunmehro officiell die kürtzlich erfolgte Scheidungk der Madame Anna Constantia Hoym, gebohrene von Brockdorff, von ihrem Gatten Adolf Magnus Freyherr von Hoym. Gleich

zeittig gibt dieselbe mit Stoltz und Freude das folgende bekannt: Seine allerchristlichste Majestät der Kaiser haben freundlichst und gnedigst geruht, sie zur Reichs=Gräfin von Cosel zu erheben. Alß Zeychen ihrer großen Satisfaction hat die Comtesse de Cosel Anordnungk gegeben, an jedes Dresdner Kind, welches am Sonntag zum Gottes=Dienßt erscheint, einen Groschen zu vertheilen. Seine allerhöchst churfürstlich-königliche Majestät August, die immer noch zu Pohlen weilen, hat die Gräfin in einem Gratulations=Schreyben von allerhöchstderoselber freudigen Antheilnahme an dießer schönen Standes=Erhöhungk gantz und gar versichert und ihre jährliche Apanage und Hoff=Pension umb 15 Thausend Thaler erhöht.

Am gestrigen Tage erreichte unß die Nachricht von Schloß Pretzsch, daß unßer geliebter Kurprintz und Thron=Folger Friedrich August bei der alljährlichen Wildt-Hatz seinen ersten Hirsch erlehgt hat. Wie verlauttete, that er dies mit Bravour und außerordentlicher Tapfferkeyt. Das Geweyh sandte er mit vielen anmuthigen Worten voller kindtlicher Erfurcht an den König, seinen Vater, nach Pohlen. Glücklich die Väter, die soliche Söhne haben.

Am morgigen Abendt findet im Schloß=Hoff eine Belußtigung statt, zu der auch Bürger=Meyster und Magistrat gelahden sindt. Zu dießer Occasion wirdt erstmahlig im Hoff die neue Lathernen=Beleuchttung brennen. Allerley Kurtzweill sollen dabey die derzeyt vor der Stadt sich auff-haltenden Fahrenden bieten, die, so hat verlauttet, daführ ihre beßten Kunst=Stückhe auffgehoben haben …«

Dresden, Juni 1706

»Ich kann dir nur meine Geschichten geben, Tochter«, hatte er gesagt, und Fatmah war es zufrieden gewesen. Seit Wochen schon stahl sie sich jeden Abend trotz des Verbots der Gräfin Cosel aus dem Palais und lief ans Elbufer ins Zigeunerlager. Sobald es dunkel geworden war, brannten dort die Feuer. Anders als in der Stadt, wo alles zeitig zur Ruhe ging, herrschte bei den Vaganten noch bis weit in die Nacht hinein buntes Treiben, Tanz und Gesang. Doch

Fatmah hatte keine Augen für die malerischen Gestalten, die im flackernden Schein um die Flammen wirbelten, keine Ohren für die leidenschaftlichen Melodien, die, manchmal wild, manchmal zärtlich, von den Geigen klangen. Keiner beachtete sie, wenn sie zielstrebig durchs Lager lief, vorbei an den Wagen, den struppigen Pferdchen, den mageren Hunden, bis hin zu Afrims kleinem Zelt, das ein wenig abseits von den anderen stand. Meist wartete er schon auf sie, mit Bechern voll würzigen Tees oder einer Cezve mit starkem heißem Kaffee auf dem glimmenden Feuer.

Erst hatte sie sich an seine Erzählkunst gewöhnen müssen, aber dann erinnerte sie sich wieder. Türkische Geschichten wurden seit jeher mit einer ganz eigenen Ausdrucksweise erzählt. Die Worte wurden durch Gesten und Handbewegungen, durch ein Rollen der Augen, durch ein Zucken der Augenbrauen ersetzt. Ein türkisches Märchen konnte man nicht hören, man musste es hören und sehen. Doch dann verzauberte es einen. Einem guten Erzähler verfiel man mit Haut und Haar, und so ging es Fatmah bald auch mit Afrim. Sobald er die alte Eröffnungsformel sprach, tauchte sie ein in eine andere Welt.

»Yah Allah, meine Brüder und Schwestern, kommt und hört, wisst und seht, was ich euch gebe. Seht ihr in meinen leeren Händen die goldenen Äpfel, seht ihr sie? Achtet auf, ich werfe sie euch zu, dir einen, dir dort ganz hinten einen, dir so verborgen im Winkel einen, und diesen noch und den letzten auch. Haltet sie, während ich euch berichte von vielem, das geschah, vielleicht geschah, vielleicht gehört wurde oder gesehen – wer kann es sagen? Wer weiß, was wirklich ist, wer, was nur Gedankenschatten? Wenn ihr es alles gesehen und gehört habt, dann werft sie mir zurück, die goldenen Äpfel, die ich euch gab aus leeren Händen, und unser aller Seelenaugen werden sie sehen. Habt ihr vernommen? Dann fangt und haltet die goldenen Früchte. Und hört.«

Und Afrim erzählte. Von kühlen Palästen, fernen Schattenhainen, plätschernden Brunnen. Von den Peris, den guten Blumengeistern, die zu den Menschen kamen, von mächtigen Zauberern, launischen Ifrits, die in den Lüften tanzten, und von bösen Dschinns, entstanden aus dem Gluthauch der Wüste. Von Liebe und Leid, Geburt und Tod. Von armen Mattenflechtern, unermesslich reichen

Sultanen, schwarz gelockten Jünglingen und rosenschönen Mädchen. Und mit jedem Märchen, das Fatmah hörte, ging sie einen Schritt weiter zurück, erinnerte sich an immer neue Bruchstücke ihres früheren Lebens. Das Bild ihrer Mutter stand mit einem Mal wieder lebendig vor ihr, lächelnder Trost, kindliche Zuflucht. Sie erinnerte sich an den Ambraduft ihrer schweren, weichen Brüste, den dunklen, weichen Ton ihrer Stimme. Sie konnte die Süße des Granatapfels auf der Zunge schmecken, den Lärm der Zikaden hören, den Schatten des Feigenbaums kühl auf der Haut spüren. Es war wie ein Rausch.

Wenn Afrim dann geendet hatte, saßen sie noch lange am Feuer, knabberten Honignüsse und redeten. Er lachte über Fatmahs Türkisch – sie hatte ja nur den Wortschatz und die Ausdrucksweise eines zwölfjährigen Kindes. Er zeigte ihr, wie man Zibeben an einem Stöckchen über dem Feuer röstet, beschrieb ihr den Geruch von trockenem Kameldung, bis sie Tränen lachte. Er brachte ihr bei, wie man Geschichten erzählte, seine knotigen Hände korrigierten ihre Haltung, ihre Gesten.

Eines Abends zeigte er ihr seinen größten Schatz. Mit geheimnisvoller Miene kramte er lange in einer Kiste, bis er schließlich ein großes, ledergebundenes Buch zum Vorschein brachte.

»Das ist mein kostbarster Besitz, kizim«, sagte er feierlich, als er den dicken, zerfledderten Band in ihre Hände legte, »alles, was ich bin und habe.«

Sie schlug die Seiten auf und sah, dass sie mit türkischen Buchstaben beschrieben waren, von rechts nach links, von hinten nach vorne, lauter winzige kleine Kringel und Schnörkel. Überschriften fielen ihr ins Auge: Das Basilikonmädchen, das Kristallserail, der Teppichweber und die Schlange, der Zedernbaum. Staunend sah sie den Alten an.

»Das sind ja deine Geschichten, babajim! Aber Märchen wurden doch noch nie niedergeschrieben!«

Afrim kratze sich die Bartstoppeln. »Du hast Recht, kizim, die Geschichten leben seit Jahrhunderten nur in unseren Köpfen.« Er tippte sich an den Turban. »Sie werden vom Vater an den Sohn weitergegeben, vom Großvater an den Enkel. Aber wem soll ich sie weitergeben, aman? Ich habe niemanden. Meine Geschichten werden einst mit mir sterben, wenn ich sie nicht aufschreibe. Wenigstens die Worte sollen erhalten bleiben, wenn ich einmal nicht mehr bin. Dann wird der Besitz meiner Familie dereinst nicht ganz erloschen sein.«

Fatmah strich ehrfürchtig über die fleckigen Seiten, dann gab sie Afrim das Buch zurück. »Du sollst noch lange leben, babajim. Inschallah.«

»Allah segne deinen Wunsch, Tochter, und verleihe ihm Flügel.« Er verneigte sich.

Fast zwei Monate blieben die Zigeuner, eine Zeit, an die Fatmah sich später wie an einen flüchtigen Traum erinnerte. Niemand außer Sophie wusste von ihren abendlichen Ausflügen, und die Freundin deckte ihre Abwesenheit so gut sie konnte. »Wenn du dahin gehen musst, dann geh«, hatte sie gesagt. »Es ist wichtig, dass du glücklich bist.« Und wie Afrim gesagt hatte, begann Fatmah, in sich das Gute beider Welten zu vereinen.

Jeden Tag fiel ein Stückchen Schwermut von ihr ab, und eine nie gekannte Ruhe kam über sie. Zum ersten Mal seit Jahren schlief sie tief und traumlos.

Am Sonnwendabend kam sie später als sonst aus ihren Diensten frei; sie hatte der Gräfin Cosel noch das Haar richten müssen. Als sie schließlich atemlos die Elbwiesen erreichte, stockte ihr der Schritt: Der Platz war leer. Die Feuerstellen waren längst erkaltet, und dort, wo die Wagen gestanden hatten, war nur noch welkes, braunes Gras. Die Zigeuner waren fort. Fatmah sah wehmütig zu der Stelle hinüber, wo Afrims Zelt gestanden hatte. Er hat es nicht übers Herz gebracht, mir zu sagen, dass sie weiterziehen, dachte Fatmah, und ihre Augen brannten. Traurig drehte sie sich um und ging zur Stadt zurück, als plötzlich ein halbwüchsiger Betteljunge hinter ihr herrannte und sie am Schultertuch zupfte.

»Bist du die türkische Jungfer von der Gräfin Cosel im Taschenbergpalais?«

Fatmah sah den Buben verwundert an. »Ja, das bin ich.«

»Dann soll ich dir etwas geben.«

Er drückte Fatmah ein in Wachstuch verschnürtes Paket in die

Hand, und noch bevor sie sich bedanken oder etwas fragen konnte, war er schon verschwunden.

Fatmah setzte sich auf ein Mäuerchen, knüpfte die Schnur auf und entfaltete das Wachstuch. Sie lächelte unter Tränen. Es war Afrims Märchenbuch.

Aus den Memoiren des französischen Gesandten zu Dresden, Alphonse Louis Baptiste de Villeroy

Es ist so weit: An die zwanzigtausend Schweden, so hört man, haben bei drückender Hitze auf einer ledernen Schiffsbrücke die Oder traversiert, eine Armee aus abgerissenen Lumpenkerlen, krank und ausgemergelt. Sechs Jahre des Hin- und Hermarschierens, Hinterhalte, verlustreiche Batailles und fehlender Nachschub an Lebensmitteln haben die armen Teufel in diesen bejammernswerten Zustand gebracht. Die siegreiche Armee sieht aus wie ein Haufen Zigeuner, heißt es. Wie ein Schwarm hungriger Heuschrecken fallen die Soldats suédois nun in Sachsen ein. Keiner weiß, was nun werden soll, quel horreur!

Augusts arme Untertanen sind von Panique ergriffen, was mich nun nicht verwundert. Gar zu furchtbar klingen die Gerüchte über die Grausamkeiten der Schweden in Polen, und sogar Schauer-Geschichten aus alter Zeit (in der Guerre de Trente Ans hat der Schwede unter Gustave Adolphe schrecklich im Land gewütet) machen allüberall die Runde. Manche Leute fallen geradezu in Hysterie. Wer dazu fähig ist, flieht vor den avancierenden feindlichen Soldaten. Aus Dresden und Leipzig rollen die Colonnes mit Wagen reicher Bürger und adeliger Familien, beladen mit schnell zusammengerafftem Hab und Gut. Wer nicht selbst fliehen mag, schickt wenigstens Frauen und Töchter fort. Die Straßen sind verstopft mit Fuhrwerken. Nach Preußen fahren sie und Thüringen, nach Holstein oder Kurbayern, es ist ihnen ganz egal, nur möglichst schnell in Sicherheit.

Allen voran haben die Mitglieder der famille royale das sinkende Schiff verlassen. Wenn man mich fragt, eine Schande! Dies ist also das Ehrverständnis des sächsischen Adels, pfui wie jämmerlich! Niemals hätte ein aufrechter Franzose so gehandelt – man stelle sich vor: Meine Wenigkeit, ein Ausländer, harrt zu Dresden aus, wie es seine Pflicht ist, während diejenigen, die Responsibilité für ihr Land haben sollten, feige Fersengeld geben.

Ihre kurfürstliche Altesse Christiane Eberhardine, immer noch Augusts Ehegattin, ist zur Frau Mama nach Bayreuth geflohen, ihre Schwiegermutter, die Madame Royale, reiste Hals über Kopf nach Holstein ab. Der inzwischen neunjährige Kur-Prince und Erbe des sächsischen Fürstenhuts – übrigens durfte ich ihm vor einigen Wochen meine Aufwartung machen: ein entsetzlich phlegmatisches Kind, dümmlich, plump, und zum Müßiggang geneigt; er kommt leider nach seiner Mutter – wurde mit einer über hundert Mann starken Escorte nach Dänemark geschickt. Der Staatsschatz, so habe ich in Erfahrung gebracht, ruht bereits seit einiger Zeit auf der Festung Königstein, die als uneinnehmbar gilt, ebenso das Archiv und die legendären Schätze der Geheimen Verwahrung.

Auch die Comtesse de Cosel – ich muss mich immer noch an den neuen Titel der Madame Hoym gewöhnen – hat sich ebenfalls elegant aus dem Staube gemacht und ist mit kleiner Bagage nach Wolfenbüttel abgereist. Dass die Dame nun Reichsgräfin ist, hat Auguste Roi etliches gekostet, denn der Kaiser zu Wien verleiht Amt und Würden selbstredend nicht umsonst. August mußte ihm für den »kleinen Gefallen« sechstausend sächsische Soldaten zum Einsatz im Krieg um die spanische Erbfolge versprechen – mon Dieu, so billig wird der Habsburger nie mehr zu einer Armee kommen. Wenn er sie denn schon hätte!

Bei Hof ist es, seit die meisten Edelleute von Rang sich in Sicherheit gebracht haben, recht still und traurig geworden. Ich widme mich nun oft meiner Collection an medizinischen Recepten, von denen ich unten wieder eines anfügen werde. In einem Gespräch mit dem Hof-Apotheker mußte ich zu meinem großen Schrecken erfahren, dass die Substance Bleiweiß, die in den meisten Schmink-Salben verwendet ist, äußerst schädlich für das Wohlbefinden sein kann.

Ich werde deshalb die Demoiselle Schick um eine neue Schminke bitten, die dieses Pulver nicht mehr enthält. Grâce à Dieu hat die Cosel das Mädchen nicht nach Wolfenbüttel mitgenommen, sie ist außerordentlich talentiert, was das Herstellen von Mitteln für die Körperpflege betrift. Und noch angenehmer ist, dass die Gräfin meine kleine Freundin Maria Aurora – oh pardon, ich muss sie ja nun wieder Fatima nennen – ebenfalls hiergelassen hat.

Mit dieser jungen Frau ist in der letzten Zeit eine ganz erstaunliche Veränderung vorgekommen. Man könnte sagen, sie ist wieder Türkin geworden, was ihr ausgesprochen gut zu Gesicht steht. Eines Tages im Sommer stand sie vor mir, in einem fließenden, fast muselmanisch anmutenden Gewand, das Gesicht ohne Poudre, den Kopf ohne Perücke – man kann kaum glauben, wie sie die Fülle ihres Haars, das bis an die Hüften reicht, jemals unter eine selbige untergebracht hat. Sie sagte mir, dass sie nunmehr ihr osmanisches Wesen nicht mehr vor aller Augen verbergen wolle. Es tut ihr ganz offensichtlich wohl, denn sie ist in der Tat charmanter denn je. Die Schwermut, die ihr immer anhaftete, hat sie fast völlig verloren.

Zum Schluss will ich noch die neueste Anecdote über den König Auguste niederschreiben, die in den letzten Tagen im Schloss die Runde macht. Es heißt, Auguste habe in Polen zur Kurzweill der Officiere eine Bären-Hatz veranstalten lassen und auch selber mit daran participiert. Nachdem einer seiner adeligen Kommandeure mit einem Bären rang und nicht mit dem Tier fertig wurde, befahl ihn Auguste zur Seite und trat an seine Stelle. Als er während des Ring-Kampfes törichterweise den Bären an der Zunge packte, um ihn von sich wegzuschleudern – ein alter Trique, den er schon oft angewendet hat –, biss ihm dieser flugs und ohne jedweden Respekt den königlichen Mittelfinger beinahe ab. Allerdings weiß bisher niemand, ob den linken oder den rechten. Ich frage mich, wie in aller Welt so etwas passieren kann, reißt man doch den Bären vor solchen Ring-Kämpfen stets Krallen und Zähne aus. Voilà, hier sieht man, wohin Schlamperei führen kann!

Enfin, bevor ich es vergesse, hier noch das Recette für ein Pulver zum Zähne-Putzen, dass auch gut gegen die wühlende Hitze im Zahn-Fleisch sein soll (wie es die Demoiselle Schick zusammen mit dem Hof-Apotheker macht):

Man muss nehmen ein gutes Pfund trockenes Brot und es durch und durch brennen, bis es glühend wie Kohlen ist. Hernach wird es sauber aus dem Feuer genommen, dass keine Asche daran bleibt, und so klein als möglich gestoßen. Dazu gibt man eine Hand voll Salve-Blätter, eine Hand voll Löffelkraut, beides getrocknet und gestoßen. Mehr noch 2 Loth Weinstein, ein halbes Loth Perl-Samen, ein halbes Loth rote Corallen, den vierten Teil einer Muskat Nuss, alles zu Pulver zerrieben. Das wird mit den Fingern eingerieben. Und man muss es alle Tage gebrauchen.

Fatmah

Draußen donnert ein Schuss, und schon spüre ich wieder, wie meine Hände zittern. Sie überprüfen die Kanonen, bereits den ganzen Vormittag. Man hat zwar das flache Land kampflos aufgegeben, aber Dresden soll verteidigt werden, falls die Schweden angreifen. Etliche Tausend Soldaten wurden notrekrutiert und in der Stadt einquartiert, bis zu zwanzig in jedem Haus. Täglich gibt es auf dem Altmarkt Spießrutenlaufen, weil viele versuchen, zu desertieren. Ich habe einmal aus Zufall zugesehen – es ist ein furchtbarer Anblick, wenn die armen Kerle, die meisten kaum den Kinderschuhen entwachsen, blutüberströmt und vor Schmerz schreiend durch die Gasse taumeln. Von zehn Männern überlebt nur einer, heißt es.

Ich habe Angst. Auch wenn es so aussieht, als ob die Schweden Dresden verschonen wollten, fürchte ich mich doch und denke an Asow zurück. Alle hier hoffen, dass König August schnell aus Polen zurückkehrt und mit Karl von Schweden verhandelt, bevor hier wirklich ein blutiger Krieg ausbricht. Eines weiß ich gewiss: Wenn es zum Schlimmsten kommt, werde ich nicht warten, bis Soldaten mir das Gleiche antun, wie es meine Mutter und Tanten ertragen mussten. Ich trage einen kleinen Dolch unter dem Kleid, der mir ein schnelles Ende bereiten wird. Und ich habe auch Sophie überzeugt, dasselbe zu tun. Alles ist besser als solch furchtbare Qual.

Mein Freund, der Vicomte de Villeroy, beruhigt mich immer

dann, wenn mich die Furcht überfällt. Er hat ja Recht: Es ist ein Waffenstillstand vereinbart, die Schweden tun uns derzeit nichts. Sie treiben nur überall Kontributionen ein, und ihre Soldaten sind über das ganze Land verteilt in Bürger- und Bauernhäusern einquartiert, wo man sie verpflegen muss. König Karl hält strenge Ordnung: Niemand darf sich an Eigentum oder Leben der sächsischen Untertanen vergreifen, und so bleibt alles ruhig. Er selber hat sich in dem kleinen Dorf Altranstädt bei Leipzig sein Hauptquartier eingerichtet, in einem winzigen Schlösschen, das ganz schmucklos ist und keinerlei Annehmlichkeiten bietet. König August würde dort freiwillig keine Stunde verbringen, meint der Vicomte. Aber Karl scheint das Einfache nicht zu stören. Das ganze Land ist voller Geschichten über ihn. Er zieht nur grobe Soldatenkleider an, heißt es, ist schmutzig und schneidet sich nie die Fingernägel. Und er trägt keine Perücke, was die meisten Leute für den Grund dafür halten, dass ihm schon so jung die Haare ausgehen. Er ist ja erst vierundzwanzig Jahre alt! Man sagt, seine Großmutter habe ihm beim Abschied aus der schwedischen Hauptstadt Stockholm ein lappländisches Zauberhemd geschenkt, dass ihn unverwundbar macht, und so kann ihm in der schrecklichsten Schlacht nichts geschehen. Am Essen, so erzählen sich die Leute, liegt ihm nichts. Er speist meistens nur blauen Kohl und Kochfleisch, und er mag keinen Confect. Böse Zungen behaupten, dass er das weibliche Geschlecht verachtet und im Bett Männer bevorzugt, aber er selbst sagt, dass er nur deshalb keinen Umgang mit Frauen pflegt, weil er für die Dauer des Krieges mit seiner Armee verheiratet ist. Ich glaube, es wird schwer für König August werden, mit diesem jungen Mann zu verhandeln. Sie sind doch sehr verschieden, man möchte kaum glauben, dass sie Vettern sind!

Ein Gutes hat der Einmarsch der Schweden für mich: Alle reden über die Besatzung und den Krieg, und so nehmen sie kaum Anteil an dem, was ich bin und tue. Trotzdem, es ist fast wie früher: die Leute starren mich wieder an. Ich kann es ihnen nicht verdenken, denn ich habe mich verändert. Nie wieder werde ich fremdes Haar tragen, warum auch, mein eigenes ist mir schön genug! Das Reifgestell unter meinen Röcken habe ich hinter die große Truhe gesteckt, da ist es seither geblieben. Ebenso das lederne Mieder.

Allah, welch eine Befreiung ging mit mir vor! Gleich am Morgen nach diesem schrecklichen Tanzabend ließ ich mir einen Zuber mit warmem Wasser aus der Küche bringen. Was für ein Genuss war es, mir Schminke und Schmutz eines ganzen Jahres vom Körper zu schrubben. Auch das letzte kleine Hautröllchen rieb ich ab, und ich wusch mir mit Seife das Haar. Sophie stand die ganze Zeit händeringend daneben und hatte große Angst um mich. »Herrjesus, du musst den Verstand verloren haben«, jammerte sie, »ganz sicher wirst du sterben oder zumindest das galoppierende Hirnfieber bekommen.« Sie packte mich anschließend ins Bett und deckte mich mit unzähligen Daunendecken zu, bis nur noch die Augen herausschauten, damit ich das Bad überlebe.

Und ich habe es überlebt. Lieber, guter Afrim! Du fehlst mir wie der trockenen Erde das Wasser. Nicht zuletzt dir habe ich es zu verdanken, dass ich ein neuer Mensch geworden bin. Jetzt erst ist mir bewusst geworden, wie lange ich mit einer Maskerade gelebt habe. Auch wenn mich einige wenige wieder schief anschauen und die Gräfin Cosel wochenlang wütend auf mich war – es ist nicht mehr so schlimm wie damals. Außerdem bin ich ja getauft, und so können sie mich wenigstens keine garstige Heidin mehr schimpfen.

Die meisten Leute aber nehmen mich inzwischen so, wie ich bin. Ja, sie erweisen mir sogar Ehre und Freundlichkeit. Das ist ebenfalls dein Verdienst, babadjim Afrim, weil du mir deine Märchen geschenkt hast. Allah möge es dir vergelten und deine Wege glücklich leiten. Denn weil Geschichten niemals nur einem Menschen gehören dürfen, gebe ich sie weiter. Ich glaube, das ist dein Vermächtnis. Du hast gewusst, dass ich deine Märchen nicht für mich behalten würde. Und so versammeln sich seitdem an vielen Abenden die Menschen, um mir zuzuhören und die goldenen Äpfel zu fangen. Erst waren es nur Sophie und ein paar andere Zofen, die nicht mit nach Wolfenbüttel gereist sind. Inzwischen kommen so viele, dass ich im kleinen blauen Salon anheizen lasse und dort erzähle. Es gibt Kaffee und Süßigkeiten, die mir der gute Jula zubereitet, mit Zimt und Honig, Mandeln und Rosenwasser. Und jedesmal, wenn ich erzähle, ist mir, als ob ich in eine andere Welt hinüberglitte, eine Welt, in der Zikaden zirpen und Nachtigallen singen, in der Schleier rascheln und das leise Klirren von Armreifen erklingt, in der man den Ruf des Muezzins hört und den Schrei des Esels. Ich verzaubere mich selbst, und ich lasse die anderen an diesem Zauber teilhaben. Es ist, als hätte ich meine Bestimmung gefunden. Inschallah, mein sind die goldenen Äpfel, die verborgenen Bilder, die Melodien der Worte. Kommt und hört, seht das Unsichtbare, das Gewesene und das Kommende. Nehmt die Geschichten in eure Herzen und seht sie mit euren Seelenaugen. Fühlt Glück und Trauer, spürt Liebe und Tod. Lauft mit euren nackten Füßen auf Teppichen, lasst eure Haut liebkosen vom Wind, der aus den Bergen kommt. Ergreift meine Geschichten mit leuchtenden Augen wie ein Geschenk, das ich euch bringe, sie sind alles, was ich habe.

Königlich polnischer und Churfürstlich Sächsischer Hoff= und Staats=Calender vom 16. Dezember 1706

»Am vor=gestrigen Tage morgens umb vier Uhr sind Seine allergnedigste Durchlaucht, unßer gelibter Churfürst und Königk, auß Pohlen angekommen, zusammen mit Dero Generälen und Officiren. Die Tortour der langen Reise und der Kummer darüber, das Landt gebeugt unter der schwehdischen Besatzungk zu finden, haben Seine königliche Hoheyt dabey dermaßen beschwehret, dass Sie im Schloß ohn=mechttig darnieder sanck.

Wiewohl zu befürchtten standt, dass Seiner Majestät Gesundtheyt graviter geschwächet sey, hat Sie doch noch am selben Abendt bey Fackel=Licht die Pallißaden umb die Stadt inspiciret. Gleich darnach erfolgte in Eiss und Kälthe die Ab=Reise mit dem Schlitten nach Altranstedt, wo Seine köhnigliche Hoheyt morgen in aller Früehe einzutreffen wünschten.

Der allmechtige Gott möge unßerm König bey=stehn, damit die Verhandtlungen mit Carl von Schwehden zu einem guthen Ende gerathen. Vivat Saxonia!«

Altranstädt, Dezember 1706

»Ah, mon très cher cousin, Königliche Hoheit, liebster Bruder, welch außerordentlich große Freude, Sie zu sehen!«

»Guten Morgen, Vetter. Gut, dass Sie endlich kommen.«

Es herrschte klirrende Kälte. Aus eisblauem Himmel strahlte eine gleißend helle Wintersonne ohne wärmende Kraft auf den kleinen Ort Altranstädt herab, das aus wenigen Häusern bestand, die sich um ein schmuckloses kleines Schlösschen gruppierten.

Zwei Männer gingen im Innenhof dieses Schlösschens aufeinander zu. Der Ältere, stattlich und wohlgenährt, trug einen nachtblauen Samtrock, Spitzenärmel, Schuhschnallen mit blitzenden Diamanten und einen edelsteinbesetzten Zierdegen. Seine Finger waren frisch manikürt, das Gesicht gepudert, die Perücke perfekt frisiert.

Der Jüngere, mager und mit hängenden Schultern, ging in schmutzigen Stiefeln, fleckigem Uniformrock und abgeschabten Hosen. Ein leichtes Hinken war bemerkbar. Sein ungeschminktes Gesicht war blass und voller Pockennarben, das schüttere Haar fettig und ungekämmt.

Beide Herren machten voreinander eine dreifache Reverenz, der eine mit perfekt geübter Zierlichkeit und Eleganz, der andere eckig und hölzern. Dann packte der König von Polen seinen schwedischen Cousin, zog ihn zu sich heran und umarmte ihn mit zeremonieller Herzlichkeit. Karl kniff missvergnügt die Lippen zusammen und machte sich steif, ließ es aber widerstrebend geschehen, dass ihn August auch noch auf beide Backen küsste.

»Lieber Bruder, ich bin soeben aus Polen angekommen und sogleich zu Ihnen herbeigeeilt, um meine Aufwartung zu machen. Darf ich bemerken, dass Sie sich – ganz in der Ihnen eigenen schönen Bescheidenheit – hier zu Altranstädt recht schlicht und gering einquartiert haben? Es ist ja doch ein sehr einfaches kleines Schloss, n'est-ce pas?« August breitete die Arme aus und wies auf das schmucklose Gebäude, das den rechteckigen, kahlen Hof umschloss. »Darf ich Sie nicht nach Dresden einladen, um dort in besserer Annehmlichkeit miteinander sprechen zu können?«

Karl schüttelte höflich, aber bestimmt den Kopf. »Nein danke.

Ich will im Krieg nicht besser gestellt sein als meine Offiziere. Das ist ein Prinzip, von dem ich niemals abweiche.«

Augusts schlimmste Befürchtungen schienen sich zu bestätigen. Karls Verhalten machte von vornherein deutlich, dass er nicht zu Kompromissen bereit war. August versuchte, sich nicht anmerken zu lassen, wie sehr ihn die kühle Ablehnung seines Cousins traf. Er hatte sich getäuscht, wenn er geglaubt hatte, den Jüngeren mit seiner jovialen Art zum Einlenken bewegen zu können, das wurde ihm nun schlagartig klar. Er würde zu Karls Bedingungen verhandeln müssen. Also atmete er tief durch und lächelte dann wieder verbindlich. »Wie geht es Ihrem Fuß? Ich hörte, Sie hätten eine Verletzung?«

Karl wehrte ab. »Nicht wichtig. Der Stiefel hat das Schlimmste verhindert. Aber kommen Sie doch herein, Vetter August, dann können wir uns im Warmen unterhalten.«

August folgte seinem Cousin schweigend nach drinnen. Die Räume waren spartanisch eingerichtet, alles schöne Mobiliar hatte man in den Keller geschafft. Die beiden Könige setzten sich in Karls Arbeitszimmer gegenüber. Karl schwieg. August wartete und nahm schließlich die Unterhaltung wieder auf.

»Die Stiefel, soso.« Er blickte leicht angewidert auf die abgewetzten ledernen Ungetüme, die Karl trug. Gefrorene Schlammbrocken hafteten daran. »So ein Glück!«

»Glück?« Karl zog einen Mundwinkel hoch, was fast so aussah, als wolle er lächeln. »Vernunft, das ist es! Trüge jeder Mann solche Stiefel mit Stulpen bis zu den Oberschenkeln, es ließen sich viele Beinverletzungen damit vermeiden.«

»Oh, davon bin ich überzeugt, mon cher Charles.«

»Aber sie müssen unbedingt aus Elchleder sein! Das beste Leder der Welt! Fest, dicht, warm! Es gibt nichts besseres.«

»Natürlich. Sehr schade, dass wir hier in Sachsen keine Elche haben.«

»Hirschleder ist bei weitem nicht so haltbar, es wird schnell brüchig. Und Elchleder hält im Winter die Kälte länger ab ...«

August fiel es schwer, sich zu beherrschen. Herrgott, hier ging es für ihn ums Ganze, um Sachsen, um die Krone! Seine Hände zitterten. »In der Tat, in der Tat. Was ich sagen wollte ...«

»Aber man muss unbedingt darauf achten, dass die Stulpen nicht höher als eine Handbreit über das Knie reichen, sonst inkommodiert man sich beim Reiten.«

»Äh ...«

»Welches Leder haben Ihre Stiefel, Vetter?«

»Nun, ich denke, vermutlich Hirsch. Oder vielleicht Kalb?«

»Kalb? Taugt nichts. Wetzt viel zu schnell durch. Ich werde Ihnen Elch schicken lassen. Schreiber!«

Ein junger Leutnant trat ins Zimmer und stand stramm.

»Notier Er sich: zehn Häute bestes Elchleder von Stockholm nach Dresden senden.«

August begann zu schwitzen. Das konnte doch nicht möglich sein! Hier saß er und musste über die Vorzüge lederner Soldatenstiefel parlieren, wo Land und Krone auf dem Spiel standen. Karl wollte ihn demütigen! Ihn spüren lassen, wer der Sieger war! Er musste um jeden Preis Contenance wahren.

Fast eine Stunde lang sprach August mit Karl auf das Liebenswürdigste über Stiefel, Degen, Pulverkapseln und Offizierswesten. Dann begab man sich zu Tisch.

Karl pflegte in einem der besseren Wohnräume des Schlosses zu speisen, wo nun bereits ein Tisch für zwei Personen gedeckt war. Er hatte eigens angeordnet, ein fleckiges Tischtuch aufzulegen – schließlich war überall bekannt, wie viel Wert August auf Reinlichkeit beim Essen legte. Dann bestand Karl darauf, dass August auf dem Stuhl Platz nahm, der dem Kaminfeuer näher war. Sollte der sächsische Cousin ruhig schwitzen! Alsbald wurde das aufgetragen, was der junge Schwedenkönig immer aß: Gekochtes Gemüse, fettes Rindfleisch, geräucherter Schweinebauch, Brot und Butter. Dazu Wasser – Karl verabscheute Alkohol und trank so gut wie nie Wein.

Karl langte mit beiden Händen zu, während sich August etwas hilflos auf dem Tisch umsah. Kein Besteck. Schließlich nahm auch August die Finger. Die beiden aßen schweigend, es war allgemein bekannt, dass der Schwedenkönig Konversation beim Essen nicht liebte. Karl legte absichtlich noch weniger Tischmanieren an den Tag als sonst. Er verteilte die Butter mit dem Daumen auf großen

Brotbrocken, die er sich dann in den Mund schob, das Fleisch packte er mit fünf Fingern und biss hinein. Seine Hände trieften vor Fett. Ab und zu sah er vom Teller auf und lächelte seinem Gegenüber höflich zu. Er genoss die Situation weidlich.

Obwohl er hungrig war, brachte August kaum einen Bissen hinunter. Allein seinen Cousin beim Essen zu beobachten raubte ihm jeden Appetit. An der Wand tickte das Pendel einer Standuhr qualvoll langsam die Sekunden. Eine halbe Stunde verging, die August wie eine Ewigkeit vorkam. Endlich erschien die Ordonnanz und räumte den Tisch ab. Der König atmete auf.

»Darf ich Ihnen eines meiner Taschentücher anbieten, mein Lieber?« Mit Blick auf Karls fettverschmierte Hände zog August ein Spitzentüchlein aus der Innentasche seiner Weste.

Karl sah ihn erstaunt an. »Danke, cher Auguste, ich habe selbst eines.« Dabei wischte er die Hände an seine Soldatenjacke und fuhr sich anschließend mit allen zehn Fingern durchs Haar. Unvermittelt sagte er dann: »Ich verlange täglich für jeden Soldaten eine Verpflegung von zwei Pfund Fleisch, zwei Pfund Brot, zweieinhalb Maß Bier, Butter, Speck, ein halbes Mäßlein Erbsen oder Grütze, dazu Salz, Branntwein, Tabak. Außerdem insgesamt für die Armee monatlich 625 000 Taler.«

Augusts Unterkiefer klappte nach unten, er rang sichtlich um Fassung. »Aber, mon Dieu, lieber Vetter, das ist unmöglich. Woher nehmen? Das kann ich meinen Untertanen nicht zumuten!«

»Ihren Untertanen?« Um Karls Lippen zuckte es belustigt. »Bester Cousin, sie vergessen die Situation: Derzeit bin ich Kurfürst von Sachsen.«

August wurde bleich unter der Schminke. Einen kurzen Augenblick lang war er versucht, aufzuspringen und den Raum zu verlassen, aber die zornige Aufwallung verflog so schnell, wie sie gekommen war. Er konnte sich eine Konfrontation nicht leisten, und der Schwede wusste das genau. Alle Trümpfe waren in seiner Hand.

»Ich werde mein geheimes Kabinett eine Aufstellung der Finanzen machen lassen«, sagte August und zwang sich zu einem Lächeln. »Wir werden sehen, was möglich ist. Ich kann doch annehmen, dass die schwedischen Truppen im Frühjahr das Land wieder verlassen?«

»Wir werden sehen, was möglich ist.« Karl lächelte ebenso freundlich zurück. »Was die polnische Königswürde angeht …«

»Die Krone ist mein, ich bin rechtmäßig gewählt.« August war kurz davor, jegliche Etikette zu vergessen. Seine Hände ballten sich unter dem Tisch zu Fäusten.

»Das ist Stanislaw Leszinsky ebenfalls, mon cher. Der polnische Reichstag hat Sie abgesetzt. Ich wünsche, dass Sie dies akzeptieren und als Zeichen ihrer Anerkennung ein Gratulationsschreiben an Leszinsky senden.«

»Das ist … das ist unmöglich.« August rang nach Luft.

»Mein lieber Vetter.« Karl stand auf und dehnte sich; seine Gelenke knackten. »Sie kennen nun die Bedingungen. Sofern sie erfüllt werden, kann die schwedische Armee an einen Rückzug aus Sachsen denken.«

Auch August erhob sich. »Sie werden verstehen, dass hierzu Bedenkzeit nötig ist.«

»Aber natürlich, natürlich.«

»Darf ich Sie dann zu einem nächsten Treffen in angemessener Zeit nach Dresden einladen?«

Der Schwede zog verwundert die Augenbrauen hoch. »Ist es Brauch, dass der Sieger zum Verlierer kommt? Ich will Sie mit großer Freude wieder zu Altranstädt empfangen, sagen wir, in drei Tagen?«

»Ich werde Vertreter meines Geheimen Kabinetts zu den Gesprächen mit hinzuziehen müssen.«

»Wie es Ihnen beliebt.«

Beide Könige traten in den Hof hinaus. Noch einmal eine dreifache Reverenz, dann stieg der Sachse in seinen wartenden rot-goldenen Prunkschlitten.

Drinnen riss sich August mit zitternden Händen die Perücke vom Kopf und schleuderte sie mit einem wilden Fluch in die Ecke. Die vier mächtigen Schimmel zogen an, und das Gefährt glitt sanft unter hellem Glöckchengebimmel über die weiße Schneedecke. Den ganzen Weg über bis nach Leipzig hörte der Kutscher seltsame Laute aus dem Inneren des Schlittens: Der König heulte vor Wut.

Aus den Memoiren des französischen Gesandten zu Dresden, Alphonse Louis Baptiste de Villeroy

Seit zwei Tagen ist Seine Majesté Auguste wieder in Dresden, und man kommt ihm besser nicht zu nahe. Vier Mal hat er sich zu Altranstädt mit Karl von Schweden getroffen, und er erstickt beinahe an seiner Wut. Gestern abend sagte mein Collega, der kaiserliche Envoyé Stratmann, zu mir: »Voyez, mon cher Vicomte, das kommt davon, wenn man einen lustigen Krieg gegen einen Achtzehnjährigen vom Zaun bricht, der sich dann als ein zweiter Alexander entpuppt!« Und dieser zweite Alexander treibt seinen sächsischen Cousin nun vraiment zur Verzweiflung. Mon Dieu, was würde ich dafür geben, zu Altranstädt Mäuschen spielen zu können. Ich sehe die beiden Könige vor mir: Karl ärgert Auguste mit diebischer Freude, wo er nur kann. Man sagt, er habe sich für das letzte Treffen eigens die benutzte Jacke seines Stallburschen geliehen, weil er weiß, dass schmutzige Kleidung seinen Vetter zur Weißglut treibt. Es muss für ihn ein großer Spaß sein, zu sehen, wie Auguste gute Miene zum bösen Spiel macht. Aber was soll ich sagen, natürlich ist ein solches Benehmen eines Königs nicht würdig!

Auguste läßt nun verlauten, er wolle nicht mehr nach Altranstädt, denn all seine Courtoisie habe ihm nicht fünf Groschen eingebracht. Er schwankt zwischen masslosem Zorn und tiefstem Kummer. Heute morgen lud er meine Wenigkeit, Graf Stratmann, sowie den englischen Gesandten Robinson zur Audienz. Wir alle haben ihm mit den allerhöflichsten Worten geraten, nachzugeben. Seine einzige Possibilité, Sachsen zu behalten, ist die Aufgabe der polnischen Königswürde. »Diese polnische Krone, Messieurs«, hat Auguste daraufhin gerufen, »ist eine Dornenkrone!« Warum, so frage ich mich, läßt er sie dann nicht, tout simplement, Leszinsky tragen?

Seit heute ist auch die charmante Gräfin Cosel wieder aus Wolfenbüttel retour. Stratmann und Robinson haben sich gleich für den Nachmittag zur Kaffee-Stunde annonciert. Sie wollen Madame von ihrer Meinung überzeugen und glauben, dass August auf diesem

Wege besser zu beeinflussen ist. Ich selbst werde mich solcher Taktique enthalten – das Mittel, durch eine Maitresse voranzukommen, erscheint mir wie ein faules Brett, das zerbricht, wenn man darüber geht.

On verra, man wird sehen, was das neue Jahr bringt.

Die Weihnacht ist ja nun vorüber, und ich habe die meiste Zeit vor dem Kamin sitzend verbracht. Ich muss concedieren, dass man die Geburt des Gottessohnes hier auf recht angenehme Weise feiert. Allerliebst fand ich die Sitte, kleine Buchs-Bäumchen aufzustellen, die mit Papier-Rosen und Zuckerzeug geschmückt sind. Die Dienstleute erzählen, dass man dergleichen nicht nur im Schloss zu tun pflegt, sondern auch in den reicheren Bürgerhäusern. Am Tag der Heiligen Drei Könige dürfen dann die Kinder die Süßigkeiten vom Baum nehmen und aufessen. Mais c'est très joli!

Die Weihnachts-Feiern haben mich beinahe die ungewöhnlich große Kälte vergessen lassen, die überall im Land herrscht. Vor dem Grimmschen Tor fand die Wache heute morgen einen Mann erfroren, der auf das Öffnen der Stadt gewartet hat! Weh dem, der nachts kein Feuer hat, an dem er sich wärmen kann.

Hier im Schloss verlassen vor allem die Damen manchmal tagelang nicht das Bett wegen der Kälte. Die Zimmer werden einfach nicht warm, so viel man auch heizen mag. Auch ich bleibe den lieben langen Tag vor dem Kamin in meinem bequemen Fauteuil sitzen, ein Fell im Rücken und eines über den Knien, und eine heiße Kohle-Pfanne an den Füßen. Ich trinke alle zwei Stunden einen Schluck Branntwein, der ja bekanntlich den Körper von innen erwärmt. Allerdings macht mir das scharfe Zeug manchmal Ungelegenheit im Magen, es brennt und ich habe hin und wieder Krämpfe. Hélas, wer keinen guten Magen hat, gehört in die Klasse der Invaliden! Ich werde wohl heute früh zu Bett gehen und auf das Abendessen verzichten.

Dresden, Januar 1707

»Nein, nein, nein! Ich gehe da nicht mehr hin!«

August schob die Hand seines Kammerherrn Spiegel zur Seite, der gerade dabei war, ihm mit einem Bimsstein die Bartstoppeln abzuschaben.

»Sie müssen, Majestät!« Flemming zuckte bedauernd mit den Schultern, doch seine Stimme war fest. Der Minister saß seinem König gegenüber auf einem Taburett und trank Tabak, wie man das Rauchen nannte. Dem geschnitzten Meerschaumkopf seiner Pfeife entstiegen weiße, stinkende Wölkchen. Spiegel wedelte den Qualm dezent mit einer Hand von seiner Nase weg, während er mit der anderen den Bimsstein auf Augusts Wange kreisen ließ. Wieder schubste der König den Kammerherrn fort.

»Niemand kann von mir verlangen, dass ich mich weiter so erniedrige, nicht einmal Sie, Flemming! Der sächsische Herkules macht sich nicht zum Wicht!« August griff ebenfalls zur Pfeife, die auf einem silbernen Beistelltischchen vor sich hin glomm, und paffte mit wütender Miene vor sich hin.

»Die Größe eines Herrschers liegt auch darin, zu wissen, wann man verloren hat, Sire. Nur die Abgabe der polnischen Krone kann Ihnen noch Sachsen retten.«

»Für diese beiden Sätze würde ich jeden anderen hängen lassen«, knurrte August.

»Die Wahrheit kann man nicht hängen.« Flemming unterdrückte ein Husten und klopfte seine Pfeife aus. »Sie wissen, Sire, dass niemand lieber als ich die polnische Krone auf Ihrem Haupt sähe. Und ich bin überzeugt, dass mit einer Renunziation Ihrerseits das letzte Wort noch nicht gesprochen ist. Jedenfalls nicht auf längere Sicht. Doch für den Augenblick müssen wir nachgeben. Wenn die Schweden nicht schnellstens wieder heimmarschieren, kommt Sachsen an den Bettelstab. Sind sie dann weg – nun, man wird sehen.«

»Sie meinen also, ich soll morgen wieder nach Altranstädt abreisen?« August seufzte.

»Und wenn es Sie das letzte bisschen Selbstbeherrschung kostet, ja.«

Der König zog ein Spitzentaschentuch aus seinem Ärmel und tupfte sich damit über die Stirn. »Habe ich schon erzählt, dass Karl das letzte Mal rohen Knoblauch gegessen hat?« August schüttelte sich. »Ganze Zehen schob er sich in den Mund, incroyable! Danach musste ich geschlagene drei Stunden mit ihm verhandeln, es war unerträglich. Ich habe ihn höflichst darauf hingewiesen, dass Knoblauch dem Hauch des Atems eine unangenehme Nuance verleiht. Und wissen Sie, Flemming, was er darauf gesagt hat?«

»Nein, Majestät.«

»Er hat gesagt: ›Der Knoblauch ist die Vanille des armen Mannes!‹ Pah!« August warf beide Arme in die Luft und traf dabei seinen Kammerherrn am Ohr. Spiegel verzog keine Miene und rasierte weiter. Flemming setzte eine Miene auf, die tiefstes Mitleid ausdrückte, blieb aber in der Sache hart. »Sire, mit Verlaub, und wenn der Schwede nach allen Dunggruben der Welt stinkt – so müssen Sie doch mit ihm verhandeln. Sonst werden Sie nach Polen auch noch Sachsen verlieren!«

Der König sackte förmlich auf seinem Stuhl in sich zusammen. »Ich weiß, ich weiß.«

»Darf ich also für morgen den Schlitten ordern, Sire?«

»In Gottes Namen, tun Sie das. Und wenn ich platze.« August stand auf. »Wo bleibt der Tokaj?«, rief er. »Wenn ich morgen Abend schon wieder Wasser mit der schwedischen Canaille trinken muss, so will ich wenigstens heute noch gut leben!«

Ein Diener brachte auf einem Tablett Augusts gefüllten Lieblingsbecher, ein goldenenes Gefäß in Gestalt eines gehörnten Teufels, der in einem Weinfass steckte und eine Schubkarre mit einem fettwanstigen Vielfraß vor sich her rollte. Der König griff danach, leerte den Pokal in einem Zug und rülpste. »Und nun, meine Herren, werde ich geruhen, die Gräfin Cosel zu besuchen. In diesen temps perdus braucht der König umso mehr das Divertissement eines schneeweißen Busens und den Anblick üppiger Hinterbacken. Allons-y!«

August betrat das Brücklein, das Schloss und Taschenberg-Palais miteinander verband. Die Aussicht, am nächsten Tag wieder nach Altranstädt reisen zu müssen, verursachte ihm beinahe körperliche

Schmerzen. Bitter stieg es ihm vom Magen in die Kehle – schon immer hatte er auf unangenehme Situationen mit Sodbrennen reagiert. Ich muss wieder mehr Sauerbrunnen trinken, beschloss er, die Ärzte haben schon Recht, jeden Tag sechs Becher. Ach, es ist ein Kreuz.

Draußen begann es schon dunkel zu werden, und August blickte durch eines der Fenster des pont d'amour hinaus auf den Zwinger, den freien Platz vor dem Schloss, auf dem er im Sommer oft Maskenbälle, Einstelljagden oder Musikabende veranstalten ließ. Ein großer struppiger Hund schnürte fast wie ein Fuchs durch den Schnee, schnüffelte hierhin und dorthin und hob schließlich an einem Bäumchen das Bein. August sah ihm gedankenversunken nach. Wenn alles gut ausgeht, dachte er, dann werde ich diesen Platz verschönern lassen. Mauern, Treppen, Brunnen, Statuen, vielleicht eine Orangerie. Meine Feste haben einen würdigeren Schauplatz verdient als ein paar Gebüsche, die von Hunden angepinkelt werden. Wenn erst die Schweden weg sind …

Der König ging langsam weiter, wobei seine Stimmung zunehmend düsterer wurde. Wer wusste schon, ob Karl, dieser impertinente Mensch, dieser Knabe mit unbestimmten Vorlieben, Sachsen und Polen jemals aus seinem Klammergriff lassen würde? Er, August, der sich auf seine Menschenkenntnis immer etwas eingebildet hatte, fand keinen Zugang zu diesem asketischen, sturköpfigen Wassertrinker und Knoblauchesser. Wenn es zum Schlimmsten kam, würde er nicht nur die polnische Krone, sondern womöglich auch Sachsen verlieren. Und dann? Ein Fürst ohne Land? Es war nicht auszudenken. August spürte, wie unter dem leinenen Kamisol ein Schweißtropfen seinen Rücken hinabrann. Eigentlich hatte er jegliche Lust verloren, jetzt noch mit der Gräfin Cosel ein opulentes Abendessen einzunehmen. Da hörte er ein leises Gemurmel aus einem der Räume, die ein Stockwerk tiefer lagen. Er trat ins Treppenhaus und horchte. Aus einem der Salons, die zur Südseite hin lagen, drang durch die halb offene Tür ein rötlich flackernder Lichtschein.

August ging neugierig die Treppe hinunter. Da sprach jemand. Eine Frauenstimme, warm, melodisch und dunkel. Der König lugte vorsichtig durch den Türspalt und riss vor Überraschung die

Augen weit auf. Drinnen saßen alle möglichen Leute, auf Kissen, Teppichen, kleinen Taburetts oder Stühlen. Es waren welche von der Dienerschaft, aber auch etliche höhergestellte Persönlichkeiten, darunter sogar Flemmings Frau, die üppige Radziwillowa, die es sich auf einem kleinen Diwan gemütlich gemacht hatte. Neben ihr hockte dieser stets redselige französische Gesandte auf einem dicken Polster, hinter ihm in einer Ecke stand – wer hätte das gedacht? – Augusts Kammerherr Spiegel; der Bimsstein mit des Königs Bartresten lugte noch aus seiner Jackentasche. Die silbernen Kandelaber an den Wänden waren entzündet, und zwischen den Leuten standen glimmende Kohlebecken mit dampfenden Kaffeekannen. Es duftete würzig nach Räucherwerk und nach Kaffee mit Zimt und Nelken. Ein junger Mann in weißer Kochschürze reichte kandierte Früchte und Zuckerplätzchen auf einem Tablett herum. Alle sahen erwartungsvoll in eine Richtung – dorthin, wo das flackernde Feuer im Kamin seine tanzenden Lichter auf eine Frauengestalt warf, die in einem roten Polstersessel saß. Ihr dunkles Haar war zu unzähligen kleinen Zöpfchen geflochten, die fast bis zur Taille fielen. Sie trug merkwürdige weite Hosen, die an den Fußknöcheln gerafft waren, gestickte Pantoffeln, eine pludrige Bluse, und darüber einen ärmellosen, bodenlangen Manteau aus schimmernder roter Seide. Ihre Haut war nicht geschminkt, sondern glänzte im Feuerschein beinahe honigfarben. Und ihre großen, dunklen Augen leuchteten, während sie erzählte.

August war so hingerissen von der Szenerie, dass er zunächst gar nicht hörte, was die junge Frau sprach. Erst nach einiger Zeit drangen die Worte an seine Ohren.

»… Bir varmis, bir yokmus, es war einmal vor langer, langer Zeit«, begann Fatmah, »ein Jüngling mit Namen Achmed. Dieser Achmed war im Land des Padischah, wo es viele schöne junge Männer gibt, einer der schönsten, mit schwarzen Locken und Augen wie brennende Glut. Zudem war er ein fleißiger Junge, ein guter Sohn seiner Mutter, und er betrieb seines toten Vaters Geschäft, war ein Seidenweber. Alles wäre nun leicht und freudig gewesen in seinem jungen Leben, wenn da die Frauen nicht gewesen wären, die Mädchen. Ist es nicht seltsam, dass es unseren Frauen, mögen sie auch hinter geschnitzten goldenen Gittern im Harem leben, unter dem Schleier verborgen, dennoch immer möglich ist, einen schönen jungen Mann zu entdecken und sich ihm bemerkbar zu machen? Ist es nicht eines der größten Wunder und bedeutet an Geheimnisvollem mehr, als alle unsere Erzählungen bergen? Nun, wir sind nicht zusammengekommen, Ihr Guten, um dieses Geheimnis zu gründen, denn sonst säßen wir noch da, wenn die Bärte der Männer in den Boden vor unseren Füßen eingewachsen sind! Es war jedenfalls so, dass die Frauen von überall her kamen und Achmeds Seide kauften, und wenn beim Prüfen der Ware der Schleier um ein Weniges zur Seite glitt – Djanoum, welche Aufregung war das, welch ein Blick ins verbotene Paradies!«

Der König konnte seine Augen nicht von der seltsamen Frau wenden, die dort beim Feuer sprach. Der Klang ihrer Stimme hatte etwas Hypnotisches, etwas, das ihn nicht losließ. Und sie sprach nicht nur mit der Stimme, nein, sie sprach mit Gesten, mit weichen, fließenden Bewegungen ihrer Hände, ihrer Finger, mit einem Zucken der Schulter, mit einem leichten Anheben ihrer schwellenden Brüste. Ein Blitz aus ihren Augen, ein Runzeln ihrer schwarzen Brauen, ein Zucken um ihre Lippen sagte mehr als alle Worte …

August stand wie angewurzelt. Dieses faszinierende Wesen konnte nur jenes kleine türkische Mädchen sein, nach dem sich der Zar noch in Grodno so neugierig erkundigt hatte. Fatime, oder Fatima – ach nein, sie war ja inzwischen getauft, auf welchen Namen doch? – ja, Maria Aurora. Der König schob die Tür lautlos ein Stückchen weiter auf und stellte sich auf die Zehenspitzen, damit er besser sehen konnte, während Fatmah weiter erzählte.

»Achmed aber, jung wie er war, ließ sich von keinem noch so hübschen Gesicht, keinem noch so roten Mund verlocken. Glaube nun niemand, dass er nicht bereit gewesen wäre, zu lieben! Aber dieser Jüngling hatte es sich in den Kopf gesetzt, selber die Liebe zu suchen und sich nicht wie eine reife Feige pflücken zu lassen. Nein, das wollte er nicht! Und darum ritt er eines Tages auf seinem Eselchen hinaus aus dem Bazar und aus der Stadt. Bald kam er durch eine steinige Wüste, und am Abend breitete er in einer Höhle seine Matte aus, um zu schlafen. Da brauste und rauschte es in den Lüften, und aus dem Gluthauch der Wüste formte sich ein riesiger geflügelter Dschinn, huh.«

Die Zuhörer, vor allem die Damen, gaben Laute des Erschreckens von sich, und auch August musste an sich halten, um ruhig zu bleiben. Mit großen Augen, wie Kinder, lauschten alle der Geschichte des schönen Seidenwebers, dem der Dschinn die wunderbarste aller Frauen schenkte, ein Wesen schön wie die Nacht und rein wie klares Quellwasser, ein herrliches Weib, das nur ihm gehören sollte, und der doch am Ende aus eigener Schuld traurig und allein zurückbleiben musste.

Nicht nur den Damen liefen schließlich Tränen über die Wangen, nein, sogar der König musste sich das Wasser aus den Augen tupfen, als Fatmah am Ende wehmütig die Klage des Einsamen sang: »›Evay, sie hat mich verlassen! So behalte ich nur das Seufzen der Liebe für alle Zeiten. Meine Hände sind leer, meine Seele ist voller Trauer, mein Herz für alle Zeiten schwer. Yah Allah‹, weinte Achmed und kniete sich suchend nieder. Doch dort, wo seine rosenduftende Geliebte gestanden hatte, fand er nur noch ein Häufchen Staub. Ach, ist es nicht das Wesen der Liebesseufzer, im Wind zu verhallen und nichts zu werden als Staub der Erinnerungen?«

Fatmah ließ ihre Augen über die Gesellschaft schweifen und lächelte. »Allah ismagladyk – das Märchen ist aus«, rief sie und klatschte zwei, drei Mal schnell in die Hände, dass die dünnen Goldreifen an ihren Gelenken klirrten. Dann erhob sie sich und führte die Rechte an Herz, Mund und Stirn. In diesem Augenblick trafen sich ihre und Augusts Blicke. Fatmah erschrak und wollte in einen tiefen Hofknicks versinken, doch der König hob abwehrend den Zeigefinger – er wollte von den anderen nicht bemerkt werden. Dann legte auch er etwas unbeholfen seine rechte Hand auf Herz, Mund und Stirn und verschwand im Dunkel des Treppenhauses.

An diesem Abend wartete die Gräfin Cosel vergebens auf ihren königlichen Liebhaber. Dafür klopfte es kurz vor Mitternacht an Fatmahs Schlafzimmertür, und ein junger Page, dem vor Müdigkeit fast die Augen zufielen, überbrachte ihr mit tiefer Verbeugung ein Päckchen. Als sie die winzige Schachtel auf den Knien öffnete, fielen zwei glitzernde kleine Saphirohrringe heraus, dazu ein zusammengefalteter Zettel. Fatmah hielt ihn ans Licht ihrer Nachtkerze. Auf dem Papier stand in großen, schrägen Buchstaben nur ein Name: Auguste Roy.

Fatmah

Der König hat mich angesehen. Nicht so, wie er mich früher angesehen hat, bei den wenigen Malen, wo wir zusammentrafen. Da war Gleichgültigkeit in seinem Blick, Kühle, wohl auch Freundlichkeit oder Belustigung. Diesmal war es anders, ich habe es gespürt. Er hat mich angesehen, wie ein Mann eine Frau ansieht. Und ich – ich habe seinen Blick erwidert, Gott helfe mir! Seitdem kann ich an nichts anderes mehr denken. Ich weiß nicht, was ich tun soll. Die Saphirohrringe. Mein erster Gedanke war, sie zurückzuschicken. Solch ein Geschenk ist zu wertvoll, und es anzunehmen ist wie ein Versprechen. Aber darf ich meinen König dadurch beleidigen, dass ich seine Gabe zurückweise? Ich habe es nicht gewagt, ihn zu kränken, und so habe ich die Ohrringe behalten. Doch tragen werde ich sie nicht. Wenn die Gräfin Cosel sie sähe, würde sie mich danach fragen, und ich kenne ihre Eifersucht. Bei jedem Mädchen, das sich August aus Dresden für eine kurzweilige Nacht ins Schloss bringen lässt, rast sie wie eine Furie. Dabei tun das alle Könige, wie mir der Vicomte versichert hat, August ist da keine Ausnahme. Und schließlich ist die Gräfin auch nur eine Mätresse, eine Frau zur linken Hand.

Der Vicomte und Sophie sind die Einzigen, denen ich mich anvertraut habe. Sophie war so aufgeregt, dass sie ein Parfümfläschchen fallen ließ. Sie meint, es sei doch der Traum jedes Mädchens in Sachsen, vom König bemerkt zu werden, und ich solle stolz und glücklich sein. Der Vicomte dagegen hat mich zur Vorsicht gemahnt. »Mein liebes Kind«, hat er zu mir gesagt und dabei ein sehr ernstes Gesicht gemacht, »du musst vorsichtig sein. Das Ganze kann nichts bedeuten, das wäre vielleicht das Einfachste. Macht dir August aber den Hof, so überlege gut: Wer hoch fliegt, kann tief fallen. Und wer Einfluss auf den König besitzt, hat plötzlich viele Freunde – und ebenso viele Feinde.« Als ob ich das nicht wüsste! Allen voran die Gräfin, die ihren Platz niemals kampflos aufgeben würde. Gerade jetzt! Denn gestern hat sie überglücklich die freudige Nachricht verkündet: Endlich, endlich ist sie schwanger! »Ich trage des Königs Kind«, triumphierte sie, und ihre schönen dunklen Augen strahlten so hell wie nie, »niemand wird mich nun mehr von seiner Seite drängen können!« Die Hexe vom Moor hatte doch Recht. Wird sie auch damit Recht behalten, dass ich einem König die Liebe bringe? Oder den Tod? Ich habe Angst.

Eildepesche des französischen Gesandten Vicomte de Villeroy nach Versailles, 1. März 1707

Urgent! Urgent! Urgent!

Allerhöchste Majestät, mein gnedigster, geliebtester König und Herr,

verzeihen Sie dem geringsten Ihrer Diener die liberté, Ihnen einen dringenden rapport zu erstathen. Doch seit gestern pfeiffen es die Spatzen von den Dächern: Auguste wird abdanken! Vor fünff Wochen hatte er, wie ich in meinem letzten avis berichtete, zu Leiptzig Quartier bezohgen, von wo aus er fast theglich nach Altranstet ritt, um mit Charles von Schwehden zu verhandeln. Nun ist es gantz offenbahr entschieden, wie mir auch gerahde meine Gewährs=Leutte melden. Auguste hat lehdiglich erreicht, daß er den Titre »König« weitter führen darff – ein König ohne Landt und ohne puissance! Leszynski ist nunmehr alleyniger Herrscher über Pohlen. Ich vermelde dieße Nouvelle gentzlich in Eylle, verbleybe votre très humble serviteur, Ihro Excellentz gantz gehorsambster Knecht, und ersterbe

Alphonse Louis Baptiste Vicomte de Villeroy

Dresden, Anfang April 1707

Der König war zurück aus Altranstädt! Wie ein Lauffeuer war die Nachricht am Morgen durchs Schloss gegangen, und sofort hatte die Gräfin Cosel ihre Anordnungen getroffen. Seit Wochen hatte sie ungeduldig auf Augusts Rückkehr gewartet, voller Vorfreude, ihm die wunderbare Nachricht von ihrer Schwangerschaft endlich selbst überbringen zu können. Die Zeit war richtig, denn die ersten drei Monate, in denen die Leibesfrucht noch schwach war und nicht vollständig sicher im Leib der Mutter eingenistet, waren nun vorbei. Schon lange hatte Constantia über den rechten Rahmen für die große Neuigkeit gebrütet, und sie war schließlich auf einen großen Maskenball verfallen. August liebte Maskeraden, und nach der unangenehmen Zeit in Altranstädt brauchte er Zerstreuung. Er trug schwer an der Demütigung durch seinen Vetter und am Verlust der polnischen Krone, fühlte sich vor der ganzen Welt lächerlich gemacht. In dieser schlimmen Zeit konnte man ihn nur mit besonderen Zerstreuungen von seiner Schwermut erlösen, und die Cosel war fest entschlossen, alles dafür zu tun, dass er wieder zu besserer Stimmung gelangte. Auf dem Höhepunkt des Festes, so hatte sie geplant, würde sie den König in ein kleines Nebenzimmer führen, das bis auf eine wunderschöne, geschnitzte Wiege gänzlich leer sein sollte. Seine Freude und Überraschung würden ihr Triumph sein!

Schon am frühen Abend war das Taschenberg-Palais deshalb hell erleuchtet. Hunderte, vielleicht Tausende von Kerzen brannten in den Zimmerfluchten, die Tafeln bogen sich unter der Schwere der silbernen und goldenen Tischdekorationen. Überall huschten Diener. Im Saal spielte bereits die Hofmusik, als gegen acht Uhr abends die ersten Gäste eintrafen. Alle waren sie gekommen, die vom Adel, die hohen Hofbeamten, die ausländischen Diplomaten, die vornehmste Bürgerschaft. Jeder trug die vorgeschriebene Maske, die mindestens die Augen bedecken musste. Am Eingang standen als Spalierwache die Soldaten der Schweizergarde in ihrer blau-gelben Landsknechtstracht, mit mächtigen, federgeschmückten Hüten und mit Partisane und Säbel an der Seite. Durch ihre Reihen musste jeder Neuankömmling gehen, bevor ihn auf der

Haupttreppe im Innern des Palais die Gastgeberin mit artigen Worten begrüßte, schön wie eine Statue, strahlend wie eine Göttin. Ihr Kleid war aus golddurchwirktem Brokat, das Mieder bis zur Taille, die noch nichts von ihrem Zustand verriet, mit Edelsteinen bestickt. Sie trug eine goldene Maske mit Reiherfedern, die Augen und Stirn verdeckte.

»Nun komm endlich, Fatima, es geht schon los!« Sophie lief aufgeregt im Zimmer hin und her. Sie war fertig angekleidet, die rosafarbene Maske baumelte um ihren Hals. »Stell dir vor, der Jula hat versprochen, zum Fest zu kommen, sobald er in der Küche fertig ist! Ich werde heute Abend mit ihm tanzen, das schwöre ich. Ach, bin ich glücklich! Wenn er mich diesmal nicht küsst, dann werde ich ganz bestimmt verrückt!«

Fatmah stand am Fenster und sah in den fackelbeleuchteten Innenhof hinab. Ihr war flau im Magen. Sie hatte den König seit jenem Abend, als er sie beim Märchenerzählen beobachtet hatte, nicht mehr gesehen, und obwohl sie sich davor fürchtete, ihm wieder zu begegnen, sehnte sie den Augenblick doch herbei. Ihre Verwirrung war groß, und sie hatte mit dem Gedanken gespielt, gar nicht zum Fest zu gehen, aber die Gräfin Cosel hatte sie und Sophie an ihren Tisch beordert, also blieb ihr nichts anderes übrig. Sie nahm ihre Maske vom Fensterbrett und wandte sich zu Sophie um.

»Ach du liebe Güte, was hast du denn da für ein riesiges schwarzes Ungetüm?« Sophie war fassungslos, doch Fatmah setzte die Maske ungerührt auf. Sie ließ gerade einmal Mund und Kinnpartie unbedeckt. »Ich denke, Masken sind dazu da, dass man nicht erkannt wird?«, versetzte sie.

»Du meinst, dass man nicht vom König erkannt wird«, gab Sophie zurück und schüttelte den Kopf.

Dann machten sich die beiden auf in den großen Saal.

Vierundzwanzig Personen hatten an der königlichen Tafel Platz, an deren Stirnseite August und Constantia saßen. Der König war ganz in Dunkelgrün gekleidet und trug eine gleichfarbige Maske.

»Ma chère Constance«, flüsterte er seiner Mätresse ins Ohr, »ich muss zugeben, es war eine ganz reizende Idee von Ihnen, diese

Maskerade abzuhalten. Nach all den schlimmen Tagen in Gesellschaft der schwedischen Canaille spüre ich das dringende Bedürfnis, mich ein wenig zu amüsieren. Außerdem habe ich aus Kummer und wegen Karls ungenießbarer Speisen viel an Gewicht verloren, dem gedenke ich heute entgegenzuwirken.« August zwinkerte und nahm sich eine Auster. Fast andächtig träufelte er etwas Zitrone darauf und schlürfte das Tier dann genüsslich aus der Schale.

Constantia nickte zufrieden. »Da trifft es sich gut, Sire, dass heute Mittag die Küchen-Post aus Leipzig mit zwei Kaleschen eingetroffen ist. Austern und frische Tartuffeln aus Spanien werden Ihnen gut tun ...«

»Und Ihnen, Madame«, grinste der König und küsste seiner Geliebten galant die Hand, während die Cosel verschämt ein Lächeln hinter ihrem Fächer verbarg – jedermann wusste um die aphrodisische Wirkung der Kartoffel. Und tatsächlich, die Gräfin trug ein Sträußchen Kartoffelblüten im goldglänzenden Ausschnitt – die kleinen weißen Sternchen waren seit kurzem sehr à la mode bei den Damen.

Fatmah war erleichtert und gleichzeitig enttäuscht. Der Abend war schon zur Hälfte vorüber, und der König hatte sie nicht bemerkt. Sie beschloss, sich gleich nach dem Nachtisch zu verabschieden. Ein paar junge Damen vom Hof gesellten sich zu ihr und sprachen über den neuesten Klatsch, und so verging die nächste halbe Stunde wie im Flug.

Sophie hatte derweil von Anfang an mit Argusaugen die Saaltüre beobachtet, bis endlich zu später Stunde ihr junger Koch hereintrat, angetan mit einer braunen Ledermaske, die er sich von einem der Lakaien geliehen hatte. Seit einer Stunde nun standen die beiden unter einer Säule, und Jula hörte vor lauter Verlegenheit nicht auf, allen möglichen Unsinn zu reden. Während er sich nun mit einem Arm schier an der Säule festklammerte, konnte Sophie vor lauter Tanzlust die Füße nicht stillhalten.

»Ach, komm doch, Jula, das Menuett ist so schön!« Sie versuchte, ihn von seiner Säule wegzuziehen, doch er blieb eisern stehen und redete unentwegt weiter. »Hast du gesehen, Sophie? Der König hat sechs Kalbsaugen gegessen, sechs! Und ich habe sie zubereitet! So wie ich sie koche, in einem Sud aus Zwiebelchen, Essig und Zucker, behalten sie ihr weiches Fleisch, und das zarte Häutlein, das sie umgibt, wird nicht hart. Augen sind ja überhaupt etwas für Feinschmecker.«

Sophie stampfte mit dem Fuß auf. »Monsieur Jula, entweder tanzen Sie jetzt mit mir, oder ich gehe!«

Jula ließ die Schultern sacken. »Ach Sophie, ich hätte es dir vorher sagen sollen. Woher soll ich denn tanzen können? Ich bin doch bloß ein ganz einfacher Koch!«

»Du kannst nicht tanzen? Das ist doch nicht schlimm! Soll ich's dir beibringen? Es ist nicht schwer!«

»Das würdest du tun?«

Sie nahm ihn bei der Hand. »Komm, wir gehen nach oben ins Ankleidezimmer. Da hören wir die Musik noch, und keiner kann uns sehen.« Fröhlich zog sie Jula durch den Saal. Unterwegs sah sie Fatmah bei einer der Hofdamen stehen. Die beiden Freundinnen winkten sich zu.

Während Fatmah den beiden nicht ohne einen kleinen Hauch von Neid nachsah, tippte jemand ganz leicht auf ihre Schulter. Sie drehte sich um – und versank in einen tiefen Hofknicks. Es war August.

»Sieh an, meine kleine Märchenerzählerin! Welch überaus angenehmer Abend, n'est-ce pas, Maske? Darf ich ihn noch angenehmer für mich machen und Sie um diesen Tanz bitten?« Der König deutete eine kleine Verbeugung an.

Was blieb ihr übrig? Fatmah ergriff die ihr dargebotene Hand. Wie im Traum folgte sie dem König unter dem Getuschel der anderen Hofdamen zum Orchester. Wortlos, wie es sich gehörte, tanzten die beiden eine Galliarde. Der König bewegte sich formvollendet, elegant, und Fatmah gab sich die größte Mühe, ihre Schritte richtig zu setzen. Obwohl sie eine gute Tänzerin war, unterliefen ihr vor lauter Aufregung ein paar Schrittfehler. Sie versuchte, sich auf den Takt zu konzentrieren, die Musik, die abgezirkelten Bewegungen, und war unendlich froh, als der Schlussakkord des Tanzes erklang. August führte sie vom Parkett und geleitete sie zu der kleinen Champagnerfontäne, die in einer Ecke des Saales aufgebaut war.

»Sie tragen die Ohrringe nicht«, bemerkte er, während sie gingen.

»Ich … Majestät, ich habe nicht gewagt, sie anzustecken. Solch ein Geschenk ist zu kostbar für mich. Und – man hätte Fragen gestellt.«

August lachte. »Dann hätten Sie eben ehrlich geantwortet. Sie haben sie bekommen, weil Sie ihren König erfreut haben. Was ist daran Schlimmes?« Er reichte ihr ein Glas perlenden Schaumwein, und sie trank. »Tun Sie mir den Gefallen und legen Sie die Ohrringe an, Mademoiselle Fatima. Ich möchte sehen, wie sie zu Ihnen passen.«

»Wie Sie belieben, Sire. Ich bin gleich zurück.« Fatmah knickste tief, dann lief sie nach oben in ihr Schlafzimmer und steckte mit zitternden Fingern die blau schimmernden Schmuckstücke an die Ohrläppchen. Als sie zurückkam, stand der König immer noch neben dem Champagnerbrünnlein.

»Ah, da sind Sie ja wieder«, meinte er. Und bevor Fatmah etwas dagegen tun konnte, hatte er die Schleife gelöst, die ihre Maske hielt, und das schwarze Ding fiel zu Boden. Lange sah August sie an und tippte dann mit dem Finger an einen der glitzernden Ohrringe. »Wie für Sie geschaffen«, meinte er. »Das gleiche Blau wie Ihre Augen. Ich wusste es.« Er nahm ihre Hand und küsste sie formvollendet. »Haben Sie noch einen schönen Abend, Mademoiselle. Wir werden uns bald wiedersehen, so hoffe ich.« Dann drehte er sich um und ging zur Tafel zurück, auf der inzwischen die Süßspeisen angerichtet waren.

Fatmah fühlte sich benommen und doch leicht wie eine Feder. Vor Freude und Aufregung hätte sie am liebsten die Arme ausgebreitet und laut gejubelt, aber sie musste sich vor all den anderen beherrschen. Langsam hob sie ihre Maske auf und band sie wieder um. Während sie die Schleife knüpfte, spürte sie ein leichtes Kribbeln auf der Haut, als ob jemand sie beobachtete. Sie drehte sich um – und sah in die Augen der Gräfin Cosel, die sie von ihrem Platz aus kalt und böse anstarrte. Augenblicklich wandte Fatmah sich ab. Ein Schauer lief über ihren Rücken. Etwas hatte begonnen, und sie wusste nicht, wohin es führen würde.

Gratulationsschreiben des Königs August, Kurfürst von Sachsen, an König Stanislaw von Polen, 8. April 1707

Mein Herr und Bruder, wir hätten erachthet, daß es nicht eben nöthig sei, Uns mit Ew. Majestät in einen besondern Brieff=Wechsel einzulassen. Um jedoch Sr. Schwedischen Majestät uns gefällig zu bezeigen und damit man Unß nicht Schuldt gebe, als ob Wir Schwierigkeitten machten, seinen Wünschen zu entsprechen, wünschen Wir Ihnen hiermit zu Ihrer Thronbesteigungk Glück. Wobey Wir Ihnen zugleich wünschen, daß Sie in Ihrem Vatherlande treuere Unterthanen finden möchten, als Wir daselbst zurück gelaßen haben. Alle Weltt wird Uns die Gerechtigkeyt widerfahren lassen, zu glauben, daß Wir für unßere Wohl=Thaten nur mit Undanck belohnt worden sind, und daß der größte Theil unserer Unterthanen bemüht gewesen ist, Unsern Untergangk zu beschleunigen. Wir wünschen Ihnen kein ähnliches Schicksahl, und empfehlen Sie dem Schutze Gottes.

Ihr Bruder und Nachbar Augustus. Rex.

Polen, Mai 1707

Worowski erwachte, als ein Reiter in gestrecktem Galopp in den Schlosshof sprengte. Die Sonne war schon aufgegangen, rötliche Lichtstrahlen fielen von den halb zugezogenen Vorhängen quer durch das Schlafzimmer und auf das breite, zerwühlte Bett. Der Graf sprang auf und trat ans nächste Fenster. Draußen ließ sich ein staubbedeckter Mann erschöpft von seinem Pferd gleiten; das Tier schäumte; vor Anstrengung zitterten ihm die Flanken. Ein kleiner Stallbursche rannte herbei und griff nach den Zügeln.

Worowski stieg eilig in seine Kleider und lief ins Treppenhaus. Unten im Eingangssaal wartete schon der Bote auf ihn.

»Graf Jan Michal Worowski?«

»Das bin ich.«

Der Mann salutierte. »Ich habe Nachricht aus Warschau. August von Sachsen hat abgedankt. Es lebe König Stanislaw Leszynski!«

Worowski packte den Boten an den Schultern und sah ihn ungläubig an.

»Von wem kommt die Nachricht?«

»Von General Lubomirski, Herr.«

Der Graf atmete auf. »Dann ist es wahr. Gott sei Lob und Dank.«

Der Bote nahm noch einmal Haltung an. »Der König will all seine alten Getreuen zu Warschau begrüßen, Herr. In zehn Tagen.«

Worowski schlug dem Kurier auf die Schulter. »Dort drüben ist die Küche, geh hinein und lass dir eine gute Mahlzeit geben, und danach ein Bett. Und das ist für dich.« Er zog ein Beutelchen mit Münzen aus der Hosentasche und drückte es dem verblüfften Burschen in die Hand.

»Herr, das ist zu viel!«

»Lass nur«, winkte Worowski grinsend ab. »Die Nachricht ist es wert und noch viel mehr.«

Der Kurier steckte das Geld dankbar ein und verschwand in der Küche, während Worowski im Triumph beide Fäuste vor der Brust ballte und einen leisen Juchzer ausstieß. Sein Blick fiel dabei auf den Vorhang, der den Salon vom Eingangsbereich trennte, und er erstarrte in der Bewegung. Da stand, halb verdeckt von den blauen Stoffbahnen, Marja.

Er ließ die Arme sinken. »Hast du alles gehört?«

Sie machte ein paar mühsame Schritte auf ihn zu und schlug mit ihrer kleinen Faust wütend gegen seine Brust. »Du Schuft! Wie konntest du mich die ganze Zeit so hinters Licht führen?« Eine ganze Zeit lang standen sie sich gegenüber, und Marja funkelte ihren Bruder zornig an. Dann plötzlich umarmte sie ihn heftig, und er hob sie lachend hoch. Übermütig schwenkte er sie zu einem kleinen Tänzchen herum und setzte sie dann vorsichtig wieder ab.

»Ich wollte dich nicht in Gefahr bringen«, sagte er atemlos.

»Dummer Kerl!« Sie schüttelte den Kopf. »Lenka!«, rief sie dann übermütig, »Lenka, fang an zu packen, wir fahren nach Warschau!«

Das Schlösschen Wilanow, neu erbaute Sommerresidenz der polnischen Könige, lag südlich der polnischen Hauptstadt mitten in einem herrlich angelegten Park. Fackeln brannten in der Allee, und die Fenster waren hell erleuchtet, als Worowski und Marja, in der Dämmerung ankamen. Die Feier war bereits in vollem Gang. Um Mitternacht konnten die Wenigsten noch gerade stehen. Wein und Wodka waren in Strömen geflossen, man hatte diskutiert, gelacht und patriotische Lieder gesungen. Geschichten vom Krieg hatten die Runde gemacht, man hatte Witze erzählt, und einige hatten sogar ein ausgelassenes Tänzchen gewagt. Etliche der Herren trugen nur noch die Unterwäsche am Leib, und sogar der General Rybinski, den noch nie jemand betrunken erlebt hatte, nippte seinen Wein aus einem grünseidenen Damenschuh, der von irgendwoher aufgetaucht war. Auch Worowski war längst nicht mehr nüchtern, er saß, eine Weinflasche in der Hand, auf einem Fensterbrett, baumelte mit den Beinen und kämpfte mit seinem Gleichgewicht.

Da ging plötzlich die Tür auf, und einer der wachhabenden Offiziere kam herein.

»Der König kommt!«, schrie einer.

»Unsinn!« General Lubomirski stemmte sich schwerfällig aus seinem Sessel hoch und nahm dem Offizier einen versiegelten Brief aus der Hand. Das Lesen fiel ihm sichtlich schwer nach den sechs Flaschen Wein, die er schon geleert hatte. Schwankend hob er die Hand. »Ruhe! Ruhe, verdammt noch mal, ihr Saufköpfe!«

Das Gelächter im Saal erstarb.

»Das hier ist ein Bericht unseres Agenten in Sankt Petersburg. Der Zar will offenbar die Absetzung Augusts von Sachsen nicht hinnehmen. Es heißt, er stellt die größte Armee auf, die Russland je gesehen hat.«

Worowski war mit einem Mal wieder völlig nüchtern. Er sprang von seinem Fensterbrett. »Großer Gott, hat er vor, gegen Polen zu ziehen?«

Lubomirski schüttelte den Kopf. »Man weiß es noch nicht.«

Rybinski schleuderte mit einem unterdrückten Fluch den durchnässten Damenschuh in die nächste Ecke. »Allein haben wir keine Chance gegen Peter«, grollte er. Und jedermann im Saal wusste, dass er Recht hatte. Stille trat ein.

Stanislaw Ledochowski fand als erster die Sprache wieder. »Karl«, sagte er einfach. »Er ist der Einzige, der uns helfen kann. Auch wenn …«

»Auch wenn wir kein Königreich von Schwedens Gnaden sein wollten«, fiel Worowski ein. »Sie haben Recht, Pan Ledochowski. Gegen Russland kann Polen nicht allein bestehen.«

Lubomirski ließ sich müde auf einen Stuhl fallen und fuhr sich mit den Händen durch die kurz geschnittenen grauen Haare. »Ein neuer Krieg! Mein Gott, hat das Kämpfen denn niemals ein Ende? Ich frage mich langsam, ob es das wert ist.«

Worowski nickte. »Das fragen wir uns wohl alle, General. Aber – wollen wir jetzt aufgeben? Gerade jetzt, wo wir unser großes Ziel erreicht haben? Jetzt, da endlich ein Pole auf dem polnischen Thron sitzt? Es kann doch nicht sein, dass alles umsonst war? Dass wir August zurücknehmen müssen?«

»Nein!«, schrie jemand. »Niemals!« Andere Stimmen fielen ein, und die Männer trommelten zustimmend mit den Fäusten auf die Tische. Lubomirski hob erneut die Hand. »Wir können der Macht Russlands nur widerstehen, wenn Schweden auf unserer Seite ist«, sagte er. »Einer muss zu Karl nach Altranstädt. Wir müssen wissen, ob er bereit ist, gegen Russland zu ziehen.«

»Worowski soll gehen«, rief einer. »Er spricht deutsch und kann unerkannt durch Sachsen kommen.«

Lubomirski sah den jungen Grafen an. Der nickte. »Wir warten noch bis morgen auf die Ankunft des Königs; ich brauche eine Verhandlungsvollmacht von ihm, um mit Karl reden zu können. Dann reite ich los.«

Müde stellte Worowski die Weinflasche, die er immer noch in der Hand hielt, auf den nächsten Tisch. Herrgott, sie waren ihrem großen Ziel so nahe gewesen! War es denn das Schicksal Polens, stets nur von anderen Mächten dominiert zu werden? Sachsen, Schweden, Russland, was würde wohl noch kommen? Worowski war maßlos enttäuscht und ernüchtert, und er sah Lubomirski an, dass es ihm genauso ging. Wortlos legte er dem alten General die Hand auf die Schulter. Dann verließ er den Saal. Einer nach dem anderen folgte ihm. Das Fest war zu Ende.

Dresden, Juni 1707

»Sie müssen näher heran, Mademoiselle, kommen Sie nur!«

August schob Fatmah vergnügt zu dem Tischchen aus Lapislazuli hin, auf dem eines seiner liebsten Sammlerstücke aufgebaut war: Das »Goldene Coffee-Zeug«, wie er es nannte, eines der großartigen Meisterstücke seines Hofjuweliers Dinglinger. Da standen auf einem Berg aus Gold und Edelsteinen emaillierte Kannen, Zuckerdosen, henkellose Köppchen mit ihren Untertässchen, Löffelchen und Schälchen, dazwischen elfenbeinerne Damenfiguren und juwelenbesetzte goldene Kelche. Alles glitzerte und glänzte in buntem Farbenspiel. Fatmah hatte noch nie etwas so Kostbares gesehen; sie stand stumm und hingerissen vor der ganzen Pracht.

»Dreitausendfünfhundert Diamanten und Hunderte bunte Edelsteine!«, erklärte August mit geschwellter Brust. »Sämtliche Gefäße sind aus purem Gold und mit Emaillemalerei verziert. Die Bilder und Figuren stellen Szenen aus der Sagenwelt vor, und aus der Natur. Hier Feuer, da Wasser, dort Erde und Luft, sehen Sie? Was, glauben Sie, hat mich dieses herrliche Service gekostet, hm?«

Fatmah schüttelte nur den Kopf. So viel Luxus überstieg ihre Vorstellungskraft.

»Vierzigtausend Taler – das ist ein angemessener Preis für solch außergewöhnliche Schönheit, finden Sie nicht auch, ma chère?«

»Ich weiß nicht, Sire …«

Der König lächelte und nahm Fatmahs Hand, zog sie noch näher an die Goldpyramide heran. »Jetzt will ich Ihnen etwas zeigen, mein Kind. Den eigentlichen Grund, warum Sie das Kaffeezeug unbedingt sehen sollten. Schauen Sie durch diese Öffnung.« Er winkte dem dabeistehenden Diener, der einen mehrflammigen Leuchter ganz nah an das Service hielt.

Fatmah blickte ins Innere des Berges und schrie entzückt auf. Da saß ein Grüppchen winzig kleiner Türken, rauchend und Kaffee trinkend. Sie hatten bunte Turbane auf den Köpfen, hielten Tässchen in den Händen und saugten an den Mundstücken ihrer Wasserpfeifen.

»So etwas märchenhaft Schönes besitzt nicht einmal der Padischah!« Fatmah drehte sich zu August um; ihre Augen leuchteten.

»Na, das will ich doch wohl hoffen!« Der König schmunzelte. Die Preziosensammlung war sein ganzer Stolz; Flemming hatte ihm schon des Öfteren ernsthaft vorgeworfen, er interessiere sich mehr für seinen eitlen Tand als für die Politik. Und wenn August ehrlich war, hatte der Minister sogar recht. Er verbrachte täglich mindestens eine Stunde in der »Geheimen Verwahrung« im Erdgeschoss des Schlosses, zu dem nur er die Schlüssel hatte. Von seinem Schlafzimmer aus führte eine Wendeltreppe im Inneren der dicken Außenmauer hinunter in die Schatzkammer, und wenn er nicht schlafen konnte, führte ihn sein Weg immer dorthin, weshalb er die Geheime Verwahrung im Scherz sein »Retirade-Gemach« nannte.

»Hier, ich will Ihnen noch etwas zeigen, meine Liebe.«

Er führte Fatmah in den zweiten der vier Räume, dessen Wände ebenfalls grün getüncht waren. Vor diesem dunklen Grün hoben sich an den Wänden blank geputzt und schimmernd Hunderte von Silbergefäßen ab, Pokale, Schüsseln, Leuchter, Standuhren, Vasen – Fatmah gingen fast die Augen über. In der Mitte des Gewölbes stand eine kleine gläserne Vitrine, die der König nun öffnete. Er holte mit spitzen Fingern vorsichtig ein kleines goldenes Gehänge heraus, von dem unten eine Perle herabbaumelte. In dem Gehänge eingefasst war etwas Winziges, Braunes.

»Was ist das?« Erwartungsvoll blickte der König Fatmah an.

»Ein Stückchen Bernstein als Kettenanhänger?«

August schüttelte den Kopf, und Fatmah sah genauer hin.

»Eine kleine Nuss?«

»Schon besser!« Er reichte Fatmah eines der beiden Vergrößerungsgläser, die mit in der Vitrine lagen, und sie hielt es vors Auge. Wieder erhielt der Diener ein Zeichen und kam mit dem Licht so nah wie möglich heran. Da entdeckte sie auf der vermeintlichen Nuss ein ganzes Meer von menschlichen Köpfen, einen am andern, mit lauter unterschiedlichen Mienen und Physiognomien. Eine unglaublich winzige Schnitzerei! »Gesichter«, rief sie verblüfft, »lauter Gesichter. So klein, und so viele!«

August lachte dröhnend. »Hundertfünfundachtzig, um es genau zu nehmen. Auf einem Kirschkern!«

»Ein Wunder, Sire!«

»Da haben Sie wohl Recht, meine kleine Freundin. Aber nun genug für heute. Lassen Sie uns wieder nach oben gehen, ich freue mich schon auf unsere Erzählstunde.«

Zu Fatmahs Überraschung führte der König sie diesmal nicht wie sonst in einen seiner Salons, wo meistens schon eine größere Gesellschaft wartete. Stattdessen bat er sie ins Ecktafelzimmer, und niemand war da. Auch der Diener war plötzlich verschwunden. Fatmahs Körper spannte sich sofort an – noch nie war sie mit August alleine gewesen. Ihre Kehle wurde trocken. Man hörte es überall am Hof wispern von seinen Frauengeschichten. Kokotten, Hofdamen, Grisetten, Bürgertöchter – lauter Amouren für eine Nacht oder vielleicht gar ein paar Tage, die dem König als Zerstreuung dienten und schnell wieder vergessen waren. Hier ein Schmuckstück, da ein Pelz oder ein schönes Kleid als Belohnung. Fatmah war nicht dumm, und sie war kein Kind mehr. Der König interessierte sich für sie, und sie wusste, was das bedeutete. Doch in ihre Bedenken mischten sich immer mehr Hoffnung und Freude. Denn so sehr ihr die eigene Klugheit zur Vorsicht riet – sie konnte sich nichts vormachen: August war ihr längst nicht mehr gleichgültig. Aber wie es auch um ihre Gefühle stehen mochte – es würde das geschehen, was der Souverän wünschte, wie immer und überall. Er hatte die Macht. Voller Scheu nahm sie neben August auf einer gepolsterten Fensterbank Platz.

Anders als erwartet, blieb der König ein Muster an Anstand und Zurückhaltung. Er hielt den gebührenden Abstand zwischen sich und Fatmah ein, während er goldfarbenen Wein aus einer bereitstehenden Karaffe in zwei Pokale goss. »Berichten Sie mir«, bat er dann, »von ihrem Leben im Serail.«

Fatmah lehnte sich erleichtert in die Kissen zurück und begann zu erzählen. »Das Wort Harim«, erklärte sie, »kommt aus der arabischen Sprache und bedeutet so viel wie ›verboten‹. Und es ist auch ein verbotener Bereich. Im Reich Osman sagt man: Selbst die Sonne hätte keinen Zugang zum Harem, wenn sie nicht weiblich wäre. Kein Mann außer dem Herrn des Haremlik darf jemals die Zimmerflucht der Frauen betreten. Verstößt einer gegen diese Regel, so muss er unweigerlich sterben. Es gibt zwar Männer als Wächter des Harems, aber man hat ihnen vorher, meist schon als Kinder, den … die männlichen Teile … genommen. Das ist gefährlich, und viele überleben die Kastration nicht. Deshalb sind Haremssklaven kostbar und werden mit Silber aufgewogen.«

August schüttelte sich mit echtem Entsetzen.

Schnell sprach Fatmah weiter. »Die Beherrscherin des Harems ist die Mutter des Sultans oder Paschas, ihr zunächst kommt die Mutter seines ältesten Sohnes oder Erben. Die anderen Frauen haben auch eine Reihenfolge, sie richtet sich danach, wie oft der Sultan sie zu sich ruft und ob sie ihm Söhne oder Töchter geboren haben. Viele dieser Frauen stammen aus dem Gebirge Kaukasus, denn die Osmanlis finden sie wegen ihrer blauen Augen am schönsten. Meine Mutter war eine von ihnen …«

Staunend lauschte der König den Geheimnissen des Orients. Fatmah berichtete von den vielen Tanten und Halbgeschwistern, mit denen sie zusammengelebt hatte. Von Schönheitsbräuchen und Dampfbädern, Goldbrokat und Edelstein, aber auch von Misstrauen, Intrigen und Eifersucht unter den Haremsdamen, die oft mit allen Mitteln um die höchste Gunst ihres Herrn kämpften. In ihren Worten raunten Rosengärten und Wasserspiele, klangen Zimbeln und Zikadengesänge. August schmeckte türkischen Honig auf der Zunge, Feigensaft und Dattelsüße; er fühlte sich in eine ferne Welt versetzt, sah Paläste unter Palmen, Augen hinter Schleiern, verführerische Odalisken auf Kissen hingegossen. Dann erzählte Fatmah von ihrem Vater, dem Herrn des Harems, der jeden Tag eine andere seiner Frauen für die Nacht erwählte. Sie erinnerte sich lächelnd an den dicken Süleiman, seinen obersten Kaffeekoch, an den grimmigen Abdul, seinen riesenhaften Leibwächter, an das Heer von Dienern, das er immer um sich hatte, vom Oberturbanfalter über den Pfeifenanzünder bis hin zu den vielen Zwergen und Stummen, die ihm jeden Wunsch von den Augen ablasen.

»So war Ihr Vater ein sehr vornehmer und reicher Mann?«, meinte August schließlich.

»Er war der Beylerbey Ali Kariman, Heerführer, hoher Würdenträger und Großbeamter des allmächtigen Padischah.« Stolz glomm in Fatmahs Augen.

»Dann entstammen Sie also osmanischem Adel?«

Fatmah nickte selbstbewusst.

Da setzte sich der König auf. »Nun, auch wenn das hier bei uns nicht von Gültigkeit ist – ich erlaube Ihnen hiermit, sich in Zukunft Fatima von Kariman zu nennen und ein eigenes Siegel zu benutzen. Ich werde meinen Hofjuwelier anweisen, Ihnen ein kleines Petschaft zu machen. Was möchten Sie als Ihr Zeichen führen?«

Fatmah musste nicht lange überlegen. »Den Halbmond, Sire. Den türkischen Halbmond!«

»Welch schöner Einfall!« August zog mit dem Zeigefinger langsam Fatmahs Augenbraue nach. »Der Halbmond. Zeichen des Osmanischen Reiches – und die perfekte Form Ihrer Augenbrauen.« Seine Lippen kamen ihrem Gesicht gefährlich nahe, sie spürte seinen Atem an ihrer Schläfe. Da klopfte es, und der Minister Flemming trat ein. »Verzeihen Sie, Majestät, ich bin untröstlich, Sie zu stören, aber gerade ist die Gesandtschaft des russischen Zaren eingetroffen, um Ihnen ein Schreiben bezüglich Ihrer Abdankung zu überbringen. Die Herren steigen soeben aus der Kutsche.«

Fatmah erhob sich sofort und machte, gleichzeitig erleichtert und enttäuscht, eine tiefe Verbeugung. »Majestät, entschuldigen Sie mich.« Wieder war die Entscheidung aufgeschoben.

Auch der König sprang auf. »Diese Moskowiter sind eine Pest! Wo waren sie denn, als ich sie gebraucht habe?« Er stampfte unwillig mit dem Fuß auf, dann wandte er sich in vollendeter Liebenswürdigkeit an Fatmah. »Mademoiselle, Sie dürfen jetzt gehen. Wie Sie sehen, ruft die Pflicht.«

Fatmah eilte zur Tür. Im Hinausgehen hörte sie August noch rufen: »Ich werde morgen wieder nach Ihnen schicken lassen, ma chère! Spiegel, meine Staatsperücke und die Achatgarnitur!«

Als Fatmah wieder in das Taschenberg-Palais zurückkehrte, wurde sie bereits auf dem Gang von Sophie abgepasst. »Geh bloß nicht in den roten Salon«, raunte die Freundin ihr zu, »da drin sitzt die Gräfin wie eine garstige schwarze Spinne in ihrem Netz und platzt fast vor Wut!«

Sophie hatte recht, und Fatmah wusste es natürlich auch: Constantia von Cosel erstickte fast an ihrer Eifersucht. Seit Monaten beobachtete sie mit Argusaugen, was sich zwischen ihrer osmanischen Zofe und dem König abspielte, und es gefiel ihr ganz und gar nicht. Regelmäßig ließ August Fatmah ins Schloss rufen und hörte sich ihre Geschichten an, zwar immer in Gesellschaft etlicher Damen und Herren vom Hof, aber was bedeutete das schon! Oh, sie selbst, Constantia, war natürlich immer dabei, das wusste sie schon einzurichten. Aber die Blicke, die August dieser Türkin trotz ihrer Gegenwart zuwarf, die schmeichelnden Bemerkungen, mit denen er sie umwarb, machten Constantia mehr als unruhig. Irgendwann hatte sie dem König ganz unschuldig den Vorschlag gemacht, Fatmah mit einem der vielen sächsischen Landadeligen zu verheiraten – schließlich war das Mädchen inzwischen längst im richtigen Alter –, doch der König hatte abgewunken. »Liebste Freundin«, hatte er gesagt, »die Jungfer Fatima unterhält mich und die ganze Hofgesellschaft aufs Wunderbarste mit ihren Märchen, da wollen wir sie doch noch ein Weilchen behalten, n'est-ce pas? Gerade in diesen Zeiten, da wir eine Krone verloren haben, brauchen wir ein wenig Divertissement. Außerdem ist sie ganz reizend und eine Zierde an unserem Hof.« Und sie hatte mit lächelnder Miene nachgeben müssen, obwohl sie August am liebsten für die letzte Bemerkung das Gesicht zerkratzt hätte. Warum hatte sie nur das Gefühl, dass dem König dieses Katz-und-Maus-Spiel auch noch Spaß machte? Schließlich wusste er genau um ihre Eifersucht, sie hatte ihm in den vergangenen Jahren nicht nur einmal eine Szene gemacht. Und gerade jetzt, während ihrer Schwangerschaft, fühlte sie sich besonders reizbar und nervös.

Fatmah litt unter den Launen ihrer Herrin. Die Cosel schikanierte sie, wo sie nur konnte, machte spitze Bemerkungen, hieß sie die unangenehmsten Arbeiten tun. Wenn der König im Taschenberg-Palais war, verbot sie Fatmah, ihr Zimmer zu verlassen. Aber sie konnte nichts dagegen tun, dass August ihre türkische Zofe rufen ließ, sooft er wollte, und diese Ohnmacht brachte sie schier um. Heute war das Maß dessen, was sie ertragen konnte, voll. Man hatte ihr zugetragen, dass Fatmah beinahe zwei Stunden lang allein beim König gewesen war. Zornentbrannt rauschte die Gräfin in Fatmahs Zimmer.

»Wo warst du?«, schrie sie erbost. »Ich hätte dich zum Ankleiden gebraucht!«

Fatmah knickste. »Madame, es tut mir leid, aber der König ließ mich rufen.«

»Du hast mich zu informieren, wenn du zum König gehst!« Die Cosel lüpfte mit spitzen Fingern das durchsichtige blaue Tuch, das Fatmah um den Hals geschlungen hatte, um ihr Dekolleté zu verdecken. »So bist du ins Schloss gegangen, ja? Zu ihm? Mit einem Ausschnitt, der bis zum Nabel reicht?«

»Aber Madame, Sie haben mir das Kleid an Weihnachten selber geschenkt.«

»Schweig!« Ein Ruck, und das Tuch war von Fatmahs Hals gerissen.

Fatmah schob trotzig das Kinn vor. »Ich bin mir keiner Schuld bewusst, Madame. Meine Brust war stets bedeckt.«

»Hüte dich, du kleines Biest«, zischte die Cosel, und ihre Stimme zitterte vor Wut. »Wenn du dem König zu nahe kommst, wirst du mich kennen lernen!«

Fatmah vergaß ihren Trotz und seufzte. »Madame, ich schwöre Ihnen, ich ermutige ihn zu nichts! Ich kann doch nichts dafür, dass er mich rufen lässt! Bitte glauben Sie mir.«

»Ha!« Die Gräfin durchmaß mit großen Schritten den Raum. »Alles Lüge! Denkst du, ich weiß nicht, dass du heute allein beim König warst? Allein! Das ist infam! Du hintergehst mich! Mich, deine Wohltäterin! Du willst mir den Vater meines Sohnes abspenstig machen!« Sie deutete auf ihren Bauch, der sich inzwischen deutlich unter dem weiten Kleid wölbte. »Ich warne dich, Fatima, komm mir nicht in die Quere. Du würdest es bereuen, mich zur Feindin zu haben.« Mit diesen Worten warf sie ihre Schleppe herum und schritt aus dem Zimmer. Mit lautem Krachen fiel die Türe hinter ihr ins Schloss.

Fatmah ließ sich müde aufs Bett sinken. »Was soll ich nur tun?«, flüsterte sie. Mit einem Mal fiel ihr die Warnung der Alten vom Spreewald wieder ein. Hüte dich vor ihr, hatte die Hexe gesagt, sie wird einmal dein Verderben wollen. Und Fatmah spürte, wie die Angst nach ihr griff wie eine eiskalte Hand.

Aus den Memoiren des französischen Gesandten zu Dresden, Alphonse Louis Baptiste de Villeroy

Langsam beginne ich meine Attitude über die Zuträglichkeit des Wassers für den menschlichen Körper zu ändern. Nachdem ich eine Kur zu Karlsbad, die mir meine Ärzte gegen das Reißen und die Steifigkeit der Glieder verordnet haben, brav absolviert habe, steht es mit meinem Wohlbefinden wieder zum Besten. Ich bin retour in Dresden und springe und tanze. Ich bin mehr fatigieret, als wenn ich alle Tage zwei Hirsche tothetze. Aber meine Glieder sind dank der wunderbaren Wassergüsse biegsam und ohne Schmerz, als ob ich zwanzig Jahre jünger wäre!

Und das alles, weil ich mich – ich muss zugeben, zu Anfang unter allerschlimmsten Bedenken – täglich einer so genannten Douche unterzogen habe. Dieu du ciel, solch eine Prozedur ist ein rechter Vorgeschmack auf das Fegefeuer. Der arme, geschundene Leib wird mit einem kochend heißen Wasserstrahl tractiert, und nachdem der ganze Körper auf diese Weise in Wallung gebracht worden ist, werden die leidenden Gelenke einer speciellen Behandlung unterzogen. Man muss dies alles unter größter Discipline über sich ergehen lassen, und trägt keinerlei Verbrennungen davon. Dann wird man in ein warmes Bett gesteckt und tüchtig zum Schwitzen gebracht. Nach dieser Behandlung fühlt man sich in der Tat besser; die Wirkung einer solchen Douche ist, ich muss es sagen, alle Unannehmlichkeit wert!

Nach mehreren Wochen der Abwesenheit genieße ich nun wieder die täglichen Zerstreuungen des Hofes. Man hat den Eindruck, dass der König sich über den Verlust seines polnischen Reiches mit wilden Vergnügungen zu trösten versucht. Wie ich höre, hat er immer noch Anfälle von Wut und Verzweiflung und verfällt regelmäßig in schweigendes Brüten. Aber er wäre nicht August, würde er sich dafür nicht umso mehr ins Divertissement stürzen. So jagt ein Ereignis das andere, wobei so mancher Excess stattfindet. Es ist wohl seine Nature, dass er alles bis zur Neige betreiben muss, das Schöne und das Schlechte. Seine Untertanen dagegen sind wenig amüsiert über die Feste und Ausschweifungen, denn sie müssen immer noch den Rücken beugen unter der Last der schwedischen Occupation. Man sagt, die Schweden haben den Staat schon an die 30 Tausend Taler gekostet.

Aber es gibt noch eine andere Raison für die vielen Belustigungen, die Seine Majestät abhält – und das ist sein Hunger nach dem weiblichen Geschlecht. Der König ist immer noch dabei, meine kleine Freundin Fatima zu umwerben, die sich auch nach so langer Zeit noch tapfer standhaft erzeigt. Noch kann sie die Distance wahren, aber, so fürchte ich, nicht mehr lange und sie wird nachgeben müssen. Ich habe kürzlich ein langes Gespräch mit ihr geführt, und wir sind beide zum selben Schluss gekommen. Wenn der König so hartnäckig in seiner Admiration bleibt, darf sie ihn irgendwann nicht mehr mit Zurückweisung verärgern. Zu Anfang habe ich befürchtet, August wolle nur das Vergnügen einer Nacht, aber die Stetigkeit seiner Bemühungen läßt wohl inzwischen sicher darauf schließen, dass er mehr anstrebt. Für Mademoiselle Fatima ist es schwer. Der Weg ins Bett des Königs führt zu Reichtum und Macht, das ist verlockend, naturalement. Und August ist ein Mann von großer Attractivität und vollendeten Manieren – wer würde sich nicht in ihn verlieben? Dennoch, wie jedermann weiß: Der Sturz aus großer Höhe kann tief und schrecklich sein. Ist eine Liaison zu Ende, bleibt oft nur der traurige Weg ins Kloster – man kennt dies zur Genüge von den Maitressen meines allergnädigsten Herrn, des Roi Soleil. Und man darf nicht vergessen, dass die Geliebte eines Königs nicht nur viele (falsche) Freunde, sondern auch gefährliche Feinde haben kann. Ich denke hier vor allem an die Gräfin Cosel, die nicht die Art Frau ist, die verzeiht und vergisst. Es ist seltsam: Obwohl der König sichtlich in Mademoiselle Fatima verliebt ist, hält er in Treue an der Cosel fest. Es liegt nicht nur daran, dass sie mit seinem Kind hoch schwanger ist. Die Gräfin hat eine starke Influence auf ihn, er liebt sie seit Jahren trotz all seiner Affairen, sie hat den ersten Platz in seinem Herzen. Natürlich braucht er eine Frau wie sie als Maîtresse en titre. Die erste Dame des Staates muss von Geblüt sein, eine Deutsche. Mademoiselle Fatima wird für solch ein offiziellen Status als Türkin und ehemalige Muselmanin nie in Frage kommen, das weiß sie gut. Sie kann sich vielleicht mit etwas

Bonheur eine Zeit lang neben der Cosel behaupten, aber niemals gegen sie. Hélas, ich weiß nicht, was ich ihr raten soll.

Nun beende ich diesen Eintrag, denn gleich beginnt eine Boots-Partie auf der Elbe, zu der ich geladen bin. Mon Dieu, schon wieder Wasser!

Altranstädt, Juni 1707

»Graf Worowski?« Ein blutjunger, schielender Ordonnanzsoldat, der kaum seine Uniform auffüllte, hatte den einfachen Raum betreten, in dem Worowski nun schon seit einer Stunde wartete. »Seine Majestät König Karl ist nun bereit, Sie zu empfangen. Wenn Sie mir folgen wollen.«

Worowski sprang von der Holzbank hoch, auf der er gesessen und sich gelangweilt hatte, richtete seinen Säbel und stieg hinter seinem Führer die Treppe hoch. Der Soldat klopfte an eine doppelflügelige Tür und ließ ihn dann ein.

Drinnen saß ein älterer Mann in der Uniform eines Reitergenerals an einem großen, quadratischen Tisch, einen Stapel Dokumente und Schreibzeug vor sich. Über ihn gebeugt, als wolle er etwas diktieren, stand, die Hände auf Tisch und Stuhllehne gestützt, ein junger Offizier mit schütterem Haupthaar. Er trug trotz der Juniwärme eine speckigen blauen Mantel und abgeschabte Lederstiefel. Keiner der beiden sah auf, bis Worowski schließlich bis zur Mitte des Raumes ging und dort zackig die Hacken zusammenschlug.

»Graf Jan Michal Worowski, Abgesandter Seiner Majestät des Königs Stanislaw von Polen!«, sagte er laut und deutlich in die Stille hinein.

Der junge Mann hob den Kopf. »Karl«, sagte er nur. »Und das ist mein Feldmarschall, Rehnskjöld.« Der alte Soldat nickte Worowski zu.

»Stehen Sie bequem, Graf.« Karl setzte sich auf den einzigen noch vorhandenen Stuhl im Raum, der hinter dem Schreibtisch stand, und sah Worowski erwartungsvoll an. »Nun?«

Der Graf nestelte an seinem Wams, brachte sein Akkreditierungsschreiben zum Vorschein und reichte es Rehnskjöld. Dann wandte er sich wieder an den König.

»Sire«, sagte er, »es tut mir leid, Ihnen schlechte Neuigkeiten überbringen zu müssen. Man hat zu Warschau unzweifelhafte Informationen aus Sankt Petersburg: Der Zar will Stanislaw Leszinsky nicht auf dem polnischen Thron dulden. Er rüstet deshalb in nie gekanntem Ausmaß zum Krieg.«

»Oh, ich weiß, ich weiß«, lächelte Karl. »Das will ich hoffen. Es macht keinen Spaß, gegen einen unvorbereiteten Gegner zu ziehen.«

Worowski runzelte die Brauen. »Sire, ich verstehe nicht ...?«

Karl sah Worowski an und brach dann in wieherndes Gelächter aus. »Das ist gut, das ist prächtig, Rehnskjöld, haben Sie das gehört?« Er wischte sich die Lachtränen aus den Augen, bevor er wieder zu Worowski sprach. »Natürlich rüstet Peter, schließlich habe ich ihm dringend geraten, sich zur Bataille zu präparieren. Wie soll er gegen die schwedische Armee kämpfen, wenn er nicht vorbereitet ist?«

Worowski begann zu begreifen. »Sie haben ...«

»Ich habe ihm schriftlich meinen Angriff angekündigt, natürlich. Ihr Polen seid wirklich gut. Glaubt ihr, der Zar würde die größte russische Armee aller Zeiten aufstellen, nur um in Polen einen anderen König auf den Thron zu setzen? Dazu würde ihm, mit Verlaub, beim jetzigen Zustand der polnischen Kronarmee möglicherweise schon das halbe Preobraschenski-Regiment genügen, was, Rehnskjöld?« Karl schlug seinem Feldmarschall freundschaftlich auf die Schulter. Dann wandte er sich wieder an Worowski. »Nein, mein lieber Graf, der Zar rüstet, weil ich ihm angekündigt habe, mein Heer nach Russland zu führen. Er will gar nicht in Ihrer Heimat einmarschieren – er wird alle Hände voll damit zu tun haben, Russland zu verteidigen!«

»Schweden will also den Krieg gegen Russland weiterführen?« Worowski war wie betäubt.

»Pourquoi pas? August von Sachsen habe ich schon zur Raison gebracht, und jetzt kommt der Zar an die Reihe.« Karls Gesicht verzerrte sich zu einer Grimasse. »Als ich damals mit achtzehn

Jahren auf den schwedischen Thron kam, haben sich die beiden Schweinehunde gegen mich verbündet. Gegen ein halbes Kind ist es ein Kinderspiel, einen Krieg zu gewinnen, haben sie sich gedacht. Nun, das war eine falsche Annahme. Heute hat dieses halbe Kind den einen der beiden besiegt und gedemütigt – und der zweite wird folgen.«

»Sie wollen also einfach nur Rache?« Worowski sah Karl ins Gesicht.

»Oh, nicht nur, mein Freund. Ich will Sankt Petersburg. Dieser unverschämte Wicht von einem Zaren hat es gewagt, auf Gebiet, das er mir – mir! – weggenommen hat, seine neue Hauptstadt zu bauen! Ich werde mir dieses Gebiet zurückholen!«

»Die Gegend war nur für kurze Zeit schwedisch, davor gehörte sie zu Russland, soviel ich weiß.« Worowski war blass um die Nase.

»Egal.« Der König stand auf und ging zum Fenster. Er winkte Worowski zu sich. »Kommen Sie heran, Graf!«

Worowski blickte nach draußen. Auf einer Wiese vor dem Wald exerzierte ein Trupp von vielleicht zweihundert Grenadieren.

»Haben Sie jemals so schöne, dicke, kräftige Soldaten gesehen? Fette runde Wänste, feste Ärsche, starke Muskeln? August hat sie mir herausfüttern müssen. Bei Gott, eine so wohlgemästete, erholte, gut gedrillte Armee hat die Welt noch nicht gesehen! Neue, von sächsischem Geld bezahlte Uniformen, neue Waffen, frische Pferde! Es wäre doch ein Jammer, jetzt nichts mit diesen Prachtkerlen anzufangen!«

Worowski sah Karl lange an. War da ein irrer Schimmer in den Augen des Königs?

»Krieg um des Krieges willen also?«, sagte er schließlich.

Karl grinste und breitete die Arme aus. »Wenn Sie es so nennen wollen.«

Worowskis Lippen wurden schmal. »Wenn der Zar mit seinen Kriegsvorbereitungen eher fertig ist, als Sie aus Sachsen abmarschieren, wird er Ihnen entgegenziehen. Das bedeutet für Polen, erneut Kriegsschauplatz zu sein – in einem Krieg, der nichts mit unserem Land zu tun hat.«

»Schon möglich.« Karl kratzte sich am Kopf, förderte eine Laus zutage und knackte sie zwischen Daumen- und Zeigefingernagel. Dann hieb er plötzlich wütend mit der Faust aufs Fensterbrett. »Ihr Polen seid ein undankbares Pack! Da habe ich euch zu dem König verholfen, den ihr euch gewünscht habt, und was nun? Nun wollt Ihr mir nicht einmal ein jämmerliches Stückchen Land zur Verfügung stellen, damit ich eine Schlacht schlagen kann? Aber seien Sie unbesorgt, Graf, ich werde mit meiner Armee schneller in Russland sein, als Sie glauben.«

Worowski schüttelte resigniert den Kopf. »Was, wenn Peter siegt?«

»Dann, mein Lieber, wird Schweden einen Zaren und Polen wieder einen König namens August haben.« Karl kicherte. »Aber keine Sorge – das wird nicht geschehen.«

»Was macht Sie so sicher?«

Der König trat ganz nah an Worowski heran; der Graf konnte seinen Atem auf der Haut spüren. »Ich bin Karl, und ich habe noch nie eine Schlacht verloren.« Er riss die Augen weit auf, und diesmal war sich Worowski sicher, dass Wahnsinn in ihnen aufblitzte. »Ich bin der neue Alexander und werde mir das Weltreich holen, das mir von Gott bestimmt ist.«

»Alexander starb vor der Zeit«, entgegnete Worowski. »Sein großes Reich zerfiel nach ihm. Haben Sie niemals Angst um sich selbst, Sire?«

Karls Blick wanderte in die Ferne. »Ich werde durch keine andere Kugel fallen als durch die, die für mich bestimmt ist. Meine Männer gehen für mich durchs Feuer. Ich bin unbesiegbar!« Er wandte sich abrupt ab. Einen Augenblick stand er einfach nur da, dann ging er wieder an den Schreibtisch und ließ sich auf den Stuhl fallen. Worowski trat noch einmal vor ihn hin.

»Sire, darf ich Sie im Namen meines Volkes, das in den letzten Jahren schon so viel Unbill erlitten hat, anflehen, Polen zu verschonen?«

Unwirsch winkte der König ab. »Ich sagte schon, Polen interessiert mich nicht.«

Worowski zwang sich, ruhig zu bleiben. »Was darf ich nun meinem König melden?«

Karl überlegte. »Richten Sie meine brüderlichen Grüße aus.

Danken Sie Seiner Majestät für die Freundlichkeit, mir eine Nachricht zukommen zu lassen, deren Inhalt mir längst bekannt war. Das war höchst amüsant. Sagen Sie Ihrem König, ich werde, so Gott will, in Russland kämpfen und nicht in Polen. Ob dies allerdings auch der Zar will, liegt nicht in meiner Hand. Vielleicht belieben Seine polnische Majestät ja, ihn zu bitten, doch in Russland auf die schwedische Armee zu warten.« Wieder kicherte der König. Dann griff er zu Feder und Papier. Die Audienz war beendet.

Worowski grub die Fingernägel in die Handflächen, bis es blutete, um nicht die Beherrschung zu verlieren. Wortlos schlug er die Hacken zusammen, drehte sich um und verließ das Zimmer. Wut und Entsetzen trieben ihm fast die Tränen in die Augen. Dieser Mensch war irre! Ein Monster, kalt und ohne Gefühl, das nur den Krieg liebte, Blut und Tod. Das nun alle Hoffnungen der Polen auf Frieden zunichte machte! Worowski stürmte die Treppe hinunter. Karl hatte Recht: Wenn er den Krieg gegen Russland verlor, dann würde der Zar Stanislaw Leszinsky stürzen und August wieder installieren. Um das zu verhindern, konnte Polen nur eines tun: im Notfall an Schwedens Seite kämpfen. Ein neuer Krieg also.

Worowski riss dem jungen Soldaten, der sein Pferd hielt, die Zügel aus den Händen. Er sprang auf, wendete den Wallach auf den Hinterbeinen und preschte in gestrecktem Galopp aus dem Schlosshof. »Gott verfluche dich, Karl von Schweden«, presste er durch seine zusammengebissenen Zähne. »In der Hölle sollst du schmoren!«

Fatmah

Der König ist in mich verliebt. Aber bin ich auch in den König verliebt? Ich glaube schon. Er ist ein Mann von angenehmem Äußeren, groß, stattlich, eindrucksvoll. Und er hat die besten Umgangsformen, ist geistreich und zuvorkommend. Ich merke, dass er mich mit einer Freundlichkeit umwirbt, die er der Gräfin Cosel gegenüber nicht an den Tag legt. Und ich freue mich jeden Tag mehr auf die Stunden, die er mit mir verbringt. Ich ertappe mich dabei, schon früh am Morgen darauf zu warten, dass er nach mir schicken lässt. Dabei kann ich mich eines Triumphgefühls nicht erwehren, wenn mich dann einer seiner Lakaien holt und die Gräfin mir wütend nachsieht, wie ich über den pont d'amour ins Schloss gehe. Es ist zwar nicht so, dass der König sie gar nicht mehr besucht – ganz im Gegenteil, er kümmert sich recht besorgt und freundlich um sie in ihrem Zustand –, aber dennoch begegnet sie mir inzwischen nur noch mit blanker Feindseligkeit. Sie hätte mich längst weggeschickt, irgendwohin, aber sie wagt es nicht. Denn damit würde sie den König erzürnen, und sie fürchtet seinen Unmut.

Ach, ich bin hin und her gerissen. Manchmal wünsche ich mir sogar, die Gräfin würde mich vom Hof entfernen lassen. Aber dann ... wenn ich zum König gerufen werde, bin ich glücklich. Er fehlt mir, wenn er ein paar Tage auf der Jagd zu Moritzburg weilt oder wegen der Staatsgeschäfte keine Zeit hat. Sieht er mich dann mit diesem gewissen Blick an oder berührt meine Hand, habe ich doch wiederum Angst. Ich will ihn als Mann, und ich will ihn doch nicht. Es ist nicht einfach, eine Mätresse zu sein. Die Gunst des Königs erhöht eine Frau, aber verliert sie diese Gunst, dann gilt sie weniger als Nichts. Macht August mich zu seiner Geliebten, dann habe ich in der Gräfin Cosel eine Todfeindin. Sie wird mir nichts anhaben können, solange der König mich liebt. Aber lässt er mich irgendwann fallen – was dann? Wird sie sich dann rächen? Mein Leben war schon immer ein Tanz auf dünnem Eis. Seit ich bei Asow dem Tod entronnen bin, gelte ich kaum mehr als eine Sklavin. Zwar gehöre ich niemandem, doch ich habe auch niemanden, und ich besitze nichts. Derzeit lebe ich von den Brosamen, die vom Tisch der Gräfin Cosel fallen, und wenn mich der König zu seiner Geliebten macht, werde ich voll und ganz von Augusts Gnade abhängen. Erst recht, wenn meine Zeit mit ihm vorbei ist. Und das kann schnell geschehen. Was, wenn die Gräfin Cosel ihn nach der Geburt ihres Kindes neu für sich entflammt? Wird er mich dann noch haben wollen? Oder noch schlimmer: Vielleicht ist er meiner überdrüssig, sobald er mich erobert hat? Vielleicht will er mich nur für eine Nacht? Vielleicht will er nur seiner Sammlung an schönen Geliebten eine mehr hinzufügen, so wie er ein neues Schaustück in seine Schatzkammer stellt. Eines ist jedenfalls sicher: Nimmt er mich in sein Bett, dann muss ich das Taschenberg-Palais verlassen, und egal was dann geschieht, die Gräfin wird mich nie mehr zurücknehmen. Ich hätte dann keinen Platz mehr im Leben, wo ich hingehen kann. Entweder der König sorgt für mich über die Dauer unserer Liebe hinaus, oder ich bin arm und mittellos.

Aber – es kann auch sein, dass ich mein Glück mache, wenn ich Augusts Werben nachgebe. Vielleicht schenkt er mir Besitztümer, ein Landgut, einen Titel. Ich könnte eine reiche Frau werden. Vielleicht würde mich der König sogar so sehr lieben, dass er mich nie mehr von seiner Seite lässt. Vielleicht schenke ich ihm starke Söhne, werde die Mutter seiner Kinder. Andere Frauen würden mit dem Teufel selbst ins Bett gehen, hätten sie solche Aussichten. Muss ich mich da überhaupt fragen, ob ich August liebe?

Wie gut hat es meine brave Sophie mit ihrem Jula getroffen. Niemand macht ihnen Vorschriften, niemand zwingt sie zu etwas. Sie turteln und tändeln, streiten und vertragen sich. Sie denken nur an sich selbst und müssen vor nichts Angst haben. Neulich hat Sophie zu mir gesagt, sie würde um nichts in der Welt mit mir tauschen wollen. Ich habe sie gefragt, warum sie meine Lage gar so unerträglich fände. »Weil du gar nicht selbst entscheiden kannst, was du eigentlich willst«, war ihre Antwort. Und sie hat Recht. Ich kann die Gunst des Königs gar nicht ablehnen. Will er mich wirklich, dann werde ich mich in seine Hände begeben, werde ihm gehören mit Haut und Haar. Ich muss das Spiel spielen. Was später kommt, das weiß der Himmel allein.

Dresden, 7. September 1707

Der Wächter am Weißen Tor kniff die Augen zusammen, um besser sehen zu können: Eine kleine Reitergruppe näherte sich in lockerem Trab der Stadt. Und tatsächlich, er hatte sich nicht getäuscht. Einige der Männer trugen schwedische Uniformen; ihr Gelb und

Blau hob sich jetzt deutlich vom schlammigen Braun der Straße ab. Aufgeregt packte der Wächter seine Flinte und kontrollierte den Sitz des Bajonetts. Er versicherte sich, dass alles gut versperrt war und baute sich dann entschlossen vor seinem Tor auf.

»Halt! Wer da?« Etwas mulmig war dem Wächter schon beim Anblick der Schweden, aber es waren immerhin nur acht Mann, er hatte dreimal gezählt. Einer der Reiter löste sich aus der Gruppe und antwortete in nordisch gefärbtem Deutsch.

»Wir sind Offiziere des schwedischen Königs und haben einen Auftrag zu erledigen. Lass Er uns ein!«

Der Wächter überlegte. Es war Waffenstillstand, und er wusste von keiner Order, die den Einlass von Schweden untersagte, solange sie in friedlicher Absicht kamen.

»Monsieur, ich muss Sie und Ihre Begleiter bitten, Ihre Degen abzugeben. Ich habe Befehl, niemanden bewaffnet in die Stadt zu lassen.«

Der Reiter nickte, und alle schnallten ihre Wehrgehänge ab. Der Wächter verstaute die Waffen gewissenhaft in seiner Torstube. Dann ging er zu seinem Schreibpult, das neben der Schlupfpforte aufgebaut war.

»Darf ich die Herren nun noch um ihre Namen bitten, wenn's genehm ist? Es ist Vorschrift, jeden, der ankommt, einzutragen!« An den Anfang des Torzettels malte er mit eingeklemmter Zunge Datum und Uhrzeit: 6. September 1707, nachmittags vier Uhr.

Die Offiziere kamen einer nach dem anderen seiner Bitte nach, als letztes der Wortführer. »Karl«, sagte er einfach. Und der Wächter setzte gewissenhaft und mit großen, schräg gestellten Buchstaben »Mons. Kahl« auf die Liste. Dann öffnete er das Tor, und die Reiter preschten in die Stadt.

Vom Fenster seines Hauses am Neumarkt sah Flemming die Schweden auf das Schloss zu reiten. Einen der Offiziere kannte er von den Verhandlungen in Altranstädt, und er hob grüßend die Hand, um ihm zuzuwinken. Alle Mann schauten daraufhin zu ihm hoch, auch der Reiter an der Spitze, ein schlanker junger Offizier mit hohen Stiefeln, pockennarbigem Gesicht und spärlichem Haarwuchs. »Heiliger Strohsack!«, entfuhr es Flemming – das war der

König von Schweden! Nachdem der Minister den ersten Schreck überwunden hatte, nahm er sich nicht einmal mehr die Zeit, seine Jacke anzuziehen. Er hastete in den Hof hinunter, schwang sich auf das nächstbeste gesattelte Pferd und galoppierte dem schwedischen Trupp hinterher. In seinem Hirn arbeitete es. Karl von Schweden in Dresden, unbewaffnet, nur von ein paar Soldaten begleitet. War das ein Wink des Schicksals? Was, wenn man den König nun festnahm? Bot sich hier eine Gelegenheit, den Gegner ein für allemal loszuwerden? August wieder auf den polnischen Thron zu bringen?

Flemming holte die Schweden atemlos beim Georgitor ein und begrüßte Karl aufs Höflichste. Er sorgte dafür, dass die Schlosswache alle ohne Schwierigkeiten passieren ließ und führte dann den schwedischen König auf direktem Weg zu Augusts persönlichen Gemächern.

August selbst befand sich im Schlafzimmer, wo ihm Spiegel gerade seine sechs täglichen Tässchen Sauerbrunnen servierte. Der König trug nur einen langen seidenen Hausmantel und keine Perücke; das Ankleiden für den Abend hatte noch nicht begonnen. Gerade nahm er Spiegel das erste Glas Wasser aus der Hand und setzte es gottergeben an den Mund, als plötzlich die Tür aufflog und sein schwedischer Vetter hereinstürmte, hinter ihm ein völlig aufgelöster Flemming im Hemd, der stumm Grimassen schnitt und verzweifelt gestikulierte.

August prustete und setzte sein Glas ab. Dann erschien ein liebenswürdiges Lächeln auf seinem Gesicht. »Mon cher cousin! Welche Überraschung! Aber kommen Sie doch herein. Sie müssen meinen Aufzug entschuldigen, ich wollte gerade mit der Toilette beginnen.«

August trat auf Karl zu und umarmte ihn mit demonstrativer Herzlichkeit. Dabei sah er mit fragendem Blick Flemming an, der ihm mit Gesten bedeutete, dass er auch nichts von Karls Besuch gewusst hatte. Dann ergriff der Schwede das Wort.

»Lieber Vetter«, sagte er und ließ dabei seinen Blick verächtlich über das reich ausgestattete Prunkhimmelbett schweifen, auf dem noch ein cremefarbenes Spitzenneglige lag, »ich wollte Sachsen nicht verlassen, ohne Ihnen in Dresden einen Besuch abgestattet zu haben.«

August hustete. »Sachsen verlassen? Wie darf ich das verstehen?«

»Sie haben richtig gehört, mon cher Auguste. Ich wollte Ihnen die gute Nachricht persönlich überbringen. Die schwedische Armee ist abmarschbereit, in zwei Wochen haben Sie Sachsen wieder für sich alleine.«

Flemming machte an der Tür ein seltsames kleines Geräusch, was ihm einen tadelnden Blick seines Königs einbrachte. August verbarg seine freudige Erleichterung hinter einem höflichen Lächeln. »Das freut mich zu hören, lieber Bruder. Sie gedenken also, heimwärts zu ziehen?«

Karl trank ein Tässchen des königlichen Sauerbrunnens und verzog leicht das pockennarbige Gesicht. »Heimwärts? Ach nein. Wie Sie sich vielleicht erinnern, mein lieber Vetter, habe ich im Osten noch eine Rechnung zu begleichen.«

»Tatsächlich?« Augusts Lächeln gefror.

Karl genoss das kaum verhohlene Entsetzen seines sächsischen Cousins. »Und bevor wir nun aus diesem wunderschönen Land fortziehen, will ich mich noch in aller Form für die Gastfreundschaft Ihrer Untertanen bedanken.«

»Es war mir ein Vergnügen«, entgegnete August, der sich wieder gefasst hatte, und deutete eine kleine Reverenz an.

»Außerdem«, fuhr Karl fort, »lag mir daran, Sie persönlich um eine sächsische Hilfstruppe von dreitausend Mann zu bitten, ohne die es der schwedischen Armee kaum möglich wäre, schon zum jetzigen Zeitpunkt abzumarschieren.«

Augusts Brauen schnellten hoch. »Mon cher Cousin, Sie vergessen, dass ich im Bündnis mit dem Zaren stehe. Ich kann auf gar keinen Fall …«

Der Schwedenkönig schnalzte bedauernd mit der Zunge. »Dann, mein lieber Vetter, dürfte sich unser Aufenthalt womöglich doch um ein halbes Jahr verlängern.«

Flemming schaltete sich ein. Er trat zu August und flüsterte ihm etwas ins Ohr. Der König überlegte kurz und nickte dann. »Nun gut«, wandte er sich wieder an seinen Vetter. »Ich habe soeben beschlossen, dass es eventuell in Betracht kommen könnte, der schwedischen Armee die allerhöchste Erlaubnis zu erteilen, sagen wir, tausend Soldaten in Sachsen anzuwerben.«

»Zweitausend«, erwiderte Karl trocken.

August sah aus, als wolle er im nächsten Moment seinem Cousin an die Gurgel fahren. Flemming signalisierte ihm hinter Karls Rücken mit einiger Verzweiflung, er möge Ruhe bewahren und tief durchatmen, was der König dann auch tat.

»Es sei«, nickte er. »Flemming, lassen Sie ein entsprechendes Schriftstück aufsetzen. Nein, danken Sie mir nicht, lieber Cousin! Ich hoffe, ich darf Sie heute Abend zum Diner begrüßen. Ich werde sofort Anweisung für ein Festmahl geben. Auch habe ich noch eine außerordentlich talentierte Theatertruppe aus Paris hier, und Sie möchten wohl sicherlich einen Blick auf die herrlichen Kostbarkeiten meiner berühmten Schatzkammer werfen ...«

»Cousin, ich will Sie nicht inkommodieren. Für derlei Tändeleien habe ich keine Zeit; mein Offizierskorps erwartet mich am Abend in Meißen zurück.« Karl winkte ab. »Wenn Sie mir allerdings die Festung und das Zeughaus zeigen würden ...«

August zuckte mit den Achseln. »Wie Sie belieben. Ich lasse Ihnen derweil draußen im Salon eine Erfrischung reichen, während ich mich ankleide.«

Karl verließ das Schlafzimmer, in dem sich sofort eifrige Geschäftigkeit entwickelte. Spiegel brachte Beinkleider, Weste und Justeaucorps, drei Pagen halfen August beim Anziehen, und der Perückenmeister richtete ihm in fieberhafter Eile das künstliche Haar. Die ganze Zeit über fluchte der König wie ein Bierkutscher.

Nach einer Viertelstunde winkte Flemming die Diener ungeduldig hinaus. »Sire«, begann er vorsichtig, »dies könnte eine Gelegenheit sein, die nie wiederkehrt.«

August sah seinen Minister mit argwöhnischem Blick an. »Was belieben Sie damit anzudeuten, Flemming?«

»Nun, Majestät, wenn wir, äh, sollten wir, ich meine, falls wir uns dazu entschließen könnten, den König von Schweden, wie soll ich sagen, gewissermaßen für längere Zeit als unseren Gast zu betrachten ... dann wären unsere Probleme vielleicht gelöst.«

August fuhr auf. »Das ist nicht Ihr Ernst!«

»Vielleicht doch, Sire. Denken Sie nur, wir hätten Karl in der Hand. Er müsste uns die Kosten für die Verpflegung seiner Armee auf Heller und Pfennig zurückerstatten, und die Kriegskosten für die polnischen Kämpfe dazu. Wir könnten ihn zwingen, eine Friedenserklärung zu unterzeichnen, die ...«

»Schweigen Sie!« Augusts Miene hatte sich verfinstert, seine Stimme klang kalt und schneidend, als er antwortete. »Flemming, Sie vergessen sich! Die Königswürde ist heilig, ist unantastbar! Was dem König von Schweden geschieht, geschieht auch mir! Was Sie da verlangen, ist gänzlich unmöglich! Abgesehen davon, dass es schlichtweg eine Frage des Anstands ist, Karl wieder gehen zu lassen. Er ist zwar ein ganz und gar impertinenter Mensch ohne Manieren, aber er hat sich mir anvertraut, und ich werde dieses Vertrauen nicht enttäuschen. Ich habe zwar einen Krieg verloren, aber noch bin ich kein ehrloser Wicht!« Zornig sprang August von seinem Frisierstuhl auf. »Man kann mir eine Krone nehmen, Flemming, aber niemals meine Ehre. Tragen Sie mir ein derartiges Ansinnen nie mehr vor, nie mehr.«

»Aber Majestät ...«

»Sie sind mir für die Sicherheit des Königs von Schweden persönlich verantwortlich, Flemming. Wehe Ihnen, wenn ihm ein Haar gekrümmt wird! Und jetzt hinaus!«

Kurz darauf ritten August und Karl in Begleitung der königlichen Leibgarde zur Festung. Man besichtigte die Kasematten, die Kanonenhöfe und die unterirdischen Wehranlagen, wobei August sich im Gegensatz zu seinem Vetter aus Schweden, dem beim Anblick der neuen italienischen Schnellschusskanonen die Augen leuchteten, entsetzlich langweilte. Nachdem man noch die drei mächtigen Elbbastionen inspiziert hatte, ritten die beiden Könige endlich zum Weißen Tor, wo immer noch der Wächter vom Nachmittag Dienst tat – er beobachtete jetzt mit einiger Verblüffung, wie Monsieur Karl vom König mit Bruderkuss verabschiedet wurde und danach mit seinen Leuten durchs Tor hinaussprengte. Der brave Mann kratzte sich nachdenklich hinterm Ohr und sah dem fremden Monsieur noch lange nach, bis der ganze Trupp Schweden hinter dem nächsten Hügel verschwunden war.

Auf dem Rückweg beschloss August, die Anspannung der vergangenen Stunden durch einen kleinen Galopp zu lösen, und so schlug er den Umweg über den Großen Garten ein. Gefolgt von seiner Leibgarde trabte der König in den Park ein, und auf der langen Herkulesallee ließen sie die Pferde laufen. August fühlte sich unendlich erleichtert. Endlich verließen die Schweden sein Land, und er würde in Zukunft Ruhe vor seinem unliebsamen Vetter haben. Dass Karl einen Feldzug gegen Russland plante, beunruhigte ihn nicht sonderlich, der Zar würde sich schon zu verteidigen wissen. Im Gegenteil – wenn Peter die Schweden schlug, könnten sich die Dinge in Polen zu sächsischen Gunsten wenden. Man würde sehen …

Als die Reiter in die Hauptallee einbogen und die Pferde am langen Zügel die Hälse strecken ließen, hörten sie schon von weitem Frauenstimmen und Gelächter. Am Seerosenteich hinter dem Gartenpalais vergnügte sich eine ganze Anzahl Damen; ihre weiten Röcke bauschten sich flatternd im Wind und leuchteten bunt in der herbstlichen Sonne. Am Rande des Grüppchens stand, ganz in Violett, die Gräfin Cosel, von ferne leicht zu erkennen an ihrem unförmigen, kugelrunden Bauch – die Ärzte rechneten in der übernächsten Woche mit der Niederkunft. August ritt näher heran und beobachtete das Geschehen vom Teichufer aus. Es wurde Blindekuh gespielt: Ein junges Mädchen im sonnengelben Kleid hatte ein rotes Band vor den Augen, drehte sich im Kreis und tastete sich mit ausgestreckten Armen an ihre Gefährtinnen heran, die jedesmal mit hellem Auflachen Reißaus nahmen. Es war eine schöne Szene, fröhlich und unbeschwert, und August genoss es, bei diesem harmlosen Spiel Zuschauer zu sein. Schließlich nahm er die Zügel auf und ritt hin.

»Sire!« Alle Damen versanken in einem tiefen Hofknicks; nur die Cosel verharrte aufgrund ihres Zustands in einer kleinen Verbeugung. August trieb sein Pferd an ihre Seite und zog den Hut.

»Es freut mich, Sie in so guter Verfassung zu sehen, ma chère Constance. Befinden Sie sich wohl?«

Die Gräfin richtete sich auf und strich stolz und glücklich mit beiden Händen über ihren Bauch. »Sire, es könnte mir – uns – nicht besser gehen. Mit Gottes Hilfe werden Sie bald einen starken Sohn in den Armen halten können.«

»Und nachdem er eine solche Mutter hat, wird er der wunderschönste kleine Bursche sein, den die Welt je gesehen hat, meine Liebe.«

Die Cosel strahlte. »Majestät schmeicheln mir.«

August schüttelte lächelnd den Kopf. »Aber pas du tout, Madame. Schonen Sie sich nur und essen Sie ausgiebig, damit unser königlicher Spross gut gedeiht.«

Die Hofdamen hatten derweil überrascht zu tuscheln begonnen. Schließlich war es ganz und gar nicht üblich, bei Hof offen über eine Schwangerschaft zu reden. Viel eher wurde das Austragen eines Kindes ganz allgemein als eine Art Krankheit angesehen, ein peinlicher Zustand, den man möglichst verbarg, indem man weite Manteaus über den Kleidern trug oder am besten die Gesellschaft anderer bis nach der Geburt ganz mied. Dass der König sich so über die Konvention hinwegsetzte, konnte nur von seiner großen Liebe zur Gräfin Cosel zeugen. Vor allem die älteren Gesellschafterinnen waren gerührt, erschraken aber dann umso mehr über das, was sich nun vor ihren Augen abspielte. Denn August trieb sein Pferd weiter bis zu einer weiß gewandeten Dame, die abseits von den anderen bei einer der Blumenrabatten gestanden hatte, den Arm voller frisch gepflückter, rot blühender Rosen: Fatmah. Die Frauen beobachteten, wie der König und die Türkin einige Sätze wechselten, während der Schimmel unruhig zu tänzeln begann. Was die beiden sprachen, war nicht zu verstehen. Und dann geschah das Unerhörte: Fatmah warf ihren Rosenstrauß zu Boden, ergriff den Arm, den ihr der König darbot, und ließ sich hinter ihm auf das Pferd ziehen. Der Schimmel galoppierte weich an, und die beiden ritten davon.

Die Hofdamen standen wie angewurzelt da und starrten den beiden Reitern nach, bis der letzte Zipfel von Fatmahs schneeweißem Kleid hinter einer Haselnusshecke verschwunden war. Dann erklang ein leiser Seufzer. Die Gräfin Cosel war in Ohnmacht gefallen.

In dieser Nacht wurde Fatmah die Geliebte des Königs.

Drittes Buch

August der Starke

Königlich polnischer und Churfürstlich Sächsischer Hoff= und Staats=Calender vom 26. September 1707

»… die Frau Gräfin von Kosel, nachdem sie in Dreßden einen todten Sohn zur Welt gebracht, befindet sich sehr traurig und hat gestern dero Absterben verlauthen wollen. Seine allerhechste Majestät hat Dero selbsten Leyb=Ärzte zur Verfühgungk gestellt, die aber mit nichten verhindern konnten, dass das Kindt noch im Mutter=Leyb starb. Das medicinische Tractat vom heutigen Tage erwehnt, dass die Gräfin Kosel bei ihrer Nieder=Kunfft gefährlich viel Bluths verloren hat, aber nunmehro auf dem Wege der Beßerung sich befindet. Unser allergnedigster König hat drey Tage und Nächte am Bette der Dame verweillt. Alß Zeichen Seiner überauß grossen Zuneygung und Danckbarkeyt hat Seine allergnedigste Hoheyt der Gräfin von Kosel das Ritter=Guth Pilnitz etliche Meilen Elb=auffwärts übereygnet.«

Fatmah

Bin ich schuld? Ich frage mich das immer und immer wieder, und ich weiß, auch der König macht sich Vorwürfe. Hat sich die Gräfin Cosel so sehr darüber gekränkt, dass ich nun das Bett ihres Geliebten teile, dass sie ein totes Kind geboren hat? Die Doktoren beruhigen mich. Sie sagen, niemand kann etwas dafür. Das Kind lag mit der Nabel-Schnur um den Hals und hat sich bei der Geburt selbst erwürgt. Und auch die starke Blutung der Gräfin kann nicht von einer schlimmen Aufregung kommen, das haben die Leibärzte versichert. In der Gebärmutter der Frau befindet sich ein blutgetränkter Nähr-Schwamm, aus dem das Kind Säfte zieht, und dieser Schwamm sei bei der Gräfin nicht an der rechten Stelle gewesen. Durch die Geburt wurde er zerrissen, und deshalb floss alles Blut aus dem Mutterleib.

Dennoch, ein schlimmes Gefühl bleibt. Wenn die Gräfin gestorben wäre ... ich glaube, ich wäre meines Lebens nicht mehr froh geworden.

Der König schilt mich, weil ich so bedrückt bin. Er sagt, die Gräfin habe kein ausschließliches Anrecht auf ihn, sie sei die Mätresse en Titre, das müsse ihr genügen. Er ist mir gegenüber so ehrlich, zuzugeben, dass er sie liebt und ich niemals ihren Platz als offizielle Dame des Souveräns einnehmen kann. Aber auf meine Frage, die ich ihm in unserer ersten Nacht stellte, was nun mit mir werden solle, hat er mich in die Arme genommen und mir gesagt, dass ein Teil seiner Liebe von nun an immer mir gehören würde. So bin ich denn trotz aller Gewissensbisse glücklich. Der König ist ein zärtlicher Mann, der im Bett nicht nur seine eigene Befriedigung sucht, sondern auch die Lust einer Frau zu stillen vermag. Wenn ich an meine alten Ängste zurückdenke – was war ich für ein dummes kleines Ding! Jetzt weiß ich, dass die Liebe zwischen Mann und Frau, wenn sie freiwillig gegeben wird, ein Geschenk Gottes ist.

In meinem Leben hat sich in so kurzer Zeit fast alles geändert. Welch ein Wandel des Schicksals: Aus dem kleinen Mädchen von Asow ist eine bedeutende Frau geworden! Ich bin nun nicht mehr die Hofdame der Gräfin Cosel, sondern die Mätresse des Königs. Man hat mir mehrere Räume im Schloss zugewiesen, nicht allzu weit entfernt von Augusts Privatgemächern. Ich habe jetzt einen Salon mit Vorzimmer, der ganz in edlem Weiß gehalten ist, von den Vorhängen über die Tapeten, Teppiche, bis hin zu Polstern, Kissen und Decken. Die Fenster gehen zur Elbe hinaus, sodass ich den ganzen Tag die Schiffe beobachten kann, wie sie mit geblähten Segeln übers Wasser gleiten. Das Schlafzimmer hat die Farbe dunkler Rosen, mit einem großen Prunkbett in der Mitte. Von hier aus führt eine Tür zum Ankleideraum, und dann kommen zwei kleinere Räume, in denen meine Dienstboten schlafen. Ja, Dienstboten! Man sagte mir, es gebühre sich nicht für die Geliebte des Königs, alleine zu sein, und so habe ich nun eine Zofe und ein junges Mädchen für Botengänge und Näharbeiten. Der König hat meine Bitte erfüllt und mir Sophie an die Seite gestellt – das arme Ding wollte nicht mehr bei der Gräfin Cosel bleiben, weil diese ihr als meiner Freundin das Leben recht sauer gemacht hat. Das Mädchen ist ein pummeliges Dresdner Bürgerstöchterlein namens Liese, ein bisschen langsam, aber fleißig und gutmütig. Wir haben es uns schon gemütlich eingerichtet und verstehen uns alle wunderbar in unserem kleinen Reich.

Doch nicht alles hat sich zum Guten verändert. Viele von denen, die schon seit langer Zeit Günstlinge und Freunde der Gräfin sind, behandeln mich nun mit Feindseligkeit und Missgunst. Offen dürfen sie es ja nicht zeigen, aber hinter vorgehaltener Hand reden sie schlecht über mich. Die osmanische Hure, heißt es da, habe den König verhext, ihm eiskalt und schlau den Kopf verdreht. Man wolle keine heidnischen Konkubinen im Schloss – dabei bin ich schon so lange getauft und besuche auch die Messe. Es macht mich traurig, dass die Menschen mir Berechnung und Kälte unterstellen. Ich habe nie angestrebt, mehr zu sein als andere. Es war mein Kismet, dass der König mich erwählt hat, nicht mein Ehrgeiz.

Neben denen, die mich offensichtlich hassen, obwohl ich ihnen nie etwas getan habe, gibt es andere, die mich vorher nie angesehen haben, nun aber so tun, als seien sie meine besten Freunde. Natürlich wollen sie alle, dass ich mich für sie beim König verwende. Sie machen mir falsche Komplimente, erscheinen zu meinen Kaffeestunden, laden mich zu sich ein, nehmen mich bei den abendlichen Zerstreuungen in Beschlag. Es ist schwer zu unterscheiden, wer es ehrlich mit mir meint. Ich habe für mich beschlossen, niemanden zu bevorzugen und mich für niemanden beim König zu verwenden. Ich werde mich nicht einmischen – ich bin nicht die Gräfin Cosel, die für eine Handsalbe beim König Ämter für ihre Freunde erwirbt.

Gott sei Dank habe ich noch Menschen, auf deren Zuneigung ich mich verlassen kann, wie den Vicomte de Villeroy, der mir ein unschätzbarer Ratgeber ist, Sophie, die mir wie immer eine treue Freundin und Schwester ist, und auch Jula, der in seiner freien

Zeit oft bei uns hereinschaut und uns Proben seiner neuesten Rezepte bringt. Auch der Kammerherr Spiegel gehört zu meinen Freunden, ein feinfühliger, stiller und vornehmer Mann, der mir alles beibringt, was eine Frau wissen muss, die in der unmittelbaren Umgebung des Königs verkehrt. Und natürlich ist da noch der König, der mich behandelt wie eine Prinzessin und mich täglich seiner Zuneigung versichert. Gebe Gott, dass seine Gefühle beständig bleiben ...

Aus den Memoiren des französischen Gesandten zu Dresden, Alphonse Louis Baptiste de Villeroy

Ah, endlich ist hier in Dresden wieder Tabac zu haben. So lange die Schweden sich im Land aufhielten, war fast alle Rauchware für die Armee confisciert. Es fiel mir und vielen anderen doch recht schwer, darauf zu verzichten. Vor allem meine tägliche Prise Schnupf=Tabac hat mir doch sehr gefehlt, ist dieser doch eine wahrhaft hilfreiche Medicine. Er entzieht dem Leib schädliche Feuchtigkeit, macht nießen und schlafen, reinigt Gaumen und Haupt, vertreibt Schmerzen und Traurigkeit, stillt Zahnweh, verjagt Läuse, heilt den Grind und behütet vor der Pest. Außerdem hilft er, die Verlockungen der Sinnlichkeit erfolgreich überwinden – was mir, ich muss es zugeben, in meinem Alter nicht mehr so unbedingt nötig scheint. Ach, wie habe ich die Frauen geliebt, damals, als mein Blut noch frisch und jung war! Les femmes, les jeunes filles, oh là là! Heute genügt mir hie und da eine Grisette oder eine hübsche kleine Servante, die mir für eine Nacht das Bett wärmt. Dann spiele ich den feurigen Liebhaber, der ich nicht mehr bin, was mich doch manchmal rechte Anstrengung kostet. Da helfen keine Spanische Fliege, kein Spargel und keine Austern. Ja, jeder will alt werden, aber nicht alt sein!

A propos, die Liebe! Meine kleine Freundin Fatime hat nun endlich das Bett des Königs erklommen, à la bonheur! Was daraus wird, man kann es heute noch nicht wissen. Meine Befürchtungen,

Auguste würde schnell wieder das Interesse an ihr verlieren, haben sich, grâce à Dieu, nicht bewahrheitet. Sehr au contraire, er scheint recht vernarrt in sie und verbringt – nunmehr seit mehr als zwei Monaten – bemerkenswert viel Zeit mit ihr. Fatimes Geheimnis scheint zu sein, dass sie nichts vom König fordert. Im Gegensatz zur Gräfin Cosel, die jedes kleine Abenteuer ihres Geliebten mit fürchterlichen Wutausbrüchen ahndet, kennt Mademoiselle Fatime keine Eifersucht und keine Besitzansprüche. Sie lässt August tun, was er will. Das ist certainement ihrer türkischen Kinderstube zuzuschreiben. Sie ist damit aufgewachsen, dass ein Mann mehrere Frauen haben kann. Neulich sagte sie zu mir: »Sehen Sie, lieber Vicomte, wäre Asow nicht gewesen, hätte mich mein Vater längst einem Pascha oder Bey zur Frau gegeben, und ich säße als dessen erste, zweite oder dritte Frau in einem osmanischen Harem. Stattdessen bin ich nun eine der Maitressen des Königs von Sachsen – wo ist der Unterschied?« Einer ihrer großen Vorzüge besteht darin, dass sie entwaffnend ehrlich ist – so etwas schätzt gerade ein Monarch, dem ja die meisten Menschen nach dem Munde reden.

In letzter Zeit sehe ich den König häufig, weil ich durch meine kleine Freundin zu vielen Banquetten und Divertissements geladen werde. Erst gestern Abend gab es eine »französische« Tafel – schon als ich hinging, schwante mir Übles. Natürlich wollte mir le roi Auguste beweisen, dass zu Dresden nichts Schlechteres auf den Tisch kommt als zu Versailles oder Fontainebleau, was – die Bemerkung sei mir erlaubt – schlichtweg unmöglich ist. Und vraiment, man trug verschiedene Fricassées und Hachées auf, die jeder culinarischen Raffinesse entbehrten; mein edler und allergnädigster Souverän hätte keinen Bissen davon genommen. Auguste neigte sich in kindlichem Stolz zu mir herüber und sagte: »Mon cher Villeroy, es heißt ja, Seine Majestät Louis Quatorze pflege eine Vorliebe für Gerichte aus klein geschnittenem und gehacktem Fleisch. Ich habe Anweisung gegeben, solche Speisen auch in meiner Küche zu kreieren, und muss sagen, ich finde sie äußerst wohlschmeckend und dem Magen zuträglicher als die großen Braten. Ihr Souverän ist ein bewundernswerter Feinschmecker!« Mademoiselle Fatime, die mir gegenüber saß, zwinkerte mir fröhlich zu; erst am Tag vorher hatte ich ihr erzählt, dass der Roi Soleil im letzten Jahr unter einer eitrigen Fistel am Gaumen litt, die seine Leibärzte malheureusement nicht wegoperieren konnten, ohne versehentlich mehrere Backenzähne und einen Teil des Gaumens mit wegzureißen. Seitdem kann der Ärmste nicht mehr kauen, weshalb seine Versailler Köche in ihrer Not das Fricassée erfanden. Ich verbiss mir das Lachen und antwortete: »Majestät, ich bin überwältigt von der Erlesenheit Ihrer Tafel und werde zu Versailles gerne berichten, dass die Dresdener Hofküche in allen Dingen ganz à la mode ist.« Louis Quatorze wird herzlich darüber lachen, dass seine Krankenspeise nun in Deutschland zum kulinarischen dernier cri geworden ist.

Anlässlich dieses Abendessens hat mich le roi Auguste darüber informiert, dass der König von Schweden eine weitere Campagne gegen Russland plant. Sacrebleu, es ist nicht zu fassen! Bekommt der Mann nie genug? So viel man hört, liegt in Schweden seit Jahren alles brach, weil sämtliche Bauern bei der Armee sind. Mein Vetter zweiten Grades (oder dritten?), der gute alte Jean-Honoré, der diesen Sommer in diplomatischer Mission nach Stockholm reiste, schrieb mir, er habe in ganz Schweden keinen einzigen jungen Kerl zwischen 20 und 40 Jahren gesehen. Kleine Mädchen übernähmen schon die Aufgaben erwachsener Männer, und in manchen Gegenden fände man weder Volk noch Pferde. Angeblich verfluche man im Geheimen den jungen König schon, weil er sein Land so ins Unglück stürze. Nun, ein Krieg gegen den Zaren wird kein kurzer Spaziergang werden, und kein angenehmer dazu, möchte ich meinen. Zu Versailles wird man sich über diese Entwicklung nicht recht freuen, hoffte man doch immer noch, man könnte den Schweden dazu bringen, im Krieg um die spanische Erbfolge auf Seiten Frankreichs in die Bataille zu ziehen. Nun denn, Charles von Schweden, man wird sehen, wohin dich der Teufel wohl noch reitet!

Nun will ich für heute schließen, denn gerade ist mir mein Parfum-Fläschchen aus der Perücke gefallen und auf dem Boden zerbrochen. Quel malheur, der ganze Salon riecht schon nach Moschus und Maiglöckchen. Ich glaube, ich werde den Duft wechseln – zu Karlsbad habe ich einen Herrn von und zu Schwindingen-Creißheim kennen gelernt (ein überaus liebenswerter, höflicher Mensch, der bemitleidenswert an Ausschlag und Furunkeln litt); er empfahl mir dringend sein »Eau de Cologne«, ein in der Stadt Cöln hergestelltes Duftwasser.

Spreewald, Dezember 1707

Die Kutsche, gezogen von zwei kräftigen Rappen, holperte übers flache Land, vorbei an öden Feldern, auf denen erste Schneeflecken lagen, und an kahlen Bäumen, deren Äste wie knochige schwarze Finger in die Luft ragten. Sie mied alle menschlichen Ansiedlungen, umfuhr die Dörfer und Herbergen. Der Himmel war ein Chaos aus dunklen Wolken, eiskalten Windböen und durcheinanderwirbelnden Schneegraupeln, und Constantia von Cosel fragte sich, ob sich in ihm ihr eigener Seelenzustand widerspiegelte. Sie saß fröstelnd in der gut gegen den Winter abgepolsterten Karosse, nur sie allein, und vorne auf dem Bock der Kutscher, den sie unter allen Pillnitzer Bediensteten ausgewählt hatte, weil er stumm war. Ihre goldenen Wappen, die die Wagenschläge der Kutsche zierten, hatte sie ihn mit Tüchern abhängen lassen. Sie selbst trug weder Reifrock noch Perücke, sondern ein einfaches braunes Kleid, darüber einen dunklen Pelz und ein dickes, wollenes Tuch, das Kopf und Haar verbarg.

Irgendwann begannen der Wald, der Sumpf und das Wasser. Die Teiche, Flüsschen und Kanäle waren schon teilweise zugefroren; eisige Winterkälte war vor einer Woche jäh eingefallen. Dampf stieg von den Pferden auf, als die Gräfin schließlich vor einer heruntergekommenen Hütte anhalten ließ.

»Wart Er hier, bis ich wiederkomme«, befahl sie dem Kutscher. Ein Mann von wendischem Aussehen, in dicken Filzstiefeln und langem Umhang, hinkte aus der Hütte, sie drückte ihm wortlos einen kleinen Lederbeutel in die Hand und stieg dann hinter ihm in ein flaches Boot. Der frierende Pillnitzer Kutscher sah dem Kahn zitternd vor Kälte nach, wie er im sumpfigen Unterholz verschwand.

»Ich hab gewusst, dass du wiederkommst!«

Die Alte kauerte zusammengekrümmt am offenen Feuer; den Mund zu einem breiten, zahnlosen Grinsen verzogen. Constantia schien es, als ob sie noch winziger, noch verschrumpelter geworden sei als damals vor fast vier Jahren. Ein Schauer lief ihr über den Rücken.

»Du kennst mich noch?«

Die Hexe schüttelte sich vor Lachen, ihr übergroßer, kahler Schädel wackelte auf dem faltigen Hals. »Rusalka vergisst nie jemanden.« Sie holte ein paar Brösel und Kräuter aus einem Säckchen an ihrem Gürtel und streute sie murmelnd ins Feuer. Sofort machte sich ein aromatischer Duft in der Hütte breit, und dünne grünlich weiße Schwaden stiegen von den glimmenden Holzscheiten auf. Constantia ließ sich auf einem wackligen Schemel nieder und nahm das Wolltuch ab. »Ich habe das Kind bekommen, das du mir prophezeit hast«, flüsterte sie mit belegter Stimme. »Es war tot.«

»Ich habe nie gesagt, dass es leben würde.« Rusalka stocherte gleichmütig mit einem eisernen Haken in der Glut. »Das Mittel, das ich dir gegeben habe, sollte eine Schwangerschaft herbeiführen. Alles andere war nicht meine Sache.«

Constantia unterdrückte den aufsteigenden Zorn. »Ich brauche noch einmal deine Hilfe, alte Frau.«

Die Hexe keckerte. »Natürlich.« Mit einem schnellen Griff über die Flammen riss sie Constantia ein paar Haare aus, die sie unter zischelndem Gemurmel in ihrer schmutzigen Handfläche begutachtete und dann über ihrem knotigen Zeigefinger aufwickelte. Schließlich hielt sie die Haarwurzeln ans Feuer und ließ sie aufglimmen. Dann hob sie den Kopf. »Du hast schon etwas von dem erreicht, was ich damals für dich kommen sehen habe, nicht wahr? Aber du bist noch nicht zufrieden, nein, nein, da ist etwas, das an dir frisst, ich spüre es ganz deutlich. Was ist es bloß, hm?« Rusalka schloss ihre unheimlichen hellen Augen unter den wimpernlosen Lidern und wiegte den Oberkörper hin und her. »Es ist nicht das Kind, das du verloren hast. Es ist ... Eifersucht, Neid, Hass, ts, ts, ts.« Sie schnalzte mit der Zunge und sah ihr Gegenüber mit stechendem Blick an.

»Ich brauche einen Liebeszauber«, brach es aus Constantia

heraus. »Gib mir etwas, was mir die Liebe des Königs zurückbringt!«

»Des Königs, so, so. Dachte ich's mir doch«, gurrte die Hexe. Ächzend stand sie auf und holte aus verschiedenen Ecken ihrer Hütte mehrere Vorratsbehälter, denen sie unkenntliches Zeug entnahm und in einen Mörser steckte. Geschickt bewegte sie den Stößel. »Schlehe, Kindspech, Schlangenhaut, Krähengalle, das Fett eines Neugeborenen, Bibergeil. Lauter feine Sachen, jaja. Und Rusalkas gute alte Kräutermischung aus dem Moor. Hier.« Sie hielt der Cosel einen rostigen alten Topf hin. »Ich brauche ein paar Tropfen von deinem Urin.«

Gehorsam hockte sich die Gräfin über den Topf, und die Alte rührte ein kleines Quantum der Flüssigkeit unter den breiigen Mischmasch im Mörser. Dann schnupperte sie zufrieden am Ergebnis ihrer Arbeit. »Der Mond steht gut«, krächzte sie. »Heute Nacht ziehen die Geister durchs Moor, hui, das wird ein feiner Spaß. Ja, es wird kommen, was du dir wünschst. Du kannst guter Dinge sein, der König wird dich nicht verstoßen. Du wirst wieder schwanger werden, und dieses Mal sollst du dein Kind behalten. Aber nur, wenn du genau tust, was ich dir sage. Zieh dich aus und leg dich hin.«

Während Constantia zögernd ihre Kleider ablegte, ging die Hexe auf Hände und Knie und fuhr suchend mir den Händen durchs Stroh. Endlich hatte sie gefunden, was sie suchte, und triumphierend hielt sie ein zappelndes Mäuschen am Schwanz hoch. Dann schnappte sie jäh zu und biss dem Tier mit einem Ruck den Kopf ab. Constantia würgte, während sie zusah, wie Rusalka das hervorpulsierende Blut in einer Art dicker Schüssel auffing, etwas von dem angerührten Brei dazutat und dann mit sämtlichen Fingern ihrer linken Hand hineinlangte.

»Das ist die Hirnschale einer gehenkten Hure«, flüsterte die Alte heiser. »Der stärkste Liebeszauber, den ich kenne. Entspann dich.«

Constantia spürte, wie Rusalkas Finger das Blut zwischen ihre nackten Brüste schmierten, dann nach unten über den Nabel zur Scham wanderten. Ein warmes Pulsieren begann sich in ihrem Unterleib auszubreiten. Sie wollte den Mund öffnen, doch die

Hexe gebot ihr mit einem Zischen, zu schweigen. Dann fing sie an, zu summen, eine merkwürdige, dissonante Abfolge von Tönen, es klang unheimlich, als ob der Wind leise durch die Bäume pfiff. Constantia war es, als sähe sie die Moorgeister übers Wasser tanzen, durchsichtige, schwebende Gestalten mit grausig geöffneten Mündern und Spinnengliedern, die in der Luft nach unsichtbaren Opfern tasteten. Und dann sah sie August, stark und schön, der sie anlächelte, der die Hand nach ihr ausstreckte, ihr zuwinkte. Seine Lippen formten ein Wort: »Komm!« Und Constantia fühlte die Liebe zu ihm wie einen ungeheuren, großen, ziehenden Schmerz in ihrem Körper.

Sie kam erst wieder zu sich, als die Alte ihre Haut mit einem schmutzigen Tuch vom Blut reinigte.

»Du hast ihn gesehen, nicht wahr?«, raunzte sie beinahe freundlich, während sie den Lappen über Constantias Brüsten kreisen ließ.

»Ja.« Constantias Mund war trocken.

»Und du liebst ihn.«

»Mehr als ich wusste.«

Die Hexe erhob sich und gab der Gräfin ein Zeichen, sich wieder anzuziehen. »Meine Liebeszauber wirken zweifach«, krächzte sie mit ihrer hohen Stimme, während sie zwei Beutelchen aus Fledermaushaut auf einem Holzblock herrichtete. »Das ist nur gerecht, findest du nicht auch?« Wieder das Ziegenkichern. Sie wickelte eine Alraune aus einem Stück Rinde und brach von jedem Füßchen ein kleines Stück ab. Die Brocken tauchte sie in den zermörserten Brei und steckte sie dann zusammen mit einer halbierten Nuss und ein paar trockenen Moosrupfern in die winzigen Beutelchen, die sie anschließend mit zwei langen schwarzen Rosshaaren gut verschnürte.

»Eines davon hängst du unter das Bett des Königs, da wo das Herz ist. Das andere unter deines. Die Nuss wird ihren Zwilling suchen und den Mann mitziehen.«

Constantia steckte die kleinen Säckchen in eine Tasche ihres weiten Umhangs und reichte der Hexe einen Zugbeutel mit Talern, den diese flink ergriff.

»Und halt ihn dir gut, deinen König«, murmelte sie finster, während sie das Geld in einen Hohlraum des gemauerten Herdes verstaute. »Denn wenn du ihn jetzt noch verlierst, wird er dein Unglück sein. Und meines. Und jetzt geh.«

Constantia verließ fluchtartig die windschiefe alte Hütte, die Hand in der Tasche fest um die beiden Beutelchen gekrallt. Mit lautem Krachen fiel die Brettertür hinter ihr zu.

Drinnen schlug Rusalka ein Ei auf und ließ das Weiße in ein rundes Glas gleiten. Sie hockte sich damit ans Feuer, schwenkte die Halbkugel gleichmäßig im Kreis und starrte eine ganze Weile hinein. Reglos saß sie da, bis irgendwann tief aus ihrem Inneren ein dunkles, klagendes Geräusch kam, das sich langsam zu einem verzweifelten Jammern steigerte. Immer lauter wurde das Heulen, immer entsetzlicher das Klagen. Endlich rissen sich die krampfhaft zitternden Hände der Alten mit einem Ruck von dem Glas los; die Kugel fiel ins Feuer und zerbarst. Rusalka sackte mit einem heiseren Schrei auf ihrem Lager zu einem zitternden, zuckenden Häufchen zusammen. Ihre Augen waren weit aufgerissen, und in ihnen stand namenlose, entsetzliche Angst: Die Hexe hatte ihren eigenen Tod gesehen.

Dresden, März 1708

»Wie ich höre, mein lieber Villeroy, ist es inzwischen wieder ratsamer, sich an die Gräfin Cosel zu halten, wenn man ein offenes Ohr beim König sucht?«

Der englische Gesandte Robinson, ein jovialer, rotgesichtiger Fettwanst mit immer unruhigen Schweinsäuglein und fleischigen roten Lippen, paffte genießerisch an seiner Meerschaumpfeife. Es war das allwöchentliche Diplomatentreffen mit Kartenspiel, das diesmal in einem der Flemming'schen Schreibsalons im Erdgeschoss des Dresdener Schlosses stattfand. Meist war Villeroy dabei, dann Robinson, seltener Graf Stratmann, der stets missmutige Vertreter des Kaisers, immer Flemming und hie und da eigens eingeladene Sondergäste, je nach politischer Lage und Anwesenheit am Hof. Man spann Fäden, diskutierte, tratschte, trank und spielte, und schon längst hatte sich zwischen den Gesandten eine Art Freundschaft entwickelt. An diesem Nachmittag waren die drei ausländischen Diplomaten bereits anwesend und warteten auf Flemming, der ganz offenbar aufgehalten worden war.

Der Vicomte nahm einen Schluck Rotwein und antwortete lächelnd auf die Frage des Engländers. »Ganz recht, Sir, seit die Gräfin wieder von ihrem längeren Aufenthalt zu Pillnitz zurück ist, besucht der König sie regelmäßig, soviel ich weiß. Die Ärmste, ein wenig Zuwendung ist ihr vraiment zu gönnen, nach der schweren Zeit, die sie hinter sich hat.«

»Dann muss man wohl damit rechnen, dass die osmanische Geliebte bald das Feld räumen wird?«, mischte sich Stratmann ein, ein hagerer, stets kränklich wirkender Mittfünfziger mit schmalen Lippen und dunklen Ringen unter den Augen, der statt des Weins ein Tässchen Kamillenaufguss trank. Mit dem kleinen Kopf auf einem langen dünnen Hals erinnerte er an ein Schildkröte.

»Das glaube ich kaum.« Villeroy zog ein blauseidenes Schnupftuch und putzte sich ausgiebig die Nase, bevor er fortfuhr. »Der König ist ein außergewöhnlicher Mann. Sie kennen ihn alle, meine Herren: Seine Gunst hat sich noch nie nur für eine einzige Frau erschöpft, warum auch? Wenn er Braten und Torte haben kann, warum sollte er auf eines davon verzichten? Tatsächlich habe ich erst gestern morgen der Mademoiselle Fatima meine Aufwartung gemacht, und da verließ der König gerade in prächtiger Laune ihr Boudoir. Sie zeigte mir ein hübsches Emaille-Medaillon mit seinem Konterfei, das er ihr am Abend vorher geschenkt hatte.«

Graf Stratmann nippte an seinem Tee. »Nun, bester Vicomte, ich will es Ihnen wünschen, dass die türkische Hure dem König recht lange zu gefallen weiß – es ist ja allgemein bekannt, dass die Dame eine besondere Freundin von Ihnen ist.« Er sah seinen Tischnachbar mit säuerlichem Lächeln an.

»Dann dürfte ja auch allgemein bekannt sein, dass ich meine Freundschaften nicht mit der Politik zu vermengen pflege.« Villeroy erwiderte den Blick des Wiener Grafen mit gutmütigem

Blinzeln. »Im Übrigen hört seine Majestät gerne und regelmäßig meine Meinung, sooft ich ihn um eine Audienz bitte. Dazu hat der Vertreter Frankreichs nicht die Vermittlung einer Mätresse nötig.«

Inzwischen drangen aus dem Vorzimmer aufgeregte Stimmen in den Arbeitssalon, eine davon war unverkennbar das Organ Flemmings, die andere gehörte offenbar einem jungen Mädchen, das schließlich zu weinen anfing. Eine Tür fiel krachend ins Schloss, dann trat der Minister mit entschuldigender Geste ins Zimmer.

»Pardon, meine Herren, ich bin untröstlich über die Verspätung.« Er setzte sein gewinnendstes Lächeln auf und nahm auf dem noch freien Stuhl um das Spieltischchen Platz. »Ein kleines Malheur, nicht wichtig.«

»Das ist nun schon das zweite kleine Malheur, das Ihnen in den letzten sechs Monaten widerfährt, wenn man dem Hofklatsch folgen darf«, bemerkte Stratmann trocken. »Was sagt eigentlich Ihre gnädige Frau Gattin zu all den kleinen Unglücken, die inzwischen in Dresden herumlaufen?«

Flemming lachte amüsiert auf. »Das lassen Sie nur meine Sorge sein, lieber Graf. Wo gehobelt wird, fallen eben Späne!« Die anderen lachten.

»Aber lieber Flemming, besitzen Sie denn keine englische Reitjacke?« Robinson runzelte in gespielter Verwunderung die Stirn.

Der Minister schüttelte so heftig den Kopf, dass seine Perücke staubte. »Gott behüte! Nur ein Spinnweb gegen die Gefahr, aber ein Bollwerk gegen die Lust – das pflegte schon mein seliger Vater zu sagen. Und außerdem, mein Lieber, finde ich die Vorstellung, mein edelstes Teil in ein Stück Hammeldarm zu stecken, nicht gerade angenehm.«

»Mon Dieu«, rief der Vicomte, »mein lieber Flemming, Sie wollen damit doch nicht etwa andeuten, dass es hier in Sachsen niemanden gibt, der ordentliche Condomes mit Seidenfutter anfertigt? Mit anregenden Szenen darauf gemalt, oder mit Goldbeschlag, und mit kleinen Glöckchen am Zugbändchen?«

Die Herren spitzten interessiert die Ohren, und man bat Villeroy allseits um die Adresse seines Galanteriewarenmeisters in Paris. Nur Stratmann bezeugte kein Interesse. »Ich werde doch nicht nach Paris reisen, nur um dort Maß für ein Condom nehmen zu lassen«, meinte er verächtlich.

»Aber es hält außerordentlich lange«, protestierte Villeroy, »wenn Sie es sorglich behandeln und jedes Mal gut waschen und trocknen. Und es ist auch gut gegen die venerische Ansteckung!«

»Hört, hört!«, nuschelte Robinson.

»Tja, meine Herren, die Franzosen sind nun einmal die unbestrittenen Meister, wenn es um galante Dinge geht«, stellte Flemming fest, was Robinson nun doch zu der Bemerkung veranlasste, dass es immerhin vor etlichen Jahrzehnten ein englischer Arzt gewesen sei, der das Condom erfunden habe und nach dem es benannt worden sei. »... ein großartiges Verdienst zum Wohle der ganzen Menschheit, wofür unser geliebter König den Mann später zum Ritter ernannt hat!«, schloss er mit stolzgeschwellter Brust.

»Wohl getan!«, beendete Villeroy das Thema und sah auf die silberne Standuhr. »Und nun würde ich vorschlagen, dass wir unser kleines Gespräch im Salon der Mademoiselle Fatime fortsetzen. Dort warten bereits zwei adelige Herren aus Preußen sowie ein dänischer Minister auf der Durchreise, und ich bin sicher, auch der König wird uns später noch die Ehre erweisen.«

Sophie stand im Vorzimmer des Weißen Salons, goss Wein in geschliffene Karaffen um und arrangierte kleine Häppchen und Pasteten auf silberne Tabletts. Gut gelaunt summte sie ein Liedchen; seit sie aus den Diensten der Gräfin Cosel entlassen war und bei Fatima im Schloss lebte, hatte sie zu ihrer alten Unbeschwertheit zurückgefunden. Inzwischen frisierte sie nicht nur Fatmah, sondern fast alle wichtigen Damen bei Hof, und die von ihr gemischten Cremes und Düfte fanden reißenden Absatz. Aus dem frechen, rothaarigen Mädchen, das die Gräfin nach dem Tod ihres Vaters bei sich aufgenommen hatte, war eine reizende junge Frau geworden, die überall die Blicke der Männer auf sich zog. Manch einer der kleineren Hofbeamten hatte sein Interesse an einer Verbindung bekundet, doch nach wie vor galt ihre ganze Zuneigung dem schüchternen Jula, mit dem man sie in ihrer beider freien Zeit oft Händchen haltend spazieren gehen sah.

Die Tür zum Salon ging auf, und Flemming schlüpfte herein.

»Voilà, hier sind Sie also, meine kleine Freundin.« Er trat ganz nahe an Sophie heran, die seinen Blick mied.

»Excellenz, wenn Sie etwas von den Canapés möchten, ich komme sofort in den Salon.« Sie griff sich ein Tablett und versuchte, dem Minister auszuweichen, doch Flemming ließ sie nicht an sich vorbei. Er griff ihr von hinten um die Taille und versuchte, sie auf den Hals zu küssen.

»Du weißt ganz genau, dass ich nichts zu essen möchte, du kleine Verführerin. Komm her ...«

Sie entwand sich seinem Griff und wollte zur Tür flüchten; er drängte nach und presste sie gegen die Wand. Das Tablett mit den Häppchen fiel zu Boden.

»Monsieur, lassen Sie mich, ich bitte Sie!« Sophie sah ihren Bedränger flehentlich an. Doch Flemming ließ sich nicht abhalten; er wusste, dass sie nicht wagen würde, um Hilfe zu rufen. Er drückte sie mit seinem Gewicht gegen die Wand und griff mit einer Hand unter ihren Reifrock, während er mit der anderen ihre Abwehrversuche konterte. Sophie hörte sein schweres Atmen, roch seinen Schweiß, und ihr wurde beinahe übel. »Ich schreie, Monsieur!«, stieß sie hervor. »Hören Sie auf! Sie sind ja betrunken!« In ihrer Not hob sie den Fuß und trat mit dem spitzen Absatz so kraftvoll sie konnte nach unten. Flemming fluchte und ließ sie los, sie hatte seinen Zeh getroffen.

»Verdammt, du kleine Kratzbürste, bin ich dir denn gar so widerlich?«, keuchte er mit hochrotem Gesicht.

Sophie hielt ihr Dekolleté über dem Busen zusammen, wo die Spitze eingerissen war. Ihre Augen blitzten in einer Mischung aus Wut und Angst. »Sie sind ein garstiger, abscheulicher Lüstling, und ich will, dass Sie mich zufrieden lassen!«

»Du!« Flemming hob die Hand ob dieser Unverschämtheit. Doch bevor er sie schlagen konnte, ging zu Sophies unendlicher Erleichterung die Tür auf, und Fatmah stand im Rahmen. Sie erkannte sofort die Situation und trat lächelnd auf den Minister zu. »Ah, Monsieur Flemming, hier sind Sie ja! Gerade ist der König eingetroffen und hat nach Ihnen gefragt.« Sie hakte den Minister resolut unter und führte ihn in den Salon zurück.

»Er belauert mich schon seit Wochen!« Sophie schniefte. »Dauernd macht er mir Komplimente, schwänzelt hinter mir her. Mit seinen bleichen Fischaugen glotzt er mich an. Er stinkt und schwitzt. Und jetzt fasst er mich schon an! Es ist ekelhaft, und es wird immer schlimmer.«

Fatmah nahm die Freundin tröstend in den Arm. »Ich weiß. Flemming ist ein übler Weiberheld, kein Rock ist vor ihm sicher.«

»Herrjesus, was soll ich nur machen? Er ist schließlich nach dem König der mächtigste Mann am Hof. Graf, erster Minister im Kabinett, General ... Sag, kannst du nicht mit dem König reden, damit der Mensch mich in Ruhe lässt?«

Fatmah schüttelte den Kopf. »August würde sich höchstens vor Lachen ausschütten und dann mit Flemming zusammen Witze über dich machen. So gut kenne ich ihn inzwischen.«

»Soll ich denn einfach zuwarten, bis der Kerl mir Gewalt antut?« In einer Mischung aus Wut und Verzweiflung begann Sophie zu weinen.

Fatmah überlegte. »Du und Jula, ihr beide liebt euch doch ...«

»Natürlich! Bis in alle Ewigkeit!« Sophie sagte es mit Inbrunst und tupfte sich die Tränen aus den Augen.

»Und du hast erzählt, dass er dich heiraten will, sobald er einen höheren Posten in der Küche bekommt und sich eine Familie leisten kann.«

»Er hat's gesagt.«

»Dann heirate ihn gleich.« Fatmah nahm Sophies Hände in ihre. »Man sagt, Flemming meide verheiratete Frauen, seit er von einem beleidigten Gatten einmal zum Duell gefordert wurde. Vielleicht belästigt er dich nicht mehr, sobald er weiß, dass du vergeben bist. Und wegen einer besseren Dienstbestallung in der Küche rede ich mit dem König. Wenn er erst einmal die Schildkrötensuppe probiert hat, die Jula uns neulich gekocht hat ...«

»Meinst du?«

Fatmah nickte. »Ich will doch, dass du glücklich bist.«

Noch spät in derselben Nacht huschte Sophie im Schein einer Kerze durch die Gänge zum Küchentrakt. Wie die meisten anderen Gesellen und Lehrlinge schlief Jula in einer der winzigen Kammern, die vor dem Eingang zum Kochbereich lagen und die früher als Gewürzlager gedient hatten. Die Küche selber war nachts stets verschlossen.

Jula fuhr aus dem Schlaf hoch, als Sophie die Klinke herunterdrückte. Die alte, wurmstichige Tür knackte und knarzte. Er kniff die Augen zusammen, um etwas sehen zu können: Tatsächlich, da kam jemand zu ihm herein, eine brennende Kerze in der Hand.

»Psst, ich bin's«, flüsterte es.

Bevor Jula sich's versah, hatte Sophie die Kerze ausgeblasen und war zu ihm unter die Decke geschlüpft. Jula brachte kein Wort heraus. Er legte beide Arme um Sophie, erst vorsichtig, dann ganz fest. Sie kuschelte sich an seine Brust. Wie gut sie roch, und wie gut sie sich anfühlte! Jula spürte, wie sich seine Männlichkeit regte und an ihren Leib drängte. Und dann traute er seinen Ohren nicht. »Ich will, dass du der Erste bist«, wisperte sie.

Gott sei Dank sah er nicht, wie rot sie dabei wurde. Ungeschickt zog er die Schleife auf, die ihr Nachtgewand hielt, streichelte ihre Arme, ihre Schultern, ihren Hals, bis er sich schließlich zu ihrem herrlichen weißen Busen vorwagte. Aufseufzend vergrub er sein Gesicht zwischen ihren Brüsten. Lieber Gott, lass sie dableiben, betete er insgeheim. Dann legte er fast unhörbar leise sein peinliches Geständnis ab: »Du, Sophie – ich weiß nicht, wie's geht ...«

Sophie küsste ihn zärtlich, zog ihn über sich und nahm behutsam sein Glied in ihre Hand. »Der liebe Gott wird uns schon dabei helfen«, flüsterte sie und öffnete die Schenkel.

»Das muss der Himmel sein«, war das Letzte, was Jula dachte.

Dresden, Juni 1708

»Und dieser junge Mann ist wirklich ein Aurifex, ein Goldmacher?« Fatmah glaubte nicht recht daran, dass ein Mensch tatsächlich die Fähigkeit haben sollte, beliebige Materie in Gold zu verwandeln.

August reichte ihr die Hand, um ihr eine steile Treppe hinabzuhelfen. »Nun ja, früher hat er es dreist behauptet. Da habe ich ihn erst einmal auf dem Königstein einsperren lassen, damit er in Ruhe sein Gold machen konnte.«

»Und ist es ihm gelungen?«

Der König lachte. »Nein. Er hat ein paar Tobsuchtsanfälle bekommen, das war alles. Aber er ist ein genialer Erfinder und Alchemist, und weil ich ein nachsichtiger Mensch bin, habe ich ihn später ins Schloss geholt. Das hat er mir nicht gedankt, der Schelm! Bei Nacht und Nebel ist er geflohen, aber natürlich haben wir ihn erwischt. Seitdem sitzt er hier unten in den Gewölben der Jungfernbastei. Ich habe ihm auf den Rat Flemmings hin eine neue Aufgabe gegeben: Er soll endlich die Rezeptur für weißes Porzellan finden, wie es die Chinesen herstellen. Wenn er schon kein Gold machen kann, das wird er doch hoffentlich fertigbringen.«

Fatmah lief neben dem König und hinter den beiden Wachsoldaten durch die engen, feuchten Gänge, die nur durch ein paar blakende Wandfackeln erhellt wurden.

»Wie lange halten Sie diesen Böttger schon gefangen, Sire?«

»Hier unten? Noch nicht allzu lange. Insgesamt dürften es inzwischen an die sechs, sieben Jahre sein. Ah, hier sind wir ja schon!«

Die Wachen sperrten eine vergitterte Holztür auf und ließen Fatmah und den König eintreten.

Brennende Hitze schlug ihnen entgegen wie ein Gluthauch. Böttger hatte sich mehrere Brennöfen bauen lassen, in denen er seine Experimente mit verschiedenen Porzellanrezepturen machen konnte. Neben einem dieser gemauerten Öfen knieten zwei halbwüchsige Jungen mit Blasebälgen und pumpten aus Leibeskräften Luft in ein Zugloch. Dabei stand mit nacktem Oberkörper ein greisenhaft wirkender Fünfundzwanzigjähriger, unrasiert, von gräulicher Hautfarbe und mit wirren blonden Haaren. Tiefe Furchen hatten sich in sein spitzes Gesicht eingegraben, die Augen lagen in dunklen Höhlen. Er wischte sich mit einem schmutzigen Tuch den Schweiß von der Stirn und machte eine unbeholfene Verbeugung.

»Ich danke Ihnen, Majestät, dass Sie so schnell gekommen sind. Nun können Sie höchstselbst Zeuge des kleinen Wunders werden.« Böttgers Zunge war schwer; in den Berichten, die August regelmäßig zugingen, stand, dass er täglich bis zu zwölf Kannen Bier konsumierte und regelmäßig randalierte. Er verzweifle langsam an der Gefangenschaft, hieß es. Nun aber leuchteten seine Augen, als er seine beiden Besucher näher bat.

»Heute muss es gelingen«, sagte Böttger wie beschwörend zu sich selbst. Er wandte sich zu den beiden Jungen um. »Blast«, feuerte er sie an, »blast!«

»Hat es sich also gelohnt, dass ich Ihm den Tschirnhaus an die Seite gegeben habe?«, fragte der König und trat näher. Ehrenfried Walther von Tschirnhaus war einer der ausgezeichnetsten Naturforscher, Physiker und Mathematiker seiner Zeit; er hatte die sächsischen Glashütten eingerichtet, die dem Land jedes Jahr gute Gewinne abwarfen.

Böttger zuckte die Schultern. »Immerhin leistet er mir Gesellschaft.« Niemals hätte er zugegeben, dass Tschirnhaus an der neuen Porzellanrezeptur den weitaus größeren Anteil hatte als er selber. Ungeduldig sah er auf die Sanduhr, dann klatschte er in die Hände. »Heraus mit dem Zeug, schnell, schnell!«

Die Feuerschürer schmissen ihre Blasebälge weg, und einer von ihnen öffnete das gusseiserne Türchen auf der gegenüberliegenden Seite des Brennofens. Böttger holte vorsichtig mit zwei Zangen ein paar plumpe, graue Trümmer aus dem Feuerloch und stellte sie sorgsam auf einer Steinplatte ab.

»Die sehen ja aus wie große, glatte Steine«, meinte Fatmah enttäuscht. »So soll Porzellan sein?«

Böttger sah sie verächtlich an und verzog das Gesicht. »Das sind nur die Formen, Madame. Das große Geheimnis des Porzellans steckt in ihrem Inneren.« Er griff nach einem Eimer und schüttete kaltes Wasser über die vermeintlichen Steine. Dann klopfte er mit einem Hämmerchen die Formen an. Und wie das Innere aus einem Ei schälte er andächtig und still eine kleine henkellose Tasse aus der ersten Form, ein Tellerchen aus der zweiten und eine rundliche Vase aus der dritten.

August nahm die Tasse vorsichtig in die Hand. »Ein Meisterwerk! Dünn, weiß und hart – genau wie das Porzellan, das die Holländer aus China und Japan holen und uns für teures Geld verkaufen. Mon Dieu, Böttger, Er hat es tatsächlich geschafft!« Er klopfte dem jungen Alchimisten begeistert mit seiner behandschuhten Hand auf die nackte Schulter. »Das wird die sächsischen Commerzien in Schwung bringen, ha!«

»Noch eine Glasur, dann ein letzter Brand, und wir haben bestes weißes Hartporzellan!« Böttger sah den König und dann Fatmah mit flackerndem Blick an. Fatmah lächelte ihm zu. Er tat ihr leid.

August breitete jovial die Arme aus. »Mein lieber Böttger, ich verzeihe Ihm hiermit, dass Er doch kein Goldmacher ist. Hat Er einen Wunsch, den ich Ihm erfüllen kann?«

Böttger zögerte, dann straffte er den Rücken. »Nur einen: Lassen Sie mich frei, Sire. Ich habe Ihnen lange gedient, und hier unten werde ich verrückt! Ich will wieder mein eigener Herr sein, vielleicht in die Neue Welt reisen ...«

»Papperlapapp!« Der König war gekränkt. »Er darf mich jetzt nicht verlassen, nicht bevor die Manufaktur gegründet ist und erfolgreich arbeitet. Der Tschirnhaus kann das nicht, er ist schwer krank und lebt wohl nicht mehr lang. Ich brauche Ihn noch, Böttger!«

Der junge Alchimist senkte enttäuscht den Kopf, während August das Tässchen abstellte und Fatmahs Arm ergriff. »Komm, ma chère!« Er zog Fatmah zur Tür hin. Bevor er hinausging, drehte er sich noch einmal um und piekte mit dem manikürten Zeigefinger in die Luft. »Tu Er mir zurecht, Böttger, sonst lass ich Ihn hängen!«

Fatmah folgte August durch die Gänge der Kasematten. Es wollte nicht in ihren Kopf hinein, dass der König, dieser liebenswürdige, gutmütige und großzügige Mann, einen Menschen jahrelang einsperren konnte, nur um einen Gewinn daraus zu schlagen. Sie war niedergeschlagen und müde. Zum ersten Mal war sie enttäuscht von August, ja, abgestoßen von seiner Gefühllosigkeit. So hatte sie den König noch nicht gekannt, und es machte ihr Angst. Böttger war dabei, an seiner Gefangenschaft zugrunde zu gehen, das konnte jeder sehen.

»Sire, gibt es denn keine Möglichkeit, den Mann freizulassen?« Normalerweise mischte sie sich nicht in Staatsangelegenheiten, aber ihr Mitleid war zu groß.

August tätschelte freundlich ihre Hand. »Wenn ich Böttgers Bewachung aufheben lasse, büxt er mir nur wieder aus. Mach dir darüber nur keine Gedanken, meine Liebe. Dein hübsches Köpfchen ist für solche Sorgen viel zu schade! Übrigens habe ich gehört, dass mit der Küchenkutsche gestern eine Kiste lebende Flusskrebse angekommen ist. Wollen wir sie uns für heute Abend in Safranbutter zubereiten lassen oder doch lieber als Süppchen?«

Zur selben Zeit schlenderte Jula, einen großen Einkaufskorb am Arm, über den Marktplatz. Er hatte den Auftrag, frische Kräuter für eine Eierspeise zu besorgen. Langsam sammelten sich dicke Bunde Schnittlauch, Kerbel, Petersilie und Bohnenkraut in seinem Korb. Die Sonne schien, es war warm, und weil Jula durstig war, lenkte er seine Schritte zur nächstbesten Wirtschaft, wo er sich allein an ein Seitentischchen hockte und einen Krug Bier bestellte. Obwohl es erst später Nachmittag war, saßen schon etliche Zecher in der Wirtsstube, darunter einige Uniformierte, die unter großem Gelächter Würfel spielten. Zwei von ihnen, allem Anschein nach Offiziere, griffen sich ihre vollen Becher und gesellten sich zu Jula.

»Kannst doch hier nicht so alleine sitzen«, meinte der eine.

»Noch dazu mit nichts mehr zu trinken«, grinste der andere. »He, Wirt, noch mehr Bier!«

Sie tranken ihm zu, fragten ihn aus, schlugen ihm wohlmeinend auf die Schulter und hörten sich seine Geschichten aus der Hofküche an. Nach einer Stunde konnte Jula schon nicht mehr recht geradeaus schauen. Seine neuen Freunde staunten nicht schlecht über das, was er vom Leben im Schloss berichtete. Sie erzählten ihm vom lustigen Soldatenleben, von den mannstollen Weibern, die jeder haben konnte, der eine schmucke Uniform trug, rissen derbe Witze und füllten sein Glas stets nach, sobald er ausgetrunken hatte. Inzwischen waren sie vom Bier zum Wein übergegangen. Jula soff und fühlte sich wichtig; bald brachte er kein vernünftiges Wort mehr heraus, spürte gar nicht mehr, wie der Wein nass in seinen Kragen rann. Die anderen begannen, fröhliche Lieder zu singen, und auch Jula, der ein miserabler Sänger war und normalerweise kaum einen Ton traf, stimmte ein altes ungarisches Sauflied an. Längst lagen die Kräuter schlapp und welk in Julas Korb, aber der junge Koch war inzwischen so betrunken, dass er an gar nichts mehr dachte. Und während im Schloss schon fürs Abendessen gekocht wurde, ließen ihn die anderen lustig hochleben. Ehe sich's Jula versah, lag ein Zettel vor ihm auf dem Tisch. Einer der Uniformierten tauchte eine zerfranste Feder in ein Tintenfass und drückte ihm das Schreibutensil in die Hand. Jula schaffte es gerade noch, seinen Namen auf das Dokument zu setzen, bevor ihm so schlecht wurde, dass er unter den Tisch rutschte.

Als er erwachte, rüttelte und schüttelte es. Er wusste nicht, wo er war, und er konnte es auch nicht herausfinden, weil er seine Augen nicht aufbrachte. In seinem Kopf dröhnte, klopfte und schwirrte es, und ihm war so übel wie noch nie in seinem Leben. Er rollte zur Seite, erbrach sich und schlief sofort wieder ein.

Sein zweiter Versuch, die Lider zu heben, war erfolgreich, und das Tageslicht bohrte sich wie tausend Nadeln in seine Pupillen. Jetzt erkannte er auch, warum alles um ihn schwankte und holperte: Er lag auf einem zweirädrigen Karren, der von einem breitärschigen Ackergaul gezogen wurde. Unter ihm waren irgendwelche Säcke, neben und hinter ihm saßen und lagen noch mehr Männer, die meisten abgerissen und in einem ähnlichen Zustand wie er.

»Na, auch schon von den Toten auferstanden?« Sein Nebenmann, ein dicker Blondschopf mit einem Gesicht voller roter Pickel, schlug ihm grinsend auf den Oberschenkel. Jula setzte sich stöhnend auf.

»Wo sind wir hier? Was ist denn überhaupt los? Heiliger Strohsack, ich muss doch in die Küche!« Er konnte nicht mehr weiterreden, weil es ihn würgte.

Der Fettwanst lachte. »Nur die Ruhe, Kleiner. Hier gibt's keine Küche. Und ich wäre dir dankbar, wenn du nicht nochmal auf meine Hose kotzen würdest. Eieiei, du bist ja käseweiß!«

»Wer bist du überhaupt?«, fragte Jula und versuchte, ganz flach zu atmen.

»Gestatten: Christoph Jurka, Metzgersgehilfe aus Pirna. Meine Freunde nennen mich Stoffel«, sagte der Dicke. »Und wie heißt du?«

»Jula Andraszy, Geselle des königlich ungarischen Leibkochs zu Dresden«, antwortete Jula matt. »Und kurz vorm Abkratzen.«

Der Metzgersgehilfe kicherte fröhlich und breitete die Arme aus. »Na denn – willkommen bei der schwedischen Armee!«
Jula wurde schwarz vor Augen.

Eildepesche des Königs August von Sachsen an seine Majestät, den Zaren von Russland, 1. Juli 1708

Seine allerhöchste Majestät Auguste, König und Churfürst von Sachsen, an seine Majestät Peter Alexejewitsch, Herrn und Fürsten von Groß-, Klein- und Weiß-Russland, zu Moskau, Kiew, et cetera et cetera, Zar zu Sibirien, Kasan, Astrachan et cetera, Groß=Fürst von Smolensk und Twer, et cetera pp.

Meinen allerfreundlichsten Gruß zuvor, lieber Bruder und Freund. Wie wir hören, steht die Campagne des schwehdischen Karl kurz bevor, und wir wollen Uns deshalb nicht enthalthen, Ihnen Unsre allerbeßten Wünsche zum Kriegs=Glück auszusprechen. Wie Sie vermuthlich längt wißen, waren Wir in der sehr unglücklichen Situation, dem Schwehden eine säxische Hülfs=Truppe von 2 Taußend Mann stellen zu müßen, was Unß große Verdrießlichkeyt und Chagrin beschehrt hat. Die leidige Chose war nicht zu verhindern, und Wir hoffen und wünschen, daß der tapfren rußischen Armee dennoch ein glohr=reicher Sieg gelingt. Unsre braven Saxen werden sich, so meynen Wir, für den Schwehden wohl nicht die Beyne ausreissen! Alßo, Courage, mon ami!

Wir haben Unß intzwischen mit Dänemarck auf eine Alliance geeinigt; und sobaldt Ihre czarische Majestet den ersten Schlag gegen Karl mit Erfolg gethan haben, werden unßre beiden Armeen bereit stehen, Ihnen für die nächsten Bataillen zu Hülffe zu eilen.

Derweil mit Gott, mein liber Czar! Wir sindt in Gedancken bey Ihnen und verpleiben in getreuer Zuneigungk

Auguste Roy.

Nachricht Julas an Sophie vom 9. Juli 1708

Lipste Sophie, ich sreibe dihr in groser Eyle auß Pohlen. Gerahde haben wihr die Neise iberschritten. Man hat mich im Würts-Hauß besofen gemacht und führ die schwehdische Ahrmee geworben. Da mußt ich mitt! Sie erschisen jeden, der flichten will. Es geht in Grieg nach Rusland. Bitt den Hergott, das er mich geßund zurick keren leßt. Und sag meinem Onckel, es thut mihr leit, und du bist mihr das Lipste auff der Welt! Dein Jula

Karlsbader Generalia-Antzeiger und Intelligentz-Blatt vom 3. August 1708

»Am vorgestrigen Tage sind Seine Allerhöchste Majestät August, König und Churfürst von Saxen nebst vielen andern Dero vornemsten Ministern und Hoff-Dienern in einem groszen Staat zu Carls-Bad angekomen, um allhier die Bade-Cur zu gebrauchen und die Würckungen und Thugenden der Heil-Quellen zu erkunden. Seine Majestäet divertirten sich geßtern vielmahls in Auff- und Niederfahrung mit der Chaluppen auf der Eger, wobey groszer Zulauff an neubegierigen Leuthen war. Noch niemals haben so viele hohe Standes-Persohnen hießiges warmes Badt besucht, als dieses Mahl.«

Karlsbad, August 1708

Ganz Karlsbad war in Aufregung, seit der Kurfürst-König vor zwei Wochen mit seinem Gefolge angekommen war. Das kleine, aufstrebende Heilbad im Böhmischen, dessen Mineralwässer und heiße Quellen der Gesundheit so zuträglich waren – vor allem der

Fruchtbarkeit, wie man witzelte –, hatte kaum genug vornehme Quartiere, um die vielen Gäste aufzunehmen. So hatte sich August denn eigens eine Villa für seinen vierwöchigen Aufenthalt bauen lassen, ganz im italienischen Stil, mit mehreren Kabinetten, herrschaftlichen Salons und einem kleinen Saal für Festlichkeiten. Der Kurort staunte, als die unzähligen Kutschen aus dem Sächsischen ankamen und die Lieblingsmöbel des Königs samt seinem prunkvollen Reisehimmelbett ausluden. Natürlich brachte jeder Kurgast immer sein eigenes Bett mit, das war üblich – nur der allerärmste Tropf mochte sich ohne sein eigenes Bett in die Ferne begeben! –, doch so viel Luxusmobiliar hatte man zu Karlsbad noch nie gesehen. Seidentapeten, Tischzeug, Samtvorhänge, Spiegel und Lichter, Sessel und Teppiche wurden ausgeladen, dazu das königliche Küchengeschirr, silberne und goldene Service, Bettsachen, Emaillenachttöpfe und kristallene Spucknäpfe.

In der italienischen Villa residierten nur August selbst und seine persönlichen Kammerherren. Der restliche Hofstaat quartierte sich eher recht als schlecht in den besten Bürgerhäusern der Stadt ein. Sekretäre und Kammerdiener, Köche und Kellner, Leibärzte und Pferdeknechte, alle mussten untergebracht werden. Und natürlich brauchte man auch angemessene Unterkünfte für die »Damen« des Königs, wie man sie zu Karlsbad vorsichtig nannte. Denn nichts war August ferner gelegen, als seine Mätressen zu Hause zu lassen. So war denn die Gräfin Cosel, trotz ihrer schon weit fortgeschrittenen Schwangerschaft, in einer besonders gefederten Kutsche mit angereist, und auch Fatmah hatte der König nicht in Dresden zurücklassen wollen. Damit nicht genug, waren auf Augusts Wunsch hin noch zwei dralle italienische Schauspielerinnen mitgekommen, die derzeit sein Interesse fanden. Alle vier »Königsdamen«, wie die Stadtbewohner sie scherzhaft nannten, logierten möglichst weit voneinander entfernt in Karlsbader Gasthäusern.

Während die Situation – besonders die Anwesenheit der Schauspielerinnen – der Gräfin Cosel die letzte Selbstbeherrschung abverlangte, nahm Fatima die Dinge hin, wie sie waren. August war eben nicht der Mann, der seine Zuwendung auf eine Frau beschränken konnte.

In der ersten Zeit hatte man ein offizielles Zusammentreffen der Mätressen vermieden, um der Gräfin Cosel keinen Anlass zu einem ihrer berüchtigten Ausbrüche zu liefern. August selber machte das Dasein als Hahn im Korb sichtlich Spaß, er war blendender Laune, badete, tanzte, trank ohne Murren seine zwanzig Köppchen Heilwasser am Tag und verspeiste sogar die recht magere Kost, die ihm sein Leibarzt verordnet hatte, ohne zu protestieren. Oft verbiss er sich das Lachen, wenn die Cosel wieder einmal entrüstet oder beleidigt war, weil er angeblich eine der anderen Damen bevorzugt hatte. »Madame«, schmunzelte er dann und tätschelte ihr die Hand, »mäßigen Sie Ihr Temperament, sonst nützen alle Bäder und Wässerchen Karlsbads nichts, weil ich mich aufrege! Sie sind die Maîtresse en Titre, was wollen Sie noch? Einem Mann, der in vollem Saft und Kraft steht, kann ein einziges Weib nicht genügen. Und gerade jetzt, wo man mir zur Kräftigung jeden Abend Kopaiva-Balsam, Kaskarille und Tolu-Absud reicht! Mon Dieu, ich würde Sie überfordern – bei Ihrer derzeitigen Befindlichkeit ohnehin –, und das würde mich untröstlich machen. Also, wollen wir uns wieder vertragen, ma chère?« Was blieb der Cosel dann anderes übrig, als gute Miene zum bösen Spiel zu machen. »Sie nehmen mich nicht ernst, Sire«, flötete sie dann meistens, »und sie genießen es, wenn ich leide.« Womit sie nicht Unrecht hatte. August tat nur das, was er wollte. Wenn es sie kränkte, dass er noch andere Mätressen hatte, war sie selber schuld. Warum musste sie auch alles so schrecklich ernst nehmen!

Gegen Ende der Kur, am 25. August, gaben die Leibärzte ein Bulletin heraus, das besagte, der Serenissimus sei nunmehr von seinem nervösen Magen geheilt, habe acht Pfund abgenommen und fühle sich wohl wie in Jahren nicht mehr. Daraufhin gefiel es dem König, zum Abschluss der Karlsbader Wochen eine Bootsfahrt auf der Eger anzuordnen, an der das ganze Gefolge ohne Ausnahme teilzunehmen hatte. Hektische Aktivität setzte überall ein, schließlich sollte das Divertissement auf dem Wasser der gesellschaftliche Höhepunkt der Kur werden! Und tatsächlich, diesen Höhepunkt sollte niemand bei Hofe so schnell vergessen …

Nach tagelangen Vorbereitungen begann der Morgen des großen Ereignisses mit einem kurzen Sommergewitter, auf das herrlich strahlender Sonnenschein folgte. Gegen Mittag war ganz Karlsbad auf den Beinen, vom Kind bis zum Greis, um die abfahrbereite Lustflotte des Königs zu bewundern. Da lagen Barken, Schaluppen, Fregatten und Brigantinen an der Uferpromenade, in allen Farben leuchtend, mit den Wappen ihrer Besitzer geschmückt, bestückt mit Fähnchen, Troddeln und Sonnensegeln. Auf jedem Boot saß schon eine Musikkapelle mit ihren Instrumenten bereit. Die Leute staunten über ein großes Schiff ganz aus Blech, blau bemalt und mit silbernen Rudern, und wunderten sich, dass dieses metallene Ding schwimmen konnte! An der Spitze der kleinen Flotte war Augusts berühmte Pfauengondel vertäut, die man zu diesem Zweck eigens mit aus Dresden gebracht hatte. Sie war dem legendären »Bucentaurus« nachempfunden, dem Prunkschiff der venezianischen Dogen: eine kleine Galeere, die vom Bug bis zum Heck vergoldet und mit unzähligen Spiegeln besetzt war. Die Schiffsoberfläche reflektierte das Sonnenlicht so gleißend und hell, dass die Zuschauer ihre Augen mit den Händen beschatten mussten. Essensdüfte durchzogen die Luft, als Küchendiener auf abgedeckten Silberplatten die Speisen für das Bankett auf die einzelnen Boote trugen – Speisen, die nichts mehr mit der salzarmen, mageren Kost zu tun hatten, die dem König bis dahin verordnet war. Ein kleiner Mohr trug ein Champagnerbrünnlein auf den Bucentaurus, gefolgt von Lakaien, die Batterien von Kristallgläsern, Samtpolster und seidene Tischdecken schleppten.

Als man schließlich mit dem Beladen fertig war und auch der letzte Ruderer und Bedienstete seinen Platz auf einem der Boote eingenommen hatte, trafen in offenen Kutschen, zu Pferd und zu Fuß die Gäste ein. Fröhlicher Trubel herrschte auf der Promenade. Jeder bestieg das für ihn bestimmte Schiff über kleine hölzerne Anlegstege, wobei die Damen mit ihren weiten Reifröcken, hochhackigen Schuhen und bunten Sonnenschirmen ängstlich balancierten, um nicht ins Wasser zu fallen. Allenthalben waren übermütige kleine Angstschreie zu hören.

Inmitten dieser heiteren Szenerie stand Fatmah am Anlegesteg des Bucentaurus und unterhielt sich gut gelaunt mit dem Vicomte de Villeroy, dem zu seinem grenzenlosen Entzücken ein Platz auf der königlichen Galeere zugewiesen worden war. Sie hatte die Zeit in Karlsbad genossen, nicht zuletzt, weil man es während der Kur mit der Einhaltung der höfischen Regeln nicht so genau genommen hatte. Es ging zu Karlsbad viel freier her als in Dresden, man war nicht gezwungen, auf jede Geste, jede Bewegung zu achten und ja keine Verbeugung zu kurz oder zu lang ausfallen zu lassen. Die Ausritte mit dem König waren harmonisch und angenehm gewesen; sie hatte – was daheim unmöglich war – sogar im Herrensitz reiten können. »Du sitzt auf dem Pferd wie ein alter Soldat, ma chère«, hatte der König lachend zu ihr gesagt, »aber wie ein hübscher!« Und Fatmah hatte wohl mehr als alle anderen die heißen Bäder genossen, sich jeden Tag mit Seifenlauge abgeschrubbt und die Haut mit Rosenöl massiert. »Es ist wie im fränkischen Hamam hier«, hatte sie dem König erzählt und dabei übermütig die nassen Haare geschüttelt, dass die Tropfen flogen. Einzig die Cosel hatte mit ihren offenen Anfeindungen Fatmahs Aufenthalt unangenehm gemacht. Die Liste der Demütigungen und Spitzen, die sie seit einem Jahr von der Cosel ertragen musste, war lang.

Jetzt raffte Fatmah ihre leichten Sommerröcke und griff nach dem goldenen Geländer, um über den Steg das Schiff zu betreten, als plötzlich hinter ihr die schneidende Stimme der Cosel ertönte.

»Ich glaube nicht, Mademoiselle von Kariman«, sagte die Gräfin so laut, das es auch auf den anderen Booten zu hören war, »dass es Ihnen zusteht, das Schiff des Königs vor mir zu betreten!«

Fatmah drehte sich um und sah Constantia mit ihrem Gefolge auf sich zukommen. An ihren böse funkelnden Augen konnte man erkennen, dass sie erbost war wie selten. Villeroy legte Fatmah eine Hand auf den Arm, um ihr zu bedeuten, sie möge die Situation nicht eskalieren lassen, aber sie schüttelte ihn ab. Sie hatte lange genug zu den Beleidigungen der Cosel geschwiegen. Jetzt nahm sie den Fuß vom Steg und wandte sich mit festem Blick der Gräfin zu.

»Madame, mir war bisher nicht bekannt, dass beim Einsteigen eine Rangordnung einzuhalten sei.«

Die Cosel trat noch einen Schritt näher heran, sodass die beiden Frauen sich nun direkt gegenüberstanden. »Es mag sein, meine Liebe, dass dort, wo Sie herkommen, gute Manieren unbekannt sind«, versetzte sie mit zuckersüßer Stimme, »doch hier bei uns weiß jedes Bauernmädchen, dass man der Ersten Dame am sächsischen Hof bei jeder Occasion den Vortritt lässt.« Sie zückte ihren Fächer und begann, heftig zu wedeln. Getuschel und leises Gekicher kam von den Booten, wo man die Szene aufmerksam verfolgte.

»Meines Wissens, Madame la Comtesse«, entgegnete Fatmah ruhig, »befindet sich die Erste Dame des sächsischen Hofes derzeit auf Schloss Pretzsch.«

Einige von den Gästen lachten laut auf. Welch eine unglaubliche Blamage für die Gräfin! Constantia von Cosel blieb für einen Augenblick die Luft weg. Wie konnte dieses Türkenweib es wagen, in ihrer Gegenwart die Kurfürstin Eberhardine zu erwähnen!

»Doch wenn es Ihnen Freude macht, Madame«, fuhr Fatmah freundlich fort, »dann lasse ich Ihnen jederzeit den Vortritt.« Sie tat einen Schritt zur Seite und ließ die Gräfin durch, die nun bebend vor Zorn auf den Steg rauschte. Fatmah schloss sich der Gräfin lächelnd an. In dem Augenblick, als sie das Boot betraten, rutschte der Cosel eine der vielen kristallenen Riechkugeln heraus, die sie unter den Röcken zu tragen pflegte, und rollte unter Fatmahs Fuß. Bevor Fatmah es verhindern konnte, knirschte es schon; ihr Absatz hatte das Glas zertreten.

Das war zuviel für Constantias Selbstbeherrschung. Sie fuhr blitzschnell herum und schlug Fatmah mit dem zusammengeklappten chinesischen Fächer mitten ins Gesicht. Ein Aufstöhnen ging durch die Zuschauer.

»Schlange!«, zischte die Gräfin mit wutverzerrtem Gesicht. »Das hast du mit Absicht getan!«

Fatmah bedeckte ihre Wange mit der Hand. Ein kleiner Blutstropfen sickerte hervor.

»Ich werde Madame la Comtesse morgen eines meiner eigenen Riechfläschchen schicken, wenn Sie erlauben«, erwiderte sie eisig. »Sie sollten Ihre Zofen anweisen, sie besser festzubinden.« Dann ging sie an der Cosel vorbei und nahm ihren Platz unter dem königlichen Baldachin ein.

Der Krieg war erklärt.

Aus den Memoiren des französischen Gesandten zu Dresden, Alphonse Louis Baptiste de Villeroy

Carlsbad hat seinen Scandal! Heute morgen ist die Gräfin Cosel vorzeitig abgereist. Und schuld ist meine kleine Freundin Fatime, die sich bei einem Streit mit ihr hervorragend gehalten hat. So hat wohl noch niemand die Dame auf den Platz verwiesen, der ihr gebührt. Die Cosel war so über die Maßen échauffiert, dass sie sich vergass und Mademoiselle Fatime ins Gesicht schlug. Zut alors, ein Krieg der Göttinnen! Und der König hat alledem noch die Krone aufgesetzt. Als er nach dem Zwischenfall auf das Bateau kam und den Kratzer auf der Wange seiner zweiten Maitresse sah, fragte er nach dessen Ursache. Mademoiselle Fatime antwortete überaus edel, sie sei gestürzt, doch die Comtesse de Cosel glaubte wohl, sie könne Auguste auf ihre Seite ziehen und gab völlig sans regret zu, sie habe Fatima gezüchtigt, weil diese es an Respect ihr gegenüber fehlen habe lassen. Daraufhin wandte sich der König an die Gräfin und sagte mit deutlichem Missfallen in der Stimme zu ihr: »Madame, als sie sie (und damit meinte er Fatime) schlugen, trafen Sie mich!«

Die Gräfin brauchte Riechsalz, um nicht in Ohnmacht zu fallen. Den ganzen Tag sprach sie kein Wort mehr. Ich muss zugeben, dass mir dieser Nachmittag ein ausserordentliches Plaisir war. Die Comtesse hat sich, seit sie wieder vom König schwanger ist, doch zu großer Anmaßung verstiegen – sie ließ sich ja schon von allen Leuten Princesse de Saxe nennen, ein starkes Stück! Nun hat sie der König zur Raison gerufen, was ihr nicht zum Schaden gereichen wird. Enfin, man muss ihm recht geben: Wenn er sich schon mehrere Concubines zur selben Zeit halten will, kann er nicht dulden, dass sich dieselben öffentlich wie die Fischweiber streiten und dabei handgreiflich werden. Und seine Geduld mit der Gräfin Cosel ist, so sehr er sie liebt, wohl auch nur begrenzt, was man gut verstehen kann. Im übrigen zeigt dieser Vorfall nur, wie unendlich weise die Entscheidung meines allergnädigsten Souverains, des Roi Soleil, gewesen ist, sich niemals mehrere Maitressen zur selben Zeit zu halten. Dergleichen kann nur zu Ärger führen!

Bis auf diesen Zwischenfall war die Cur zu Carlsbad höchst amüsant und Cörper und Seele zuträglich. Wenngleich ich auch zugeben muss, dass der hauptsächliche Zweck des Aufenthalts für die meisten Personen in des Königs Umgebung ein eher piquanter war. In dem großen Haus, das sich Auguste für 2 Tausend Gulden hat erbauen lassen, befinden sich überall Ruhebetten, versteckte Nischen, lauschige Eckchen und alle anderen beweglichen Gegenstände, die das Liebeshandwerk erleichtern. Und naturalement ging der König als leuchtendes Beispiel in amoureusen Dingen allen voran. Gleich in der ersten Woche musste dies der brave Freiherr von Rümlin-Baltza erfahren, der eines Abends ohne anzuklopfen in das grüne Kabinett eintrat – worin sich allerdings gerade König August in allzu eindeutiger Situation mit der jungen Gattin des Freiherrn auf dem Diwan befand. Der König hielt kurz inne, drehte sich zu dem verdutzten Herrn um und sprach: »Monsieur, Sie kommen ungelegen!« Worauf der Freiherr sich höflichst entschuldigte und auf Zehenspitzen den Raum verließ. Ein Gentilhomme von geradezu französischem Format!

Nun, meine Wenigkeit hat ihr Augenmerk weniger auf die Damenwelt – ohne sie allerdings vollends zu vernachlässigen – gelegt, sondern ganz sérieux der Kur gefrönt. Ich habe dem fetten Essen entsagt und mehrere Klistiere genommen (wobei ich diejenigen mit Kalbssuppe viel besser vertrug als die mit ausgepresstem Steinobstsaft). Auch habe ich von einem der Karlsbader Ärzte, Monsieur Schwartzkopf, gelernt, dass man sich mit dem Genuss von Schweinefleisch recht sehr zurückhalten sollte, weil sich darin oftmals winzige Würmchen befänden, die sich beim Menschen durch den Darm bohren. Mit Monsieur Schwartzkopff habe ich einige Stunden in recht angenehmer Plauderei verbracht; von ihm stammt auch die Recepture für ein wirksames Stärkungswasser, das ich hier zum Schluss anfüge:

Je 1 Loth Kalmuswurzel, Mastix, weißer Weihrauch, rote Goldmyrrhe, Pfeffer, Paradeiskern, Zitronenkern, Betonienwurzel, Kardamom, weißer Ingwer und Zitwerwurzel. Dazu je 1 Hand voll Maiglöckchenblüten, Spikardenblüten, Majoran, Rosmarin, Braunmünzen, Wohlgemut, Polei, Melisse und Weinraute. Stoße und schneide alles grob, gieße darauf besten Branntwein, lasse solches

14 Tage gut verschlossen weichen, brenne es aus und verwahre es gut in dicken Gläsern. Man trinke davon täglich vor jeder Mahlzeit drei Fingerhut voll.

Fatmah

Ich habe es schon zu Karlsbad geahnt, jetzt bin ich mir sicher: Die Gräfin Cosel ist nicht die Einzige, die des Königs Kind trägt. Meine Rosen sind schon seit mehr als sieben Wochen ausgeblieben; es gibt keinen Zweifel mehr. Jeden Morgen ist mir übel, ich kann kein Fleisch mehr essen und habe Widerwillen gegen grünes Gemüse, das ich doch sonst so liebe. Als ich es vorhin Sophie erzählt habe, meinte sie spitzbübisch, sie habe es längst gewusst! Ich dürfe nun auf keinen Fall mehr Absätze tragen, weil dann die Ferse in die Höhe steht, der Oberkörper nach vorn kippt und es dadurch zu Frühgeburten kommt. Und ich solle den linken und den rechten Schuh wöchentlich wechseln, weil dies die Leibesfrucht munter und frisch hielte. Arme Sophie! Beinahe habe ich ein schlechtes Gewissen, weil ich so glücklich bin, und sie so todtraurig. Seit Jula verschwunden ist, habe ich sie kaum lachen sehen. Wenn man nur wenigstens wüsste, wo er hin ist! Ich versuche, Sophie so gut es geht zu trösten. Irgendwann muss er doch wiederkommen!

Heute Abend, nach meiner Erzählstunde, zu der als besonderer Gast ein dänischer Gesandter erscheinen soll, will ich August sagen, dass ich schwanger bin. Ein bisschen Angst habe ich schon davor, aber ich habe es mir fest vorgenommen. Wie wird er es wohl aufnehmen? Er hat ja schon den Thronfolger und einen weiteren Sohn von seiner früheren Mätresse, der Gräfin Königsmarck. Und jetzt kommt auch noch das Kind der Gräfin Cosel, es ist nur noch eine Frage von Tagen, sagen die Ärzte. Ich bete, dass der König auch mein Kind annimmt und ihm ein Vater sein wird. Es soll ohne Sorgen und Nöte aufwachsen können, in Geborgenheit und Frieden, das wünsche ich mir.

Meine große Sorge ist, dass die Gräfin Cosel Einfluss auf August nehmen und ihn dazu bringen könnte, mein Kind abzulehnen. So, wie sie mich hasst, wird sie auch die Frucht meines Leibes hassen, dessen bin ich sicher. Es ist schon bewundernswert, wie es ihr immer wieder gelingt, den König für sich einzunehmen. Nach unserem öffentlichen Streit zu Karlsbad und ihrer verfrühten Abreise glaubte alle Welt, nun habe sie den Bogen überspannt und es sei mit der großen Liebe vorbei. Doch kaum war der König ebenfalls nach Dresden zurückgekehrt, kam es zu einer leidenschaftlichen Versöhnung, und er verbringt derzeit wieder jede freie Minute mit ihr. Ich kann es ja verstehen. Die Gräfin ist die schönste Frau, die ich je gesehen habe, mit ihr kann keine andere konkurrieren, auch ich nicht. Sie bewegt sich perfekt, tanzt perfekt, schießt auf der Jagd wie ein Mann, spielt mehrere Instrumente, ist unterhaltsam und klug. Wo sie auftaucht, ist sie der glänzende Mittelpunkt jeder Gesellschaft. Viele haben anfangs gemeint, der König wolle sich nur mit ihr schmücken wie mit einem besonders kostbaren Juwel, doch das ist es nicht allein. Ich glaube, er liebt sie wirklich, auf seine Art. Sie ist immer wieder neu und aufregend für ihn, mit ihrem wilden Temperament, ihrem Stolz, ihren Liebesschwüren und Zornesausbrüchen. Ich dagegen bin für ihn eher wie ein angenehmes Ruhekissen. Wenn er mir den Kopf in den Schoß legt und ich ihm von fernen Welten erzähle, dann vergisst er seine Sorgen. Manchmal hört er mir zu mit offenem Mund, wie ein kleiner Junge, mit großen Kinderaugen. Ich füttere ihn mit Marzipan und kandierten Feigen, er macht mir Komplimente, ist zärtlich zu mir. Das sind schöne Momente, aber Liebe ist das nicht. Ich habe lange mit Monsieur Spiegel, seinem Kammerherrn, darüber gesprochen. Auch er meint, dass ich Recht habe. Der König brauche eine Frau, die ihn herausfordert und eine, die nichts von ihm verlangt, sondern einfach nur für ihn da ist. Was er nicht sagte, war, dass ich allein wegen meiner Herkunft für August eine exotische Besonderheit bin und dass dies für den König vielleicht die Hauptsache an mir ist. Ich bin seine erotische Abwechslung. Ich sehe anders aus, ich rieche anders, meine Haut, mein Haar, meine tscherkessischen Gesichtszüge – alles an mir ist anders. Ich bin für ihn das ewige Geheimnis, die Faszination des Orients. Und außerdem: Welcher Herrscher in Europa kann sich schon einer türkischen Geliebten rühmen? Das alles habe ich Spiegel gesagt, und er hat dazu weise genickt.

Spiegel ist mir ein rechter Freund geworden in den letzten Monaten. Wenn ich die Nacht mit dem König verbracht habe, ist er bei Sonnenaufgang derjenige, der mich weckt und mir meinen Hausmantel bringt, damit ich vor der Levée das Schlafzimmer verlassen habe. Er ist mir in allem ein väterlicher Ratgeber. Oft sitzen wir zusammen und reden, wenn ich in den königlichen Privatgemächern auf den König warte. Und er sorgt dafür, dass die Gräfin Cosel und ich möglichst wenig zusammentreffen, was mir sehr recht ist. Ich will keinen ständigen Streit mit ihr. Gerade jetzt, wo ich ein Kind bekomme. Wann sieht sie endlich ein, dass ich ihr den König gar nicht wegnehmen will?

Königlich-Churfürstlich Sächsischer Hoff= und Staats=Calender vom 5. Oktober 1708

»… Heute vor einer Woche ist die Comtesse de Cossell glücklich von einem gesunden Kinde genehsen. Die Nieder=Kunftt war, wie die Ärtzte verlautten ließen, beschwehrlich und voll grohser Schmertzen, ist aber zu guthem Ende gekomen. Am Tage nach der Gebuhrt setzte ein gefährliches Fieber ein, das aber intzwischen gentzlich abgeklungen ist. Das Mädchen soll den Namen Augusta Constantia erhaltten und auf Wunsch und Demande der Mutter im lutterischen Glauben ertzogen werden …«

Versailles, Dezember 1708

Wieder einmal stand Graf Jan Michal Worowski an einem der unzähligen Fenster des Versailler Schlosses, sah in den Park hinaus und trommelte mit den Fingerspitzen aufs Fensterbrett. Seit er vor nunmehr fast zwei Monaten als polnischer Gesandter am französischen Hof angekommen war, verbrachte er seine Zeit ausschließlich mit Warten, und es machte ihn verrückt. Der König hatte ihn mit zwei Aufträgen nach Frankreich entsandt: Zum einen sollte Worowski von Ludwig XIV. Hilfstruppen oder zumindest eine finanzielle Unterstützung für die polnische Kronarmee erwirken, die sich bereit machte, auf Seiten der Schweden gegen den Zaren zu kämpfen. Zum anderen, und diese Mission war höchst geheim, hatte Stanislaw Leszinsky dem Grafen ein Schreiben mitgegeben, in dem er Ludwig um politisches Asyl bat, falls Schweden den Krieg verlieren sollte. In diesem Fall rechnete Leszinsky mit seiner Absetzung durch den Zaren und der Wiedereinsetzung Augusts von Sachsen, und wollte er nicht im Arrest auf irgendeiner zugigen Burg sein restliches Leben verbringen, musste er rechtzeitig wissen, wohin er sich in Sicherheit bringen konnte.

Diesen Brief trug Worowski nun schon seit Wochen im Innenfutter seiner Weste, ohne Ludwigs Audienzsaal auch nur nahe gekommen zu sein. Er war von Schreiber zu Schreiber weitergereicht worden, von Kammerherr zu Kammerherr, schließlich von Staatssekretär zu Staatssekretär, doch zum König war er nicht durchgedrungen. Andere ausländische Diplomaten am Hof hatten ihm geraten, sich in Geduld zu fassen; es wäre ein kleines Wunder gewesen, meinten sie, wenn der Roi Soleil ihn schon im ersten Monat nach seiner Ankunft empfangen hätte. Andere hatten bis zu einem halben Jahr antichambrieren müssen, bis Ludwig geruht hatte, sie mit dem Licht seiner Anwesenheit zu beglücken. So zügelte Worowski notgedrungen seine Ungeduld, auch wenn ihm die Zeit davonlief. Die schwedische Armee stand irgendwo im Osten zum Losschlagen bereit; sobald der Winter vorbei war, würden die ersten Angriffe kommen. Und Worowski wollte mit dem polnischen Heer von Anfang an dabei sein, ein Wunsch, der mit jedem Tag in immer weitere Ferne rückte.

Er dachte an sein Treffen mit dem König von Schweden zurück und wieder übermannte ihn der Zorn. Wütend schlug er mit der Faust auf den Fenstersims, dann ging er zum hundertsten Mal auf dem Korridor auf und ab. Es war schneidend kalt in den Gängen von Versailles, Heizmöglichkeiten gab es hier nicht, und wenn man zu lange stand, fror man erbärmlich. Selbst die Lakaien trugen seit einigen Tagen dicke Überjacken. Die Seine war zugefroren. Weil man die Fenster wegen der winterlichen Temperaturen nicht mehr öffnete, stank es überall entsetzlich – das Schloss hatte keine Toiletten, und die Gänge und Treppenfluchten dienten täglich Hunderten von Menschen als Abtritt.

Irgendwann öffnete sich eine Tür, und ein kleiner Lakai trippelte zu Worowski hin.

»Mon Comte, leider musste sich Monsieur le Sécretaire zu einer Besprechung nach Paris begeben, von wo er vermutlich erst morgen zurückkehren wird. Er lässt Ihnen ausrichten, Sie mögen ihm morgen um die Mittagsstunde noch einmal ihre Aufwartung machen, wenn Sie belieben.«

Worowski steckte dem Knaben eine Münze zu und fluchte still in sich hinein. Wieder ein Tag verloren! Er fing an, dieses Versailles zu hassen, trotz all seiner Schönheit und Eleganz, seiner gigantischen Dimensionen, seiner Säulen, Spiegel und Statuen. Der Palast war nichts als eine pompöse, glanzvolle Bühne für einen Schauspieler, den man nie zu sehen bekam. Nachdem es keinen Sinn mehr hatte, an diesem Tag noch länger im Schloss zu bleiben, eilte der junge Graf die Treppen hinunter und trat in den gleißenden Wintersonnenschein hinaus. Über Nacht hatte es geschneit, eine dünne pudrige Schneedecke lag auf den Wiesen und Wegen des Parks. Während es drinnen im Schloss vor Menschen gewimmelt hatte, hielt sich im Freien kaum jemand auf. Worowski beschloss, sich zur Beruhigung einen Spaziergang im Park zu gönnen, bevor er wieder zurück zu seinem Pariser Quartier ritt. Die Winterkälte machte ihm, der polnische Verhältnisse gewohnt war, wenig aus. Gerade bog er wenige Schritte von der großen Freitreppe entfernt um eine Lebensbaumhecke, als er eine erboste weibliche Stimme auf Deutsch fluchen hörte wie ein Landsknecht.

»Himmel, Arsch und Wolkenbruch! Hebt mich auf, ihr blöden Ziegen, oder soll ich hier bis zum Frühjahr sitzen? Verdammte Rollsänfte, hält nicht einmal einen anständigen Furz aus! He, was macht ihr da? So geht's nicht, Kruzifixdonnerwetter!«

Ein paar Meter vor Worowski spielte sich auf dem Kiesweg

eine merkwürdige Szene ab. Da lag ein dreirädriges Gefährt mit betroddeltem Baldachin auf der Seite, umringt von etlichen in Pelze gehüllten Hofdamen, die aufgeregt durcheinander redeten. Sie zogen und zerrten an einer unglaublich dicken älteren Frau herum, offensichtlich der Insassin des umgekippten Spazierwagens, ohne dass es ihnen jedoch gelang, der Zeternden aufzuhelfen. Worowski verbiss sich das Lachen und trat dazu.

»Darf ich Ihnen meine Hilfe anbieten, Madame?«, fragte er auf Deutsch. »Gestatten Sie, Graf Jan Michal Worowski, zu Ihren Diensten.«

Die Frau äugte in einer Mischung aus Erstaunen, Misstrauen und Dankbarkeit zu ihm hoch.

»Na, wird auch Zeit, dass einer kommt. Greifen Sie mir von hinten unter die Achseln, mein Junge, und zwei von den Ziegen sollen vorne ziehen. Und jetzt hopp, nicht so zimperlich!«

Mit vereinter Anstrengung gelang es, die Gestürzte wieder auf die Beine zu stellen. Sie ging Worowski gerade bis zur Brust, ein kugelrundes, schnaufendes, vor Ärger hochrotes Energiebündel mit verrutschter Perücke und zerknautschtem Umhang. Kaum stand sie, watschelte die Dame mit geballten Fäusten zu ihrer Sänfte, raffte die Röcke, holte aus und trat mit ihrem schwarzen Kalbslederschühchen einmal kräftig dagegen. »So!«, wandte sie sich dann mit zufriedener Miene an Worowski. »Und jetzt zu Ihnen, junger Mann. Wie war Ihr Name, sagten Sie?«

Er stellte sich noch einmal vor.

»Ah, ein Pole, schau, schau! Ich bin Ihnen sehr verbunden, Graf. Jetzt können Sie zu Hause erzählen, Sie hätten die Schwägerin des großen Ludwig mit dem Hintern im Schnee hocken sehen! Haha!«

Die Herzogin von Orléans! Worowski machte auf diese Vorstellung hin gleich noch eine Verbeugung. »Es war mir ein Vergnügen, helfen zu können«, sagte er. »Ich werde zum Schloss zurückgehen und eine Sänfte schicken lassen, wenn es Ihnen recht ist, Madame.«

Doch bevor er sich umwenden konnte, hatte die resolute alte Dame ihm mit dem Fächer auf die Schulter geklopft. »Aber wo, mein Junge! Es wäre sehr freundlich von Ihnen, mich zu Fuß zurückzubegleiten, falls es Sie nicht inkommodiert. Ich habe so selten die Gelegenheit, in meiner Muttersprache zu reden. Und ihr könnt gehen, scht, scht!« Händewedelnd scheuchte sie ihre Hofdamen fort. Dann hängte sie sich bei Worowski ein, der sich dazu ein wenig herabbeugen musste, und lief kurzatmig neben ihm her.

»Ich habe schon gehört«, plauderte sie, »dass ein polnischer Gesandter bei Hof angekommen ist. Das muss Sie nicht erstaunen; in Versailles weiß immer jeder alles, nichts als Klatsch und Tratsch überall. Die Franzosen reden und reden, aber die Einzige, die hier ehrlich ihre Meinung sagt, bin ich. Warum auch nicht? Schließlich ist das mein einziges Vergnügen! Und was führt Sie her?«

Worowski wägte kurz ab, wie viel er preisgeben durfte. »Es wird bald einen neuen Krieg zwischen Schweden und Russland geben. König Stanislaw von Polen möchte die Meinung Frankreichs dazu hören.«

Liselotte von der Pfalz winkte ab. »Ich verstehe. Es geht also um Hilfstruppen und Geld. Waren Sie schon beim König?«

Worowski ließ seiner Enttäuschung freien Lauf.

»Seit fast zwei Monaten warte ich auf eine Audienz. Man möchte fast meinen, Seine Majestät will mich absichtlich nicht empfangen.«

Die Herzogin grunzte. »Mein lieber Graf, es gibt zu Versailles Leute, die antichambrieren schon seit Jahren und haben den König noch nicht einmal von hinten gesehen. Er ist ein viel beschäftigter Mann. Und ich möchte wetten, dass er derzeit wenig Neigung hat, sich für Polen zu engagieren. Der Krieg um die spanische Erbfolge hat die Staatsfinanzen jetzt schon an den Rand des Zusammenbruchs gebracht, und Frankreich braucht selbst jeden kampfestüchtigen Soldaten.«

»Was kann ich tun, um trotzdem empfangen zu werden?«

Liselotte blieb stehen, um zu verschnaufen. Kokett wie ein junges Mädchen sah sie Worowski von unten her an. »Der Herzogin von Orléans aus dem Schnee aufhelfen«, grinste sie. »Ich werde sehen, was zu machen ist. Leider komme ich mit meinem Schwager in der letzten Zeit gar nicht mehr gut aus. Das liegt an der Maintenon, dem garstigen Weib, die ihn unter ihrer Fuchtel hat. Die alte Zott verabscheut mich, hoffentlich fallen ihr alle Zähne aus! – und ich sie. Kein Humor, nur Frömmelei und Sauertöpfigkeit!

Neulich hat sie tatsächlich zu mir gesagt, ich sähe aus wie eine aufgeblasene Blutwurst, ha! Womit sie natürlich Recht hat, ich bin ein recht hässliches Schätzchen!« Sie lachte laut und fröhlich und tätschelte Worowski dabei den Arm. »Mein armer Schwager ist schon geschlagen mit der verkniffenen Vettel. Sie lässt ihn ständig purgieren! Kein Wunder, dass er Fisteln am Arsch hat.«

Worowski war etwas peinlich berührt ob dieser intimen Enthüllungen. »Äh, Sie würden sich also für mich verwenden, Madame?«

»Hm«, murmelte sie und kratzte sich das Doppelkinn. »Ich habe schon lange nicht mehr mit meinen Schwager zu Abend gespeist. Immer dieses kleingehackte Zeug! Manchmal könnte ich kotzen! Was gäbe ich für ein paar ordentliche Würste, ein Schmalzbrot oder einen Schlag gutes Sauerkraut wie daheim in der Pfalz! Junger Mann, ich wäre Ihnen sehr verbunden, wenn Sie mir jetzt eine Kutsche rufen würden.«

Vier Tage später hatte Worowski die Einladung zur Audienz.

Dresden, Januar 1709

Fatmah spießte eine große Zibebe auf die Spitze eines Holzstäbchens und tauchte die getrocknete Frucht in ein Schüsselchen mit dickem, safrangelbem Teig, bis sie ganz umhüllt war. Dann drehte sie die Leckerei über dem glimmenden Kohlebecken, bis die Teighülle goldbraun und knusprig war. Sie hielt dem König das duftende Spießchen hin.

»Das habe ich von meiner Mutter gelernt«, erzählte sie. »Es heißt ›die Tränen des Padischah‹.«

August sperrte den Mund weit auf, nahm die gebackene Zibebe vorsichtig mit den Zähnen vom Spieß und kaute genießerisch.

»Es sollte ›Freudentränen‹ heißen«, meinte er. »Himmlisch.«

Sie lachte und schenkte Kaffee nach. Draußen war es bitterkalt, aber hier im kleinen grünen Salon hatten sie es gemütlich. Der große Kachelofen in der Ecke strahlte eine angenehme Wärme aus, dicke Teppiche lagen auf dem Parkettboden, und auf den Sesseln und Sofas hatte man flauschige Decken bereitgelegt.

August zog Fatmah an sich und legte ihr die Hand auf den Bauch, der inzwischen deutlich zu sehen war. »Wie lange noch?«

Sie lächelte. »Bis zum Sommer, Sire.« Es war Fatmahs größtes Glück, dass der König der Geburt ihres gemeinsamen Kindes wenn nicht mit übermäßiger Freude, so doch mit Wohlwollen entgegensah.

August überlegte einen Moment lang. »Im Sommer werde ich aller Voraussicht nach nicht mehr hier sein, Mademoiselle.«

»Aber wo wollen Sie denn hin, Majestät?« Fatmah war überrascht. Erst kürzlich hatte der König beschlossen, sich in diesem Jahr keiner Kur zu unterziehen.

Der König schlürfte ein Schlückchen heißen Mokka. »Nach Polen. Mit dreißigtausend Mann.«

Fatmah verschluckte sich fast an ihrem Kaffee. »Krieg? Gegen wen denn?«

August grinste. »Nun, gegen Karl von Schweden natürlich.«

Sie begriff nicht. »Aber der Friedensvertrag von Altranstädt, Majestät! Sie haben ihn unterschrieben!«

»Das mag sein«, versetzte August, »doch es gibt Situationen, da bleibt einem gar nichts anderes übrig, als Verträge zu brechen. Karl steht irgendwo in Russland, mit einer Armee, die jetzt schon furchtbar durch die Kälte dezimiert ist. Der Tross wurde in Polen abgefangen und erobert. Das heißt, sie haben seit längerem keinen Nachschub an Lebensmitteln mehr. Der Schwede steht vor der Niederlage seines Lebens. Wenn ich jetzt nicht an der Seite Russlands und Dänemarks zuschlagen würde, wäre ich ein Schwachkopf. Wenn alles gut geht, sitzt im Sommer die polnische Krone wieder auf meinem Kopf, und zwar für immer!«

»Sie brechen den Vertrag!« Fatmah schüttelte den Kopf. »Das ist nicht ehrenhaft.«

August runzelte die Stirn. »Hüte deine Zunge, Fatima. Du verstehst nichts von solchen Dingen, schließlich bist du eine Frau.«

Fatmah senkte den Kopf. »Verzeihung, Sire, ich wollte mich nicht einmischen.«

Der König streichelte ihr die Wange. »Du musst dir keine Sorgen machen, meine Liebe. Es wird alles gut werden.«

In diesem Augenblick ging die Tür auf, und die Gräfin Cosel kam ins Zimmer, die kleine Augusta auf dem Arm. Ihre Miene gefror, als sie August und Fatmah zusammen auf dem Sofa sah.

»Störe ich etwa?« Sie starrte Fatmah, die gelassen sitzen blieb, an.

August stand auf. »Natürlich nicht, ma chère. Kommen Sie und trinken Sie ein Köppchen Mokka mit uns.«

Die Cosel wehrte ab. »Ich wollte Majestät nur zeigen, wie die Kleine lacht, und mich verabschieden.«

Die inzwischen drei Monate alte Augusta war ein gesundes Kind, aber ein ausgesprochener Schreihals. Wenn sie nicht schlief, und das tat sie nicht so ausgiebig, wie sie sollte, brüllte sie. Die Ärzte diagnostizierten Blähungen und verordneten Einreibungen mit Kümmelöl und Tropfen aus in Wein abgekochtem Zwergholunder, aber es trat keine Besserung ein, das Geschrei blieb. August, der die Cosel und das Kind anfangs oft besucht hatte, war in letzter Zeit kaum noch ins Taschenberg-Palais gekommen. Bisher hatte die kleine Augusta noch jedes Mal geschrien, wenn er sich ihr genähert hatte, und diese ungewohnte Zurückweisung kränkte ihn zutiefst. Constantia hatte schließlich erkannt, dass es besser war, das Kind aus Augusts Nähe zu bringen, bevor sich die Abneigung des Königs gegen seine Tochter vertiefte. Sie wollte die nächsten Wochen und Monate in Pillnitz verbringen, wenigstens so lange, bis die Kleine aus ihrer Schreiphase war. Nun hatte sie die Gelegenheit nutzen wollen, ihm ein sattes, zufriedenes Kind vorzuführen. Doch kaum war der König zu seiner Tochter getreten, fing das Kind wieder aus Leibeskräften an zu brüllen. Es schrie und schrie und ließ sich gar nicht mehr beruhigen. Amme und Kinderfrau, die beide draußen gewartet hatten, stürzten zur Tür herein und machten zusammen mit der Gräfin hektische Versuche, den Säugling zur Ruhe zu bringen. Es war wie verhext.

»Immer dieses Gebrüll«, sprach der König beleidigt. »Es regt mich auf.«

Fatmah war zu ihm getreten. »Kinder müssen schreien, Sire«, sagte sie versöhnlich. »Sie können schließlich noch nicht mit dem Glöckchen läuten, wenn sie Hunger haben.«

Die Bemerkung trug ihr einen beinahe dankbaren Blick von der Gräfin Cosel ein.

»Aber dieses Kind schreit ständig!« Der König war nun regelrecht wütend.

Die Cosel gab das Kind hastig der Amme und knickste. »Sire?«

»Was ist?«

»Ich bin nur mit der Kleinen gekommen, um Ihre Erlaubnis einzuholen, mich mit unserer Tochter für einige Zeit nach Pillnitz zurückziehen zu dürfen. Ich meine, die Landluft wird dem Kind gut tun, und auch ich bedarf nach der schweren Niederkunft noch der Ruhe.«

Des Königs Miene hellte sich auf. »Aber natürlich, ma chère Constance, fahren Sie nur, fahren Sie! Das ist ein vortrefflicher Gedanke, Sie dürfen ihn mit meiner ausdrücklichen Billigung sofort in die Tat umsetzen. Ich werde Ihnen für die Reise meine eigene Kutsche zur Verfügung stellen, sie ist besonders gut gegen die Kälte ausgestattet.«

Die Cosel dankte und verließ den Salon, gefolgt von der Kinderfrau und der Amme, die den immer noch brüllenden Säugling trug. Obwohl die Abreise ihre eigene Entscheidung gewesen war, bohrte es an ihr, dass August so schnell und so glücklich nachgegeben hatte.

Der König dagegen ließ sich zufrieden wieder auf dem Sofa nieder und lächelte Fatmah zu. »Komm, meine Liebe, es ist Zeit, dass du mir das Märchen vom verzauberten Turban erzählst, wie du mir versprochen hast.«

Am nächsten Tag reiste die unglückliche Gräfin Cosel in Augusts goldener Karosse nach Pillnitz ab, um sich dort bis Ostern in Ruhe um die kleine Augusta zu kümmern.

Fatmah hatte die Nacht beim König verbracht und war wie immer von dessen Kammerdiener Spiegel in aller Frühe geweckt worden. Es war noch nicht hell, und so griff sie sich einen Kerzenleuchter, schlang ihren langen Hausmantel um sich und ging durch die noch leeren Flure zu ihren Zimmern. Zu ihrer Überraschung brannte drinnen im Salon schon Licht.

»Sophie! Du schläft doch sonst immer länger!«

Sophie saß mit einem halb vollen Glas Rotwein in der Hand und einer leeren Karaffe vor sich auf dem Lehnstuhl am Fenster. Sie war bleich wie eine frisch gekalkte Wand und hatte tiefe dunkle Ringe unter den Augen.

»Ich habe die ganze Nacht nicht geschlafen«, sagte sie mit deutlichem Zungenschlag, »und ich will auch nie wieder ein Auge zutun!«

Fatmah nahm ihr das Glas aus der Hand. »Was hast du denn?«

»Ich habe von irgendwoher in Polen ein Briefchen bekommen.« Sophie schluchzte auf. »Da!«

Fatmah kniete sich neben den Lehnstuhl, entknüllte das braunfleckige Stück Papier und las die Nachricht.

»Der Jula muss in den Krieg. Er hat doch sonst nie was getrunken.« Sophie holte sich ihr Glas wieder und nahm zwei große Schlucke. »Wenn er stirbt, häng ich mich am nächsten Kronleuchter auf!« Sie legte ihre Arme um Fatmahs Hals und begann, haltlos zu schluchzen.

Fatmah strich ihr über das wirre rote Haar. »Dass Jula jetzt Soldat bei der schwedischen Armee ist, heißt ja noch nicht gleich, dass er in der Schlacht fällt. Du musst jetzt den Kopf hochhalten, Sophie, und warten, bis der Krieg aus ist. Wenn dann die sächsischen Soldaten heimkommen, ist er bestimmt dabei. Daran musst du einfach ganz fest glauben.«

Sophie putzte sich die Nase. »Und er weiß nicht einmal, wie lieb ich ihn habe. Vielleicht ist er jetzt gar schon tot.« Ein neuerlicher Weinkrampf begann sie zu schütteln.

»Daran darfst du gar nicht denken«, flüsterte Fatmah beschwörend. »Du musst immer das Beste annehmen. Schau, vielleicht kann er noch mehr Briefe an seinen Onkel schreiben, und die kommen bald an. Du musst dich jetzt einfach zusammenreißen.«

Sophie wischte sich die Tränen mit dem Spitzenärmel ihres Kleids ab. »Ach Gott, wie soll ich bloß die Warterei aushalten?«, jammerte sie. »Es kann Jahre dauern, bis der Krieg vorbei ist!«

»Der König rechnet mit einem Ende des Feldzugs vielleicht schon im Sommer«, tröstete Fatmah. »Bis dahin wissen wir mehr. Wer weiß, vielleicht ist dein Jula schon wieder da, bevor mein Kleines auf der Welt ist.«

»Meinst du, es hilft, wenn ich jeden Tag in der Kapelle eine Kerze für ihn anzünde?«

Fatmah drückte Sophies Hand. »Ich bin mir nicht sicher, wer da droben über uns wacht. Ich kenne zwei Religionen. Aber irgendeine Macht ist es, die unser Geschick lenkt. Und ich denke, es wird gut sein, sich an sie zu wenden.«

Sophie atmete tief durch. »Amen«, sagte sie, ließ sich im Sessel zurücksinken und schlief sofort ein.

Fatmah ging zum Fenster und sah zu, wie draußen über der Stadt langsam der Tag anbrach. Jula gehörte also zu denen, die gegen die Truppen des Zaren kämpfen würden. Die letztlich darüber entscheiden würden, wer über Polen herrschte. Sie seufzte und begann, ihr Haar zu bürsten. Draußen fielen weiße Flocken sanft auf Dächer und Straßen.

Irgendwo in der Nähe von Smolensk in Weißrussland, Januar 1709

Marschieren, marschieren, immer vorwärts und nicht denken, blind einen Fuß vor den anderen, links, rechts, links, rechts. Es schneite. Schon seit Wochen war alles nur weiß, wohin man sah. Der Schnee lag nie weniger als kniehoch, weshalb die Männer an der Spitze der Truppe jede halbe Stunde abgelöst wurden. Der Wind fegte eisig über das Land und trieb einem die Schneeflocken wie Nadelspitzen ins Gesicht. Schon vor zwei Wochen waren die ersten Männer erfroren.

Anfangs hatte Jula versucht, während der endlosen Märsche durch die russische Weite die Schritte zu zählen. Dann rezitierte er stumm alle Psalmen, Kirchenlieder und Gebete, die er kannte. Irgendwann begann er damit, im Geiste Kochrezepte zusammenzustellen, doch er gab es bald auf, weil er vor Hunger dabei heulen musste. Er wusste längst nicht mehr, wie lange sie schon unterwegs waren. Nur, dass Weihnachten, der Tag, an dem sie die letzte ordentliche Mahlzeit zu sich genommen hatten, schon Wochen her sein musste.

Er war einer Kompanie sächsischer Soldaten zugeteilt worden, die man gleich nach dem Überqueren der Oder einem Bataillon Schweden angegliedert hatte. Die schwedischen Grenadiere bewachten »ihre« Sachsen mit Argusaugen und aufgepflanzten Bajonetten; jeder wusste, er würde bei einem Fluchtversuch sofort und ohne Warnung erschossen. Die Leichen der wenigen, die es trotzdem wagten, ließ man einfach neben dem Marschweg liegen, den Wölfen zum Fraß. Jula gehörte nicht zu denen, die alles auf eine Karte setzen wollten, auch wenn ihn sein neu gewonnener Freund Stoffel anfangs dazu gedrängt hatte. Er war nichts weniger als ein Held. Und nun, so weit von daheim entfernt, hatte selbst der immer fröhliche Metzgersgehilfe seinen Humor verloren und die Sinnlosigkeit einer Flucht eingesehen.

»Haaaalt!« Der Befehl, ganz vorn vom schwedischen Kommandeur abgegeben, wurde nach hinten durchgerufen. Jula, der in seiner Reihe außen marschierte, setzte schwer atmend den Tornister ab. In seinen Augenbrauen und dem Bart, der ihm gewachsen war, hing dick der Reif. Er blies sich in die dick mit Stoffstreifen umwickelten Hände und spähte in die Gegend. Sie befanden sich auf einem mit Steppengräsern bewachsenen Hügel, von dem aus man hinunter in ein weites, flaches Tal blicken konnte. Jula schützte seine Augen mit dem Unterarm vor den Schneeflocken. Und da sah er sie. Dunkle Punkte wie Ameisen, mitten im Schnee der Ebene, vor einem lang gezogenen Wald, der das Tal im Norden begrenzte. Es mussten mehrere tausend sein. Das schwedische Hauptheer.

Jula spürte Erleichterung. Gott sei Dank! Sie hätten schon eher auf Karl und seine Armee stoßen sollen, doch der Wintereinbruch hatte ihren Marsch verzögert. Nun endlich würde es wieder ordentlich zu essen geben, und vielleicht hatte auch das ständige Umherziehen ein vorläufiges Ende.

Während sie näher kamen, konnten sie schon bald erkennen, dass die Schweden ein riesiges Lager gebaut hatten. Da standen unzählige Zelte aus gewachstem Leder, dazwischen planenbedeckte

Reisigunterstände und einfach zusammengezimmerte Blockhütten für die Offiziere. Überall brannten Feuer; die Panjewagen und Lafetten waren ringsherum zu einer Abwehrlinie zusammengestellt. In behelfsmäßig abgesperrten Pferchen standen Pferde bis zum Bauch im Schnee. Ein großer Teil der Soldaten war mit Schanzarbeiten beschäftigt, andere saßen um die Feuer. Der Wind wehte den beißenden Geruch von brennendem Holz und menschlichen Ausscheidungen herüber.

»Mensch, jetzt einen ordentlichen Kanten Brot und ein Stück Geräuchertes! Oder noch besser, heißen Eintopf! Mit Speck! Und was Gutes zu trinken!« Stoffel stieß Jula mit dem Ellbogen in die Seite. Er war mager geworden in den letzten Monaten, die Uniform, die ihm anfangs noch gepasst hatte, hing schlaff um Bauch und Beine. Wie die restliche Truppe auch mobilisierten die zwei Freunde ihre letzten Kräfte und marschierten im Eiltempo auf das schwedische Lager zu.

Doch was sie dann sahen, ließ sie immer langsamer werden. Da war keine kraftstrotzende, gut genährte Armee, die den Feind das Fürchten lehren würde. Vor ihnen lagerte nur ein verlorener, verzweifelter Haufen. Jammergestalten, die nebeneinander unter Planen im Schnee kauerten, aus deren eingefallenen Gesichtern ihnen stumpfe Augen entgegenblickten. Stoffel und Jula sahen sich in stummer Ernüchterung an.

Später, als sie am Rande des Waldes ihren Unterstand aus Wachstuch aufgespannt und ihre Abendration aus knochentrockenem Kommissbrot und Schneewasser verspeist hatten, gingen sie zusammen durch das Lager. Es hatte aufgehört zu schneien, und der Wind hatte nachgelassen, doch die Kälte drang immer noch schneidend durch die dicken Uniformjacken.

»Die sind noch schlechter dran als wir«, sagte Jula, als sie an einem Kessel vorbeikamen, in dem Wassersuppe blubberte. Stoffel nickte. »Von denen hat keiner mehr Fleisch auf den Rippen. Schau nur, wie heruntergekommen alle sind.«

»Na, ihr seht aber auch nicht viel besser aus«, erklang auf Deutsch eine heisere Stimme hinter ihnen. Da stand ein bärtiger

Kerl mit einem Arm voller Reisig, dessen Uniform sich fast nur noch aus Flicken zusammensetzte. »Ihr gehört zu dem Trupp, der heute Nachmittag angekommen ist, stimmt's?«

Jula fragte zurück: »Und du? Bist du schon lange dabei?«

»Oh, mein Haufen ist erst seit zwei Monaten bei der Hauptarmee, Gott sei Dank. Die erste Schlacht bei Smolensk haben wir grade schön verpasst. Wir sind alle aus Leipzig und drum herum. Kommt mit!«

Er führte die beiden zu einem Feuer, um das vielleicht fünfzehn dick eingemummte Soldaten lagerten, und warf dort sein Holz ab. »Ja, zum Fressen gibt's schon seit Wochen kaum noch was.« Mit einer wegwerfenden Handbewegung wies er auf einen jungen Soldaten, der gerade ein paar sauber abgenagte Pferdeknochen in einen Topf mit heißem Wasser warf. »Ab und zu kommt ein Zug Kosaken und bringt uns das Allernötigste. Wenn wir die nicht hätten ...«

»Wie viele seid ihr überhaupt?«, fragte Stoffel.

»Insgesamt vielleicht noch zwölftausend, verteilt auf fünf große Lager. Angeblich sollen es im Sommer noch doppelt so viele gewesen sein. In der Schlacht bei Smolensk sind schon viele geblieben, aber die meisten hat wohl der Winter erwischt. Und der Typhus. Der ist allerdings jetzt vorbei. Zu kalt.« Der Soldat rieb sich die umwickelten Hände.

»Wann soll's von hier aus denn weitergehen?« Jula verspürte keinerlei Neigung, in der unwirtlichen Hügellandschaft zu bleiben.

Der Soldat zuckte die Schultern. »Vorläufig gar nicht. Eigentlich war hier der Treffpunkt mit dem Nachschub. Es heißt, König Karl habe einen Tross aus sechstausend Wagen mit Lebensmitteln erwartet. Aber den haben die Russen schon irgendwo in Polen abgefangen. Jetzt ist es besser, hier im Kosakenland zu bleiben. Die Kosaken sind mit uns verbündet, sie mögen den Zaren nicht, hört man. Sie bringen uns, was sie ergattern können, das reicht grade, um uns vor dem Verhungern zu bewahren. Wir müssen nur am Leben bleiben, bis der Sommer kommt, sagen unsere schwedischen Freunde. Dann schlagen wir fröhlich die russische Armee und können wieder zurück in die Heimat, juppheidi!«

Einer der Soldaten beim Feuer zog eine gar gekochte Ratte aus dem Topf und begann, sie mit dem Messer säuberlich in winzige Stückchen zu teilen. Die anderen sahen mit gierigen Blicken zu. Jula würgte es, und er war unendlich müde. »Lass uns zurückgehen, Stoffel«, sagte er. »Es wird schon dunkel. Ich will jetzt nur noch schlafen.«

Stumm brachten sie den Rückweg zu ihrem Unterstand hinter sich. Dort wickelten sie sich in ihre Decken und legten sich eng nebeneinander, um der Kälte besser zu trotzen.

»Meinst du, dass wir jemals wieder heimkommen?«, fragte Jula. In seinen Augen brannten Tränen.

Stoffel sagte nichts. Er wollte nicht lügen.

Versailles, Januar 1709

Ganz hinten an der Schmalseite des Audienzsaales stand auf einem durch drei Stufen erhöhten Podest der Thronsessel. Er war mit rotem Samt gepolstert, und von einem hoch darüber angebrachten Baldachin fielen rote Vorhänge in weichen Falten bis zum Boden. Über der Lehne des breiten Sessels leuchtete ganz in Gold eine riesige Sonne, Programm und Symbol der Herrschaft Ludwigs XIV. Hier war der Platz des Königs, das Zentrum Frankreichs, wenn nicht gar – zumindest auf kulturellem Gebiet – der halben Welt.

Worowski trat auf ein Zeichen des Zeremonienmeisters durch die geöffnete Flügeltür und machte eine tiefe Reverenz. Er hatte für diesen Tag die malerische polnische Tracht angelegt – nun kam er sich darin lächerlich deplatziert vor an einem Hof, der nur auf französische Mode und die eigenen Sitten Wert legte. Den prachtvollen alten Säbel hatte er allerdings draußen zurücklassen müssen – niemand durfte dem König bewaffnet gegenübertreten.

Er hatte diesem Tag entgegengefiebert, obwohl er sich keinerlei Illusionen über das Ergebnis der Audienz machte. Die Wahrscheinlichkeit, dass Ludwig die polnischen Bitten rundwegs ablehnen würde, war hoch. Dennoch – er hatte einen Auftrag seines Königs, und man musste alles versuchen. Worowski straffte die Schultern und schritt auf dem schmalen roten Teppich, der das Geräusch seiner Stiefelabsätze fast vollständig verschluckte, auf den Thron zu. In der Mitte des Saales verbeugte er sich ein zweites Mal, wie es das Protokoll vorschrieb. Dann stand er da und wartete auf das Zeichen des Königs, näher zu treten.

Ludwig saß indessen seitlich auf seinem Audienzsessel und unterhielt sich mit einem der zahlreichen Sekretäre, die um ihn herumstanden. Es waren auf dem Podest zwar mehrere Stühle und Taburetts vorhanden, doch in Gegenwart des Souveräns war niemandem gestattet, zu sitzen.

Endlich hatte der König sein Gespräch beendet. Der Blick seiner kleinen dunklen Augen ruhte von fern einen Moment lang auf Worowski, dann winkte er gnädig mit der rechten Hand, worauf der Graf langsam bis an den Fuß des Thronpodestes ging. Sein Mund war trocken. Es war schließlich keine alltägliche Sache für einen kleinen polnischen Grafen, einem der mächtigsten Männer der Welt gegenüberzustehen, dem legendären Sonnenkönig, dem einzigen Monarchen in Europa, der es wagen konnte, dem Habsburgerkaiser zu trotzen. Doch dann, als Worowski nur noch drei Schritte vom Thron entfernt stehen blieb, kam die Ernüchterung: Statt der glorreichen Lichtgestalt, die er erwartet hatte, saß vor ihm ein kraftloser, verschrumpelter alter Mann. Nicht einmal die dick aufgetragene Bleiweißschminke konnte die tief eingegrabenen Falten in seinem Gesicht verbergen. Die Wangen wirkten eingefallen, die Lippen unter der knochigen Nase waren schmal und in dunklem Rot nachgezeichnet. Worowski fiel auf, wie klein Ludwig war. Wenn er stand, mochte der König ihm selbst knapp bis zur Schulter gehen – wären da nicht die samtenen Pantoffeln mit ihren hohen roten Absätzen gewesen. Und natürlich die Perücke, ein in der Mitte gescheiteltes Monstrum aus langen schwarzen Locken, die auf dem Kopf ein ganzes Stück weit hoch frisiert waren.

Einer der Staatsbeamten trat zum König und sagte leise etwas in sein Ohr. Ludwig nickte und forderte Worowski dann mit einer grazilen Geste und dem leichten Neigen seines Kopfes auf, sich vorzustellen. Der Graf räusperte sich.

»Jan Michal Worowski, Gesandter seiner Majestät, König Stanislaws von Polen.« Wieder eine protokollgemäße Reverenz.

»Sie haben eine gewichtige Fürsprecherin, Graf«, schnarrte die Stimme des Sonnenkönigs. Wegen einer missglückten Kieferoperation war seine Aussprache undeutlich, und er zischelte stark. »Wir hoffen, Sie haben die Sympathie Unserer Schwägerin auch verdient.«

Worowski öffnete den Mund, um etwas zu entgegnen, doch Ludwig ließ ihn gar nicht zu Wort kommen. »Wir können Uns schon denken, was Ihr Auftrag ist, Monsieur, und in besseren Zeiten hätte Ihr Land in Frankreich einen tatkräftigen Bundesgenossen gefunden. Doch wie Sie vielleicht wissen, liegen Wir seit sieben Jahren im Krieg um Spaniens Krone. Die Situation erlaubt es weder, Soldaten zu entbehren noch Geld.« Die weiß gepuderte Hand des Königs wedelte müde. »Die Polen haben einen großen Fehler begangen, als sie einen Fremden zum König wählten – damals, als der polnische Adel sich von Kurfürst August hat bestechen lassen. Nun werden sie ihn nicht mehr los. Gewinnt der Zar den Krieg, wird König Stanislaw den Thron räumen müssen.« Der König zog ein pastellfarbenes Spitzentaschentuch aus dem Ärmel und tupfte sich den inneren Augenwinkel, als ob er über diese Tatsache Tränen vergießen wollte.

»Polen kann ohne Unterstützung kein größeres Heer aufstellen, Sire.« Worowski wollte die Abfuhr nicht unwidersprochen hinnehmen. »Das Land hat unter dem vergangenen Krieg zu stark gelitten, und die Bewaffnung der Kronarmee ist schlecht.«

»Das ist bekannt.«

Worowski verbeugte sich tief. »Sire, mit Verlaub, es kann nicht im Interesse Frankreichs sein, August von Sachsen wieder auf dem polnischen Thron zu sehen. Er steht Habsburg zu nahe. Falls der spanische Erbfolgekonflikt noch länger andauert, könnte er Sachsen und Polen gegen Frankreich ins Feld führen.«

»Was ist also Ihr Angebot, Graf?« Ludwig XIV. wurde ungeduldig.

Worowski atmete tief durch. »Für französische Hilfstruppen oder eine höhere Summe Louisdors wäre König Stanislaw bereit, nach einem Sieg der schwedisch-polnischen Armee über Russland an französischer Seite gegen Habsburg in den Krieg einzutreten. Und er würde sich bei König Karl, dem er sehr nahe steht, dafür einsetzen, dass dieser das Gleiche tut. Sire, Sie wissen besser als ich: Nur wer den schwedischen König und seine schlagkräftige Armee auf seine Seite ziehen kann, wird den Krieg um die spanische Erbfolge gewinnen.«

Der Sonnenkönig lächelte und entblößte dabei eine lückenhafte Reihe gelber Zähne. Gleichzeitig schüttelte er den Kopf. »Das Angebot ist ehrenhaft, Graf, doch verbietet die derzeitige Lage Uns, es anzunehmen. Und im Übrigen gedenken Wir den Krieg auch ohne Unseren königlichen Bruder aus Schweden für Uns zu entscheiden. Allerdings, sobald Wir in der spanischen Sache gesiegt haben – und Wir hoffen, es wird noch in diesem Jahr eine Entscheidung fallen –, könnte Polen die erbetene Hilfe durchaus bekommen.«

»Majestät, dann wird es aller Voraussicht nach zu spät sein«, erwiderte Worowski verzweifelt. »Die schwedischen Truppen stehen bereits tief in Russland. König Karl weiß, dass er einen weiteren Winter nicht überstehen kann, also wird er möglichst bald die Schlacht suchen.«

»Wenn er klug ist.« Der König von Frankreich verlagerte vorsichtig sein Gewicht im Sessel und stöhnte leise dabei. Worowski musste daran denken, was die Herzogin von Orléans über Ludwigs Fisteln am After erzählt hatte. »Graf Worowski, übermitteln Sie Ihrem König Unsere brüderlichen Grüße. Sagen Sie Seiner Majestät, Unsere Sympathien lägen ganz bei Polen, doch Uns sind durch den spanischen Krieg die Hände gebunden. Sie dürfen Sich nun zurückziehen!«

Worowski hatte die Niederlage erwartet, doch es tat trotzdem weh, sie einstecken zu müssen. Jetzt blieb ihm nur noch eines. Er zog den Brief Leszinskys aus dem Wams, um seine letzte Aufgabe zu erfüllen.

»Sire, verzeihen Sie, noch ein Letztes.«

Einer der Sekretäre kam vom Podest herab, nahm den Umschlag in Empfang und überbrachte ihn dem König. Ludwig erbrach das Siegel, hielt das Schreiben auf Armlänge von sich weg und las. Worowski konnte sehen, wie seine Lippen lautlos Worte formten. Dann ließ der König das Papier sinken und nickte.

»Nun gut. Diese Bitte werden Wir dem König von Polen mit Freuden erfüllen, wenn Wir auch nicht hoffen, dass es so weit kommen möge. Sollte er die Krone verlieren, wird ihn Frankreich empfangen wie einen Freund. Gehen Sie mit Gott, Graf, und bestellen Sie meine Worte.«

Damit war Worowski nun endgültig entlassen. Er ging rückwärts bis zum Ausgang des Saales und machte dabei die vorgeschriebenen drei Reverenzen. Dann schloss sich die Tür vor ihm. Die Audienz war vorüber.

Durch leichten Schneeregen trabte er nach Paris zurück und gab den Dienern Anweisung, seine Sachen zu packen. Er hatte keinen Grund, länger zu bleiben. Wenn er scharf ritt, konnte er es in zwei Wochen bis nach Warschau schaffen. Und dann würde er, mit oder ohne Frankreichs Hilfe, eine polnische Truppe nach Russland führen.

Jagdschloss Moritzburg, 10. Mai 1709

»Prenez garde, Mademoiselle Fatime! Das Boot schaukelt!« Alphonse de Villeroy stand breitbeinig in dem kleinen silberblauen Kahn und bot der hochschwangeren Fatmah die Hand, um ihr hineinzuhelfen. Sie raffte den Rock, stieg mit einem unsicheren Schritt ein und ließ sich langsam auf der vorderen Querbank nieder. Villeroy ergriff die Ruder. »Ich weiß gar nicht, warum ich mich darauf eingelassen habe, Sie in diesem Zustand spazieren zu rudern, ma chère«, schimpfte er. »Dieses Schaukeln und Schwappen kann Ihnen nur abträglich sein!«

Fatmah lachte und lehnte sich zurück. »Mein lieber Vicomte, seien Sie kein Angsthase. Sie können mich unmöglich in meinem Zimmer sitzen lassen, während die ganze Hofgesellschaft lustig auf der Jagd ist. Ich würde ja sterben vor Langeweile!«

Der sächsische Hof war schon seit fast zwei Wochen zur Hirschhatz auf Moritzburg, einem über hundert Jahre alten Schlösschen, das eine halbe Tagesreise nördlich von Dresden im seenreichen Hinterland der Lößnitz lag. Die wehrhafte kleine Jagdresidenz war von Wasserflächen umgeben, die man Himmelsteiche nannte, weil sie keinen Zu- und keinen Abfluss hatten. August liebte die Parforcejagd und lud dazu auch regelmäßig Gäste ein, mit denen er die Wälder um Moritzburg nach Rotwild durchstreifte. Hier hatten schon seine Vorfahren vor zweihundert Jahren gejagt.

Fatmah hörte von fern die Hunde bellen; die Jagdgesellschaft war noch nicht weit gekommen. Sie ließ die Hand durchs Wasser gleiten und genoss die wärmende Maisonne auf ihrem Gesicht. Auf den sacht schaukelnden Wellen des Teiches konnte man herrlich seinen Gedanken nachhängen. Sie schloss die Augen. Wie würde es wohl werden, wenn das Kind erst da war? Es konnte nicht mehr lange dauern, eine Woche vielleicht noch, hatte die Hebamme gemeint. Eine Geburt war immer gefährlich, das wusste jeder, aber Fatmah hatte keine Angst. Sie hatte sich die gesamte Schwangerschaft hindurch wohl gefühlt und sah der Niederkunft mit Zuversicht entgegen. Sie war jung und gesund, und sie freute sich auf das Kind.

In aller Frühe hatte August sich galant von ihr verabschiedet. Er wusste, sie wäre gerne mitgekommen, aber ein Parforceritt war nun wahrlich nichts für Schwangere. »Vertreibe dir gut die Zeit, meine Liebe«, hatte er gesagt. »Heute Abend bringe ich dir zum Mindesten zwei Hirsche heim!«

Sie hatte ihm Glück gewünscht und war dann schnurstracks zum Vicomte de Villeroy gelaufen, der wegen stechender Schmerzen in der Hüfte ebenfalls zurückgeblieben war. Und der hatte sich tatsächlich zu einer Bootspartie überreden lassen. Nun ruderte er gemächlich den Kahn auf dem Weiher herum und sah zu, wie Fatmah die Enten mit Brotbrocken fütterte.

Plötzlich erstarrte sie mitten in der Bewegung und griff sich an Bauch und Rücken. Der Vicomte hörte auf zu rudern. »Um Gottes willen, Fatime, was ist Ihnen?«

Fatmah atmete aus und entspannte sich; die Schmerzwelle war vorüber. »Ich glaube, das Kind kommt«, sagte sie ruhig. »Wir sollten zurück ans Ufer, mein Freund.«

Villeroy ruderte, wie er noch nie gerudert hatte. Das Wasser spritzte, und die Enten flatterten empört schnatternd vom Boot weg. Bis sie den Anlegesteg erreicht hatten, war der Vicomte schweißgebadet. Die Perücke hing schräg auf seinem Kopf, und das lindgrüne Justeaucorps hatte am Rücken nasse Flecken. Er half Fatmah an Land und stützte sie, bis sie das Portal des Jagdschlösschens erreicht hatten.

»Vite, vite!«, rief er einem Mädchen zu, das gerade mit einem geputzten Silberleuchter vorbeikam. »Holen Sie einen Arzt und eine Hebamme. Madame s'accouche – sie bekommt ihr Kind!«

Kurze Zeit später hatte man für Fatmah ein Bett in einem der Parterre-Salons hergerichtet. Sophie kleidete sie aus und half ihr in ein einfaches, weites Negligé. Ein Dienstmädchen kam herein. »Doktor Tropanegger ist mit auf der Jagd«, berichtete sie atemlos, »aber ich habe einen Lakai ins Dorf nach der Hebamme geschickt.«

Fatmah nickte. Nun kam doch die Angst. Sie hatte schon eine zweite Wehe überstanden, vielleicht würde es gar nicht mehr lange dauern. Und ohne Arzt oder Hebamme fühlte sie sich hilflos. Sie biss die Zähne zusammen, als der nächste Schmerz kam. Sophie saß bei ihr und hielt ihre Hand.

Endlich kam die Hebamme, eine resolute Matrone mit Kopfhaube und Schürze. »Na, steh mal auf, Mädchen, und tu ein paar Schritte. Laufen ist jetzt gut!«, sagte sie. Gehorsam marschierte Fatmah an Sophies Arm im Zimmer herum. Bei jeder Wehe blieben sie stehen. Derweil ließ die Dorfwehfrau Tücher und Schüsseln bringen.

»Wie lange wird es wohl noch dauern?«, fragte Fatmah, während sie Fuß vor Fuß setzte.

»Deine wievielte Geburt ist es denn?«

»Die erste.«

Die Hebamme lachte auf. »Je nun, dann braucht's eine ganze Zeit. Vielleicht haben wir's bis zum Abend geschafft, wenn alles gut geht.«

Den ganzen Tag patrouillierte der Vicomte vor dem Geburtszimmer auf und ab wie ein Tiger im Käfig. Er lauschte nach den Geräuschen, die von drinnen kamen, auf Fatmahs Stöhnen, die beruhigende Stimme der Hebamme, Sophies hellen Sopran, mit dem sie hie und da Kinderlieder anstimmte. Dienstmädchen huschten durch die Tür, brachten Tücher, Wasser und allerlei Dinge, von denen Villeroy nichts verstand. Noch nie in seinem Leben war der Vicomte so nervös gewesen. Das ist ja lächerlich, dachte er, ich führe mich auf, ganz so, als sei ich der Vater! Irgendwann ließ er sich auf einem Wandstuhl neben der Tür nieder, bestellte ein Glas Wein und döste ein.

Villeroy schreckte erst wieder aus seinem Nickerchen hoch, als Fatmah in den letzten Geburtswehen schrie. Ein Blick auf die Standuhr in der Halle sagte ihm, dass es inzwischen schon vier Uhr nachmittags war. Sieben Stunden dauerte die Geburt nun schon! Ob das üblich war? Er wusste es nicht, um solche Dinge hatte er sich nie gekümmert. Mit einem gottergebenen Seufzer stand er auf und streckte seine steifen Glieder. Das Schreien und Stöhnen von drinnen steigerte sich, und auf einmal war alles still. Der Vicomte horchte. Und dann, endlich, hörte er ein erstaunlich lautes, kräftiges Brüllen. Das Kind war da!

»Ein Junge!«, rief die Hebamme zufrieden. »Und was für ein Prachtkerl!«

Mit einem scherenähnlichen Instrument durchtrennte sie die Nabelschnur, während der Kleine ununterbrochen brüllte. Dann wischte sie seine Haut mit einem Tuch ab und legte ihn in Fatmahs ausgestreckte Arme. Wie seine Mutter hatte er dichte schwarze Haare, die noch nass an seinem Köpfchen klebten. Fatmah legte ihn an die Brust, und er begann sofort zu nuckeln. Sie war völlig erschöpft, aber so glücklich wie noch nie in ihrem Leben.

Währenddessen rührte die Hebamme in einem Tiegel über dem Kohlebecken ein breiähnliches Zeug an. Sie kam mit dem Töpfchen ans Bett, nahm Fatmah das Kind ab und begann, die Paste auf dem Rücken des Kleinen zu verreiben.

»Was ist denn das?«, fragte Fatmah verblüfft.

Die Wehfrau hielt inne. »Das ist feine Salbe aus Muscheln, Kalbshörnern, Bienenwachs, Salz und Wein. Dadurch werden die Poren gut verschlossen und die Haut undurchlässig. Man muss das Neugeborene gut damit einschmieren und richtig polieren, bis es glänzt. Danach braucht es bis zum Alter von sieben Jahren nicht mehr gebadet zu werden.«

»Nein!« Fatmah richtete sich im Bett auf und sah die Hebamme empört an. Sie wusste noch gut, wie es in ihrer Kindheit nach Geburten im Harem zugegangen war. Dort hatte man die Säuglinge gewaschen und mit duftendem Öl gesalbt, und alle waren gesund und munter gewesen. So wollte Fatmah es auch halten.

»Ich möchte, dass mein Sohn in warmem Wasser gebadet und danach mit Rosenöl eingerieben wird«, sagte sie mit fester Stimme.

Die Wehfrau riss die Augen auf. »Um Himmels willen, Madame, wollen Sie Ihr Kind umbringen?«

Aber da schickte Sophie schon eines der Mädchen nach einer Wanne mit lauwarmem Wasser und einem Fläschchen Öl. Die fassungslose Hebamme folgte widerstrebend Fatmahs Anweisungen, und schließlich lag der Junge sauber und nach Rosen duftend in Fatmahs Armen. Zufrieden schlief er sofort ein.

Fatmahs Blick fiel auf die Tür, die ein kleines Stück offen stand. In den Türspalt schoben sich vorsichtig eine lange, weiß gepuderte Nase, kleine dunkle Augen und der weiße Wust einer Perücke: Der Vicomte konnte seine Neugier nicht bezähmen und spähte ins Zimmer.

»Kommen Sie, mein Lieber, und sehen Sie sich den Kleinen an«, sagte Fatmah lächelnd.

Villeroy öffnete die Tür ganz und trat ans Bett. Rot und runzlig lag das Kind in den Armen seiner Mutter und schmatzte im Schlaf. Villeroy fand den Jungen zwar nicht gerade hübsch mit all den Falten und den fest zusammengekniffenen Augen, aber trotzdem überkam ihn ein fast großväterliches Gefühl.

»Würde es Ihnen Freude machen, sein Pate zu sein, Vicomte?« Fatmah griff nach Villeroys Hand. Ihr fielen schon fast die Augen zu.

»Aber mit dem allergrößten Vergnügen und Stolz«, antwortete der Vicomte gerührt. »Es wird mir eine Ehre sein! Aber nun, meine Liebe, lasse ich Sie besser allein. Sie sind erschöpft und müssen sich ausruhen, bevor der König von der Jagd zurückkommt.«

Noch bevor Villeroy die Tür hinter sich geschlossen hatte, war Fatmah schon eingeschlafen.

Königlich-Churfürstlich Sächsischer Hoff= und Staats=Calender vom 27. Mai 1709

»...Am geßtrigen Tage sind Seine Allerhöchste Majestät König August mit=sambt Dero Minißtern und Hof=Räthen von Deroselben Jagd=Auffenthalt zu Moritzburgk nach Dreßden zurück gekehrt. Seine Majestät haben im Gantzen zwelf Hirsche geschoßen, 28 Wildt=Schwein erlegt, darzu 77 Hasen, 163 Rep=Hühner und 85 Entten. Zum Ende des Jagens wurde eine groß=artige Jagd-Aßemblée mit schönem Feuer=Werck abgehaltten.

Außerdeme ist froh zu vermehlden, daß die Madame Fatime von Carimahn zu Moritzburgk einem Knäblein das Lehben geschenkt hat. Mutter und Kindt sind, wie der Hoff=Rat Doctor Tropanegger in seinem Bulletin vermeldet, beede glücklich und wohl auff. Die Tauffe soll in drey Tagen in der Hoff=Kapelle statfinden, wobey das Kindt den Nahmen Friedrich August erhaltten soll. Die ehren=volle Pathenschafft wirdt übernehmen der frantzößische Gesandte allhier, Monsieur le Vicomte de Villeroy.«

Aus den Memoiren des französischen Gesandten zu Dresden, Alphonse Louis Baptiste de Villeroy

Dieu du ciel, was ist eine Geburt für eine anstrengende Sache! Nie hätte ich geglaubt, dass damit solch ungeheure Schmerzen verbunden sind, dass es so lange dauert! Und die vielen blutigen Tücher! Naturalement, ein Mann weiß nichts von solchen Dingen, was auch, wie ich glaube, besser so ist. Mich schmerzte schon jedes Stöhnen und Klagen von Madame Fatime so sehr, dass es kaum auszuhalten war! Was waren schon die letzten schlimmen Bauchkrämpfe, die ich wegen übermäßigen Verzehrs von Steinobst durchmachen musste, gegen eine solche Niederkunft! Und doch habe ich mich vor

Schmerzen gekrümmt! Ja, das Geschlecht der Frauen ist wohl doch tapferer und stärker, als man en général angenommen hat!

Ich kann gar nicht sagen, welche Freude es mir macht, der Pate des kleinen Frédéric Auguste zu sein. Nun ist es beinahe so, als hätte ich hier zu Dresden eine Familie. Vor zwei Tagen fand die Taufe statt, und ich muss gestehen, es rührte mich zutiefst, als mon amie Fatime mir vor dem Altar das Kind in die Arme legte. Die Cérémonie war sehr feierlich, und auch der König war höchstselbst anwesend. Mein Patenkind ist nunmehr sein dritter Sohn nach dem Kurprinzen und dem jungen Moritz, den er mit der Gräfin Königsmarck hat – letzterer ist Auguste wie aus dem Gesicht geschnitten, und seine Erziehung wurde erst kürzlich auf Wunsch und Décision seines Vaters dem Général Schulenburg übertragen, um eine Carrière bei der Armee zu machen. Man kann daran sehen, dass der König von Sachsen sich sehr wohl um seine illegitimen Kinder kümmert.

Auguste sah seinen Sohn zum ersten Male, als er gerade von der Jagd retour kam, die noch blutige Trophée eines colossalen Hirsch-Geweihes in der Hand. Madame Fatime hat mir versichert, er habe große Freude darüber geäußert, dass das Kind männlichen Geschlechtes ist. Bei der Rück-Kunft nach Dresden schenkte ihr der König ein wertvolles Perlen-Halsband.

Einzig die Comtesse de Cosel, die seit drei Wochen wieder zu Dresden weilt, spuckt – wie man hierzulande sagt – Gift und Galle. Beinahe kann ich sie verstehen: Sie hat dem König nur ein Mädchen geboren und unter einer schweren Geburt gelitten, ganz zu schweigen von der Fehl-Geburt, die sie durchmachen musste. Und nun kommt ihre schlimmste Rivalin mühelos mit einem Knaben nieder! Noch übler wird das Ganze dadurch, dass der König sich bereits en public zu seinem Sohn geäußert hat. So sagte er kürzlich in meinem Beisein zum Grafen Flemming: »Der kleine Friedrich ist ein recht possierliches Kind; zum Mindesten schreit er nicht, was mir doch recht angenehm ist.« Über die kleine Auguste hat er bisher geschwiegen! Bei Hofe munkelt man nun, die Cosel möchte so schnell wie nur möglich wieder schwanger werden, um nicht ins Hintertreffen zu geraten. Qui sait – ob dieser Calcul aufgeht?

Und nun, enfin, nachdem ich nach der Geburt des kleinen Frédé-

ric eine recht ausgedehnte Promenade mit Doctor Tropanegger gemacht habe, eine neue Recepture für eine Paste, die das Aufspringen der Lippen im Winter verhindert:

Man zerlasse in einem kupfernen Gefäß auf gelindem Feuer 8 Loth frische ungesalzene Butter und 3 Loth weißes Wachs. Sind die Fettstoffe zergangen, dann rühre man dazu 2 Loth geschnittene Alkannawurzel, 1 Loth Ochsenzungenwurzel und 2 Loth getrocknete, vorher zerquetschte Korinthen. Man läßt alles eine kleine Zeit auf dem Feuer und seiht dann durch Leinwand ab. Wenn der Teig zu erkalten beginnt, arbeitet man etwas fleur d'orange Wasser darunter. Hieraus lassen sich Kügelchen formen, die man in einer Schatulle stets mit sich führen kann.

Fatmah

Wie soll ich beschreiben, was ich empfinde, wenn ich meinen kleinen Sohn ansehe? Mir geht das Herz über, wenn er mich anblinzelt, wenn er seine winzige Faust um meinen Zeigefinger schließt, wenn er mich mit seinem zahnlosen Mund anlächelt. Ich kann gar nicht fassen, wie winzig er ist, wie seidig seine schwarzen Haare und wie lang seine Wimpern! Wie er in meinen Armen schläft, das Däumchen im Mund! Ich habe seine Wiege neben mein Bett stellen lassen; so bin ich ihm bei Tag und Nacht nahe. Er ist ein ruhiges Kind, schläft viel und schreit meist nur, wenn er hungrig ist. Sobald ich ihn an die Brust lege, trinkt er auch schon; das Stillen ist eine wunderbare Zweisamkeit. Sophie trägt ihn viel herum, singt ihm Lieder vor und wickelt ihn auch oft. Das lenkt sie von ihrer Sorge um Jula ab. Man hört schreckliche Dinge von der schwedischen Armee. Dreitausend von ihnen sollen um Weihnachten herum erfroren sein, und noch mehr sollen Nasen, Finger, Zehen, ja sogar ihre Geschlechtsteile durch den Frost verloren haben. Nicht nur in Russland war der letzte Winter der schlimmste seit Menschengedenken. Man hat sogar gehört, dass die Kanäle Venedigs mit Eis bedeckt waren. Droben im Norden, so heißt es, sollen die Eichhörnchen und Vögel tot von den Bäumen gefallen sein, das Vieh starb auf den Feldern. Dies alles weiß ich von August. Ich habe ihn gefragt, ob es Nachrichten von den sächsischen Hilfstruppen gibt, doch er weiß nur, dass sie inzwischen mit dem Hauptheer vereinigt durch die Ukraine ziehen. Der Zar wartet offensichtlich ab, bis sich die beste Gelegenheit ergibt, eine Schlacht zu wagen; er hat Zeit bis zum Herbst, denn erst mit der nächsten Ernte könnte sich die Lage der Schweden bessern.

Ich habe Sophie die schlimmsten Dinge nicht erzählt, um ihre Angst nicht noch ärger zu machen. Noch immer gibt es keine neue Nachricht von Jula. Manchmal, wenn ich sie ansehe, schäme ich mich fast meines Glücks. Sie tut mir so leid.

Ich bin froh, dass der König unserem Kind wohl geneigt ist. Allein, dass er gewünscht hat, der Kleine solle seinen Namen tragen, ist fast wie ein Geschenk. Manchmal besucht er mich in meinen Räumen und sieht ihn mit forschendem Blick an, als wolle er jetzt schon herausfinden, wem er ähnlich sieht. August und ich sind durch unser Söhnchen nun mehr verbunden denn je. Mein Platz als Geliebte des Königs ist nun fest und sicher, niemand wird ihn mir jetzt mehr streitig machen können. Ich hoffe und bete, dass August Friedrich eines Tages als seinen Sohn anerkennt – natürlich nicht als Erben, denn er hat ja schon den legitimen Prinzen, der inzwischen zwölf Jahre alt ist. Das Gleiche wünscht sich die Gräfin Cosel natürlich auch für ihre Tochter. Sie hat die kleine Augusta mit Amme und Kinderfrau auf Gut Pillnitz gelassen, um ganz für den König da sein zu können. Und tatsächlich besucht August sie nun wieder täglich und oft auch des Nachts im Taschenberg-Palais. Mein Körper muss sich ja erst noch vollständig von der Niederkunft erholen. Außerdem gibt es da zur Zeit noch eine französische Schauspielerin, deren Truppe seit einigen Wochen bei Hof weilt. Ich habe neulich eine Komödie von ihnen angesehen, sie hieß »Le Tartuffe« von Molière. Der Vicomte war sehr bewegt, denn er kannte Maître Molière noch als Kind. Dennoch haben wir Tränen gelacht. Monsieur de Villeroy nimmt seine Patenschaft recht ernst, besucht den kleinen Friedrich jeden Tag und hat ihm auch schon eine kleine silberne Rassel geschenkt. Ach, wenn nur alles so glücklich bleiben könnte, wie es jetzt ist!

Poltawa, Juli 1709

Auf die eisige Hölle des Winters war das Frühjahr mit knietiefem Schlamm und Tauwetter gefolgt, und nun begann ein drückend heißer Sommer. Eine furchtbare, lähmende Müdigkeit hatte die schwedische Armee befallen. Mit der Wärme waren ungeheure Schwärme von Stechmücken gekommen, und auch der Typhus griff wieder mit Fieber, Krämpfen und Durchfällen um sich. Der Zar hatte die Schweden in mehreren kleinen Schlachten geschwächt; nun wartete er auf die beste Gelegenheit für den Todesstoß.

Jula und Stoffel waren bisher von Kämpfen verschont geblieben, weil ihre Einheit zu dem Bataillon gehörte, das der Hauptarmee den Rücken sichern sollte. Jetzt lagerten sie zusammen mit den fast zwanzigtausend Soldaten, die Karl noch geblieben waren, an einem Höhenzug südlich der ukrainischen Festung Poltawa.

»Hast du schon gehört?« Stoffel trat ins Zelt, das inzwischen fast nur noch aus Flicken und Fetzen bestand. »Der König ist verletzt!«

Jula, der gerade versuchte, seine Uniformjacke mit Zwirn zu flicken, sah hoffnungsvoll auf. »Vielleicht stirbt er ja«, meinte er, »oder er kapituliert!«

Stoffel schüttelte den Kopf. »Glaubst du doch selber nicht! Ein paar Männer vom zwölften Bataillon waren dabei, als ihn im letzten Scharmützel eine Kugel in die Ferse getroffen hat. Jetzt geht das Gerücht, die Wunde habe sich entzündet und er läge im Fieber. Trotzdem soll er gesagt haben, ein Rückzug käme nicht in Frage, es ginge um Sieg oder Tod. In der nächsten Schlacht soll die Entscheidung fallen.«

Jula ließ seine Näharbeit sinken. Wie alle anderen Soldaten des schwedischen Heeres war er müde, unendlich müde. Beinahe war es ihm egal, wie alles weiterging, Schlacht oder weiteres Herumziehen. Ob er nun an einer Kugel oder an Hunger und Entkräftung starb, war doch gleich. Er konnte nicht einmal mehr Wut oder Hass empfinden für einen König, der Zehntausende seiner Soldaten aus Sturheit und maßloser Selbstüberschätzung in den Tod trieb. »Und wann soll die nächste Schlacht sein?«, fragte er matt.

Die Antwort kam von draußen. Trommeln und Trompeten

gaben das Signal zum Sammeln vor den Zelten. Jula und Stoffel traten ins Freie und stellten sich mit den Resten ihrer Einheit in Reih und Glied auf. Ein Offizier, der kaum weniger zerlumpt und heruntergekommen aussah als die einfachen Soldaten, nahm vor ihnen Stellung.

»Männer der Infanterie! Morgen kommt der große Tag! König Karl hat beschlossen, der russischen Armee die Schlacht anzubieten. Ihr wisst, was das bedeutet. Es geht um alles! Ihr habt jetzt genug Zeit, eure Uniformen zu richten und eure Waffen zu überprüfen. Heute Abend gibt es doppelte Ration, danach versammeln sich alle zur Predigt und Betstunde. Wegtreten.«

»Jetzt erwischt's uns doch noch«, sagte Jula, als sie zu ihrem Zelt zurückgingen.

Im Morgengrauen des nächsten Tages standen auf der weiten Ebene vor Poltawa zwanzigtausend erschöpfte Schweden vierzigtausend frischen, gut genährten russischen Soldaten gegenüber.

Jula hatte seinen Platz in der zwölften Reihe ungefähr in der Mitte. Er hielt das Gewehr mit aufgepflanztem Bajonett schräg vor sich, wie er es gelernt hatte, und seine Hände zitterten dabei. Es war sein erstes Gefecht, und er wusste nicht, was auf ihn zukam. Die Angst schnürte ihm die Kehle zu. Nervös tastete er nach den Pulverkartuschen und Kugeln in seiner Umhängetasche und kontrollierte noch einmal seine Waffe. Ruhe bewahren, dachte er, Ruhe bewahren und tief durchatmen.

Die Trommler schlugen die ersten Wirbel, und das Bataillon setzte sich in Bewegung. Jula konnte nach vorne nichts sehen, nur den Rücken seines Vordermannes. Schulter an Schulter mit seinen Nebenmännern setzte er einen Fuß vor den anderen. Er wusste, irgendwo schräg hinter ihm war Stoffel, aber er wagte nicht, sich umzudrehen. Er war ein winziges Teilchen in der quadratischen Formation seiner Einheit, und sie alle waren Figuren im großen Spiel der Feldherren und Könige. Irgendwo da vorne marschierten die Fahnenträger, die Pfeifer und Trommler, danach die Grenadiere, nach ihnen die einfachen Infanteristen. Ganz hinten schloss eine Reihe schwedischer Scharfschützen und Unteroffiziere das Quadrat ab. Sie hatten die Aufgabe, jeden, der sich umdrehte, zurückwich oder gar flüchten wollte, sofort zu erschießen. Jula hatte keine Wahl. Mit jedem Schritt kam er der Schussweite des Feindes näher, todesmutig, gottergeben. Die ersten Kanonen und Kartätschen setzten ein, Schuss und Einschlag, Schuss und Einschlag. Es roch nach Pulver. Die Marschreihe kam kurz ins Stocken. Das musste bedeuten, dass die ersten Grenadiere sich hinknieten und in einer gemeinsamen Salve ihre Flinten abfeuerten. Dann ging es weiter. Jula konnte den Unterschied hören zwischen den nahe vor ihm fallenden Schüssen und denen der Russen irgendwo weiter weg. Er stieg über einen toten oder verletzten Soldaten, einen zweiten, einen dritten. Nur nicht hinsehen, einfach nach vorne, nur im Gleichschritt nach vorne. Wieder ein Stocken. Die zweite Reihe vor ihm kniete und schoss. Überall war Krachen, Knattern und Donnern. Die Sicht wurde schlechter, weil der Pulverdampf alles einnebelte. Und immer die Trommeln, eins, zwei, eins zwei. Vor ihm warf einer sein Gewehr in die Luft und kippte um. Schreie kamen von überall, Schmerzensschreie, Todesschreie, auch Befehle. Jula marschierte dumpf und willenlos in seiner Reihe.

Die Soldaten vor ihm knieten sich hin, und zum ersten Mal sah er das Schlachtfeld vor sich. In ein paar hundert Meter Abstand war die Formation des Feindes zu erkennen, eine Wand aus grünen Uniformen. Die Ersten zielten und schossen, und Jula wartete auf den Einschlag einer Kugel in seinen Körper, aber nichts geschah. Jetzt war es so weit. Er kniete sich aufrecht hin, legte an, zielte auf einen grünen Rock und schoss. Der Mann links von ihm wankte und fiel. Die hintere Reihe zog an ihnen vorbei. Nachladen. Jula fingerte nach neuer Munition, es dauerte viel zu lange. Endlich fand er eine papierene Pulverkartusche. Er riss sie mit den Zähnen auf, stellte seine Flinte aufrecht und schüttete das Pulver in den Lauf. Nachstopfen. Dann ließ er eine Kugel in den Lauf rollen. Wieder mit dem Ladestock nachstopfen. Überall um Jula herum fielen die Soldaten wie Zinnfiguren um. War das schon die Niederlage? Sollte nicht die Kavallerie kommen? Warum hatte der Kanonendonner aufgehört? Jula versuchte, seine Reihe wiederzufinden, stolperte über Körper, über Gewehre. Einmal fiel er hin, und als er wieder aufstand, waren seine Hände voll Blut. Das Entsetzen fiel ihn an wie ein Tier. Er konnte nicht mehr atmen und wollte doch schreien. Da kamen die ersten grünen Uniformen, es war zu spät zum Schießen! Er packte sein Gewehr fester, begann wie die anderen zu rennen und richtete das Bajonett nach vorne. Ein Schlag traf ihn am Bein, aber er spürte keinen Schmerz, rannte weiter. Als er nach unten sah, war der Stiefel aufgerissen und blutig. Von rechts kam ein Russe auf ihn zu, das Gewehr hoch erhoben. Jula rammte ihm mit einem Aufschrei sein Bajonett in die Brust. Zu seinem Erstaunen ging es ganz leicht. Der andere sackte mit einem Stöhnen in sich zusammen. Jula zog die Spitze aus der Wunde, taumelte weiter. Wo war vorne, wo hinten? Er hatte die Orientierung verloren, wusste nicht mehr, wo er war! Hinter sich nahm er eine Bewegung wahr, dann explodierte etwas in seinem Kopf.

Worowski kämpfte inmitten eines Trupps polnischer Kavallerie am linken Flügel der schwedischen Armee, direkt neben den königlichen Gardebataillonen. Es war ihnen gelungen, drei russische Kanonen zu erobern und herumzudrehen, sodass sie auf die von hinten nachrückenden Linien feuern konnten. Inzwischen war es früher Nachmittag, und die russische Armee rückte unerbittlich an vielen Abschnitten gleichzeitig vor, drängte durch die Lücken, attackierte die Geschützbatterien. Noch konnte Worowski mit seiner Reiterschwadron die erhöhte Stellung auf einem Hügel halten. Doch irgendwann, als ein Windstoß die dichtesten Pulverschwaden kurz auseinander blies, konnte er erkennen, dass vorne die schwedische Infanterie in der Mitte einbrach, sich wandte und floh. Eine panikgetriebene Masse stürzte in wildem Durcheinander nach rückwärts auf das eigene Lager zu, nur weg von dem blutigen Gemetzel. Die Russen setzten in Wellen nach, stürmten über das Schlachtfeld.

Worowski sah sofort, dass er seine Stellung nicht mehr würde halten können. Jetzt kam es nur noch darauf an, so schnell wie möglich die Schanzen und Laufgräben zu besetzen, die das schwedische Lager sicherten. Vielleicht konnte man die Flut der russischen Infanterie dort noch aufhalten. Der junge Graf ließ seinen Wallach steigen und stieß den Degen in die Luft.

»Rückzug!«, schrie er. »Zurück! Zu den Schanzen!«

Die polnischen Reiter preschten in gestrecktem Galopp zum Lager zurück und kamen dennoch zu spät. Die russischen Truppen hatten die letzte Verteidigungslinie schon so gut wie überschritten. Jetzt blieb nur noch die Flucht in die Wälder. Die Schlacht war unwiederbringlich verloren.

Jula kam zu sich, als die Sonne rot über den Hügeln stand und die glühende Julihitze nachgelassen hatte. Er sah, roch, spürte. Rings um ihn lagen Körper, blutige, zerfetzte, verstümmelte Zeugen des russischen Sieges. Die schwedischen Soldaten waren in den Tod gelaufen, Schritt für Schritt. Die meisten waren schon von den russischen Kanonen erschossen worden, noch bevor sie ihre Musketen benutzen konnten. Manche von ihnen lebten noch, zuckten, krümmten sich, röchelten und stöhnten.

Jula rappelte sich mühsam auf. Ein stechender Schmerz fuhr durch seine rechte Wade, wo ihn eine Kugel getroffen hatte. Er blickte sich um – da war nur Grauen. Es mussten Tausende sein, die da lagen! Langsam setzte er sich in Bewegung, wie betäubt von all dem Unfassbaren um ihn herum. Er stolperte über Stümpfe und Leiber, bahnte sich seinen Weg zwischen umgestürzten Kanonen und toten Pferden. Vor ihm, im Licht der untergehenden Sonne lag Poltawa, unversehrt, ein Mahnmal des furchtbaren Gemetzels. Dort konnte er nicht hin. Mit unsicheren Schritten machte sich Jula auf den Weg in die entgegengesetzte Richtung, dem Lager und den Wäldern entgegen.

Eildepesche des Zaren von Russland an König August von Sachsen, 9. Juli 1709

Peter Alexejewitsch, Herr und Fürst des ganzen Groß-, Klein-, und Weißrussland, zu Moskau, Kiew, Wladimir et cetera, Zar zu Kasan, Zar zu Astrachan, Zar zu Sibirien et cetera, Herr zu Pleskau und Großfürst zu Smolensk, Twer, et cetera p. p. an seine Majestät König August von Sachsen.

Bruder und Freundt, ein großer Sieg über die Schwehden ist errungen! Karl hat heute seine Armee gegen unßre doppelte Über=Macht zur Schlacht=Banck geführt! Wir schätzen 7 Taußend tote und Taußend verwundete Schwehden, darzu haben Wir fast drei Taußend Gefangene gemacht. Der König von Schwehden mag sich in der Rolle des großen Alexander gefallen haben – Wir jedenfalls haben Unß nicht darzu her gegeben, ihm den Darius zu machen!

Ew. Majestät sollten sich sofort auf die Reiße begehben. Pohlen steht Ihnen nunmehro offen! Eilen Sie! Leszynski wird Ihnen nichts entgehgensetzen können ohne den Rück=haltt der Schwehden. Ergreiffen Sie die Krohne!

Wir grüßen Sie in getreulicher Freundtschaft.

Peter.

Fatmah

Wir sind mit dem ganzen Hof in Warschau, und August ist wieder König von Polen. Seine Gegner im Land haben unter dem Druck Russlands so gut wie kampflos aufgegeben. Stanislaw Leszynski ist nach Frankreich geflohen, und von Karl hört man, er habe sich zum türkischen Sultan nach Bender geflüchtet. Es gibt derzeit keine Gegenwehr mehr, und August ist glücklich und erleichtert. Er hat der Gräfin Cosel, die wieder von ihm schwanger ist, verboten, mit nach Polen zu reisen. Die Niederkunft soll in drei Wochen sein, und Doktor Tropanegger hätte um das Leben der Gräfin gefürchtet, wenn sie mit auf die Reise gekommen wäre. Nun hat der König nur mich dabei, und die Abwesenheit der Cosel ist unserer Gesellschaft sehr zuträglich.

Ich habe mich geweigert, den kleinen Friedrich August in Dresden zurückzulassen, und so habe ich ihn hier bei mir und freue mich täglich an den Fortschritten, die er macht. Er ist schrecklich neugierig und freut sich über seine Spielsachen. Das Liebste ist ihm ein Hund aus Stoff; er wirft ihn oft weg und ich muss ihn dann wiederbringen. Wenn er schläft, nuckelt er an einem der Hundeohren. Vor ein paar Tagen hat er seinen ersten Zahn bekommen, weshalb ich ihn oft an harten Brotkrusten kauen lasse. Demnächst werde ich wohl aufhören, ihn zu stillen; es heißt ja, Muttermilch sei nicht mehr gut für ein Kind, das zahnt.

Seit wir von der furchtbaren Niederlage des schwedischen Heeres bei Poltawa gehört haben, ist mit Sophie eine Veränderung vor sich gegangen. Sie glaubt jetzt nicht mehr daran, dass Jula noch lebt. Ich versuche, sie von ihrer Trauer abzulenken, aber meist hilft es wenig. Nicht einmal mehr meine Geschichten vom fliegenden Kamel bringen sie zum Lachen. Es ist schlimm, wenn ein Mensch alle Hoffnung verliert.

Die Polen sind ein schwer geprüftes Volk. Erst haben sie unter einem lang andauernden Krieg gelitten, und gerade jetzt, wo das Schlimmste vorüber ist und die Frage, wer König sein soll, entschieden wurde, trifft sie ein neuer Schlag: die Pest. In manchen Städten vernagelt man die Türen der Häuser, in denen die Krankheit herrscht, obwohl drinnen noch Leute sind. Eltern verlassen ihre kranken Kinder, Frauen ihre Männer. Es soll Dörfer geben, in denen keiner mehr lebt. Oft ist niemand mehr da, die Toten zu begraben. Immer noch gibt es kein Heilmittel für diese schreckliche Seuche, aber Doktor Tropanegger hofft, dass der kommende Winter der Krankheit Einhalt gebietet. Noch sind wir hier in Warschau sicher, es fragt sich nur, wie lange noch? August hat mir gesagt, er würde mich und den Kleinen sofort zurück nach Dresden schicken, sobald sich die Pest in der Nähe von Warschau zeige. Ich habe Angst, nicht so sehr um mich selbst, als vielmehr um unseren Sohn. Kinder sind empfänglicher für die Pest als Erwachsene und sterben schneller daran. Gott schütze uns alle.

Irgendwo in der Nähe von Minsk, Ende September 1709

Jula und Stoffel hatten eine verlassene, halb verfallene Schäferhütte als Nachtquartier gewählt. Seit anderthalb Monaten waren sie nun schon unterwegs, und sie kamen nur langsam vorwärts.

Sie hatten sich im Sammellager der schwedischen Armee fünf Tage nach der Schlacht von Poltawa wieder getroffen und waren seitdem zusammengeblieben. Stoffel hatte gottlob nur ein paar Schrammen und eine leichte Kopfwunde abbekommen, und auch Julas Verletzung war nur ein harmloser Wadendurchschuss. Und in einer Sache waren sie sich einig gewesen: Ein zweites Gefecht würden sie nicht mitmachen. Sie wollten nur noch nach Hause. Eines Nachts hatten sie einen günstigen Moment abgewartet und waren bei Nacht und Nebel aus dem Lager geflohen. Seitdem waren sie zielstrebig der untergehenden Sonne nach Westen gefolgt und hatten sich von reifen Getreidekörnern, Beeren und Wurzeln ernährt.

Wegen Julas Beinwunde waren die Strecken, die sie täglich zurücklegen konnten, nur kurz, und sie wurden immer kürzer. Hatte es zuerst noch so ausgesehen, als ob die Verletzung gut heilen würde, kam nun eine Entzündung hinzu. Die Wunde begann zu eitern, und das Bein schwoll schließlich bis zum Knie an. Jula konnte nicht mehr, und seine anfängliche Verzweiflung wich der Resignation. Er gab sich auf.

»Du musst ohne mich weitergehen«, stieß er unter Zähneklappern hervor, als Stoffel ihn bei Sonnenaufgang weckte. »Mit mir ist's sowieso bald aus.«

Stoffel fühlte ihm die feuchte Stirn. »Du hast Fieber«, stellte er fest.

Er wickelte die Lumpenfetzen von Julas Wade. Das Einschussloch sah schlimm aus. Stoffel tupfte mit den Verbänden Wundsekret und Eiter ab. Dann riss er dass, was von seinem leinenen Armeehemd noch geblieben war, in Streifen und verband das Bein neu.

Jula schüttelte schwach den Kopf. »Das hat doch keinen Sinn, Stoffel. Ich schaff's nicht. Du musst alleine weiter.«

Stoffel ließ sich nicht beirren. »Kommt nicht infrage«, erwiderte er. Er half Jula auf und drückte ihm einen Ast als Krücke in die Hand. »Reiß dich zusammen. Du musst einfach durchhalten. Irgendwann stoßen wir bestimmt auf ein Dorf oder einen Bauernhof. Ich geh nicht ohne dich!«

Er legte sich Julas rechten Arm um den Hals und fasste ihn unter. Dann humpelten sie beide eine Zeit lang auf einem schmalen

Fuhrweg durch die Wiesen und Felder, immer weiter in Richtung Westen.

»Jula!« Stoffel blieb plötzlich stehen und horchte gespannt. »Jula, hörst du auch was?«

Jula hörte nichts, er fieberte stark und sank nun einfach am Wegrand in sich zusammen.

»Doch, da ist was!« Stoffel spähte angestrengt den Weg entlang. Und tatsächlich, ganz weit vorne, dort wo die Steppenwiese von einem Birkenwäldchen begrenzt wurde, tauchte ein kleines Gespann auf und kam direkt auf sie zu. Stoffel trat mitten in den Weg und winkte mit beiden Armen, bis der Panjewagen schließlich vor ihnen anhielt.

Es war ein kümmerliches Gefährt, gezogen von einem kleinen struppigen Pferdchen; auf dem Wagen saß ein bärtiger russischer Bauer mit einer Wollmütze auf dem Kopf. Er sprach die zwei Flüchtigen an, doch die verstanden kein Wort. Stoffel deutete mit Mitleid heischender Miene auf Jula, der vor Schüttelfrost schlotterte, und faltete dann die Hände zu einer bittenden Geste.

Der Bauer kniff die buschigen Brauen zusammen und musterte die beiden abgerissenen Gestalten lange, dabei spuckte er in hohem Bogen aus. Er murmelte etwas und schüttelte den Kopf, doch zu Stoffels Überraschung stieg er schließlich doch von seinem Sitz. Gemeinsam packten die beiden Jula unter den Armen und hoben ihn auf einen Haufen Futterrüben, der hinten im Wagen lag. Stoffel setzte sich zu ihm, um ihn festzuhalten, dann knallte der Bauer mit seiner Peitsche, und das Pferdchen setzte sich in Bewegung.

»Jula«, sagte Stoffel und rüttelte den Freund am Arm, »wirst sehen, wir schaffen es doch noch bis daheim!«

Nach mehr als einer Stunde gelangten sie zu einem armseligen Gehöft, das nur aus einem kleinen, weiß gekalkten Wohnhaus, einem Schweinekobel und einer windschiefen Scheune bestand. Ein paar aufgeregte Hühner flatterten umher, und zwei grauborstige Schweine suhlten sich mit ihren Ferkeln in einer Schlammpfütze. Die Bäuerin, eine ältliche Frau mit schwarzem Kopftuch und verhärmten Gesichtszügen, trat aus dem Haus. Kaum hatte sie die beiden Freunde auf dem Wagen entdeckt, fing sie an, laut zu zetern und mit ihrem Mann zu schimpfen. Stoffel schien es, als wollte sie die Besucher auf keinen Fall haben. Es entwickelte sich ein heftiges Wortgefecht, aus dem der Bauer offensichtlich als Sieger hervorging, denn er bedeutete den beiden, abzusteigen. Sie halfen Jula in das ärmlich eingerichtete Bauernhaus und legten ihn drinnen auf eine Strohschütte. Die Frau brachte ihnen saure Milch und ein Stück dunkles Brot, und Stoffel verschlang alles in kürzester Zeit. Jula ging es zu schlecht, er konnte nichts essen. Schließlich wickelte Stoffel die Bandagen von Julas Bein und zeigte den Bauersleuten die entzündete Verletzung. Die Frau bekreuzigte sich. Sie wusste, wenn nicht ein Wunder geschah, würde Jula am Wundfieber sterben. Stoffels Herz krampfte sich zusammen. Er wollte den Freund nicht verlieren.

»Bitte«, sagte er und faltete die Hände, »bitte, habt ihr ein Stück Fleisch?«

Er zog seinen Infanteriedegen aus der Halterung und hielt ihn den beiden hin. Dann deutete er zum Fenster, das nur ein Loch in der Wand war, hinaus auf die Ferkel. Der Mann verstand. Er begutachtete die blanke Waffe von allen Seiten, nickte und legte sie in eine Truhe. Kurze Zeit später hörten die das Todesquieken eines kleinen Schweinchens.

»Pass auf, Jula«, flüsterte Stoffel dem Freund verzweifelt ins Ohr. »Mir ist da was eingefallen, womit ich dir vielleicht helfen kann. Du musst nur noch durchhalten bis morgen. Du darfst nicht sterben, hörst du?«

Jula war zu schwach, um zu antworten. Während ihm die Bauersfrau mit einem Löffel etwas Wasser einflößte, zerlegte Stoffel fachmännisch das Ferkel und warf die Teile in einen gusseisernen Kochtopf. Ein handtellergroßes Stück behielt er zurück und legte es draußen auf einen Hackstock, mitten in die warme Septembersonne. Erst bei Sonnenuntergang holte er das Fleisch, um das sich inzwischen ganze Schwärme schillernder Schmeißfliegen tummelten, wieder ins Haus. Er tat es auf ein Holzbrettchen, stülpte einen Topf darüber und stellte alles in die Nähe des Kochfeuers, dorthin, wo es schön warm war.

Die Bauersleute sahen seinem Tun verständnislos zu.

Am nächsten Morgen war Jula nicht mehr ansprechbar, er phantasierte. Doch Stoffel gab nicht auf. Als er den Topf lüpfte, waren die ersten geschlüpften Maden als kleine, sich windende Pünktchen auf dem faulig stinkenden Fleischbrocken zu sehen. Stoffel nickte zufrieden und bedeutete der Bäuerin, Julas Wade freizumachen. Dann nahm er mit der Spitze eines Messers die winzigen Maden vom Fleisch auf und setzte sie behutsam in die Wunde. Die Frau sah ihn entsetzt an.

»Jaja«, sagte Stoffel, »das ist widerlich, ich weiß. Aber was Besseres fällt mir nicht ein. Die Maden fressen nur das verfaulte Fleisch, das gesunde lassen sie in Ruhe. So was lernt man, wenn man Metzgerslehrling ist! Jetzt können wir nur noch warten.«

Die Bäuerin riss die Augen weit auf. Dann schlug sie die Hände über dem Kopf zusammen.

Stoffel ließ sich neben Jula ins Stroh sinken und schickte ein Stoßgebet nach dem anderen zum Himmel.

Einen Tag später war das Fieber gefallen. Jula würde leben.

Aus den Memoiren des französischen Gesandten zu Dresden, Alphonse Louis Baptiste de Villeroy

Entsetzlich, diese Langeweile! Fast der gesamte Hof ist nach Warschau abgereist, nur einige Wenige sind zu Dresden geblieben, darunter ich. Wer wird denn schon so verrückt sein, sich aus freien Stücken in ein Land zu begeben, das von der Pest beherrscht wird? Man hört die schrecklichsten Dinge! Ganze Landstriche sollen entvölkert sein! Es soll Dörfer geben, wo alle Türen vernagelt sind und niemand mehr am Leben ist! Als der König mich also einlud, mit dem Hofstaat zu reisen, sagte ich in allerhöflichster Manier »non, merci« und führte meine schlimme Hüfte als Raison dafür an, dass ich nicht reisen könne. Naturalement habe ich auch Madame Fatime und meinem kleinen Patensohn abgeraten, doch sie mussten sich, anders als die Gräfin Cosel, die wieder schwanger ist, dem Willen des Königs fügen.

A propos, der König! Nun ist ihm zum zweiten Male die polnische Krone in den Schoß gefallen – es wird sich zeigen, ob sie ihm diesmal bleibt. Alles wird davon abhängen, wie er mit dem Adel umgeht und ob er sich beim Volk beliebt machen kann. Unter seiner letzten Regierung konnten sich die Sachsen mit den Polen so wenig als Eulen und Krähen stellen, waren stolz und grob. Vielleicht packt er es nun klüger an. Der Csar soll ihm geraten haben, diejenigen vom polnischen Adel, die gegen ihn waren, einen Kopf kürzer zu machen, allein ich vermute, das würde seine Untertanen nicht gerade dazu bringen, ihn zu lieben. Die Polen sind ein auf ihre Libertät bedachtes Volk, sie verzeihen niemandem, der ihre Rechte beschneidet – und ich fürchte, genau das hat Auguste vor, zu tun. Nun, man wird sehen!

Mich wundert, dass der Csar von Russland den polnischen Thron nicht für sich selbst reclamiert hat. Er ist nunmehr die einzige Großmacht im Osten, und er hätte es wagen können, nachdem sich fast alle anderen europäischen Puissancen im Krieg um die spanische Erbfolge engagieren. Vermutlich hätte weder Frankreich noch Habsburg eingegriffen. Aber, ich glaube, Peter interessiert sich derzeit nur für eines, nämlich seine neue Hauptstadt: Sankt Petersburg. Er ist schon ein Teufelskerl! Wer außer ihm würde es wagen, eine ganze Stadt auf feindlichem Terrain bauen zu lassen? Eine russische Stadt auf schwedischem Land – welch unglaublich freches Unterfangen! Nun aber, da Karl von Schweden geschlagen ist, kann der Csar unbehelligt weiterbauen. Man hört, dort droben an dem Fluss Newa, mitten im schlimmsten Sumpf, würde ein zweites Venedig entstehen, mit Kanälen, Palästen, Parks, Cathedralen, goldenen Türmen und Werften. Aber man hört auch, dass dort schon hundert Tausend Arbeiter elendiglich an Entkräftung, Fiebern und Durchfällen gestorben sind. Vielleicht ist diese Zahl etwas übertrieben, doch mein alter Freund, der Comte de Toussaint-Sion, der schon in Sankt Petersburg war, schrieb mir ähnliches in seinem letzten Brief. Die wirklichen Pfahlwerke der Stadt, so schrieb er, sind die Menschen, die mit ihrem Leben für die Pracht bezahlten, mit der sie sich aus dem Wasser hebt! Mon Dieu, ich weiß wirklich nicht, ob mir eine Hauptstadt gefallen könnte, die auf menschlichem Gebein errichtet wurde ... Da sind mir Paris oder, wenn es sein muss, Dresden schon lieber!

Hier im Staate Sachsen gibt es seit einiger Zeit eine neue Mode: Man trinkt aus Stiefeln! Schuld daran ist Seine Majestät Auguste Roi höchstpersönlich – und ein kleines bisschen auch meine Wenigkeit. Vor seiner Abreise nach Polen nämlich gab der König ein schönes Divertissement im Großen Garten, das in einer übermäßigen Trinkerei endete. Eh bien, wer mich kennt, der weiß, dass ich dem Alkohol zwar nicht abgeneigt bin, doch kann ich mich auch des Maßhaltens rühmen. Selten in meinem Leben war ich betrunken, ich finde diesen Zustand dégoutant und entwürdigend. Deshalb teilte ich dem König zu später Stunde in den allerhöflichsten Worten mit, ich könne nun nicht mehr weitertrinken. Der Minister Flemming und einige andere Courtians pflichteten mir bei, auch sie waren des Weines so voll, dass es gar peinlich anzusehen war. Daraufhin schimpfte Auguste uns – natürlich in gänzlich unzutreffender Weise – einen Haufen Schwächlinge und erklärte, er wolle uns zeigen, was ein wirklicher König vertragen könne. Er zog seinen riesigen Stiefel aus, ließ ihn mit Bier bis zum Rand füllen und trank ihn leer, ohne abzusetzen.

Diese kleine Anecdote sprach sich schnell herum, sodass kaum eine Woche später die ersten Trinkgefäße in Form eines Stiefels in der Stadt feil geboten wurden. Inzwischen gibt es gläserne, irdene, zinnene Trink-Stiefel, und man vernimmt, dass auch Monsieur Böttger schon an einem derartigen Gefäß aus Porzellan arbeiten soll! So ehren die Sachsen ihren Souverain – dass er hinterher einfach umgefallen ist und von vier Lakaien zu Bett getragen werden musste, hat man geflissentlich vergessen.

Tiens, bevor ich selber etwas vergesse: Ich habe durch Monsieur Nadöz, einem der königlichen Leibköche, von einer Sache erfahren, die mir bisher völlig unbekannt war, aber unbedingt in meine Recepturen-Sammlung hinein muss. Voilà: Der Carpfen (ein rundlicher, fetter Fisch, den man allhier in vielen Teichen züchtet) besitzt einen drei-eckigen Stein, welchen er im Kopfe am Rück-Grade hat. In den Mund genommen, hilft dieser gegen den Sod und verhütet das Bauch-Grimmen. Zu Pulver gemahlen, treibt er den Harn und hilft, Steine in der Blase zu zermalmen. Vermischt man das Pulver mit Carpfen-Galle und streicht die Paste aufs Gesicht, so bekommt dieses eine schöne helle Farbe. Es ist schon erstaunlich: Immer noch gibt es Dinge auf der Welt, von denen wir nichts wissen!

Königlich-Churfürstlich Sächsischer Hoff= und Staats=Calender vom 25. Oktober 1709

»Alldieweil seine allerdurchlauchtigste Majestät König August, unßer Chur=Fürst, zu Warschau weilt, ist geßtern die Comtesse de Cossell mit einem zweyten Mädchen niedergekomen. Es soll mit Nahmen Friederike Alexandra heissen. Madame la Comtesse hat die säxischen Stände für die heutige Thauffe zu Gevatter gebethen. Sie werden dem Sohne der Princesse de Saxe ein würdiges Geschenck machen.

… Auß Pohlen wirdt vermeldet, dasz die Pest nunmehro auch die Haupt=Stadt Warschau erreicht hat. Derohalben hat sich Ihre Majestät mit einem Theil des Hoff=Staates nach Thorn zurück getzogen. Vorher hat der pohlnische Sejm in einer Proclamation unseren allergnedigsten Souverain wieder zum König von Pohlen erklärt. Der königliche Statt=Halter allhier zu Dreßden hat ob dieser Nachricht drey=tägige Festlichkeyten sambt einem Wett=Schiessen auf dem Altmarkt angeordnet.«

Irgendwo in der Nähe von Minsk, November 1709

Worowski zog mit den Resten seiner polnischen Kavallerieeinheit Richtung Westen. Fast fünf Wochen hatten sie in einem notdürftig eingerichteten Lager bei Poltawa ausgeharrt, zusammen mit dem, was von der schwedischen Armee übrig geblieben war. Sie hatten die Toten begraben und die Verwundeten gepflegt. Nun waren sie unter dem Befehl zweier schwedischer Generäle auf dem Rückzug. Unter den Überlebenden der Schlacht von Poltawa befanden sich auch an die fünfhundert sächsische Soldaten, die auf Befehl des Königs immer noch scharf bewacht wurden. Daheim in Schweden konnte man sie gut brauchen – als Helfer auf den unzähligen durch den Krieg verwaisten Bauernhöfen.

Die polnischen Reiter waren zutiefst enttäuscht über den katastrophalen Ausgang des Feldzugs. Sie hatten nicht nur eine Schlacht verloren, sondern auch einen König. Wieder war ihr Land Spielball auswärtiger Mächte gewesen, und wieder würde ein Fremder regieren. Worowski hing düsteren Gedanken nach. Bald würden er und seine Männer sich von der schwedischen Armee trennen, würden nach Polen zurückkehren, während die Schweden in Richtung Königsberg marschierten, um von dort in ihr Heimatland überzusetzen. Jeder wollte nur noch nach Hause.

Während die demoralisierten Streitkräfte ihr Nachtlager bei einem namenlosen Dorf westlich der Stadt Minsk aufschlugen, streiften wie immer auch an diesem Nachmittag berittene Patrouillen durch die Gegend, um bei den Bauern etwas Essbares zu finden. Normalerweise gaben sich die Reiter der polnischen Kronarmee nicht für solche Aufgaben her, doch die Schweden selber hatten längst nicht mehr genug Pferde – die meisten waren im Laufe des Winters in den Kochtöpfen gelandet, und die verbliebene Reiterei war bei Poltawa aufgerieben worden. So zogen schließlich auch Worowski und einige seiner Leute los, um Verpflegung zu requirieren. Worowski hasste diese Ritte, es war ihm zutiefst zuwider, den Bauern, die ohnehin nicht viel zum Leben hatten, auch noch die Wintervorräte zu nehmen. Er hatte sich mit seinen Begleitern geeinigt, jedesmal nur einen Teil der vorhandenen Lebensmittel zu requirieren.

Sie hatten schon drei Ochsen, etliche Schafe und mehrere Säcke mit Getreide und Buchweizen im Schlepptau, als sie an dem ärmlichen Bauernhof ankamen, der Jula und Stoffel als Unterschlupf diente. Worowski stieg ab und musterte kurz den Schweinekobel, den Hühnerschlag und den schäbigen Unterstand für die Kühe. Hier würde nicht viel zu holen sein.

»Nehmt eines der beiden Schweine, eine Kuh und zehn Hühner«, befahl er seinen Leuten. Dann ging er mit gezogenem Säbel auf das Bauernhaus zu.

Er brauchte einen Augenblick, um sich an die drinnen herrschende Düsternis zu gewöhnen. Dann erkannte er den Bauern und seine Frau, die vor ihm am Boden knieten und flehentlich die Arme erhoben hatten.

»Habt ihr Speck und Schmalz?«, fragte er auf Russisch, das er leidlich beherrschte.

Die beiden schüttelten mit ängstlichen Blicken die Köpfe.

»Salz, Eier, Mehl?«

Die Frau fing an zu lamentieren und alle Heiligen um Hilfe anzurufen, während ihr Mann nur stumm verneinte. Worowski seufzte. Es war überall das Gleiche. Aber irgendwo mussten die Vorräte doch versteckt sein. Da fiel sein Blick auf eine hölzerne Bodenklappe, die neben der Schlafstelle lag und auf die man eilig einen dreibeinigen Schemel und zwei geflochtene Körbe gestellt hatte. Der junge Graf schob alles zur Seite und hob die Klappe an einem eisernen Ring hoch. In dem dunklen Loch konnte er vage ein paar Säcke, einen Zopf Knoblauch, einen Korb mit Äpfeln und zwei Speckseiten erkennen. »Na, also«, murmelte er, und die Bäuerin heulte auf.

»Ich nehme nur einen Sack Mehl und eine Speckseite, damit ihr durch den Winter kommt«, sagte er zu den zwei Jammernden. Dann stieg er in den Vorratskeller hinunter. Mit einem Griff hatte er den ersten Sack hochgehoben, als er aus dem Augenwinkel heraus sah, dass sich darunter etwas bewegte. Sofort zückte er seinen Säbel.

»Los, rauskommen, aber schön langsam! Dawai, wird's bald?«

Erst geschah gar nichts, doch dann wurden die anderen Mehlsäcke zur Seite gerollt. Jula und Stoffel richteten sich auf, die blanke Todesangst in den Augen. Sie trugen immer noch die schäbigen Fetzen ihrer blau-gelben schwedischen Uniformen am Leib und boten darin einen erbärmlichen Anblick. Jetzt ist es aus mit uns, ging es Jula durch den Kopf, Deserteure werden ohne Federlesens umgebracht. Das Herz schlug ihm bis zum Hals, und seine Beine zitterten. Vater unser, der Du bist im Himmel, betete er stumm, geheiliget werde Dein Name ... Neben sich nahm er ein merkwürdiges Geräusch wahr – Stoffel hatte angefangen, leise zu wimmern. Der Offizier sah sie wortlos an.

»Bitte«, schluchzte Stoffel auf Deutsch, und die Tränen rollten ihm dabei übers Gesicht, »bitte, wir wollten doch bloß nach Hause, bloß ... nach ... Hause ...«

Der Offizier hob den Säbel. Jula versagten die Knie, er sackte zusammen. Gottergeben schloss er die Augen und wartete auf den Todesstoß.

Doch nichts geschah. Der Säbel durchtrennte mit einem schnellen Schnitt die Schnüre, mit denen die Speckseiten an einem Balken aufgehängt waren. Worowski griff sich den Speck und warf den Sack über seine Schulter. Dann drehte er sich um und stieg die Treppe hinauf.

Zehn Minuten später war die polnische Patrouille vom Hof verschwunden.

Fatmah

Ich bin wieder schwanger! Dass es so schnell geht, hätte ich nicht gedacht; der kleine Friedrich August ist doch gerade erst ein paar Wochen abgestillt. Aber es ist gut so, wie es ist. August hat mich und das Kind sofort nach Hause geschickt – so waren wir gottlob schon fort, als es den ersten Pesttoten in Warschau gab. Nun kann ich zu Dresden sicher und ruhig mein zweites Kind erwarten.

Es ist schön, wieder daheim zu sein. Draußen schneit es, und Weihnachten steht vor der Tür. Ich habe bei einem Holzschnitzer ein Schaukelpferd aus Lindenholz bestellt, das wird ein wunderbares Geschenk für meinen Kleinen. Er juchzt jedes Mal, wenn ich ihn auf eines meiner Kutschpferde setze. Ja, ich habe jetzt eine eigene Kutsche! August hat sie mir in Warschau geschenkt, als ich ihm von meiner neuen Schwangerschaft erzählte. Auch einen Kutscher habe ich schon bestallt, einen schüchternen jungen Mann, der bisher die Dresdener Postpferde betreut hat. Er heißt Fritz und sieht schmuck aus in seiner weiß-gelben Uniform. Ich glaube, wir werden uns gut verstehen. Friedrich August jedenfalls hat ihn sofort ins Herz geschlossen und liebt es, von ihm hochgeworfen zu werden.

Schade, dass der König so etwas nicht tut! Er findet keinen rechten Zugang zu seinen Kindern, weder zu denen der Gräfin Cosel noch zu unserem Sohn, der doch ein so fröhliches Kind ist. Den Kurprinzen sieht er ohnehin nur zwei- oder dreimal im Jahr. Kinder können doch so viel Glück und Freude geben! Aber vielleicht erwarte ich auch zu viel von August. Ein Souverän hat eben anderes zu tun, als mit seinen Söhnen und Töchtern umherzutollen. Doch jedes Mal, wenn er sich Friedrich August gegenüber gleichgültig verhält, versetzt es mir einen Stich. Dann fürchte ich, er ist überhaupt keiner tiefen Gefühle fähig, und ich komme ins Grübeln. Was empfindet er eigentlich für mich? Liebe ist es nicht, das ist mir schon lange klar. Auch ich spüre, dass es mir schwer fällt, meine Zuneigung zum König so zu bewahren wie früher. Es enttäuscht mich einfach zu sehr, dass er seine Kinder kaum beachtet, ja, sie eher als unbequeme Störenfriede ansieht.

Die Gräfin Cosel hat aus dieser Haltung schon Konsequenzen gezogen. Sie hat ihre beiden Mädchen zu ihren Eltern nach Gut Depenau in Holstein geschickt, um sich Augusts Gunst zu bewahren, und ist ihm kürzlich alleine nach Polen nachgereist. Ich finde das herzlos von ihr – niemals könnte ich mich von meinem Sohn trennen. Sie dagegen hat es tatsächlich über sich gebracht, ihre zweite Tochter schon im Alter von vier Wochen weggegeben!

Sosehr ich mich für August freue, dass er die polnische Krone wiedererrungen hat, so groß sind doch meine Sorgen über das, was aus der Flucht des Königs von Schweden zum osmanischen Sultan erwachsen könnte. Wer gedacht hat, Karl würde nach der vernichtenden Niederlage von Poltawa klein beigeben, der wurde eines Besseren belehrt. Er will einen neuen Krieg, will Europa nicht die ersehnte Ruhe gönnen.

Englische, französische und preußische Unterhändler haben versucht, ihn zur Vernunft zu bringen, doch ohne Erfolg. In der

Berliner Post- und Ordinari-Zeitung steht folgende Äußerung des preußischen Gesandten: »Man kann nicht erfolgreich mit dem König von Schweden verhandeln. Nach Meinung der meisten Menschen hat er jedes Gefühl dafür verloren, was er seinem Land und dessen Bürgern schuldig ist.« Ja, nach allem, was man hört, liegt Schweden auf ganz furchtbare Weise brach, aber den König kümmert es nicht. Er scheint darin erfolgreich zu sein, die Pforte zum Kriegseintritt gegen Russland und Polen zu bewegen. Angeblich rüstet das Reich Osman bereits zum Krieg!

Für mich ist das ein schrecklicher Gedanke! Schon beginnen manche Höflinge, mich von der Seite her scheel anzusehen. Auch habe ich das Gefühl, dass manche Damen, die sonst immer da waren, meine Kaffee- und Erzählstunden meiden. Schließlich bin ich Türkin, und mein kleiner Sohn ist halber Türke! Wenn die Pforte Polen tatsächlich den Krieg erklärt, was geschieht dann mit uns? Wird uns der König fallen lassen? Wo sollen wir dann hin? Ich habe schon darüber nachgedacht, wie es wäre, wenn ich in meine Heimat zurückkehren würde. Aber – ist es noch meine Heimat? Würde ich mich dort noch zurechtfinden? Es ist schon so lange her. Die Menschen, die ich kannte, gibt es nicht mehr, ich wäre ohne Familie und Stand, ohne Besitz. Und würde man mich dort nicht eine Sächsin, eine Christin nennen? Nein, es geht nicht.

Nacht für Nacht wälze ich schwarze Gedanken in meinem Kopf hin und her, dabei habe ich weniger Angst um mich als um den kleinen Friedrich August. Der Einzige, mit dem ich darüber reden kann, ist der Vicomte, der mich täglich besucht. Er hat mich beruhigt. »Warten Sie erst einmal ab, meine Liebe«, hat er zu mir gesagt. »Falls es zum Schlimmsten kommt, stehen ihnen meine Güter in Frankreich jederzeit als Wohnsitz zur Verfügung. Ich werde doch nicht zulassen, dass meinem Patensohn etwas geschieht!«

Das ist ein Trost, aber ganz beruhigt bin ich immer noch nicht. Man muss abwarten, wie es weitergeht. Ich bete darum, dass sich der Sultan nicht zum Krieg verführen lässt.

Aus den Memoiren des französischen Gesandten zu Dresden, Alphonse Louis Baptiste de Villeroy

Mon Dieu, dieser Winter ist wahrlich seines Namens nicht wert! Seit Weihnachten regnet es ohne Unterlass, die Elbe führt Hochwasser, Straßen und Wege sind tief verschlammt. Nun haben wir schon beinahe März, und noch keinen Schnee gesehen! Was mich besonders ärgert, ist die Tatsache, dass ich trotzdem wochenlang wegen eines üblen Hustens das Bett hüten musste. Nicht einmal der grässliche Schneckensaft, den Doctor Tropanegger für mich zubereiten ließ, zeigte Wirkung. Hélas, das Alter sitzt mir im Nacken wie ein lästiger Affe!

Gerade habe ich einen Brief erhalten, in dem der französische Envoyé in Russland den Einzug des siegreichen Csaren in Moskau schildert. Es muss eine veritable Marche Triomphale gewesen sein: Alle Glocken der Stadt läuteten Sturm und die Canonen schossen Salut, während Peter, den sie nun schon den Großen nennen, wie einst die römischen Imperatoren, mit seinen Soldats und sämtlichen Gefangenen durch Moskau zog. Man hat sogar eigens sieben Arcs de Triomphe errichtet, um den Csaren zu verherrlichen. Hoffentlich bekommt er nicht den Grössenwahn davon!

Vom Hofe ist pour le moment nichts Besonderes zu berichten. Die Comtesse de Coselle ist schon vor zwei Monaten dem König nach Polen nachgereist. Nachdem er Madame Fatime und ihr Söhnchen wegen der Pest heimgesandt hat, sieht sie eine günstige Occasion, wieder in seiner Faveur zu steigen. Dies umso mehr, weil viele seiner Hofräte und Ministres Auguste drängen, sich eine polnische Maitresse zu nehmen. Man glaubt, dass die Polen ihm gewogener wären, wenn er eine Dame aus polnischem Adel erwählen würde. Wie man hört, gibt es auch schon eine Candidatin: ein blutjunges Mädchen aus dem Hause Bielinski, Marie Magdalena (die Tochter des Großmarschalls Kazimir). Zwar ist sie seit kurzem mit dem Comte Bogislaw von Dönhoff verheiratet, der doppelt so alt ist wie sie, aber man munkelt, dass die Scheidung bereits beim Papst arrangiert sei und bei Interesse des Königs sofort vollzogen werden kann.

Derzeit wird sie ihm offenbar zu jeder Gelegenheit präsentiert, um ihm den Mund wässrig zu machen. Natürlich ist die Madame de Coselle über diese Dinge informiert und man hört, dass sie alles tut, um Auguste von der Polin abzulenken. Angeblich steckt sie kleine Tüchlein mit ihrem Menstruationsblut unter des Königs Kopfkissen, um seine Gunst nicht zu verlieren. On verra – ob das helfen wird? Ich möchte es bezweifeln!

Jedenfalls, obwohl ihm die Damen in Polen von allen Seiten Avancen machen, kümmert sich Auguste Roi unbeeindruckt um seine Staatsgeschäfte. So hat er noch vor Weihnachten Ordre gegeben, zu Meißen eine Porcelain-Fabrique aufzumachen. Dem wurde auch prompte Folge geleistet: Am 23. Janvier dieses Jahres eröffnete Monsieur Böttger auf der dortigen Albrechtsburg eine Manufacture. Er bewahrt sein Secret, wie man Porcelain herstellt, immer noch auf das Heimlichste, sodass also Sachsen bisher das einzige europäische Land ist, wo man solches fabricieren kann. Dies wird der hiesigen Economie zur größten Wohltat gereichen und die Commerzien voranbringen.

Bleibt noch zu vermelden, dass in der Stadt kürzlich mehrere Leute an Bauch-Krämpfen und Durchfällen gestorben sind, so dass man zuerst vermeinen mochte, es sei eine Epidémie. Dann hat sich allerdings herausgestellt, dass sie womöglich alle kurz vor ihrem Tode Erdbirnen gegessen hatten. Mein altes Misstrauen gegen diese Frucht aus der Neuen Welt war also durchaus berechtigt. Nicht nur, dass sie häufig den Geschlechtstrieb weckt, wo es nicht förderlich ist, nein sie stumpft auch die Geisteskräfte ab und bringt die Gedärme durcheinander. Ich habe für mich beschlossen, auf keinen Fall mehr Tartuffeln zu essen, seien sie roh, gekocht oder gebraten. Ja, man muss darauf Acht haben, was man zu sich nimmt – schließlich weiß ein jeder, dass sich die Blutgefäße in den Magen öffnen und folglich alles, was man isst oder trinkt, sofort vom Körper aufgenommen wird. Außer, naturalement, man erbricht sich rechtzeitig und gründlich. Ich habe darüber mit Doctor Tropanegger gesprochen, und er meint, das beste Brechmittel, das er kenne, sei Mumia alpatsica. Es hat mich einige Überredungskunst und eine ganze Kiste besten Burgunderwein gekostet, das Recept von ihm zu erfahren. Hier ist es:

Man setze eine menschliche Leiche (am besten die eines gesunden männlichen Gehenkten) einen Tag lang Sonne und Mond aus. Dann schneide man das Fleisch in Stückchen, reibe es mit Branntwein und Kräutern ein und lasse es sechs Tage lang liegen. Anschließend fädele man die Stückchen auf ein Garn und trockne sie an der Luft. Sodann koche mann alles in Branntwein. Sobald die Flüssigkeit eine rote Färbung angenommen hat und zu dickem Saft geworden ist, gieße man mit Theriak auf und füge eine Handvoll Perlen-Mehl und Corallen-Salz hinzu. Drei Löffel Mumia alpatsica bringen einen Menschen so gewiss zum Erbrechen, wie die Sonne jeden Tag auf- und untergeht.

Östlich von Warschau, Mai 1710

»Halt doch mal, ich glaube, dort drüben sind Häuser.« Jula beschattete die Augen mit seiner Hand. »Da, zwischen den Hügeln.«

Stoffel blieb stehen und spähte angestrengt in die Richtung, die Julas Finger ihm wies. »Jetzt sehe ich's auch. Komm, das schaffen wir leicht noch vor Einbruch der Dunkelheit.«

Die beiden Freunde setzten sich wieder in Bewegung. Sie hatten den ärgsten Winter auf dem Bauernhof bei Minsk verbracht und dafür mit dem zweiten Armeesäbel und ihren beiden Musketen bezahlt. Erst im März waren sie Richtung Heimat aufgebrochen. Jula hatte die Zeit gebraucht, um sich von seinem Wundfieber zu erholen, und recht viel früher wären die Wege ohnehin noch zu tief verschneit gewesen. Dann hatte das erste Tauwetter eingesetzt, und sie waren nach Westen aufgebrochen. Über Ostern hatten sie ein paar Tage Unterschlupf bei einem alten Dorfgeistlichen gefunden, der sie zum Ende der Fastenzeit mit Unmengen rot gefärbter, hart gekochter Eier gemästet und ihnen den kürzesten Weg nach Warschau erklärt hatte. Eine Woche später waren sie mit einer wurmstichigen alten Fähre über den Bug gesetzt und kämpften sich seither auf schlammigen Wegen vorwärts.

Je näher sie dem polnischen Dorf kamen, desto merkwürdiger war das Gefühl, das Jula beschlich.

»Hörst du was?«, fragte er.

Stoffel lauschte und schüttelte den Kopf. »Warum?«

»Weil alles so still ist. Kein Hühnergackern, kein Hundebellen, keine menschlichen Stimmen. Seltsam.«

Jula sah sich suchend um, als sie das erste Haus erreichten. »He, ist hier jemand?«

Niemand antwortete. Irgendwo klapperte ein offener Fensterladen. Nichts regte sich außer den Blättern an den Bäumen. Es war beinahe gespenstisch, ein Geisterdorf.

Stoffel ging auf die Haustür zu, wobei er über den halb verwesten Kadaver eines Hundes stolperte und einen Fluch ausstieß. Dann klopfte er heftig. »Wir sind friedliche Leute«, rief er, »pokój, pokój! Ihr braucht euch nicht zu verstecken!«

»Lass gut sein.« Jula hatte bemerkt, dass die Tür und auch die beiden Fenster daneben vernagelt waren. »Hier wohnt niemand mehr.«

Das ganze Dorf lag still und stumm da. Es bestand aus acht oder neun ärmlichen Wohnhäusern, ein paar Scheunen und Ställen und einer kleinen, weiß gekalkten Kapelle, hinter der sich ein quadratisch eingezäunter Gottesacker befand. Aus den Schornsteinen kam nirgendwo Rauch. Hier gab es keine Menschenseele.

»Schau, da sind frische Gräber«, meinte Stoffel. »Vielleicht ist das Dorf überfallen und dann verlassen worden.«

Jula lief ein kalter Schauer über den Rücken, doch am Ende zuckte er die Schultern. »Ist auch egal. Lass uns sehen, ob sie was Essbares dagelassen haben.«

Sie gingen ein Haus nach dem anderen ab. Die ersten beiden waren ebenfalls zugeschlossen und vernagelt, das dritte stand offen. Die Tür quietschte in den Angeln, als sie eintraten. Drinnen roch es nach altem Schweiß, faulig und säuerlich. Die wenigen Möbel standen so da, als ob die Besitzer gerade erst das Haus verlassen hätten. In dem großen verrußten Kamin hing noch der Kochkessel, auf einem Brett an der Wand standen Talglichter, ein gusseiserner Topf und etliche Holznäpfe. Unter einem verblichenen Marienbild war mit rostigem Draht eine kleine getöpferte

Vase befestigt, in der ein vertrocknetes Sträußchen wilder Primeln steckte. Auf den vier strohgeschütteten Schlafplätzen neben der Feuerstelle lagen fleckiges Bettzeug, Decken und Kissen. Ein übler Geruch stieg aus den Betten auf. Am Fußende stand eine blecherne Wärmpfanne, in der sogar noch Wasser gluckerte, als Jula sie schüttelte.

Stoffel öffnete eine kleine Vorratsluke, die er unter einer wurmstichigen Truhe entdeckt hatte, und auf seinem Gesicht breitete sich ein seliges Lächeln aus.

»Buchweizenmehl«, rief er, »und Räucherwürste!« Er begann, in dem Kellerloch zu kramen. »Zwiebeln, Schmalz, Eier, eingemachte Gurken! Honig! Menschenskind, Jula, haben wir ein Glück!«

Gierig langte er nach einem Zapfen Hartwurst, biss hinein und kaute fröhlich wie ein Kind. »Warum die wohl abgehauen sind?«, überlegte er mit vollem Mund.

»Na, weil sie wussten, dass wir kommen.« Jula wurde übermütig. Er angelte nach dem Honigtopf, steckte einen Finger in das süße, klebrige Zeug und schleckte ihn genüsslich ab. »Jetzt können wir ein paar Tage in Saus und Braus leben, und noch Wegzehrung mitnehmen. An Pfingsten sind wir vielleicht schon daheim.« Er stieß einen Juchzer aus und boxte Stoffel gegen die Schulter.

An diesem Abend aßen sie so viel, bis sie beinahe platzten. Nachdem sie die Flöhe und den Gestank gründlich aus dem Bettzeug geschüttelt hatten, schliefen sie bis weit in den nächsten Morgen hinein.

Der nächste Tag verging damit, dass die beiden Freunde die anderen Bauernhäuser nach Essbarem durchsuchten. In zweien wurden sie fündig, entdeckten sauer eingelegtes Gemüse, Speck, Graupen und getrocknete Pilze. Mittags schürten sie ein kräftiges Feuer, und Jula kochte aus dem, was sie hatten, ein wahres Festmahl. Sie aßen, bis sie nicht mehr konnten, und zu allem Überfluss fand Stoffel in einem Schuppen einen fast vollen Krug Branntwein, den sie sich abends glücklich einverleibten. So blieben sie zwei weitere Nächte in dem verlassenen Dorf, das ihnen nach der schlimmen Zeit und all dem Hunger vorkam wie das Paradies auf Erden.

Am dritten Morgen, an dem sie eigentlich aufbrechen wollten, erwachte Stoffel mit hämmernden Kopfschmerzen und fühlte sich krank.

»Wir müssen ja nicht unbedingt weiter«, meinte Jula und legte dem Freund die Handfläche auf die Stirn. »Ich glaube, du hast Fieber. Lass uns einfach bleiben, bis es dir wieder besser geht.«

Doch bis zum Nachmittag war Stoffels Temperatur gestiegen, und zu den Kopfschmerzen hatten sich noch Gliederschmerzen gesellt. Jula wickelte ihm kalte Umschläge um die Waden, um das Fieber zu senken, und kochte eine dicke Graupensuppe mit Zwiebeln und Speck. »Die macht dich wieder munter«, erklärte er. »Schön brav essen.«

Stoffel ließ sich etwas Suppe einflößen und sank dann in einen unruhigen Schlaf. Nur hin und wieder wachte er auf und trank ein paar Schlucke Wasser. Jula kümmerte sich den ganzen Tag um ihn, so gut er konnte, aber er war schließlich kein Arzt und wusste nicht recht, was er tun sollte. Irgendwann abends schlief er neben Stoffel ein, der sich im Stroh hin und her wälzte und immer wieder leise stöhnte.

Als der Morgen graute, schreckte Stoffel mitten aus einem Alptraum auf. Seine Kleider klebten ihm schweißnass am Körper. Er hatte schrecklichen Durst, und ihm war heiß. Benommen versuchte er, sich aufzurappeln, kam aber vor Schwäche nicht von seinem Strohsack hoch.

»Willst du aufstehen?«, fragte Jula, der ebenfalls aufgewacht war.

Stoffel schüttelte schwach den Kopf. »Wasser«, krächzte er.

Jula ging nach draußen und ließ einen ledernen Eimer in den Brunnen hinunter, der beim Haus stand. Stoffels Zustand gefiel ihm ganz und gar nicht; der Freund sah blass und elend aus, und das Fieber schien nicht gefallen zu sein. Nachdenklich goss er das frische kalte Wasser in einen Becher und wollte damit zum Schlaflager zurück. Mitten im Schritt hielt er inne.

Stoffel hatte sich das durchnässte Hemd ausgezogen und saß mit nacktem Oberkörper im Stroh, die rechte Hand unter die linke Achselhöhle gesteckt. Er war aschfahl im Gesicht und starrte Jula mit weit aufgerissenen Augen an, in denen die blanke Panik stand. »Geh weg«, flüsterte er rau. »Hau ab, so schnell du kannst.«

Jula runzelte verständnislos die Brauen und trat ans Bett. »Spinnst du?«, fragte er. »Hier, ich bring dir was zu trinken.« Er bückte sich, um Stoffel den Becher an die Lippen zu halten, doch der schüttelte verzweifelt den Kopf und wich aus.

»Bleib weg von mir, um Gottes willen«, wehrte er ab. Über sein verschwitztes, blasses Gesicht liefen Tränen.

»Ja du meine Güte, was hast du denn bloß?« Jula ließ den Becher sinken.

Da hob Stoffel den linken Arm und nahm seine Hand weg. Jula prallte zurück: Mitten in der Achselhöhle saß eine Beule, schwärzlich verfärbt und groß wie ein Hühnerei.

»O Gott, Stoffel, nein«, sagte er tonlos.

»Doch«, gab Stoffel heiser zurück. »Jetzt wissen wir, warum das Dorf verlassen wurde. Die sind geflohen vor der … es war die …« Er brachte das Wort nicht über die Lippen.

Es war die Pest.

Jula stand da wie betäubt. Er hielt immer noch den Becher in der Hand und konnte einfach nichts sagen.

»Du musst fort«, drängte Stoffel. Das Sprechen bereitete ihm sichtlich Mühe. »Vielleicht hat's dich ja noch nicht. Wenn du hier bleibst, erwischt's dich ganz sicher auch.«

»Vielleicht täuschen wir uns ja«, meinte Jula und wusste doch, dass er Unrecht hatte. Keiner von ihnen hatte schon einmal einen Pestkranken gesehen, aber die dunkle Ausbuchtung unter Stoffels Achsel ließ keine andere Deutung zu. Man erkannte den Schwarzen Tod – wie ein Säugling das Gesicht seiner Mutter erkannte. Jula spürte, wie ihm die Angst den Atem abschnürte, es war die gleiche finstere, alles verzehrende Todesangst, wie er sie in der Schlacht empfunden hatte. Herr Jesus, dachte er, haben wir den Krieg überlebt, nur um in einem gottverlassenen polnischen Kaff elend an der Pest zu verrecken? Am liebsten wäre Jula auf und davon gerannt, so schnell er konnte, irgendwohin, wo er sicher war vor dieser entsetzlichen Krankheit. Doch dann fasste er einen Entschluss. Ohne Stoffel, dachte er, wäre ich jetzt schon nicht mehr am Leben. Er ist bei mir geblieben, als niemand mehr einen Pfifferling für mich gegeben hätte, als ich für ihn nichts als ein Hindernis auf dem Weg nach

Hause war. Ich bin es ihm schuldig, zu bleiben. »Ich geh nicht weg«, sagte er. »Wenn wir beide krepieren, dann soll's eben so sein.«

Stoffel lebte noch drei qualvolle Tage. Die blauschwarzen Beulen unter seinen Achseln, in der Leiste und am Hals schwollen an, füllten sich mit Eiter, brachen unter entsetzlichem Gestank auf und zerfielen nekrotisch wie böse Geschwüre. Dann kam ein furchtbarer, blutiger Husten. Das Fieber stieg immer höher, und schließlich färbte sich Stoffels ganzer Körper dunkel. Überall unter seiner Haut war Blut, es quoll rot aus Nase, Mund, Augenwinkeln. Jula wachte bis zum Ende bei ihm, hielt ihn, wenn er phantasierte, flößte ihm immer wieder Wasser ein und wusch ihm Exkremente, Blut und Schweiß vom Körper. Am Schluss betete er, der liebe Gott möge Stoffel endlich sterben lassen. Und irgendwann hörte Stoffels rasselnder Atem einfach auf, und alles war still. Da konnte Jula endlich weinen.

Er begrub den Freund unter einem Haselstrauch auf dem kleinen Dorffriedhof. Dann ging er ins Haus zurück und wartete auf die ersten Merkmale der Pest an seinem Körper. Doch nichts geschah. Als er nach zehn Tagen an sich selbst noch immer keinerlei Anzeichen des Schwarzen Todes feststellen konnte, machte er sich schweren Herzens weiter auf den Weg nach Hause.

Dresden, Juli 1710

Seit drei Tagen war der König aus Polen zurück, und Dresden jubelte. Der alte Glanz der Residenz stellte sich wieder ein. Gleich am ersten Abend hatte August ein besonderes Fest für alle Bürger geben lassen, eine der stets beim Volk beliebten Bauernwirtschaften, bei der sich alle hoch gestellten Damen und Herren wie das einfache Landvolk kleideten und fröhlich unter die Menge mischten. Ein weiterer Tag verging mit Audienzen und Besuchen, und nun, am dritten Tag, war ein eingestelltes Jagen im Großen Garten geplant.

Dazu hatten die Jagdknechte in der nordöstlichen Ecke der riesigen Parkanlage ein rechteckiges Gelände mit weißen Tüchern abgetrennt, die an hohen Gestellen befestigt waren. In der Mitte dieses Jagdbereiches war ein zweistöckiger, runder Pavillon zusammengezimmert worden, in dem die illustren Gäste bereits am frühen Morgen ihre Plätze eingenommen hatten. Jetzt luden sie ihre Büchsen, visierten zur Probe, lachten und diskutierten. Die Hofgesellschaft nahm fast ausnahmslos an der Jagd teil, war es doch das erste Mal seit der Abreise Augusts nach Polen vor fast einem Jahr, dass am Dresdner Hof wieder eine Belustigung stattfand. Außerdem war alle Welt gespannt auf die neue Frau an Augusts Seite: Die Cosel, so flüsterte man hinter vorgehaltener Hand, habe zu Warschau nicht verhindern können, dass sich der König eine polnische Mätresse zulegte. Ob er sie hier nun zeigte?

Wie immer war die Gräfin Cosel der glänzende Mittelpunkt der Gesellschaft. Sie trug ein Jagdkostüm ganz in Tannengrün, und auf ihrer schneeweißen Perücke saß ein vorwitziges pelzverbrämtes Jägerhütchen mit einer Reiherfeder. Wieder einmal wurde sie ihrem Ruf gerecht, die begehrenswerteste Frau des Dresdner Hofes zu sein. Ihre dunklen Augen blitzten, der rot geschminkte Mund gab beim Lachen den Blick auf makellose perlweiße Zähne frei, und sie bewegte sich mit einer fast schon lasziven Anmut, die fast jeden ihrer Schritte zu einem Tanz werden ließ. Jede Geste von ihr sagte: Seht her, ich bin die Favoritin des Königs. Ich bin die Frau, die er liebt. Dennoch war dieser Tag für sie eine Niederlage, denn August hatte tatsächlich Marie Magdalena Dönhoff mit zur Jagd gebracht.

Die rundliche Polin konnte mit der strahlenden Erscheinung der Cosel nicht mithalten. Sie war zwar um einiges jünger als ihre Konkurrentin, und sie war auch hübsch, doch ihr fehlte es an Ausstrahlung und an Geist. Was ihrem Auftritt an Glanz mangelte, machte sie dadurch wett, dass sie immer ein Äffchen an der Leine mit sich führte, das die drolligsten Sachen anstellte. Fatmah, die sehr tierlieb war, kam aus dem Lachen kaum heraus, als das Tier auf Sophies Schulter sprang und ihre Perücke durcheinander brachte. Sie fand Marie Dönhoff zwar etwas brav, aber sie erkannte auch, dass die junge Polin ein ehrliches, sanftes Naturell hatte und ihr nichts ferner lag, als Intrigen zu spinnen. So nahm sie sich der Dönhoff bei der Jagd an, unterhielt sich mit ihr und half ihr sogar, die Flinte richtig zu laden. Natürlich war ihr bewusst, dass die Cosel angesichts dieser Tatsache innerlich kochte. Dennoch: Fatmah beobachtete, wie sich die Gräfin zu einem belanglosen Wortwechsel mit der neuen Rivalin zwang. Ihre Selbstbeherrschung war beinahe bewundernswert. Dabei konnte Fatmah nachfühlen, wie es im Inneren der Maîtresse en Titre aussah. In ihre Wut mischte sich Angst: Würde sie sich bei August weiter halten können? Sie spürte, dass der König ihr entglitt, und das brachte sie an den Rand der Verzweiflung. Was würde sie tun, wenn sie in Ungnade fiele? Fatmah hatte das ungute Gefühl, die Cosel wäre zu allem fähig. Wenn August die Gräfin verlässt, dachte sie, dann bringt sie sich um. Oder ihn.

Nachdem auf einen Trompetenstoß hin die Hirsche und Wildschweine aus einem Gatter in den Jagdbereich getrieben wurden, schoss man aus dem Pavillon nach Herzenslust, so lange, bis auch das letzte Stück Wild erlegt war. Dafür, das keines der Tiere durch die Lappen ging, hatte ein ganzes Heer von Jagdgehilfen gesorgt, die hinter den aufgehängten Stoffbahnen standen und sie nötigenfalls zurückscheuchten. Die Cosel traf schlecht, sie war mit all ihren Gedanken nicht bei der Sache. Marie Dönhoff war zu aufgeregt und kam kaum mit ihrer Flinte zurecht. Jedes Mal, wenn ihr Schuss das Ziel verfehlte, tat sie höchst verwundert und brach in verlegenes Gelächter aus. Fatmah schoss zwar nicht oft, aber sicher, am Ende gingen zwei Hirsche und vier Wildschweine auf ihre Rechnung.

Die Jagd hatte ihr wenig Vergnügen bereitet. Sie liebte die Parforce-Ritte, bei denen man den Hirsch in freier Wildbahn verfolgte, aber dem stumpfsinnigen Abschießen von Tieren, die an einem vorbeigetrieben wurden, konnte sie nichts abgewinnen. Auch das Fuchsprellen, das nun folgen sollte, war ihr zuwider. Die Damen und Herren des Hofes versammelten sich zu diesem beliebten Sport auf einer Wiese hinter dem Gartenpalais, wo bereits fünf oder sechs große Leintücher ausgebreitet lagen. Man ergriff die Leintücher an den Rändern und wartete, bis einer der Jäger einen zappelnden Fuchs aus einem Sack in die Tuchmitte plumpsen ließ. Dann wurde durch gemeinsames, ruckartiges Auseinanderziehen des Leintuchs das Tier immer wieder hoch in die Luft katapultiert und wieder aufgefangen. Das ging unter Gelächter und viel Spaß so lange, bis der Fuchs tot war.

Fatmah nahm an diesem, wie sie fand, zweifelhaften Vergnügen nicht teil. Zusammen mit Sophie und einigen weiteren Jagdgästen spazierte sie zum Schloss zurück. Für den Abend war ein Ballett angesetzt, und sie freute sich darauf, vorher noch etwas Zeit mit dem kleinen Friedrich August zu verbringen, der jetzt schon recht sicher laufen konnte. Außerdem wollte sie sich in den letzten Wochen ihrer Schwangerschaft nicht zu sehr anstrengen und vor dem Abend noch etwas Ruhe haben.

Munter schwatzend betraten Fatmah und Sophie das Schloss und stiegen die Treppenflucht zu ihren Zimmern empor. Sie gingen den Flur entlang und bogen um die Ecke in den Ostflügel ein. Da plötzlich blieb Sophie das Wort im Munde stecken, sie stand da wie angewurzelt. Auch Fatmah stockte der Schritt. Mitten im Gang stand ein zerlumpter, bärtiger Mann, mager, barfüßig und überall voller Schmutz. Mit großen Augen sah er allein Sophie an, die seinen Blick erwiderte. Schwankend machte er einen Schritt auf sie zu, da flog sie in seine Arme.

Jula war zurück.

Viertes Buch

Constantia von Cosel

Fatmah

Friedrich August hat ein Schwesterchen! Mitten im ersten Herbststurm des Jahres habe ich sie zur Welt gebracht – vielleicht ist das ein Omen. Hoffentlich wird meine Kleine in ihrem Leben allen Stürmen trotzen. Die Geburt war ganz leicht, nicht so lang und schmerzhaft wie beim ersten Mal. Aber Friedrich war auch größer und schwerer. Der König kam gleich nach der Geburt zu mir ans Wochenbett und schenkte mir eine Saphir-Aigrette in Form eines Halbmondes. Er hat beschlossen, unsere Tochter Maria Aurora zu nennen, nach der Heiligen Muttergottes und der Göttin der Morgenröte. August meinte, das sei der rechte Name, schließlich werde er von mir nicht mehr benutzt.

Der König hat durch seinen Besuch am Wochenbett aller Welt deutlich gemacht, dass er Auroras Vater ist, und ich bin ihm dankbar für diesen Beweis seiner Zuneigung. In den vergangenen Monaten haben mich viele am Hof wegen der Kriegsgefahr mit dem Osmanischen Reich gemieden, ja, ihre Feindschaft gegen mich sogar öffentlich zur Schau getragen. Doch die meisten machten mir und der kleinen Aurora in den letzten Wochen ihre Aufwartung, niemand wagt jetzt mehr, seine Abneigung offen zu zeigen. Ich dachte schon, die schlimmste Zeit sei vorbei, als vor einigen Tagen die Nachricht kam, die Pforte habe dem Drängen des schwedischen Königs tatsächlich nachgegeben und einen Pakt gegen Polen und Russland mit ihm geschlossen. Es hieß, Karl habe geschworen, mit Hilfe der Türken August die polnische Krone ein zweites Mal zu entreißen! Kurz darauf fand ich eines der Kätzchen, die dem kleinen Friedrich gehören und die er abgöttisch liebt, mit durchschnittener Kehle auf meinem Diwan. Es war furchtbar, und mein Sohn hat stundenlang geweint. Dass Menschen ihren Hass auf dem Rücken eines Kindes austragen, ist traurig genug. Ich habe die Sache beim König vorgebracht, aber er hält das Ganze für einen Dummejungenstreich. Wenn es denn so wäre! Ich glaube, dass die Gräfin Cosel hinter all den Feindseligkeiten steckt, die man mir entgegenbringt. Nachdem sie schon nichts gegen die Dönhoff tun kann, in die August derzeit ganz vernarrt ist, so will sie wenigstens mich und meine Kinder aus dem Weg haben.

Noch gestern war ich der Überzeugung, trotz allem in Dresden zu bleiben und ihr und den anderen die Stirn zu bieten, doch gestern haben sich Dinge ereignet, die mich zum Umdenken brachten. Gleich am Morgen, als ich die kleine Aurora aus ihrer Wiege nehmen wollte, lag neben ihr im Bettchen eine kleine Puppe mit wirrem, rabenschwarzem Haar und türkischem Gewand. In ihrer Brust steckte eine lange Nadel. Und an die Wand des Kinderzimmers hatte jemand mit blutroter Farbe einen großen türkischen Halbmond gemalt, der von einem Schwert durchbohrt wurde. Als ich beides entdeckte, schrie ich so laut vor Entsetzen, dass die Dienerschaft zusammenlief. Doch niemand hatte in der Nacht etwas bemerkt, auch nicht Sophie, die mit im Kinderzimmer schläft. Daraufhin nahm ich meine beiden Kinder und ging sofort zum König. Zuerst war er sehr ungehalten, weil ich ihn bei einer wichtigen Unterredung mit dem preußischen Gesandten störte, doch dann hörte er mich geduldig an. Er versprach mir, eine Untersuchung durch Flemmings Geheimpolizei durchführen zu lassen, und versuchte, mich zu beruhigen, doch ich bestand darauf, mit den beiden Kleinen den Hof vorübergehend zu verlassen. Es geht nicht um mich, sagte ich zu August, sondern um unsere Kinder. So lange die Kriegsgefahr mit dem Osmanischen Reich nicht gebannt ist, sind sie hier nicht mehr sicher. Geben Sie uns die Möglichkeit, uns den Winter über aus Dresden zurückzuziehen!

Der König gab meiner Bitte nicht nur statt, er erwies sich auch als außerordentlich großzügig. Nämlich, er schenkte mir und den Kindern das Gut und Vorwerk Särchen in der Lausitz, das zur Standesherrschaft Hoyerswerda gehört. Es ist weit genug vom Hof weg, sodass wir hoffen können, dort von Nachstellungen unbehelligt zu bleiben. Und es ist auch für mich eine große Erleichterung, nun einen Ort zu haben, der mir gehört. Wie lange habe ich in Unsicherheit gelebt, hatte nie einen Platz für mich selber! Immer habe ich mich gefragt, wo ich wohl hingehen könnte, wenn der König mich nicht mehr in seiner Nähe haben will. Diese Sorge ist nun endlich von mir genommen: Das kleine Gut wird mein Eigen sein, so lange ich lebe, so lautet Augusts Versprechen. Das ist die Sicherheit, nach der ich mich immer gesehnt habe. Es war ein langer Weg bis hierher.

Ich habe schon Anweisung gegeben, zu packen, und so wollen wir gleich nach Michaelis aufbrechen, wenn das Wetter tauglich für die Reise ist. Sophie bat mich gestern unter Tränen, hierbleiben zu dürfen. Jetzt, wo ich endlich meinen Jula wiederhabe, sagte sie, will ich ihn nicht gleich wieder alleine lassen. Natürlich kann ich das gut verstehen. Jula braucht sie; er hat seine alte Fröhlichkeit noch nicht wiedergefunden. Manchmal erzählt er stockend von seinen Erlebnissen im Krieg und auf der Flucht nach Hause – es ist schrecklich, was er alles durchmachen musste. Er hat mir neulich eine Narbe am Bein gezeigt und gesagt, dass er an der Wunde beinahe gestorben wäre. Sophie macht sich Sorgen um ihn, weil er so furchtbare Albträume hat und dann wie wild um sich schlägt. Ich kenne das nur zu gut. Der Krieg reißt nicht nur Wunden im Körper, sondern in der Seele. Aber ich weiß auch, dass die Albträume und die schwarzen Gedanken mit der Zeit vergehen. Ich habe Sophie geraten, ihm nachts, wenn er schlecht träumt, ihre Lieder zu singen, das tut ihm gut.

So fahren also nur die Amme und die Kinderfrau mit nach Särchen, und natürlich Fritz, mein guter Kutscher. Der Vicomte hat versprochen, über Weihnachten zu kommen, damit ich nicht zu einsam werde. Gott gebe, dass die Pforte Frieden hält!

Königlich-Churfürstlich Sächsischer Hoff= und Staats=Calender vom 20. Dezember 1710

»Seine allerhöchste Majestät läßt hiemit jedermann öffentlich kundt thun: Am vergangenen Thage erhielt man allhier durch einen Courier die Nachricht, dass der Sulthan Achmad III. von Constantinopel an Pohlen und Rußlandt den Krieg erklärt hat. Den czarischen Gesandten ließ der Sulthan vorher in das greuliche Gefenknis der

Sieben Thürme werffen, wo jener pleiben soll, biß er verfaullet. Es heißt, daß die ottomanische Pforthe fast bey Menschen=Gedencken nicht größere Kriegs=Präparatoria gemacht hat, alß jetzo geschieht. Sie will nicht wehniger alß 260 Thaußend Mann ins Feldt stellen. An sämbtlichen teutschen Höfen ist man höchst bestürtzet, und werden die schlimbsten Befürchthungen wach. Aus den Haupt=Städten vieler Länder wird die Angst laut, daß der Conflict zwischen Pohlen und dem Oßmanischen Reich und der Spanische Krieg sich zu einem eintzigen großen europäischen Kriege vereinen möchten. Träfe dies zu, so würde gantz Europa zukünftig zum Schau=Platze verheerender Kämpfe …«

Schreiben des Königs August von Polen an Madame Fatima von Kariman, Dresden, 2. Januar 1711

Ma chère Fatime,

Wir haben denckbar schlechte Zeitung für Sie. Nämlich, die Pforthe hat Unß den Krieg erklährt! Dies ist alleyn dem Betreyben Unsres schwehdischen Cousins zu verdancken, der zu Bender und Constantinopel den Sulthan zu solch feindtlichem Thun auffgefordert hat. Tolstoj, der rußische Envoyé, liegt in Ketten, weil er angeblich die Allmacht des Padischah geschmäht hat. Nun befürchthen Wir, daß auch Unßere Gesandten, die kürtzlich erst zurück gekehrt sindt, womöhglich schlecht berathen waren und nicht den rechten Umbgang mit den Mußelmanen und ihrem Herrscher fanden. Wir wißen zu wenig von den dorthigen Gepflogenheyten und Bräuchen, können nicht ahnen, wie die Oßmanen dencken. Ein neuerliches Verhandeln kann nur von Erfolgk gekröhnt seyn, wenn Wir beßeres Verstendniß bekomen für die Türcken und wißen, wie Wir sie behandeln sollen. Bevohr Wir nun weitere Envoyés senden, wöllen Wir mit Ihnen, theuerste Freundin, gern einmal beratschlahgen, um zu hören, wie der Character der Oßmanen ist und man ihrer Kriegs=Gier am beßten begehgnen kann. Zu allem Über=Flusse ist Unßer Dolmetsch ins Türckische, der seyt einiger Zeit in Saxen weilt, geßtern vom Pferdt gestürtzet und auf den Kopf gefallen, so daß er seit dem ohn=mechtig liegt, und ist zu befürchthen daß er gahr nicht wieder auff=wacht. Wir sindt alßo Ihrer Hülfe recht bedürftig und wünschen derohalben Ihre Rück=Kehr an den Hof nach Dreßden. Für Ihre Sicherheyt und die Unßerer Kinder guarantiren Wir selbst=verstendlich. Wir haben bereits öffentlich verlautten laßen, daß Sie unter Unßerem persöhnlichen Schutz stehen und jedwede Beleydigungk Ihrer Persohn wie ein Angriff auf Unß selbst behandelt werden würde. Auch die Comtesse de Cosel hat dieß zur Kenntniß genomen. Zwölf Cavaliers haben Wir mit dießem Brieff geschickt, um Sie sicher heim zu geleiten. In Erwartungk Ihrer baldigsten Ankunft und Vererung Ihrer Klugheyt und Schönheyt verharren Wir,

Auguste Roy

Aus den Memoiren des französischen Gesandten zu Dresden, Alphonse Louis Baptiste de Villeroy

Gerade komme ich von einem Spaziergang mit dem König zurück, wobei dieser mir und den anderen ausländischen Envoyés seine neueste Liebhaberei gezeigt und erläutert hat. Es handelt sich um den Bau einer besonderen Festanlage an Stelle des Zwingers der alten Stadtbastion, nahe beim Schloss. Sie soll genutzt werden, so erklärte Seine Majestät, zu öffentlicher Sieges-Lust und Pracht-Aufzügen, und auch zur Vollziehung ritterlicher Leibes-Übungen zu Fuß, zu Pferd oder zu Wagen. Der Platz, den die Dresdener einfach Zwinger nennen, wird, so er fertig ist, eingerahmt werden von herrlichen Orangerien, Galerien und Pavillons, bekommt natürlich Brunnen und Freitreppen und einen Innenhof zum Lustwandeln. Ich habe die gezeichneten Dessins gesehen, sie sind, das muss ich zugeben, großartig und tatsächlich eines Königs würdig – naturalement liegt das daran, dass sie sehr vom französischen Stil geprägt sind! Ich bewunderte das Vorhaben gebührlich, brachte aber auch mein Erstaunen darüber zum Ausdruck, dass Seine Majestät mitten in großer Kriegs-Gefahr noch Muße fände, sich mit Architectur und Bauwerken zu beschäftigen, ganz so, als ob überall Friede und Eintracht herrschten. Der König antwortete mir mit außerordentlicher Freundlichkeit, er sei nun einmal mehr als andere Fürsten vom »Bauwurm« befallen, welcher ihn ganz ohne Unterlass umtriebe. Außerdem sei die Lage nicht mehr ganz so schlimm, da die Pforte offenbar gedenke, sich zuerst mit Russland zu messen. Diese Zeitung war mir nicht neu, doch von der gestern Abend beim König eingetroffenen Nachricht, dass der Czar vorhabe, sich noch im Frühsommer zur Schlacht zu stellen, wußte ich bisher noch nichts. Der große Peter hält sich wohl seit Poltawa für unbesiegbar – wenn er sich darin nur nicht täuscht!

Hier zu Dresden jagt ein Divertissement das andere, so dass man zeitweilig recht sehr erschöpft ist von den kurzen Nächten. Erst gestern gab es eine Lustfahrt auf der Elbe, mit fast fünfzig Booten ging es nach Pillnitz. Voran fuhr die goldene Gondel Seiner Majestät, gezogen von zwölf Pferden, und mittendrin konnte man ein großes Schiff sehen, auf dem eine ganze Capelle Platz hatte, die merveilleuse Stücke von dem italienischen Componisten Corelli spielte. Ich muss schon sagen, diese Musik ist beinahe eines Franzosen würdig!

Zu Pillnitz führte die Gräfin Cosel stolz ihre neuesten Schoß-Tiere vor: zehn große, dicke Schild-Cröten. Mon Dieu, Langweiligeres habe ich nie gesehen! Sie tun den lieben langen Tag nichts anderes als kriechen und fressen, kriechen und fressen! Allerdings klärte mich später der junge ungarische Koch, mit dem Mademoiselle Sophie verlobt ist, über den wahren Grund auf, aus dem sich die Comtesse diese unsäglich faden Creaturen hält: Nämlich, der Genuss von Schild-Crötenfleisch soll eine Steigerung der Fleischeslust bewirken! Es war mir außerordentlich peinlich, dass ausgerechnet ich als Franzose dies nicht wußte. Sogleich ließ ich mich aufklären, wie man diese Tiere schlachtet und zubereitet. Monsieur Jula erläuterte mir, dass eine Schild-Cröte schwer zu töten ist, da sie den Kopf blitzschnell wieder einzieht, bevor das Messer trifft. Deshalb lege man der Cröte eine glühende Kohle auf den Rücken – alsobald streckt sich das Tier und will der Hitze entfliehen. Sogleich muss man dann den Kopf abhauen. Danach wird der Leib im Panzer gesotten, das Fleisch gar herausgezogen und mit Weinbeerensaft und zerriebenen Eiern fricassiert.

Voilà, so will die Madame de Cosel sich die Faveur des Königs erhalten! Ob ihr das damit auf Dauer gelingt? Böse Zungen am Hof behaupten, dass die Gräfin Cosel sogar Mittel der Zauberei benutze, um Seine Majestät immer wieder für sich zu enflammieren. Liebe Güte, welch blühender Unsinn!

Ich bin froh, dass Madame Fatime von all diesen Cabalen ungeschoren bleibt! Ihr untadeliger Ruf und ihre vornehme Contenance verhindern, dass man sie in Hof-Intriguen verwickelt. Derzeit wirkt sie als Conseillante bei den Verhandlungen mit der osmanischen Pforte, was vielleicht der Grund dafür ist, dass der Sultan Polen noch nicht angegriffen hat. Eh bien, ich habe immer gewusst, dass meine junge Freundin eine kluge Person ist!

Nun werde ich diesen Eintrag schließen, denn ich bin vom Graf Flemming zu einer Partie Baille-Maille eingeladen. Ich kann ihn zwar immer noch so wenig leiden wie jeher, doch immerhin ist es wichtig, zu wissen, was er denkt. Also werde ich in Gottes Namen ein paar Bälle mit ihm schlagen. Die Pflicht ruft!

Dresden, Juli 1711

Der Abend war schwül, in der Ferne sah man über den Hügeln schon das Wetterleuchten. Dennoch hatte der König nicht darauf verzichten wollen, das diesjährige Sommerfest im Großen Garten abzuhalten. Man hatte das kleine Palais mit Hunderten von Kerzen und Kandelabern bestückt, um das französische Buffet darin aufzubauen, damit im Notfall wenigstens das Essen trocken blieb. Überall im Park loderten die Fackeln. Auf dem Rasen stand schon das Orchester bereit, dreißig italienische Musiker, die man eigens für diesen Abend aus Ferrara hatte kommen lassen. Sie prüften ihre Instrumente für das Concerto Grosso und fuhren sich mit schneeweißen Spitzenärmeln über die jetzt schon feuchten Stirnen. Überall sah man Bedienstete huschen, dirigiert und kommandiert von einem kurzatmigen, ganz in Schwarz gekleideten älteren Herrn mit dunkler Perücke. Das war Johann Siegmund von Mordax, der Directeur des Plaisirs am Dresdner Hof. Gerade wies er einem Grüppchen grau bemalter, nur mit Lendentüchern bekleideter junger Männer ihre Plätze auf steinernen Podesten an. Dort hatten sie still zu stehen wie antike Statuen, nur um sich in dem Augenblick zu bewegen, da eine Dame arglos vorbeikam. Ihre Pendants, nur mit Schleiern verhüllte, efeubekränzte Nymphen, sollten erst um Mitternacht auftreten, wenn die Stimmung auf den Höhepunkt gelangt war. Dann würde auch Bacchus, der Weingott, erscheinen – niemand anders als der König selbst, der es liebte, sich zu verkleiden und sich wie ein Kind auf seinen Auftritt freute.

Genau um neun Uhr abends erklangen die Fanfaren, die den Beginn des Festes ankündigten.

Jan Michal Worowski war zum ersten Mal in Dresden. In seiner Eigenschaft als Gesandter der polnischen Ständeversammlung war er am Morgen in der Stadt an der Elbe eingetroffen und hatte eine Etage in einem vornehmen Haus am Neuen Markt bezogen, wo in- und ausländische Diplomaten gerne zu wohnen pflegten. Dort hatte ihm ein Lakai die Einladung zur großen Sommer-Assemblée überbracht.

Nun stand er neben einer riesigen steinernen Vase in der Nähe des Gartenschlösschens und beobachtete das bunte Treiben um sich herum. Mit einem Pokal Rheinwein in der Hand sah er zu, wie der König seine Gäste empfing und wartete darauf, bis er an die Reihe kam. So wie es aussah, würde das noch eine ganze Weile dauern.

»Ah, ein neues Gesicht bei Hof, wie überaus interessant!« Eine offenbar hoch gestellte Dame in Violett hatte ihn angesprochen, und sofort war er von einer ganzen Schar hübscher Mädchen umringt. Er verbeugte sich und nannte seinen Namen. Augenpaare hinter Fächern zwinkerten ihm zu, rot geschminkte Lippen lächelten ihn verführerisch an. Kichern und Flüstern drang an seine Ohren.

»Verzeihen Sie, Madame«, sagte er, »aber Sie sehen mich in größter Verlegenheit. Ich bin das erste Mal am Dresdner Hof und habe noch nicht die Ehre, Sie zu kennen ...«

Sie lachte ein bisschen zu schrill. »Ich bin die Princesse de Saxe, Monsieur, die Gräfin Cosel. Es ist unverzeihlich, mich nicht zu kennen. Hüten Sie sich vor meiner Rache!« Sie versetzte ihm einen spielerischen Klaps mit ihrem chinesischen Fächer. Dann rauschte sie mit ihrer weiblichen Entourage unter großem Gelächter von dannen.

Worowski sah den Damen mit gerunzelter Stirn nach. Das war also die Cosel, deren Reize an allen europäischen Höfen gerühmt wurden! Er stellte fest, dass ihn diese Art von Schönheit wenig lockte. Zu viel Schminke, zu viel Schmuck, zu viel Einbildung.

Nachdenklich wanderte er eine Weile im Park umher, bis ein kleiner Page ihn aufgeregt nach seinem Namen fragte und dann ins Zentrum der Festlichkeiten zum Zeremonienmeister brachte. Der winkte ihn schon ungeduldig heran.

»Höchste Zeit, dass sie da sind, Graf, noch sieben Vorstellungen, und dann sind Sie an der Reihe!« Siegmund von Mordax schwitzte; er hatte soeben erfahren, dass der Champagner knapp wurde. Seine Hand, die die Liste mit den Namen und der richtigen Abfolge hielt, zitterte.

Endlich war Worowski an der Reihe. Der Zeremonienmeister rief seinen Namen, und er trat vor. Nach zwanzig Schritten machte er eine tiefe Reverenz und verharrte in dieser Haltung vor dem König, der sich lässig auf einem roten Thronsessel räkelte.

»Graf Worowski, aha«, meinte August etwas gelangweilt. »Erheben Sie sich! Was gibt es für Neuigkeiten aus Polen? Haben Sie vom Sejm etwas auszurichten?«

Worowski richtete sich auf. »Majestät«, sagte er mit klarer Stimme, »ich überbringe Ihnen die Grüße der polnischen Stände. Hier ist meine Botschaft: Es lebe August, der König des polnischen Volkes, den wir verehren und lieben! Seien Sie milde, stark und gerecht! Regieren Sie, aber herrschen Sie nicht. Die Polen sind Wähler der Könige, Vernichter der Tyrannen. Lieben Sie Ihr Land, achten Sie die Freiheiten des Adels, pflegen Sie den Wohlstand der Städte. Ziehen Sie nicht das Schwert, damit man Sie nicht Caesar nennt. Dann wird Ihre Zeit als König der Polen eine glückliche und fruchtbare sein. Vivat rex Poloniae!«

Eine Weile erstarrte jede Bewegung vor dem Gartenpalais. Das war eine Ergebenheitsadresse und doch keine! Der Pole hatte gewagt, beim König die Freiheiten seines Landes anzumahnen! Man hätte eine Nadel fallen hören können, so still war es. Auch August war einen Augenblick lang irritiert. Dieser Pole war entweder dumm oder unverschämt. Und er sprach ohne jeden Akzent.

»Woher haben Sie das Deutsche?« Der König wollte Zeit gewinnen. Flemming trat hinzu und flüsterte ihm etwas in Ohr. Darauf winkte August ab, bevor Worowski antworten konnte. Er fixierte den Grafen lange, dann hob er die Hand, damit jeder ihn hören könne. Seine Stimme hallte durch den nächtlichen Park.

»Der, welcher den Menschen Könige gab«, sagte er laut und deutlich, »hat gewollt, dass man sie als seine Stellvertreter achte. Sein Wille ist, dass ein jeder, der als Untertan geboren ist, ihm gehorche ohne Unterscheidung. Dies gilt für Sachsen und Polen und die ganze Welt. Wir sind Herrscher von Gottes Gnaden – wer gegen uns ist, wird den Zorn des Allmächtigen spüren. Berichten Sie dies in Ihrer Heimat, Graf!«

Worowski entfernte sich unter mehreren Verbeugungen. Danach war sein Auftritt das Gespräch des Abends. Die Herren diskutierten über seine Grußbotschaft, die Damen tuschelten über ihn selbst.

»Soso, ein Polengraf«, meinte die Gräfin Stratmann, die eigens für diesen Abend aus Wien angereist war. »Noch dazu jung und fesch! Der wird sich vor den Damen nicht retten können, möcht ich wetten!«

»Habt ihr gesehen? Er trägt einen Säbel, darauf waren ganz deutlich Blutstropfen!«

»Ach nein, aber dieser Umhang mit Zobel! Das könnte eine neue Mode werden ...«

»Und erst die engen Beinkleider!«

»Ich wusste gar nicht, dass die Polen kurze, blonde Perücken tragen!«

»Dummchen, das ist keine Perücke, das ist sein echtes Haar!«

So ging es in einem fort, während Worowski sich das zweite Glas Wein gegriffen hatte und von einer abseits liegenden Stelle unter einem Kastanienbaum aus dem Orchester zuhörte.

»Sie haben vorhin eine kühne Rede gehalten, Graf«, sagte plötzlich eine weibliche Stimme direkt hinter ihm. Er drehte sich um – und hielt den Atem an. Da stand eine Frau, ganz in ein fließendes, meerblaues Gewand gekleidet, das rabenschwarze Haar lang bis zu den Hüften. Ihr einziger Schmuck war ein Paar erlesene Saphirohrringe, deren Blau genau die Farbe ihrer Augen traf. Sie sah ihn mit neugierigem Blick an, die Brauen leicht gehoben, den Mund zu einem beinahe spöttischen Lächeln verzogen.

Worowski neigte den Kopf zu einem höflichen Gruß. »Wir Polen sind nicht dafür bekannt, dass wir mit unserer Meinung hinter dem Berg halten, Madame.«

Sie lachte. »Ihr Glück, Monsieur, dass der König heute ausgesprochen guter Laune ist. Er hat schon Männer für geringere Vergehen zum Spießrutenlaufen geschickt.«

»Die polnischen Freiheiten lassen sich nicht so einfach totschlagen, Madame.« Er sog den Duft ihres Parfums ein, fremdländisch, süß und herb zugleich. Ein Windstoß zauste ihre Haare. Für Worowski blieb die Zeit stehen.

In diesem Augenblick zerriss ein Blitz den Nachthimmel, und die ersten schweren Tropfen fielen. Die Musik brach abrupt ab, und alles begann zu laufen. Eine junge Frau eilte mit einem Regencape herbei und warf es der Dame im blauen Kleid um Kopf und Schultern. Dann war sie unter den Bäumen verschwunden, noch ehe Worowski nach ihrem Namen hatte fragen können.

Königlich-Churfürstlich Sächsischer Hoff= und Staats=Calender vom 16. Juli 1710

»Vor dreien Thagen sind allhier zu Dresden eingetroffen und haben Logis genommen Seine Hochgeboren Graf Jan Michal Worowski, Envoyé der pohlnischen Stände=Versammlungk. Er überbrachte

Seiner Majestät die untherwürfigsten Grüße des Sejm zu Warschau. Am nächsten Thage bei der Audientz berichteten Seine Hochgeboren, dass König August zwar die Pohlen meistentheils hinter sich habe, es im Landt aber immer noch eine Partey gäbe, die par tout keinen außländischen König über sich haben will und außerdeme trachtet, den pohlnischen Souverän Leszynski wiederum aus seinem Exile in Frankreich zu holen. Seine Majestät haben darumb befohlen, das stehende Heer auf 30 Thausend Mann zu vergrössern, die säxischen Truppen in Pohlen zu verstärken und mehr Garnißonen zu beziehen.

Seiner Majestät Leyb=Ärzte haben gestern ein Bulletin herauß gegeben, in dem es heißt, der König sei von allerprächtigster Gesundheyt. Der Eintrag ins Wiege-Buch vom 14. Julei mißt seiner Majestät 251 sächsische Pfundt und einen Leibes=Umfangk von Hundert und einem Centi-Metre zu. Vivat unßer Fürst!

Gerade erreicht unß eine Zeitung von größter Bedeuthung: Die Armee des Csaaren aller Reussen hat sich am Flusse Pruth den Türcken zur Schlacht gestellt und dieselbe vernichtend verlohren! Rußland, so heißt es, habe mehr alß viertzig Thausend Mann auf dem Schlacht=Feldt gelaßen. Doch der siegreiche mußelmanische Groß=Wesihr nahm Geldt und Juwehlen und ließ dafür den Rest des Heeres ohne Behelligung abmarschiren. Ein Friede stehet unmithelbar vor dem Abschluss. Man vernimmt, daß sich danach der Csaar, der unter Schüttel=Crämpfen leydet, nach Carlsbad zur Cur begehben und hinterher Dreßden besuchen will.«

Dresden, Oktober 1711

Der Zar ist in Dresden! Wie ein Lauffeuer ging die Nachricht in der Stadt um. Mit zweihundertfünfzig Begleitern und fast vierhundert Pferden war Peter der Große in der Stadt angekommen und hatte Quartier in der vornehmsten Unterkunft genommen, dem Gasthof zum Goldenen Ring am Altmarkt. Seitdem jagte eine Festlichkeit die andere. Es gab Ringstechen und Maskeraden, Bälle, Konzerte und Diners, jeden Tag etwas Neues. Die Russen, so lernte man bald, begannen frühmorgens mit dem Saufen und hörten nicht vor Mitternacht damit auf. Wenn sie gut gelaunt waren, warfen sie fröhlich ihre Gläser hinter sich und ruinierten die Tapeten, waren sie schlecht gelaunt, schlugen sie alles kurz und klein. Die braven Bürger sperrten ihre Töchter weg und hielten die Fensterläden geschlossen, denn wenn die Fremden betrunken durch die Straßen ritten, war nichts mehr vor ihnen sicher.

Der Zar selber unterschied sich nur dadurch von seinen rauf- und sauflustigen Männern, dass er leidlich französisch parlierte und sogar ein paar Worte deutsch sprach. Er und August verstanden sich prächtig, tranken um die Wette Tokaier, zerdrückten Silberbecher und duellierten sich zum Spaß im Innenhof des Schlosses mit scharfen Waffen. August demonstrierte dem Zaren mit stolzgeschwellter Brust seine Kraft, indem er ein Hufeisen mit bloßen Händen zerbrach. Peters Antwort bestand darin, eine große Flasche russischen Wodkas ohne Absetzen auszutrinken und dann umzufallen wie ein nasser Sack.

Fatmah hatte sich bisher von den nächtlichen Gelagen ferngehalten. Die Kinder husteten beide und hatten leichtes Fieber, und so hielt sie sich meistens in ihren Gemächern auf, um sich um die Kleinen zu kümmern. Am zweiten Oktobersonntag jedoch erhielt sie ein Billet des Königs. Der Zar aller Reußen wünscht Ihre geneigte Gegenwart, stand da. Heute Abend beim Acht-Uhr-Läuten zum Tanz im großen Saal. Seien Sie pünktlich, Auguste Roi. Also machte Fatmah Toilette und versuchte, sich an ihr einziges Zusammentreffen mit dem Zaren zu erinnern, damals in Moskau. Es gelang ihr nur schwer; die Zeit nach Asow war beinahe ganz aus ihrem Gedächtnis entschwunden. Schemenhaft sah sie ein Gesicht vor sich, braune Locken, dunkle, lebhafte Augen, und ihr fiel ein, dass er sehr groß war, ein Riese, vor dem sie sich winzig gefühlt hatte.

Ihre Gedanken schweiften ab. Dieser polnische Graf neulich … Sie hatte ihn interessant gefunden, so ganz anders als die Männer der Hofgesellschaft. Keine Unterwürfigkeit, keine Schminke, keine Schmeicheleien. Die Leute hatten ihn betrachtet wie ein schönes wildes Tier. Ob er am Abend wohl auch da sein würde?

Bereits vor acht Uhr hatte sich die Hofgesellschaft zum Defilee versammelt. Fatmah gesellte sich nach Anweisung des Zeremonienmeisters zu den Damen Cosel und Dönhoff, die sich in eisigem Schweigen gegenüberstanden. Die Polin widmete ihre ganze Aufmerksamkeit demonstrativ dem schönsten ihrer vier Papageien, einer roten Amazone, die auf ihrer Schulter saß und sich kraulen ließ. Da kam auch schon das Handzeichen. »Avancez, Mesdames«, flüsterte der Zeremonienmeister.

Alle drei gingen gemessenen Schrittes nebeneinander her und sanken gleichzeitig vor den beiden Potentaten in die Knie. Der Zar musterte die drei Frauen ungeniert. Er trug eine der unsäglichen braunen Perücken, die er sich selber zurechtzuschnippeln pflegte, einen etwas zu bunten Leibrock und rote Samtpantoffeln. Sein rechtes Knie wippte wie immer nervös, als stünde er unter starker Anspannung. August hingegen fühlte sich wohl wie selten, er lächelte selbstgefällig. Wer außer ihm konnte sich rühmen, drei solche Schönheiten sein Eigen zu nennen?

Der Zar bedeutete zuerst der Gräfin Dönhoff, sich zu erheben. »Ein herrlicher Vogel«, sagte er auf Französisch zu ihr. »Ich danke Ihnen.« Er winkte einen seiner Diener heran, der flugs der verblüfft dreinblickenden Gräfin den aufgeregt flatternden Papagei abnahm und damit fortging.

Nun war die Cosel an der Reihe. Sie war unter der Schminke ganz blass geworden, weil sie nur als zweite aufgerufen wurde, setzte aber ihr süßestes Lächeln auf. Der Zar nickte ihr huldvoll zu und zwirbelte dabei lässig seinen Schnurrbart. »Charmant«, rief er mit rollendem R, »gewähren Sie mir bitte den ersten Tanz des Abends, Madame!« Constantia fühlte sich geschmeichelt. »Mit dem größten Vergnügen, Sire«, sagte sie und ging weiter.

Dann war die Reihe an Fatmah. Sie erhob sich lächelnd und führte dabei die Hand an Herz, Mund und Stirn. Tatsächlich, sie erkannte den Mann wieder, der sie damals gleichgültig angesehen und dann weiterverschenkt hatte. Der Zar zwinkerte ihr mit dem linken Auge verschwörerisch zu, dann schlug er August, der neben ihm saß, kräftig auf die Schulter. »Mein Bruder«, rief er in seinem holprigen Französisch, »ich sehe, ich habe nach der Schlacht von Asow einen großen Fehler gemacht! Wenn ich damals geahnt hätte, was aus dem mageren kleinen Ding wird, hätte ich sie behalten!« Er brach in dröhnendes Gelächter aus, und August fiel ein. In diesem Augenblick begann das Kammerorchester mit einem Menuett, und die Cosel drängte sich in den Vordergrund. Peter ergriff ihre Hand und geleitete sie zur Tanzfläche. Auf einen Wink des Zaren suchte sich jeder russische Gast eine Tanzpartnerin, mit der er mehr oder weniger im Takt durch den Saal galoppierte. Diejenigen unter den Russen, die noch nie im Ausland gewesen waren, stellten unter lautem Aha und Oho fest, dass die sächsischen Damen anders als die Russinnen merkwürdige Knochen an Brust und Rücken hatten. Sie schüttelten sich vor Lachen, als man ihnen erzählte, dass dies ein Gestänge aus Fischbein sei, um Taille und Busen besser zur Geltung zu bringen. Einer der Gäste langte seiner Dame so ungeniert neugierig ans Dekolleté, dass diese sich ihm unter Protest entwand und aus dem Saal flüchtete.

Danach nahm der Abend einen wild-fröhlichen Verlauf. Der Zar holte, nachdem er den Anstandstanz mit der Cosel absolviert hatte, erst Fatmah, dann die Dönhoff aufs Parkett; danach tanzte er mit einer Hofdame nach der anderen, tätschelte ungeniert prüfend deren Rundungen, bis er schließlich zu einem verdutzten Fräulein von Thierschen sagte, sie solle sich nach Mitternacht für ihn bereithalten. Die Thierschen war so überrascht, dass sie beinahe in Ohnmacht fiel und an die frische Luft geführt werden musste.

Kurz vor Mitternacht schließlich trat der Zar in die Mitte des Saales und klatschte in die Hände. Sofort marschierten zwanzig kleine Lakaien ein, von denen jeder einen Packen Zobelpelze trug. Unter großem Beifall und Dankesrufen überreichte Peter jeder Dame im Saal einen davon. Dann brachte er ein Hoch auf den König aus, worauf sämtliche Russen ihre Gläser schwungvoll zu Boden warfen. Einer traf versehentlich den Schuh seines Nachbarn, worauf eine Rauferei ausbrach, wie sie das Dresdner Schloss noch nicht gesehen hatte. Man warf mit Pudding und Torten um sich, Vorhänge wurden abgerissen, Kandelaber mit Flaschen von der Decke geschossen, Tische zerlegt. Ein Russe stürzte durch ein geschlossenes Fenster, während andere grölend mit Essmessern und Fäusten aufeinander losgingen. Der Vicomte de Villeroy, der neben Fatmah gestanden hatte, griff sie geistesgegenwärtig am Arm und zog sie mit sich hinaus. »Diese Russen«, schimpfte er empört, »sind doch nichts anderes als getaufte Bären!« Dann lief er wieder in den Saal hinein, um noch weiteren Damen seinen Schutz anzubieten.

Fatmah war müde. Mit ihrem Zobelpelz über dem Arm schlug sie den Weg in den Südflügel ein, als ihr plötzlich Flemming aus dem blauen Salon entgegenkam. Der Minister konnte kaum noch gerade gehen, er roch nach Schweiß, Wein und Wodka.

»Ah, Madame von Kariman, sie werden doch unser Fest nicht schon verlassen wollen?« Er kam so nahe, dass sie seinem säuerlichen Atem ausweichen musste, und fasste sie an der Schulter.

»Gehen Sie mir aus dem Weg, Graf Flemming. Sie sind ja betrunken!« Fatmah sah sich suchend um, aber niemand war in der Nähe. Flemming wankte und hielt sich an ihr fest. Seine Nase steckte beinahe in ihrem Ausschnitt. Er begann, nach ihren Brüsten zu grapschen. »Warum so spröde?«, sabberte er und griff um ihre Taille. »Den König lässt du doch auch in dein Bett!«

»Sie sind nicht der König, Graf!« Fatmah ließ den Zobel fallen und versuchte vergeblich, Flemmings Hände von sich fern zu halten. Er presste sie mit seinem ganzen Gewicht gegen die Tapetentür einer Wäschekammer, öffnete sie und zwang Fatmah in das dunkle Zimmer. Sie wollte schreien, doch seine Hand legte sich auf ihren Mund.

»Du weißt doch, dass der König seine Frauen mir überlässt, wenn er ihrer überdrüssig ist«, keuchte Flemming. »Auf dich habe ich schon zu lange gewartet.«

Worowski hatte sich gerade vom Fest entfernen wollen. Er kannte die Prügeleien der Russen zur Genüge und legte keinen Wert darauf, hineingezogen zu werden. Während er gemächlich durch den Flur in Richtung Ausgang schlenderte, hörte er den Hilferuf einer Frauenstimme aus der Abstellkammer. Herrgott, diese Moskowiter waren eine Plage! Er griff er sich den nächstbesten Kerzenleuchter und stürzte in den Raum, aus dem der Schrei gekommen war. Fatmah war auf dem Zobelpelz ausgerutscht und lag am Boden, Flemming war über sie gestolpert und riss nun an ihrem Kleid. Er schrie erschrocken auf, als Worowski ihn von hinten an den Schultern packte und hochzerrte. Der Minister taumelte und wehrte sich mit wütenden Faustschlägen, doch er war zu betrunken, um zu treffen. Schließlich verpasste Worowski ihm eine gut gezielte Ohrfeige, und er fiel hin.

Der junge Graf zog Flemming unsanft hoch und stieß ihn ins Treppenhaus hinaus, wo gerade zwei Herren vorbeikamen, die es ebenfalls vorgezogen hatten, die Rauferei zu vermeiden.

»Monsieur möchte nach Hause gebracht werden«, sagte Worowski zu den beiden und verzog angewidert das Gesicht. »Ihm ist nicht wohl.«

Die zwei Kavaliere grinsten und hakten Flemming unter, der immer noch wild um sich schlug.

»Das werden Sie bereuen«, zischte der Minister Worowski beim Gehen hasserfüllt zu. »Alle beide! Ich schwöre es!« Dann führten ihn die Männer ins Treppenhaus zum Ausgang.

Jetzt erst drehte Worowski sich schwer atmend um. »Geht es Ihnen gut, Madame?«

Fatmah hatte sich derweil aufgerappelt, glättete atemlos ihr Kleid und strich sich die wirren Haare glatt. »Dem Himmel sei Dank!«, sagte sie zu Worowski. »Wenn Sie nicht gekommen wären …«

»Es war mir eine Ehre, Ihnen beistehen zu dürfen.«

Sie sah ihn an und plötzlich fiel ihr ein, dass ihr Kleid vorne zerrissen war. Verlegen hielt sie mit beiden Händen den Stoff über ihrer Brust zusammen.

»Ich stehe tief in Ihrer Schuld, Monsieur. Würden Sie mich in meine Zimmer begleiten?«

Er nahm ihre linke Hand und legte sie sachte auf seinen Arm. Schweigend gingen sie nebeneinander her bis zu Fatmahs Wohnräumen, wo Worowski sich stumm verbeugte. Nachdem er gegangen war, schloss sie zitternd die Tür hinter sich und lehnte sich mit dem Rücken dagegen. Sie spürte noch, wo seine Finger die ihren berührt hatten.

Worowski ging zu Fuß in die Brüdergasse zurück. Es war kalt, und es fröstelte ihn. Der Mond tauchte die alten Gassen der Stadt in milchiges Licht, und vom Schloss drangen immer noch die Geräusche eines Handgemenges an seine Ohren. Er wusste jetzt, wer sie war: die türkische Mätresse Seiner Majestät, eigentlich nichts Besseres als eine vornehme Hure. Sie mochte das Wort Mätresse nicht, erzählte man sich am Hof, sprach von sich selbst immer nur als der »Dame« des Königs. Königsdame!

Worowski kniff die Lippen zusammen. So konnte man es natürlich auch nennen, mit dem mächtigsten Mann des Landes zu schlafen und dafür Einfluss, Reichtum und gesellschaftlichen Rang zu bekommen.

Der Graf spuckte aus. Ein bitterer Geschmack hatte sich in seinem Mund breit gemacht, als ob er eine verfaulte Nuss gegessen hätte.

Aus den Memoiren des französischen Gesandten zu Dresden, Alphonse Louis Baptiste de Villeroy

Enfin, es geht nun auf Allerheiligen zu und der ganze Hof atmet auf. In der Dresdener Residence ist wieder Silence eingetreten und alles sieht manierlich aus. Diese Moscowiter haben sich in der Tat als der Schrecken aller Nachbarfürsten erwiesen, wie es ihr Ruf vorausahnen ließ. Sie haben die Festräume des Schlosses so furchtbar demoliert, dass es ein Jammer war. Und nicht nur das – diese Barbaren packten bei der Abreise ungeniert alles ein, was nicht angenagelt war. In der Auberge zum Goldenen Ring nahm der Zar höchstpersönlich die aus der königlichen Wäschekammer entliehenen Vorhänge ab und wollte sie mitnehmen. Nur das mutige Eingreifen eines Stubenheizers, der ihm erklärte, das ginge aber nicht, hat ihn davon abgehalten. Er hätte wohl sonst die halbe Ménage mit sich nach Sanct Petersburg geführt. Sogar das Trink-Glas des großen Martin Luther wollte er unbedingt mitnehmen – als man seiner Bitte nicht entsprach, ließ er es fallen, so dass es in tausend

Stücke zersprang. Dabei trinken diese Russen ohnehin nur aus Untertassen!

Doch malgré tout, wenn er nüchtern ist, kann Seine zarische Majestät, man glaubt es kaum, eine recht angenehme Conversation führen. Er ist an vielen Dingen überaus interessiert, von der Schifffahrt über das Militaire bis zur Herstellung von Käse und Champagner, und er kann äußerst zuvorkommend und leutselig sein. Nachdem er mir bei einem Teegespräch auf das Verschwiegenste mitgeteilt hatte, dass die Zarin (dieses livländsche Bauernmädchen, mit dem er heimlich verheiratet ist!) seit längerem den Wunsch hege, ihr Haar zu schwärzen, überreichte ich ihm eine meiner besten Recepturen für eine Haarfärbe-Tincture, mit der Bitte, Ihrer Hoheit damit meine besten Wünsche zu überbringen. Zum Dank schenkte er mir huldvoll einen goldenen Becher, darauf steht graviert: »PETR ALEXeevich MAGNus CZAAR MOSCoviae TOTius MAIoris MINoris AC RUSsiae AUTOCRator MULtium ORientalium ET SEPTrionalium«. Mais oui, auch wenn sein Geschmack bei Frauen doch recht ordinaire zu sein scheint – immerhin ist er ein freigebiger Mann!

Während des Aufenthalts der Moscowiter hat der Krieg der Maîtressen, so muss man es beinahe nennen, einen Höhepunkt erreicht. Zwar hat sich Madame Fatime wie immer vornehm zurückgehalten, doch die beiden anderen Damen würden sich am liebsten gegenseitig massacriert haben! Eines Abends, ich komme nicht umhin, die curiose Episode aufzuschreiben, trafen sich die Kalesche der Gräfin Dönhoff und die Carosse der Gräfin Cosel in der Münzgasse. Es war so eng, dass sie nicht aneinander vorbeikamen, doch keine der beiden Damen wollte ihr Gefährt zurückweichen lassen. So blieben sie sechs Stunden stur wie die Esel in ihren Kutschen sitzen bis um zwei Uhr in der Nacht. Da endlich erschien, eiligst aus seinem Bett herbeigeholt, der Maître des Plaisirs, Monsieur Mordax, und er hatte sogleich die rettende Idée: Er ließ die Gräfinnen exactement zur selben Zeit auf Tragsesseln aus ihren Kutschen heben und zur Seite stellen. Daraufhin rollten die Wagen zurück, fuhren an einer breiteren Stelle aneinander vorbei und kamen umgekehrt wieder an. So konnten die Gräfinnen gleichzeitig wieder einsteigen und ihre Fahrt fortsetzen! Ja, Monsieur Mordax ist in Fragen von Rang und

Etiquette einfach unersetzlich! Schade, dass er kein Franzose ist; ein Mann dieses Formats könnte selbst in Versailles bestehen!

Obwohl die Comtesse de Cosselle sich immer noch benimmt wie die erste Dame des Landes, glaube ich, dass sich die Amour zwischen ihr und dem König ziemlich verloren hat. Seine Majestät haben sich bereits disponieren lassen, ihr anzuzeigen, dass sie das Schloss räumen müsse, weil zu Weihnachten Dero Gemahlin, die Königin Eberhardine, anhero kommen wird. Es heißt, man habe ihren Tobsuchtsanfall bis ans andere Elb-Ufer gehört! Madame Dönhoff hingegen hat sich ohne Murren gefügt, für zwei Wochen samt ihren Papageien und dem Affen einen Verwandtenbesuch in Holstein zu machen, und auch Madame Fatime, klug und vernünftig wie immer, will die Feiertage mit ihren Kindern zu Särchen verbringen und erst im Januar wieder zurückkehren. Sie hat mich auf das Herzlichste dazu eingeladen, doch ich für meinen Teil habe beschlossen, in der nächsten Zeit nicht zu verreisen, da meine Gliederschmerzen wieder besonders schlimm sind und die Ärzte mir über vier Wochen hinweg dreimal täglich Einreibungen mit Branntwein empfohlen haben. Dies werde ich beherzigen und so hoffentlich die schlimmste Kälte überstehen! Mon Dieu, wie ich den Winter hasse!

Moritzburg, Februar 1712

Seit zwei Wochen schneite es fast ununterbrochen; es war ein Märchenwinter. Die Teiche um Moritzburg trugen eine dicke Eisdecke, ein Häuflein Bauernkinder zog darauf mit beinernen Schlittschuhen lustige Kreise und schlitterte mit den Enten um die Wette.

Der Hof hatte sich zur Winterjagd im Schlösschen eingefunden und wollte auch die Fastnacht hier verbringen. Der König, der es liebte, Feste zu planen, hatte sich dafür etwas Besonderes einfallen lassen: eine abendliche Schlittenfahrt mit Fackeln, die zu einer Jagdhütte in den Hügeln führen sollte. Dort würden Wald- und Wintergeister, Nymphen und Satyrn die Gesellschaft erwarten, heißen Gewürzwein und Pasteten bereithalten und ein großes Freudenfeuer unter dem Sternenhimmel abbrennen.

»Es geht gleich los«, rief Sophie und half Fatmah in den dicken, pelzbesetzten Umhang. »Ach, wenn ich nur mitkönnte! Draußen ist's herrlich!«

Fatmah freute sich auf diesen Abend. Es schneite immer noch in großen, dicken Flocken, und im Hof brannten schon die Fackeln. Sie drehte ihr Haar zu einer Kordel zusammen und steckte es unter die warme Fellmütze, die sie aus dem Zobel des Zaren hatte machen lassen. Nun noch der passende Muff, und dann konnte es losgehen.

Hoffentlich ist Flemming nicht dabei, dachte Fatmah, während sie die linke Hand in den Zobelmuff steckte. Sie hatte den Minister seit seiner Attacke peinlichst gemieden, hatte sich oft von den Hofvergnügungen fern gehalten, um nicht mit ihm zusammenzutreffen. Flemming ertrug keine Demütigungen, das wusste sie nur allzu gut, und sie wollte ihm Zeit geben, sich zu beruhigen. Außerdem legte Fatmah wenig Wert darauf, in die Rivalitäten zwischen der Gräfin Cosel und der Dönhoff hineingezogen zu werden. Es konnte gefährlich sein, zwischen die Fronten zu geraten.

In der Auffahrt zum Schloss standen schon an die vierzig Schlitten bereit, jeder großzügig mit Pelzen ausgelegt und mit einem Pferd im Geschirr. Die Tiere tänzelten nervös und pusteten ihren Atem stoßweise in weißen Wölkchen aus den Nüstern. Nun wurden Nummern aus einer großen silbernen Vase gelost: Je eine Dame und ein Herr sollten zusammenfahren. August zog als Erster – und natürlich schummelte er! Es war so eingerichtet, dass er eine rassige Sängerin mit kupferfarbenem Haar kutschierte, die zum Ensemble der italienischen Oper gehörte: seine neueste Eroberung. Die Cosel erloste zu ihrem Leidwesen den preußischen Gesandten, den sie nicht besonders mochte. Marie Dönhoff bildete ein Gespann mit dem Oberfalkenmeister Vitzthum und war zufrieden.

Fatmah zog die zwölf und lief durch den Schnee zu ihrem Schlitten, wo ihr Partner schon wartete. Es war Worowski. Sie hatte ihn seit Oktober, als er sie vor Flemming gerettet hatte, nicht mehr gesehen und freute sich über das Zusammentreffen. Zu ihrer eigenen Überraschung spürte sie ihr Herz schneller klopfen. Der Graf jedoch machte lediglich eine stumme Verbeugung. Warum hatte sie nur das Gefühl, dass er sie nicht mochte?

Im Trab ging es unter Glöckchengebimmel durch das tief verschneite Land. Überall am Weg loderten Fackeln und tauchten den nächtlichen Wald hie und da in rot flackernden Lichtschein. Der Fahrtwind war schneidend, und die Schneeflocken wirbelten um die dampfenden Pferde. Fatmah wickelte sich gegen die bittere Kälte sorgfältig in ihren Umhang ein und sah Worowski zu, der geschickt mit Zügel und Peitsche umging. Mit seinen blonden, kurz geschnittenen Haaren und der polnischen Tracht wirkte er so ganz anders als die Männer, die sie kannte. Sie hatte ihn noch nie mit einer Perücke gesehen, und er schminkte sich auch nicht. »Diese Polen verstehen nicht, etwas aus sich zu machen«, hatte August kürzlich über ihn gesagt. »Sie sind nun einmal ein einfaches Volk. Der Graf scheint zwar ein aufrechter Mann zu sein, aber ihm fehlt die Raffinesse, wie sie in anderen Ländern üblich ist.« Und die Cosel, die dabeigestanden war, hatte geantwortet: »Eh bien, er ist ein hübscher Wilder, Sire, zwar ohne Kultur, aber doch nicht ganz ohne Reiz.« An diese Unterhaltung dachte Fatmah, während Worowski sie wortkarg durch die Nacht kutschierte.

Der Graf haderte mit sich selbst und seinem Losglück. Er war ganz und gar nicht froh darüber, ausgerechnet die türkische »Dame« des Königs gelost zu haben, mit der er nun den ganzen Abend verbringen sollte. Ihre Anwesenheit machte ihn unruhig. Ich habe sie aus einer heiklen Situation gerettet, und dafür müsste sie mir eigentlich dankbar sein, dachte er. Aber schließlich kannte er sie überhaupt nicht. Sie hatte Einfluss, besaß eine hohe Position am Hof. Vielleicht war sie eine Intrigantin wie die Cosel? Oder sollte sie ihn gar aushorchen? Es war allgemein bekannt, dass der König seine Mätressen auch manchmal für politische Aufgaben heranzog. Bestimmt jedenfalls war sie eine von der koketten Sorte, leichtsinnig und oberflächlich. Eine, die Männer verwirrte – sonst hätte Flemming sich sicherlich nicht so vergessen.

Worowski saß auf seinem Platz neben Fatmah und hielt die Zügel. Als eine Unebenheit den Schlitten leicht erschütterte, berührten sich ihre Schultern, und sein ganzer Körper spannte sich an. Trotzig versuchte er, sich auf das Lenken seines Pferdes zu konzentrieren.

Sie erreichten die mit Eiszapfen behangene und tief verschneite Jagdhütte nach guten anderthalb Stunden Fahrt. Vom großen Feuer stoben glitzernde Funken in die Dunkelheit der Nacht, und wilde, in Felle gehüllte Gestalten sprangen umher. Man stärkte sich, sah den Faunen und Geistern zu, ab und zu flog ein vorwitziger Schneeball. Fatmah und Worowski mischten sich unter die Gäste, tranken heißen Honigwein und genossen die wärmende Glut. Ein Faunentanz um Mitternacht war der Höhepunkt des herrlichen Abends. Die ganze Gesellschaft tanzte ausgelassen einen Reigen nach dem anderen. Die Fackeln ließen den Schnee aufglitzern, und die kleinen Spiegel, die man in den Bäumen aufgehängt hatte, warfen den Schein der Flammen hundertfach zurück. Der heiße Wein erhitzte die Gemüter, fröhliche Lieder schallten in den schwarzen Wald. Einige Damen hatten sich mit ihren Galanen in den Schutz der alten Tannen zurückgezogen, und man konnte Gewisper und unterdrücktes Lachen aus dem Dunkel hören.

Irgendwann schließlich war das Feuer heruntergebrannt, und ein Schlitten nach dem anderen machte sich auf den Heimweg. Fatmah gehörte zu denen, die am liebsten noch länger geblieben wären. Sie hatte mit der Gräfin Dönhoff unter viel Gelächter einen Schneemann gebaut, ihm mit Ästen und Tannenzapfen ein Gesicht gezaubert, eine Perücke aufgesetzt und einen Leibrock angezogen. Alle waren an dem eisigen Gesellen vorbeidefiliert und hatten vor ihm eine Reverenz gemacht, selbst der König.

Nun standen nur noch wenige Schlitten hinter der Jagdhütte. Der polnische Graf und Fatmah waren die Letzten, die abfuhren. Es begann, wieder dichter zu schneien.

Mitten im Wald hielt Worowski plötzlich an.

»Was ist los, Graf?«, fragte Fatmah.

»Das Pferd lahmt.« Worowski stieg aus dem Schlitten, nahm eine Fackel mit und steckte sie in den Schnee. Vorsichtig hob er den linken Vorderhuf des Tieres an und strich mit der Hand über die Fessel.

»Geschwollen. So können wir nicht mehr weiter.«

Fatmah war inzwischen ausgestiegen und klopfte dem Pferd beruhigend den Hals.

»Was wollen wir tun?«

Der Graf zuckte die Schultern. »Entweder nach Moritzburg laufen oder uns im Schritt ziehen lassen. Was Ihnen lieber ist.«

Fatmah sah auf ihre ledernen Winterstiefelchen hinab. Für eine Schneewanderung waren sie nicht gemacht. »Lassen wir uns langsam ziehen, Graf. Ich glaube nicht, dass ich mit diesen Schuhen weit komme.«

Nach einer halben Stunde hatten sie kaum zwei Meilen geschafft. Das Pferd hinkte immer schlimmer, das Schneetreiben wurde immer ärger, und schließlich gingen auch noch nacheinander ihre beiden Fackeln aus. In völliger Finsternis hielten sie an. Die anderen waren jetzt sicher schon alle zu Hause, und nach ihnen kam kein Schlitten mehr. So schnell würde sie niemand suchen.

»Und jetzt?« Fatmah fror, ihre Finger und Füße waren trotz der wärmenden Pelze eiskalt.

Worowski schüttelte mit ernster Miene den Kopf. »Wir können nicht mehr weiter. In dieser Dunkelheit würden wir uns nur verirren. Lassen Sie uns warten, bis es hell wird.«

Fatmah zitterte. »Es ist so kalt.« Dann fiel ihr etwas ein. »Graf, glauben Sie, dass es hier Wölfe gibt?«

Er lachte kurz auf. »Wenn, dann hätten wir sie schon gehört«, meinte er beruhigend. »Da, wo ich herkomme, dürfte einem so etwas nicht passieren. Die Wölfe kommen im Winter bis in die Dörfer.«

Ein mulmiges Gefühl beschlich Fatmah; schon als Kind hatte sie Angst vor wilden Tieren gehabt. Unsicher sah sie Worowski von der Seite an. Er lächelte aufmunternd, und seine Sicherheit ließ sie etwas ruhiger werden. Stumm saßen sie eine Weile nebeneinander, lauschten auf die Geräusche des Waldes. Da war ein Rascheln, hier der Ruf eines Nachtvogels. In Fatmahs Magen machte sich ein flaues Gefühl breit. Sie brauchte etwas, um sich von ihrer Angst abzulenken.

»Erzählen Sie von Ihrem Land, Monsieur.« Fatmah zog ihren Umhang fester und kuschelte sich in die Felle. Und Worowski begann zu erzählen, vom kargen Hochland der Karpaten, den einsamen Wäldern, den Hügeln und Flüssen, den kleinen Städtchen und Dörfern mit ihren hübsch geschnitzten Holzkirchen. Und von den einfachen Menschen dort, seiner Familie, dem Landgut in Südpolen, wo er aufgewachsen war. Irgendwann begann Fatmah, mit den Zähnen zu klappern, da legte er den Arm um sie und zog sie zu sich heran, um sie zu wärmen.

»Nicht einschlafen«, flüsterte er, »wenn man schläft, erfriert man.« Er rieb ihre klammen Finger zwischen seinen Händen. »Jetzt müssen Sie erzählen.«

Der Schnee fiel sanft auf Pferd und Schlitten, als sie von ihrer Herkunft sprach, von den blühenden Rosengärten in Adana, den Frauen des Harems, den Düften von Meer und Wüste, endlich von Afrim und seinem Märchenbuch. Es war, als ob um sie herum die Welt versank. Es gab nur sie allein, in dieser Kutsche, in dieser verschneiten, kalten Nacht.

Staunend hörte er ihre Geschichte. Mit einem Mal sah er die Königsdame mit anderen Augen. Er konnte den Blick nicht von ihr wenden, während sie mit leiser Stimme ihr Leben vor ihm ausbreitete. Auch sie sah ihn an, immer wieder und immer länger. Es war, als ob sie sich nicht mehr in der Zeit befänden, beinahe unwirklich. Sie spürten eine Vertrautheit, die tief war und überwältigend. Sie waren keine Fremden mehr.

Irgendwann graute der Morgen, und Worowski ließ das Pferd langsam weiterziehen. Als die Schneewolken aufrissen und die ersten Strahlen der Sonne durchbrachen, erreichten sie Moritzburg. Der Zauber war zu Ende.

Worowski sprang steifbeinig aus dem Schlitten und half Fatmah, die sich kaum rühren konnte, hinaus. Diener liefen aufgeregt herbei, brachten Decken und spannten das Pferd aus. Der Graf verbeugte sich.

»Ich bin untröstlich, Madame, dass unser Ausflug solch eine Wendung genommen hat«, sagte er förmlich.

Sie sah ihn ungläubig an. Solch ein kalter Abschied nach so viel Nähe? Wie brachte er das fertig? Meinte er das ernst? Hatte sie sich in ihm so getäuscht? Hatte sie zu viel von sich preisgegeben? Es war wie ein Schlag ins Gesicht. Nun gut, Graf, dachte sie, das kann ich auch. Sie neigte hoheitsvoll den Kopf.

»Danke, Monsieur, es tut mir leid für die Unannehmlichkeit, die sie heute Nacht mit mir hatten. Leben Sie wohl.«

Dann drehte sie sich um und ging hocherhobenen Hauptes zum Eingangsportal. Worowski stand neben der Kutsche und hätte sich am liebsten geohrfeigt.

Fatmah

O Himmel, was zieht mich nur zu diesem Mann? Ich bin eine erwachsene Frau, habe zwei Kinder! Und ich bin immer noch die Mätresse des Königs! Warum kann ich seit dieser verfluchten Schlittenfahrt an nichts anderes mehr denken? Alle sprechen mich schon darauf an, dass ich so zerstreut bin. Dabei ist er doch gar nicht an mir interessiert! Ganz im Gegenteil, er meidet mich, wo immer wir zusammentreffen. Und ich bin abweisend zu ihm, muss es doch sein! Auf jeder Soirée, jedem Ball grüßen wir uns kühl und knapp, dann versuchen wir, uns nicht mehr über den Weg zu laufen. Manchmal fühle ich seinen Blick in meinem Rücken, dann wird mir ganz flau im Magen. Und manchmal beobachte ich ihn beim Tanz und wünsche mir sehnlichst, er würde mich so berühren wie die Frau, die er gerade im Arm hält.

Ist das Verliebtheit? Wenn ja, dann habe ich dieses Gefühl bisher noch nicht gekannt. Seit Jahren schlafe ich mit dem König, aber für ihn habe ich nie so empfunden. Er ist der Vater meiner Kinder, und ich ehre und liebe ihn, aber bei seinem Anblick sind mir nie die Knie weich geworden. Was hat mir all die Jahre nur gefehlt?

Doch ich gehöre zu August. Ich bin ein Geschöpf des Königs, muss mich nach seinem Willen richten. Es gibt so viel, was ich ihm verdanke. Er lässt mich sein, wie ich bin, umgibt mich mit allem, was schön und teuer ist, sorgt für die Kleinen. Und er hat mich nie schlecht behandelt. Ich habe keinen Grund, mich ihm entfernt zu fühlen. Natürlich bin ich ihm nicht so wichtig, er hat die Dönhoff und die Cosel, und die vielen namenlosen Frauen, die ihn eine Nacht lang amüsieren. Aber ich bin ein fester Teil seines Lebens, und er einer des meinigen. Ich könnte ihn gar nicht betrügen – und doch tue ich es, wenigstens in Gedanken.

Manchmal meine ich, ich bilde mir alles nur ein. Der Graf beachtet mich kaum, und wir haben seit der Nacht in der Kutsche kaum einen Satz mehr gewechselt. Vielleicht verachtet er mich ja, weil ich dem König zu Willen bin. Dieser Gedanke macht mich wütend, denn ich habe mir mein Schicksal nicht ausgesucht. Wer bin ich, dass ich mich den Wünschen des Königs widersetzen wollte? Und wer ist er, über mich zu urteilen? Gestern hat er mich angesehen, mit einem Blick, ich weiß nicht wie! Ich kann diesen Mann nicht deuten. Wir standen zufällig nebeneinander, als die abendliche Tafel eröffnet wurde. Unsere Hände berührten sich aus Versehen. Er zuckte zurück, als ob ihn eine Tarantel gestochen hätte. Und heute Morgen, beim Großen Levée, kam ich an ihm vorbei, und wir tauschten nur eine stumme Verbeugung aus.

Die Einzige, die ich ins Vertrauen ziehen kann, ist Sophie. Sie meint, ich müsse unbedingt sofort aufhören, an diesen Mann zu denken. Was glaubst du, hat sie gefragt, würde der König tun, wenn du ihn hintergingest? Meinst du, er ließe dich einfach so fort? Ich glaube, sie hatte richtiggehend Angst um mich. Vielleicht hat sie Recht. Was August einmal gehört, gibt er nicht mehr her. Ich habe Flemming einmal sagen hören, der König habe oft seine Vernunft der Leidenschaft geopfert, aber niemals umgekehrt. Jeder weiß, dass er seine Mätressen und Liebschaften braucht, um seine Eitelkeit zu befriedigen. Und noch keine hat gewagt, ihn zu verlassen.

Mein Gott, wie kann ich solche Dinge überhaupt denken? Ich bin ein undankbares Geschöpf! August hat mir ein Leben ermöglicht, wie ich es niemals gewagt habe, mir auszumalen. Er hat mir großzügig das Gut Särchen geschenkt, lässt meine Kinder in Luxus aufwachsen. Wie sollte ich da von ihm gehen?

Aber was rede ich da! Ich will den König doch gar nicht verlassen. Es ist bestimmt nur ein dummes Hirngespinst, das mich umtreibt. Lächerlich! Wie komme ich überhaupt darauf, dass ein anderer Mann sich etwas aus mir machen könnte? Und ausgerechnet dieser Pole? Gerade habe ich ein Billet von August erhalten. Er bittet mich heute Nacht zu sich, und natürlich werde ich mit Freuden gehen. Warum nur kann ich plötzlich den Gedanken kaum mehr ertragen, dass er mich anfasst? Lieber Gott, ich bin völlig durcheinander! Hilf, dass alles wieder so wird, wie es einmal war!

Königlich-Churfürstlich Sächsischer Hoff= und Staats=Calender vom 26. April 1712

»Seine allergnedigste Majestät sind vor zweyen Tagen mit über sechtzig 4=spennigen und über siebtzig 6=spennigen Wägen nach Pohlen abgereist, dieweil die schlimme Lage alldort dies erfordert. Aus dießem Lande ist wie jeher nichts Guthes zu vermelden. Der König von Schweden, obschon er selbsten immer noch bei der Osmanischen Pforthe weilt, hat den Generälen, die den Rest seiner Armee befehligen, Ordre gegeben, in Pohlen weiter zu kämpfen. So stehen sich, seit der Frühlingk angebrochen ist, wieder Schwehden und Russen gegenüber, darzu auf Seiten der Russen die säxische Armee. Außerdeme ist wiederumb am Kriege betheiligt der König von Dänemarck. Gemeynsam haben die hohen Herren sich zum Ziele gesetzet, Schwehden zu erobern und unter sich aufzutheilen, und belagern zu dießem Zwecke nunmehro die Stadt Stralsund. Unßer allerhöchster Fürst und König will zu seinem Ruhme die Soldaten anführen, um einen end=gültigen Sieg über Schwehden zu erringen. Vivat Rex Poloniae, Elector Saxoniae, und allezeyt mit Gott!

Noch vor seiner Abfahrt nach Pohlen hat Seine allerköniglichste Hoheyt etliche von der Dienerschaft im Schloß neu auf=genommen oder sie im Amte erhöhet. So sindt Seine Excellentz, der Ober=Hof=Marschall Pflugk, vor drey Wochen an seinem dritten Schlagflusse verstorben, und wurden ersetzet durch Se. Hochgeboren den Baron von Löwendahl.

Deß weitern sind bestallt worden als Kertzenschneuzer die jungen Herren Dietz und Schnitzler, alß Ratten=Fenger der Knabe Wilhelm Thielsch, alß Roßknechte im Marstall die Herren Melber, Frauenknecht und Riebel.

Monsieur Juliusz Andraszy, vormals Unther=Koch bei Seiner kgl. Hoheit ungerischem Leib=Koch, wurde anlesslich seiner Heyrath mit der Cammer-Jungkfer Sophie Schick erhöhet zum Leib=Koch für die kgl. Früh=Suppe.«

Aus den Memoiren des französischen Gesandten zu Dresden, Alphonse Louis Baptiste de Villeroy

Die Damen im osmanischen Reich entfernen sich die Haare! Völlig! Am ganzen Leib! Mon Dieu, wer hätte das gedacht? Solche Nacktheit ward in Europa nie gesehen! Sie tun das im Bade, jede Woche, immerfort. Man stelle sich vor: Arme, Beine, die weibliche Scham – gänzlich glatt und bloß! Ich weiß gar nicht, wie ich das finden soll! Als ich Madame Fatime (es war mir ganz peinlich, aber so etwas muss man doch wissen!) gefragt habe, auf welche Weise die Muselmaninnen sich ihrer Haare entledigen, hat sie mir unter dem Siegel der größten Verschwiegenheit die Recepture der Paste verraten, die sie selbst benutzt. Mademoiselle Sophie fertigt sie dergestalt an: Man nehme eine gute Handvoll Ätz=Kalk, der über dem Feuer doppelt gebrannt wurde. Dazu füge man Auripigment und rühre das Ganze mit etwas Wasser und Baumöl zu einem dicken Brei. Selbiger, auf die Haut aufgetragen, löst die Körper=Haare auf, und können diese mit einem Schwamm abgerieben werden. Naturalement, ich selber werde diese Recepture nie versuchen, schließlich bin ich ein Mann! Doch sie kann von unschätzbarem Wert für das Tauschen sein. Das Wissen des Orients ist tief und unergründlich!

Aber nun zu etwas ganz anderem: Schon bei meinem letzten Eintrag habe ich erwähnt, dass die Liebe Seiner Majestät zur Comtesse de Cosel sehr zurückgeht. Der König ist nach Polen abgereist, um diesen unseligen Krieg zu Ende zu bringen, und hat nur die Gräfin Dönhoff mitgenommen. Mit der Madame Cosel, die sich dereinst schon Princesse von Sachsen nannte, hat es offenbar einen terriblen Streit gegeben, und sie mußte ihre Coffer, die sie schon auf den Reisekutschen hatte, wieder herunternehmen. Es scheint wohl bald aus mit ihr zu sein. Man weiß noch nicht eigentlich, wie ihr Schicksal weitergeht. Bis dato heißt es, dass sie ihr gehabtes Tractament behalten soll, allein einen Umgang will der König so bald nicht mehr mit ihr haben.

Madame Fatime ist ebenfalls zu Dresden geblieben. Sie wollte ihre Kinder nicht verlassen, und Auguste Roi hat ihr dies gewährt. Nun wird er wohl den Polen zeigen, dass seine polnische Maitresse ihm die wichtigste ist. Hélas, ich meinerseits kann gar nicht verstehen, was er an diesem rundlichen Dummchen findet. Ihre stets gute Laune ist schon fast unerträglich; immer lacht sie an der falschen Stelle, weil sie einen Witz oder eine geistreiche Bemerkung ohnehin nicht versteht. Mein Lieblings-Pudel hat mehr im Kopf als diese Person. Aber attention! – vielleicht hat sie ja Qualitäten, von denen ich nichts ahne (und in deren Genuss nur der König kommt)!

Mit der Entourage des Königs reiste auch der junge polnische Graf, der in den letzten Monaten bei Hof zu einer wahrhaften Attraction geworden ist, Jean Michel Worowski. Die Damenwelt ist untröstlich, dass er nicht hier bleibt. Sie haben ihn umschwärmt wie die Motten das Kerzenlicht; erst kürzlich hörte ich Madame Flemming (!) sagen, er sei der einzige wirkliche Mann in des Königs Umgebung. Das rührt nicht etwa nur daher, dass er bei seiner Vorstellung mit allzu stolzen Worten Aufsehen erregt hat. Nein, offenbar findet tout le monde, dass der Graf eine gewisse Anziehungskraft auf Frauen besitzt. Mon Dieu, ich kann dies nicht begreifen! Der Mann parfümiert sich nicht einmal! Wie kann ein Mensch, der so wenig Wert auf sein Erscheinungsbild legt, bei den Damen reüssieren? Dabei nimmt er sich, so hört man, keine in sein Bett! Ich habe schon raunen hören, dass man sich fragt, ob dieser Pole etwa (die Feder sträubt sich, solches niederzuschreiben) einer gewissen »Vorliebe« frönt …

Oh là là, man weiß ja, dass es solche Dinge gibt. Bei den Griechen der Antike, so hat mir neulich mein Freund, der Hofrat Rexroth, allen Ernstes berichtet, sei dies sogar die höher geachtete Form der Liebe gewesen. So ein überaus cultiviertes Volk! Ich kann es nicht fassen!

Dresden, September 1712

Worowski saß auf einer schattigen Bank am Elbufer, warf Steinchen ins Wasser und beobachtete die kleinen Boote und Lastkähne, die langsam ihre Bahn flussabwärts zogen. Tags zuvor war er zusammen mit König und Hofgesellschaft wieder in der sächsischen Hauptstadt angekommen, denn August hatte beschlossen, dass seine Anwesenheit auf den Kriegsschauplätzen in Polen nicht mehr vonnöten war. Damit hatte er, dachte der Graf geringschätzig, insofern Recht, als der persönliche Einsatz des Königs im Krieg seinen Truppen nicht den erhofften Erfolg gebracht hatte. August, das war wieder einmal aller Welt deutlich geworden, war einfach kein Feldherr von Format; er hatte den ständigen, überall aufflammenden Kämpfen nicht durch einen grandiosen Sieg ein Ende setzen können. Er war eben kein Kriegsherr wie sein schwedischer Cousin, kein Kämpfer, den man stets nur in der vordersten Reihe antraf und dem seine Soldaten begeistert bis in die Hölle folgen würden. Augusts Metier waren die schönen Dinge des Lebens, nicht der Krieg. Jetzt war er vor dieser unangenehmen Erkenntnis nach Hause geflohen, dahin, wo er sich am wohlsten fühlte: zu seinen Banketten, seinen Bällen, den Theaterabenden, Konzerten und Jagden. Und zu seinen beiden zurückgebliebenen Mätressen, dachte Worowski. Er musste sich eingestehen, dass er den Gedanken daran genossen hatte, dass August eine Weile von seiner türkischen Geliebten getrennt war. Obwohl er es nicht wahrhaben wollte, hatte sich seit der winterlichen Schlittenfahrt mit Fatmah eine gewisse Eifersucht in ihm geregt. Oh, natürlich hatte er dieses Gefühl als Unsinn abgetan. Schließlich war er Diplomat und Ehrenmann. An eine Affäre mit dieser Frau war überhaupt nicht zu denken. Und doch, sie ging ihm viel zu viel im Kopf herum.

»So grüblerisch, mon comte?«

Worowski fuhr aus seinen Gedanken hoch. Vor ihm stand, das Gesicht von einem Sonnenschirm beschattet, die Gräfin Cosel, die mit einigen Damen des Hofes einen Spaziergang am Flussufer machte.

»Darf ich mich einen Augenblick zu Ihnen setzen?« Sie winkte ihre Entourage weiter, klappte ihren Schirm zu und ließ sich, ohne eine Antwort abzuwarten, neben Worowski nieder. »Kommen Sie heute Abend auch zur großen Assemblée?«, fragte sie ihn.

Er schüttelte den Kopf. »Mir ist nicht nach Feiern zumute, Madame«, sagte er ehrlich. »Ich kann einfach nicht tanzen und springen, während Polen vor die Hunde geht.«

»Steht es so schlecht?«

»Noch viel schlimmer. Die Schweden haben das Land geplündert, und was sie übrig ließen, nahmen die Russen, dann die Dänen, ja, auch die Sachsen. Es gibt keinen Landstrich, der nicht verwüstet wäre. Furchtbare Greueltaten spielen sich ab. Städte und Dörfer sind zerstört. Die Männer werden getötet, die Frauen als Sklavinnen an die Kosaken verkauft. Man verbrennt die Schlösser, nutzt Kirchen als Ställe. Von zehn Landgütern sind neun verlassen. Nehmen sie nur Kalisch, Madame: Noch vor ein paar Jahren war es eine blühende Stadt mit zweitausend Menschen darin. Heute leben dort nicht einmal mehr hundert.«

Constantia machte ein entsetztes Gesicht, als ob sie es gar nicht so genau hätte wissen wollen. »Aber der Krieg kann schließlich nicht ewig dauern! Und der König tut doch alles, um Polen zu einem blühenden Land zu machen!«

»O ja! Er hat vor der Ständeversammlung versprochen, die Freie Republik Polen zu achten und zu bewahren. Er legt viel Wert auf seine Anerkennung durch den polnischen Adel. Man hört sogar, er wolle sich von Ihrer Hoheit, der Kurfürstin, durch einen päpstlichen Erlass scheiden lassen, um eine polnische Heirat einzugehen. Das alles tut er, um die polnische Kronarmee auf seine Seite zu bringen.«

Die Cosel erstarrte. Es fiel ihr wie Schuppen von den Augen: Das also war der wahre Grund, warum sie in Ungnade gefallen war! Er wollte die Dönhoff heiraten, damit sie ihm die polnische Krone sicherte! Ihr wurde heiß und kalt. Was konnte sie tun? Sie ballte die Fäuste, bis es weh tat. So schnell würde sie nicht klein beigeben.

Fieberhaft überlegte sie und fasste einen schnellen Entschluss. Lächelnd wandte sie sich wieder an Worowski. »Sie glauben also, der König wolle die Rechte der polnischen Stände achten? Sie glauben, er würde sich vom Adel vorschreiben lassen, wie er regieren soll? Mein lieber Graf, Sie sind ja an Naivität nicht zu überbieten!« Ihr Lachen klang schrill.

Worowski runzelte argwöhnisch die Stirn. »Was wollen Sie mir damit sagen, Comtesse?«

Sie neigte sich zu ihm und schlug einen verschwörerischen Ton an. »Können Sie schweigen, Monsieur?« Sie sah ihm tief in die Augen und wartete einen Augenblick, bevor sie fortfuhr. »Nach allem, was ich weiß, will Seine Majestät in Polen nur eines: Die erbliche Monarchie einrichten. Er will, dass sein Sohn die Krone von ihm bekommt!«

Der Graf saß schweigend da und betrachtete die glitzernden Wellen, in denen sich das Sonnenlicht spiegelte. »Ich kann das nicht glauben. Er hat einen Eid abgelegt, die polnische Libertät nie anzutasten.«

Die Cosel lachte herzlich. »Aber mein Lieber, natürlich hat er das! In den Sitzungen des Geheimen Kabinetts sagt er allerdings etwas ganz anderes.«

Worowski sah sie mit durchdringendem Blick an. »Und warum, Madame, erzählen Sie mir dies alles?«

Ihr Gesicht war eine undurchschaubare Maske. »Soll ich ehrlich zu Ihnen sein, mon comte? Der erste Grund: Sie gefallen mir. Und wer mir gefällt, dem erweise ich gerne einen Dienst. Und zweitens bin ich davon überzeugt, dass die polnische Krone meinem König kein Glück bringen wird. Seine Aufgabe liegt in Sachsen. Gehen Sie nach Polen, sagen Sie dem Sejm, sagen Sie den Widersachern des Königs, was er plant. Nehmen Sie ihm Ihr Land wieder aus den Händen. Dann wird er auch dieses Weib mit ihrem widerlichen Affen und ihren kreischenden Papageien zum Teufel schicken.«

Worowski war wütend auf sich selber. Beinahe hatte er sich von Augusts Liebenswürdigkeit, seiner gespielten Harmlosigkeit einlullen lassen. Hatte fast geglaubt, der König würde die polnische Freiheiten tatsächlich nicht anrühren, würde den Staat Polen und seine Grundsätze achten. Doch nun sah er durch die Worte der Cosel seine schlimmsten Befürchtungen bestätigt.

»Ich brauche einen Beweis«, antwortete er.

Sie zögerte, spielte mit dem Griff des Sonnenschirms in ihren

Händen. Dann straffte sie den Rücken. »Im Retirade-Gemach, dort wo der König seine Preziosensammlung aufbewahrt, steht ein riesiger Schrank aus geschnitztem Nussbaumholz mit elfenbeinernen Einlegearbeiten. Darin bewahrt der König die Protokolle seiner Besprechungen mit dem Geheimen Kabinett auf. Diese Schriftstücke werden belegen, Graf, dass Seine Majestät zum günstigen Zeitpunkt mit Waffengewalt den polnischen Adel unterwerfen und die absolute, erbliche Herrschaft der wettinischen Dynastie in Polen installieren will. Genügt Ihnen das?«

Er nickte stumm, die Lippen zu einem schmalen Strich zusammengepresst, und sie erhob sich.

»Mon comte, es war ein großes Vergnügen, mit Ihnen zu plaudern.«

Spreewald, Oktober 1712

Der erste dichte Herbstnebel schwebte über den Sümpfen und tauchte die Flusslandschaft in fahlweißes Licht. Aus der Dachluke der halb verfallenen Hütte quoll dunkler Rauch, breitete sich langsam aus und legte sich wie eine trübe graue Decke über die kleine Lichtung. Es roch beißend nach modrigem Holzfeuer und verbrannten Kräutern.

Die Hexe kauerte am Boden neben der Hüttentür und hielt eine Kröte mit beiden Händen an den Hinterbeinen. Mit leisem Singsang sprach sie auf das zappelnde Tier ein, pustete ihm ihren fauligen Atem in die Nasenlöcher. Dann spreizte sie die Krötenbeine weit auseinander, wirbelte das Tier blitzschnell ein paar Mal um die Achse seines Hüftgelenkes und riss es dann ruckartig auseinander. Der blutige Torso der Kröte flog in hohem Bogen auf die Wiese hinaus, die zuckenden Schenkel hielt Rusalka in den Händen.

Die Hexe summte zufrieden vor sich hin und warf die abgerissenen Beine in einen schwarzen Topf, in dem schon allerlei Gekröse schwamm. Dann plötzlich sah sie argwöhnisch hoch, richtete sich auf und begann zu wittern wie ein Tier. Ihr Gesicht verzog sich zu einer grinsenden Fratze, als sie erkannte, wer da ihre Einsamkeit störte.

»Wird auch Zeit, dass du kommst«, raunte sie heiser und stieß ihr keckerndes Lachen aus. »Willkommen bei der Alten vom Moor!«

Constantia von Cosel trat aus dem Schutz der Bäume, einen schwarzen Umhang fest um sich geschlungen. Mit anklagender Miene stellte sie sich vor die Hexe hin.

»Dein Zauber wirkt nicht mehr«, zischte sie der Alten zu. »Ich brauche etwas Stärkeres.«

Rusalka packte den Topf mit den Krötenschenkeln. »Komm mit«, befahl sie und hinkte voraus in ihre Hütte.

Constantia schaute sich im Halbdunkel des kleinen Raumes um, sog angewidert den Geruch von Moder und eklen Absuden ein. »Ich bin kurz davor, in Ungnade zu fallen«, sagte sie. Die Angst in ihrer Stimme war unüberhörbar. »Der Liebeszauber hat nur am Anfang geholfen.«

Die Alte vom Moor kniff die Augen zusammen. »Aber Kinder hast du doch bekommen, oder etwa nicht?«

»Doch.«

»Du bist mit nichts zufrieden, Weib!« Rusalka hängte den Topf an einem Eisengestell über das Feuer und blies in die Glut. »Ehrgeiz kann töten, hast du das gewusst?«

Constantia lief ein leichter Schauer über den Rücken. »Wie meinst du das?«

»Einen selbst und andere.« Die Hexe beugte sich über ihr Süppchen und stocherte eine Weile mit einem Holzlöffel darin herum.

»Ich habe dir meinen stärksten Zauber gegeben«, krächzte sie, »und was hast du daraus gemacht, hm? Der Mann, den du unbedingt wolltest, war dein, und du hast zugelassen, dass er dir wieder entgleitet. Du hast ihn nicht halten können, pah. Jetzt kommst du zur alten Rusalka und jammerst! Dabei hab ich dir gleich gesagt: Bind ihn an dich, sonst könnte er dein Leben vernichten.«

Die Cosel rang verzweifelt die Hände. »Was hätte ich denn tun sollen? Da gibt es noch zwei andere, die ihm wichtiger sind als ich.«

»Ich weiß«, murmelte die Alte, »o ja, wie gut ich das weiß. Eine davon kenne ich. Die andere, chchchch!« Sie fauchte wie eine Katze und spreizte ihre winzigen Kinderfinger, an denen sich gelbe Nägel krümmten. Dann hockte sie sich ans Feuer, schlang die Arme um den Oberkörper und wiegte sich langsam vor und zurück. Die unheimlichen, wimpernlosen Augen hielt sie halb geschlossen und fixierte die grünlich züngelnden Flammen. Mit einem Mal wurde ihr Blick glasig, verschleiert, wie blind. Und doch: Sie sah! Wieder sah sie das Furchtbare, und es nahm ihr auch diesmal den Atem, sodass sie ein keuchendes Röcheln ausstieß. Sie hatte sich nicht getäuscht. Die Bilder waren fast genauso deutlich wie damals. Ein Jammern drang aus ihrer Kehle. Sie konnte den Schmerz fast körperlich spüren und krümmte sich zusammen, die Hände in den Unterleib gekrallt. Sie heulte, hohl, tief, entsetzlich.

Constantia bekam es mit der Angst zu tun. Sie ging zu Rusalka hinüber, überwand ihren Ekel und schüttelte die Alte mit aller Kraft.

Langsam glitt die Hexe aus ihrer Trance und sank erschöpft in sich zusammen. Ihre Augen waren wieder weit und klar.

»Ich habe mein Schicksal mit deinem verknüpft«, murmelte sie müde. »Das war ein furchtbarer Fehler.«

»Was hast du gesehen?« Die Cosel fühlte, wie die Angst mit kalten Fingern nach ihr griff. »Sag schon!«

»Dein Unglück«, gab die Hexe mit hohler Stimme zurück. »Und mein Ende.« Sie begann zu wimmern und sich mit den Händen an den kahlen Kopf zu schlagen. »Ich kann nichts tun«, heulte sie, »nichts, nichts, nichts! Er wird uns vernichten.«

Constantia kniete sich neben die Alte vom Moor und packte sie verzweifelt an ihren Lumpen. »Doch, du kannst! Gib mir etwas, um ihn zurückzugewinnen. Irgendetwas!«

»Es gibt nichts«, jammerte Rusalka. »Er wird dich verlassen.«

»Dann gib mir etwas, womit ich mir die anderen vom Hals schaffen kann.«

»Das wird dir nichts helfen. Ich habe unser Schicksal gesehen.« Tränen liefen über das runzlige Gesicht der Alten.

»Wenn ich meine Rivalinnen aus dem Weg räumen kann, kommt er zurück! Ich weiß es einfach!« Die Cosel kämpfte mit dem Mut der Verzweiflung. »Gib mir ein Gift, Alte! Ein Gift, das langsam wirkt und keinen Verdacht aufkommen lässt!«

Rusalka schüttelte mutlos den Kopf. »Es wird dir nichts nützen, aber du kannst es haben. Das Schicksal lässt sich nicht ändern. Ich habe dir schon einmal gesagt: Wenn du den König verlierst, wird er dein Verderben sein. Und meins.«

Müde rappelte die Alte sich auf und kramte ein dunkles Beutelchen aus einem Loch, das unter der Strohschütte ihres Nachtlagers verborgen war. »Immer nur ein paar winzige Körnchen«, flüsterte sie Constantia ins Ohr. »Nicht zu oft, nicht zu selten, über längere Zeit. Hab Geduld. Aber es wird dich nicht retten. Er kommt nicht zurück.«

Constantia riss der Hexe den Beutel aus der Hand.

»Was wäre, wenn …«

Rusalka öffnete den Mund zu einem zahnlosen, verzerrten Grinsen. »Oh, ich weiß, was du denkst, ich weiß, ich weiß. Ob es gelingt? Versuch's! Ich hab noch nie erlebt, dass mich meine Gesichte trügen, aber … vielleicht wendet sein Tod ja unser Los!«

Die Cosel streckte der Alten vom Moor mit zitternden Fingern eine Geldkatze hin. »Sag mir endlich mein Schicksal. Ist es der Tod?«

Die Hexe schob die Hand mit dem Beutel weg. Sie wollte das Geld nicht.

»Nein.«

Constantia atmete auf.

»Aber du wirst ihn dir wünschen.«

Die Gräfin stand einen Augenblick starr. Dann hastete sie wie in Panik aus der Hütte, das Säckchen mit dem Gift stumm an die Brust gepresst.

Dresden, Dezember 1712

»Sie haben ja schon wieder fast nichts gegessen, meine Liebe. Ich beginne, mir ernsthafte Sorgen um Sie zu machen.« Der Vicomte tupfte mit seiner Serviette ein Tröpfchen Bratensoße aus seinem Mundwinkel und machte ein trauriges Gesicht. »Ganz schmal sind Sie schon geworden.«

Fatmah brachte mühsam ein Lächeln zustande. »Es ist nichts, Vicomte, nur eine kleine Unpässlichkeit.«

»Mit der Gesundheit lässt sich nicht spaßen, Madame. Keiner weiß dies besser als ich, glauben Sie mir. Und diese Anfälle von Unwohlsein, die Sie nun schon seit Wochen heimsuchen, nein, das gefällt mir ganz und gar nicht. Pas du tout!« Der Vicomte wedelte mit seinem Zeigefinger vor Fatmahs Nase herum. »Sie müssen Doktor Tropanegger bitten ...«

»Wegen eines verdorbenen Magens?« Sie winkte ab. »Ich glaube nicht, dass das nötig ist.«

De Villeroy schüttelte den Kopf in gespielter Verzweiflung und schob sich ein Praliné in den Mund. »Nehmen Sie wenigstens von den süßen Sachen«, insistierte er. »Hier. Das ist gut für den Magen.« Er hielt Fatmah ein Stückchen kandierten Ingwer hin. Sie seufzte und öffnete brav den Mund, kaute und schluckte. Seit Wochen hatte sie immer wieder schlimme Übelkeitsattacken, und sie wusste nicht, warum. Anfangs hatte sie eine neue Schwangerschaft vermutet, doch dann hatte ihre Blutung zur erwarteten Zeit eingesetzt. Sie hatte es mit einer kleinen Diät aus Hühnersuppe und Weißbrot versucht, doch die Beschwerden waren nicht verschwunden. Und seit einer Woche waren nun noch Kopfschmerzen dazugekommen, ein ständiger Druck auf Stirn und Schläfen, verbunden mit Schwindelgefühl und Benommenheit. Auch jetzt wurde es wieder schlimmer, und Fatmah hatte das Gefühl, die Dinge drehten sich um sie im Kreis. Die Gedanken gingen mit ihr durch, sie begann Gesichter zu sehen: Ihre Kinder, August, der ihr lächelnd mit dem Finger drohte, die Cosel mit böse zusammengekniffenen Lippen, Flemming mit seinem hinterlistigen Grinsen, dessen Feindschaft in letzter Zeit immer offensichtlicher geworden war. Und immer wieder Worowski, wie er sie ansah, seinen brennenden Blick, damals im Schlitten.

»Vicomte«, sagte sie schwach, »würden Sie mich entschuldigen? Ich glaube, morgen werde ich doch den Arzt zu Rate ziehen.«

Sie verließ das kleine Abendessen, das der französische Envoyé für seine Freunde gegeben hatte, und ließ sich von ihrem Kutscher heimbringen. Im Schloss schaffte sie es gerade noch bis in ihre Zimmer. Dann erbrach sie sich aus dem geöffneten Fenster.

Am nächsten Morgen war ihr immer noch übel. Sie schickte nach Doktor Tropanegger, der ihr mit ernster Miene Magen und Bauch abtastete.

»Eine Verstimmung der inneren Organe, möchte ich vermuten, Madame.« Der Arzt setzte seine Brille auf, ließ sie den Mund aufmachen und die Zunge herausstrecken. Dann zog er ihr Unterlid herab, sah ihr in die Augen und nickte ernst. »Exactement das gleiche Leiden, das vorgestern auch die Gräfin Dönhoff befallen hat. Daraus folgere ich, es könnte etwas Ansteckendes sein.«

»Aber ich habe Madame Dönhoff seit einer Woche nicht mehr gesehen, Doktor.«

Tropanegger zog seine weiß gepuderte Stirn in Falten; er ließ sich nicht gern in seine Arbeit hineinreden. »Gegen die Kopfschmerzen nehmen Sie heute Abend einen Fingerhut voll Mohnsirup – wie Sie sicherlich wissen, ähnelt die Mohnkapsel einem menschlichen Kopf, ergo beeinflusst sie das Gehirn. Außerdem würde ich bei Ihnen gerne einen Aderlass vornehmen, meine Liebe. Das lässt die schlechten Säfte abfließen und ist ganz allgemein von hoher Heilwirkung.« Er ließ sich von seinem jungen Gehilfen, einem schüchternen, halbwüchsigen Knaben namens Eusebius, den kleinen silbernen Schnäpper und ein Schüsselchen aus seiner Ledertasche reichen. Dann band er Fatmahs Arm mit einem Stoffstreifen oberhalb des Ellbogens ab und setzte das Instrument in der Ellbeuge an. Die Klinge schnellte ins Fleisch, und während der Knabe das Gefäß hielt, öffnete der Arzt die Kompresse. Dunkles Blut füllte die Schüssel.

In diesem Augenblick kam die Kinderfrau herein. »Madame, verzeihen Sie, aber der kleine Friedrich erbricht schon die ganze Nacht. Ich wollte Sie nicht belästigen, weil Sie ja selber krank sind, aber er verlangt andauernd nach Ihnen.«

Fatmah ließ sich hastig verbinden und bestand anschließend trotz ihrer Schwäche darauf, zusammen mit dem Doktor ins Kinderzimmer zu eilen.

»Mama!« Der inzwischen vierjährige Friedrich lag mit bleichem Gesicht im Bett und streckte die Arme nach Fatmah aus. Sie setzte sich zu ihm, strich ihm über die dunklen Locken und küsste ihn auf die Stirn. »Mein armer Kleiner.«

»Mir ist so schlecht, Mama.«

Sie wiegte ihn. »Schau, mein kleiner Löwe, ich hab den Doktor mitgebracht, der hilft dir jetzt.«

Der Arzt drückte vorsichtig mit zwei Fingern Friedrichs kleinen Leib ab. »Na, Monsieur Friedrich, was haben Sie wohl gestern zu Abend gegessen, hm?«

»Grießbrei mit Apfelmus.«

»Und getrunken?«

»Milch.«

»Und sonst haben Sie nichts zu sich genommen?«

Friedrich schüttelte den Kopf auf dem Kissen, und Tropanegger sah Fatmah über seine Brille hinweg an. »Tja, vermutlich hat er sich bei Ihnen angesteckt, Madame. Ich hatte also Recht, es ist eine umlaufende Krankheit.«

Er verabreichte dem Buben ein paar Tropfen bittere Magenmedizin. »So, das dürfte helfen. Die nächsten Stunden nichts essen und nur Wasser trinken, auf keinen Fall Milch. Dann wird's bald besser. Ich sehe heute Nachmittag wieder nach Ihnen, petit Monsieur.«

Friedrich nickte vertrauensvoll; dann verabschiedete sich der Arzt und ging, den jungen Gehilfen im Schlepptau.

Fatmah strich ihrem Sohn über die Stirn. »Hast du wirklich nichts anderes gegessen gestern Abend? Nicht genascht?«

Der kleine Friedrich atmete tief durch, und dann gestand er: »Ich hab zwei Löffel vom Zucker genommen.«

»Zucker?«

»Na, aus deiner Zuckerdose, den Zucker, den du jeden Tag in deinen Kaffee tust.« Er begann zu weinen. »Es tut mir leid, ich weiß, dass ich nicht naschen soll.«

Fatmah umarmte den Kleinen. »Das ist doch nicht so schlimm, Schatz. Daran liegt es bestimmt nicht. Schlaf jetzt, und wenn du aufwachst, dann geht es dir schon viel besser.«

Nachdenklich ging Fatmah in ihren Salon. Sie nahm die silberne Zuckerdose in die Hand und sah hinein. Gewöhnlicher Zucker, wie immer abgeschabt von einem der vielen Zuckerhüte, die in der Vorratskammer der Schlossküche standen. Fatmah zuckte die Schulter und stellte die Dose wieder hin. Dann überlief sie eine neue Welle der Übelkeit, und sie legte sich auf den Diwan.

Eine Woche später ging es dem kleinen Friedrich zwar etwas besser, aber er war immer noch recht schwach. Fatmahs Kopfschmerzen waren schlimmer geworden, und die Gräfin Dönhoff hatte starke Magenschmerzen, Diarrhoe und Schwindelanfälle. Doktor Tropanegger gab es zwar nicht zu, aber er war ratlos. Alle Magenmittel und Stärkungstropfen hatte er ausprobiert, doch nichts hatte wirklich geholfen. Die Dönhoff hatte eine Purgierkur gemacht, doch danach ging es ihr um keinen Deut besser. Und auch ein zweiter Aderlass bei Fatmah hatte nichts bewirkt. Schließlich entschloss sich der Arzt, seinen drei Patienten einen Aufenthalt in Karlsbad zu verordnen. Das Heilwasser konnte zumindest nicht schaden, und dort gab es mehrere Kollegen, mit denen er beratschlagen konnte. So wurden die drei Kranken also auf ein Schiff gebracht, das langsam von Treidelpferden elbaufwärts bis Aussig gezogen wurde, und kamen wohlbehalten in dem kleinen Kurort an. Nach einer Woche besserte sich ihr Zustand leicht, und Doktor Tropanegger atmete auf. Offenbar war es doch nur eine ernste Magenverstimmung gewesen. Er entschied, dass man mindestens bis zur Fastnacht in Karlsbad bleiben würde.

Dresden, Januar 1713

Im Taschenberg-Palais brannten alle Lichter, den ganzen Tag war geputzt und gewienert, gekocht und dekoriert worden. Jetzt huschte die Dienerschaft aufgeregt durch die Gänge, richtete hier einen Vorhang, wischte da ein letztes Staubkorn fort und zupfte dort einen Blumenstrauß zurecht. Seit langem war der König wieder einmal zu Gast im Haus!

Die Gräfin Cosel hatte alles dafür getan, um diesen Abend zu etwas Besonderem zu machen. Jetzt, da Fatmah und die Gräfin Dönhoff weit fort waren, sah sie die beste Gelegenheit, August wieder zurückzugewinnen. Sie hatte Musiker eingeladen: ein fünfköpfiges Kammerorchester, einen Zigeunergeiger, der schon am Hof zu Wolfenbüttel für Furore gesorgt hatte, und einen singenden Kastraten aus Kairo, der sich von einem Cembalospieler begleiten ließ. Je nach Augusts Laune würde sie entscheiden, wer von ihnen zum Einsatz kam. Drei verschiedene Räume hatte sie eigens ausstatten lassen: ein türkisches Zimmer ganz in Grün und Gold, ein Spiegelkabinett mit einem rot bezogenen Lager in der Mitte und einen Raum, der ganz im polnischen Stil ausgestattet war, mit Fellen und Schnitzereien. Außerdem hatte sie ein freches Ensemble engagiert, das nach dem Essen ein frivoles, ja, erotisches Stück zum Besten geben sollte. Heute durfte einfach nichts schief gehen, Constantia setzte alles auf eine Karte. Wenn es ihr an diesem Abend nicht gelang, August zurückzuerobern, dann wohl nie mehr.

»Madame, Ihre Speisenfolge war überaus interessant.« Der König saß Constantia gegenüber am reich gedeckten Tisch und hob sein Glas. »Austern, Spargel, Sellerie, dazu alle meine Leibspeisen: Ochsenschwanz in Petersiliensoße, Poularde in Champagner, Eierkuchen mit italienischem Käse! Sie machen mich neugierig.«

Die Cosel vollbrachte einen ihrer bis zur Perfektion eingeübten Augenaufschläge und prostete zurück. »Neugierig worauf, Sire?«

»Auf den restlichen Abend, ma chère. Im Übrigen darf ich Ihnen das Compliment machen, dass Sie heute so reizend aussehen wie selten!«

Constantia lächelte siegesgewiss. Noch nie hatte sie länger für ihre Toilette gebraucht als dieses Mal. Sie trug ein pfirsichfarbenes Kleid mit Silberstickereien, das ihrem Teint ein besonderes Strahlen verlieh, mit einem Dekolleté, das mehr von ihren Brüsten zeigte als verbarg. Ein neuer Duft aus Mandelöl, Veilchen und Jasmin umhüllte sie, der letzte Schrei aus Paris. Ihre Pupillen waren groß und glänzend, dafür sorgte der Belladonnasaft, den sie eingeträufelt hatte. Und ihr Mund war in dunklem Rot geschminkt, verheißungsvoll wie nie. Sie streckte graziös den Arm aus.

»Kommen Sie, Sire, im großen Salon wartet eine besondere Unterhaltung auf uns.«

Er folgte ihr gut gelaunt. Eigentlich hatte er wenig Neigung gehabt, ihre Einladung anzunehmen. Er war ihrer überdrüssig, seit langem schon. Ja, sie war schön, geistreich, elegant, hatte ihm Kinder geboren. Aber sie war auch scharfzüngig, eitel, launisch und eifersüchtig. Und sie hatte keine politische Partei hinter sich wie die kleine Dönhoff, die außerdem den Vorteil besaß, sanft und fügsam zu sein. Sie hatte auch nicht dieses Fremdländische, Besondere, das ihn zwar nicht mehr so oft wie früher, aber immer noch hin und wieder zu Fatima zog. Dieses Talent, zu erzählen, aber auch zuzuhören. Diese Unverfälschtheit, das Ungeschminkte, Ehrliche. Nein, die Cosel war inzwischen eher lästig. Doch an diesem Abend, in Abwesenheit der beiden anderen Mätressen, war sie eine angenehme Wahl. Es musste schließlich nicht jede Nacht ein schüchternes Bürgermädchen oder eine ordinäre Schauspielerin sein.

»Dieses Stück war ein Skandal in Wien«, flüsterte Constantia ihm zu. »Man hat das Ensemble vor zwei Wochen aus der Stadt verwiesen, wegen ... Erregung öffentlichen Ärgernisses ...«

August schien entzückt. Die Darbietung war gewagt, freizügig, offenherzig, gespickt mit erotischen Anspielungen. Die Damen hatten kaum etwas am Leib, und die Herren trugen im Schritt ausgestopfte Hosen, die ihre Männlichkeit übertrieben zur Schau stellten. Die Dialoge waren, gelinde gesagt, anstößig, und am Schluss landeten sämtliche Protagonisten im Bett.

August küsste Constantia auf die Schulter. »Ich muss schon sagen, ma chère Constance, das war ganz herrlich schamlos. Sie haben immer so pikante Ideen. Was kommt als Nächstes?«

Sie führte ihn in den türkischen Salon, wo der Kastrat, ein fettleibiger, lockiger, feminin wirkender Jüngling, Lieder in den höchsten Tonlagen darbot. August und Constantia ließen sich von ihm neugierig sein Geschlecht zeigen – die männlichen Teile waren ihm schon in frühester Kindheit entfernt worden, und aus der Scham ragte nur die verstöpselte Spitze eines Silberröhrchens, aus dem der Harn abfließen konnte.

»Entsetzlich«, fand die Cosel und schüttelte sich. »Der Ärmste wird niemals in seinem Leben in den Genuss eines Liebesspiels kommen! Und er weiß gar nicht, was ihm entgeht! Kommen Sie weiter, Majestät.«

Im polnischen Zimmer wartete schon der Geiger. Ein Feuer war im Kamin entzündet worden und flackerte munter auf, als die beiden eintraten. Zwei als Bauernmägde gekleidete Mädchen brachten große Gläser mit Wodka und einen Teller mit süßen, fettgebackenen Teigtäschchen. Die Cosel hatte vorher in der Küche die Zubereitung selbst beaufsichtigt und eine gute Prise Spanische Fliege in die Mohnfüllung getan – es gab kein besseres Mittel, die Lust eines Mannes anzustacheln. Constantia wollte nichts, aber auch gar nichts, dem Zufall überlassen.

August verspeiste die Piroggi mit Genuss, und anschließend küsste er die Cosel so feurig wie selten. Während er ihre Taille mit einer Hand umfasste und seine Lippen ihren Hals erforschten, winkte er den Geiger hinaus. Die Cosel jedoch entwand sich ihm, nahm seine Hand und führte ihn weiter ins Spiegelzimmer.

Das Streichquartett, das hinter einem großen Paravent platziert war, begann, leise zu spielen, während der König und seine Mätresse auf das rote Prunkbett sanken. Leidenschaftlich liebten sie sich zu Kompositionen des großen Lully unter den Spiegeln. Die Gräfin glaubte sich am Ziel ihrer Wünsche: Es war wieder so wie früher.

Hinterher, als sie beide erschöpft in den rosenfarbenen Laken ruhten, fuhr sie mit dem Zeigefinger über Augusts stattlichen Bauch.

»Sire?«

»Hmm?«, machte der König.

»Werden Sie mich nun wieder öfter besuchen?«

Er zog eine seiner buschigen Augenbrauen hoch. »Nun ja, vielleicht.«

Sie stützte sich auf ihren Ellbogen. »Nur vielleicht? Hat Ihnen meine Abendunterhaltung nicht gefallen?«

August schnaufte. Alles, was er jetzt wollte, war seine Ruhe, und keine Diskussion. »Doch«, murmelte er, »ganz ohne Zweifel hat es mir gefallen, ma chère. Aber nun möchte ich gerne …«

»Dann lassen Sie es zwischen uns wieder sein wie früher, mon ami. Erinnern Sie sich noch? Unsere Nächte in Pillnitz, die Jagden in Moritzburg, die Fahrten in Ihrer goldenen Gondel auf der Elbe? Ach, was waren diese Zeiten herrlich.«

Er brummte etwas, was wie Zustimmung klang.

»Wir haben uns geliebt, Sire. Und ich liebe Sie noch! Sie sind der

Einzige für mich, mein Herkules, mein Alexander! Damals haben Sie mir die Ehe zur linken Hand gelobt …«

Der König gab ihr einen Kuss auf die Wange und klopfte sein Kissen zurecht. »Liebe Constance, das ist lange her. Heute habe ich Verpflichtungen, denen ich nachkommen muss.«

Sie kraulte liebevoll die Haare auf seiner Brust. »Ach, was sind Verpflichtungen denn gegen die Liebe, Sire? Die Liebe ist die großartige Kraft, die die Welt antreibt, der Ursprung allen Lebens, das Ziel allen Strebens – das haben Sie selbst einmal zu mir gesagt, wissen Sie noch?«

August wurde langsam ungehalten. »Worauf wollen Sie eigentlich hinaus, Madame?«

Sie setzte alles auf eine Karte. »Schicken Sie dieses polnische Dummchen weg, Majestät! Und diese Türkin dazu! So ein Abend wie heute – welche von denen könnte Ihnen das bieten? Wir brauchen doch nur uns, mon ami! Sie haben mich lange vernachlässigt. Dabei haben Sie es mir damals versprochen: Du wirst immer ganz die Meine sein, das waren Ihre Worte. Ich bitte Sie nun, halten Sie Ihr Versprechen, Sire! Sie werden es nicht bereuen!«

Dem König reichte es nun. Er rollte sich ächzend aus dem Bett und begann, sich anzuziehen. »Madame, ich hatte Zerstreuung von Ihnen erwartet, keine Gardinenpredigt.«

»Sire!« Sie ergriff seine Hand, doch er schüttelte sie ab. Fassungslos sah sie zu, wie er das Hemd über den Kopf streifte und seine Perücke aufstülpte. »Bleiben Sie, Sire! Ich bitte Sie!«

Doch August hatte genug. »Ma chère Constance, ich wäre Ihnen verbunden, wenn Sie in Zukunft den Platz einnähmen, der Ihnen gebührt. Inkommodieren Sie sich nicht, ich finde hinaus.«

In Hemd und Strümpfen tappte der König zur Tür hinaus und über den pont d'amour ins Schloss zurück.

Constantia saß stumm auf ihrem Bett, während die Musiker eilends auf Zehenspitzen das Zimmer verließen. Dann löste sich die Starre mit einem Mal, und die Gräfin begann, vor Wut und Verzweiflung zu toben. Sie schrie und heulte, stieß Flüche und Verwünschungen aus, flehte und wimmerte. Ihre Stimme hallte laut durch das nächtliche Taschenberg-Palais, immer wieder unterbrochen durch das

Splittern von Glas, wenn sie einen der vielen Spiegel zerschlug. Am nächsten Morgen, als endlich Ruhe eingekehrt war, wagte sich eine junge Kammerfrau als Erste in das rote Zimmer und fanden ihre Herrin im Schlaf der Erschöpfung. Die Schminke im Gesicht der Gräfin war bis zur Unkenntlichkeit verschmiert, das Haar zerrauft und wirr. Sie hielt die Spiegelscherbe noch in der Hand, mit der sie sich beide Unterarme blutig geschnitten hatte.

Die andere Hand umklammerte das Beutelchen mit Rusalkas Gift.

Warschau, Februar 1713

»Herrgott, das kann ich einfach nicht glauben!«

General Rybinski drosch mit seiner riesigen Faust auf den Tisch, dass die schwere Eichenholzplatte erzitterte.

»Ich schon. Ich habe nichts anderes von August erwartet.« Aleksander Jablonowski, ein hagerer, hoch aufgeschossener Mann in mittleren Jahren, sprang von seinem Platz auf. »Es war doch von Anfang an klar, dass die sächsischen Truppen, die in den letzten Monaten nach Polen marschiert sind und die wichtigsten Festungen besetzt haben, nicht dazu dienen sollen, einen osmanischen Angriff im Südosten zu vereiteln. Die Pforte macht keinerlei Anstalten zu einer Attacke auf Polen. Nein, die Sachsen wollen hier eine Besatzung einrichten, allein um uns zu unterdrücken.« Er ereiferte sich so sehr, dass kleine Speicheltröpfchen von seinen Lippen sprühten.

Worowski versuchte, die geheime Versammlung der Königsgegner zu beruhigen. Nachdem ihm die Gräfin Cosel von Augusts angeblichem Vorhaben unterrichtet hatte, in Polen eine Erbmonarchie zu errichten, hatte er in Dresden seine Fühler ausgestreckt. Und tatsächlich, die Informationen, die nach und nach aus eingeweihten Kreisen zu ihm gedrungen waren, hatten die Aussage der Cosel gestützt. So hatte er nach Weihnachten die nächstbeste Gelegenheit ergriffen, aus Dresden abzureisen und daheim Bericht zu erstatten.

Kuriere waren ausgeritten, um ein Treffen der alten Opposition zu arrangieren. Diesmal hatte man die Zusammenkunft auf dem Warschauer Wawel verabredet, dessen Kommandant Wielopolski schon lange zu den Verschwörern gehörte.

»Meine Herren, bisher haben wir nur Vermutungen«, warf Worowski ein. »Was mir die Gräfin Cosel unter dem Siegel der Verschwiegenheit mitgeteilt hat, kann richtig sein. Wir wissen es nicht. Ein Beweis fehlt. Deshalb dürfen wir nichts überstürzen. Gerade weil überall im Land sächsische Truppen verteilt sind, wäre ein überhastet angezettelter Aufruhr zum Scheitern verurteilt.«

»Wir haben das Recht auf Widerstand«, schrie jemand. »Ein Aufruhr des Adels gegen den König ist nicht strafwürdig, er gehört zu den polnischen Freiheiten!«

Worowski nickte. »Aber es ist dennoch ein Aufruhr. Wir sollten nichts riskieren, bevor wir nicht Augusts Pläne genau kennen.«

»Der Sejm sollte den Sachsen auffordern, die neu gebauten Magazine und Stützpunkte zu schleifen und den größten Teil seiner Truppen wieder aus Polen abzuziehen.« Das war Stanislaw Ledochowsky, seit langem schon einer von Augusts erbittertsten Gegnern. »Dann werden wir schon sehen, was er tut.«

»Nichts wird er tun, gar nichts«, ereiferte sich Jablonowski. »Er braucht seine Soldaten hier, um das Land im Griff zu haben und um Steuern aus der Bevölkerung zu pressen. Und um im richtigen Moment gegen uns losschlagen zu können.«

General Rybinski meldete sich wieder zu Wort. Wie es seine Art war, formulierte er seine Sätze bedächtig und ruhig. »Meine Herren! Es gibt keinen Grund, die Dinge zu übereilen. Wenn es stimmt, dass der König die Erbmonarchie plant, dann kann dies für uns aufrechte Polen nur eines bedeuten: Krieg! August könnte sein Vorhaben nur mit Waffengewalt gegen den Adel durchsetzen. Für diesen Fall müssen wir gerüstet sein. Doch bevor wir eine Auseinandersetzung beginnen, müssen wir Klarheit haben. Graf Worowski, ich halte es für unabdingbar, dass Sie bald an den Dresdener Hof zurückkehren. Beschaffen Sie uns den Beweis dafür, dass der König die Erbmonarchie gegen den polnischen Adel durchsetzen will. Ein Schriftstück. Einen Vertrag. Ein Protokoll. Ganz egal.«

Worowski überlegte. »Noch haben wir Zeit, und wir sollten mehr davon gewinnen. Pan Ledochowski, können Sie beim Sejm einen Antrag bewirken, in dem der König gebeten wird, seine sächsischen Streitkräfte aus Polen zurückzuziehen?«

Der Angesprochene nickte. »Das wird zu machen sein.«

»Gut«, meinte Worowski, »dann werden wir abwarten, was geschieht. Ich will derweil versuchen, in die Geheime Verwahrung einzudringen und dort einen schriftlichen Beweis für Augusts Pläne zu finden. Oder einen Gegenbeweis.« Er erhob sich.

Rybinski trat zu ihm und legte ihm ernst die Hand auf die Schulter. »Seien Sie vorsichtig, mein Junge. Sie wissen, was auf Hochverrat steht.«

Worowski grinste. »Keine Sorge, General. Ich passe schon auf mich auf.«

Später ritt der junge Graf nachdenklich durch die Altstadt von Warschau zu seinem Stadtpalais. Was er vorhatte, war gefährlich. Er musste einen Weg finden, in die Geheime Verwahrung einzudringen, den bestbewachten Teil der Dresdener Residenz. Er wusste, dass es dafür nur zwei Möglichkeiten gab. Ein Weg führte über das Schlafzimmer des Königs. Die Dönhoff hatte ihm erzählt, dass man von dort über eine schmale Wendeltreppe in die Schatzkammer gelangte, die im Erdgeschoss lag. Im Erdgeschoss selbst befand sich ein weiterer Zugang vom Schlosshof her, der jedoch Tag und Nacht von zwei königlichen Leibgardisten bewacht wurde. Worowski fragte sich, welcher Weg der einfachere sein würde. Es widerstrebte ihm, das Schlafzimmer des Königs zu betreten, den Raum, in dem sich August mit seinen Mätressen amüsierte, mit der Dönhoff, der Cosel, mit ... er wollte den Namen nicht denken. Die Schlittenfahrt mit Fatmah kam ihm wieder in den Kopf, wie so oft in den letzten zwölf Monaten. Ein ganzes Jahr war seither vergangen, und doch ging ihm diese Nacht einfach nicht aus dem Sinn. Wie sie den Schneemann gebaut hatte, lachend, mit einer Fröhlichkeit, die alle angesteckt hatte. Wie sie in seinem Arm gelegen hatte, vor Kälte zitternd, Schneeflocken im Haar. Wie ihre Augen geblitzt hatten, als sie von ihrer Kindheit erzählte. Es war unmöglich, und er wusste es. Es konnte, es durfte nicht sein.

Wie oft war er ihr seitdem begegnet, auf Bällen, Spaziergängen, Solemnitäten, beim Levée! Abweisend war sie zu ihm gewesen. Was auch sonst? Schließlich war sie die Geliebte des Königs. Allein der Gedanke an sie war verboten. Worowski fluchte leise in sich hinein, während er in den Hof des gräflichen Palais ritt. Alle möglichen Frauen konnte er haben! Warum musste ihm dann ausgerechnet diese schlaflose Nächte bescheren? Es war zum Verrücktwerden! Worowski hätte sich am liebsten dafür geohrfeigt, aber er musste sich die Wahrheit eingestehen: Es war die Aussicht, nach Dresden zurückzukehren und Fatmah wiederzusehen, die ihn beflügelte und antrieb.

Geheimes Aerztliches Bulletin vom 20. März 1713

Ich, Doctor Christian Tropanegger, genannter Geheimer Rath und erster Leib-Medicus von Sr. Maj. dem König, bezeuge mit diesem, daß Se. Maj., welche Ihren Appetit durch relaxationem fibrarum stomachialum verlohren hatten, Ihnen auch die Füße zu schwellen anfiengen, über dieses auch von der Coloca biliosa fast beständig beunruhiget wurden, und im Gesichte aller lebhaften Farbe beraubt waren, sich nach der Einnahme von mineralischen Wassern noch nicht besser befindet alß vor zweien Wochen. Ich konnte Zeuge sein von mehrfachem Erbrechen Sr. Maj. durch wiederholte Irrthümer des Magens, von Attacken durch Dreh=Schwindel und von häufigen Ohn=Machten, indes sich Ihr Zustand von Tage zu Tage verschlimmerte. Mehrfache Ader=Lässe und die Verabreichungk von Clistieren halfen zu keiner Besserung.

Auf meine Anordnung hin nahmen Se. Maj. in der letzten Woche nur Ihre Morgensuppe, am Mittag einen Brey aus Getreideschleim, am Nachmittag Obst und Abends etwas gesottene Rindsleber zu sich. Außerdeme wurde eine Räucherung der privaten Räume Se. Maj. vorgenommen.

Dieweil all dieses nicht von Nutzen war und mir als Physikus die Nathur der Krankheyt Se. Maj. immer noch unbekannt ist, gab ich gestern im Geheimen Rat zu bedencken, dass, was der Himmel verhüthen möge, auch die Gefahr eines Gifft=Anschlags auf Se. Maj. Leben in Betracht zu ziehen sei. Es gibt allerley lebens=bedrohliche Pulver und Säffte, die böße Staats=Feinde dem König vielleicht auf duncklen Wegen verabreychen möchten. So hört man von Hexen, die Nadeln nehmen, mit denen ein Tother eingenähet wurde und damit Löcher in Äpfel stechen, die sie mit Schierlings=Safft füllen. Ich habe derhalben empfohlen, Se. Maj. ab nun kein Obst mehr zu serviren und in der Küche verschärfte Auffsicht zu haben. Auch sollen Se. Maj. von heute an vorsorglich jeden Tag einen verschnittenen Hahn verzehren, dem man die Geilen bei abnehmendem Mond mit glühenden Eisen außgebrannt hat. Solch ein Kapaun wirckt gegen Giffte aller Art und macht Krancke wieder kräfftig. Ausserdem wurde Anweißung gegeben, die silberne Fuss=Schale aus der Schatz=Cammer zu holen, die seit jeher in der königlichen Familie zur Gifft=Probe verwendet worden ist. Gebe Gott, dass bald eine Beßerung eintritt.

Fatmah

Ich bin wieder ganz gesund, und der kleine Friedrich auch, ebenso die Gräfin Dönhoff. Seit einer Woche sind wir zurück in Dresden, und ich kann gar nicht sagen, wie glücklich ich bin, endlich mein Töchterchen wiederzusehen. Es ist unglaublich, wie sie sich in den letzten zehn Wochen verändert hat! Sie spricht viel besser, ist gewachsen und braucht keine Windel mehr! Was habe ich alles verpasst! Sophie war ganz stolz auf die Fortschritte ihres kleinen Schützlings. Sie sorgt rührend für Aurora und lässt Jula keine Ruhe, jeden Tag muss er ein neues Lieblingsessen für die Kleine kochen. Überhaupt tut den beiden das Eheleben gut. Sophie ist glücklich wie noch nie, und auch Jula hat inzwischen die Düsternis völlig abgelegt, die ihn nach seiner Rückkehr noch so lange befallen hatte. Seit er zum Leibkoch für die königliche Frühsuppe ernannt wurde, platzt er fast vor Stolz. Er jammert zwar, dass ihn die anderen Köche manchmal damit aufziehen, aber im Grunde ist er doch zufrieden. Natürlich ist es keine große Aufgabe für einen Koch, die einfache Graupenbrühe anzurühren, die der König am Morgen so sehr liebt! Auch wenn sonst alle Welt stattdessen die Morgenschokolade trinkt – ohne die Suppe seiner Kindheit beginnt August keinen Tag, in diesem Punkt ist er einfach altmodisch.

Als ich ihn zum ersten Mal seit Weihnachten wiedergesehen habe, bin ich erschrocken. Er ist krank, ich fürchte sogar, sehr krank. Doktor Tropanegger glaubt, es könne die gleiche Krankheit sein, die auch mich und Marie Dönhoff befallen hatte, und er rät dem König täglich zu einer Kur. Wenn sich August nur nicht weigern würde, nach Karlsbad zu gehen! Aber er kann stur wie ein Esel sein. Ich mache mir Sorgen. Es geht ihm sogar so schlecht, dass er keine von uns in seinem Bett haben will, weder die Cosel noch die Dönhoff, noch mich. Und ich bin gar nicht unglücklich darüber. Ich fühle immer deutlicher, dass sich die Liebe zwischen ihm und mir abgekühlt hat und eher zu einer ruhigen, vertrauten Freundschaft geworden ist. Wenn ich nicht nur allzu gut wüsste, warum!

Er ist nicht hier. Ich habe meine Enttäuschung gut verbergen können, als der Vicomte bei der letzten Kaffeestunde erwähnte, er sei nach Polen gereist. Aber es hat mir einen Stich versetzt. Meine Vernunft sagt mir, dass es besser ist, wenn ich ihn nicht sehe. Auch Sophie meint, ich solle ihn endlich vergessen. Aber es geht nicht. Ich denke immer noch viel zu viel an ihn.

Manchmal wünsche ich mir sogar, August würde meiner überdrüssig, dann wäre ich frei. Aber der König wünscht jetzt wieder jeden Tag meine Gesellschaft. Meine Geschichten, die er wie ein Kind immer wieder hören will, lenken ihn von seinem kläglichen Zustand ab. Und er bezieht mich nun auch häufiger in Fragen der Regierung mit ein, wohl seit er durch die türkische Frage bemerkt hat, dass mein Beistand nicht der schlechteste ist. Die Gräfin Cosel, die der König wegen ihrer Klugheit sonst oft zu Rate gezogen hat, scheint zur Zeit recht in Ungnade gefallen zu sein. Man munkelt, August wolle sie bald nach Pillnitz verweisen. Das freut den Grafen Flemming sehr, der ein erklärter Feind der Cosel ist und wohl noch schlimmer auch meiner. Seit er mich im vorletzten Herbst auf so üble Weise bedrängt hat, verfolgt er mich mit seiner Missgunst auf Schritt und Tritt. Wenigstens belästigt er mich nicht mehr, er hat jetzt die kleine Baronesse von Trebenhahn als Gespielin, die ihn offenbar recht gefangen hält.

Wenn es richtig Frühling wird, möchte ich mit den Kindern nach Särchen fahren. In der Lausitz soll es im Mai herrlich sein. Ich lasse gerade Pläne anfertigen, dort eine Badestube zu bauen. Einen richtigen Hamam, wie ich ihn aus meiner Kindheit kenne, mit schön gebrannten Kacheln, Ruhebänken, Wasserbecken und Heizöfen. Ach, das wird herrlich sein. Und die Kleinen werden jubeln, wenn sie mit Seifenschaum im warmen Wasser plantschen können! Ich habe auch schon Möbel aus Zuckertannenholz bestellt, die wunderbar in einen bequemen Salon passen werden. Ach, es wäre mein größter Wunsch, mich mit den Kindern ganz nach Särchen zurückziehen zu können. Manchmal habe ich das Hofleben so satt!

Depesche des französischen Gesandten Vicomte de Villeroy nach Versailles, 15. April 1713

Allergnedigste Majestät, mein huldvollster, allergeliebtester König und Herr,

verzeihen Sie meiner Nichtigkeit die liberté, Ihnen Bericht erstatten zu wollen über die Befindlichkeyt Se. Maj. des Königs August von Pohlen, i.e. die merckwürdige Kranckheit, die Allerhöchstdieselbe befallen hat.

Seit nunmehro fast zweyen Monathen bemüht sich Se. Maj. Leibarzt Docteur Tropahneger, Art und Herkunfft dießer maladie zu ergründen, aber hélas, ohne Erfolg. Obwohl man Se. Königl. Hoheit mit allen Mitteln der ärtztlichen Kunst behandelt, ist noch keine Beßerung eingetrehten. Schon erzält man sich allüberall Gerüchte, wonach Se. Maj. von feindtlichen außwärtigen Mächten mit Gift vom Leben zum Tohde befördert werden soll, ist aber bishero kein Weg, Ihr dieses zuzufügen, entdeckt worden. Se. Maj. Hoff=Apotheker hat überdieß betheuert, kein Gifft zu kennen, das sich so auf den menschlichen Leib auswürkt, wie es die Krankheyt des Königs zeigt. Nießwurz, Schierlingk, oder Bilßenkraut, das sind die bekanntesten Gifte, wurden in den kgl. Speisen nicht entdeckt. Dennoch werden sämbtliche Vorkehrungen gegen eine schleichende Vergiftung getroffen und die Hoff=Küche gravement bewacht. Ist zu befürchten, daß, wenn es nicht beßer werden möchte, Se. Maj. in schwere Gefahr für Leib und Leben geraten könnten. Für dießen Fall scheint es mir gerathen, Monsieur Leszinsky, der sich ja im frantzösischen Exile befindet, sofort auf den Weg nach Pohlen zu schicken.

Ich vermelde dieße Nouvelle gentzlich in Eylle, verbleybe votre très humble serviteur, Ihro Excellentz gantz gehorsambster Diener, und ersterbe

Alphonse Louis Baptiste Vicomte de Villeroy

Geheimes Aerztliches Bulletin vom 20. Mai 1713

Ich, Doctor Tropanegger, genannter Geheimer Rath und erster Leib=Medicus von Sr. Maj. dem König, bezeuge mit diesem, daß zu den Leiden Se. Maj., die sich nun schon seit mehrern Wochen sehr schlecht befinden, sich nun auch noch eine Veränderung der Haut mit Pußteln und Röthungen hinzu gesellt hat. Darzu ist ein Geschwühr am Bein aufgetreten. Starke Leib=Schmertzen und Durst=Gefühle, auch Schmertzen der Nerven, plagen Se. Maj. teglich. Und, was das bedencklichste ist, Se. Maj. sind per Intervalla an der Vernunft etwas irrig. Das Gewicht Se. Maj. ist Besorgniß erregend umb 14 Kilo=Grammes auff nunmehro nur noch hundert und drey Kilo=Grammes abgesuncken und wird wohl weiter herab sincken.

Nachdeme Beweiße für eine Vergifftung bishero nicht gefun-

den werden konnten, auch die Gabe von Theriacum als allgemein würcksames Gegen=Gifft nicht angeschlagen ist, muß ich an dieser Stelle eine gewisse Kranckheit erwähnen, die zu unanständig in ihrem Ursprunge, zu abscheulich in ihren Würckungen ist, als daß ich sie beschreiben könnte. Dieses Ungeheuer auß der Hölle, gleich als ob es unwürdig gewesen wäre, in Europa, Asien oder der Gegend der Hottentotten selbst erzeuget werden, ward aus der Neuen Welt hervorgebracht, von einer Geschlechtsart Wilder, die ebenso schwartz an Barbarey als von Natur ist. Oh kann wohl alles Gold und Silber aus Peru und Mexico das von diesem abscheulichen Feinde angerichtete Unheil ersetzen? Hat das Ungeheuer nicht schon sein Gifft in Mannspersonen von dem erhabensten Geblüte in der Christenheit ergossen?

Um diesem bößen Feinde zu begegnen, wurden von mir heute für Se. Maj. Einreibungen mit Quicksilber verordnet, die so lange fortgeführt werden, bis Se. Maj. auß dem Munde nach Quicksilber zu riechen beginnen. Es ist außgemacht, das dies wohl das eintzige Mittel ist, das Hülfe bringen könnte, so denn meine Vermuthung richtig ist und bei Se. Maj. eine verschleppte Syphilis zum Außbruch gekommen ist.

Dresden, Juni 1713

Jula stand an einem der vielen Herdfeuer in der Schlossküche und rührte gottergeben in dem kleinen Tiegel, der über der Glut hing. Gerade hatte er darin gehackte Zwiebelchen in Butter angeschwitzt, etwas feines weißes Mehl hineingerührt und das Ganze dann langsam mit einem kräftigen Schuss Bier, Sahne und Hühnerbrühe aufgegossen. Es war zum Sterben langweilig, der Frühsuppenkoch des Königs zu sein. Jeden Morgen dasselbe Spiel. Jetzt würde noch eine kleine Handvoll Graupen hineingekocht und am Schluss ein Ei und ein Löffelchen Honig eingequirlt. Dann war die Mahlzeit fertig, die August täglich noch vor der Levée im Bett einnahm.

Sophie schlich sich von hinten an und hielt Jula die Augen zu.

»Charlotte?«, fragte er. »Marie? Lisette? Dorine?«

Sie kicherte und versetzte ihm einen scherzhaften Klaps. »Gemeiner Kerl!«

Lachend drehte er sich um und nahm sie in die Arme. »Was verschafft mir die Ehre deines frühen Besuchs?«

»Die kleine Aurora hat Bauchweh. Ich brauche Fenchelsamen für einen heißen Aufguss.« Suchend sah sie sich nach der Gewürzlade um.

Jula küsste sie auf die Nasenspitze. »Komm mit.«

Sie gingen in die Vorratskammer, wo Jula ein Spandöschen mit den Samen füllte und es Sophie in die Hand drückte. »Ich kann dir aber auch hier einen Tee brühen«, meinte er. »Die Suppe braucht noch ein Weilchen.«

Sie nickte, und so gingen sie wieder an Julas Herdfeuer zurück.

»Sag mal, was macht denn die kleine Kammerzofe der Cosel bei euch in der Küche?« Sophie verfolgte das Mädchen mit den Augen, als es gerade hinaushuschte.

»Johanna? Sie hat seit Weihnachten eine Liebschaft mit einem der Gehilfen. Ab und zu schleicht sie sich herein und besucht ihn.«

»Und was will sie dann bei deinen Vorräten, hm?«

Jula sah Sophie verdutzt an. »Nichts. Da hat sie nichts zu suchen.«

»Sie war aber grade dort«, beharrte Sophie.

»Vielleicht hat sie vom Honig genascht.« Jula hob den Deckel vom Honigtopf, doch der Inhalt sah unberührt aus. Dann fiel sein Blick auf das Säckchen mit dem extra fein gemahlenen Weizenmehl, das er zum Andicken der Suppe benutzte.

»Komisch«, sagte er mehr zu sich selbst als zu Sophie. »Ich war mir sicher, ich hätte es vorhin wieder zugebunden.«

Sophie war auf einmal hellwach. »Denk jetzt genau nach, Jula. Hast du Johanna schon öfter in der Nähe deiner Sachen gesehen?«

Er überlegte. »Keine Ahnung. Vielleicht ein-, zweimal. Ich hab mir nie was dabei gedacht.«

»Komm.« Sie nahm Jula bei der Hand.

»Bist du verrückt? Ich kann jetzt nicht weg. Die Suppe!«

Fatmah hatte gerade ihr damastenes Negligé angezogen und saß vor dem Toilettenspiegel, als Sophie atemlos ins Zimmer kam.

»Die Morgensuppe«, stieß sie hervor. »Man tut dem König etwas ins Essen, und deshalb ist er krank.«

»Wie kommst du darauf?« Fatmah stand auf. »Und wer ist ›man‹?«

»Eine Zofe der Gräfin Cosel. Johanna. Sie hat sich an einen der Köche herangemacht und treibt sich öfters in der Küche herum, bei Julas Kochvorräten.«

Fatmah packte Sophie bei den Schultern. »Bist du sicher?«

»Grade hab ich sie gesehen. Und das Säckchen mit dem Mehl war aufgeschnürt, obwohl Jula Stein und Bein schwört, dass er es zugebunden hat.« Sophie rang die Hände. »Ich weiß nicht, ob ich mir da etwas einbilde, aber schließlich haben wir alle die Gerüchte gehört, dass der König vielleicht vergiftet wird.«

»Mein Gott, Sophie, weiß du, was du da sagst?«

Sophie nickte. »Ja, das weiß ich wohl«, erwiderte sie ernst.

Da rannte Fatmah schon. Im flatternden Morgenmantel lief sie durch die Gänge, die Treppen hinunter zu Augusts Privatgemächern. Die überraschten Leibgardisten, die vor der Tür des königlichen Schlafzimmers wachten, kannten sie und machten ihr Platz.

Drinnen saß der König aufrecht in seinem Prunkbett, drei dicke Daunenkissen im Rücken. Auf einem Klapptablett, das quer über seinen Beinen lag, stand das silberne Schüsselchen mit der dampfenden Suppe. August war bleich, seine Wangen eingefallen, die Augen lagen tief in den Höhlen. Gerade wollte er den ersten Löffel zum Mund zu führen.

»Nicht!«, schrie Fatmah.

»Madame Fatima, was erlauben Sie sich!« Georg Spiegel, der königliche Kammerrat, stürzte herbei. »Die Levée ist erst in einer Viertelstunde!«

Fatmah beachtete ihn nicht. Mit drei schnellen Schritten war sie bei August und schlug ihm den Löffel aus der Hand, gerade als er ihn an die Lippen setzen wollte. Die Suppe tropfte auf das weiße Spitzennachthemd, und es klirrte, als der silberne Löffel auf den Boden fiel. Der König öffnete empört den Mund, um etwas zu sagen, doch Fatmah kam ihm zuvor.

»Majestät!« Sie fiel auf die Knie. »Verzeihen Sie mir, Sire, aber es gibt Grund, anzunehmen, dass die Suppe vergiftet sein könnte.«

Ein kleiner Laut des Erstaunens drang aus Augusts Kehle.

»Aber die Schlossküche wird doch seit Wochen streng bewacht«, fiel Spiegel ein, der hinzugetreten war. »Kein Außenstehender kommt hinein.«

»Ein Fremder nicht – aber ein Mädchen, das zur Schlossdienerschaft gehört und eine Liebschaft mit einem der Köche hat!«

»Wer?« Spiegel war fassungslos.

Fatmah holte tief Luft. »Eine Zofe der Gräfin Cosel.«

Der König brachte immer noch kein Wort heraus. Er starrte mit weit aufgerissenen Augen die Suppenschüssel auf seinen Knien an.

Fatmah ergriff seine Hand, die leicht zitterte. »Sire, ich weiß nicht, ob ich Recht habe. Aber ich musste Sie einfach warnen. Die Frühsuppe wäre der einfachste Weg, Sie zu vergiften. Sie essen sie jeden Morgen, und nur Sie allein. Ein langsam wirkendes Gift ...«

Der König hatte sich wieder etwas gefasst. »Holen Sie Doktor Tropanegger und den Hofapotheker Rexrath.« Spiegel lief schon. »Sie sollen die Suppe untersuchen. Und sorgen Sie dafür, dass die Zofe ergriffen und befragt wird, aber ohne dass die Gräfin Cosel etwas erfährt.« Dann wandte August sich an Fatmah. Das Sprechen bereitete ihm sichtlich Mühe. »Madame, wenn das stimmt, was Sie sagen, bin ich Ihnen zu allergrößtem Dank verpflichtet. Haben Sie Unrecht, dann muss ich Ihr Verhalten als dreiste Verleumdung der Comtesse Cosel verstehen. Begeben Sie sich jetzt in Ihre Gemächer und halten Sie sich bereit.«

Fatmah senkte den Kopf und ging.

Eine Stunde später hatte die Zofe Johanna ein Geständnis abgelegt. Sie gab zu, in regelmäßigen Abständen ein weißes Pulver in das königliche Suppenmehl gemischt zu haben, wofür ihr die Cosel jedesmal einen Beutel mit Silbertalern zugesteckt habe. Als die Leibgarde des Königs die Gräfin verhaften wollte, fanden sie das Taschenberg-Palais leer. Constantia Cosel war bereits auf dem Weg nach Berlin. In ihrem Boudoir entdeckte man neben merkwürdigen Kräutersäckchen, einer Kapsel mit den angesengten Haaren des Königs, kleinen Püppchen, in denen Nadeln steckten, und allerlei anderem zauberischem Zeug ein Döschen mit weißem Pulver, das der Apotheker Rexrath nach einigen Proben als so genanntes »Macassarisches Gift« oder »Erbschafts-Puder« identifizierte, eine tödliche Mischung aus Pflanzen- und Mineralgiften.

Geheimer Bericht des Hofapothekers Rexrath vom 15. Juni 1713

Ich, Johann Christoph Rexrath, Apotheker Se. Maj. des Königs, bezeuge hiermit, am gestrigen Tage gemeynsam mit Monsieur Friedrich Böttger, Kundiger in der Alkimie, das Pulfer untersucht zu haben, das in den Räumen der Comtesse de Cossel aufgefunden wurde. Darin wurden nachgewießen mehrere Substancen, die jede für sich zu den natürlichen Gifften gezählt werden muß.

Zum ersten: Die getrocknete und gemahlne Wurtzel des Eysenhuts. Ihr Genuß führt zu Schwäche, Nacht=Schweiß, galligem Erbrechen sowie geschwollenen und blut=unterlauffenen Stellen am gantzen Cörper.

Zum zweiten: Getrockneter und gemahlner Fliegen=Piltz. Bei geringer Gabe erheitert ein solches Pulver und macht trunken. Größere Gaben bewircken beim Menschen Erbrechen, Leib=Schmertzen, Durchfälle und Gliederkrämpfe. Man nutzt dieses Gifft in Wasser aufgelößt gemeiniglich zum Thöten von Fliegen und zum Abtöten von Wanzen, indem man die Bettstatt damit bestreicht.

Zum Dritten: Weißes Arsenik. Es ist weißem Staub=Zucker oder Mehl nicht unähnlich. Das Gifft wurde nachgewießen, indem Monsieur Boetger eine Priße des untersuchten Pulvers auf glühende Kohlen warff. Beim Verbrennen von Arsenick enstehet nemlich weißer Rauch und es riecht überauß starck nach Knoblauch. Das Gifft ruft Schwindel, Durst, Übelkeyt, Taubheit an Händen und Füßen, und Alpdrücken hervor.

Alle drey Gifte, gemeinsam über längere Zeit verabreicht, führen unweygerlich zu schwerer Kranckheit und sogar zum Tode.

Nach meinem beßten Wissen und Kenntnißen habe ich alß Ge-

gengift empfohlen: Eine Osimel genannte Mischungk aus Essig und Honig, lauwarmes Wasser mit aufgelößtem Gummi Arabicum oder auch Tragant, weiche Eier, auch reine Milch, angereichert mit Butter=Schmaltz. Darzu täglich drey Gaben gemahlne Akkerwurtz vermischt mit getrocknetem, fein zu Pulver gemachtem Schlangenfleysch, welch beides ein guthes Antidot gegen Eisenhuth ist. Auch lauwarme, ölhaltige Bäder sowie Darm=Spühlungen mit Heil=Erde könnten hülfreich sein. Damit möchten Se. Maj., so Gott will, baldig wieder gesundt und munther sein.

Aus den Memoiren des französischen Gesandten zu Dresden, Alphonse Louis Baptiste de Villeroy

Oh, mon Dieu, mon Dieu! Gerade habe ich von dem hinterlistigen Anschlag auf das Leben Seiner Majestät erfahren! Quel scandale! Welche Schlechtigkeit ist in der Welt! Wer hätte der Gräfin Cosel ein solch schändliches Ausmaß an Bosheit und Mordlust zugetraut? Mir fehlen die Worte! Madame Fatima hat mir das Unglaubliche unter dem Siegel der Verschwiegenheit anvertraut: Die Gräfin Cosel hat offenbar zunächst versucht, sie selbst und auch die Comtesse Dönhoff mit Gift aus dem Wege zu räumen. Als ihr das nicht gelang, hat diese Teufelin nicht davor zurückgeschreckt, den König selbst langsam zu vergiften! Sacrebleu, welch ein Abgrund, welche Kloake tut sich da auf!

Die Gräfin hat sich ihrer Arrestierung entziehen können, indem sie ganz Hals über Kopf aus Dresden geflohen ist. So viel man hört, hält sie sich jetzt im benachbarten Königreich Preußen auf. Seine Majestät hat auf das Strengste befohlen, die Affaire nicht public zu machen. Man stelle sich vor: Überall würde erzählt, der König von Polen habe sich über viele Jahre hinweg eine Hexe und Mörderin als Maîtresse en titre gehalten! Sein Ruf wäre ruiniert! An allen Höfen würde man über ihn reden! Deshalb versucht er nun, König Friedrich von Preußen unter allerlei Vorwänden zur Ausweisung der Madame Cosel aus Preußen zu bewegen. Naturalement sinnt er auf Bestrafung und Rache, was ja nur allzu verständlich ist. Ich bin gespannt, was er sich einfallen läßt, denn er kann die Comtesse ja nicht hinrichten lassen, ohne ihr Verbrechen öffentlich zu benennen. Eh bien, aber das soll nicht meine Sorge sein.

Jedenfalls geht es Seiner Majestät seit der Découverte des Mordanschlags mit jedem Tag besser. Dank der Application wirksamer Gegengifte fühlt er sich inzwischen wieder leidlich wohl, hat auch schon die Bauarbeiten für seinen neuen Festplatz am Zwinger persönlich controlliert und ist gestern erstmals wieder im Großen Garten ausgeritten. Wo er auftaucht, läßt ihn das Volk hochleben.

Allerdings kann ich mich des Gefühls nicht erwehren, dass eine gewisse Person am Hof gar nicht so recht glücklich über die schnelle Genesung des Königs ist, nämlich Monsieur Flemming. Während der Krankheit Seiner Majestät konnte er schalten und walten wie es ihm beliebte, was seinem Ehrgeiz überaus gelegen kam. Wie meine Agenten in Warschau berichten, hat er begonnen, seine Polenpolitik ganz rücksichtslos durchzusetzen. Angeblich hat er schon eine Denkschrift verfasst mit dem Inhalt, Polen der absoluten Macht des Königs zu unterwerfen. Zwar habe ich selbst ein solches Schriftstück nie gesehen. Was jedoch in Polen allüberall auffällt, so melden mir meine Spione, ist der planmäßige Aufmarsch sächsischer Truppen. Sie haben bereits die wichtigsten Festungen besetzt, legen Magazine an, treiben überall Contributionen ein, alles unter dem Vorwand, man rechne mit einem Angriff osmanischer Truppen. Honi soit qui mal y pense! Man hört, ein Teil des polnischen Adels sei schon mißtrauisch geworden und formiere sich zum Aufstand. Schon sind zu Warschau fünf königliche Musketiere von Meuchelmördern angegriffen und umgebracht worden. Ich befürchte, dass diese Situation in einen Bürgerkrieg münden wird, wenn August diese offen gegen den Adel gerichtete Politique weiter verfolgt. Gebe Gott, dass ich mit meiner ganz unmaßgeblichen Meinung Unrecht habe!

Madame Fatima steht, seit sie dem König das Leben gerettet hat, wieder in allerhöchster Faveur, scheint aber über all dies nicht glücklich zu sein. Ich konnte nicht umhin, das merkwürdig zu finden! Auf mein wiederholtes Nachfragen hat sie mir enfin ihr Herz ausgeschüttet: Sie liebt den König nicht mehr! Ja, noch viel schlimmer, sie sagt, sie habe Gefühle für einen anderen Mann, der aber nichts von ihr will! Ist denn das zu fassen? Welcher Mann könnte sich nicht glücklich schätzen, wenn ihm die Gunst dieser bemerkenswerten Frau zufiele! Sie schweigt aber beharrlich, wenn ich sie nach dem Namen dieses armseligen Wichts frage, der die Dummheit besitzt, die Liebe einer solchen Frau nicht zu schätzen. Ich habe Madame Fatima in aller Freundschaft den Rat gegeben, sich diesen lächerlichen Dummkopf aus dem Sinn zu schlagen. Ach, wäre ich doch nur ein paar Jahrzehnte jünger …

Alors, pour finir nun noch die originale Recepture des hochverehrlichen Monsieur Rexrath für das Antidot, das er Seiner Majestät verabreicht hat. Ich werde diese besonders in Ehren halten, da sie an einer solch hochgestellten Person wunderbare Wirkung gezeigt hat.

Man fange etliche Schlangen, am besten Nattern, ziehe ihnen die Haut ab, schlage Kopf und Schwanz weg, entferne auch die Eingeweide. Alsdann wasche man das Fleisch sauber und tue es mitsamt Zunge, Herz und Leber in einen warmen Backofen. Nachdem es trocken gedörrt ist, zerstampfe man alles in einem Mörser zu einem Pulver. Dieses füge man einer Tinktur zu, die gewonnen wurde aus zwei Handvoll Johanniskraut, einer Unze Enzianwurzel, einer Unze weißem Diptam, einer Handvoll Blutwurz, einer armlangen Stange Rhabarber und einem Seidlein guten Theriaks. Eine Messerspitze pulverisierte Krebsaugen sowie ein daumengroßes, zermahlenes Stück Asa Foetida, nach dem Destillieren zugegeben, verbessern die Wirksamkeit dieses Mittels.

Spreewald, Juli 1713

Drei dunkel gekleidete, bis an die Zähne bewaffnete Reiter sprengten beim ersten Tageslicht zu der kleinen Anlegestelle mitten im Sumpf. Zwei von ihnen sprangen ab und drangen in die schäbige Hütte des Fährmanns ein. Sie packten den vor Todesangst schlotternden Alten unter den Armen und schleiften ihn zu seinem Kahn.

»Bring uns zu dieser Hexe«, sagte der Anführer der Männer, »und dir geschieht nichts.«

Rusalka hockte mit dumpfen Augen auf dem Haufen Lumpen, der ihr Bett war. Sie war unfähig, aufzustehen, ihre Beine waren wie gelähmt, ihr Körper schwach und kraftlos. Der Traum in dieser Nacht hatte sie all ihre Kräfte gekostet. So lange schon hatte sie gewusst, wie alles enden würde. Heute war der Tag. Die Hexe ergab sich in ihr Schicksal, das so unabwendbar schien wie der Aufgang der Sonne über den Baumwipfeln. Sie wartete. Als sie draußen endlich das Plätschern des Bootes hörte, öffnete sich ihr zahnloser Mund, und sie begann leise zu wimmern.

Die Männer in den schwarzen Umhängen traten die morsche Tür ein. Erst als sich ihre Augen an das Dämmerlicht in der Hütte gewöhnt hatten, entdeckten sie das zusammengekrümmte, erbarmungswürdige Häuflein Mensch in der Ecke, das wie ein Tier seltsam klagende Laute ausstieß.

Sie zerrten Rusalka auf die Lichtung vor der Hütte. Die Alte wehrte sich nicht, nur ihr Wimmern und Jammern wurde stärker. Einer der Männer stieß sie zu Boden, drehte sie auf den Rücken und hielt sie von hinten an den Schultern fest.

Ihre Augen suchten etwas in weiter Ferne. Ganz still hielt die Hexe, während ihr einer der Mörder einen angespitzten, armdicken Holzpflock auf die Brust setzte. Sie sah die Moorgeister, ihre alten Gefährten, wie sie mit aufgerissenen Mäulern und wehenden Haaren über ihr durch die Lüfte ritten, hörte ihr leises, lockendes Lachen, spürte den säuselnden Luftzug, der über ihren Körper strich, wenn sie sachte vorbeischwebten. »Komm«, sangen die Geister, »komm zu uns!«

Rusalkas Gesicht verzog sich zu einem Lächeln. Sie schloss die Augen. Dann trieben die Männer den Pfahl mit langsamen, kräftigen Schlägen mitten durch ihre Brust.

Dresden, 19. August 1713, zwei Uhr morgens

Im Schloss brannten nur noch wenige Nachtleuchter und tauchten Gänge und Treppenfluchten in flackernden rötlichen Lichtschein. Die Bewohner der Dresdener Residenz hatten sich längst zur Ruhe begeben, selbst die Dienerschaft, die nach dem Ende der Abendgesellschaft noch aufgeräumt und geputzt hatte, lag schon in tiefem Schlaf. Die Uhr vom Hausmannsturm schlug zur zweiten Stunde. Im nächtlichen Hof, dessen blank getretenes Kopfsteinpflaster das sanfte Mondlicht widerspiegelte, machten die Katzen lautlos Jagd auf Mäuse und Ratten. Irgendwo aus seinem Nest in einem Mauerloch unter den Dachziegeln rief ein Käuzchen.

Auf beiden Seiten des Eingangs zur Geheimen Verwahrung blakten zwei Fackeln an der Mauer. Die beiden mit Spießen und Degen bewaffneten Wächter standen neben dem Rundbogen in Positur und versuchten sich gähnend mit leise geflüsterten Geschichten wach zu halten. Ihr Dienst hatte um Mitternacht begonnen und würde noch bis weit in den Morgen dauern.

In einem der kleineren Salons im Erdgeschoss des Nordflügels, dessen Fensterfront zum Schlosshof hinausging, erhob sich Worowski aus dem Ohrensessel, in dem er seit Stunden gesessen hatte. Auf leisen Sohlen ging er zu dem Tischchen am Fenster, wo zwei Kerzenleuchter und die nötigen Utensilien zum Feuermachen bereitstanden. Mit geübter Hand schlug er den Feuerstein ein paar Mal gegen den metallenen Schlagring, bis ein Funke auf das Zunderschwämmchen sprang. Vorsichtig blies er in die aufglimmende Glut und hielt die erste Kerze hinein. Nach kaum einer Minute brannten alle Lichter an dem sechsflammigen Kandelaber und auch die beiden Kerzen an dem kleineren Handleuchter. Es konnte losgehen.

Der junge Graf vergewisserte sich noch einmal, ob seine beiden Dolche gut im Gürtel saßen, knöpfte die dunkle Jacke zu und wickelte sich ein Tuch ums Gesicht, das nur noch die Augen freiließ. Dann schob er den Silberleuchter an den samtenen Vorhang, öffnete das Fenster, griff sich den kleineren Leuchter und verließ den Raum.

Es dauerte nicht lange, da züngelte das Feuer schon an den silbernen Fransen des Vorhangs, fraß sich durch den dunkelroten Samt und loderte hoch hinauf. Dichter Qualm breitete sich im Zimmer aus und drang durch das offene Fenster auf den Hof hinaus.

»Riechst du was?« Einer der beiden Wächter vor dem Eingang zum Grünen Gewölbe sog schnuppernd die Luft ein. Der andere begann zu schnüffeln.

»Rauch! Da brennt's irgendwo!«

Suchend sahen sie sich um, als auch schon das Fensterglas des Salons durch die Hitze klirrend zersprang.

Die Leibgardisten lehnten ihre Spieße gegen die Wand und liefen zu dem kleinen Nebeneingang, der dem Fenster, aus dem schon die Flammen schlugen, am nächsten war. Kurz darauf hallte der Ruf »Feuer« durch den Nordflügel. Die Dienerschaft stürzte in Panik aus den Betten und rannte mit Eimern und Feuerpatschen zu Hilfe. Nur allzu gut hatte man den letzten großen Brand noch in Erinnerung, der vor zwölf Jahren den kompletten Ostteil des Schlosses zusammen mit dem alten Georgenbau in Schutt und Asche gelegt hatte. Solch eine Katastrophe durfte nicht noch einmal geschehen!

Worowski hatte in einer dunklen Mauernische gewartet, bis alle zum Brandherd geeilt waren. Der Platz der Wächter war immer noch leer. Er schlich zum Eingang der Geheimen Verwahrung, zog den kürzeren der beiden Dolche aus dem Gürtel und setzte ihn am Schloss an. Mit einem geschickten Ruck der Klinge drückte er den Riegel zurück, und die schwere, eisenbeschlagene Tür sprang auf. Geschmeidig glitt der Graf durch die Öffnung und schloss die Tür von innen hinter sich.

Er befand sich im ersten von insgesamt vier Gewölberäumen. Im Licht der beiden Kerzen schimmerten die Wände dunkelgrün, und er erkannte Tischchen, Regale, Schränke und Vitrinen, in denen es silbern und golden glänzte. Das musste die Sammlung kostbarer Instrumente und wissenschaftlicher Apparate sein, mit der der alte Kurfürst August vor fast zweihundert Jahren das Grüne Gewölbe begründet hatte. Worowski ging achtlos vorbei an prunkvollen automatischen Uhren, an bizarr geformten Elfenbeindrechseleien, an merkwürdig anmutenden Maschinen, an Schmuckschränken und Spielkasetten. Er verschwendete keinen Blick an die herrlichen Pokale, die Bronzeskulpturen, die Schalen mit Achat, Jaspis, Amethyst, Rauchtopas und Granat – den Edelsteinen, die in den sächsischen Bergen gefunden wurden. Alles, wonach er suchte, war der große Intarsienschrank, den ihm die Gräfin Cosel beschrieben hatte.

Der zweite Raum war fast doppelt so groß wie der erste, und Worowski hob den Leuchter, um seine Dimensionen besser erfassen zu können. Drei riesige verspiegelte Säulen standen auf seiner Mittelachse und warfen das flackernde Kerzenlicht vielhundertmal zurück. Auf dreihundert Wandkonsolen glitzerten die wunderbaren Teile des königlichen Tafelsilbers, vergoldete Kunstwerke, Kristallpokale, köstliche juwelenbesetzte Miniaturen, alles Schätze, wie sie der junge Graf noch nie gesehen hatte und wohl auch nie mehr sehen würde. Es war einzigartig. Aber auch hier, im Preziosensaal, stand der gesuchte Schrank nicht.

Der dritte Raum war ein Wunder. Obwohl er wusste, wie sehr die Zeit drängte, konnte Worowski nicht mehr an sich halten und leuchtete mit seinen beiden Kerzen in die Vitrinen hinein. Hier funkelte der gesamte Kronjuwelenschatz des Königs und seiner Vorfahren: Der Diamantschmuck der Kurfürstinnen, die königlichen Garnituren aus Achat, Saphir, Rubin, Diamant und Karneol, bestehend aus bis zu fünfzig Knöpfen, Schuh-, Gürtel- und Knieschnallen, Hutagraffen, Ringen, Dolch und Degen. Welch unglaublicher Reichtum, der nur einem einzigen Mann vorbehalten war: dem König!

Worowski musste sich losreißen. Er durfte hier nicht verweilen. Als er den vierten Raum betrat, entdeckte er sofort den großen Schrank und darin die fein säuberlich gebündelten und mit Datierungen versehenen Protokolle des Geheimen Kabinetts. Er begann seine Suche bei den Unterlagen aus dem Jahr 1712. Ungeduldig blätterte er in den Dokumenten. Endlich fiel sein Blick auf eine Aufzeichnung aus dem Frühjahr. Seine Lippen bewegten sich lautlos, während er las.

»... Zur Selbst-Ständigkeit der pohlnischen Stände: Dießes ist absollutes nicht zu gestatten und läßt sich kein Herr leges vorschreiben; denn er wird schon wissen, was zu seinen und der seinigen Besten und Nutz des Landesbesten ist. Ist kein Condominium zu verstatten. Man ist nicht gesinnt, in der Vormuntschaft der Stände zu verharren, wie es mit den Predecessores gegangen ...«

Das war deutlich. Das war der Beweis dafür, dass August plante, die absolute Herrschaft der Krone einzuführen und den Adel zu entmachten! Sorgfältig rollte Worowski das Schriftstück zusammen und steckte es unter sein Hemd. Dann suchte er weiter und wurde wieder fündig. Zwischen den Protokollen steckte ein Entwurf in der Handschrift Flemmings mit dem Titel: »Wie man den poln. Thron erblich machen kann«. Hastig überflog der Graf den Inhalt. Es war ein detaillierter Plan zur Entmachtung von Sejm und Senat sowie zur Unterwanderung der Kronarmee durch das sächsische Militär, und er trug die Unterschrift sämtlicher Mitglieder des Geheimen Kabinetts: Pflug, Hoym, Löwendahl und Flemming. Der König selbst hatte mit eigener Hand am Rand des Textes dazugeschrieben: »Wir wöllen die Eynwilligungk Preußens mit pohlnischem Landt betzahlen. Außerdehme ist unabdinglich, dass unßer Sohn der Krohn-Prinz vorher katholisch wird, sind dafür die nöthigen Vorkehrungen mit dem Heyligen Stuhl alßbald zu treffen.«

Worowski war, als hätte ihn ein Schlag in die Magengrube getroffen. Er öffnete die Knöpfe seiner Jacke, um mehr Luft zu bekommen. Die Gräfin Cosel hatte nicht gelogen! Diese Unterlagen bestätigte seine schlimmsten Befürchtungen. Nun gab es keinen Zweifel mehr.

Inzwischen hatte man das Feuer im kleinen Salon glücklich unter Kontrolle gebracht, und die Wachen kehrten eilig auf ihren Posten zurück. Schon hatten sie wieder ihre Spieße in der Hand und standen parat, als der Blick eines der beiden Männer zufällig auf den Boden fiel: Auf der Schwelle zum Eingang waren deutlich drei frische, weiße Wachstropfen zu erkennen. Der alte Landsknecht bückte sich und kratzte mit dem Fingernagel am Wachs, es war noch nicht völlig erstarrt.

»Menschenskinder, da ist einer drin!« Er packte seinen Gesellen am Arm. »Los, sperr auf, schnell!«

Der zweite Wächter zog eilig den Schlüssel aus seinem Wams und öffnete die Tür. Dann griff sich jeder der beiden eine Wandfackel, und sie stürzten mit gezückten Degen in die Geheime Verwahrung.

Worowski hörte ein Geräusch und schreckte hoch. Hastig steckte er auch das zweite Schriftstück unter sein Hemd, blies die Kerzen aus und zog beide Dolche. Er hörte, wie die ersten drei Räume durchsucht wurden, dann betraten die Leibgardisten das letzte Zimmer.

»Ergib dich, du Schweinehund!« Die beiden Wächter bauten sich drohend vor ihm auf, die Spieße auf ihn gerichtet. Worowski sah sich fieberhaft nach einer Fluchtmöglichkeit um. Der Weg zum Ausgang war ihm versperrt, und die Fenster waren mit schweren Gittern verschlossen. Schon glaubte er alles verloren, als sein Blick auf einen Durchlass in der Mauer fiel. Das musste die Wendeltreppe ins Schlafzimmer des Königs sein! Es war der einzige Ausweg. Mit einem Satz war der Graf auf der Treppe und lief im Dunkeln nach oben, die beiden Wächter dicht hinter ihm. Endlich, endlich gelangte er an das obere Ende der Wendel. Die Tapetentür war verschlossen, aber er trat sie mit einem wuchtigen Tritt ein, taumelte auf das Prunkbett des Königs zu und stolperte, bis er einen Bettpfosten zu fassen bekam.

»Au secours! Mörder! Wache! Zu Hilfe!« Das war Augusts Stimme, der aufrecht im Bett saß, einen brennenden Kandelaber zur Abwehr in der erhobenen Hand. Das nackte junge Mädchen neben ihm richtete sich verschlafen auf, sah den Eindringling und kreischte in höchstem Entsetzen.

Worowski versuchte sich zu orientieren und die Tür zu finden, als diese auch schon aufgestoßen wurde. Die beiden Nachtwachen des Königs stürmten herein. Einer gegen vier, dachte der junge Graf, das ist nicht ganz hoffnungslos. Entschlossen wehrte er mit seinen beiden Dolchen die ersten Degenstiche ab und versuchte dabei, in die Nähe der Tür zu kommen. Alles ging rasend schnell vor sich. Nacheinander verlor er seine Dolche, stieß eine Wache beiseite, spürte einen stechenden Schmerz in der rechten

Brust, dann noch einen im Oberarm, doch dann war er zur Tür hinaus. Er lief um sein Leben, den Gang entlang, um die nächste Ecke, eine Treppe hoch, nur weiter. Hinter ihm schallte es durchs Schloss: »Haltet ihn!«

Fatmah war schon vor einer Stunde wegen des Brandes aufgewacht und hatte noch nicht wieder einschlafen können. Jetzt, da sie wieder Lärm hörte, warf sie ein Seidentuch um die Schultern, griff nach dem Nachtleuchter und trat aus ihrem Zimmer in den Flur. Alles war ruhig.

Dann erstarrte sie. Ihre Kehle war wie zugeschnürt, sie konnte nicht schreien. In der großen Wandnische, wo eigentlich nur eine Statue des geflügelten Götterboten Hermes stand, lehnte schwer atmend und mit blutbeflecktem Hemd ein Mann. Er konnte sich kaum noch auf den Beinen halten.

»Herrjesus, wer sind Sie?« Fatmah war nur zu einem Flüstern fähig.

Worowski wusste, dass er es nicht mehr weiter schaffen würde. Er konnte nicht mehr. Seine Verfolger würden gleich da sein. Es war vorbei. Welch eine Laune des Schicksals, dass die Frau, die er so sehr begehrte, nun Zeugin seines Todes sein würde! Mühsam richtete er sich auf, hob den unverletzten Arm und streifte das Tuch ab, das sein Gesicht verhüllt hatte.

Fatmahs Augen weiteten sich, ein winziger Laut der Überraschung drang aus ihrer Kehle. Dann, ohne auch nur eine Sekunde zu überlegen, packte sie Worowski am Arm und zog ihn in ihr Zimmer.

Dresden, 19. August 1713, drei Uhr morgens

Es klopfte stürmisch, und Fatmah öffnete die Tür. Draußen stand mit gezückten Degen eine ganze Abteilung der königlichen Leibgarde, durch deren Spalier nun der König trat, notdürftig mit einem Morgenmantel bekleidet.

»Sind Sie wohlauf, Madame?«

Fatmah strich sich nervös das wirre Haar aus der Stirn. »Ja, Sire. Aber kommen Sie doch herein. Was geht hier vor? Es hat gebrannt, und ich hörte Lärm ...« Sie konnte August nicht ansehen. Er musste doch merken, wie dünn ihre Stimme klang!

»Ein Attentat, Madame. Jemand wollte mich umbringen! Glücklicherweise ist es ihm nicht gelungen, aber der Mann ist entkommen. Die Wache durchkämmt sämtliche Räume des Schlosses.«

»Hier ist niemand, Majestät.« Sie trat wie zufällig zwischen den König und die Tür zu ihrem Schlafzimmer. Ihr Blick fiel auf einen kleinen Blutstropfen auf dem Parkett, und sie wurde blass. Doch da eilte auch schon Sophie herbei, stellte sich mit dem Pantoffel auf das verräterische Rot und versank in einem tiefen Hofknicks.

August nickte. »Natürlich nicht. Ich lasse eine Wache auf dem Flur zurück, ma chère, damit Sie sich sicher fühlen können. Wir werden den Meuchelmörder schnell gefasst haben, weit kann er ja nicht sein. Gehen Sie derweil ruhig wieder zu Bett.«

»Sind Sie verletzt, Sire?« Fatmahs verbarg ihre zitternden Hände in den Falten ihres Nachthemds.

Der König tätschelte gerührt Fatmahs Wange. »Aber, aber, mon amie, Sie sind ja ganz bleich geworden. Nur keine Angst, ich bin völlig unversehrt.«

»Gott sei Dank«, flüsterte Fatmah.

August wandte sich zum Gehen. »Ich wünsche Ihnen noch eine angenehme Nacht, meine Liebe. Und beruhigen Sie sich, mir ist ja nichts geschehen.«

Fatmah stand noch einen Augenblick wie benommen da, nachdem sich die Tür geschlossen hatte. Dann schlug sie die Hände vors Gesicht. »Gott helfe mir«, sagte sie leise, »ich habe den König verraten.«

»Darüber denken wir später nach«, entgegnete die praktische Sophie. Dann eilten die beiden in Fatmahs Schlafzimmer, wo Worowski mit geschlossenen Augen todesbleich und halb bewusstlos auf dem Bett lag.

»Wir müssen ihm Jacke und Hemd ausziehen«, befahl Fatmah. »Hol Wasser und Tücher.«

Gemeinsam reinigten sie Worowskis Wunden. Er hatte einen langen, aber ungefährlichen Schnitt im Oberarm und einen tiefen Stich in der rechten Brustseite.

»Du liebe Güte, das sieht schlimm aus«, meinte Sophie, während sie versuchte, die Blutung am Arm zu stillen. »Wenn nur die Lunge nicht verletzt ist!«

Fatmah riss eines ihrer leinenen Betttücher in Streifen und legte damit so gut sie konnte einen straffen Verband um Worowskis Brust. Der Graf biss die Zähne zusammen und stöhnte leise.

»Jesusmaria, was machen wir denn jetzt bloß mit ihm?«, fragte Sophie. »Wenn er uns nur nicht stirbt!«

»Er darf nicht sterben.« Fatmah setzte sich zu Worowski aufs Bett und deckte ihn mit einem leichten Laken zu. Der Verwundete öffnete die Augen und sah sie an.

»Mein Gott, was haben Sie getan, Graf?«

Er sprach mühsam, leise. »Meine Pflicht als freier Pole.«

»Deshalb wollten Sie den König umbringen?«

Er schüttelte schwach den Kopf. »Umbringen? Nein, nicht doch.« Er versuchte sich aufzurichten, sank aber mit einem Stöhnen wieder in die Kissen zurück. »Die Urkunden«, presste er hervor. »Wo ...«

Fatmah holte die blutbefleckten Papiere, die sie auf dem Nachtkästchen abgelegt hatte. »Meinen Sie das hier?«

Er krampfte seine Finger ganz fest um die zusammengerollten Protokolle. Dann schloss er die Augen und atmete tief durch. Im Nu war er vor Erschöpfung eingeschlafen.

Fatmah blieb noch ein Zeit lang auf dem Bettrand sitzen. Der polnische Graf – ein Staatsverbrecher? Sie nahm die Schriftstücke aus seiner erschlafften Hand und las. Mit jedem Satz wurde ihr die Situation klarer. Darum ging es also. Er hatte sein Leben für die Rechte seines Landes riskiert. Ein Idealist war er, ein polnischer Patriot und ein politischer Gegner Augusts. Sie tat einen tiefen, schweren Atemzug, verstaute die Protokolle sorgfältig im Nachtkästchen und wollte aufstehen, da packte Worowski sie plötzlich kraftvoll am Handgelenk.

»Warum helfen Sie mir?«

Das war die Frage, die Fatmah sich seit einer Stunde unablässig stellte. Müde schüttelte sie den Kopf. »Ich weiß es nicht, Graf. Gott verzeih mir, ich weiß es nicht.«

»Aber ich weiß es«, sagte Sophie, als sie draußen im Salon waren. »Du liebst ihn.«

Rapport des Geheimpolizei-Agenten Anton Sartorius an den Minister des Geheimen Kabinetts Graf Flemming vom 23. August 1713

An seine allergnedigste hochwohlgeborene Excellenz, den Grafen Flemming.
Persönlich.

Ihro Gnaden erteilten mir vor zweien Tagen güthigst den Aufftrag, über den pohlnischen Gesandten der Schlachta, Graf Jan Michal Worowski, Nachforschungen anzustellen, im Zusammenhangk mit dem schnöden Mordt=Versuch an unserer allerhöchsten Majestet und dem Verschwinden von Documenten auß der Geheymen Verwahrungk.

Dieß nun ist mein Bericht: Graf Worowski hat vier Tage vor dem Eynbruch in das Grühne Gewölbe die Stadt zum Salomoniß=Thor hinaus verlaßen, wie auch die Tages=Listhe des Thorwarts antzeigt. Er war in Begleytungk seines Dieners und des Kauffmanns Ludwig Hülchen, wie letzterer mir gestern in einer Unterredungk bestetigt hat. Monsieur Hülchen hat sich eine halbe Reitstunde von Dreßden entfernt vom Grafen Worowski getrennt, weil er Geschäftte in Pirna zu erlehdigen hatte. Der Graf sei dann weitter gerithen und habe angegeben, er wolle nach Warschau reisen. Daraufhin habe ich die Tages=Lißten aller Stadtthore durchgesehen, ob der Graf etwo wieder nach Dreßden zurückgekehrt sei, bin aber nicht fündig geworden. Ich darf allerdings darauff hinweysen, daß etliche Fälle bekannt sindt, in denen Leutte nächtens von außen mit Seilen et cetera über die Mauer gekomen sindt und daß es auch sonsten nicht alltzu schwer sein dürfthe, sich unther falschem Namen unerkannt in die Stadt zurück zu begehben.

Bey einer Durchsuchungk der Etage des Grafen Worowski am Neumarkt wurden keine compromittierenden Schrifft=Stückhe gefunden. Allerdings entdeckte ich Brieffe, deren Inhalt darauf hindeuthen könnte, dass der Graf Verbindungk zu saxen=feindtlichen Kreißen in Pohlen hat. Dieße Brieffe füge ich Ihro Excellentz bey.

In toto kann ich Ihro Gnaden Verdacht gegen die unthersuchte Perßon nicht erhärtten, wiewohl eine gewiße Unsicherheyt bleibt.

Ich bezeige, dass ich alle Erkundungen nach bester Aufrichtigkeit und Ermessen durchgeführt habe und ersterbe in demütigster Bekundung meiner Verehrung

Anton Sartorius

Fatmah

Ich muss verrückt sein, muss verrückt sein, muss verrückt sein.

Was tue ich? Ich schütze einen Verräter, setze mein Leben aufs Spiel – und das von Sophie. Für einen Fremden, einen Mann, den ich kaum kenne! Der jetzt schwer verwundet in meinem Bett liegt. Himmel, wo führt das hin?

Ich habe August verraten. Habe ihn belogen. Und nicht nur das. Ich habe mich des Hochverrats schuldig gemacht. Es ist Wahnsinn.

Seit drei Tagen kann ich nicht mehr schlafen. Wir müssen alles tun, um nicht entdeckt zu werden. Sophie hat die Tücher mit seinem Blut unter die Einlagen gesteckt, die wir für die Rosen verwenden, und zum Waschen gegeben. Niemand hat etwas bemerkt, Gott sei Dank. Aber wir leben jede Minute mit der Angst, dass jemand es herausfindet. Und was machen wir, wenn er stirbt?

Die Wunde auf der Brust hat noch nicht recht zu heilen begonnen, aber es ist zu gefährlich, Doktor Tropanegger einzuweihen. Er ist dem König zutiefst ergeben. Sophie versucht es mit ihrer selbst gemachten Arnikasalbe, und wir hoffen, dass es hilft. Er hat starke Schmerzen. Trotzdem wollte er allen Ernstes aufstehen und versuchen, aus dem Schloss zu gelangen, um uns nicht weiter in Gefahr bringen. Er könne es nicht verantworten, uns mit hineinzuziehen. Doch schon beim ersten Versuch, das Bett zu verlassen, ist er nur bis zur Tür gekommen. Er hat zu viel Blut verloren und ist einfach zu schwach. Die Vernunft erfordert, dass er zunächst bleibt und wieder zu Kräften kommt.

Er hat mir alles erzählt. Er will die Freiheiten seines Landes verteidigen. Und er glaubt, dass die Menschen mit einem polnischen Herrscher dort nicht mehr länger unter Armut, Krieg, Hunger und Unterdrückung leiden müssen. Aus Leidenschaft für sein Polen ist er in die Geheime Verwahrung eingebrochen. Er wollte August gar nicht töten. Für das, woran man glaubt, Madame, hat er gesagt, muss man, wenn es so weit kommt, sein Leben einsetzen.

Gestern habe ich mit dem König über dies alles gesprochen, beiläufig, bei einem Spaziergang durch den Großen Garten. Er verstand mich nicht. Wo kämen wir hin, fragte er mich, wenn plötzlich die Armen reich wären und die Untertanen mitregieren wollten? Die Welt würde ins Chaos stürzen! Und die polnischen Freiheiten, so meinte er, seien schließlich ein Witz! Das Veto eines Einzelnen könne jederzeit Beschlüsse des Sejm verhindern, was jedes Regieren unmöglich mache. Stattdessen hat er mir sein Leid geklagt über die Misshelligkeiten der letzten Jahre, die er über sich ergehen lassen musste: den demütigenden Verlust der polnischen Krone, die Kriege, den Giftanschlag der Cosel und nun auch noch diesen Attentatsversuch. Beinahe hätte ich zu ihm gesagt, dass es gar kein Attentat war! Gott sei Dank biss ich mir im letzten Augenblick noch auf die Zunge. Manchmal, so sagte er, wolle er lieber ein Edelmann auf dem Lande als in solcher Verdrießlichkeit länger König sein.

Nach dem Spaziergang hat er mich mit in sein Schlafzimmer befohlen. Ich habe es kaum ertragen, ihm zur Befriedigung seiner Lust zu dienen, habe die Augen geschlossen und alles über mich ergehen lassen. Danach fühlte ich mich schmutzig und unendlich erniedrigt. Es ist nicht recht, so wie es ist. Ich liebe ihn nicht mehr, ja, ich lebe ihm eine Lüge vor. Und er hat mich nie geliebt, hat mich immer nur zur Befriedigung seiner Eitelkeiten benutzt. Warum lässt er mich nicht endlich gehen?

Ich habe Angst.

Depesche des Königs August von Polen an König Friedrich Wilhelm von Preußen vom 24. August 1713

Augustus, Rex Polniae et Elector Saxoniae, an seinen gelibten Bruder und Freundt, den König von Preußen.

Gott zum Gruß und Unßre Treu und Freundtschaft zuvor, beßter allerdurchlauchtigster Bruder. Wir wenden Unß heute an Sie in einer piquanten Angelehgenheit, die eyner verschwiegenen und geschickten Handt=Habung bedarff. Ihre Liebden haben die Gräfin Cosel schon zu Dreßden kennen gelernt, alß dieselbe noch in Unßerer Gunst und Faveur standt. Nun aber ist Madame Cosel wegen bößer Räncke und Cabalen in Un=Gnahde gefallen und hat deßhalb Verleumdungen und Unther=Wanderungen gegen Staat und Majestet in Gang gesetzet, die eine dringende Anklahge wegen Hoch=Verraths nach sich getzogen haben. Der Verhafftungk hat sich die Gräfin durch die Flucht entzogen, und wie unßre Geheym=Dienste melden, hältt sie sich derzeit zu Berlin auf, um von dort aus weitter nach Schwehden zu fliehen. Wir möchten daher Sie, geliebter Bruder, ansuchen, selbige Madame Cosel schleunigst feßtzusetzen und an das Churfürstenthum Saxen auszuliefern. Dahingegen sind Wir selber in aller Danckbarkeit bereit, Ihnen Hundert und Zwantzig preußische Deserteure, die sich über die Grentze nach Saxen geflüchtet haben, im Außtausch daführ auszuliefern. Wo kehmen wir hin, wenn wir zuließen, daß unßre Maitressen sich zu Staats-Feinden auffschwingen, sobald wir ihrer überdrüßig sind?

Deß weitteren dürffen Wir Ihnen zu unßerer allergrößten Freude mitteilen, daß Wir hier zu Lande auf Ihr Ersuchen hin sechs hundert große Kerls recruthiert und als Soldathen eingetzogen haben. Wir übersenden Ihnen dieselben zwei Regimenther mit Unßeren allerbeßten Empfehlungen und wünschen Unß als Gegen=Geschenck daführ die zwölf schönen chinesischen Vasen und etliche andere Stücke asiathischen Portzelans, die Wir bei unßerem letzten Besuch zu Berlin so sehr bewundert haben.

Nun hoffen Wir recht sehr, daß mit Ihrer allergütigsten Hülfe die leydige Sache der Comtesse Cosel bald auß der Welt geschafft werden kann und empfehlen Unß Ihrer brüderlichen Freundtschaft allezeyt,

Auguste Roy.

Dresden, 25. August 1713

Fatmah zog die Vorhänge auf und öffnete das Fenster, um die warmen Strahlen der Morgensonne ins Zimmer zu lassen.

»Guten Morgen, Graf«, sagte sie und wandte sich zum Bett um. »Wie geht es Ihnen heute?«

Er drehte den Kopf, und sie erschrak bei seinem Anblick. Sein Gesicht war gerötet, das blonde Haar verschwitzt und in Strähnen, die Stirn glänzte nass vom Schweiß. Sie legte die Hand an seine Wange. Sie war heiß.

Hastig legte sie Worowskis Brustwunde frei. Die Verbände waren von Wundsekret durchweicht, und die Ränder des Stichs hatten begonnen zu eitern.

»Sophie«, rief sie, »sieh dir das an!«

Sophie genügte ein kurzer Blick auf Worowskis Brust. »Ich hole Jula«, sagte sie nur.

Worowski richtete sich mühsam auf. »Nein, Sophie, das tun Sie nicht. Bringen Sie ihn nicht auch noch in Gefahr. Was soll er schon machen können? Lassen Sie mich, das wird schon wieder.«

Fatmah drückte ihn zurück in die Kissen. Ihre Stimme zitterte. »Graf, Sie haben Wundbrand. Wir können Doktor Tropanegger nicht zuziehen, das wissen Sie. Aber Jula ist vertrauenswürdig.

Und er war Soldat im Krieg. Er weiß Bescheid über solche Wunden.«

»Nein.« Worowski schüttelte verzweifelt den Kopf. »Je mehr Menschen wissen, dass ich hier bin, desto gefährlicher wird es für Sie beide!«

Aber Fatmah hatte schon entschieden. »Wenn Sie in meinem Bett sterben, Graf, wird es für uns noch viel gefährlicher.«

Zehn Minuten später war Jula da. Sein Gesicht war ganz weiß vor Zorn.

»Was ihr da tut, ist Wahnsinn! Ihr schützt einen Hochverräter, Himmel, Arsch und Zwirn!« Er stürmte ins Schlafzimmer und redete dabei wild gestikulierend auf Sophie und Fatmah ein. »Vielleicht ist es noch nicht zu spät! Ihr könntet behaupten, er habe euch gezwungen.«

Fatmah schüttelte entschieden den Kopf. »Nein.«

»Herrgott, ihr riskiert euer Leben für einen …« Jula blieben die Worte im Hals stecken. Ungläubig sah er Worowski an. Dieses Gesicht – er würde es sein Leben lang nicht vergessen, so tief hatte es sich in sein Gedächtnis eingegraben. Er sah sich und Stoffel wieder in dem Vorratsloch des ukrainischen Bauern, schlotternd und heulend, in Erwartung des tödlichen Schwertstreichs. Er sah den polnischen Offizier vor sich, die Waffe drohend erhoben, die dann statt ihrer Kehlen nur die Schnur durchtrennte, mit der die Speckseiten aufgehängt waren. Dieser Offizier und der Fiebernde in Fatmahs Bett waren ein und derselbe Mann.

Jula verlor keine Zeit mehr. Er kniete sich neben Worowski und untersuchte die Wunde. »Ich habe in Russland viele solcher Verletzungen gesehen«, meinte er schließlich. »Wenn nichts anderes da war, haben wir's mit Spinnweben versucht.«

»Spinnweben?« Sophie tippte sich an die Stirn. »Das ist nicht dein Ernst!«

»Doch, das hilft. Die erfahrenen Soldaten haben alle drauf geschworen! Los, mach dich auf die Suche. Die besten gibt es vermutlich auf dem Dachboden, da, wo die alten Säcke lagern.«

Sophie verkniff sich eine Erwiderung und machte sich auf den Weg.

Fünf Tage lang schwebte Worowski zwischen Leben und Tod. Fatmah wich nicht von seiner Seite. Sie hielt ihn, wenn ihn der Schüttelfrost packte, wechselte die nass geschwitzten Laken, flößte ihm Kräuteraufguss und Suppe ein. Jeden Morgen erneuerte sie die Lage Spinnweben auf seiner entzündeten Wunde. Manchmal erkannte er sie nicht, glaubte, in ihr seine Schwester, seine Mutter zu sehen. Dann strich sie ihm über die Stirn, streichelte seine Hände, um ihn in dem Glauben zu lassen. Und sie hatte Angst, unfassbare Angst, ihn zu verlieren. Lieber Gott, betete sie, nimm ihn mir nicht weg. Er darf nicht sterben.

Nachts, wenn er wach war, erzählte sie ihm ihre Geschichten. Die Märchen beruhigten sie, und manchmal schlief sie vor Erschöpfung ein, den Kopf an seiner gesunden Schulter. Oft sah sie ihn einfach nur an, konnte die Augen nicht von ihm abwenden. Es war wieder wie damals im Schlitten. Eine unendliche Vertrautheit stellte sich ein, eine Zärtlichkeit, eine Tiefe, die sie noch nie empfunden hatte. Sie war mit ihm allein auf der Welt. Und endlich, am sechsten Tag, begann das Fieber zu sinken.

Aus den Memoiren des französischen Gesandten zu Dresden, Alphonse Louis Baptiste de Villeroy

Das Unheil nimmt kein Ende. Erst der Giftanschlag, nun dieses Attentat! Und schließlich heute das Unaussprechliche! Mon Dieu, ich bin immer noch völlig durcheinander. Wie soll dies alles enden? Ich muss versuchen, meine Gedanken zu ordnen.

Heute morgen beschloss ich, Madame Fatime in ihren Gemächern aufzusuchen, weil ich in Sorge war. Sie hatte mir seit fast zwei Wochen nicht mehr ihre Aufwartung gemacht, was ich für ungewöhnlich empfand. Auch zu ihrer sonntäglichen Visite mit den Kindern, die sie noch nie ausgelassen hatte, erschien sie nicht und schickte nur ein kurzes Billet, dass sie unpässlich sei. Also machte ich mich mit einem schönen Blumengebinde auf den Weg ins Schloss.

Auf mein Klopfen wurde mir von Madame Sophie erst sehr spät geöffnet. Sie machte ein abweisendes Gesicht und wollte mich doch tatsächlich nicht einlassen. Impertinence, dachte ich, schob sie mit meinem allerfreundlichsten Lächeln zur Seite und trat in den Salon. Ma chère Fatime, rief ich, wo sind Sie? Da hörte ich ein Geräusch wie einen erstickten Schrei aus dem Nebenzimmer. Madame Sophie zog mich zwar mit aller Kraft am Rockzipfel, doch ich befreite mich von ihr, öffnete die Schlafzimmertür und trat ein.

Dieu du ciel, was ich dann sah, ließ mich einer Ohnmacht nahe geraten. Ich mußte mich auf ein Taburett setzen. In Madame Fatimas Bett lag ein Mann!!! Und nicht nur irgendein Mann, nein, es war dieser junge Pole, dem die Damen am Hof reihenweise nachlaufen!

Meine Freundin klärte mich auf der Stelle über die ganze schlimme Geschichte auf, bis ich vor Entsetzen nach Luft schnappte. Dieser Graf Worowski – ein polnischer Spion! Bei allen Heiligen, fragte ich, wie konnten Sie nur, Madame? Verraten Sie mich nicht, mon ami, antwortete sie. Welch eine Bitte! Wie könnte ich meine beste Freundin, die mir fast wie eine Tochter und die Mutter meiner Patenkinder ist, der Rache des Königs preisgeben. Naturalement, dieser Pole wäre mir égal, aber sie! Ich versprach also, das Secret zu bewahren.

Nun sitze ich in meinen Gemächern im Fraumutterhaus und habe Magenschmerzen. Kein Wunder, bei all dieser Aufregung. Ich werde erst wieder ruhig schlafen können, wenn dieser Mann, dieser Pole, dieser Crétin, der unschuldige Frauen in Gefahr bringt, aus Madame Fatimes Zimmer verschwunden ist. Zut alors!

Dresden, 8. September 1713

»Ich weiß jetzt, wie wir Sie hier herausbringen! Hier!« Jula warf Worowski ein Bündel Kleider zu: schlichte dunkle Hosen, ein leinenes Hemd, Weste und Jacke. »Damit werden Sie aussehen wie ein einfacher Hofbediensteter, falls uns jemand bemerken sollte.«

Der Graf saß auf dem Bettrand und fing das Bündel auf. »Und wie?«

»Morgen früh kommt die Küchenpost aus Leipzig und bringt für dieses Jahr die erste Ladung Muscheln und Austern. Gerade hab ich's erfahren. Das Zeug wird in mannsgroßen Kästen transportiert. Wir schmuggeln Sie in einen dieser Kästen. Stadtauswärts fährt die Küchenpost immer durch das Pirnaische Tor, zum Großen Garten hin. Der Wächter dort ist ein Bruder des Kutschers, er kontrolliert den Wagen nie.«

»Und was ist mit dem Kutscher?«

»Keine Sorge, der schuldet mir noch einen Gefallen. Und ein bisschen Geld wird auch helfen.«

Worowski schnürte das Bündel auf, während Jula seinen Plan entwarf. »Noch vor Sonnenaufgang, wenn alle schlafen, hole ich Sie von hier ab und bringe Sie in mein Zimmer im Küchentrakt. Dort warten Sie, bis die Kutsche da ist, sie steht immer ganz dicht vor dem Eingang zu den Vorratskellern. Nach dem Entladen gehen die Küchengehilfen mit dem Kutscher hinein, um die Liste abzuzeichnen. Diesen Augenblick warten wir ab. Sie steigen in einen der leeren Behälter, und ab die Post! Draußen vor der Stadt lässt Sie der Kutscher dann heraus. Von dort müssen Sie alleine weiterkommen.«

Worowski rümpfte die Nase. »Meine Güte, den Fischgestank werde ich wochenlang nicht los!«

Jula grinste. »Sie werden's überleben.«

Fatmah war erleichtert und unglücklich zugleich. Die größte Gefahr für sie alle wäre endlich überstanden, wenn es Worowski gelang, Dresden zu verlassen. Die letzten drei Wochen waren nervenaufreibend gewesen. Selbst die Kinder hatten begonnen, Fragen zu stellen. Mama, warum bist du so aufgeregt? Warum dürfen wir morgens nicht mehr zu dir ins Bett kommen? Zwei der wöchentlichen Kaffee- und Märchenstunden in ihrem Salon hatte Fatmah schon unter dünnen Ausreden abgesagt. Die Leute würden bald anfangen, sich zu wundern. Es wurde immer schwieriger, Worowskis Anwesenheit geheim zu halten.

Trotzdem sträubte sich alles in ihr, ihn gehen zu lassen. Mit jedem

Tag hatte sie sich tiefer in ihren Gefühlen für ihn verloren. Jedes Gespräch hatte sie mehr zu ihm hingezogen. Und als er am Wundbrand zu sterben drohte, hatte sie geglaubt, der Schmerz würde sie zerreißen. Sie konnte den Gedanken nicht ertragen, ihn vielleicht nie mehr wiederzusehen. Sie versuchte, sich ihm gegenüber nichts anmerken zu lassen, während sie ihm Rasiersachen brachte.

»Werden Sie es denn schaffen?« Ihre Stimme klang zittrig. »Sie sind doch noch so schwach.«

Sorgfältig schabte er mit dem Messer den blonden Bart ab, der ihm gewachsen war. »Machen Sie sich keine Sorgen, Fatmah, es wird schon gut gehen. Wir können einfach nicht mehr länger warten.«

Sie nickte und hatte einen Kloß im Hals. Er hatte ihren richtigen Namen ausgesprochen.

»Wo gehen Sie hin?«

Er wischte sich mit einem Tuch die Seifenreste ab. »Erst nach Warschau, und dann nach Hause. Auf mein Landgut in Südpolen, zu meiner Schwester. Danach, wer weiß?« Das klang kühl.

»Werden Sie zurückkommen?« Sie wagte die Frage kaum zu stellen.

Er sah sie an. Sie konnte seinen Blick nicht deuten. »Vielleicht, irgendwann. Bis jetzt hat niemand die Rolle aufgedeckt, die ich spiele, ich könnte also wiederkommen. Aber es hängt alles davon ab, wie sich die Lage in Polen entwickelt. Mag sein, dass es einen Aufstand gibt.«

Sie nickte. »Wann holt Jula Sie ab?«

»Um vier Uhr morgens, beim Glockenschlag.«

»Ich werde wach sein.«

Worowski tat in dieser Nacht kein Auge zu. Er fieberte seiner Flucht entgegen, konnte es kaum erwarten, den Freunden in Polen die Dokumente zu übergeben, die Augusts Pläne offenlegten. Und er war froh, die beiden Frauen und Jula durch seinen Weggang endlich von der gefährlichen Last zu befreien, die er für sie darstellte. Die vergangenen Wochen zogen noch einmal an ihm vorüber. Die ständige Gefahr, entdeckt zu werden, aber auch die Vertrautheit, die zwischen ihm und Fatmah entstanden war. Tag und Nacht war sie ihm nahe gewesen. Wie oft hatte er sie beobachtet, sich ihre Züge eingeprägt. Jede ihrer Bewegungen war ihm inzwischen vertraut. Die Art, wie sie sorgenvoll die Stirn runzelte, wie sie lächelte. Die Leichtigkeit ihres Schritts, wenn sie glaubte, er sei eingeschlafen. Die Kühle ihrer Hand, wenn sie auf seiner Stirn lag. Der Klang ihrer Stimme, wenn sie ihm in der Nacht leise ihre Geschichten erzählte.

Sie hatte versucht, ihre Treffen mit August vor ihm zu verbergen, aber natürlich hatte er gewusst, wohin sie ging, wenn ein Billet mit dem königlichen Wappen eintraf. Zweimal war sie beim König über Nacht geblieben, und es hatte Worowski jedesmal fast umgebracht. Ganz gleich, was er für sie fühlte – sie war immer noch die Geliebte des Königs. Und er stand tief in ihrer Schuld. Sie hatte ihm das Leben gerettet. Vielleicht sehe ich sie nachher zum letzten Mal, dachte er, und der Gedanke schmerzte ihn mehr als seine kaum verheilten Wunden. Ob sie das Gleiche empfand wie er? Er hoffte und fürchtete es gleichzeitig, ersehnte es und wies es weit von sich. Die ganze Zeit über hatte Worowski nicht gewagt, an dieser Frage zu rühren. Diese Liebe war ohnehin unmöglich. Die Gefahr, die sie mit sich brachte, war zu groß. Vielleicht täuschte ihn ja sein Gefühl, und es war nur Großherzigkeit oder einfach eine unüberlegte Entscheidung, die sie bewogen hatte, ihm zu helfen. Und doch ... Er beschloss, den Abschied möglichst kurz und knapp zu gestalten. Es war besser für sie beide.

Endlich, gleich nach dem Vier-Uhr-Läuten, klopfte es an die Tür. Worowski verstaute die Protokolle unter seinem Hemd, zog leise die Stiefel an und verließ das Schlafzimmer. Jula stand schon bereit.

»Fertig?«

Worowski nickte.

»Dann los.«

Fatmah stand bereits an der Tür, das Haar zum Nachtzopf geflochten. Schon jetzt empfand er bei ihrem Anblick den Schmerz der Trennung. Er zögerte einen Augenblick, dann trat er zu ihr.

»Fatmah«, flüsterte er. »Ich kann niemals wiedergutmachen, was Sie für mich getan haben ...«

»Ich wünsche Ihnen Glück, Jan. Seien Sie um Gottes willen vorsichtig.« Ihre Stimme klang erstickt.

Es drängte ihn, sie in die Arme zu nehmen, aber er widerstand dem Impuls. Stattdessen griff er nach ihrer Hand und küsste sie. Als seine Lippen ihre Haut berührten, ging es ihm durch und durch, und er musste sich zwingen, ihre Finger wieder loszulassen. Dann drehte er sich auf dem Absatz um und trat zur Tür.

»Warten Sie.« Sie lief ihm auf nackten Füßen nach und fasste ihn am Arm. »Wie erfahre ich, ob Sie außer Gefahr sind?«

»Ich gebe Ihnen irgendwie Nachricht.«

»An der Südwand des Palais im Großen Garten ist ein Stein locker. Auf Kniehöhe, unter dem mittleren Fenster. Dahinter gibt es einen kleinen Hohlraum.«

Er drehte an seinem Siegelring, einem großen silbernen Reif, der das Wappen der Worowskis trug. »Wenn Sie den Ring in der Mauer finden, bin ich aus der Stadt und wohlauf. Leben Sie wohl, Fatmah. Gott schütze Sie.«

Er riss sich los und folgte Jula in den dunklen Flur.

Am Nachmittag desselben Tages begab sich Fatmah in Sophies Begleitung in den Großen Garten, wo die beiden Frauen einen ausgedehnten Spaziergang unternahmen. Die vergangenen Stunden waren ihr wie eine Ewigkeit vorgekommen. Ruhelos hatte sie ihre Zimmer durchwandert, auf einen Alarmruf, auf den Schritt der Wachen gelauscht. Vom Fenster aus hatte sie beobachtet, wie der Küchenwagen aus dem Schlosshof gerollt war, und die Angst hatte ihr die Kehle zugeschnürt. Was, wenn am Stadttor doch kontrolliert wurde?

Fatmah schloss die Augen, als sie in das Mauerloch griff. Ihre Finger umfassten Worowskis Ring, und sie schickte ein Dankgebet zum Himmel. Er hatte es geschafft! Sie ließ sich ins Gras sinken, den Ring fest in der Faust, und atmete tief durch. Die Anspannung der letzten Wochen fiel wie eine schwere Last von ihr ab.

Königlich-Churfürstlich Sächsischer Hoff= und Staats=Calender vom 2. November 1713

»... Geßtern bey Sonnen=Auffgang fandt die Hin=Richtungk der Mademoiselle Johanna Thielsch, ehemalige Cammer=Zofe der Gräfin Cosel im Schloß, vor gelahdenen Zeugen statt. Die Delinquentin hat unther der peynlichen Befragungk zugegeben, in einem Anfall von geistiger Umnachtungk eine Attaque auf das Leben Seiner allerdurchlauchtigsten Majestät verübt zu haben. Vor der Execution mit dem Schwerdt hat die Jungkfer ihre Sünden gebeychtet und bereut und auch die Absolution erhaltten. Sie starb in Anrufungk Gottes und wurden ihre sterblichen Über=Reßte zu Bautzen beygesetzt, was ihre Geburths=Stadt war.«

Berlin, Nossen und Stolpen, Februar und März 1714

»Madame, da sind Soldaten!«

Die Kammerzofe der Cosel ließ vor Schreck den Vorhang wieder herunterfallen, den sie beiseite gerafft hatte. Draußen marschierte gerade eine ganze Einheit sächsischer Gardesoldaten auf, und schon klopfte es unten an der Tür.

»Öffnen Sie, im Namen seiner Majestät!«

Constantia Cosel öffnete selbst. »Was wollen Sie?«

Der grauhaarige Offizier salutierte stramm. »Oberst Theissen vom Leibregiment Seiner Majestät, König Augusts von Polen. Ich habe Instruktion, Madame, Sie unverzüglich über die Grenze nach Sachsen zu bringen.«

»Wir befinden uns im Königreich Preußen, Herr Oberst. Der König hat kein Recht, mich hier verhaften zu lassen.«

Der Oberst zog ein siegelbehangenes Schriftstück aus seiner ledernen Seitentasche. »Das hier ist die Permission des preußischen Königs, Gräfin. Möchten Sie sie lesen?«

Constantia wankte leicht. Dann straffte sich ihr Rücken. »Das ist nicht nötig, Monsieur. Ich verlasse mich auf Ihr Wort als Ehrenmann. Meine Zofe wird sofort packen.«

Eine Stunde später befand sich die Kutsche der Gräfin Cosel mit großer Eskorte auf dem Weg zur Grenze. Der Wagen passierte den Schlagbaum ohne Kontrolle, gleichzeitig marschierte ein abgerissenes Häuflein preußischer Deserteure in Ketten und unter schwerer Bewachung in die entgegengesetzte Richtung. Der Handel war perfekt.

Am Abend erreichte man eine ländliche Herberge, wo die Gräfin Cosel mit ihrem Kammermädchen ein einfaches Zimmer bezog. Zwei Soldaten waren abkommandiert, um nachts bei ihr zu wachen. Später am Abend hörte die Wirtin, deren Schlafgemach über dem der Cosel lag, Schreie und Kampfgeräusche. Sie spähte durch eine Ritze in der Tür und beobachtete, wie die beiden Soldaten Constantia Gewalt antaten. Als sie den Vorfall aufgeregt an den Oberst Theissen meldete, bekam sie den lapidaren Befehl, wieder zu Bett zu gehen.

Bei der nächsten Übernachtung, in Leipzig, erlitt Constantia einen ersten Schwächeanfall. Halb ohnmächtig transportierte man sie tags darauf ins Schloss Nossen, wo sie völlig zusammenbrach. Eilig bestellte man daraufhin Doktor Tropanegger aus Dresden herbei, der nach eingehender Untersuchung einen Schlaganfall diagnostizierte. Trotz der verabreichten Medikamente besserte sich der Zustand der Gräfin kaum. Ihre rechte Seite war lahm, sie konnte nur flüssige Nahrung zu sich nehmen, phantasierte und litt unter Krämpfen und Zuckungen. Mehrere Wochen lag sie schwer krank, doch dann erholte sie sich zusehends wieder. Inzwischen war klar geworden, dass das lebhafte Nossen als Sitz eines kurfürstlichen Amtmanns nur schlecht als dauerhafter Aufenthaltsort für Constantia geeignet war. August verfügte deshalb ihre Überführung auf die Festung Stolpen. Nachdem die dortige Garnisonsbesatzung um vierzig Mann verstärkt worden war, brachte man die immer noch bettlägerige Gräfin an Weihnachten auf die Burg. Der dunkle Bau auf einem hohen Basaltkegel sollte ihr zum lebenslangen Gefängnis werden.

Zur selben Zeit ließ der König den »pont d'amour« zwischen dem Dresdener Schloss und dem Taschenberg-Palais abbrechen. Das Vermögen der Gräfin Cosel wurde eingezogen, und Schloss Pillnitz ging wieder in den Besitz der Krone über. Ein königlicher Befehl ordnete an, Schicksal und Aufenthalt der Gräfin auf das strikteste geheim zu halten.

Nichts sollte mehr an die große Liebe zwischen August und Constantia erinnern.

Fünftes Buch

Karl XII. von Schweden

Bericht des französischen Gesandten zu Dresden, Vicomte de Villeroy, nach Versailles, abgesandt am 3. April 1714

Allergnedigste Majestät, mein huldvollster, allerhöchster König und Souverain,

erlauben Sie mir in Ihrer unaussprechlichen Güthe, die folgenden Neuigkeyten aus Dreßden unterthänigst in aller Kürtze zu berichten.

Man hat die Comtesse de Cosselle, die nach ihrem schnöden Gifft=Anschlag nach Preussen geflohen war, dortselbst aufgegriffen und auf der säxischen Feßtung Stolpen fest=gesetzt. Der König hat, wie ich bereits nach Versailles vermeldet habe, Befehl ertheilt, ihr Verbrechen geheym zu haltten, wohl um ihr eine Execution zu erspahren und um seynen Ruf zu wahren. Derohalben soll Madame nicht öffentlich verurtheilt werden, sondern in aller Stille bis zu ihrem Lebens=Ende in Hafft pleiben. Wie man hört, hat Madame glaubhafft abgestritten, von Berlin auß den feygen Mörder gedungen zu haben, der dem König vor einigen Monathen ans Lehben wollte. Der Verbrecher ist bishero nicht gefaßt, und ist auch nicht geklährt, wer es ist und in wessen Auftrag er gehandelt hat.

Wie mir meine pohlnischen Gewährs=Leuthe berichten, scheint sich zu Warschau eine saxen=feindliche Attitude immer mehr außzubreiten. Es heißt, man habe Beweise gesehen dafür, daß König Auguste nicht alleyn Adel und Krohn=Armee entmachten, sondern auch noch die pohlnische Krone erblich machen will. Meiner allerunmaßgeblichsten Meinungk nach ist das Mißtrauen der Pohlen durchauß berechtigt. Man ertzählt sich allhier, der Kurprinz August Friedrich sei bereits heymlich zum katholischen Glauben convertirt, um seines Vaters Nachfolge antrethen zu können. Die strictement lutherische Churfürstin Christiane Eberhardine, sonsten allzeit eine brave, ruhige Seele, soll darob dermaßen gethobt haben, daß sie einen Stuhl auß dem Fenster warf. Keine Contenance, diese Deutschen!

Mein geliebtester Fürst und Herr, sofern Sie es mir güthigst gestatten, die Dinge weitherhin zu beobachten, verbleibe ich Ihr unthertänigster Servant und ersterbe

Alphonse Louis Baptiste, Vicomte de Villeroy

Dresden, Mai 1714

Wie immer fand die königliche Geburtstags-Redoute am Nachmittag des 12. Mai im Steinernen Saal des Schlosses statt. Es handelte sich dabei um ein umfangreiches Defilee, bei dem der Hofadel, die Honoratioren der Stadt Dresden und die ausländischen Gesandten dem König ihre Glückwünsche überbrachten und dabei ein kleines Ehrengeschenk erhielten, meist eine Emaillemedaille oder eine Münze mit dem Porträt Seiner Majestät. Nach dem offiziellen Teil der Veranstaltung gab es traditionell ein Champagnerbuffet mit Entenbrusthäppchen und musikalischer Untermalung.

Fatmah hatte gehofft, der König würde wie im letzten Jahr mit der Gräfin Dönhoff als Begleitung vorlieb nehmen, doch am Morgen war ein Billet überbracht worden, in dem August auch um ihre Anwesenheit bat. Nun stand sie links hinter dem Thronsessel – die Dönhoff als offizielle Maîtresse en Titre war rechts platziert – und langweilte sich, während eine endlose Reihe von Höflingen an August vorbeizog. Viel lieber hätte sie wie jeden Nachmittag einen Spaziergang mit den Kindern gemacht, die nun mit Sophie allein zum Großen Garten fahren mussten.

Im Saal ging es zu wie in einem Bienenstock. Immer neue Gäste erschienen und ordneten sich, dirigiert von Directeur Mordax und etlichen Dienern, in die lange Menschenschlange ein. Fatmahs Blick fiel auf eine Gestalt ganz hinten in der Reihe – und ihr Herzschlag setzte für einen Moment aus. Mein Gott. Da stand er, als ob nie etwas gewesen wäre, wie immer in seiner polnischen Tracht mit den Lederstiefeln und dem pelzverbrämten blau-grünen Umhang. Er unterhielt sich angeregt mit dem Baron von Trebenhahn, der gerade hinter ihm eingereiht wurde, lachte über einen offenbar guten Witz und grüßte angelegentlich zu einem der anderen Gäste hinüber. Dass er es wagt, dachte Fatmah. Wieder hierher zu kommen und auch noch August gegenüberzutreten! Und gut sah er aus. Erholt, gesund, nicht so dünn und blass wie vor vier Monaten, als er mit knapper Not den Wundbrand überlebt hatte. Fatmah musste sich zwingen, die Augen von Worowski abzuwenden. Ihr Atem ging schneller; sie versuchte ihn unter Kontrolle zu bringen. August sagte etwas zu ihr, und sie musste nachfragen, weil seine Worte gar nicht an ihr Ohr gedrungen waren. Wie betäubt stand sie da, während Worowski Schritt um Schritt näher kam, bis er schließlich vor dem König stand und zackig salutierte. August richtete ein paar freundliche Sätze an ihn und überreichte ihm schließlich ein kleines Emaillebildnis. Der Graf nahm es dankend entgegen, verbeugte sich und ging weiter. Nichts war geschehen. Worowski hatte Fatmah keines Blickes gewürdigt.

Nach dem Defilee zerstreuten sich die Gäste im Saal. Grüppchen bildeten sich, man stand um das Buffet, drängte sich um die Wärme spendenden Kohlebecken und saß auf den Stühlen und Taburetts, die die Wände säumten. Worowski schien sich prächtig zu amüsieren, redete mit allen möglichen Leuten, trank Champagner und naschte von den knusprigen Pasteten, die eine ganze Armee von Lakaien auf Tabletts herumreichte. Fatmah stand zunächst bei den Damen, dann spazierte sie mit ihrem Glas in der Hand durch den Saal, hie und da ein paar Worte wechselnd. Er kann, er darf mich gar nicht ansprechen, dachte sie. Natürlich wäre es viel zu gefährlich. Aber wenigstens ein Zeichen, ein Blick, eine Bewegung! Nicht diese völlige Missachtung! Es war zwar wider alle Vernunft, aber trotzdem spürte Fatmah, wie der Ärger an ihr zu nagen begann. Nicht nur auf ihn, weil er sie überhaupt nicht wahrnahm, sondern auch auf sich selbst, weil sie so sehr auf ein Wort von ihm wartete. Schließlich hielt sie es nicht mehr aus. Sie ließ sich beim König entschuldigen und ging.

Am nächsten und am übernächsten Tag wartete sie. Es musste doch eine Nachricht von ihm kommen. Schließlich schickte sie sogar Sophie in den Großen Garten, um nachzusehen, ob im Mauerloch des Palais ein Brief oder ein Billet lag. Nichts. Das Warten wurde unerträglich. Fatmah spürte, wie sie innerlich bebte – vor Freude, dass er wieder da war, vor Erwartung, ihn wiederzusehen, vor Zorn, dass er nicht kam. Und weil sie sich so sehr nach ihm sehnte.

»Er will dich nicht gefährden«, meinte Sophie begütigend.

Vielleicht stimmte das. Vielleicht war sie ihm aber auch gleichgültig, jetzt, wo er sie nicht mehr brauchte.

Am dritten Tag ließ Fatmah alle Vorsicht fahren. Sie nahm Sophies alten grauen Kapuzenmantel und stahl sich aus dem Schloss. Draußen fiel schon seit Tagen ein unangenehmer, kalter Regen, und sie zog die Kapuze tiefer, während sie frierend gegen den Wind über den Neuen Markt lief. Bis sie Worowskis Quartier erreichte, waren ihre Schuhe nass und der Umhang durchweicht. Ein Dienstmädchen kam gerade aus dem Haus, mit einem leeren Wasserkrug in der Hand, und Fatmah schlüpfte durch das offene Tor. Über eine breite Holztreppe gelangte sie in den zweiten Stock. Sie würde ihm ihre Meinung sagen. Dass er sie so unverschämt einfach links liegen ließ. Dass er sie keines Blicks gewürdigt hatte. Dass er …

Sie klopfte.

Er öffnete selbst. Sie sah ihn, hörte, wie er den Atem einsog, und alles, was sie zu ihm sagen wollte, war vergessen. Mit geballten Fäusten trat sie vor ihn hin, begann, gegen seine Brust zu schlagen. Er fing ihre Handgelenke ab und trat mit dem Fuß die Tür zu. Und dann küsste er sie mit der Leidenschaft eines Ertrinkenden, und sie erwiderte seinen Kuss, wie im Rausch, unfähig zu denken. Alles andere war gleichgültig. Nur dies hier war wirklich.

Er streifte ihr den nassen Umhang ab, riss an ihrem Kleid, entblößte ihre Schultern. Lachend und weinend hielt sie ihn, suchte mit ihren Lippen seinen Mund, half ihm hastig, ihr Mieder aufzunesteln. Seine Finger vergruben sich in der Flut ihres schwarzen Haars, als er sie hochhob und zum Bett trug. Aufstöhnend grub er seine Zähne in ihre Halsbeuge, als sie mit zitternden Fingern seine Hose öffnete, ihm das Hemd über den Kopf streifte. Er hob ihr

Unterkleid, und dann war er auf ihr, in ihr, es war ein trunkener, rasender, gieriger Taumel, ein Strudel, gefährlich und doch unglaublich schön, der sie beide hinabzog, in immer engeren Kreisen, bis auf den tiefsten Grund.

Danach lagen sie schwer atmend und erschöpft in den zerwühlten Laken. Mit der Spitze ihrer Zunge zog sie die Ränder seiner Narbe auf der Brust nach.

»Deshalb bin ich zurückgekommen«, sagte er. »Nur deshalb.«

Fatmah

Es ist ein Feuer, ein Rausch. Dass die Liebe so sein kann, habe ich nicht gewusst. Wir gehen Wagnisse ein, treffen uns bei ihm, bei mir, so oft es nur geht. Und es ist doch zu selten. Beide wissen wir nur allzu gut, wie gefährlich es ist. Und doch können wir nicht voneinander lassen. Wir fiebern den wenigen Momenten entgegen, in denen wir zusammen sein können, jede Minute, die dazwischen liegt, ist eine Ewigkeit. Jetzt erst ist mir klar, was Liebe, was Leidenschaft ist. Ich denke an nichts anderes mehr als an ihn, kann kaum essen, kaum schlafen. Wenn meine Kinder nicht wären, ich hätte jeden Gedanken an die restliche Welt verloren. Sophie ist ganz außer sich vor Sorge. Denk an die Gräfin Cosel, sagt sie jeden Tag zu mir. Wenn der König sich von einer Frau verraten fühlt, rächt er sich. Entdeckt man euch, dann wirst du dein Leben vielleicht auf einer zugigen alten Burg beenden!

Es ist mir egal! Ich liebe! Ich weiß nicht, wo es hinführen wird, und er auch nicht. Zum Glück ist der König vor vier Wochen nach Polen abgereist, so muss ich ihm nicht ins Gesicht lügen. Ich bin mir nicht sicher, ob ich jetzt noch mit ihm schlafen könnte, ob es mir möglich wäre, mich so weit zu verstellen. Ich muss diese Beziehung beenden – aber wie? Noch nie hat eine Frau August den Laufpass gegeben. Würde er mich tatsächlich strafen? Vielleicht ließe er mit sich reden? Er hat doch die Dönhoff! Ohne die Kinder wäre es leichter. Aber was würde er ihnen antun, wenn er mich hasst? Ich habe Angst um die Kleinen.

Wir benutzen das Mauerloch im Gartenpalais, um uns Nachrichten zukommen zu lassen. Wir schreiben auf Zettel, wo und wann wir uns alleine treffen können. Und wenn wir uns bei einem der vielen offiziellen Empfänge und Bälle begegnen, spielen wir ein Spiel: Wir sind Fremde, wechseln ein paar belanglose Worte, lächeln uns höflich zu, tanzen ein steifes Menuett. Dabei brennen wir innerlich. Dann streift seine Hand meinen Arm oder meinen Schenkel, und ich möchte mich ihm am liebsten dort gleich, vor aller Augen, hingeben.

Er ist anders als August. Wilder, aber auch zärtlicher. Nicht so erfahren, nicht so perfekt, nicht so geübt. Aber dafür ehrlicher. Und er erregt mich mehr, als es der König je getan hat. Der Duft seiner Haut, ich kann ihn nicht beschreiben. Würzig, rauchig, herb. Er braucht kein Parfum, kein Orangenblütenwasser und kein Lavendelöl.

Wir sprechen in drei Sprachen miteinander: Er liebkost mich auf Polnisch, ich ihn auf Türkisch, und dann bleibt uns immer noch das Deutsche. Kochanie, gözde, Liebling. Er ist mein Löwe, mein Djinn, mein Nachtwind, der schönste Mann, von dem ich in meinen Märchen je erzählt habe. Manchmal denke ich, dies alles ist gar nicht wahr, und ich lebe in einer meiner Geschichten. Ich dränge den Gedanken daran zurück, dass er wohl bald wieder nach Polen muss. Das Land steht kurz vor einem Bürgerkrieg. Augusts Gegner sind nun überzeugt davon, kämpfen zu müssen, und setzen alle Hebel in Bewegung, um Bundesgenossen zu gewinnen. Sogar nach Schweden hat man die Fühler ausgestreckt, denn angeblich plant Karl schon seine Rückkehr aus dem türkischen Exil. Es ist nur noch eine Frage der Zeit, bis der Kampf losgeht. Des Königs Reise nach Warschau sollte dazu dienen, seine Gegner zu besänftigen, aber Jan glaubt nicht, dass ihm das gelingen wird. Zu tief sind die Gräben. Auch ich bin überzeugt: August kann nicht hoffen, dass sein Sohn ihm nachfolgen wird. Die Polen müssten närrisch sein, wenn sie dem nach der so unglücklichen Regierung wie der sächsischen zustimmen würden. Es wird zum Aufstand kommen. Über diesem Land schwebt ein Unglücksstern.

Brief der Gräfin Constantia von Cosel aus der Haft in Stolpen an König August den Starken vom 13. Oktober 1714

Majestät, mon amour, mein Leben!

ich schreibe an Sie in höchsther Vertzweifflung, weil ich verlaßen bin vom Glück, ausgeschloßen von der Weltt und vergeßen von meinen Freunden. Ich bin geplagt von Gefengnis, von Krankheyt und dem Eingeschloßensein, das mir die Lufft zum Leben nimmt. In der kalthen Erde würde es mir beßer gehen alß im Leben. Man will mich hier langksam crepiren lassen. Alle andern theilen sich das Meinige und ich muß wie ein armer Hundt mich behelfen. Man hat schon die Säulen und Mauern meines Thurms visitirt, ob ich nicht vielleicht Samsons Stärcke bekommen würde, die Thore auß den Angeln zu heben. Über mir, neben mir und unther mir habe ich Wachen, und wenn ich nicht so kranck vom Schlagfluss wäre, zweifle ich nicht sie würden mich auch des nachts biß in mein Bette accompagnieren. Wenn ich hier dolle werde, so ißt es kein Wunder.

Ich weiß mein Verbrechen, ja, ich scheme mich darob und bereuhe es zuthiefst. Mein schlimmstes Vergehen ist, daß ich Sie, mon roi, zu sehr gelihbt habe. Nur dieß war Grund und Ursache dafür, daß ich Ihnen Bößes that. Es thut mir von Hertzen leyd und ich bitte Sie umb Gottes Willen, mir zu verzeihen.

Sire, ich flehe Sie an, wenden Sie ihr Hertz nicht von mir, die ich wohl jetzo die Unglückseeligste auff Erden bin, welche mit so vielen Leyden umgeben, daß ich wohl teglich und stüntlich nach meiner Erlößung seufze und ein seeliges Ende mir alles gut machen könnte. Dencken Sie an unsere gemeynsamen Zeitten! Sollte es denn keine Möglichkeitt geben, Sie dahin zu disponieren, daß sie mit Gnaden die edle Freiheit mir wiederum zugestünden? Denn was ist Ihnen mit der noch lengern Qual einer ungesunden Frau gedient, die so viele trübselige Gewither außgestanden und Hiobs Leiden erdulden und tragen muß? Ich wäre mit Freuden bereitt, mich auf das kleinste Landt=Guth zurückzuziehen, daß man mir zugesteht. Einmahl vor langer Zeitt haben Sie zu mir gesagt: Die Gott=Ähnlichkeyt des Königs hebt auch Seine Maitresse über die gewehnlichen Sterblichen empor. Oh mögen Sie mich nun nicht hier zu Stolpen verrotten laßen wie den Mindesten Ihrer Unterthanen.

Ich bitte Sie, Sire, umb unßerer gemeinßamen Zeitten willen, vertzeihen Sie einer krancken, gebrochenen Frau. Laßen Sie christliche Nechsten=Liebe walthen und vergeßen Sie nicht Ihre getreue, reuige

Constantia

Aus den Memoiren des französischen Gesandten zu Dresden, Alphonse Louis Baptiste de Villeroy

Mon Dieu, ich wußte es! All meine Befürchtungen haben sich bestätigt! Meine Freundin Fatime hat sich mit diesem Polen eingelassen! Voilà, da haben wir die Bescherung. Seit Tagen rede ich auf Madame ein wie auf ein krankes Pferd, doch alles umsonst. Sie will partout nicht auf mich hören. Dabei ist es ganz und gar undenkbar, diese Liaison fortzusetzen. Die beiden haben schon Glück genug, dass noch niemand etwas bemerkt hat. Ich darf gar nicht daran denken, wie Seine Majestät sich échauffieren würde, wenn er von der Affaire erführe. Denn, und das habe ich Madame Fatime ganz deutlich gesagt, er ist ein eitler Mensch und ganz von sich eingenommen. Niemals würde er einen solchen Betrug verzeihen. Er selber ist zwar keiner Frau treu, doch umgekehrt erwartet er dieses von der mindesten seiner Grisetten. Schließlich ist er der König. Sapristi, es ist zum Verrücktwerden!

Am meisten ärgert mich dieser Pole. Kann der Mann sich nicht woanders umsehen? Nein, da muss er ausgerechnet mit der Maitresse seines Königs … ich mag es gar nicht aufschreiben. Nichtsnutziger Windhund!

Wie jähzornig der König sein kann, hat er erst gestern wieder bewiesen, kaum dass er mit dem Hofstaat aus Warschau retour war. Offenbar fand die Comtesse Dönhoff bei ihrer Rückkehr ein Bittschreiben der unseligen Gräfin Cosel vor, in dem sie gebeten wurde, beim König ein gutes Wort einzulegen. Nun ist die Dönhoff vraiment eine gute Seele, aber wohl auch ein bißchen, wie soll ich sagen, simple. Sie hat Seine Majestät tatsächlich um Nachsicht für Madame de Cosel gebeten, aber leider zum völlig falschen Zeitpunkt. Nämlich sprach sie ihn während einer abendlichen Assemblée an, inmitten einer Reihe von Gästen, und noch dazu wo alle Welt wusste, dass Auguste an diesem Tag Sodbrennen hatte. Vermutlich wählte sie ihre Worte auch nicht recht geschickt. Sie sagte zu Seiner Majestät, so erzählte man mir hinterher, dass es nicht recht sei, einen Menschen, den man einmal geliebt hat, nackt und bloß seinem Schicksal zu überlassen. Daraufhin überfiel den König die schwärzeste Wut. Er brüllte Dinge, die niemand verstand. Dann ging er zum Entsetzen aller auf die arme Comtesse los wie eine Furie, riss ihr mit beiden Händen erst die Ärmel, dann den Rock vom Leibe, schließlich das Mieder, bis sie splitternackt vor ihm stand. Die Dönhoff war starr vor Schreck, und ebenso die umstehenden Damen und Cavaliers. Endlich raffte irgendjemand ein Tischtuch zusammen und legte es der Ärmsten um die Schultern. Unter lautem Aufweinen ließ sich die Gräfin von einigen Damen aus dem Saal führen, während Seine Majestät ihr ganz ungerührt nachsahen. Wie konnte sich der Mann so dermaßen vergessen? Keine Contenance, diese Deutschen. Solch ein Benehmen ist eines Königs ganz gewiss nicht würdig. Ich habe die Scene von Ferne mitangesehen und mußte mich mit Grauen abwenden. Schließlich bin ich Franzose! Ach, Dresden ist eben doch nicht Versailles!

Gut Särchen, Januar 1715

Vor dem kleinen kreuzförmigen Bau mit den drei runden Kuppeln scharrten zwei gesattelte Pferde im Schnee nach Gras. Das orientalisch anmutende Häuschen stand eine halbe Meile vom Gutshaus entfernt direkt am Fluss, damit es die Wasserträger nicht so weit hatten. Aus einem halb geöffneten Fenster entwich weißer Dampf, und von drinnen konnte man Plätschern und fröhliche Stimmen hören. Es war Fatmahs Hamam, den sie nach türkischem Vorbild hatte bauen lassen.

Im Vorraum, der fürs Umkleiden gedacht war, lagen auf hölzernen Bänken die Kleider der Badenden. Denn in den Hamam ging man, bis auf ein um die Hüften geschlungenes Tuch, nackt. Der angrenzende Raum war ein Ruhezimmer mit einem gepolsterten Diwan, großen Kissen und Tischchen, auf denen Obst, Konfekt und Karaffen mit Wein standen. Von hier aus ging es in das eigentliche Bad.

»Nicht so kalt!« Fatmah kreischte fröhlich, als Worowski ihr Wasser aus einer flachen Messingschüssel über den Rücken goss. »Warte nur, bis du an der Reihe bist!«

Er lachte und küsste sie auf den Nacken. »In Polen badet man immer kalt, Kleines. Im Fluss. Wir sind nicht so verwöhnt.«

Mit einem wohligen Ächzen legte er sich auf die mosaikgeflieste Bank in der Mitte des Raumes. Fatmah füllte ein Musselinsäckchen mit Seifenlauge, blies hinein, bis sich feinperliger Schaum bildete und drückte dann die weißen, duftenden Bläschen auf Worowskis Rücken. Dann massierte sie seine Haut mit kreisenden Bewegungen, bis sie weich und glatt war. Er stöhnte genüsslich.

»Ich komme mir vor wie ein verweichlichter Hofschranze«, murmelte er.

»Ein sauberer, verweichlichter Hofschranze«, flüsterte sie zurück. Spielerisch malte sie mit ihrem Zeigefinger Kreise und Spiralen auf seinen Rücken und ließ ihn dann langsam sein Rückgrat entlang bis zu dem Spalt zwischen seinen Hinterbacken gleiten. Mit einem Ruck drehte er sich um, zog sie zu sich herab und biss sie leicht in die Schulter. Lachend und prustend wälzten sie sich auf den feuchten Kacheln, kämpften ein atemloses Scheingefecht, bis es ihm gelang, den Knoten ihres Hüfttuchs aufzuziehen. Er berührte sie mit leichter Hand, und sie liebten sich langsam, fast bedächtig, mit tastender Zärtlichkeit und leisen Berührungen, den Höhepunkt hinauszögernd, als ob es kein Ende nehmen sollte.

Später am Nachmittag ritten sie zum Landhaus zurück. Die Luft war kalt, und die Sonne stand schon tief.

»Ich muss morgen fort«, sagte er, ohne sie anzusehen.

Fatmah nickte bedrückt. »Ich wusste es, als du gestern den Brief aus Warschau bekamst.«

»Es ist nur für ein paar Monate.«

»Wirst du kämpfen müssen?«

»Ich weiß es nicht«, antwortete er ehrlich. »Vermutlich schon, wenn es losgeht. Und es könnte bald so weit sein. Man hat gehört, dass König Karl von Schweden aus dem Exil zurückkehrt. Wenn er auf unserer Seite in den Krieg eingreifen würde …«

Eine Weile ritten sie schweigend nebeneinander. Jeder hing seinen eigenen Gedanken nach.

»Ich werde in jeder Minute an dich denken, Jan.«

»Mach dir keine Sorgen, kochanie. Ich komme zurück. Du weißt doch, ich bin unverwüstlich. Und wenn August dann nicht mehr König von Polen ist – auf Krasny Wilowa ist Platz für dich und die Kinder.«

Sie stiegen ab und banden die Pferde an den Holm vor der Tränke. Dann schmiegte sich Fatmah in seine Arme.

»Sollte das eben ein Heiratsantrag sein, Graf?«, lächelte sie.

Er hob die Augenbrauen. »Muss ich es noch deutlicher formulieren, Madame?«

Aus dem Schatten der kleinen Orangerie, die in der Nähe der Tränke stand, löste sich ein Mann. Er lief mit schnellen Schritten auf das Wäldchen hinter den Stallungen zu, wo ein Pferd angebunden auf ihn wartete. Mit einem Schwung war der Mann im Sattel, lenkte seinen Rappen zur Landstraße und galoppierte eilig zu der windigen Herberge, in der er seit einigen Tagen ein schmutziges Zimmer gemietet hatte. Dort setzte er sich an ein wackliges Tischchen am Fenster. Er breitete ein Blatt Papier vor sich aus, öffnete das Tintenfass, tauchte die Feder ein und schrieb.

Rapport des Geheimpolizei-Agenten Anton Sartorius an den Minister des Geheimen Kabinetts Graf Flemming vom 11. Januar 1715

An Seine allergnedigste hochwohlgeborene Excellenz, den Grafen Flemming.

Persönlich.

Mon comte,

Ihre Ahnung hat Sie nicht gethrogen. Wie es Ihr Wunsch war, habe ich sowohl die Madame von Carimahn alß auch den Grafen Worowsky unter meine Beobachtungk genomen. Madame sind mit ihren beyden Kindern vor nunmehro 10 Tagen nach Särchen abgereißt, worauf ich den Grafen nicht auß den Augen ließ. Nach 4 Tagen hat sich Monsieur vorgehblich auf den Weg nach Warschaw begehben, ist aber in Wahrheyt ebenfalls nach Särchen geritten. Dies konnthe ich feßt=stellen, weil ich ihm gefolgt bin.

Seit einer Woche bin ich alßo eyn unentdeckther Gast auf dem Guth der Madame Carimahn. Ich habe jeden Schritt der beyden Perßonen begleytet, ohne daß sie mich bemerckt hetten. Es bestehet keinerley Zweiffel daran, daß Madame und der Graf Seine Majesthet auf das Liederlichste und Unverfrohrenste bethrügen. Sie thun offt nichts anderes, alß wie Kinder zusamen zu schertzen und zu spielen. Außerdeme verstehen sie die Kunßt, mit Delicatesse und Plaisir zu lieben, wovon ich mich öfthers durch das Fensther heymblich überzeugen konnte. Venus und Cupido thun teglich ihre Wirckung.

Auß den Gesprächen, die es mir gelang zu hören, ist gantz eyndeutig zu verstehen, daß der Graf den pohlnischen Rebellen angehört. Er führt gantz und gar lesterliche Reden über den König, den sächsischen Adel und auch das Geheyme Cabinett. Man weiß in Pohlen offenbar auch von den Plähnen Seiner Majestät, den Churprinzen alß seinen Nach=Folger einzusetzen und die absoluthe Macht im Lande zu übernehmen. Es ist die Rede von Bürger=Kriegk. Ob allerdingks Graf Worowsky der Unbekannthe war, der im letzthen Jahr Seine Majestät attacieren wollte, ließ sich immer noch nicht herauß=finden.

Geßtern nun hat der Graf durch einen Eill=Courier Nachricht auß Warschaw erhaltten, worauf er seine soforthige Abreise plant. Wenn ich mit meinen Leutten zugreyfen soll, bevor er die Grentze passirt, bitte ich Sie, Excellentz, um einen dießbezüglichen Befehl. Dießes Schreyben gehet sofort mit einem Eill=Bothen ab, und wenn er biß morgen Mittag mit Ihrer allerhöchsten Erlaubniß zurück gelangt, ißt vielleicht noch genügendt Zeit, Graf Worowsky abzufangen.

Ich harre demüthigst Ihrer Anweisungen und bin derweilln Ihrer Excellenz getreulichster Knecht biß in den Thod

Anton Sartorius

Revers des Grafen Flemming an Anton Sartorius vom 12. Januar 1715

Nichts unthernehmen! Abwartten und paßiren lassen. Madame Kariman ißt weitherhin gestrenger Beobachtungk zu untherziehen und ihre gesamte Correspondence zu überwachen.

Flemming

Berliner Ordinari- und Poſtzeitung vom 16. 1. 1715

»... Unßere Correspondenten vermelden in großer Aufregungk die Rück=Kehr Seiner Majestät Carls XII. von Schwehden auß dem Exil im Oßmanischen Reich. Der König hat Bender schon im Monat Octobris verlaßen und ißt mit Seiner Ordonnantz und Begleytern in kaum weniger alß drey Wochen in einem Gewaltt=Ritt zu Pferde in die Feßtung Stralsund gelangt und von dortten aus nach Schwehden übergesetztet. Der preußische Hof hat Seiner

schwehdischen Majestät schon im December in aller Form zu Ihrer Heim=Kehr gratulirt ...«

Schloss Pillnitz, September 1715

»A propos, ma chère Fatime, ich möchte so gerne wissen, woher unser geliebter Kaffee denn eigentlich kommt!« Die Comtesse Dönhoff hob mit einer gezierten Geste ihr henkelloses Köppchen und nahm einen winzigen Schluck, während alle anderen ihrer Bitte beipflichteten.

Der Hof weilte seit einigen Tagen schon zu Pillnitz – August hatte das Schlösschen nach dem Sturz der Cosel wieder in seinen Besitz genommen und verbrachte den Sommer über viel Zeit in der Sommerfrische an der Elbe. An diesem Tag saßen etliche Damen und Kavaliere im Schlossgarten unter einer großen Trauerweide, wo man Decken und Kissen für Fatmahs Erzähl- und Kaffeestunde ausgebreitet hatte. Es war ein lauer Spätsommertag, vom Fluss her hörte man das leise Quaken der Enten, und von der Orangerie des Schlösschens, wo ein Streichquartett für den Abend probte, wehte der Wind Fetzen einer Melodie zu der kleinen Kaffeegesellschaft herüber. Die leichte Brise zauste an den weißen Perücken und bauschte die bunten Reifröcke.

Fatmah saß mit untergeschlagenen Beinen auf einem gepolsterten Taburett, ihr zu Füßen kauerte mit aufmerksamem Blick die kleine Aurora, während ihr Bruder Friedrich im Gras lag und mit einem Halm Käfer ärgerte.

»Also heute kein Märchen?«, fragte sie in die Runde. »Nun gut. Lasst mich überlegen. Über den Kaffee gibt es mehrere Geschichten. Die Araber erzählen sich, dass Allah der Allbeglückende höchstselbst den Menschen das Getränk beschert habe. Denn als der Prophet Mohammed einmal unter einer schweren Schlafsucht litt, schickte Allah ihm einen Engel, der ihm einen heißen, schwarzen, bitteren Aufguss zu trinken gab. Schon nach einigen Schlucken erstarkte der müde Prophet so über die Maßen, dass er sogleich vierzig Reiter aus dem Sattel hob und in einer Nacht vierzig Jungfrauen in die Freuden der Liebe einweihte. Wegen dieser berauschenden Wirkung nannten die Muselmanen, denen ja der Alkohol verboten ist, das Getränk ›kahwah‹. Das bedeutet ›Wein des Islam‹.«

Fatmah machte eine kleine Pause und richtete ihren roten Schleier, den der Wind hob. »Doch das ist nicht die einzige Legende, die sich um den Kaffee rankt. Eine andere Geschichte handelt von einem jungen Schäfer, der einst seine Tiere auf einer Hochebene weidete, wo ihm unbekannte Pflanzen wuchsen. Als die hungrigen Schafe die Früchte dieser Pflanze gefressen hatten, ereignete sich Merkwürdiges: Die Herde hüpfte und sprang die ganze Nacht munter umher, gab keine Ruhe und raubte dem armen Schäfer den Schlaf. Am nächsten Tag führte der Knabe seine Tiere zu einem nahen Kloster und erzählte den Mönchen von seiner unruhigen Nacht. Die heiligen Männer sammelten daraufhin die Beeren, zerstießen sie und übergossen sie mit heißem Wasser. So sollen sie den Kaffee entdeckt haben.«

Der Vicomte de Villeroy, der auf einer steinernen Bank saß und sich den Rücken von der Sonne wärmen ließ, hob seinen juwelenbesetzten Spazierstock. »Alors, es mag ja sein, dass die Muselmanen den Kaffee gut vertragen, unsereiner jedoch leidet eher unter seiner schädlichen Wirkung. Immerhin schwächt er die Nerven und macht den Magen sauer, weil er von heißer und trockener Natur ist.«

Auf diese Bemerkung hin hagelte es von allen Seiten Proteste. »Aber nein, mein lieber Vicomte«, erwiderte eine ältere Hofdame vorwurfsvoll. »Der Kaffee ist gut für Kopfschmerzen, Atemnot und Fußgicht, das habe ich selber am eigenen Leibe erfahren! Ich habe Freundinnen, die sechs Tässchen hintereinander trinken können, und sie sind kerngesund! Im Übrigen habe ich gehört, dass man in China Kaffeebohnen an Katzen und Wiesel verfüttert und wartet, bis sie unverdaut wieder herauskommen. Dann röstet und mahlt man das Ergebnis – es soll angeblich himmlisch schmecken.«

Die ganze Gesellschaft schüttelte sich.

»Wussten Sie schon, Mesdames, dass man am französischen Hof den Kaffee aus Tassen trinkt, die dem Busen der Madame Montespan nachgebildet sind? Als ihre Nachfolgerin als Maîtresse en Titre, die Madame de Maintenon, einmal aus Versehen an solch einer Tasse nippte, soll sie drei Tage unpässlich gewesen sein.« Das war wieder der Vicomte; sein letzter Satz wurde mit Gelächter belohnt.

»Aber wie kam wohl der Kaffee vom Morgenland zu uns nach Europa?«, meldete sich jemand zu Wort.

Fatmah überlegte. »Ich habe gehört, dass man hierzulande den Kaffee erst vor wenigen Jahrzehnten kennen gelernt hat, bei der Befreiung Wiens von der türkischen Belagerung. Damals entdeckten Soldaten unter der von den Osmanen zurückgelassenen Beute fünfhundert Säcke mit Kaffeebohnen. Zuerst konnte man mit den unbekannten Früchten nichts anfangen, doch dann fanden sich einige Serben, die daraus ein Getränk machen konnten. In Sachsen wurde daraufhin die erste Kaffee-Loggia eröffnet ...«

»Ja, das Kaffeehaus ›Zum arabischen Coffee-Baum‹ in Leipzig«, rief einer der Höflinge. »Ich pflege dort öfters meinen Kaffee zu nehmen. Am Eingang gibt es ein steinernes Portal, darauf sieht man einen Muselmanen mit Turban, dem ein kleiner Amor ein Tässchen bringt. In London soll es übrigens über zweitausend solcher Kaffeehäuser geben!«

In diesem Augenblick ertönte ein erstickter Schrei aus dem Mund des Vicomte. Ein Lakai hatte ihm gerade auf einem silbernen Tablett eine mit dem französischen Staatssiegel versiegelte Nachricht überreicht und stand nun verdattert neben der Bank. Villeroys Gesicht war unter der Schminke erblasst. Er presste die Hand auf die Brust und atmete mühsam und mit geschlossenen Augen ein paarmal durch. Langsam stand er auf und blickte düster in die Runde.

»Mesdames et Messieurs, ich habe die überaus traurige Aufgabe, Ihnen mitteilen zu müssen, dass Seine Majestät, der König von Frankreich, seit vorgestern nicht mehr unter den Lebenden weilt. Gott sei seiner Seele gnädig. Ein großer Mann, ein glorreicher Monarch, ein überragender Mensch ist nicht mehr. Mit ihm starb ein Zeitalter, und die Welt wird arm sein ohne seine Gegenwart. Dieu du ciel, was wird aus Frankreich werden? Welch ein furchtbarer Tag ist das für uns alle.«

Dann wankte er und sackte zusammen.

Fatmah war hinzugesprungen und half nun, den Vicomte auf eine Decke zu betten. Auf seiner Stirn stand kalter Schweiß, seine Lippen hatten eine bläuliche Färbung angenommen, und er atmete stoßweise.

»Vite, vite, holen Sie Doktor Tropanegger«, rief jemand.

Der Arzt kam kurze Zeit später im Laufschritt. Er untersuchte Villeroy mit ernster Miene und ließ ihn dann in einem Tragstuhl zum Schlösschen bringen.

»Mama, muss Onkel Alphonse jetzt sterben?«, fragte die kleine Aurora, an einem ihrer dunklen Zöpfe kauend.

Fatmah beugte sich zu ihr hinunter und nahm sie in den Arm. »Bestimmt nicht, kizim, er ist nur krank vor Schreck geworden. Es wird ihm bald wieder besser gehen, und dann spielt er wieder mit dir.«

Sie nahm die Kinder an der Hand und ging langsam zu der breiten steinernen Treppe, die vom Schloss zum Anlegeplatz am Fluss führte. Dort setzten sie sich auf die oberste Stufe und sahen zu, wie die Kähne auf dem breiten Strom elbabwärts fuhren. Lieber Gott, betete Fatmah, lass ihn nicht sterben. Er war immer wie ein Vater zu mir, und er ist so liebevoll zu den Kindern. Hilf, dass er wieder gesund wird.

»Sie müssen sich schonen, Vicomte.« Doktor Tropanegger kam am späten Abend noch einmal an Villeroys Bett.

Der Kranke lächelte mühsam. »Aber, aber, mon ami, ein kleiner Schwächeanfall, weiter nichts. Das geht vorüber.«

»Es war kein Schwächeanfall, mein Freund.« Der Hofarzt schüttelte müde den Kopf. »Sie haben ein schwaches Herz. Es arbeitet nicht mehr so gut wie in jungen Jahren. Ich werde Ihnen die beste Medizin geben, die ich habe. Aber Sie müssen in Zukunft mehr auf sich achten. Keine anstrengenden Jagden mehr, nicht mehr so viel reisen, weniger fett essen, weniger Wein.«

Villeroy hob abwehrend die Hand. »Seien Sie nicht so streng mit mir, Docteur. Ich bin einfach nicht mehr der Jüngste, das wissen wir beide. Und wenn ich sterbe, dann werde ich meinem König im Himmel weiter dienen.«

»Na, na, wir wollen nicht so schwarz sehen, Vicomte. Sie können hundert Jahre alt werden, wenn Sie auf mich hören und Aufregung vermeiden.«

»Wie soll ich mich nicht aufregen, wenn ich weiß, dass ich krank bin?« Der Vicomte richtete sich empört im Bett auf. »Na los, geben Sie mir schon Ihre Medizin. Noch bin ich schließlich nicht tot, n'est-ce pas? Und wenn Sie hinausgehen, sagen Sie meinem Diener, er möchte mir mein Einschlafglas Burgunder bringen. Man soll mit alten Gewohnheiten nicht brechen, meinen Sie nicht auch?«

Tropanegger stand auf und tätschelte dabei wohlwollend Villeroys Schulter. »Nun, es wird Sie nicht umbringen, mein Bester. Schlafen Sie wohl.«

Draußen wartete Fatmah.

»Doktor, wie geht es ihm?«

Tropanegger drückte ihre Hand. »Ich weiß, wie Sie zu ihm stehen, Madame. Ich will ehrlich sein. Sein Herz ist nicht gesund. Diesen Anfall hat er wohl überstanden, aber man weiß nie, wann der nächste kommt. Es ist schwer zu sagen, aber viele Jahre bleiben ihm wohl nicht mehr. Gute Nacht, meine Liebe.«

Fatmah ließ seine Hand los. Sie fühlte sich so allein. In ihren Augen standen Tränen.

Tarnograd in Polen, Herbst 1715

Das unbedeutende Städtchen Tarnograd, zu dem allerdings eine Achtung gebietende Festung gehörte, lag im äußersten Südosten Polens mitten auf einer weiten Hochebene. Sogar in dieser gottverlassenen Gegend, weit weg von jeglichem Nachschub, hatte die sächsische Armee eine Garnison eingerichtet und ein paar hundert Soldaten stationiert. Bis vor kurzem war der Bürgerkrieg, der bereits an verschiedenen Stellen des Landes aufgeflammt war, noch nicht hierher gedrungen, doch die Festung war nicht allzu stark, und genau aus diesem Grund hatten sich die polnischen Rebellen Tarnograd ausgesucht, um ein Exempel zu statuieren. Nichts durfte hier schief gehen, und so hatten sich die sachsenfeindlichen Streitkräfte lange und sorgfältig auf den Sturm des Städtchens vorbereitet. Die Belagerung hatte Anfang November begonnen, und man war vorsichtig und sorgfältig vorgegangen, um die Zivilbevölkerung nicht mehr als unbedingt notwendig leiden zu lassen. Jetzt lag die Festung sturmreif.

»Männer, Soldaten, Polen! Ihr habt Eurem Land bei dieser Belagerung Ehre gemacht. Tarnograd liegt heute vor uns wie ein reifer Apfel. Wir müssen ihn nur noch pflücken. Die Sachsen werden uns nicht mehr viel entgegensetzen können. Kämpft, seid mutig, glaubt an unsere gute Sache. Heute Abend werden wir in der Stadt unseren Sieg feiern. Für Polen und die Freiheit!« Aleksander Jablonowski hatte seine Rede in den Steigbügeln stehend gehalten, und nun reckte er sein Schwert triumphierend in die Luft. Die bunt zusammengewürfelte polnische Truppe antwortete mit zustimmendem Gebrüll.

»Folgt uns, Soldaten!« Das war Stanislaw Ledochowski, der sich im vergangenen Jahr immer mehr zur Führungsfigur der Aufständischen aufgeschwungen hatte. Er trug die glänzende silberne Rüstung der Kronarmee; über seinem Kopf mit dem Reiherfederhelm flatterte die bunte Standarte seiner angesehenen alten Adelsdynastie. Neben ihm ritt Worowski, zusammen mit etlichen anderen Offizieren. Das polnische Heer setzte sich in Bewegung, geradewegs auf die bereits schwer beschädigten Mauern des Städtchens zu.

Der Widerstand der Sachsen brach nach zwei Stunden vollständig zusammen. Worowski war der Erste, der mitten im dichten Pulverdampf auf den Zinnen des Haupttores eine weiße Flagge ausmachte.

»Feuer einstellen!« Der Graf schickte Ordonnanzen zu den Befehlshabern der Flanken. Kurze Zeit später schwiegen die Kanonen, und das Tor schwang langsam auf. In Zweierreihen und ohne Waffen kamen die sächsischen Soldaten heraus und ergaben sich resigniert. Ihnen folgten unter Hurrarufen die Bürger des befreiten Tarnograd.

»Dies ist der erste Sieg, meine Freunde, und weitere werden folgen. Es lebe Polen!« General Rybinski hob seinen Pokal. Es war Abend, und im großen Saal der Festung brannten alle Kerzen.

»Wir wollen diesen Erfolg besiegeln«, rief Jablonowski. »Lasst uns ein Bündnis gründen, alle, die wie hier sind und mit unseren Männern für die gute Sache gekämpft haben. Ein Bündnis, von dem Polen noch in Jahrhunderten sprechen wird!«

»Ja, ein Bündnis!«, bekräftigte jemand. »Die Konföderation von Tarnograd!«

Die Männer im Saal jubelten.

Ein Offizier sprang auf den nächsten Tisch. »Ich schlage Pan Jablonowski als Anführer vor!«

Beifall brandete auf, doch Jablonowski winkte ab. »Ich danke Euch, Freunde, aber diese Ehre gebührt jemandem, der mehr militärisches Talent und mehr politische Begabung hat als ich.« Er wies mit ausgestreckten Armen auf den Mann neben sich. »Lasst uns Pan Ledochowski zum Marschall der Konföderation wählen! Wer ist dafür?«

Die Mehrheit der Anwesenden hob die Hand, auch Worowski. Er schätzte Ledochowski als vernünftigen Mann. Wenn er jemandem zutraute, Polen von der sächsischen Herrschaft zu befreien, dann war es dieser stämmige, schnurrbärtige, kluge Magnat, der auch zu Russland gute Beziehungen hatte. In Worowskis Augen war der frisch gewählte Marschall sogar ein zukünftiger Kandidat für die polnische Krone, nachdem Stanislaw Leszinsky in Frankreich offenbar faul und behäbig geworden war. Der von August abgesetzte Ex-König hatte bisher trotz vieler Bitten keinerlei Anstalten gemacht, eine führende Rolle im Aufstand zu übernehmen.

»Wir werden die sächsischen Garnisonen eine nach der anderen stürmen«, rief Ledochowski nun. Er war auf einen Stuhl gestiegen, damit ihn alle sehen und hören konnten. »Tarnograd war erst der Anfang, meine Freunde! Die Kronarmee steht bereit, sich gegen August zu erheben. Ganz Polen ist mit uns! Wir werden uns über die Leichen der Sachsen den Weg zum Sieg bahnen! Unser Schlachtruf wird den Feind erzittern lassen: Hinaus mit den Fremden, Polen den Polen!«

An diesem Abend flossen Wein und Wodka in Strömen, doch Worowski hielt sich mit dem Trinken zurück. Er kannte August und wusste, dass der Sachse die polnische Krone nicht noch einmal so leicht abgeben würde. Nein, er würde kämpfen bis aufs Messer und der neuen Konföderation kein leichtes Spiel ermöglichen. Das Herz wurde Worowski schwer, denn er sah einen weiteren langen Krieg auf Polen zukommen. Und er wusste, dass es nun schwieriger denn je werden würde, Fatmah wiederzusehen.

Brief Jan Michal Worowskis an Fatmah vom 20. Februar 1716

Kochanie, mein Hertz, meine Liebe,

nun ist so viel Zeitt vergangen, und wir sindt immer noch so weyt von einander entferntt. Du weyßt, wie sehr ich mich nach Dir sehne, und doch kann ich mein Landt jetzt nicht im Stich laßen. Geht es Dir guth? Dein lezter Brieff war so thraurig, daß es mir in der Seele weh that. Sei vorsichtig mit dem Schreyben, Liebste, Du weißt doch, daß Flemming seyne Spione überall hat.

Wir sind nun mithen im Kriegk, und ich habe ethliche Gefechthe hinther mich gebracht. Mit Gottes Hülfe habe ich alles gesundt überstanden und ohne Verwundungk. Die säxischen Garnisonen werden alle starck bedrängt und können sich kaum erwehren. In Galitzien, den Wojewodschaften an der oberen Weychsel und Wolhynien hat August Niederlagen erlithen. Auch unßre Bauern greiffen jetzt zu den Waffen, weil die säxischen Soldaten sie allüberall außplündern. August leßt die gefangenen Auffständischen zu hundertten erschißen oder auffhengen, aber ich muß gestehn, auch wir thun das Selbe mit den armen Saxen, die in unßre Hende fallen. Im Krieg kennt niemand Mitleyd.

Mein Kleynes, ich kann nicht sagen, wie langk all das noch dauern wird. Ich habe einen Traum, der mich in all dießer hartten Zeyt auffrecht helt: Darin sehe ich, wie ich zu Dir, kochanie, heimb komme. Du hast das blaue Kleyd an, das, in dem ich Dich zum ersten

Mahl gesehn habe, damals in Dreßden, und das in der Farbe deyner Augen leuchttet. Deine Arme stehn offen, dein schwartzes Haar weht im Windt und dein Mundt lächelt und warttet darauf, daß ich ihn küße. Dies Bildt sehe ich immer und immer wieder vor mir, und ich kann es nicht erwarthen, bis es Wahrheyt wird.

Wartte auff mich, mein Hertz! Der gnedige Gott wirdt seine Handt über unß haltten, deß bin ich gewiß. Dießer Krieg kann nicht ehwig dauern. Wir sehen unß wieder.

Jan

Irgendwo in Polen, März 1716

Der nackte Mann baumelte von einem Haken an der Decke des düsteren Kellergewölbes. Mit dem ganzen Gewicht seines Körpers hing er an seinen auf dem Rücken zusammengebundenen Handgelenken. Seit unendlichen zehn Minuten brüllte er vor Schmerzen, schrie seine Qual hinaus.

Vier Männer saßen ungerührt auf hölzernen Schemeln und sahen zu, wie das Gesicht des Gefolterten langsam blau anlief. Einer von ihnen, ein vornehm ganz in Schwarz gekleideter Herr mittleren Alters mit brutalen Gesichtszügen und einer gezackten Narbe auf der Stirn, hob schließlich die Hand, und der Folterknecht schnitt das Seil mit einem scharfen Messer durch.

Die Schreie des Gepeinigten rissen ab, als er mit den Füßen auf dem Steinboden aufkam. Dann brach er bewusstlos zusammen. Einer der Zuschauer schüttete einen Eimer mit eiskaltem Wasser über ihm aus. Der Mann begann zu zittern, und sein Darm entleerte sich.

Der Vornehme zog ein weißes Taschentuch und hielt es sich vor die Nase. Dann wandte er sich an seinen Nachbarn, einen froschgesichtigen Fettwanst, der ein Schreibtableau mit einem noch leeren Blatt Papier auf den Knien und eine Schreibfeder in der Hand hielt.

»Fragen Sie ihn, ob er jetzt reden will.«

Das Froschgesicht übersetzte ins Polnische. Der Delinquent

schüttelte trotzig den Kopf, immer noch am ganzen Leib vor Kälte und Schmerz bebend. »Nie«, stieß er hervor, »nigdy.«

Der Vornehme lächelte dünn. »Es ist ein Kreuz mit diesen polnischen Sturköpfen. Was uns das Zeit kostet! Und am Ende reden sie dann doch.« Er gab dem Folterknecht, einem kahlköpfigen Muskelprotz mit hellblauen, unschuldig blickenden Kinderaugen, einen müden Wink. »Weitermachen.«

Der Glatzkopf nickte, hob den halb ohnmächtigen Polen wie ein Kind hoch und band ihn bäuchlings auf einer Art Holzgestell fest. Dann griff er zu einer kurzen Lederpeitsche und stellte sich in Positur. Das mit Knoten versehene Leder klatschte wuchtig auf den Rücken des Gefolterten herab. Schon beim ersten Schlag platzte die Haut mit einem ratschenden Geräusch, und das Blut spritzte. Der Gepeinigte heulte auf, bei jedem Schlag lauter und schriller. Nach zwanzig Schlägen war sein Rücken nur noch eine blutige Masse Fleisch.

»Fragen Sie ihn, ob er jetzt reden will.« Der Mann mit der Narbe zog eine Taschenuhr aus der Innenseite seines schwarzen Rocks und warf einen kurzen Blick darauf.

Das Froschgesicht tat wie geheißen, doch der Mann schüttelte immer noch verzweifelt den Kopf. Seine Augen waren aus den Höhlen getreten, die Lippen zerbissen. Dann erbrach er sich. Ein durchdringender säuerlicher Gestank breitete sich in der Kellerkammer aus.

Der Vornehme wurde wütend. Er stand auf und versetzte dem Delinquenten einen Tritt. »Gib endlich auf, du polnisches Schwein«, schrie er, »sonst ist von dir nichts mehr übrig, wenn ich erst mit dir fertig bin! Wo findet der nächste Angriff der Konföderation statt? An welchem Ort verbirgt sich Ledochowski? Wer hat euch die Dokumente aus der Geheimen Verwahrung zu Dresden beschafft? Rede!«

Der Folterknecht hatte den Blutenden derweil losgebunden, und der Mann rutschte kraftlos zu Boden, wo er schwer atmend in seinem eigenen Erbrochenen liegen blieb. Dann zog der Glatzkopf lächelnd ein Messer aus seinem breiten Gürtel und sagte etwas auf Polnisch. Mit schnellem Griff hatte er den aufkreischenden Mann an den Hoden gepackt und setzte die Klinge an. Langsam begann er, mit kleinen Sägebewegungen ins Fleisch zu schneiden. »Nie!«, schrie der Gefolterte in höchster Angst auf polnisch, »nie, nie!«

»Willst du jetzt reden?«

Der Mann verstand nun auch das Deutsche. »Tak«, flüsterte er heiser, »ja, ich rede.«

»Warum nicht gleich, Idiot?« Anton Sartorius winkte dem Dolmetscher. »Also, Mann, schreiben Sie …«

Eine Stunde später ritt ein Eilkurier wie der Teufel in Richtung Dresden ab.

Dresden, April 1716

»Ab und zu genieße ich es, mein lieber Flemming, den ehemals reichsten Menschen der Welt in meinen Händen zu halten.« August hielt ein Figürchen auf dem Handteller, das er nun liebevoll mit der Spitze seines Zeigefingers antippte. »Der Großmogul Aureng Zeb, Herrscher über das gesamte Hindostan und seine unendlichen Schätze.«

Flemming lächelte süßlich. Sein Blick streifte kurz über den winzigen Turbanträger aus Gold, Emaille und Juwelen, der im Schneidersitz auf einem karmesinroten Thronpolster hockte. »Majestät, Sie haben ja den Hofstaat schon wieder umgruppiert!«

»Ach ja«, erwiderte der König. »Ich fand, dass die indischen Elefanten lieber von links als von rechts kommen sollten und dass die blauen Sonnenschirme zu nah am Thron standen. Außerdem hat mir nicht gefallen, dass einer der Eunuchen das Gesicht von seinem Herrscher abwandte. So ist es viel besser, sehen Sie?«

Flemming beugte sich über die auf einem silbernen Tischchen aufgebaute Szene, ein märchenhaftes Kunstwerk des genialen sächsischen Hofjuweliers Dinglinger. Mit 137 fingergroßen, leuchtend bunten Miniaturen war die Geburtstagsfeier des Großmoguls von Delhi dargestellt, ein Feuerwerk aus tausenden Diamanten, Rubinen, Smaragden und Perlen. Man brachte dem indischen Herrscher

Geschenke, Gratulanten ritten auf Elefanten vor den Thron oder wurden auf Sänften getragen, Diener hielten Fahnen, Baldachine und Schirme, und im Vordergrund stand eine Waage, mit der Aureng Zeb aus Anlass des Festtages in Gold- und Silbermünzen aufgewogen werden sollte. Die Arbeit des Hofjuweliers hatte August fast sechzigtausend Taler gekostet, mehr als der Bau eines ganzen Schlosses.

Flemming wusste, dass der König die Hofgesellschaft öfters umstellte, meist dann, wenn er unter Anspannung stand und sich zu zerstreuen suchte. In dieser Zeit durfte man ihn nur dann stören, wenn eine Sache unaufschiebbar und von größter Wichtigkeit war.

»Sire, darf ich untertänigst um Ihr Gehör in einer wichtigen Angelegenheit bitten?«

August runzelte unwillig die dichten Brauen. Dann seufzte er und stellte den Großmogul vorsichtig an seinen Platz zurück. »Nun, Flemming, ich bin ganz Ohr!«

»Es gibt neue Nachrichten aus Polen, Majestät. Unsere braven Soldaten halten sich tapfer, obwohl inzwischen die Kronarmee in den Krieg eingegriffen hat. Ein entscheidender Sieg der Konföderation von Tarnograd konnte bisher verhindert werden.«

August ließ sich schnaubend auf einem gepolsterten Sessel nieder. »Verhindert, verhindert, was soll das heißen? Ich will, dass wir diesen Krieg gewinnen, Flemming. Diese verdammten Magnaten machen mir das Leben schwer, seit ich die polnische Krone trage. Es muss nun endlich einmal Schluss sein mit diesen Fisimatenten! Wie ich diese ständigen Auseinandersetzungen hasse! Stehen Sie nicht so herum, Flemming, setzen Sie sich schon.« Er winkte fahrig mit der gepuderten Hand.

Der Minister nahm auf einem Taburett Platz. »Ich zweifle nicht daran, Majestät, dass wir in Polen früher oder später die Oberhand gewinnen werden. Wenn nicht militärisch, dann auf diplomatischem Wege.«

»Was soll das nun wieder bedeuten?« Der König schob sich einen kandierten Pfirsichschnitz in den Mund und kaute missmutig darauf herum.

»Nun«, versetzte Flemming, »wir wissen, dass Marschall Ledochowski den Zaren um Vermittlung gebeten hat. Wenn Sie mich fragen, dann war das ein entscheidender Fehler. Peter der Große hat keinerlei Interesse daran, ein starkes, selbständiges Polen zum Nachbarn zu haben. Er wird sich auf unsere Seite schlagen.«

»Gut, gut. Ich werde dem Zaren in dieser Angelegenheit schreiben.« August entspannte sich. »Was noch?«

Flemming spielte mit der Spitze seines seidenen Kragens. »Ich habe eine Depesche von einem der besten Köpfe meiner Geheimpolizei aus Polen erhalten, Sire. Es geht um das Attentat auf Ihre Person vor über zwei Jahren, bei dem auch Dokumente aus der Geheimen Verwahrung entwendet wurden.«

August hob interessiert den Kopf. »Reden Sie weiter, Graf.«

»Wir wissen jetzt, wer der Mann war. Ein gefangener polnischer Magnat hat unter der Folter zugegeben, dass es sich um Graf Jan Michal Worowski handelt.«

»Unsinn!« Der König schüttelte den Kopf. »War er damals überhaupt in der Stadt?«

»Angeblich nicht, aber offenbar hatte er seine Abreise nur inszeniert, Majestät. Es gibt keinen Zweifel. Er hat zwei Schriftstücke mit nach Polen genommen, die beweisen, dass Sie nötigenfalls mit Gewalt die Erblichkeit der Krone durchsetzen wollten. Deshalb kam es letztendlich zum Krieg.«

August sprang auf und durchmaß mit großen Schritten den Raum, was er immer tat, wenn er zornig war. »Worowski also. Sie werden ihn augenblicklich finden und bestrafen, Flemming. Das wird er mir büßen!«

Flemming erhob sich ebenfalls. »Sire, wir haben noch weitere Erkenntnisse.«

»Berichten Sie!« August war so wütend, dass er ein Figürchen des indischen Hofstaats mit der Hand vom Tisch wischte. Der kleine Mohr landete auf dem Fußboden und verlor dabei einen Pantoffel.

»Wir sind davon überzeugt, Majestät, dass Graf Worowski damals nur der Verhaftung entging, weil ihm jemand im Schloss geholfen hat. Und dieser jemand ist, aller Wahrscheinlichkeit nach … Madame von Kariman.«

»Was?« August brüllte.

»Sire, in mir sträubt sich alles, Ihnen dies sagen zu müssen. Aber es gibt Augenzeugenberichte. Madame von Kariman betrügt Sie. Die Dame hat eine Affäre mit dem Grafen.«

Eine kristallene Flasche flog durch die Luft und verfehlte Flemmings Kopf nur um Haaresbreite. »Sie wagen es! Hüten Sie sich, Ihren König zu beleidigen! Mich betrügt niemand, merken Sie sich das, Monsieur!«

Der Minister verbeugte sich. »Wie Sie befehlen, Sire.«

August stapfte minutenlang weiter durch den Salon, während Flemming unbewegt neben seinem Taburett verharrte. Schließlich blieb der König stehen und kniff die Augen zusammen. »Haben Sie Beweise?«

»Einen Zeugen. Monsieur Sartorius, einer meiner Leute. Absolut glaubwürdig.«

Der König nickte. »Wo ist dieser Worowski jetzt?«

»Soweit wir wissen, irgendwo in Polen bei der Kronarmee.«

»Schaffen Sie ihn her, Flemming. Ich will ihn haben. Und ich will beide in flagranti überführen. Das mit der Affäre glaube ich erst, wenn ich es sehe.«

Flemming überlegte kurz. »Die beiden korrespondieren heimlich miteinander. Madame von Kariman schickt ihre Briefe an Worowskis Schwester in Polen. Wir könnten ein Schreiben von ihr fälschen, das ihn hierher lockt.«

August winkte ungeduldig ab. »Es ist mir gleich, wie Sie das anstellen, Flemming. Aber machen Sie schnell. Ich hasse es, zu warten. Das bekommt meinem Magen nicht.«

Flemming machte eine Reverenz und verließ den Raum. Auf seinem Gesicht lag ein triumphierendes Grinsen.

Gefälschtes Eilbillet Fatmahs an Jan Michal Worowski vom 7. Mai 1716

Gözde, mein Leben!

Hier zu Dreßden sind Ereigniße eingetrethen, die im höchsten Maße gefehrlich erscheinen. Ich wage nicht, Dir brieflich zu be-

richthen. Ich habe mich zußamen mit den Kindern nach Serchen begehben. Wenn Du mich libst, dann komm. Eile Dich, es ist nicht vil Zeitt! Ich wartte auf Dich! Ich bitthe Dich, sey vorsichtigk. Sey versichert der unendtlichen Liebe Deiner
Fatmah

Gut Särchen, 23. Juni 1716

Es war eine dieser lauen Frühsommernächte, nach denen man sich einen ganzen Winter lang sehnt. Der letzte Frost war lang vorbei. Ein beinahe voller, sattgelber Mond stand über den Särchener Obstgärten, der Duft von Kirsch- und Apfelblüten lag in der Luft. Alles war ruhig und still, nur ab und zu flatterte auf der lautlosen Jagd nach Beute eine Fledermaus über den nächtlichen Himmel.

Das Gutshaus warf im Mondlicht seinen dunklen Schatten auf die gepflasterte Zufahrt um die große Linde. Nirgendwo in den Fenstern brannte mehr Licht, es war kurz vor Mitternacht, und der Innenhof schien friedlich. Die Männer warteten.

Eine Gestalt löste sich aus dem Dunkel, glitt lautlos an den Mauern der Stallungen entlang bis zum Südflügel des Wohngebäudes. Bei einer der ebenerdigen Fenstertüren blieb der Mann stehen und horchte. Schließlich klopfte er leise an das Glas.

Drinnen flackerte der Schein einer Kerze auf. Der Vorhang bewegte sich, und jemand öffnete vorsichtig die Tür. Ein unterdrückter Aufschrei, dann lagen sich der Mann und die Frau in den Armen.

Fatmah zog Worowski ins Zimmer, ohne ihre Lippen von den seinen zu lösen. Sie küssten sich lange und atemlos.

»Dass du da bist, Liebster, endlich«, flüsterte sie.

»Ich war viel zu lange fort, kochanie.« Er ließ sie los, knöpfte seinen Reitmantel auf und warf das staubige Kleidungsstück zusammen mit Gürtel und Degen über einen Stuhl. »Dieser verdammte Krieg.«

Müde ließ er sich auf die Bettkante sinken. »Ich bin drei Nächte ununterbrochen geritten. Die Grenze wird scharf bewacht.«

»Gott sei Dank ist dir nichts geschehen.« Sie schmiegte sich an ihn, ihre Hände glitten unter sein Hemd. »Wie lange kannst du bleiben?«

»Nur kurz, fürchte ich.« Er sog den Ambraduft ihres Haares ein und streichelte ihre Wange. »Sag, was ist los, mein Herz? Warum hast du geschrieben, dass ich kommen soll?«

Fatmah zuckte zusammen. Eisige Finger legten sich plötzlich um ihre Brust. »Jan, o Gott, ich habe nie ...«

Mit einem Sprung war Worowski bei seinem Mantel und zog seine Waffe. Doch es war schon zu spät. Glas splitterte und Kommandos ertönten. Bewaffnete stürmten in den Raum, gleichzeitig durch die Schlafzimmertür und die Fenster. Fatmah schrie, als einer der Männer sie packte.

Worowski stand da, den Degen in der Hand, umringt von zehn Soldaten der königlichen Leibgarde. Es war aussichtslos.

»Im Namen des Königs, werfen Sie Ihre Waffe weg, Graf Jan Michal Worowski. Sie sind verhaftet.« Das war Flemmings triumphierende Stimme. Auf die Meldung hin, Worowski sei über die Grenze gekommen, hatte er sich persönlich nach Särchen begeben, um ihn in Empfang zu nehmen.

Worowski warf einen Blick auf Fatmah, die sich hilflos im Griff eines Soldaten wand. Dann ließ er seinen Degen fallen.

»Was wirft man mir vor, Monsieur?«

Flemming lächelte. »Einbruch in die Geheime Verwahrung, Diebstahl von Staatspapieren, Angriff auf das Leben Seiner Majestät des Königs, Weitergabe von Staatsgeheimnissen, bewaffneter Widerstand gegen die Krone, alles in allem mehrfacher Hochverrat. Genügt das? Oder soll ich noch hinzufügen: unerlaubte fleischliche Unzucht mit der Mätresse – jetzt wohl eher Hure – des Königs?«

Worowski versuchte, auf Flemming loszugehen, doch zwei Soldaten hielten ihn fest. Hilflos ballte er die Fäuste. »Wenn Sie ein Ehrenmann wären, Flemming, würde ich Sie zum Duell fordern«, stieß er zwischen den Zähnen hervor. »Aber ich will mir die Hände nicht an Ihnen schmutzig machen.«

Flemming zuckte mit den Schultern, dann trat er vor Fatmah hin und hob mit der Spitze seines Zeigefingers ihr Kinn an.

»Wir hatten seit langer Zeit noch eine Rechnung offen, Madame, erinnern Sie sich? Nun ist der Tag gekommen. Es wird mir ein außerordentliches Vergnügen sein, Sie dem König zu präsentieren.«

Fatmah hielt seinem Blick stand. »Sie widern mich an, Flemming. Wenn Sie mich damals angerührt hätten, hätte ich mich umgebracht.«

Der Minister schnalzte mit der Zunge. »Etwas weniger Stolz stünde Ihnen in der Tat besser an, Madame von Kariman.« Er wandte sich ab. »Ach, übrigens, Ihre beiden Kinder – Friedrich und Aurora, nicht wahr? – haben so gar keine Ähnlichkeit mit dem König, finden Sie nicht auch?«

»Was wollen Sie damit sagen?«, warf Worowski ein, bemüht, ruhig zu bleiben.

»Oh, nichts, nichts«, erwiderte Flemming süffisant. »Man wird doch ein bisschen nachdenken dürfen.«

»Bitte, lassen Sie doch die Kinder aus dem Spiel.« Angst stand in Fatmahs Augen. »Sie haben keine Schuld.«

»So gefallen Sie mir schon besser, meine Liebe. Nun, wir werden sehen.« Flemming schnippte mit den Fingern. »Abführen, beide.«

»Jan!« Fatmahs Stimme klang schrill, als man Worowski aus dem Zimmer zerrte. Durch einen Schleier von Tränen sah sie, wie ihn die Soldaten draußen auf ein Pferd banden und mit ihm durch die Nacht davonpreschten. Sie wehrte sich nicht, als man sie schließlich ebenfalls hinausführte und in eine schwarz verhängte, geschlossene Kutsche setzte. Die Angst lähmte sie. Was würde sie erwarten? Im schlimmsten Fall eine Hinrichtung wegen Hochverrats, vielleicht auch »nur« lebenslange Haft. Sie sah die Festung Stolpen vor sich, wo ihre alte Rivalin, die Gräfin Cosel, wohl ihr Leben beschließen würde. Es lief ihr kalt den Rücken hinunter. Und dann dachte sie an die Kinder. Lieber Gott, betete sie verzweifelt und stumm, während die Kalesche über die Landstraßen rumpelte, lieber Gott, mach, dass den Kindern nichts geschieht.

Festung Königstein, 24. Juni 1716

Als trutziges Symbol der Wehrhaftigkeit Sachsens beherrschte die Festung Königstein schon seit Jahrhunderten das Elbtal. Drohend, dunkel und massig lag sie hoch auf dem Fels, und nicht einmal das milde Licht der tief stehenden Sonne ließ ihre dicken Mauern einladend erscheinen. Noch nie war die alte Burg eingenommen worden, sie galt allenthalben als unbezwingbar. Aus diesem Grund diente sie schon seit jeher nicht nur als Aufbewahrungsort für wertvolle Schätze und Urkunden in Kriegszeiten, sondern auch als Staatsgefängnis.

Die Bohlen der alten Zugbrücke erzitterten unter dem Hufgetrappel, als Worowski und seine Eskorte auf das große Tor zuritten. Mit metallischem Rattern hoben sich die Gitterstäbe wie spitze, lange Zähne in einem gähnenden Schlund. Worowski blickte über sich und sah das in Stein gemeißelte Wappen des Königs, die beiden unter einer Krone verschlungenen Buchstaben A und R: Auguste Roi.

Dann hatte ihn der Königstein verschluckt.

Im Innenhof wartete bereits der Kommandant der Festung, ein stattlicher, groß gewachsener Offizier mit fadenscheiniger Perücke, schlechten Zähnen und einer Nase, der man ansah, dass sie schon mehrfach gebrochen war.

»Jan Michal Worowski? Man hat mir Ihre Ankunft schon angekündigt. Willkommen auf dem Königstein, Graf. Die Zelle für Hochverräter ist für Sie reserviert.«

Zwei Wachen banden Worowski los und halfen ihm vom Pferd, während der Kommandant mit den Knöpfen seiner Uniform spielte.

»Ich muss Ihnen mitteilen, Monsieur, dass nun etwas folgt, wofür ich persönlich jede Verantwortung ablehne.« Der Offizier wirkte peinlich berührt. »Ich für meinen Teil ziehe es vor, Strafen erst dann zu vollziehen, wenn ein Urteil gefällt ist. Aber nun gut, Anordnung von ganz oben. Sie sind Soldat, Sie wissen, wie das ist. Folgen Sie mir.«

Worowski ging steifbeinig hinter dem Kommandanten her in

einen der angrenzenden Höfe. Als er die Menge an Soldaten sah, die dort in Reih und Glied standen, wusste er, was der Kommandant gemeint hatte und wurde blass.

»Ich protestiere, Herr Oberst. Ich bin freier polnischer Schlachtschitze und ein Ehrenmann. Sie können mich hinrichten, aber ersparen Sie mir diese Beleidigung.«

Der Offizier hob bedauernd beide Hände. »Ich verstehe Sie nur allzu gut, glauben Sie mir, Monsieur. Aber mir sind die Hände gebunden. Und wenn ich Ihnen einen freundlichen Rat geben darf: Legen Sie sich niemals mit einem General und Minister des Geheimen Kabinetts an.« Er wandte sich ab und sprach so leise, dass es nur Worowski hören konnte. »Vor allem dann nicht, wenn er Flemming heißt.« Dann hob er seinen Paradesäbel und trat zurück. Worowski senkte den Kopf, presste die Lippen zusammen und ballte die Fäuste.

Das Spießrutenlaufen galt allgemein als eine der härtesten militärischen Leibesstrafen, verhängt nur in besonders schweren und unehrenhaften Fällen. Worowski hatte es vor Jahren schon einmal als Beobachter miterlebt, und das Schauspiel hatte ihn angewidert. Strafen waren notwendig, das ja, aber diese schreckliche, erniedrigende Quälerei? Der Delinquent musste dabei langsam durch eine Gasse von bis zu hundert Soldaten laufen, die mit Hasel- oder Weidenruten so lange zuschlugen, bis er zusammenbrach. Geschah dies vor dem Ende der Gasse, so schlugen die noch übrigen Soldaten auf den am Boden Liegenden ein, bis das Soll erfüllt war. Ein mehrmaliges Spießrutenlaufen an drei aufeinander folgenden Tagen wurde der Todesstrafe gleich geachtet und hatte auch gewöhnlich den Tod zur Folge. Worowski wusste dies. Er machte sich seit seiner Verhaftung keinerlei Hoffungen, aber er wollte nicht auf diese entwürdigende Art und Weise enden. Wut, Scham und Hilflosigkeit trieben ihm die Tränen in die Augen.

Während die Truppe nun eine zwei Meter breite Gasse bildete, zog ein alter, grauköpfiger Soldat Worowski das Hemd aus und band seine Handgelenke mit einem dicken Strick vor dem Körper zusammen. Dann schob er ihm eine Bleikugel zwischen die Zähne.

»Fest zubeißen, Mann, das hilft«, sagte er laut, und fügte flüsternd hinzu: »Nur Mut, es geht nicht auf den Tod. Nur ein Durchgang.« Worowski atmete auf. Nur nicht so sterben – alles andere würde er überstehen.

Ein Trommelwirbel erscholl, und Worowski trat an den Anfang der Gasse. Er fühlte sich wie betäubt, sein Blick schweifte über die Köpfe der bereitstehenden Soldaten, ohne sie wirklich zu sehen. Sein Magen krampfte sich zusammen. Würde er den Schmerz aushalten? Vor ihm stellte sich ein Unteroffizier auf und richtete die Spitze seines Degens auf Worowskis nackte Brust. Der Mann würde dafür sorgen, dass er nicht zu schnell durch die Gasse lief. Worowski setzte sich zögernd in Bewegung, und der alte Soldat stieß ihn in den Rücken. »Los, Junge, marsch!«

Worowski setzte Fuß vor Fuß, den metallischen Geschmack der Bleikugel auf der Zunge. Bis auf die Trommeln war es totenstill auf dem Hof. Die ersten Schläge trafen ihn, und schon nach den ersten Metern fraß sich der Schmerz wie Feuer in seinen Rücken. Nach der halben Strecke begann er, zu taumeln. Er versuchte, schneller durchzukommen, doch da war schon die Degenspitze und ritzte die Haut in der Kuhle unter seinem Adamsapfel. Das Zischen der Ruten klang in seinen Ohren, und das klatschende Geräusch, wenn der Schlag seinen Rücken traf. Längst zählte er nicht mehr mit. Er fixierte mit starren Augen das Ende der Gasse und lief schwankend darauf zu. Er stolperte, fiel hin, rappelte sich wieder auf. Blut rann seinen Rücken hinunter, tropfte auf das Pflaster. Noch zwei Schritte, noch einer, der letzte Schlag. Worowski hatte das Ende der Gasse erreicht und brach ohne einen Laut zusammen.

Der alte Soldat musste Worowskis Kiefer mit einem Messer lockern, um ihm die Kugel aus dem Mund zu nehmen. Vier junge Rekruten legten den Stöhnenden bäuchlings auf eine Bahre und trugen ihn zur Georgenburg, dem Gefängnisbau der Festung. In einer der Zellen, einem fensterlosen Raum mit kaltem Steinboden, luden sie ihn auf einer Pritsche ab. Dann fiel die vergitterte Tür der Zelle zu, und jemand drehte den Schlüssel im Schloss. Worowski war allein.

Aus den Memoiren des französischen Gesandten zu Dresden, Alphonse Louis Baptiste de Villeroy

Nun bete ich schon zum dritten Mal das Vaterunser, und ich fühle mich keine Winzigkeit besser. Meine Hände zittern immer noch wie Espenlaub – kaum, dass ich schreiben kann –, und das Herzstechen lässt nicht nach. Oh, wenn ich es nicht die ganze Zeit hätte kommen sehen! Hätte sie nur auf mich gehört! Es konnte ja nicht gut gehen!

Die ganze Hofgesellschaft zerreißt sich das Maul, naturalement! Man soll nicht glauben, wie schnell sich Nouvelles verbreiten, wenn sie einen Scandale enthalten. Graf Worowski, dieser Unglücksrabe, scheint, soviel man hört, auf dem Königstein zu sitzen. Wenn er überhaupt noch lebt, dann sicherlich nicht mehr lange. Und Madame Fatime? Es heißt, sie sei auf dem Wege hierher. Ich darf gar nicht daran denken, was der König mit ihr machen wird! Welch ein Unglück! Was kann ich nur tun, wie kann ich helfen? Ich zermartere mir den Kopf, aber mir fällt ganz und gar nichts ein. Ich werde einfach alt. Ich erinnere mich an ein Gespräch mit meiner lieben Freundin, das vor einiger Zeit im neuen Zwinger stattgefunden hat. Wenn mir etwas zustößt, so sagte sie, dann kümmern Sie sich um die Kinder, Vicomte. Dieu du ciel, wo ist nun schon wieder mein Taschentuch? Ach, mit den Jahren wird man so sentimental!

Gerade meldet mir mein Diener, eine geschlossene schwarze Kutsche sei ins Schloss eingefahren. Das muss sie sein! Alors, ich werde den Versuch machen, mit ihr zu sprechen. Oder mit dem König. Oder mit Flemming – ich weiß, dass er hinter allem steckt, diese Canaille. Man muss doch etwas tun können!

Dresden, 25. Juni 1716

Der König stand in der Mitte des Raumes. Die dunkelbraune Allongeperücke umrahmte sein starres, maskenhaft geschminktes Gesicht, in dem kein Muskel zuckte. Er hatte die Hände mit den überlangen Spitzenmanschetten hinter dem Rücken gefaltet, und nur die Finger, die sich immer wieder zur Faust ballten und öffneten, verrieten seine Anspannung. Endlich nickte er fast unmerklich mit dem Kopf, und der Kammerherr Spiegel öffnete die beiden Flügel der goldgelackten Doppeltür.

Flemming war der Erste, der hereinkam, den Kopf hoch erhoben im Bewusstsein seines großen Triumphes. Ihm folgten zwei Gardewachen, die Fatmah zwischen sich führten. Man hatte ihr vorher noch etwas Zeit gelassen, sich herzurichten, und so hatte sie die schwarzen Haare zu einem einfachen, dicken Zopf geflochten und ein orientalisch anmutendes, fließendes Kleid in der Farbe reifer Kirschen übergeworfen. Das dunkle Rot ließ sie trotz ihrer getönten Hautfarbe totenbleich wirken. Auf einen Wink Flemmings hin traten die Soldaten zur Seite und verließen den Raum. Fatmah versank in den tiefsten Hofknicks ihres Lebens.

»Ist es wahr?« Der König flüsterte es beinahe.

»Ja, Sire.« Fatmah wagte nicht, aufzusehen. Ein quälend langer Zeitraum verstrich, in dem nur das Ticken der goldenen Wanduhr zu hören war. Dann zerriss Augusts Schrei die Stille.

»Hure!«

Fatmah zuckte zusammen, verharrte aber in ihrer Verbeugung.

»Lügen, Betrug, Verrat!« Die Stimme des Königs überschlug sich. »Steh auf, elendes Weibstück, oder willst du da ewig knien?«

Fatmah erhob sich. Ihr Gesicht war tränenüberströmt, aber sie sah August jetzt ohne Furcht in die Augen.

»Hure? Ja, das bin ich, Sire.« Ihre Stimme zitterte. »Sie haben mich doch dazu gemacht. Sie haben mich benutzt, haben sich meiner bedient, haben mit mir die Ehe gebrochen. Ich war ein Prachtstück in Ihrer Sammlung. Haben Sie mich je geliebt? Haben Sie sich je gefragt, wer ich bin, was ich denke, was mir wichtig ist?

War ich jemals etwas anderes für Sie als ein angenehmes, kleines Vergnügen? Ich, Sire, habe Sie geliebt, am Anfang. Ich habe nichts von Ihnen erwartet, wer war ich denn, nur ein junges Ding ohne Erfahrung, ohne Mittel, ohne Familie. Ich wollte keine Gegenleistung, kein Gold, keine Juwelen. Nur Liebe, aber das hatten Sie nicht für mich. Sie gaben mir stattdessen eine große Apanage, eine Stellung bei Hof, alles, was das Leben angenehm macht. Sie haben mich bezahlt, und deshalb: Ja, Sie haben Recht, ich bin eine Hure.«

Der König stand reglos ob dieses Ausbruchs. Sein Kinn bebte, als er seinen Arm erhob und mit spitzem Finger auf Fatmah deutete.

»Du .... du hast mich betrogen. Mich, deinen König, deinen Herrn. Der dich zu dem gemacht hat, was du bist.« Er stampfte mit dem Fuß auf. »Niemand nimmt sich, was des Königs ist! Hörst du, niemand! Du warst mein Eigentum!«

Sie schüttelte heftig den Kopf. »Kein Mensch ist eines anderen Besitz, Sire. Das, was am anderen wirklich wichtig ist, kann man nicht kaufen. Oder man muss es mit Liebe aufwiegen. Und geliebt haben Sie mich nie, Majestät. Sie haben mich erfrieren lassen in Ihrer Nähe.« Sie machte eine Bewegung auf August zu. »Ich weiß, Sie meinten es nicht schlecht. Ich bin schuld, ich habe Sie verlassen, schon lange, ohne es Ihnen zu sagen. Das habe ich nicht gewagt. Ich habe Ihnen Unrecht getan, und dafür bitte ich Sie um Verzeihung. Strafen Sie mich, wie Sie belieben.«

Der König machte eine wütende Bewegung und stieß dabei eine kostbare chinesische Vase von seinem Audienztisch, die klirrend zerbarst. »Du hast dich mit meinen Feinden verschworen«, donnerte er. »Damit hast du den Tod verdient.«

In diesem Augenblick wurde ein Flügel der Doppeltür geräuschvoll aufgerissen.

»Mon Dieu, mon Dieu, Majestät, halten Sie ein!«

August, Flemming und Fatmah fuhren gleichzeitig herum. Der Vicomte de Villeroy war durch die Tür getreten und fuchtelte aufgeregt mit beiden Armen. »Ich bitte alleruntertänigst um Verzeihung, Sire, aber ich ging gerade vorbei und hörte Lärm und Ihre erhobene Stimme. Ich fürchtete, Sie seien in Gefahr. Und nun sehe ich, dass Sie es tatsächlich sind. In Gefahr nämlich, Ihre Würde und Ihre königliche Großherzigkeit zu verlieren.«

Flemming schnaubte wütend. »Villeroy, dies hier geht Sie nichts an. Ich darf Sie bitten, sich zu entfernen.«

Der Vicomte warf sich in die Brust. »Nein, das dürfen Sie nicht, Monsieur.« Er wandte sich in beschwörendem Ton wieder an den König. »Ich war über lange Jahre hinweg einer der ersten Berater des Roi Soleil, und habe in dieser Eigenschaft zur Mehrung seines unvergänglichen Ruhmes beigetragen. Seine königliche Majestät haben in allen Dingen des Lebens auf mich gehört und haben mir für meine Dienste mehrere Ehrentitel verliehen. Sie sind mein gutes Gewissen, Vicomte, hat dieser Erlauchteste aller Könige des Öfteren zu mir gesagt. Oh, Sire, Majestät, lassen Sie mich nun auch Ihr Gewissen sein!« Er wartete auf Augusts Reaktion, der die Szene mit gemischten Gefühlen beobachtete und ihm nun einen Wink gab, fortzufahren. Villeroy dankte mit einer zierlichen Reverenz, während Flemming neben ihm vor Wut kochte.

»Sire, wenn ich Ihnen ergebenst raten darf: Ein veritabler König liebt nicht Hass und Vergeltung, sondern Gerechtigkeit und Nachsicht. Diese Dame hier«, er deutete auf Fatmah, »hat Ihnen schweres Unrecht zugefügt, und Sie haben Recht, dafür hat sie den Tod verdient. Doch«, und er hob den Zeigefinger, «haben Sie nicht etwas dabei vergessen? Haben Sie nicht vergessen, dass es justement Madame von Kariman war, die Ihnen das Leben gerettet hat, als Sie am Gift zu sterben drohten? Voilà! Darf ein wahrer, ein echter König seine geheiligte Person so weit selbst erniedrigen, dass er Undankbarkeit zeigt? Nein, Sire, das darf er nicht, niemals! Ein guter Souverän lässt allzeit seine Gnade über alle Untertanen leuchten. Er achtet nicht den Schmerz, den man ihm zugefügt hat, denn er ist erhaben über alles, was andere Menschen zerbrechen könnte. Er leidet, aber er wird sein Leid niemals rächen. Er steht wie ein Fels hoch über allen niedrigen Regungen. Er vergilt nach dem Vorbild unseres gnädigen Gottes Unrecht mit Liebe, Böses mit Gutem. Darum, Majestät, wenn Sie mir den gänzlich uneigennützigen Rat erlauben: Beflecken Sie nicht Ihre Königlichkeit, indem Sie über diese Frau das Todesurteil aussprechen!«

Schwer atmend hielt der Vicomte inne, unter den Achseln seines lindgrün schimmernden Seidenfracks breiteten sich dunkle Flecken aus. August sah ihn lange und durchdringend an. Dann plötzlich ging er auf den kleinen, schmächtigen Mann zu, packte ihn und drückte ihn fest an seine breite Brust.

»Monsieur, es ist gut, einen Freund zu haben.« Er ließ Villeroy los und tupfte sich mit dem Ärmel eine Träne aus dem Augenwinkel. »Sie kennen mich besser, als ich mich selbst, Vicomte. Ja, es ist richtig. Man hat mir Schmerz und Unrecht zugefügt, aber als König darf ich mich nicht von meinen eigenen Empfindungen leiten lassen. Ich muss so handeln, dass mein Ruhm der Nachwelt ohne Makel erhalten bleibt. Das ist das Los der Großen dieser Welt.«

Villeroy schloss für einen kurzen Moment die Augen. »Ich danke Ihnen, Majestät. Ich habe es immer gewusst: Sie sind der wahre Nachfolger des Roi Soleil!«

August nickte lächelnd. »Der große Ludwig und ich waren schon immer Brüder im Geiste, Monsieur. Nun also, was hätte er an meiner Stelle getan?«

Villeroy überlegte fieberhaft. »Er hätte seine Mätresse vom Hof verbannt, Sire.«

Jetzt schaltete sich Flemming wieder ein, der die ganze Zeit notgedrungen mit eisiger Miene zugehört hatte. »Und, Sire, er hätte diese Frau verheiratet, um sie ihr Leben lang zu versorgen.« Flemming wusste, dass er verloren hatte und versuchte nun, die Initiative wieder an sich zu reißen.

August kratzte sich unter der Perücke. »Bon. Das gefällt mir, Messieurs. Das ist eine königliche Lösung. Es müsste sich nur noch der rechte Ehemann finden.« Er grübelte, und dabei fiel sein Blick auf den Kammerherrn Spiegel, der wie immer in einer Ecke des Raumes stand, um auf einen Wink sogleich herbeieilen zu können. Die Augenbrauen des Königs schnellten in die Höhe.

»Spiegel, waren Sie jemals verheiratet?«

Der treue Kammerherr war völlig verdattert. »Nein, Sire. Und ich fürchte, inzwischen bin ich dafür zu alt.«

»Papperlapapp! Morgen werden Sie in den heiligen Stand der Ehe treten.« August wedelte mit der Hand. »Als Hochzeitsgabe werde ich Ihnen den Posten eines Oberintendanten der königlichen Domänen in Lemberg übertragen. In drei Tagen reisen Sie.«

»Sire!« Fatmah hatte die ganze Zeit geschwiegen. Nun warf sie sich vor August auf die Knie. »Ich danke Ihnen für die große Gnade, die Sie mir erweisen. Ich habe so viel Milde nicht verdient. Und ich verspreche Ihnen beim Saum des Gewandes der Heiligen Jungfrau, ich werde unsere Kinder so erziehen, dass sie nie vergessen, welch großherziger Mensch und guter Monarch ihr Vater ist. Aber ich flehe Sie an, lassen Sie ähnliche Gnade auch für den Grafen Worowski walten. Es ist meine Schuld, dass er Zuneigung zu mir gefasst hat. Ich habe ihn verführt. Und ich weiß sicher, er wollte Sie nicht töten. Lassen Sie ihn am Leben.«

Flemming trat ganz nah zu ihr hin und lächelte dünn. »Das wird leider nicht möglich sein, Madame. Das Urteil ist bereits gefällt. Monsieur Worowski dürfte vermutlich schon nicht mehr unter uns weilen.«

Mit einem Aufschrei schlug Fatmah die Hände vors Gesicht.

»Und ich muss Seiner Majestät auch dringend anheimgeben«, fuhr Flemming fort, »die beiden Kinder Friedrich August und Aurora unter gestrenger Aufsicht in Dresden zu behalten. Die königlichen Bastarde dürfen keinesfalls dem Hof entzogen werden, ihre Erziehung muss auf das Genaueste überwacht werden, damit der Ruf seiner Majestät später durch sie keinen Schaden erleidet.«

»Nein!« Fatmah hob bittend die Hände. »O bitte, Sire, nehmen Sie mir alles, nur nicht die Kinder.«

Das Gesicht des Königs wurde hart. »War ich nicht milde genug zu Ihnen, Madame? Sie haben mich schnöde betrogen, haben sich mit einem Verräter verbündet! Ich bin ein nachsichtiger Mensch, aber selbst meine Großzügigkeit hat ihre Grenzen. Gehen Sie mir aus den Augen!«

Der Vicomte fasste Fatmah unter dem Arm und half ihr hoch. »Kommen Sie, mon amie, ich begleite Sie in Ihre Zimmer.«

Draußen vor der Tür des Audienzsaals brach Fatmah schluchzend zusammen.

Brief Worowskis aus der Haft auf dem Königstein an Fatmah vom 26. Juni 1716

Liebste, mein Hertz, meine Seele!

Vielleicht ist dieß der letzte Brieff, den ich Dir schreyben kann. Der König wird mich nicht am Leben laßen. Ich befinde mich auf der Feßtung Königstein in Hafft. Geliebte, was auß mir wird, ist mir gleich. Ich habe stets gewußt, daß meine Mißion für Pohlen mich das Leben kosten kann. Aber ich werde mir niemahls vertzeihen könen, daß ich Dich mit in Gefahr gebracht habe. Meine Liebe zu Dir, kochanie, hat mir den Verstandt genomen und alle Vor=Sicht geraubt. Nun bleybt mit nur die Hoffnungk, daß Du Gnahde vor Augusts Augen findest. Ich bethe jede Stunde zu Gott dem Allmechtigen, daß Du verschohnt wirst und nicht mein Schicksahl teylen mußt. Es ist alles, was ich thun kann.

Ich bereue nichts. Nicht das, was ich für mein Landt gethan habe, und nicht die Liebe zu Dir, mein Hertz. Alleyn die Zeit mit Dir war es wert, dafür zu sterben. Lezte Nacht träumte mir, ich käme heym zu Dir und Du liefest mir entgehgen. Ich sah Dich vor mir, in dem meerblauen Kleidt, das die Farbe Deiner Augen hat. Seltzam, immer wenn ich an Dich dencke, trägst Du dieses Kleidt, in dem ich Dich zum ersten Mahle gesehen habe. Vielleicht, wenn wir unß dereinst wieder sehen – nicht mehr auff dießer Welt – wird es genau so sein. Ich habe mir vor genomen, in meinem lezten Augen=Blick dießes Bildt vor meinen Augen zu haben: Du, im blauen Kleidt, dein schwartzes Haar biß zu den Hüfften. Dann wirdt das Sterben eynfach sein.

Kochanie, wenn der König Dich gehn läßt, und Du weißt nicht, wohin, dann findest Du zu Krazny Wilowa bey meyner Schweßter Marja immer Deinen Platz. Geh zu ihr, sie weiß von Dir. Sie wirdt Dich lieben, so wie ich.

Leb wohl, meyn Hertz. Ich hoffe, dießer Brieff erreycht Dich wohl behaltten. Ich habe daführ mit meinen lezten Thalern einen alten Soldaten bestochen. Weine nicht um mich, sondern dencke lieber danckbar an die Tage zurück, die unß vergönnt waren.

Weyßt Du noch, was Du zu mir gesagt hast: Das Glück ist wie eyn flatternder Schleier; wer kann es faßen? Wir haben dießes Glück in unßeren Händen gehaltten.

Meine Seele gehört Dir.

Jan

Festung Königstein, 28. Juni 1716, Morgengrauen

Worowski wurde aus unruhigem Schlaf gerissen, als der Schlüssel sich im Schloss drehte und das Gitter scheppernd aufging. Es war stockdunkel in der Zelle. Ein Mann trat ein; in der Hand trug er eine brennende Laterne. Mit tiefer, sanfter Stimme sagte er: »Guten Morgen, mein Sohn. Ich bin gekommen, Ihnen die Beichte abzunehmen.«

Der junge Graf richtete sich mühsam auf und stöhnte, als durch die Bewegung die vielen verkrusteten Wunden auf seinem Rücken wieder aufbrachen.

»Ist es so weit, jetzt schon?«, fragte er leise. »Ohne Prozess?« Er hatte nicht damit gerechnet, dass August ihn am Leben lassen würde, aber bis jetzt hatte er gehofft, man würde ihm wenigstens eine ehrenhafte juristische Behandlung zuteil werden lassen.

»Es gab und gibt keinen öffentlichen Prozess«, antwortete der Militärgeistliche.

»Natürlich.« Worowski senkte den Kopf. »Der König will nicht alle Welt wissen lassen, dass ihm jemand Hörner aufgesetzt hat, nicht wahr?«

»Des Königs Beweggründe stehen nicht zur Diskussion, Graf. Möchten Sie beichten?«

Worowski nickte, und der Geistliche schlug das Kreuz über ihn.

Nach einer Viertelstunde war alles vorüber. Der Militärpfarrer sprach das »Ego te absolvo« und erhob sich. »Mein Sohn, ich überantworte Sie nun Gottes Gnade.«

Als er nach seiner Laterne griff, packte Worowski seine Hand.

»Sagen Sie mir, was mit Madame von Kariman geschehen ist, bitte.«

»Das darf ich nicht, mein Sohn.« Der Pfarrer schüttelte Worowskis Finger ab.

»Im Namen Gottes, sagen Sie mir wenigstens, ob sie noch lebt.« Worowskis Stimme zitterte. »Seien Sie barmherzig, Hochwürden. Ich werde gleich sterben. Erweisen Sie mir diesen letzten Dienst.«

Der Geistliche zögerte, doch dann überwand er sich. »In Gottes Namen. Ja, sie lebt noch, soweit ich weiß. Man munkelt allerdings, dass der König über eine schwere Bestrafung nachdenkt. Genügt Ihnen das?«

Worowski senkte den Kopf.

»Ich danke Ihnen, Hochwürden.«

Zwei Soldaten ließen den Pfarrer hinaus und bereiteten Worowski auf die Exekution vor. Sie zogen ihm ein sauberes, weißes Hemd an, wuschen ihm das Gesicht, kämmten ihm das strähnige Haar.

»Henkersmahlzeit gefällig?«, fragte einer. »Wein, Tabak? Ist alles da.«

Worowski schüttelte den Kopf. Er hatte weder Hunger noch Durst. Seit er wusste, dass Fatmah noch lebte, war er ruhiger. Vielleicht würde des Königs Zorn sich legen, wenn er, Worowski, tot war. Vielleicht würde er Fatmah verzeihen. Es war immerhin eine Hoffnung. In seinen schlimmsten Stunden, in den Nächten, als er sich vor Schmerzen schlaflos auf seiner Pritsche gewälzt hatte, waren seine Gedanken bei ihr gewesen. Er hatte sich bitterste Vorwürfe gemacht, hatte gefürchtet, Fatmah würde seinetwegen leiden oder sogar sterben müssen. Die Ungewissheit über ihr Schicksal hatte ihn tausendmal mehr gequält als sein zerschundener Rücken. Was mit ihm selber geschah, das konnte er ertragen. Er hatte das Risiko gekannt, und er hatte es auf sich genommen. Der Tod war immer eine Möglichkeit gewesen, ein steter Begleiter, an den er sich gewöhnt hatte wie an einen alten Freund. Nun würde er kommen. Er starb für sein Land, und er starb für seine Liebe. Was für bessere Gründe konnte es noch geben?

Das Licht auf dem Hof war gleißend hell, und Worowski schoss ein stechender Schmerz in die Augen. Tagelang war er im Dunkeln gewesen, und nun blinzelte er zum letzten Mal im Leben in die aufgehende Sonne. Während er die Kompanie Musketiere ansah, die in Habt-Acht-Stellung angetreten war, band ihm jemand die Handgelenke auf dem Rücken zusammen. Der Kommandant nickte ihm mit ernster Miene zu.

»Sind Sie bereit, Graf Worowski?«

»Ja, Oberst.«

»Dann bringen wir es hinter uns.« Er gab ein Zeichen, und die zehn Schützen der ersten Reihe traten einen Schritt vor und präsentierten das Gewehr. Der alte Soldat, den Worowski noch vom Spießrutenlaufen kannte, verband ihm mit einem schwarzen Tuch die Augen. Die Trommeln setzten ein, während der Alte ihn zur Mauer hinüberführte.

Er spürte mit den Fingerspitzen den rauen Stein hinter sich, roch die süßen Blüten der Linde auf dem Innenhof, fühlte die wärmenden Strahlen der Morgensonne auf seinem Gesicht und dort, wo das Hemd über seiner Brust aufklaffte. Und plötzlich schossen ihm die Tränen in die Augen, mit einer Macht, die ihn fast in die Knie zwang. Er schämte sich und war froh, dass er die schwarze Binde nicht abgelehnt hatte. Ein Schluchzer stieg in seiner Kehle hoch, und er kämpfte verzweifelt dagegen an, dass er herausbrach. Schießt doch endlich, flehte er stumm, damit es vorbei ist. Gesichter tauchten vor ihm auf: Fatmah, die ihn mit ihren blauen Augen sanft anlächelte, seine Mutter, deren blondes Haar er als Kind so geliebt hatte, Marja, die ihm aufmunternd zunickte. Warum dauerte es so lange? Seine Beine würden gleich unter ihm nachgeben, und er begann zu schwitzen. Immer noch wirbelten die Trommeln. Und dann Stille.

Die Stimme des Kommandanten: »Legt an!«

Die Zeit stand still.

»Feuer!«

Die Salve krachte.

Worowski fiel auf die Knie.

Er ist tot.

Man nimmt mir die Kinder.

Wofür soll ich noch leben? Hätte August mich doch auch umbringen lassen! Es ist doch ohnehin alles vorbei für mich.

Ich kann nicht aufhören, zu weinen. Ich kann mich nicht bewegen, liege auf meinem Bett, starre gegen die Wand. Der Vicomte gibt sich alle Mühe, mich wenigstens ein bisschen aufzumuntern, aber es geht nicht. Ich habe einfach alles falsch gemacht. Niemals hätte ich diese Liebe zulassen dürfen, niemals. Damals, als ich Jan vor der Garde versteckt habe, da hätte sich das Blatt noch zum Guten wenden können. Er war fort, und niemand hatte unser Geheimnis entdeckt. Aber ich musste ja schwach sein! Ich musste dieser Liebe nachgeben. Statt vernünftig zu sein, bin ich ihm nachgelaufen, habe ihn und mich dieser Gefahr ausgesetzt. Und jetzt hat er den Preis dafür bezahlt. Mein Gott, wie tief kann Verzweiflung noch sein? Ich habe schon mit dem Gedanken gespielt, meinem Leben ein Ende zu setzen. Aber da sind doch noch die Kinder. Auch wenn ich sie nie mehr wiedersehen darf – ich kann wenigstens aus der Ferne beobachten, was aus ihnen wird. Vielleicht lässt August zu, dass ich ihnen schreibe. Der Vicomte hat hoch und heilig versprochen, mir regelmäßig zu berichten, wie es ihnen geht. Sie sind das Einzige auf der Welt, das mir nicht egal ist.

Mein Ehemann, Monsieur Spiegel, ist so fürsorglich und zuvorkommend zu mir, wie ich es gar nicht verdiene. Ja, ich bin nun verheiratet. Es war eine schlichte, kurze Zeremonie, der nur Flemming, Sophie, Jula und der Vicomte beigewohnt haben. Sophie hat die ganze Zeit so laut geschluchzt, dass der Pfarrer mein »Ja« zuerst gar nicht gehört hat. Sie weint fast genauso viel wie ich, so sehr leidet sie mit. Gestern hat sie mir gesagt, dass sie und Jula sich entschlossen haben, mit mir nach Polen zu gehen. Jula sei der Frühsuppenkocherei ohnehin überdrüssig, meinte sie, und hat meinen Widerspruch nicht hören wollen. Ich bin so froh, dass die beiden mitkommen.

Am Abend nach der Hochzeit kam mein Mann zu mir ins Zimmer. Ich glaubte schon, er wolle seine Rechte einfordern, doch er setzte sich nur auf die Bettkante und erklärte, er würde nichts von mir verlangen. Er habe schlimm die Pocken gehabt, als junger Mann, und sei deshalb nur schwerlich zur körperlichen Liebe in der Lage. Er sagte, er habe große Hochachtung vor mir und wolle, dass wir in gegenseitigem Respekt miteinander leben. Er sei ein anständiger, ehrenhafter Mensch und würde meine Situation niemals ausnutzen. Ich habe seine Hand geküsst.

Morgen in aller Frühe werden wir aus Dresden abreisen. Es ist mir gleich. Ich werde die Stadt, in der ich so schlimme und auch so schöne Zeiten verlebt habe, wohl nie mehr wiedersehen. Lemberg ist weit weg, in der polnischen Ukraina. Ist es nicht eine Ironie des Schicksals, dass ich mein restliches Leben in dem Land verbringen werde, für das mein Geliebter gestorben ist?

Nun liege ich schon die ganze Nacht wach und warte darauf, dass die Sonne aufgeht. Die Nächte sind das Schlimmste. Wenn ich kurz einschlafe, dann sehe ich die Kinder, sehe August in seinem berechtigten Zorn, sehe Jan, meine Liebe, wie er tot und starr im Sarg liegt, blutige Wunden in der Brust. Was aus mir wird, ist mir gleich. Mein Leben ist zu Ende. Noch nie habe ich so sehnlich gewünscht, dass der christliche Glaube der wirklich wahre und richtige sein möge. Lieber Gott, lass uns im Himmel ein Wiedersehen vergönnt sein. Es ist alles, worauf ich noch hoffe.

Festung Königstein, 28. Juni 1716

Er spürte nichts.

Keinen Schmerz, keine Schwäche. War so der Tod?

Konnte es sein, dass er atmete? Dass der Duft der Lindenblüten immer noch da war und die Wärme der Sonne? Es war unfassbar. Er begriff nicht.

Hände packten ihn unter den Armen und zogen ihn hoch. Die Augenbinde wurde ihm abgenommen. »Na komm, Junge«, sagte irgendjemand, »hast nochmal Schwein gehabt.« Die Stimme drang wie aus weiter Ferne an Worowskis Ohren.

Eine ungeheure, wilde Hysterie packte ihn, ein jäher Wahnsinn.

Er wollte schreien, heulen, kreischen, lachen, brachte aber nur ein jämmerliches, leises Krächzen zustande. Er wollte stehen, gehen, laufen, aber er hatte keine Kontrolle mehr über seine Beine, und so schleiften ihn zwei Soldaten über den Hof zurück in seine Zelle. Dort sackte er wie betäubt auf seiner Pritsche zusammen, unfähig, etwas zu fühlen oder zu denken.

Wie lange er so im Dunkeln gesessen hatte, in grenzenlose Apathie versunken, wusste er nicht. Eine Stimme riss ihn aus der Finsternis.

»Man sagt, nach einer Scheinexekution wollten die meisten Delinquenten gar nicht weiterleben. Der Tod hat sie so sehr in seinen Bann gezogen, dass sie sich das Leben nicht mehr vorstellen können.«

Worowski hob den Kopf, lauschte.

»Seine Majestät hat zuweilen eine Vorliebe für derlei Morbiditäten. Man wird sich dabei seiner eigenen Endlichkeit bewusst, nicht wahr?«

Es war Flemming. Flemmings Stimme, sanft und beinahe freundlich, Flemmings Augen, die ihn interessiert fixierten.

Worowskis Hände begannen zu zittern. Unendlich mühsam tauchte er aus seiner Erstarrung auf. »Was wollen Sie?«, krächzte er mit ausgetrocknetem Mund.

»Oh, ich hatte das Verlangen nach einem kleinen Plauderstündchen, Graf.«

Gedanken quälten sich träge durch Worowskis taubes Hirn. Langsam, ganz langsam wurde er sich bewusst, dass sein Herz noch schlug, dass noch Blut durch seine Adern floss. Er fühlte sich kraftlos und stumpf, aber er lebte noch.

»Warum?« Es kostete ihn Mühe, aber er sah Flemming in die Augen.

Der zuckte die Achseln. »Lebendig sind Sie uns nützlicher.« Er ließ sich mit einem leisen Ächzen auf der unteren Ecke der Pritsche nieder und zog ein eckiges Fläschchen aus seiner Jackentasche. »Hier. Trinken Sie.«

Worowski nahm einen Schluck. Er spürte, wie der Branntwein scharf durch seine Kehle rann, und musste husten.

»Offiziell sind Sie tot, Graf«, sprach Flemming weiter. »Sie wurden hingerichtet wegen Hochverrats. So wird es in den Journalen und Zeitungen stehen. In Wirklichkeit jedoch ist Ihnen die Flucht gelungen. Dies wird zwar nach außen hin geheim gehalten – ein verurteilter Staatsverbrecher flieht nicht, jedenfalls nicht in Sachsen. Aber mein geheimer Dienst wird dafür sorgen, dass die Nachricht Ihres Verschwindens sich unter der Hand überall verbreitet. Noch heute Nacht werden Sie den Königstein verlassen.«

Worowski hörte die Worte, aber es dauerte eine Zeit lang, bis er ihre Bedeutung verstand. »Sie ... Sie lassen mich frei?«

Flemming legte den Kopf schief. »Nun ja, ganz so würde ich es nicht nennen.«

In Worowski arbeitete es. »Und ... was soll ich dafür tun?«

Flemming ließ einen kurzen Augenblick verstreichen, bevor er antwortete. »Ganz einfach: Den König von Schweden ermorden.«

Worowski starrte den Minister ungläubig an. Mit einem Mal war er hellwach. »Sie sind irre, Flemming.«

Flemmings Lippen wurden zu einem dünnen Strich. »Beileibe nicht, Graf. Hören Sie mir einfach zu. Sie wissen, dass Karl aus der Türkei nach Schweden zurückgekehrt ist. Und er hat nur eines im Sinn: Sich an seinen alten Gegnern zu rächen. Er will den Zaren und König August in die Knie zwingen. Der Krieg wird also wieder neu beginnen. Es ist, so melden meine Spione aus Schweden, nur eine Frage der Zeit, bis Karl zunächst Norwegen angreift und sich dann in den polnischen Bürgerkrieg mischt. Er wird uns Polen niemals lassen. Und im Bund mit der Konföderation von Tarnograd wird er gegen die sächsische Armee siegen, so viel ist klar. Danach wird er erneut gegen Russland marschieren. Solange dieser Wahnsinnige lebt, kann es im Norden Europas keinen Frieden geben.«

Worowski spürte, wie die Spannung in seinen Körper zurückkehrte. In seinem Bauch begann die Wut zu kochen, aber noch beherrschte er sich. »Sie haben eines vergessen, Monsieur: Ich bin kein Meuchelmörder.«

»Natürlich nicht, Graf. Sie sind ein Ehrenmann. Aber lassen Sie mich zuerst weitersprechen. Es ist beinahe unmöglich, an den König von Schweden heranzukommen. Er ist stets von seinen treuesten Offizieren umgeben, und diese sind unbestechlich. Aber

Sie – Sie sind nun überall bekannt als einer der führenden Köpfe des polnischen Aufstands. Sie haben versucht, König August zu töten. Also sind Sie integer. Nach ihrer – wenn ich so sagen darf – Flucht können Sie nicht nach Polen zurück, wo König August Sie jederzeit verhaften lassen kann. Daher ist es durchaus nachvollziehbar, dass Sie sich zu seinem größten Feind begeben. Karl wird Sie in seine Dienste nehmen. Er wird keinerlei Verdacht gegen Sie hegen.«

»Sparen Sie sich Ihre Gedankenspiele, Flemming.« Worowskis Stimme war eisig. »So tief werde ich niemals sinken. Meine Antwort ist nein. Und glauben Sie mir, es ist mir gleich, ob Sie mich wieder an die Wand stellen lassen. Ich habe den Tod gesehen. Er hat seinen Schrecken für mich verloren.«

Flemming sah Worowski mit einem nachsichtigen Blick an. »Mein lieber Graf, es geht nicht nur um Sie.«

Worowski spürte, wie alles Blut aus seinem Gesicht wich. Es traf ihn wie ein Schlag. Mein Gott, dachte er, Fatmah!

»Ich habe Seine Majestät für den Gedanken erwärmen können, Madame von Kariman am Leben zu lassen und sie auch nicht nach Stolpen zu schicken.« Die Lüge kam dem Minister glatt über die Lippen. »Sie würde ungeschoren aus der Affäre davonkommen und ein abgeschiedenes, ruhiges Leben auf dem Land führen dürfen. Auch ihren Kindern würde nichts geschehen. Dafür, Graf, erwarte ich eine Gegenleistung.«

Worowski vergrub das Gesicht in den Händen. »Sie sind ein Teufel, Flemming«, murmelte er.

»Aber, aber! Der gute Zweck heiligt die Mittel, mein Bester. Ich sage es Ihnen noch einmal ganz klar, Graf. Tun Sie, was ich von Ihnen verlange. Dann geschieht Madame Fatima und ihren Kindern nichts. Und wenn Ihre Mission erfüllt ist, werde ich dafür sorgen, dass Seine Majestät Ihnen erlaubt, auf Ihre Güter in Polen zurückzukehren. Sie werden rehabilitiert. Sehen Sie es nicht als Erpressung, Graf – sehen Sie es als Angebot.«

Worowski fühlte sich unendlich müde. Und doch, ein Funke keimte in ihm auf. Er konnte Fatmah retten, Fatmah und die Kinder, die sie so sehr liebte.

»Weiß König August von diesem … Vorschlag?«

Der Minister verzog das Gesicht. »Nun, ich will es so formulieren: Seine Majestät möchte es nicht wissen. Ich habe Befugnis, in dieser Angelegenheit so zu handeln, wie mir gutdünkt.«

Worowski schwieg. Ihm war elend. Er hörte Fatmahs Lachen, sah ihr Gesicht, roch ihre Haut.

»Sie haben Zeit«, fuhr Flemming fort. »Ich bin mir im Klaren darüber, dass Sie Zeit brauchen, um zu Karl vorzudringen, um keinen Verdacht zu erregen. Man muss Sie in das höhere Offizierskorps aufnehmen. Ich gebe Ihnen ein Jahr. Wenn es sein muss, zwei. Haben Sie Ihren Auftrag dann erledigt, wird Madame von Kariman keine Gefahr mehr drohen. Entscheiden Sie sich, Graf. Aber warten Sie nicht zu lange.« Er erhob sich und wandte sich zum Gehen. Mit dem Stiel seiner Reitgerte klopfte er gegen einen der Gitterstäbe, um die Wache zu holen.

Worowski stöhnte auf. »Sie haben gewonnen, Flemming.«

Königlich-Churfürstlich Sächsischer Hoff= und Staats=Calender vom 29. Juni 1716

»... vor dreien Tagen sindt in den heyligen Standt der Ehe getrethen Monsieur Georges Spiegell, homme de Chambre Seiner allerdurchlauchtigsten Majesthät, und Madame Fatime von Carimahn, Gesellschafterin am Hofe. Zum Zeychen Seiner allerhöchsten Werth=Schetzung und alß Danck für lange und threue Dienste haben Seine Majestät Monsieur Spiegell zum Ober=Aufseher über die königlichen Domänen zu Pohlen ernannt. Das frisch vermählte Paar ist am gestrigen Tage nach Lemberg abgereißt, wo es zuckünftig seinen Aufenthalts=Orth nehmen wird.

Wegen Hoch=Verraths hingerichtet wurde am vergangenen Sonntag bey Sonnen=Auffgangk Graf Jan Michal Worowski, ehemalß Gesandter der pohlnischen Szlachta. Die Execution fandt auf der Feßtung Königstein statt. So möge es allen ergeen, die sich dem Staate Saxen alß Feindt erweisen.

Mit heuthigem Decretum ist zu den königlichen Güthern eingetzogen worden das Guth und Vorwerck Särchen in der Standes=Herrschaft Hoyerswerda ...«

Von Sachsen nach Schweden, Juni bis September 1716

Man hatte ihn wieder in seine alten Kleider gesteckt, ihm einen Zugbeutel mit Talern in die Hand gedrückt und ihn mitten in der Nacht auf einem Abhang vor der Festung ausgesetzt.

»Denken Sie daran«, hatte der Offizier des Geheimen Dienstes zu ihm gesagt. »In spätestens zwei Stunden werden die Wachen Alarm schlagen. Dann lassen wir die Hunde los. Bis dahin sollten Sie weit weg sein.«

Worowski hatte genickt und sich auf den Weg gemacht. Der Mond schien hell, und so hatte er keine Schwierigkeiten, durch die jungen Weinstöcke den Weg hinunter ins Elbtal zu finden. Er umging das Städtchen Königstein, dessen Tore noch geschlossen waren und sich erst bei Sonnenaufgang für die Bauern öffnen würden. Erst als er den Fluss erreichte, hielt er schwer atmend inne. Jetzt spürte er, wie sehr ihn das Spießrutenlaufen geschwächt hatte. Die noch nicht verheilten Striemen auf seinem Rücken brannten wie Feuer, und die Füße taten ihm weh. Seine Stiefel waren nicht für lange Wanderungen gemacht, und die Schmerzen in seinem Rücken zwangen ihn zur Langsamkeit. Er war müde und erschöpft, und so legte er sich am Ufer ins hohe Gras und schlief trotz seines knurrenden Magens sofort ein.

Anfangs wagte er es nicht, bei Tag zu marschieren, und bei Nacht kam er nur zögernd voran. So brauchte er fast eine Woche, bis er sich Dresden näherte. Er hatte die ganze Strecke auf abseitigen Pfaden zu Fuß zurückgelegt, im Unterholz geschlafen und nur einmal auf einem einsamen Bauernhof Einkehr gehalten, wo ihm eine alte Frau Brot, geräucherten Schinken und harten Käse als Proviant verkauft hatte. Flemming hatte ihm deutlich gemacht, dass er völlig auf sich allein gestellt sein würde. Nach außen hin war er ein flüchtiger Staatsverräter. »Wenn Sie gefasst werden«, hatte der Minister mit bedauerndem Unterton gesagt, »kann ich nichts mehr für Sie tun. Dann werden Sie ein zweites Mal füsiliert, und Madame von Kariman wird im günstigsten Fall ihr Leben in Stolpen beenden, in bester Gesellschaft der ehemaligen Princesse de Saxe. Und noch etwas: Falls Sie ein Sterbenswörtchen über unsere kleine Übereinkunft verraten sollten, Graf – dann werde ich mich an die Kinder der Dame halten. Also kein Wort zu wem auch immer.«

Worowski hatte seinen Impuls unterdrückt, dem Minister an die Gurgel zu gehen. Es wäre auch sinnlos gewesen. Er hatte sich einverstanden erklärt und musste die Bedingungen akzeptieren. Am schlimmsten war der Gedanke, Fatmah in dem Glauben lassen zu müssen, er sei tot. Den ganzen Weg nach Dresden über hatte er mit sich gekämpft. Alles in ihm sehnte sich danach, sie noch einmal wiederzusehen, und sei es auch nur von ferne. Aber er wusste, es war zu gefährlich, in die Stadt hineinzugehen. Er würde damit seine Mission aufs Spiel setzen und auch Fatmahs Leben. Das durfte er nicht. Also musste er an Dresden vorbeiziehen.

Auf den Elbhängen vor der Stadt verbrachte er den siebten Tag seiner Flucht, versteckt in einer verfallenen Winzerhütte. Vor ihm lag die Silhouette Dresdens mit dem Schloss, den Türmen der Kreuzkirche, der steinernen Elbbrücke. Sein Blick fiel auf die Parkfläche des Großen Gartens, die außerhalb der Stadtmauer lag, und plötzlich wusste er, was er tun würde.

Noch vor Sonnenuntergang hatte er den Großen Garten erreicht. Er wollte nicht riskieren, den Park bei Tageslicht zu betreten – er sah gar zu abgerissen aus in seinen schmutzigen Kleidern. Es fiele unweigerlich auf, wenn ein heruntergekommener Bettler die königliche Anlage beträte. So wartete er zwischen zwei hoch aufgeschichteten Holzhaufen in der Nähe des Eingangs auf den Einbruch der Nacht.

Als es dunkel genug war, schlich er sich in den Garten. Kein Mensch war da. Es hatte begonnen, zu regnen, und er spürte, wie das Wasser sein Hemd durchnässte. Die kühle Feuchtigkeit tat seinem geschundenen Rücken gut; die ersten Striemen begannen zu jucken, ein Zeichen für Heilung.

Nach einigen Minuten erreichte Worowski das Gartenpalais. Er huschte an der Mauer entlang, bis er die Stelle gefunden hatte, die er nur zu gut kannte. Fatmah und er hatten hier so viele Billets und Nachrichten ausgetauscht, hatten Treffen verabredet oder als zu gefährlich abgesagt. Das Loch in der Mauer war ein sicherer Ort für geheime Mitteilungen gewesen, für beide jederzeit zugänglich. Er wusste nicht, ob sie überhaupt noch hierher kommen würde, und wenn ja, ob sie je auf den Gedanken käme, nachzusehen. Aber er musste ihr einfach ein Zeichen geben, dass er noch lebte. Zu schreiben hatte er nichts, aber eines konnte er tun. Mit einer langsamen Drehbewegung zog er seinen Siegelring vom Finger, den Ring mit dem Wappen der Worowskis. Sie kannte ihn, so wie er ihr Siegel kannte, den nach oben offenen Halbmond. Vorsichtig legte er den Ring in das Mauerloch und setzte dann den lockeren Stein wieder ein. Eine Bewegung an seinem Bein ließ ihn erstarren – doch es war nur eine Katze, die sich schmeichelnd an seinem Stiefel rieb. Er kraulte ihr den Kopf, bis sie schnurrte. Dann erhob er sich und verließ den Großen Garten im Schutz der Dunkelheit.

Zwei Tagesmärsche von Dresden entfernt wagte er es, sich von dem Geld, das man ihm mitgegeben hatte, ein Pferd zu kaufen, einen behäbigen braunen Ackergaul, der ihn sicher und unauffällig über die Grenze nach Preußen trug. Sein Ziel war Stralsund. Von dort aus würde er mit dem Schiff nach Schweden übersetzen, wenn es ihm gelang, bis dahin nicht entdeckt zu werden. Er war zwar nun nicht mehr im Herrschaftsbereich Augusts, aber in Preußen machte man noch viel weniger Federlesens mit Hochverrätern und flüchtigen Staatsverbrechern. So ritt er weiterhin nur nachts. Am 1. Juli erreichte er Stralsund und kaufte dort von seinem letzten Geld eine Schiffspassage auf einem Fischerboot nach Karlskrona.

Zwölf Wochen nach seiner Flucht betrat Worowski schwedischen Boden.

Lemberg oder Lwow, wie sie es hier nennen, ist eine bunte kleine Stadt und liegt mitten im Hügelland zwischen den Flüssen Bug und Dnjestr. Hier leben ganz unterschiedliche Volksgruppen friedlich beisammen: Polen, Ukrainer, Armenier, Deutsche. Es gibt Kirchen, wie ich sie von Dresden kenne, aber auch orthodoxe Gotteshäuser und jüdische Synagogen. Die Straßen sind schmutzig und viele Häuser recht elend, aber überall herrscht reges Treiben.

Das Stadtpalais des königlichen Domänenverwalters befindet sich in der Nähe des Markplatzes und ist ein neues, zweistöckiges Gebäude mit einem großen Innenhof. Ich und mein Ehemann – das Wort kommt mir immer noch schwer von den Lippen – haben hier Quartier genommen. Monsieur Spiegel möchte sich in den Unterlagen einen Überblick über die hiesigen Kronbesitzungen verschaffen, bevor wir weiter zu dem kleinen Landgut bei Oloschitz ziehen, auf dem wir in Zukunft leben werden.

Der Abschied von Dresden ist mir unendlich schwer gefallen wegen der Kinder. Es zerreißt mir immer noch das Herz, wenn ich daran denke. Nimm uns mit, Mama, hat Aurora gefleht, bitte, bitte, nimm uns mit. Die Tränen liefen ihr über beide Backen. Wie hätte ich ihr alles erklären können? Der König, euer Vater, möchte euch bei sich haben, sagte ich. Ich muss auf eine große Reise gehen. Aber schreibt mir nur recht fleißig. Vielleicht dürft ihr dann nächstes Jahr nachkommen. Der kleine Friedrich stand die ganze Zeit über bockig da. Er war wütend und trotzig, weil ich ihn alleine ließ. Nicht einmal geküsst hat er mich, als ich in die Kutsche stieg. Doch dann, als wir aus dem Hof rollten, lief er uns nach und winkte. Ich konnte bis zur Grenze nicht aufhören, zu weinen. Mir war, als ob ein Teil von mir zurückbliebe.

Der Vicomte hat mir hoch und heilig versprochen, sich um die Kleinen zu kümmern und sie täglich zu besuchen. Ich warte sehnlichst auf seinen ersten Brief.

In meinem Leben hat nun ein dritter großer Abschnitt begonnen. Der erste war meine Kindheit in Adana, der zweite meine Zeit in Dresden. Es ist wohl mein Schicksal, dass nie etwas bleibt, wie es war. Was wird nun kommen?

Monsieur Spiegel ist mir der beste Freund, den man sich vorstellen kann. Er liest mir jeden Wunsch von den Augen ab, tröstet mich, wenn ich traurig bin, versucht mich abzulenken, wo er nur kann. »Sie werden wieder glücklich sein, Fatima, irgendwann«, sagt er oft zu mir. »Glauben Sie mir, die Zeit heilt alle Wunden. Und ich werde Ihnen helfen, so gut ich kann, bis Sie ihren Frohsinn wieder gefunden haben.« Meist nimmt er mich dann mit auf eine Ausfahrt oder beratschlagt mit mir ein Problem auf seinen Domänen. Er hat sein Wort gehalten – wir haben getrennte Schlafzimmer, und er hat bisher nichts weiter von mir berührt als meine Hand. Als ich ihm meinen Wunsch mitgeteilt habe, lieber aufs Land zu ziehen als in Lemberg zu bleiben, hat er sofort zugestimmt. Ich werde mich wohler dort fühlen, wo es ruhig ist, ohne Gesellschaften und Besuche. Ich möchte einen Rosengarten anlegen, wie in Adana. Vielleicht finde ich dann meinen Frieden.

Gerade ist eine bedeutsame Nachricht aus Warschau bei uns eingetroffen: Ein Ende des großen Bürgerkrieges ist abzusehen. Dank der Vermittlung des russischen Zaren haben sich die Parteien offenbar geeinigt, und bald soll in der Hauptstadt ein Friedensvertrag unterzeichnet werden. August, so heißt es, hat nachgegeben. Er wird seine Armee zum großen Teil abziehen, die polnische Verfassung akzeptieren, das Land nicht mehr von sächsischen Beamten verwalten lassen, die Macht des Adels nicht einschränken. Dafür wird er König von Polen bleiben. Mein Gott, hätte er das nicht gleich so halten können? So viel Blutvergießen, so viel Not und Unglück für den maßlosen Ehrgeiz eines Königs. Nun hat er, was er schon vorher ohne Krieg hätte haben können. Es macht mich traurig.

Ich denke viel an Jan, stelle mir vor, wie er seine letzten Stunden verbracht hat, wie die Kugeln seine Brust zerfetzen, an der ich so oft geruht habe. Manchmal, im Traum, ist er mir ganz nah, ich höre seine Stimme, spüre seine Hände, lache mit ihm. Dann, wenn ich erwache, trifft mich die Wirklichkeit wie ein Schlag. Der Schmerz sitzt wie ein Messer in meinem Fleisch, durchbohrt mich, raubt mir alle Kraft. Ich konnte ihm nicht adieu sagen.

Karlskrona, Oktober 1716

»He du, was willst du hier?« Ein Soldat rempelte den schäbig gekleideten, bärtigen Mann, der eben das Vorzimmer der Offiziersmesse betreten hatte, unsanft an. »Hier gibt's nichts für Bettler. Verschwinde.«

Der Bettler richtete sich auf. »Mein Name ist Graf Jan Michal Worowski«, sagte er, »Oberst der polnischen Kronarmee. Bringen Sie mich zu Ihrem Vorgesetzten, Mann.«

Ungläubig musterte der Soldat sein Gegenüber. Ein zerrissenes, schmutziges Hemd, durchgelaufene Stiefel, wirres Haar, das Kinn unrasiert. Aber der Blick des Mannes war stolz und sein Tonfall befehlsgewohnt. So zuckte der Schwede die Schultern und klopfte an die Tür, hinter der die Offiziere beim Mittagessen saßen. Einige Augenblicke später bedeutete er Worowski, einzutreten.

In dem einfachen Zimmer saßen an die zwanzig Offiziere um einen großen Eichenholztisch, auf dem Holzschüsseln mit Braten, Käse, Obst und Brot standen. Einer der Männer, ein kahlköpfiger Fettwanst in Generalsuniform, erhob sich schwerfällig und trat auf Worowski zu.

»Ich bin General Schwerin, Monsieur. Mein Adjutant sagt, sie behaupten, ein polnischer Graf zu sein?«

Worowski nahm Haltung an, was in seinem Aufzug merkwürdig wirkte. »Graf Jan Michal Worowski, Oberst der Kronarmee, zu Ihren Diensten.«

»Hm.« Der General setzte eine skeptische Miene auf und kratzte sich am Hals. »Und was führt Sie hierher?«

»Ich wurde in Sachsen wegen Hochverrats zum Tode verurteilt, konnte aber von der Festung Königstein fliehen. Die Rückkehr auf meine polnischen Güter ist mir nicht mehr möglich. Ich biete dem großen König Karl deshalb meine Dienste an und bitte um Aufnahme in seiner Armee, damit ich auch weiterhin gegen August von Sachsen kämpfen kann.«

»Worowski, soso. Man hat von dieser Geschichte gehört, Graf. Es kommt nicht alle Tage vor, dass jemand aus Königstein flüchten kann. Meinen Glückwunsch ...«

Worowski nickte zum Dank.

»... sofern Sie derjenige sind, den Sie vorgeben, zu sein.«

»Lassen Sie gut sein, Schwerin, er ist es.« Eine klare Stimme kam vom hinteren Ende der Tafel. Es war Karl selbst, dessen Gesicht unter einer breiten Hutkrempe halb verborgen gewesen war. Jetzt nahm er den Hut ab. Ja, das waren sie, dieselben blauen Augen mit dem seltsam starren Blick, die Worowski schon in Altranstädt gesehen hatte. Der König war in den vergangenen Jahren gealtert, stellte Worowski fest. Tiefe Furchen gruben sich jetzt in sein mageres, pockennarbiges Gesicht, und er hatte Haare verloren. Worowski fiel auf, dass Karls linkes Auge beständig zuckte. Er machte eine tiefe Verbeugung. »Verzeihen Sie, Majestät, ich habe Sie unter dem Hut nicht sofort erkannt.«

»Aber ich Sie, Graf.« Karl schien amüsiert zu sein, er schmunzelte. »Ich erinnere mich gut. Sie haben mich einmal gebeten, Polen nicht zum Schlachtfeld zu machen.«

»In Altranstädt, ja. Und Sie haben meiner Bitte nicht entsprochen.«

Der König lachte. »Natürlich nicht. Und dennoch wollen Sie in meine Dienste treten?«

Worowski breitete resigniert die Arme aus. »Wo sonst könnte ich noch hingehen? Der Bürgerkrieg in Polen ist so gut wie beendet, und August von Sachsen bleibt König. Es gibt für mich keinen Weg zurück. Mir bleibt nur die Möglichkeit, mich als Offizier zu verdingen. Und wo sonst als bei der Armee des besten Kriegsherrn aller Zeiten?«

»Sie schmeicheln mir, Graf.« Der junge König rülpste leise und wischte sich die fettigen Hände an der Brust seiner blau-gelben Uniformjacke ab. »Aber natürlich wollen Sie auch Rache, nicht wahr? Es wurde berichtet, mein Cousin August habe Sie durch die Gasse geschickt ...«

Langsam zog Worowski sein Hemd über den Kopf. Dann wandte er dem König seinen Rücken zu. Es wurde still im Raum.

»Ich sehe, es ist wahr.« Karl griff sich einen Apfel und biss herzhaft hinein. Mit vollem Mund sprach er weiter. »Dann stimmt es sicherlich auch, was man hinter vorgehaltener Hand munkelt: Sie hätten meinem lieben Vetter eine seiner Mätressen ausgespannt?«

Worowskis Lippen wurden schmal. »Verzeihung, Sire, aber diese Angelegenheit ist eine Ehrensache und geht nur die Dame und mich selbst etwas an.«

»Nun gut, Graf Worowski.« Der König warf die Reste seines Apfels achtlos auf den Tisch. »Hiermit nehme ich Sie mit dem Dienstgrad eines Obersten in die schwedische Armee auf. Sie werden schnell merken, dass bei mir ein anderer Wind weht als bei der sächsischen Armee. Mein Cousin hat kein Organ für das Militärische, er ist so viel Luxus und Bequemlichkeit gewohnt, dass er selber keinen Feldzug durchstehen würde. Ein Praliné-Esser und Schokoladetrinker, das ist er! Ein Lakai bringt die Schokoladenkanne in die erhabene Gegenwart, ein zweiter quirlt den Schaum, ein dritter überreicht die Serviette und ein vierter schenkt ein. Unmöglich kann Seine Majestät einen dieser Bediensteten entbehren! Ha! Ich jedoch, ich stelle mich nicht besser als meine Offiziere, kämpfe Seite an Seite mit meinen Soldaten. Deswegen gehen alle für mich durchs Feuer. Der Krieg ist mein Metier, und deshalb werde ich am Ende gewinnen! Ich werde nicht eher ruhen, als bis der Zar und König August mich auf Knien um Frieden anflehen, das schwöre ich!«

Karls Augen flackerten unruhig, während er sich in Rage redete. Von seinen Lippen sprühten winzige Speicheltröpfchen. Ja, er ist besessen, dachte Worowski. Flemming hat recht, er wird sich durch nichts aufhalten lassen. »Heißt das, Sie wollen den Kampf neu entfachen, Sire?«, fragte er.

Der König atmete einmal kurz durch. »Ja, sobald wir mit den Rekrutierungen und den anderen Vorbereitungen fertig sind. Das Land ist am Hund, deshalb wird es wohl ein, zwei Jahre dauern, bis wir genügend Geld und Vorräte beisammen haben. Aber dann schlagen wir zu. Rehnskjöld!«

Der alte General erhob sich und nahm Haltung an.

»Nehmen Sie Graf Worowski unter Ihre Fittiche, mein Bester. Lassen Sie ihm sofort ein Quartier anweisen und eine Uniform bringen. Zeigen Sie ihm hier alles, was er wissen muss. Und teilen Sie ihm eine Kavallerieeinheit auf einer unserer Garnisonen im Landesinneren zu. Ein Pferd kann er sich aus meinem Stall aussuchen.«

»Ich bin Ihnen zu großem Dank verpflichtet, Sire.« Worowski verbeugte sich.

»Danken Sie mir im Kampf, Graf«, antwortete Karl. »Spätestens dann sehen wir uns wieder.«

Brief des französischen Gesandten zu Dresden, Alphonse Louis Baptiste de Villeroy, an Madame Fatima Spiegelska nach Oloschitz, 9. Juni 1717

Meinen freundtlichen Gruß zuvor der edlen ehrentugendsamen Frau Fatime Spiegel, meiner beßonders guthen Freundin.

Hélas, nun ist ein Jahr nur allzu schnell vergangen, und es war, dem Himmel sei Danck, ein Jahr ohne Schlachten und Kämpfe. Seyt der Unterzeychnung des Friedens von Warschau im Herbst lezten Jahres ist endtlich Silence im Land eingekehrt. August ist nun König von Polen und hat den Titel damit betzahlt, daß er Polen große Libertäten zugestanden hat. Es ist eyn Erhalt der Krohne unter Verlußt an Macht, aber Seine Majestät sind darob so glücklich wie lange nicht mehr. Er geht auf Jagd, lädt zur Trüffel=Pirsch, tanzt und springt – was bei dem Gewicht, das er intzwischen erreycht hat, kein leichtes Untherfangen ist. Er biegt Huf=Eißen, rollt Silberteller auf, trinkt sieben Humpen Bier hintereinander – kurz, der »säxische Hercules« ist in seinem Element, trotz der Zucker=Kranckheit, die immer schlimmer wird. Sie kennen ihn ja. Zu allem Überfluß hat ihn wieder der Bauwurm gepackt: Er hat die Errichtungk eines neuen Opern=Hauses in Dresden angeordnet, die schon fleißig vorangeht. Auch am Festplatz Zwinger wird mit Elan weither gearbeitet, die Fertigstellungk ist nun schon abzusehen. Sie sollten es sehen, ma chère: Dieser Zwinger wird ein superbes Wahr=Zeychen für die Stadt werden, das noch viele Generationen nach uns zum Staunen bringen wird, j'en suis sûr.

Naturalement, mon amie, möchten Sie zuerst wissen, wie es Ihren beyden Kindern geht. Eh bien, es gibt wie stets nichts Nachtheiliges zu berichten. Sie befinden sich brav und geßund, spielen viel und lassen Sie allerherzlichst grüßen. Wie Sie sich dencken können, leyden sie immer noch unter der Trennung von Ihnen, aber sie sind tapfer und weynen nicht mehr so viel nach Ihnen wie zu Anfangk. Ich lege meinem Schreiben einen Brief bey, den die Kinder selbst an Sie geschrieben und gemahlt haben. Ich besuche die beiden täglich – Sie wissen ja, chère Fatime, ich habe die Kleinen von Hertzen lieb. Friedrich hat nun schon 6 Stunden am Tag Unterricht und entwickelt sich zu einem klugen Bürschchen. Ich selbst bringe ihm das Frantzösische bei, wozu er sich recht brav anstellt. Samstags reiten wir offt gemeynsam auß, ich auf meinem alten Schimmel, er auf einer ruhigen kleinen Stute. Aurora hatte in der letzten Woche leichthes Fieber, was aber bald wieder abklangk. Ihr sind fast gleichtzeitig zwei Milch=Zehne ausgefallen, und nun hat sie eine große Zahn=Lücke, mit der sie frech und allerliebst aussieht. Ohne diese Lücke könnte man fast meynen, sie sey eine richtige kleine Dame. Ich glaube, nein ich weiß, sie wird einmal so schön wie ihre Mutter. Vraiment!

Der König kümert sich gar nicht um die Kinder, man könnte faßt glauben, er habe sie vergessen. Anders Monsieur Flemming – er zeigt ein merck=würdiges Interesse an den beyden, erkundigt sich öfthers nach ihnen und sieht regelmäßig nach dem Rechten. Ich muß schon sagen, dass mich dieß mißtrauisch macht. Mein Gefühl sagt mir, daß er irgend etwas vorhat. Ich werde die Angelegenheyt wachsam beobachten und meine guthen Beziehungen zu einem seiner drey Secrétairs nutzen – der Mann hat eine fatale Vorliebe für das Glücks=Spiel und braucht daher immer Geld.

Ma chère amie, Sie fehlen mir sehr. Keine Caffee=Stunden mehr, keine Märchen, keine kurtzweiligen Spatzier=Gänge im Großen Garten. Es ist recht eynsam geworden um mich, auch wegen meiner Kranckheit, die nicht beßer wird. Ich leide unter ständigem Drükken auf der Brust, und manchmal wird mir das Athmen schwer und mein Halß krampft sich zusammen. Monsieur Rexroth braut mir alle paar Wochen eine neue Medicin, doch alles hilft nichts. Ich darff mich nicht aufregen, meint Doctor Tropanegger, also ziehe ich mich oft zurück und gehe nicht mehr so viel auf Gesellschaften und Assemblées. Wissen Sie noch, daß Sie einmal zu mir gesagt haben: »Das Alter hat Sie vergeßen, lieber Vicomte«? Nun, inzwischen scheint es so, als sei ich ihm wieder eingefallen.

Ich dencke, es wird wohl bald Zeit, mit Erlaubniß meines Königs einen Nachfolger zu bestellen. In Frankreich warten meine Güter auf mich.

On verra, man wird sehen. Solange jedoch die Kinder alleyne zu Dresden sind, werde auch ich bleiben, das verspreche ich Ihnen.

Nun gehaben Sie sich wohl, meine Liebe, und genießen Sie die friedlichen Zeyten in Polen. Ich empfehle mich Ihrer Freundlichkeit und bleibe immertzu Ihr getreuester, unterthänigster Diener

Alphonse Louis Baptiste de Villeroy

Schreiben Fatmahs an den Vicomte de Villeroy vom 26. April 1718

An meinen liebsten Freund, den Wahrer der frantzösischen Thugenden am Dresdener Hof und beßten Paten meiner Kinder.

Lieber Vicomte,

seit ich Ihnen in der Fasten=Zeyt das letzte Mal geschrieben habe, ist einiges geschehen. Zuvor: es geht mir gut. Sie hatten recht, die Zeyt kann den größten Kummer mildern. Ich trauere immer noch um meine große Liebe, aber die Trauer bestimmt nicht mehr mein gantzes Leben. Und die Sorge um meine Kinder ist auch erthräglich, solange ich weiß, dass Sie für die beyden da sind. Eintzig um Flemmings Pläne mache ich mir große Gedancken – er ist mein Feindt, und ich kann nicht glauben, dass er den Kindern Guthes will. Ich bitte Sie, haben Sie Acht!

Ein weiterer Kummer hat sich in der letzten Woche zum alten Leyd gesellt: Mein Ehemann, den ich recht sehr geschätzt habe und der mir in den lezten beyden Jahren zu einem guthen Freundt geworden ist, hat seine Augen für immer geschloßen. Es war ein Unfall. Er lenkte einen Zwey=Spänner, als plötzlich vor der Kutsche ein Reh aus dem Waldt lief. Die Pferde gingen durch, und der Zwey=Spänner kippte um. Dabei hat sich Monsieur Spiegel schlimme Verletzungen zugetzogen. Man brachte ihn mir eine Stunde nach dem Unglück, da war er noch bey Bewußtsein. Er sprach gantz ruhig mit mir. »Falls ich sterbe«, so sagte er, »sollen Sie wißen, dass Oloschitz Ihnen gehören wird.« Dann fiel er in eine Ohn=Macht, auß der er nicht wieder erwachte. Ich habe ihn drey Tage lang gepflegt, biß er aufhörte zu athmen. Wir haben ihn auf dem kleynen Dorff=Friedhof von Oloschitz begrahben, möge er dortt in Frieden ruhen.

Jetzt habe ich nur noch Sophie und Jula. Von den beyden kann ich guthe Nachricht vermelden: Sophie ist schwanger! Wir alle drey freuen uns unbendig auf das neue Leben, das mit dem Kind hier eynkehren wird. Die zukünfttigen Eltern sind hier in Polen sehr glücklich. Jula kocht so herrliche Menues wie seltten zuvor, und Sophie ist nicht nur von ihrer Schwangerschafft dick und rund.

Hier in Pohlen haben sich die Dinge gottseidank zum Guthen gewendet. Das Land athmet auff, jetzt, da endtlich kein Krieg mehr ist. Man säet und erntet, das Vieh gedeiht auf den Weyden, die alten Ruinen werden wieder aufgebaut, verlaßene Dörfer besiedelt. Die Polhen sind ein frommes Volck, das gerne Feste feyert, ansonsten aber genühgsam und fleißig ist. Gebe Gott, daß es August gelingt, auch in Zukunfft Frieden zu haltten! Doch wie man hört, rüstet der König von Schwehden schon wieder zur Bataille. Ich will es einfach nicht glauben. Zu Warschau heißt es zwar, es ginge zuallererst gegen Norwegen, doch was kommt danach? Lieber Vicomte, wißen Sie zu Dresden mehr? Senden Sie mir doch bitte Nachricht.

Daß es Ihnen nicht gut geht, betrübt mich zu hören. Ich sende Ihnen mit dießer Post ein Fläschchen Rosen=Öl aus dem Garthen, den ich selbst angelegt habe. Möge Ihnen der Dufft ein Gruß von mir sein. Ich wünsche Ihnen eine baldige Beßerung Ihrer Gesundheit. Und bitte, küßen Sie die Kinder von mir. Ich habe ein Schreyben an die beiden beygelegt. Hoffentlich geht es ihnen gut, ich vermiße sie so sehr. Mein größtes Glück wäre es, sie eynmal wiederzusehen.

Mein lieber Vicomte, Seien Sie umarmt von Ihrer guthen Freundin

Fatmah von Cariman-Spiegelska

Schriftlicher Geheimbefehl des Grafen Flemming per Kurier an Jan Michal Worowski vom 15. September 1718

Monsieur,

zwey Jahre sind nun längst verstrichen. Wie mir meine Vertrauens=Leutte in Schweden mitgetheilt haben, sind Sie seyt Beginn des Angriffs auf Norwegen in das engste Offiziers=Corps um König Karl berufen worden. Bisher haben Sie mich stets verthrösten können und fanden allerley Gründe, die Sie daran hinderten, unsere Abmachungk einzuhaltten. Nun werde ich nicht mehr länger warthen. Ich gebe Ihnen noch Zeytt bis Weihnachten. Sollten Sie bis dahin immer noch nicht gehandelt haben, werden zunächst die Kinder der Madame Fatima in strengen Gewahrsam genommen, danach die Dame selbst auff die Feßtung Stolpen verbracht. Weitere Consequencen werden folgen. Dencken Sie nicht, König August würde einschreyten. Er leidet seit einem Jahr starck an der Zucker=Krankheit und hat kein Interesse mehr an seiner ehemaligen Maitresse und den Bastarden. Ich alß sein Erster Minister kann nach meinem Guth=Dünken schalten und walten.

Gehaben Sie sich wohl und thun Sie, wie Ihnen geheyßen.

Flemming

Dresden, 16. bis 19. September 1718

Villeroy ließ das Blatt Papier sinken, das er sich eben vor die Nase gehalten hatte, und setzte sein Lorgnon ab. Seine Hand zitterte leicht.

»Was soll das bedeuten?«, fragte er sein Gegenüber, den schwarz befrackten Sekretär des Grafen Flemming, der ihm das Schreiben ausgehändigt hatte.

»Nun, genau weiß ich das auch nicht, Monsieur. Ich weiß nur, dass das Original dieser Depesche gestern mit Geheimkurier von

Dresden abgegangen ist. Eigentlich ist das Schreiben von geheimen Sachen Aufgabe des obersten Sekretärs, doch dieser hat seit einer Woche das Reißen in den Fingern, und so habe ich seine Arbeit mit übernehmen müssen.«

Der Vicomte drückte dem Mann einen Beutel mit Geld in die Hand. »Ich danke Ihnen, Monsieur. Sie waren mir von großem Nutzen.«

Nachdem der Schreiber gegangen war, fing Villeroy an, in seinem Salon ruhelos im Kreis zu marschieren, die Hände auf dem Rücken gefaltet. Ein Schreiben, adressiert an den vor zwei Jahren exekutierten Grafen Worowski! Heiliger Himmel, dachte Villeroy, kann es sein, dass er noch am Leben ist? Und nun als Offizier beim schwedischen König dient? Und was war das für eine Abmachung, die er mit Flemming hatte? Die noch nicht erfüllt war? Villeroy wurde so aufgeregt, dass er sein schwaches Herz überschnell klopfen spürte. Ihm wurde eng um die Brust, und so trank er einen Schluck der bitteren Medizin, die ihm Doktor Tropanegger zusammengemischt hatte. Was konnte hinter all dem stecken, und vor allem, was hatte Flemming mit den Kindern und mit Fatima vor? Sollten sie nun doch bestraft werden?

»Bis Weihnachten«, murmelte der Vicomte leise vor sich hin und ließ sich auf ein grünsamtenes Fauteuil sinken. »Bis Weihnachten ... Was soll Worowski bis dahin erledigt haben?«

Nach einer Stunde angestrengtesten Überlegens war ihm immer noch nicht klar, worum es genau in dem Schreiben ging, aber eines wusste er: Fatmah war in Polen vorläufig noch dem direkten Zugriff Flemmings entzogen. Die Kinder waren es, denen zuallererst Gefahr drohte.

»Ich werde nicht zulassen, dass ihnen etwas geschieht«, sagte er schließlich im Brustton der Überzeugung zu sich selbst. »Niemals. Ich habe geschworen, die beiden vor aller Unbill zu beschützen. Und wenn es das Letzte ist, was ich tue.«

Noch am selben Abend entwarf er einen Plan.

Drei Tage später pochte es kurz vor Morgengrauen an eines der großen Fenster des Kinderzimmers, das im Erdgeschoss des Westflügels lag. Der neunjährige Friedrich schlummerte tief und fest, die Nase an seinen Stoffhund gedrückt, aber die kleine Aurora schreckte sofort auf, tappte barfüßig ans Bett ihres Bruders und rüttelte ihn.

»Du, wach auf, da klopft jemand. Ich hab Angst.«

»Wo klopft wer?« Friedrich öffnete schlaftrunken die Augen.

»Da!« Aurora wies auf die geschlossenen Samtvorhänge. Und wieder pochte es ans Fenster. Friedrich nahm all seinen Mut zusammen, schlich sich im Nachthemd an und spähte vorsichtig durch den Vorhangschlitz. Sein Herz klopfte bis zum Hals, doch dann sah er hinter dem Fensterglas das Gesicht des Vicomte, der einen Finger an den Mund legte.

»Onkel Alphonse!« Er öffnete das Fenster, und Villeroy stieg ungelenk von der draußen angelehnten Leiter über die Brüstung ins Zimmer.

»Mes enfants, ihr müsst nun unbedingt ganz still und brav sein«, flüsterte er. »Die Umstände erfordern es, dass ihr heute Nacht noch das Schloss verlasst. Ich werde euch zu eurer Mutter bringen.«

Aurora stieß einen kleinen Juchzer aus.

»Schschscht!« Der Vicomte musste sich vor Schreck aufs Bett setzen. »Leise, um Gottes willen, leise! Niemand darf etwas merken!«

»Auch nicht Marie?« Friedrich deutete auf die Tür, hinter der das Kindermädchen schlief.

»Nein, auf keinen Fall. Wir müssen heimlich fort. Alors, mes petits, draußen wartet die Kutsche. Kommt schnell!« Villeroy fasste Aurora an der Hand.

»Im Nachthemd?« Die Kleine zupfte am Spitzenärmel ihres Negligés.

»In der Kutsche sind Sachen zum Anziehen. Wir dürfen keine Zeit verlieren. Vite, vite!«

Der Vicomte half den beiden zum Fenster hinaus, wo sie Fritz, Fatmahs treuer Kutscher, in Empfang nahm. Dann folgte er selbst, schwer atmend ob der ungewohnten Anstrengung. Während Fritz die Pferde langsam und leise im Schritt vom Schloss wegführte, zogen die Kinder die einfachen Kleider über, die Villeroy für sie besorgt hatte, und lauschten dabei seinen Erklärungen.

»Wir fahren jetzt gleich zum Salomonistor und warten dort auf das Trompetensignal zur Öffnung der Stadt. Vorher schlüpft ihr in einen meiner großen Reisekoffer, die hinten festgezurrt sind. Der Torwart wird es nicht wagen, mein Gepäck zu kontrollieren – schließlich reisen wir in einer französischen Staatskalesche, und ich bin als Diplomat unantastbar. Alles hängt davon ab, dass wir weit weg sind, bevor man entdeckt, dass ihr fort seid. Wenn alles gut geht, sind wir in drei Wochen bei eurer Frau Mama.«

Der Vicomte versuchte, vor den Kindern möglichst ruhig zu bleiben, dabei war er nervös wie noch nie zuvor. Dies war das größte Abenteuer, auf das er sich je im Leben eingelassen hatte. Sein linker Arm schmerzte, und er hatte das Gefühl, zu wenig Luft zu bekommen. Er wusste, dass er danach nicht mehr nach Dresden würde zurückkehren können, und er wusste auch, dass weder die Kinder noch Fatmah in Polen sicher waren, falls König August doch auf Rache sänne. Aber eines war ihm klar: Er musste zunächst die Kinder aus der direkten Reichweite Flemmings bringen. Was danach kam, würde sich finden. Vielleicht hatte Fatmah ja schon Nachricht von Worowski, und die Dinge würden sich klären. Der Vicomte atmete tief durch und nahm zum wiederholten Mal ein Schlückchen aus der Medizinflasche. Es musste einfach gut gehen!

Bei Sonnenaufgang, als sich das Schloss zu regen begann, erwachte das Kindermädchen aus traumlosem Schlaf. Wie es ihre Gewohnheit war, wollte sie einen kurzen Blick auf die schlafenden Kinder werfen, um dann noch einmal für ein Stündchen ins warme Bett zurückzukriechen. Die Morgenschokolade wurde ja erst um acht Uhr von einem der Lakaien gebracht.

Leise öffnete das Mädchen die Tür zum Kinderzimmer. Merkwürdig still war es heute. Sie hörte keines der Kinder atmen – wo doch der kleine Friedrich dazu neigte, ganz leise zu schnarchen. Das Mädchen zog geräuschlos den Vorhang auf, um die Kinder nicht zu wecken, und dann fiel ihr Blick auf die Betten. Leer.

»Na wartet, ihr beiden, wenn ich euch erwische!« Mit Schwung öffnete sie die Tapetentür, die zu dem großen Wandschrank führte. Nichts. Auch in der Truhe und unter den Betten steckten die Kinder nicht. Sie bekam es mit der Angst zu tun und rannte nach draußen auf den Flur. »Aurora! Friedrich!« Niemand antwortete. Nur ein alter Küchenwächter kam auf ihr Geschrei hin schimpfend angelaufen.

»Dummes Ding, was schreist du das ganze Schloss zusammen?«

Das Mädchen fing an zu weinen. »Ach Gottchen, meine Kinder sind weg!«

Der Wächter schlug Alarm.

Während im Schloss die Suche nach den königlichen Bastarden eingeleitet wurde, kam das von Villeroy sehnlich erwartete Trompetensignal von einem der Kirchtürme. Inzwischen warteten schon etliche Leute auf das Öffnen des Tores. Ein Marketender mit Bauchladen hockte auf einer steinernen Stufe, ein Metzger, der bei den Bauern Schweine kaufen wollte, sprach leise mit seinem Lehrling, zwei Frauen mit Henkelkörben lehnten an den Buckelquadern der Stadtmauer. Endlich kam der Torwart aus einem kleinen Fachwerkanbau neben dem Stadttor, ein Schwert an der Seite und einen Schweinespieß in der Hand. Er steckte seinen riesigen Schlüssel in das Schloss und drehte ihn zweimal um. Dann hob er den dicken Querbalken von den Torflügeln und drückte beide Flügel auf.

Die Fußgänger wünschten dem Wächter einen guten Morgen, worauf er sie durchwinkte. Die einfachen Leute musste er nicht in seine Liste eintragen. Dann kam Villeroys Kutsche.

»Wer, und wohin des Wegs?« fragte der Torwart knapp.

Der Kutscher antwortete in hochnäsigem Ton: »Der Vicomte Alphonse Louis Baptiste de Villeroy, Gesandter Seiner allerdurchlauchtigsten Majestät, des Königs Louis von Frankreich, auf der Reise nach Braunschweig und Kassel.«

»Passieren.« Der Torwart winkte und machte seinen Eintrag.

Eine Meile vor der Stadt ließ Villeroy halten, und die Kinder kletterten munter aus dem riesigen Reisekoffer.

»Das Erste wäre geschafft, mes petits«, sagte der Vicomte erleichtert und presste dabei die Hand auf sein flatterndes Herz. »Jetzt geht es so schnell wie möglich über die Grenze nach Preußen. Da sind wir zunächst einmal sicher.«

Depesche des Vicomte de Villeroy an Madame Fatima Spiegelska in Polen vom 20. September 1718

»Ma chère amie, Ihre Kinder waren in höchster Gefahr. Deßhalb habe ich zusamen mit den beyden Kleinen heimblich Dresden verlaßen und hoffe, baldt bei Ihnen zu seyn. Ich setze darauff, daß König August, der ohnehin derzeyt recht schwach und kranck ist, sich kaum für die Abreiße der Kinder intereßeren wird. Ich meyne, er wird letztendlich dazu schweygen, um diplomatische Verwicklungen mit Frankreich zu vermeyden. Es wäre ja ein Scandal ohne gleichen, wenn découvriert würde, daß der frantzösische Envoyé an einer Entführungk der königlichen Bastarde betheiligt ist! Ich schwöre Ihnen, ich werde mein Beßtes thun, damit die Kinder heil und wohl behalthen bei Ihnen ankomen. Ihr sehr ergehbener, gantz gehorsamster Serviteur, gantz in Eile,

Alphonse Louis Baptiste de Villeroy

Dresden, 20. September 1718

»Was?« Flemming brüllte so laut, dass man seine Stimme bis in die Gemächer des Königs hören konnte. »Sie sind weg? Wie kann das sein?«

Gerade hatte der Minister seine Schreibstube betreten; es war neun Uhr am Vormittag.

»Niemand weiß es«, gab der Offizier des Geheimen Dienstes zurück, der die schlechte Nachricht überbracht hatte. »Aber sie müssen noch in der Stadt sein. Ich habe an den Toren nachfragen lassen. Kein Kind hat seit heute morgen Dresden verlassen, nur Kaufleute, Handwerker und ein paar Frauen.«

»Keine Kutsche?«

»Nur die des französischen Gesandten, Monsieur! Zum Salomonistor hinaus, nach Kassel.«

Flemming stieß einen Wutschrei aus und versetzte seinem Schreibtischstuhl einen Tritt, dass er quer durch den Raum flog. »Da waren sie drin, Idiot! Villeroy hat sie mitgenommen! Schicken Sie sofort Reiter aus, Mann. Vermutlich sind sie auf dem Weg nach Preußen!«

Der Offizier salutierte und verschwand, während Flemming sich wutentbrannt auf den Weg zum Boudoir des Königs machte. Wütend stieß er die beiden Gardesoldaten, die den Eingang flankierten, zur Seite und riss die Tür auf.

»Majestät, erlauben Sie, eine dringliche Angelegenheit!«

Der König saß mit geschlossenen Augen bequem auf einem blauseidenen Diwan und reckte einen nackten Fuß vor. Auf dem Boden vor ihm kniete ein Lakai, der einen kleinen Nagelschnäpper in der Hand hielt. Unter der königlichen Ferse lag ein Häufchen bereits abgeschnittener Fußnägel und abgebimster Hornhaut. August öffnete die Augen und machte missbilligend einen Schmollmund.

»Flemming«, sagte er müde, »ich erinnere mich nicht, gehört zu haben, dass Sie angeklopft hätten.«

Der Minister versank sofort in einer tiefen Reverenz. »Bitte alleruntertänigst um Verzeihung, Sire. Mein Temperament! Es wird nicht wieder vorkommen.«

August richtete sich mit einem leisen Ächzen halb auf und kniff die buschigen Brauen zusammen. »Und worüber échauffieren Sie sich so sehr, dass Sie es wagen, meine wöchentliche Fußtoilette zu stören?«

»Sire!« Flemming ging in Positur. »Die königlichen Bastarde sind entführt worden.«

Der König ließ sich wieder in die Kissen zurückfallen. »So, und von wem?«

»Vom Vicomte de Villeroy, fürchte ich.«

»Von Villeroy? Aber warum denn nur?« August blies die Backen auf und verlor dabei etliche Brösel Bleiweißschminke.

»Ich befürchte, er will die Kinder zu ihrer Mutter bringen.«

Der König bedeutete dem Diener, weiterzumachen. »Und deshalb stürmen Sie in mein Boudoir wie ein Bauer?«

Flemming wollte nicht wahrhaben, dass er schon verloren hatte.

»Aber, Majestät, wir hatten doch verfügt, dass die Kinder der Madame Kariman hier zu Dresden ...«

August winkte gereizt ab. »Ach Gott, das ist lange her. Wie hießen sie doch gleich? Friedrich und Maria ...?«

»Aurora, Sire.«

»Richtig, ich erinnere mich. Eh bien, und der Franzose bringt die beiden nun nach Polen? Nun ja, soll er doch. Mich stört es nicht. Kinder gehören nun einmal zu ihrer Mutter, n'est-ce pas?«

»Aber Sire, eine Entführung im Handstreich ...«

August tat einen tiefen Seufzer. »Du liebe Güte. Habe ich nicht andere Sorgen, als mich um solchen Kinderkram zu kümmern, Flemming? Sie als mein erster Hofbeamter sollten wirklich Rücksicht nehmen. Mon Dieu, von Tag zu Tag verliere ich an Gewicht. Ich saufe wie ein Loch und habe dennoch immer Durst. Doktor Tropanegger macht jeden Tag ein längeres Gesicht, wenn er mich untersucht! Diese Schwäche in den Gliedern, diese Müdigkeit! Und diese Schmerzen in den Beinen, vor allem nachts! Da, bitte, sehen Sie nur!« Anklagend wies er auf seinen nackten Fuß. »Wächsern und bläulich, eine Haut wie Pergament! Es heißt, als Erstes werden die Zehen schwarz und fallen ab! Diese Zuckerkrankheit bringt mich noch um! Und da kommen Sie mir mit zwei Bälgern, wo ich mir Gedanken um meine Nachfolge machen muss!«

»Sire, ich habe bereits Suchtrupps hinterhergeschickt, um die Kinder zurückzubringen. Schließlich hat Madame Kariman ...« Der Minister machte einen letzten Versuch.

»Mon Dieu, Flemming, strapazieren Sie nicht meine Nerven!« Der König schnaufte. »Lassen Sie mich mit diesen Kindern in Ruhe, und auch mit Madame Kariman. Pfeifen Sie Ihre Leute zurück. Sollen die doch machen, was sie wollen. Ich muss mich um Wichtigeres kümmern. Und wenn Sie hinausgehen, schicken Sie nach Doktor Tropanegger, er soll sich die offene Stelle an meinem großen Zeh ansehen. Au revoir dann.«

Flemming gab auf. Er machte einen widerwilligen Katzbuckel und verließ den Raum. Draußen ballte er die Fäuste. Er hatte sein wichtigstes Unterpfand verloren.

Gut Oloschitz, 29. Oktober 1718

Der Schrei des Neugeborenen durchbrach die morgendliche Stille des Herrenhauses. Fatmah durchschnitt die Nabelschnur, wickelte den Säugling in ein angewärmtes weiches Tuch und legte ihn der erschöpften Sophie in die Arme.

»Ein wunderschöner Junge, sieh nur! Und er hat die dunklen Augen seines Vaters!«

Sophie lächelte unter Tränen, während sie das Kind an die linke Brust legte. Der Kleine hörte auf zu brüllen und begann sofort, mit den Lippen zu suchen. Endlich hatte er die Brustwarze gefunden und nuckelte zufrieden. Fatmah wischte sich mit dem Ärmel ihres Kleides den Schweiß von der Stirn. Wehmütig dachte sie an ihre eigenen Kinder, die nun schon so lange von ihr getrennt waren.

»Sag es gleich Jula«, bat Sophie. Der frisch gebackene Vater war zu Beginn der Wehen so aufgeregt gewesen, dass er sich beim Entbeinen einer Schweineschulter beinahe den Daumen abgeschnitten hatte. Von Mitternacht an hatte er alle halbe Stunde an die Zimmertür geklopft und wissen wollen, wie es stand, bis Fatmah ihn im strengsten Ton, der ihr möglich war, ins Bett geschickt hatte. Nun wartete er schon seit Sonnenaufgang wieder im Vorzimmer, und kaum hatte Fatmah die Tür geöffnet, stürmte er schon herein.

»Wir haben einen Buben«, flüsterte Sophie glücklich. »Schau nur, wie hübsch er ist!« Jula staunte seinen Sohn beinahe ungläubig an. »Er sieht aus wie Onkel Imre«, meinte er ergriffen. »Imre Laszlo Andraszy soll er heißen.«

»Das ist nicht dein Ernst«, maulte Sophie. »Ich möchte ihn lieber nach meinem Vater nennen.«

»Louis Andraszy? Das klingt nicht gerade schön, oder?« Jula rümpfte die Nase.

»Klingt es doch«, beharrte Sophie.

Fatmah musste lachen, während sie sich in einer Schüssel die Hände wusch und an ihrer Schürze abtrocknete. Sie war froh, die Geburt allein mit Sophie bewältigt zu haben, nachdem die Hebamme im Morgengrauen zu einem Notfall gerufen worden war. Wie die meisten Erstgeburten hatte es lange gedauert, war aber Gott sei Dank völlig normal verlaufen.

»Müsst ihr zwei wieder einmal streiten? Seid glücklich, dass ihr einen gesunden Jungen habt, der Name kommt später!« Sie öffnete das Fenster, um das Waschwasser hinauszuschütten, und erstarrte mitten in der Bewegung. Eine vornehme Reisekutsche bog in den Hof, gezogen von vier nass geschwitzten Rappen. Am Schlag prangte deutlich sichtbar die französische Lilie.

»Lieber Gott«, rief Fatmah, »Sophie, Jula, ich glaube, die Kinder sind da! Endlich!«

Sie stellte die Schüssel hastig auf den Boden und stürzte mit hoch gerafften Röcken nach draußen.

»Mama!« Aurora stieg als Erste aus der Kutsche, rannte auf Fatmah zu und fiel ihr vor Glück quietschend in die Arme. Dann kam Friedrich, hängte sich an ihre Röcke und hüpfte dabei unaufhörlich auf und ab. Fatmah lachte und weinte gleichzeitig.

»Meine Kleinen! Dass ich euch wiederhabe! Gott sei Dank!« Sie überhäufte die beiden mit Küssen. »Ich habe solche Angst um euch gehabt.«

Fritz, der Kutscher, kam vom Bock herunter und stand verlegen neben der überschwänglichen Szene, den Hut in der Hand.

»Onkel Alphonse hat uns nachts aus dem Bett geholt«, berichtete Friedrich aufgeregt. »Wir sind bei Nacht und Nebel aus dem Schloss geflohen, stell dir vor. Dann mussten wir in Preußen drei Tage versteckt bleiben, weil Aurora Durchfall hatte. Und sieh nur, was wir für Kleider anhaben! Bauernsachen! Es durfte uns ja niemand erkennen.«

Fatmah drückte ihre Kinder so fest an sich, als wolle sie sie niemals mehr loslassen. Groß waren sie geworden; vor allem Aurora hatte sich verändert. Und wie lang Friedrichs Haar geworden war!

»Ich hab Hunger!«, vermeldete Aurora.

Fatmah strahlte und fasste die beiden an den Händen. »Kommt schnell herein, dann lasse ich euch Zuckerbrot und warme Milch machen. Auch Sie, Fritz.« Dann erst fiel ihr ein, dass noch jemand fehlte. »Aber wo ist denn Onkel Alphonse?«

Aurora deutete auf die Kutsche. »Er sitzt noch drin und schläft.«

»Ja«, meinte Friedrich. »Er muss wohl sehr müde sein.«

Fatmah ging und öffnete den Schlag. Reglos, mit geschlossenen Augen, den Kopf gegen den Fensterrahmen gelehnt, saß der Vicomte auf den blausamtenen Polstern. Die Hände hatte er im Schoß gefaltet, die Beine bequem von sich gestreckt, eine Decke über den Knien. Auf seinem Gesicht lag ein kleines Lächeln, als ob er sich freute, endlich da zu sein. Er war tot.

Fatmah legte stumm vor Schmerz die Hand an seine kalte Wange. »Danke«, flüsterte sie lautlos. »Gott möge Ihnen vergelten, was Sie für uns getan haben.«

Sie begruben den Vicomte zwei Tage später auf dem kleinen Dorffriedhof von Oloschitz, gleich neben dem Platz, wo Georg Friedrich Spiegel seine letzte Ruhestätte gefunden hatte. Nach der Beerdigung fand die Taufe des kleinen Louis Imre Andraszy statt. Später ließ Fatmah einen kunstvoll gearbeiteten Stein auf das Grab setzen, auf dem stand: *Alphonse Louis Baptiste de Villeroy, 1651–1718. Gott schenke ihm Schatten auf seinem Weg ins Paradies.*

Festung Frederikshald in Norwegen, 30. November 1718

Der 30. November 1718 begann wie ein ganz gewöhnlicher Morgen. Es war der erste Advent, ein Sonntag. Der König zog seinen blauen Uniformrock mit den goldenen Messingknöpfen, die gelben Kniehosen und seine alten Stulpenstiefel an, setzte einen breitkrempigen schwarzen Hut auf und ritt mit seinen Offizieren zur Frühandacht.

Danach machten sich die einfachen Soldaten an die mühseligen Schanzarbeiten. Die Kampflinie sollte weiter nach vorne verlagert werden. Karl hatte angeordnet, wenige hundert Meter von den Mauern der Festung Frederikshald entfernt, schon in Schussweite der Verteidiger, einen neuen Laufgraben zu ziehen. Der König selbst verbrachte die nächsten Stunden mit Strategieüberlegungen,

Schreibarbeiten und der Aufstellung eines Marschplanes. Am nächsten Tag wollte er einen Teil seiner Armee über den Fluss Glommen nach Norwegen hineinführen.

Der Nachmittag begann mit einem Adventssingen. Danach kam wie üblich die Befehlsausgabe an die Generäle und die Besprechung mit dem französischen Befestigungsingenieur. Man versicherte dem König, Frederikshald würde binnen einer Woche fallen. Die Festung war nur mit 1400 Mann besetzt und hatte keine Kasematten, nur eine hohe Mauer, die eine gute Angriffsfläche für die schwedische Artillerie bot. Der neue Graben würde, sobald er fertig gestellt war, das norwegische Abwehrsystem endgültig brechen. Damit würden die schwedischen Soldaten bis auf vierzig Meter an die Festungsmauer herankommen. Geschanzt wurde inzwischen nur noch nachts, denn am Tag waren die Verluste durch den Beschuss von der Festung her zu groß. Die Verteidiger schossen hin und wieder brennende Pechkränze und Leuchtkugeln ab, um mit ihren Kanonen besser zielen zu können.

Nach einem kurzen Abendessen beschloss der König gegen neun Uhr, die Laufgräben zu inspizieren. Es war eine milde Nacht, der Himmel wolkenüberzogen. Weiße Nebelschwaden trieben über dem Boden. Karl ermunterte die Mannschaften bei ihrer schweren Arbeit und besprach sich mit den Offizieren vor Ort. Die ganze Zeit über standen die schwedischen Linien unter schwerem Beschuss durch Geschütze und Gewehrfeuer. Dennoch entschied sich Karl dafür, auch die noch unfertige neue Linie nahe der Festungsmauer zu begutachten, die endlich den Durchbruch bringen sollte.

Viele der späteren Berichte sollten sich in entscheidenden Fragen widersprechen. Einig waren sich die Augenzeugen jedenfalls darüber, dass der König, um die Arbeitenden durch seine Todesverachtung noch mehr anzuspornen, auf die Erdaufschüttung des Laufgrabens kletterte, seinen Mantel ausbreitete und sich bäuchlings auf den Wall legte, den Kopf auf die Arme gestützt. Der Mond brach durch die Wolken und tauchte die Szenerie in bleiches, weißliches Licht.

Ungefähr zehn Offiziere standen unterhalb des Königs im Graben und hörten seinen Ausführungen zu. Karl war froh und zuversichtlich, plauderte über seine militärischen Pläne und den morgigen Abmarsch. Einer der Männer forderte ihn auf, doch um Christi und Schwedens willen herunterzukommen, statt sich leichtsinnig in Gefahr zu begeben. Musketenkugeln und Kanonenschüsse träfen einen König nicht anders als einen einfachen Soldaten. Doch Karl ließ sich nicht dazu bewegen.

Dann hörten die Offiziere einen dumpfen Knall, und im selben Augenblick sank der Kopf des Königs auf seinen Mantel.

Alle waren von stummem Entsetzen wie gelähmt. Dann schrie jemand: »Herrgott, der König ist erschossen!« Man zog Karls leblosen Körper in den Graben, doch es war zu spät. Eine Kugel hatte seinen Schädel von Schläfe zu Schläfe durchbohrt.

Worowski steckte die Pistole unter seinen weiten schwarzen Umhang und sprang in den Laufgraben hinunter. Er beobachtete, wie in fünfzig Schritt Entfernung die Offiziere im Licht einer Fackel aufgeregt durcheinander riefen. Langsam, um nicht aufzufallen, lenkte er seine Schritte durch das Labyrinth der Gräben auf das Hauptquartier zu. Hinter ihm erklang die Stimme des königlichen Generaladjutanten Kaulbars, der keuchend stehen blieb. »Herr Jesus! Oberst Worowski! Der König ist erschossen! Laufen Sie zu General Schwerin und berichten Sie ihm das!«

Worowski drehte sich um und starrte den Offizier an. »Ist er ... tot?« Seine Stimme klang brüchig.

Kaulbars rang um Atem, die Augen vor Entsetzen weit aufgerissen. Er nickte nur.

Worowski schlief nicht mehr in dieser Nacht. Er lag in seiner Unterkunft, einer einfachen Holzhütte hinter den Linien, auf dem Feldbett und starrte an die Decke. Er hatte es tatsächlich getan. Er hatte den König getötet, mit einem einzigen Schuss. Seine Mission war erfüllt.

Er fühlte sich wie ein Verbrecher. Ein Meuchelmörder, der aus dem Hinterhalt geschossen hatte. Ehrlos und feige. Die schwärzesten Gedanken zogen ihm durch den Kopf. Wie sollte er mit dieser Schuld fertig werden? Irgendwann in den frühen Morgenstunden setzte er sich auf und griff nach der Pistole. Eine Zeit lang drehte und wendete er die Waffe in den Händen. Schließlich drückte er den Lauf an seine Schläfe. Er spürte das kalte Metall auf der Haut. Eine Kugel war noch übrig. Er spannte den Hahn und schloss die Augen.

Und doch, dachte er plötzlich, habe ich der Welt etwas Gutes getan. Ich habe einen Menschen umgebracht, dessen Wahnsinn Hunderttausende das Leben gekostet hat. Der Krieg wird ohne Karl nicht mehr lange weitergehen. Im Norden Europas kann nun endlich Ruhe einkehren. Keine unschuldigen Opfer mehr, kein Leid, kein Hunger. Vielleicht konnte ihm diese Erkenntnis helfen, seinen Frieden wiederzufinden. Und dann dachte er an Fatmah, an ein Wiedersehen mit ihr.

Worowski ließ den Hahn langsam zurückgleiten. Er würde mit dieser Last auf seinem Gewissen weiterleben. Seine Träume für Polen hatten sich nicht erfüllt, aber es würde keinen Krieg in seiner Heimat mehr geben. Vielleicht war dies den Mord wert gewesen, vielleicht rechtfertigte das Glück Vieler das Unglück eines Einzelnen. Worowski atmete ein paar Mal tief durch und legte die Pistole weg. Ein Tyrann war durch seine Hand gestorben. Mochte Gott ihn einst richten.

Königlich-Churfürstlich Sächsischer Hoff= und Staats=Calender vom 7. Dezember 1718

»… Der Sonntag, XXX. Novembris 1718 wirdt alß der thraurige und höchstbetrübliche Unglücks=Tag in die Geschichte eingehen, an dem Seine allerhechste Majestät König Carl von Schweden, unßeres durchlauchtigsten Souveräns gelibter Cousin und Bruder, seines Leyb und Lebens beraubt wurde. Vor der Feßtung Fredrickshaldt zu Norwehgen wurde Europas großer Kriegs=Heldt durch eine feindtliche Kugel in den Kopff zum Tohde befördert. Am geßtrigen Tage ging der Leichen=Zugk über den Idlefjord nach Schwehden ab, wo der todte Körper einbalßamiert wirdt, und soll

der Eichen=Sargk des Königs danach biß Stockholm zu Fuß getragen werden. Die feyerliche Bestattungk wird alldort statt finden.

Auch wenn mancherorts gemunckelt wirdt, die Schwehden hätten sich ihres Königs mit einem heymblichen Schuß selbst entledigt, gehen alle Königs=Häußer Europas davon auß, daß Seine kgl. Maj. von der Vertheydigungs=Bastion Fredrickshald aus getroffen wurde, alß er unvorsichtiger Weyse sich nächtens auf dem Wall eines Lauff=Grabens präsentirte.

Unßere allerkönigliche Majestät König August hat in einem Beyleids=Schreiben Sein überauß großes Entsetzen über den furchtbahren Verlußt bekundet und wirdt Seinen Sohn, unßeren allseits geliebten und verehrten jungen Krohn=Prinz Friedrich August, zum Begräbniß entsenden.

Seine Majestät König Carl XII. von Schwehden – R. I. P.«

Gut Oloschitz, Juni 1719

Der Sommerwind trug den Duft der Rosen durchs offene Fenster. Draußen in den Gärten blühte es, die Beete waren ein bunter Rausch von Farben. Obwohl es erst Juni war, herrschte drückende Hitze. Kein Lüftchen regte sich. Unter einem Fliederbusch döste der alte Hund des Gärtners, nur ab und zu zuckte er mit den zottigen Ohren, um die Fliegen zu vertreiben. Die Grillen zirpten, und irgendwo in den Ästen des knorrigen Birnbaumes sang eine Amsel.

Fatmah saß in der Fensternische des kleinen Eckzimmers im ersten Stock des Gutshauses. Hier war ihr Lieblingsplatz, an dem sie oft las, Handarbeiten machte oder einfach ihren Gedanken nachhing. Die Kinder hatten sich zum Spielen in die kühleren Räume des Nordflügels zurückgezogen; es war zu heiß, um draußen herumzutollen. Hinter Fatmah auf dem Diwan nähte Sophie an einem Babyjäckchen.

Konzentriert begann Fatmah, die Stiche ihrer Stickerei nachzuzählen. Sie arbeitete an einem Paar weißer Handschuhe für Aurora, die sie mit winzigen Veilchenblüten verzierte. Ein silberner Fingerhut steckte als Schutz vor der spitzen Nadel an ihrem linken Mittelfinger. Seit die Kinder bei ihr lebten, war wieder Leben im Haus eingekehrt, und auch sie selbst hatte ihre alte Fröhlichkeit wiedergefunden. Sie genoss die Zeit fernab vom Hof, ohne Etikette, ohne Zwänge und Verpflichtungen. Dresden schien so weit, die Jahre mit August beinahe wie ein Traum.

Sie hob den Kopf und sah durchs offene Fenster. Auf der Landstraße, die am Park vor dem Gutshaus vorbeiführte, sah sie in der Ferne einen einzelnen Reiter, wohl einen der wöchentlich abgehenden Boten, die eine stete Verbindung zwischen Warschau und Lemberg hielten. Mit ruhiger Hand fädelte sie einen neuen Faden ein und begann, ein grünes Blättchen zu sticken.

Als sie das nächste Mal aufblickte, war der Reiter am Eingang zum Herrenpark angelangt. Er lenkte sein Pferd in die schattige Pappelallee und ließ es entspannt am langen Zügel gehen. Nein, das konnte doch nicht der Wochenbote sein; er trug nicht den Hut und den roten Umhang. Besuch war selten auf Oloschitz, und so stand Fatmah auf und trat näher ans Fenster, um besser sehen zu können.

Am Ende der Allee stieg der Mann ab, klopfte seinem Grauschimmel den Hals und band ihn an den vorstehenden Ast eines Haselbusches. Fatmah erkannte, dass er eine polnische Uniform trug. Jetzt drehte er sich um und kam langsam den Weg durch die Rosengärten zum Haus herauf, eine hoch gewachsene Gestalt in schwarzen Soldatenstiefeln. Fatmah bemerkte, dass der Mann ein steifes Knie hatte; er hinkte leicht. Trotzdem – sie kannte diesen Gang, diese Figur, dieses kurz geschnittene blonde Haar. Ihr war, als ob eine Hand nach ihrem Herzen griff, und sie musste sich an der Fensterbank festhalten, um nicht zu taumeln. Herr im Himmel! Es konnte nicht sein! Er war tot! Und doch …

Er blieb stehen und tätschelte dem alten Hund, der schwanzwedelnd zu seiner Begrüßung herbeigetrabt war, den Kopf. Nein, dies war kein Trugbild. Fatmah vergaß, zu atmen; das Blut rauschte ihr in den Schläfen. Achtlos ließ sie die Stickerei fallen. Sie öffnete den Mund, wollte Sophie aufmerksam machen, doch kein Laut kam heraus. Wie im Traum löste sie mit beiden Händen ihr hochgestecktes Haar, bis es lang und glatt über ihre Schultern fiel. Dann breitete sie weit die Arme aus und sprach ein stummes Gebet. Ihre Stimme zitterte leicht, als sie wieder Worte fand: »Sophie«, flüsterte sie, ohne sich umzusehen, »Sophie, bring mir das blaue Kleid!«

Eintrag des Pfarrers von Nowy Wilowa im Kirchenbuch vom 14. März 1720

Bißweilen geschehen fürstliche Beylager gantz in der Stille, und ohne alle Pracht. So wurde das gräfliche Pahr in meiner kleynen Dorff=Kirche getraut; es erschienen nur wehnige Cavaliers und Dames, Höflinge und Verwandte, und der Bräutigam führte die Braut zur Copulation selbst bey der Handt. Dieselbe, eine Oßmanin von Herkunft, aber gut christlich geworden, trug ein einfaches, fremdt=ländisch wirckendes blaues Gewandt, ihr Bräutigam die pohlnische Tracht. Das Pahr wurde begleithet von der Schweßter des Grafen, die ein Krüpel ist, sowie den beyden Kinder der Braut, über die gemunckelt wirdt, sie seien von königlichem Geblüthe.

Nach der Copulation wurde im Herren=Hauß Tafel gehaltten, das hochgebohrene Pahr zu Bette gebracht und alles ohne große Ceremonien beschloßen. Gott gehbe Seiner Hochwohlgebohren, dem Grafen Worowski und der Gräfin Worowska Glück, Frieden und ein langes Lehben. Lob und Ehre sey dem Allmechtigen im Himmel.

Nachwort

Zwischen jenen europäischen Staaten, die sich langsam zu Großmächten entwickeln – Frankreich, Österreich, England, Russland und Preußen – liegen im 16./17. Jahrhundert wie ein bunter Flickenteppich und mit zum Teil absurden Grenzen die deutschen Mittel- und Kleinstaaten. Einer davon ist Sachsen. Über diesen wohl reichsten deutschen Staat herrscht seit dem Jahr 1694 Kurfürst Friedrich August aus dem Haus Wettin, schon zu Lebzeiten von seinen Zeitgenossen »der Starke« genannt.

August der Starke (12.5.1670 – 1.2.1733), der sich 1697 die polnische Königskrone »kaufte«, gilt heute als der schillerndste deutsche Fürst des Hochbarock. Seinen Beinamen erhielt er zum einen wegen seiner außergewöhnlichen Körperkraft – er brach Hufeisen entzwei, rollte Silberteller auf, erlegte mit einem Hieb wütende Stiere, rang siegreich mit Bären. Zum anderen beruht sein Attribut »der Starke« auf seiner exzessiven Männlichkeit. 365 Kinder, so hieß es, habe er gezeugt, unzählige Geliebte besessen. Historisch seriös lassen sich von den Königsbastarden nur ungefähr hundert nachweisen, die Zahl der Geliebten, von denen wohl die allermeisten das waren, was wir heute als One-Night-Stand bezeichnen würden, ist nicht beweisbar. Sicher ist, dass August neben seiner Ehefrau, der fränkischen Markgrafentochter Christiane Eberhardine, die nach der Geburt des Thronfolgers von ihm getrennt lebte, mindestens sechs langjährige Mätressen hatte. Die zweifellos bedeutendste dieser Frauen war die Gräfin Cosel. Sie lebte zehn Jahre als glanzvolle *Maîtresse en Titre* an seiner Seite, bis sie 1715 in Ungnade fiel. Die Geschichtsforschung erklärt die kaum vorstellbare Tatsache, dass sie 49 Jahre auf Burg Stolpen in Haft verbringen musste, bis sie 1765 im Alter von 84 Jahren starb, damit, dass sie einen heimlichen Ehevertrag mit August besaß, den sie nicht herausgeben wollte. Mir kam diese Erklärung nie ausreichend vor. August hat niemals einer seiner anderen abgelegten Mätressen ein Haar gekrümmt, ja, er hat sie eher gut versorgt, wie z. B. die Gräfin Königsmarck, die er zur Pröpstin des Stifts Quedlinburg machte. Warum sollte er ausgerechnet die Frau, die wohl die große Liebe seines Lebens war, so furchtbar strafen? Deshalb erkläre ich im Roman den Sturz der Cosel mit Zauberei und Mordversuch – immerhin hat die Gräfin nachweislich eine Art Liebeszauber betrieben, um August zu halten. Der Mordversuch ist allerdings allein meiner Phantasie entsprungen.

Als ich über August den Starken und seine Frauen recherchierte, hat mich eine seiner Mätressen sofort in ihren Bann gezogen: Fatima, die Türkin. Es ist viel Geheimnis um diese Frau, Legenden und Geschichten ranken sich um sie. Tatsächlich wurde sie als Kind während der Türkenkriege »gefunden« – nach einer verlorenen Schlacht entdeckte man das Mädchen in einer osmanischen Zeltburg (wie die christlichen Adeligen, so zogen auch die orientalischen Würdenträger oft mit Kind und Kegel, Hausrat und Harem in den Krieg). Sie sei, so heißt es, in kostbaren, edelsteinbenähten Goldbrokat gehüllt gewesen, habe Armbänder und Schmuck getragen. Wer hatte sie wohl im Stich gelassen?

Über Fatimas Weg nach Dresden gibt es mehrere Theorien. Eine besagt, August selbst hätte sie während eines Kriegszuges gefunden und in seinem Schloss als Hoffräulein erziehen lassen. In einer anderen Version heißt es, ein brandenburgischer Feldmarschall habe sie entdeckt und dem Kurfürsten geschenkt. Es gibt – so die Memoiren eines sächsischen Adeligen – noch einen dritten angeblichen »Entdecker« der Kleinen: einen britischen Offizier im kaiserlichen Dienst namens Erskine, der mit dem Mädchen aber nichts anfangen konnte und es dem Grafen Philipp Königsmarck schenkte. Dieser wiederum gab sie an seine Schwester Aurora weiter, die sie erzog und als Gesellschafterin mit nach Sachsen nahm. Der Freiherr von Pöllnitz dagegen will wissen, dass August das Türkenmädchen in Polen kennen gelernt und sofort Feuer gefangen habe. Beweisen lässt sich keine dieser Varianten. Deshalb habe ich auch hier meiner Phantasie freien Lauf gelassen und den Zaren ins Spiel gebracht, der sich am längsten mit den Türken herumschlagen musste.

Einig waren sich die Zeitgenossen jedenfalls in einem: Fatima musste von hoher Geburt sein – wie könnte sonst ein König sie lieben? Sie selber hat ihre Herkunft nie preisgegeben. Es gibt Schriftstücke, in denen sie mit dem Nachnamen »von Kariman« unterschrieb. Hat sie vielleicht selbst die Legende gepflegt, sich in ein Geheimnis gehüllt und zum Rätsel gemacht? Bis heute weiß es niemand.

Glücklicherweise ist uns ein Bild von ihr erhalten geblieben, in dem sie unzählige kleine Zöpfchen trägt, sodass wir uns wenigstens eine Vorstellung von ihrem Aussehen machen können. Ein Zeitgenosse beschreibt sie so: »Sie hatte eine feine und hohe Gestalt und das Aussehen einer Königin ... Das Auge war dunkelblau, fein geschnitten, der Blick lebhaft. Stirn, Nase und Mund gleichen den römischen Schönheiten.«

August und Fatima – das muss ein eigenartiges Verhältnis gewesen sein. Nie war sie seine *Maîtresse en Titre*, stand nie öffentlich an seiner Seite. Sie dürfte um das Jahr 1700 seine Geliebte geworden sein. Ungeachtet aller anderen Mätressen und Affären, die August in den folgenden Jahren hatte, blieb Fatima seine ständige Geliebte im Hintergrund. Sie gebar ihm zwei Kinder, erst den kleinen Friedrich August und dann noch Aurora. August soll sogar so viel Vertrauen zu ihr gehabt haben, dass er sie als politischen Kurier einsetzte.

Von Fatima selbst ist uns kein Wort über die Beziehung zum König und ihr Leben am sächsischen Hof erhalten. Wie sie damit zurechtkam, ihre Familie zu verlieren, in ein unbekanntes Land zu kommen, mit einer vollkommen fremden Kultur konfrontiert zu sein – niemand weiß es. Heute hat man dafür einen Begriff: Kulturschock. Ich habe versucht, mir ihre Situation vorzustellen und mich in ihr Innenleben einzufühlen.

Es heißt, sie soll eine begnadete Erzählerin gewesen sein, fesselnd und mit großer Ausstrahlung. Das hat mich auf den Gedanken des Märchenerzählens gebracht. Ich stieß bei meinen Recherchen auf eine Sammlung alttürkischer Märchen unter dem Titel »An Nachtfeuern der Karawan-Serail«, verfasst von der Baronin Elsa Sophia von Kamphoevener. Die 1878 geborene Tochter des deutschen Botschafters lebte über vierzig Jahre in der Türkei, zog als Mann verkleidet durch Anatolien, wurde Schülerin eines der großen Erzähler und in dessen Gilde aufgenommen. So etwas hat es seither nie mehr gegeben: einen morgenländischen Märchenerzähler, der eine Frau aus dem Abendland war. Von ihr stammen die faszinierenden Informationen zu diesem Thema.

Warum die Beziehung zwischen August und Fatima schließlich auseinander ging, wird sich wohl nie mehr klären lassen. Sicher ist, dass sie tatsächlich wie im Roman den königlichen Kammerherrn Johann Georg Spiegel heiratet und mit ihm nach Lemberg und Oloschitz in Polen geht. 1716 stirbt Spiegel, aber Fatima kehrt nie wieder nach Sachsen zurück. Der letzte Originalbrief, den ich im Staatsarchiv Dresden von ihr finden konnte, stammt aus dem Jahr 1723 und kommt aus Warschau. Wie sie ihr restliches Leben verbracht hat, wissen wir nicht, und auch ihr Todesdatum ist nicht bekannt.

Die beiden Kinder Fatimas wurden 1724 von August offiziell anerkannt und geadelt. Ihre Tochter Aurora ging eine standesgemäße Ehe ein: Sie heiratete den polnischen Grafen Bielinski. In zweiter Ehe wurde sie 1736 die Frau des savoyischen Adeligen Bellegarde. Sie starb im Alter von vierzig Jahren am 22. Mai 1746. Friedrich, der Sohn, ging seinen Weg als Graf Rutowski. Er wurde von August zur Ausbildung nach Paris geschickt, machte Karriere bei der Armee und brachte es bis zum Generalfeldmarschall. 1739 heiratete er die Fürstin Lubomirska, mit der er einen Sohn hatte, der früh starb.

Die Figur des Grafen Worowski ist nicht historisch. Ich war für den Roman auf der Suche nach einem Exponenten Polens, das in dieser Zeit so unglücklich zum Spielball seiner Nachbarmächte wurde. Die große Politik zu Anfang des 18. Jahrhunderts ist unendlich kompliziert. Zwei Kriege erschüttern Europa. Da ist zum einen der Spanische Erbfolgekrieg (1701–1713), in dem es, kurz gesagt, um das europäische Gleichgewicht geht – grundsätzlich eine Auseinandersetzung zwischen Frankreich und dem Habsburg-Kaiser, an der die anderen Länder teilnehmen, um eine Vormachtstellung eines der beiden zu verhindern. Dann ist da noch der Nordische Krieg (1700–1721) mit dem Hauptakteur Schweden. Das Land im Norden war seit dem Ende des Dreißigjährigen Krieges zur Großmacht aufgestiegen, und der junge König Karl XII. wollte diese Großmachtstellung um jeden Preis ausbauen. Er ist eine der faszinierendsten Gestalten dieses Jahrhunderts, genauso wie der Zar Peter der Große, der als eigentlicher Sieger aus dem nordischen Konflikt hervorgeht. Karl, Cousin und erbitterter Gegner von August dem Starken, war ein Draufgänger und genialer Feldherr, ein Asket und Frauenverächter, ein Kulturbanause, kurz, in allem das Gegenteil Augusts. Sein mysteriöser Tod im Alter von 36 Jahren ist bis heute Gegenstand historischer Diskussionen geblieben. Auch eine Obduktion konnte nicht klären, auf welcher Seite seines Schädels die tödliche Kugel eingedrungen ist und auf welcher sie austrat. Eine Kugel von rechts hätte bedeutet, dass Karl von der norwegischen Festung her, also vom Feind erschossen wurde. Eine Kugel von links wäre der fast sichere Beweis dafür gewesen, dass ein Attentat aus den eigenen Reihen verübt wurde. Nichts ist erwiesen, außer dass der Tod Karls schließlich das Ende des Nordischen Krieges bedeutete.

Über August den Starken existiert unendlich viel historische Literatur. Hier einige Beispiele: Dieter Nadolski, *Wahre Geschichten um August den Starken* und *Die Ehetragödie Augusts des Starken*; Dagmar Vogel, *Die Kinder Augusts des Starken*; Reinhard Delau, *August der Starke und seine Mätressen*; und besonders Hermann Schreiber, *August der Starke*. Und nicht zuletzt das wichtigste Buch mit vielen detaillierten Informationen, perfekt recherchiert: Gabriele Hoffmann, *Constantia von Cosel und August der Starke*.

Die zeitgenössische Literatur – für den Roman besonders wichtig – ist ebenfalls ergiebig: So kann man die Memoiren der Gräfin Königsmarck (der ersten »großen« Mätresse Augusts) oder des sächsischen Hofadeligen Georg Ludwig Haxthausen lesen, oder die »Skandalchronik« des Freiherrn Karl Ludwig von Pöllnitz aus dem Jahr 1729, die unter dem Titel »Der verschwenderische Liebhaber oder Das galante Sachsen« vor fast drei Jahrhunderten die Leser mit pikanten Details aus Augusts Liebesleben ergötzte. Und schließlich: Die Quellenlage in den Archiven ist hervorragend. Briefe, Urkunden, diplomatische Korrespondenzen, die Zeitungen der Zeit, Hofordnungen, das Zedler'sche Universallexikon in 64 Bänden aus den Jahren 1732–1750, bis hin zu Kochbüchern, Kosmetikfachabhandlungen und medizinischen Kompendien – es ist alles vorhanden. Der Historiker (und der gewissenhafte Verfasser authentischer historischer Romane) kann hier aus dem Vollen schöpfen.

Mein persönliches Ziel ist stets, in meinen historischen Romanen ein exaktes Bild vom Alltag in der entsprechenden Zeit zu zeichnen. Der Barock ist eine für uns moderne Menschen zwiespältige Epoche: einerseits der uns allen bekannte Glanz und Prunk, die strahlenden Herrscherpersönlichkeiten, das Aufkommen der modernen Wissenschaften – andererseits kannte man noch keinerlei Körperhygiene, die Menschen glaubten noch an Zauberei und böse Geister, starben zu Hunderttausenden an den Pocken. Hier herrliche Musik, Feste und Feiern, perfekte Raffinesse, unbändige Lebenslust – dort so viele und lange blutige Kriege, Seuchen, Tod und Grauen. Um diese Diskrepanz auch im Roman deutlich zu machen, habe ich die Figur des Jula mit hineingenommen, der als gepresster Soldat das Entsetzliche durchmachen muss, das für die meisten Menschen damals Alltag war. Das Gleiche gilt für Rusalka, die Hexe, mit ihrer Magie – die Hexe gehört im Gegensatz zur gängigen Meinung eben nicht ins Mittelalter, sondern in die Frühe Neuzeit. Die letzten Hinrichtungen von vermeintlichen Hexen fanden in Europa erst am Ende des 18. Jahrhunderts statt.

Ich habe im Roman zahllose Originalzitate verwendet, u. a. von August selber, von Liselotte von der Pfalz, von Karl XII. und vielen mehr, außerdem noch eine ganze Reihe von Passagen aus der zeitgenössischen Literatur. Für meine Leser ist dies nicht jedesmal kenntlich, aber ich glaube, damit eine größere Authentizität zu erreichen. Dazu soll auch die altertümliche Sprache in den Briefen beitragen. Eigentlich hätte ich hier viel mehr Französisch verwenden müssen, doch dies hätte meine Leser und auch meine eigenen Französischkenntnisse überfordert. Nichtsdestotrotz war Französisch damals die Sprache des europäischen Adels, und die offizielle Korrespondenz wurde oft nicht auf Deutsch geführt. August selbst war bekannt dafür, dass er das Französische nicht liebte, aber von Fatima sind Briefe in perfektem Französisch erhalten.

Die Rezepte, die der Vicomte de Villeroy (übrigens wie Worowski eine rein fiktive Gestalt) sammelt, stammen aus zeitgenössischen Sammlungen, und das Wissen über Medizin, Schönheitspflege oder auch den Kaffee stammt ebenfalls authentisch aus dem 18. Jahrhundert und ist der damaligen Literatur entnommen. Die Memoiren des Vicomte sind gespickt mit zeitgenössischen Originalzitaten, die ich aus den Quellen bunt zusammengetragen habe.

August der Starke starb 1733 im Alter von 63 Jahren. Aufgrund seiner Leibesfülle litt er schon jahrelang an schwerer Diabetes – die Zuckerkrankheit war damals bekannt, ihre Ursache allerdings nicht, und damit war sie nicht behandelbar.

Mit August starb eine der bemerkenswertesten Persönlichkeiten seiner Zeit. Er war kein Feldherr, kein Intellektueller und kein Politiker, seine Talente lagen auf anderen Gebieten. Man kann ihn als Schöngeist sehen, als Lebemann, als Kulturmenschen und Kunstsammler, aber auch als Förderer der Wirtschaft. Die polnische Krone hat ihm außer Prestige nicht viel eingebracht, im Gegenteil: das Experiment Polen hat ihn unglaubliche Summen gekostet. Es gelang ihm zwar, die Nachfolge seines Sohnes, des phlegmatischen Langweilers August III., zu sichern, danach jedoch wurde Polen wieder von einem polnischen König (wenn auch von russischen Gnaden) beherrscht, blieb also der Dynastie der Wettiner nicht erhalten. Was aber aus Augusts Herrschaftszeit der Nachwelt erhalten blieb, gehört heute zum Kulturerbe der Menschheit: der Dresdener Zwinger, die Frauenkirche, das ganze barocke »Elbflorenz«. Wohl in keiner deutschen Stadt ist der Barock auf so wunderbare Weise gegenwärtig. Und wenn man dann die herrlichen Schätze Augusts des Starken im Grünen Gewölbe bewundert und anschließend wie Fatmah in der Hofkirche vor seiner Urne steht, bekommt man am Ende vielleicht das gewisse Gefühl, das nötig ist, um sich in diese faszinierende Zeit hineinzuversetzen. Dieser Roman soll dazu das Seinige beitragen.

Personen

*August der Starke**	Kurfürst von Sachsen und König von Polen
*Fatmah**	Mätresse Augusts, von türkischer Herkunft
*Gräfin Constantia von Cosel, vormals verheiratete Hoym**	Augusts *Maîtresse en Titre*
*Graf Jakob Heinrich von Flemming**	Augusts Erster Minister
Graf Jan Michal Worowski	Polnischer Patriot und Oberst der Kronarmee
Marja	Worowskis Schwester
Friedrich August und Maria Aurora**	Fatmahs Kinder von August dem Starken
Sophie Schick	Fatmahs Zofe
Maître Louis Schick	Sophies Vater, Perückenmacher und Friseur
Jula Andraszy	Hofkoch
*Imre Nadöz**	Julas Onkel, Hofkoch
Stoffel	Julas Freund, Metzgersgeselle
Vicomte Alphonse Baptiste Louis de Villeroy	Französischer Botschafter am Dresdener Hof
*Gräfin Marie Dönhoff**	Polnische Mätresse Augusts
*Johann Georg Spiegel**	Augusts Kammerherr
*Peter der Große**	Zar von Russland
*Aleksander Menschikow**	Peters Freund und Feldherr
*Karl XII.**	König von Schweden
*Ludwig XIV.**	König von Frankreich
*Liselotte von der Pfalz**	Schwägerin Ludwigs, Herzogin von Orléans

Mit * gekennzeichnete Personen sind historisch.

*Dr. Christian Tropanegger**	Augusts Leibarzt
*Johann Christoph Rexrath**	Augusts Hofapotheker
*Stanislaw Leszinsky**	Woiwode von Posen, vorübergehend polnischer König
*Hieronimus Lubomirski**	General der polnischen Kronarmee
*Aleksander Jablonowski**	Polnischer Rebellenführer
*Stanislaw Ledochowski**	Anführer der Konföderation von Tarnograd

Sabine Weigand

Die Markgräfin

Band 15935

Mit zehn ist sie verheiratet. Mit zwölf Witwe. Mit fünfzehn heiratet sie den König von Böhmen. So steht es in den Chroniken. Als sie endlich ihr eigenes Leben führen will, sperren ihre Brüder sie auf der Plassenburg in Franken ein. Ihre Spur verliert sich 1542. Bis in unseren Tagen ein geheimnisvoller Fund das Schicksal der Markgräfin Barbara von Ansbach enthüllt. Die Markgräfin hat es wirklich gegeben. Dies ist ihre Geschichte. Ein mitreißendes Historienepos aus Deutschland im Umbruch vom Mittelalter zur Neuzeit.

»Ungemein spannend.«
3sat

»Eine Geschichte von Machtgier, Intrigen,
Liebe und Verrat – die Geschichte einer Frau,
die tatsächlich gelebt hat:
fesselnd bis zur letzten Seite.«
Gong

Sabine Weigand

Das Perlenmedaillon

Roman

Band 16359

Gegen ihren Willen muss Helena den Patrizier Konrad Heller heiraten. Doch eine verbotene Liebe verbindet sie mit dem Goldschmied Niklas. Nur die Briefe, die Niklas ihr über den jungen Maler Albrecht Dürer aus Venedig schickt, geben ihr noch Hoffnung – und das Perlenmedaillon, das sie zu Anna, der Hure, führt.

Mit Annas Hilfe wagt Helena das Unerhörte: sie begehrt gegen ihren Mann auf, ruft den Nürnberger Rat an. Und Niklas, der in Venedig das Geheimnis des Diamantschleifens entdeckt hat, macht sich auf den Weg zu ihr. Kann sie ihr Schicksal wenden?

Die wahre Geschichte der Helena Heller zwischen Venedig und Nürnberg – der große Roman von Sabine Weigand.

»Liebe, Schmuggel und andere Abenteuer:
Dieses Buch ist das Schmuckstück unter den
Historienromanen.«
Für Sie

»Ein absolutes Muss
für Freunde historischer Romane«
3sat/nano

Fischer Taschenbuch Verlag

fi 16359 / 1